THEODOR FONTANE

ROMANE UND ERZÄHLUNGEN IN ACHT BÄNDEN

2

# Theodor Fontane

## Romane und Erzählungen

Herausgegeben von

Peter Goldammer, Gotthard Erler, Anita Golz

und Jürgen Jahn

THEODOR FONTANE

# VOR DEM STURM

Dritter und Vierter Band

AUFBAU-VERLAG

Bearbeiter des Bandes
Gotthard Erler

# VOR DEM STURM

*Roman aus dem Winter 1812 auf 13*

# DRITTER BAND

## Alt-Berlin

### ERSTES KAPITEL

### *Im Johanniter-Palais*

Der alte Vitzewitz war bald nach sechs Uhr früh in Berlin eingetroffen und in der Burgstraße, nur hundert Schritt von der Langenbrücke, in dem dazumal angesehenen Gasthofe »Zum König von Portugal« abgestiegen. Er gab einige Weisungen an Krist, die sich auf den »Grünen Baum«, wo, wie herkömmlich, das Gespann untergebracht werden sollte, bezogen, und beschloß dann, in zwei Stunden Morgenschlaf alles, was er in der Nacht versäumt haben mochte, nachzuholen. Viel war es nicht, denn er gehörte zu den Glücklichen, denen, wenn die Müdigkeit kommt, Bett oder Brett dasselbe gilt.

Um neun Uhr, er hatte die zwei Stunden pünktlich gehalten, saß er frisch bei seinem Frühstück. Die Stutzuhr tickte, das Feuer im Ofen prasselte, die Eisblumen schmolzen, alles atmete Behagen; Berndt trat an das Fenster und sah geradeaus über den Fluß hin, auf die gotischen, im hellen Morgenschein erglänzenden Giebel des hier noch mittelalterlich gebliebenen Schlosses.

»Das kann nicht über Nacht verschwinden«, sprach er vor sich hin und begann dann, aus der Fensternische zurücktretend, sich mit militärischer Raschheit anzukleiden. Er wählte statt seiner neumärkischen Dragoneruniform, die sich für die Mehrzahl der Visiten, die er vorhatte, wohl am besten geeignet hätte, den roten Frackrock der kurbrandenburgischen Ritterschaft und war eben mit seiner Toilette fertig, als ein eintretender Diener meldete, daß Geheimrat von Ladalinski vorgefahren sei. Berndt nahm Hut und Handschuh, drehte den Schlüssel im Schloß und saß eine Minute später an der Seite des Geheimrats, mit dem er sich brieflich zu gemeinschaftlicher

Abmachung einiger Neujahrsgratulationen verabredet hatte.

Der Geheimrat war in Gala. Sie begrüßten sich herzlich, verzichteten aber auf ein eigentliches Gespräch, da der ihnen zunächstliegende Zweck ihre Aufmerksamkeit in Anspruch nahm.

Nur die Namen einzelner Minister und Gesandten wurden genannt, bei denen Karten abzugeben waren, bis endlich der Wagen auf der Rampe des an der Ecke des Wilhelmsplatzes gelegenen Johanniterordens-Palais rollte.

In diesem Palais wohnte der Herrenmeister des Ordens, der alte Prinz Ferdinand, zu dem Geheimrat von Ladalinski seit einer Reihe von Jahren beinahe freundschaftliche Beziehungen unterhielt, während Berndt von Vitzewitz, der ihn nur oberflächlich kannte, lediglich den Bruder Friedrichs des Großen in ihm verehrte. Hierin begegneten sich damals viele Herzen, und dem zweiundachtzigjährigen Prinzen wurden Huldigungen zuteil, die bis dahin seinem langen und immerhin ereignisreichen Leben versagt geblieben waren. Er hatte die »große Zeit« mit gesehen und mit durchgekämpft; das gab ihm in diesen Tagen der Erniedrigung ein Ansehen über seine sonstige Bedeutung hinaus, und manche Hoffnung richtete sich an ihm auf. Auch konnt es nicht ausbleiben, daß ihm der Heldentod seines ältesten Sohnes zu Dank und Mitruhm angerechnet wurde. Dieser älteste Sohn war der in Liedern vielgefeierte Prinz Louis, der, die hereinbrechende Katastrophe voraussehend, am Tage vor der Jenaer Schlacht bei Saalfeld gefallen war.

Der alte Prinz, als ihm die beiden Herren gemeldet wurden, war bereit, dieselben zu empfangen, und ließ sie bitten, ihn in seinem Arbeitszimmer erwarten zu wollen. Als sie dasselbe betraten, wurden die Rollen zwischen ihnen dahin verteilt, daß Berndt so weit wie möglich die Konversation führen, der Gemeinrat aber nur gelegentlich sekundieren solle.

Das prinzliche Arbeitszimmer schloß die Front des Hauses nach links hin ab und sah mit zweien seiner Fenster bereits auf die Wilhelmsstraße. Es war von größerer Behaglichkeit, als sonst prinzliche Zimmer zu sein pflegen. Dicke türkische Teppiche, halb zugezogene Damastgardinen, Portieren und Lambrequins verliehen dem nicht großen Raume das, was er bei vier Fenstern und zwei Türen eigentlich nicht haben konnte: Ruhe und Geschlossenheit, und das Feuer im Kamin, indem es zugleich Licht und Wärme ausströmte, steigerte den wohligen und anheimelnden Eindruck. An den Fensterpfeilern befanden sich niedrige Bücherschränke und Etageren, so daß Raum blieb für Büsten und Bilder, darunter als bestes ein Landschaftsbild mit Architektur, Schloß Friedrichsfelde, den Sommeraufenthalt des Prinzen, darstellend. Sein eigenes lebensgroßes Porträt, von der Hand Graffs, hing über dem Kamin. Daneben zog sich ein breites Sofa ohne Lehne bis an die nächste Türeinfassung, während ein runder, mit einer alabasternen Blumenschale geschmückter Tisch in den durch das Sofa gebildeten rechten Winkel hineingeschoben war.

Berndt, der sich zum ersten Male an dieser Stelle sah, hatte seine Musterung kaum geschlossen, als der Prinz, die Portiere der zu seinem Schlafzimmer führenden Türe zurückschlagend, früher eintrat, als erwartet war, und, die Verbeugung beider Herren mit freundlichem Gruß erwidernd, durch eine Handbewegung sie aufforderte, auf dem Sofa Platz zu nehmen. Er selber stellte sich mit dem Rükken gegen den Kamin, die Hände nach hinten zu gefaltet und ersichtlich bemüht, soviel Wärme wie möglich mit ihnen einzufangen. In diesem Bedürfnis verriet sich sein hohes Alter; sonst ließ weder seine Haltung noch der Ausdruck seines Kopfes einen Zweiundachtziger vermuten. Berndt erkannte gleich das Eigentümliche dieses Kopfes, das ihm in einer seltsamen Mischung von Anspruchslosigkeit und Selbstbewußtsein zu liegen schien. Und so war es in der Tat. Von Natur unbedeutend, auch sein lebelang, zumal an seinen Brüdern gemessen, sich dieser Unbedeutendheit bewußt, durchdrang ihn doch das Gefühl von der hohen Mission seines Hauses und gab ihm eine Majestät, die, wenn er (was er zu tun liebte) die Stirn runzelte, sich bis zu dem Ausdruck eines donnernden Jupiters steigern konnte. Eine mächtige römische Nase kam ihm dabei zustatten. Wer aber schärfer zusah, dem konnte nicht entgehen, daß er, im stillen lächelnd, den Donnerer bloß tragierte und allen ablehnenden Stolz, den er gelegentlich zeigen zu müssen glaubte, nur nach Art einer Familienpflicht erfüllte.

»Sie kommen, mir Ihre Glückwünsche zum neuen Jahre auszusprechen«, hob er an. »Ich danke Ihnen für Ihre Aufmerksamkeit um so mehr, je gewisser es das Los des Alters ist, vergessen zu werden. Die Zeitläufte weisen freilich auf mich hin.« Er schwieg einen Augenblick und setzte dann, einen Gedankengang abschließend, dessen erste Glieder er nicht aussprach, mit Würde hinzu: »Ich wollte, daß ich dem Lande mehr sein könnte als eine bloße Erinnerung.«

»Eure Königliche Hoheit sind dem Lande ein Vorbild«, antwortete Ladalinski.

»Ich bezweifle es fast, mein lieber Geheimrat. Wenn ich meinem Lande je etwas war, so war es durch Gehorsam. Nie hab ich, im Krieg oder Frieden, die Pläne meines Bruders, des Königs, durchkreuzt; ich habe nicht einmal den Wunsch danach empfunden. Das ist jetzt anders. Der Gehorsam ist aus der Welt gegangen, und das Besserwissen ist an die Stelle getreten, selbst in der Armee. Ich frage Sie, wäre bei Lebzeiten meines erhabenen Bruders der Austritt von dreihundert Offizieren möglich oder auch nur denkbar gewesen, ein offener Protest gegen die Politik ihres Kriegs- und Landesherrn? Ein Geist der Unbotmäßigkeit spukt in den Köpfen, zu dem ich alles, nur kein Vorbild bin.« Der alte Vitzewitz, wiewohl er sicher war, daß der Prinz von seinen Plänen nichts wußte, nichts wissen *konnte*, hatte sich bei diesen Sätzen, deren jeder einzelne ihn traf, nichtsdestoweniger verfärbt.

»Eure Königliche Hoheit«, nahm er das Wort, »wollen zu Gnaden halten, wenn ich die Erscheinungen dieser Zeit anders auffasse und nach einer anderen Ursache für dieselben suche. Auch der große König hat Widerspruch erfahren und hingenommen. Wenn solcher Widerspruch selten war, so war es, weil sich Fürst und Volk einig wußten. Und in der bittersten Not am einigsten. Jetzt aber ist ein Bruch da; es fehlt der gleiche Schlag der Herzen, ohne den selbst der große König den opferreichsten aller Kriege nicht geführt haben würde, und die Maßregeln unserer gegenwärtigen Regierung, indem sie das Urteil des Volkes mißachten, impfen ihm den Ungehorsam ein. Das Volk widerstreitet nicht, weil es will, sondern weil es muß.«

»Ich anerkenne den Widerstreit der Meinungen. Aber ich stelle mich persönlich auf die Seite der größeren Erfahrung und des besseren Wissens. Und wo dieses bessere Wissen zu suchen und zu finden ist, darüber kann kein Zweifel sein. Sie müssen der Weisheit meines Großneffen, meines allergnädigsten Königs und Herrn, vertrauen.«

»Wir vertrauen Seiner Majestät ...«

»Aber nicht dem Grafen, seinem ersten Minister.«

»Eure Königliche Hoheit sprechen es aus.«

»Ohne Ihnen zuzustimmen; denn, mein lieber Major von Vitzewitz, dieser Unterschied zwischen dem König und seinem ersten Diener ist unstatthaft und gegen die preußische Tradition. Ich liebe den Grafen von Hardenberg nicht; er hat den Orden, dem ich fünfzig Jahre als Herrenmeister vorgestanden, mit einem Federstrich aus der Welt geschafft, er hat unser Vermögen eingezogen, unsere Komtureien genommen; aber ich habe seinen Maßregeln nicht widersprochen. Ich kenne nur Gehorsam. Wir leben in einem königlichen Lande, und was geschieht, geschieht nach dem Willen Seiner Majestät.«

»Dem Worte nach«, antwortete Berndt mit einem Anfluge von Bitterkeit. »Der Wille des Königs – wer will jetzt sagen, wie und wo und was er ist. Unter dem großen König, Eurer Königlichen Hoheit erhabenem Bruder, lag es den Ministern ob, den Willen Seiner Majestät auszuführen, jetzt liegt es Seiner Majestät ob, die Vorschläge, das heißt den Willen seiner Minister zu sanktionieren. Was sonst beim Könige lag, liegt jetzt bei seinen Räten; noch entscheidet der König, aber er entscheidet nicht mehr nach dem Wirklichen und Tatsächlichen, das er nicht kennt, sondern nur noch nach dem Bilde, das ihm davon entworfen wird. Er sieht Freund und Feind, die Welt, die Zustände, sein eigenes Volk durch die Brille seiner Minister. Der Wille des Königs, wie er aus Erlassen und Verordnungen zu uns spricht, ist längst zu einer bloßen Fiktion geworden.«

Der Prinz verriet kein Zeichen des Unmuts. Er schritt einige Male über den Teppich hin; dann wieder seinen Platz am Kamin einnehmend, antwortete er mit einem Ausdrucke gewinnender Vertraulichkeit: »Sie verkennen den König, meinen Großneffen. Sie und viele mit Ihnen. Ich darf mich nicht rühmen, in die Pläne Seiner Majestät eingeweiht zu sein; es ist nicht Sitte der preußischen Könige, die Mitglieder des Hauses, alt oder jung, zu Rate zu ziehen oder auch nur in den Geschäftsgang einzuweihen; aber das glaube ich Ihnen auf das bestimmteste versichern zu dürfen: das persönliche Regiment, von dem Sie glauben, daß es zu Grabe gegangen sei, ist um vieles größer, als Sie mutmaßen.«

»Eure Königliche Hoheit überraschen mich.«

»Ich glaube es wohl; auch mag ich mich in diesem und jenem irren; aber in einem irre ich mich nicht, und dies eine ist die Hauptsache. Wie sollen wir uns zu dem Kaiser, unserem hohen Verbündeten, stellen? Das ist die Frage, die jetzt alle Gemüter beschäftigt. Sie glauben, daß es der Minister sei, der zu zögern und hinauszuschieben und durch Versprechungen Zeit zu gewinnen trachtet; ich sage Ihnen, es ist der König selbst.«

»Weil ihm die Dinge derartig vorgelegt werden, daß er zu keinem anderen Entschlusse kommen kann.«

»Nein, weil er in einer Politik des Abwartens allein das Richtige sieht. Die Zeit allein wird die Lösung dieser Wirren bringen. Er ist durchdrungen von der Unhaltbarkeit der gegenwärtigen Zustände, und mehr als einmal habe ich ihn sagen hören: ›Der Kaiser ist ohne Mäßigung, und wer nicht Maß halten kann, verliert das Gleichgewicht und fällt.‹ Er hält das Kaisertum für eine Seifenblase, nichts weiter.«

»Aber eine Seifenblase von solcher Festigkeit, daß Staaten und Throne bei der Berührung mit ihr zusammenstürzen.«

»Ich bin nicht impressioniert, das Wort meines Großneffen, trotzdem es meine eigene Meinung ausdrückt, aufrechtzuerhalten. Aber er sprach auch wohl von einem Gewitter, das sich austoben müsse. Und glauben Sie einem alten Manne, der durch fast drei Menschenalter hin den

Wechsel der Dinge beobachtet hat: es *wird* sich austoben.«

»Gewiß, Königliche Hoheit, aber nachdem es vorher die höchsten Spitzen getroffen hat.«

»Wenn sich diese Spitzen nicht so zu schützen wissen, daß der Strahl an ihnen niedergleitet.«

»Durch Bündnis?« Der Prinz nickte.

Berndt aber fuhr fort: »Es mag auch das seine Zeit gehabt haben, aber diese Zeit ist um. Ein jeder Tag hat seine Pflicht und seine Forderung. Der eine fordert Unterwerfung, der andere Bündnis, ein dritter Auflehnung. Ich möchte glauben, Königliche Hoheit, der Tag der Auflehnung sei angebrochen.«

»Womit? Wir haben keine Armee.«

»Aber wir haben das Volk.«

»Der König mißtraut ihm.«

»Seiner Kraft?«

»Vielleicht auch *der*; aber vor allem dem neuen Geiste, der jetzt in den Köpfen der Menge lebendig ist.«

»Und gerade in diesem Geiste liegt das Heil, wenn man ihn zu nutzen und ihm in Klugheit zu vertrauen versteht.«

»Ich widerspreche nicht; aber dieser Aufgabe fühlt sich der König nicht gewachsen, sie widersteht seiner Natur. Ihm bedeuten viele Köpfe viele Sinne. Erwarten Sie nach dieser Seite hin nichts von ihm.«

»Ich hoffe, daß ihm Zuversicht kommt und in dieser Zuversicht der Glaube an ein gutes und treues Volk, das nichts anderes begehrt als die Gewährung, für seinen König sterben zu dürfen.«

Der Prinz, seinen Platz abermals wechselnd, schob einen Fauteuil neben das Sofa, nahm, sich niederlassend, Berndts Hand in die seine und sah ihn dabei fest und freundlich mit seinen großen Augen an.

»Ich kenne das Volk; ich habe mit ihm gelebt. In meinen hohen Jahren, wo sich der Sinn für vieles schließt, öffnet er sich für anderes, und so sage ich, weil ich es weiß, es ist ein gutes Volk. Ich sehe es so klar, als ob es vor meinem leiblichen Auge stünde. Aber der König ist eingeschüchtert; er hat viel Schmerzliches erlebt und nicht das Große, das meine jungen Tage gesehen haben. Ich kenne ihn genau. Er schließt lieber ein Bündnis mit seinem Feinde, vorausgesetzt, daß ihm dieser Feind in Gestalt eines Machthabers oder einer geordneten Regierung entgegentritt, als mit seinem eignen, in hundert Willen geteilten, aus dem Geleise des Gehorsams herausgekommen Volke. Denn er ist ganz auf die Ordnung gestellt. Mit einem einheitlichen Feinde weiß er, woran er ist, mit einer vielköpfigen Volksmasse nie. Heute ist sie mit ihm, morgen gegen ihn, und während das ihm zu Häupten stehende Napoleonische Gewitter ihn treffen, aber auch ihn schonen kann, sieht er in der entfesselten Volksgewalt nur ein anstürmendes Meer, das, wenn erst einmal die Dämme durchbrochen sind, unterschiedlos alle gesellschaftliche Ordnung in seinen Fluten begräbt. Und die gesellschaftliche Ordnung gilt ihm mehr als die politische. Und darin hat er recht.«

Eine kurze Pause entstand; der Prinz erhob sich wieder, ein Zeichen, daß er die Audienz zu schließen wünsche. Er reichte beiden Herren die Hand und dankte dem Geheimrat, daß er ihm Gelegenheit gegeben habe, die nähere Bekanntschaft eines dem Vaterlande treu ergebenen Mannes zu machen.

»Es ist hocherfreulich, selbständigen und bestimmten Ansichten zu begegnen; aber erschweren Sie dem leitenden Minister nicht seine Stellung. Wir werden das Bündnis aufrechterhalten, bis es sich von selber löst, und dieser Zeitpunkt, so nicht alle Zeichen trügen, ist nahe. Der versinkende Dämon nimmt dann auch die Kette mit, die uns an ihn fesselte.«

»Aber nur, um uns *doch* und vielleicht für immer in Unfreiheit zurückzulassen; wir werden nichts als die Herrschaft gewechselt haben. Denn unser Tun und Lassen bestimmt unser Los, und andere werden kommen, die dem, der so willfährig die Schleppe trug, eine neue Kette schmieden.«

»Hoffen wir das Gegenteil.«

Damit schieden sie. Beide Herren verneigten sich, der Wagen fuhr wieder auf die Rampe, und der französische Doppelposten, der vor dem Palais stand, machte die Honneurs. »Wie hat Ihnen mein Prinz gefallen?« fragte der Geheimrat.

»Gut; ich fürchte, daß er recht hat und daß ich den Widerstand, den ich in dem Minister suchte, in dem Könige selbst zu suchen habe. Aber auch das erschüttert mich nicht. Ich habe das Bangen vor dem Volke nicht, und ich wage es *mit* ihm. Es ist eine Torheit, auf die Fehler oder Nachsicht eines Gegners rechnen zu wollen, wenn man die Macht in der Hand hat, ihm die Gesetze vorzuschreiben. Die Hände in den Schoß legen heißt ebensooft Gott versuchen als Gott vertrauen. Aide-toi même et le ciel t'aidera.«

Damit bog der Wagen rechts um die Lindenecke und hielt gleich darauf vor dem Gasthofe »Zur Sonne«, wo man beschlossen hatte, das Dejeuner zu nehmen.

## ZWEITES KAPITEL

### *Auf dem Windmühlenberge*

In dem »Wieseckeschen Saal auf dem Windmühlenberge«, in dem erst am Abend vorher der große Silvesterball stattgefunden hatte, waren am Neujahrstage wohl an hundert Stammgäste mit ihren Frauen und Kindern versammelt. Alles war wieder an seinem alten Platz, und auf derselben Stelle, wo sich vor kaum vierundzwanzig Stunden die Paare gedreht hatten, standen jetzt, als ob der Ball nie stattgefunden hätte, die grüngestrichenen, etwas wackeligen Tische mit den vier Stühlen drum herum; und zwischen den Stühlen und Tischen, hin und her und auf und ab, preßte sich eine Schar von Verkäufern, die hier seit vielen Jahren heimisch und fast ein zugehöriger Teil des Lokals geworden waren: alte Mütterchen mit Schaumkringeln und Zimmetbrezeln, primitive Tabulettkrämer, in deren vorgebundenen Kästchen Stahl und Schwamm, Schwefelfäden und blaue Glasperlen zum Verkaufe lagen, endlich Stelzfüße, die neben den beiden Berliner Zeitungen auch allerhand Flugblätter feilboten. Über dem Ganzen lag eine angesäuerte Weißbierluft, die, durch Lichterblak und Tabaksqualm ziemlich beschwerlich werdend, nur dann und wann sich auffrischte, wenn ein Glas dampfenden Punsches vorübergetragen wurde.

An einem dieser Tische, der halb schon unter der Musikempore stand, saßen vier Berliner Bürger, zwei von ihnen in eifrigem Gespräch, die beiden andern ebenso eifrige Zuhörer. Es waren Nachbarn aus der Prenzlauer Straße: der Schornsteinfegermeister Rabe, der Bürstenmacher Stappenbeck, der Posamentier Niedlich und der Mehl- und Vorkosthändler Schnökel. Alle vier Männer von vierzig Jahren und drüber, Niedlich und Schnökel in demselben Hause wohnend, nur durch den Flur getrennt.

Rabe war der Angesehenste unter ihnen und hatte nicht nur das, was die meisten Schornsteinfegermeister zu haben pflegen: gute Haltung, frischen Teint und weiße Zähne, sondern auch einen wundervollen Charakterkopf, der jedem Chefpräsidenten Ehre gemacht haben würde. Er wußte das auch und verfuhr danach, ließ sich lieber erzählen, als daß er selber erzählte, und vermied, obschon er aus einer alten Berliner Familie stammte, alle großen Worte. Er war der Drosselstein dieses Kreises, das aristokratische Element, wie denn die Schornsteinfegermeister, bei denen das Geschäft von Vater auf Sohn geht, wirklich eine Art Bürgeradel bilden.

Wenn Rabe der Drosselstein dieses Kreises war, so war Stappenbeck der Bamme. Niedlich warf ihm vor, daß er den Bürstenmacher nicht verleugnen könne, und das traf in allen Stücken zu; denn wie sein Haar, so war auch seine Manier und Sprechweise: die Borsten immer nach oben. Ein echter Berliner. Er stand an Ansehen hinter Rabe zurück, war ihm aber an Wissen und Witz und selbst an Erfahrung weit überlegen. Er hatte Reisen gemacht, war um seines Geschäftes willen, das er mit Eifer und Umsicht betrieb, in Polen und Rußland gewesen und galt seit Beginn des Zuges gegen Moskau in allen russischen Lokalfragen als unanfechtbare Autorität. Selbst Rabe, ohnehin zu vornehm, um lange zu streiten, unterwarf sich seinen Weisheitssprüchen, die von dem festen Boden der Landeskenntnis aus allerdings mit Vorliebe in das Politisch-Militärische hinüberspielten.

Sein Gegensatz war Posamentier Niedlich, ein kleiner artiger Mann, dessen Redseligkeit nur durch seine Ängstlichkeit gezügelt wurde. Er trug einen hellgrünen Rock und, weil er an Kopfreißen litt, ein Käppsel von geblümtem Sammetmanchester mit einer Puschel daran, »dem Zeichen seines Standes«, wie Stappenbeck versicherte. Er konnte, von Geschäfts wegen an ein beständiges Hin- und Herhüpfen gewöhnt, nie länger als fünf Minuten sitzen bleiben, ganz einem Zeisig ähnlich, der es nicht lassen kann, die Sprossen seines Bauers auf- und abzuspringen. Auf seinen mageren Backen brannten zwei scharf abgezirkelte rote Flecke, als ob er hektisch oder echauffiert sei; er war aber weder das eine noch das andere.

Den Schluß machte Schnökel. Er war der Baß dieses kleinen Männerkonzertes, in Stimme wie Figur. Ein großer starker Mann mit kurzem Hals; das Bild des Apoplektikus, ein gründlicher Kenner in Sachen Berliner und Cottbuser Weißbieres. Er schmeckte nicht nur die Sorten, sondern auch die Lagerungstage heraus, trank, rauchte und schwieg. Nur dann und wann, wenn das wiederholte Klopfen mit dem Deckel nicht geholfen hatte, rief er über alle zwischenstehenden Tische hinweg mit Stentorstimme nach einer neuen »Weißen«.

Stappenbeck hatte die »Berlinische Zeitung« unter seinem linken Ellbogen. Es war die Nummer vom 26. Dezember, aus der er seinen drei Genossen eben die Hauptstellen des darin abgedruckten neunundzwanzigsten Bulletins vorgelesen hatte. Mit der Rechten fuhr er, sich aufzufrischen, in die große Schnupftabaksdose, die zwischen ihnen mitten auf dem Tische stand; Rabe rauchte still, Schnökel in großen Wolken, während Niedlich, ein ausgesprochener Nichtraucher – der, solange die Vorlesung dauerte, zu Stappenbecks äußerstem Mißbehagen ein ganzes Dutzend Zuckeroblaten geräuschvoll zerbrochen und aufgegessen hatte –, jetzt eine alte Frau heranwinkte, um sich den Schaumkringeln zuzuwenden.

Die Schilderung des Überganges über die Beresina, womit der in der Zeitung gegebene bloße Auszug des Bulletins abschloß, hatte, namentlich bei Rabe, neben der patriotischen Freude doch auch menschliche Teilnahme geweckt, und es war nicht ohne Bewegung, daß er vor sich hin sprach:

»Gerichte Gottes! Was wird aus ihm, Stappenbeck? Kann er sich von diesem Schnee- und Eisfeldzuge wieder erholen?«

»Wie sich ein Karpfen erholt, wenn das Eis bis auf den Grund gefroren ist; er muß sticken. Ich sage dir, Rabe, es is alle mit ihm. Du mußt nicht vergessen: erstens die Gegend und dann den Schnee und dann das Volk. Ich kenn es. Das is ja nich so wie hier bei uns. Nehmen wir an, du willst nach Potsdam; ja, da is erst der ›Schwarze Adler‹, dann Stimmings, dann Kohlhasenbrück, un überall was Warmes. Aber nu nimm Rußland. Da marschierst du den ganzen Tag immer gradaus, un wenn du am Abend einem begegnest und fragst ihn: ›Wie weit is es noch?‹, so sagt er: ›Fünf Meilen.‹ Aber du kannst nicht fragen, denn du begegnest keinem.«

Rabe nickte. Trotzdem er das Übertriebene wohl heraushörte, sah er doch ebenso deutlich, daß diese Übertreibung nur das scherzhafte Kleid für eine ernsthaft gemeinte Sache war. Niedlich aber sagte:

»Du vergißt bloß eins, lieber Stappenbeck; sie sind ja schon in Wilna, und von Wilna bis an die Grenze is bloß noch neunzig Meilen.«

»Bloß noch neunzig Meilen«, wiederholte Stappenbeck in gedehntem Tone, in dem sich Ärger und gute Laune die Waage hielten. »Wir weit is es doch bis Alt-Landsberg?«

»Drei Meilen.«

»Gut also, drei Meilen. Nu sage mir, Gevatter, denkst du noch an den Grünen Donnerstag, es geht jetzt ins dritte Jahr, wo wir die Tour zusammen machten? Du hattest einen warmen Rock an und weite Stiefel; von dem Proviant, den wir mithatten, will ich gar nich reden. Und nu besinne dich, wie der Posementier Niedlich in den Alt-Landsberger ›Blauen Löwen‹ einrückte! Leugnen is nich, denn ich habe dir selber den Wollfaden durch die Quesen gezogen. Und du redst von ›bloß neunzig Meilen‹.«

Schnökel lachte. »Ja, neunzig Meilen is eine hübsche Ecke. Aber mit dem Kaiser, Stappenbeck, is es drum noch lange nich alle. Warum soll es auch alle mit ihm sein? Is er nich heil heraus? Un sitzt er nich wieder ausgewärmt und ausgefuttert in Paris? Un seine Franzosen, die nich mitgefroren haben, die kenn ich; die werden ihm bald wieder eine neue Armee machen.«

»Nein, Schnökel, das werden sie nicht«, antwortete Stappenbeck, der sich inzwischen auch eine Pfeife angezündet und den brennenden Fidibus am Tischrand ausgeklopft hatte. Nur ein paar Funken glimmten noch. »Blas an diesem Fidibus, soviel du willst, er brennt nich wieder. Ich glaube nich, daß ihm die Franzosen eine neue Armee machen, und wenn sie's tun, wer soll sie kommandieren? Da liegt der Has im Pfeffer. Er ist ein Deibelskerl, aber er kann doch am Ende nich allens allein besorgen.«

»Das braucht er auch nicht; dazu hat er seine Generale«, bemerkte Rabe.

»Die hat er eben *nich*. Vorläufig stecken sie noch mit erfrorenen Zehen in Rußland, und ich sage dir, Rabe, das müßte schnurrig zugehen, wenn auch nur einer wieder nach Paris käme und seinem Empereur vermelden könnte: ›Hier bin ich.‹«

»Sollen wir sie denn alle totmachen?« fragte Niedlich mit einem gemischten Ausdruck von Schauder und Schelmerei.

»Nein, du nicht. Deine reinen Posamentierhände sollen sich nicht mit Marschallsblut besudeln. Du kannst ihnen, denn das hast du um deine Puschelmütze verdient, meinetwegen die Quasten und Raupen liefern, wenn sie erst wieder hier sind. Aber, Niedlich, ›wenn‹. Es sind freilich, wie du sagst, bloß neunzig Meilen von Wilna bis Memel, aber ich müßte die Russen schlecht kennen, wenn sie diesen Spaziergang nicht ausnutzen sollten. Und zwischen Memel und unsrem Prenzlauer Tor liegt auch noch gerade Erde genug, um ein Dutzend Marschälle und alles, was drum und dran hängt, zu begraben.«

»Wer soll das tun?« fragte Rabe mit ablehnender Würde. »So was is nich Mode bei uns.«

»Kann aber werden«, fuhr Stappenbeck fort. »Die Not lehrt nich bloß beten, und die Welt besteht nich aus lauter Posamentiers. Ich sage dir, Rabe, in Litauen und Masuren werden sie schon zufassen. Aber wenn sie auch nicht zufassen, wenn sich keine Hand rührt, der liebe Gott tut es für uns. Sie fallen um wie die Fliegen. Und die paar, die bis hierher kriechen, die müssen wir irgendwo unterbringen.«

»Wo denn?«

»'ne neue französische Kolonie; aber hinter Wall und Graben.«

»Und wenn sie der Kaiser wiederhaben will?«

»Dann mag er sie sich holen. Aber er wird nich; denn um *die* Zeit sind die Russen hier.«

»Vielleicht.«

»Nein, gewiß. Nimm mir's nicht übel, Rabe, das verstehe ich besser. Wer in Wut is, der steht nicht still. Das is überall so. Wenn meine Frau was mit mir hat, und sie hat mitunter was mit mir, und ich geh in die andere Stube, weil ich genug habe, was tut sie? Sie kommt mir nach. Und da geht es weiter. Das ist, was man die menschliche Natur nennt. Und der Russe is auch ein Mensch. Erst recht. Ich sage dir, Rabe, der Russe kommt, und der Kaiser wird *nicht* kommen. Denn die Franzosen haben ihn satt; und das kannst du mir glauben, so sehr viel is auch nie mit ihm los gewesen. Ich hab es schon Anno sechs gesagt, als er auf seiner brandroten Fuchsstute hier einritt, mit seinem gelben Gesicht und den stechenden Augen. ›Kinder‹, sagt ich, ›es is doch man ein ganz kleiner Kerl; der Alte Fritz war auch kleine, aber so kleine war er doch noch lange nich.‹ Ich bin nu mal für die Großen. So wie Saldern war oder Möllendorf.«

Es schien, daß Stappenbeck noch fortfahren wollte, aber ein Krüppel, der mit zurückgebundenen Fußstummeln von Tisch zu Tisch rutschte, hielt ihm eben ein Blatt entgegen und sagte: »Das is was für Sie, Herr Stappenbeck; ein Groschen, aber ich nehm auch zwei.«

Es war ein löschpapierner Bogen: »Neue Lieder, gedruckt in diesem Jahr«, mit zwei Holzschnitten, von denen der eine die drei Grazien in einem ovalen Rosenkranze, der andere auf der Rückseite einen kleinen Amor darstellte.

Stappenbeck gab dem Krüppel die gewünschte doppelte Löhnung und schlug den Bogen auseinander, in dem er irgendeinen franzosenfeindlichen Reim, wie sie damals mit Hilfe solcher fliegenden Blätter verbreitet wurden, zu finden hoffte. Er überflog die Überschriften: »Ännchen von Tharau«, »Frisch auf, Kameraden, aufs Pferd, aufs Pferd«, »Herr Schmidt, Herr Schmidt«, »Das Gespenst in Tegel«. Er wurde ungeduldig und drehte den Bogen um: »Die Schlacht bei Groß-Aspern«, »Oh, Schill, dein Säbel tut weh«; sollte der Krüppel diese beiden gemeint haben? Aber das waren ja bekannte Sachen. Halt, hier, *das* mußt es sein; es hatte keine Überschrift, aber die beiden ersten Zeilen konnten als solche gelten.

»Lies«, sagte Rabe, der dem Gesichte Stappenbecks ansah, daß er endlich gefunden hatte, was er suchte. Und Stappenbeck las:

»Warte,
Bonaparte;
Warte nur, warte, Napoleon,
Warte, warte, wir kriegen dich schon.

Ja der Russ'
Hat uns gezeigt, wie man's machen muß:
Im ganzen Kremmel
Nicht eine Semmel,
Und auf den Hacken
Immer nur Hunger und Kosaken,
Ja der Russ'
Hat uns gezeigt, wie man's machen muß.

Hin ist der Blitz
Deiner Sonne von Austerlitz,
Unterm Schnee
Liegen all deine Corps d'Armée.
Warte,
Bonaparte;
Warte nur, warte, Napoleon,
Warte, warte, wir kriegen dich schon.«

Die nächste Folge war, daß der Krüppel wieder herangewinkt wurde; jeder wollte jetzt seiner Frau den Spottvers mit nach Hause nehmen. Von dem Mitleid, das die Vorlesung des Bulletins begleitet hatte, war nichts mehr übrig, und besonders Schnökel wiederholte mit wachsendem, von Hustenanfällen begleiteten Behagen: »Im ganzen

Kremmel nicht eine Semmel.« Ihr Lesen und Lachen war an den umstehenden Tischen bemerkt worden, und ein alter Herr, der freilich nichts weniger als geneigt aussah, an ihrer Heiterkeit teilzunehmen, und von Rabe als »Herr Klemm«, von Stappenbeck aber mit besonderer, etwas spöttischer Betonung als »Herr Feldwebel Klemm« begrüßt wurde, trat an sie heran. Die Charge, bei der ihn Stappenbeck nannte, erklärte zum Teil das Aparte seiner Erscheinung. Er hielt sich kerzengerade, hatte das spärliche weiße Haar mit einem großen Kamme nach hinten zu zusammengesteckt und trug zu seinem langen blauen Rock und schwefelgelber Weste ein Paar Reiterstiefel, die bis zum Knie hinauf blitzblank geputzt waren. Der hagere Hals steckte in einer steifen Binde.

»Wollen Sie nich Platz nehmen, Herr Klemm?« fragte Rabe.

»Haben Sie schon gelesen, Herr Feldwebel Klemm?« fügte Stappenbeck hinzu und überreichte ihm den Bogen, den er mittlerweile derart zusammengefaltet hatte, daß das Lied, auf das es ihm ankam, obenauf lag.

Klemm dankte und las den Spottvers, während er aus seiner holländischen Pfeife kleine Wölkchen blies. Er verzog keine Miene, legte, als er geendet, das Blatt wieder auf den Tisch und sagte: »Die Polizei, die sich um vieles kümmert, das sie nichts angeht, macht die Augen zu, wo sie sie aufmachen sollte. Wohin führt das? Zu Krawall und Auflehnung. Und was ist das Ende vom Liede? Wir werden statt an der linken Hand an beiden Händen gebunden werden, und an den Füßen dazu.«

Er schlug mit den Knöcheln seiner rechten Hand auf das vor ihm liegende Blatt und fuhr fort: »Und sind wir nicht im Bündnis mit dem Kaiser? Leider zu spät; wären wir es immer gewesen, es stände besser mit uns. Aber der alte Fehler ist noch wieder zu reparieren, gerade jetzt. Geschieht es, gut; geschieht es *nicht*, ertappt er uns wieder auf dem faulen Pferde, so sind wir verloren. Von Treue will ich nicht sprechen, die Politik braucht nicht treu zu sein; aber klug, klug, meine Herren.«

»Was jetzt klug ist, ist klar«, sagte Stappenbeck. »Er hat nur noch Trümmer; der Russe drängt nach, wir von vorn; so klatscht es zusammen, und wir haben ihn unter der Fliegenklatsche.«

»Fliegenklatsche! Sie machen die Rechnung ohne den Wirt, Herr Bürstenmacher Stappenbeck. Der Russe wird nicht nachdrängen, glauben Sie mir. Aber *wenn* er nachdrängt, wenn er über den Njemen geht und über die Weichsel, dann werden Sie freilich so was Ähnliches haben, aber nicht Fliegenklatsche, sondern Mausefalle. Und wer steckt drin? Der Russe.«

»Das wäre. Da bin ich doch neugierig«, sagte Rabe.

»Bitte, Herr Niedlich, wollen Sie mir ein Stück Kreide geben.«

Niedlich sprang auf.

»Nein, ich danke Ihnen, ich finde noch ein Stück in meiner Tasche.«

Damit schob der strategische Feldwebel die Gläser in eine Ecke zusammen und zog von oben nach unten einen Strich über den grünen Tisch hin. »Dieser dicke Strich also«, hob er an, »ist die Grenze, rechts Rußland, links Preußen und Polen. Achten Sie darauf, meine Herren, auch Polen. Dieser Punkt hier links ist Berlin, und hier zwischen Berlin und dem dicken russischen Grenzstrich, diese zwei kleinen Schlängellinien, das sind die Oder und die Weichsel. Nun müssen Sie wissen, an der Oder und Weichsel hin, in sechs großen und kleinen Festungen, stecken dreißigtausend Mann Franzosen, und ebenso viele stecken hier unten in Polen in einer sogenannten Flankenstellung, halb schon im Rücken. Ich wiederhole Ihnen, achten Sie darauf, denn in dieser Flankenstellung liegt die Entscheidung. Jetzt drängt der Russe nach; schwach ist er, denn wenn eine Armee friert, friert die andere auch, und schlottrig geht er über die Weichsel. Und nun geschieht was? Von den Oderfestungen her treten ihm dreißigtausend Mann ausgeruhte Truppen entgegen, von der Flankenstellung her andere dreißigtausend Mann, legen sich ihm vor und schneiden ihm die Rückzugslinie ab. Und klapp, da sitzt er drin. Das ist, was man eine Mausefalle nennt. Ich mache mich anheischig, Ihnen die Stelle zu zeigen, wo die Falle zuklappt. Hier dieser Punkt. Es muß Köslin sein oder vielleicht Filehne. Ich gehe jede Wette ein, zwischen Köslin und Filehne kapituliert die russische Armee. Wie Mack bei Ulm. Was nicht kapituliert, ist tot.«

»Und ich glaub es alles nicht«, sagte Stappenbeck und wischte mit dem Ärmel seines Flauschrocks die ganze Mausefalle vom Tisch weg.

»Ich kann Ihren Glauben nicht zwingen«, sagte Klemm mit einer Miene ruhiger Überlegenheit. »Es ist ein eigen Ding mit der Kriegswissenschaft; Bürstenmacher können sie haben –«

»Und Feldwebel –«

»Aber auch nicht«, schloß Klemm seinen Satz.

»Aber auch nicht«, wiederholte Stappenbeck.

Schnökel war diesen Schraubereien mit einem schweren asthmatischen Lachen gefolgt; Rabe aber, dem alles, was zu Zank und Streit führen konnte, zuwider war, erhob sich und sagte: »Es ist Zeit, ihr Herren, ich gehe; wer kommt mit?« Alle folgten der Aufforderung, steckten die Blätter, die sie gekauft hatten, zu sich und schritten mit einem kurzen »Guten Abend, Herr Klemm!« an diesem vorüber auf die Tür zu. Als sie diese fast schon erreicht hatten, kam ihnen ein gelblicher mittelgroßer Hund nachgesetzt und schoß ängstlich, weil er sich vergessen glaubte, dem kleinen Niedlich durch die Beine hindurch, so daß dieser nur mit Mühe seine Balance hielt. Es war Kratzer, Stappenbecks Spitz, der sich die ganze Zeit über an allen Tischen, wo Kinder saßen, mit Kringelfangen beschäftigt hatte, ein häßliches Tier, ebenso storr und widerhaarig wie sein Herr. Jetzt sprang er an diesem in die Höhe, winselte, bellte und jagte, als er draußen im Freien war, kreuz und quer über das Plateau des Windmühlenberges hin, ersichtlich froh, nach dem Gesellschaftszwang der letzten Stunden sich wieder austoben zu können.

Die vier Bürger hielten sich auf dem ziemlich breiten Fußwege, den die zahlreichen Gäste des Wieseckeschen Lokals nach dem Prenzlauer Tore hin in dem dichtliegenden Schnee gestapft hatten. Rabe, trotzdem es kalt war, bewahrte seine distinguierte Haltung; die drei anderen aber, die sich wenig um ihr Aussehen kümmerten, hatten die Mützen ins Gesicht gezogen und sich bis an die Ohren hinauf in ihre dicken gestrickten Shawls gewickelt. Schnökel, der bei Ostwind nicht sprechen konnte, blieb etwas zurück; Niedlich hielt Linie mit den beiden andern, aber nur mühsam, da er ein Trippler war.

Das Gespräch wollte nicht gleich in Gang kommen; endlich begann Rabe, der mehr ausdauernd als schnell von Gedanken war:

»Ich glaube doch, Stappenbeck, du hast ihn zu despektierlich behandelt. Ich hab's mir nämlich überlegt. Erstens ist er ein alter Mann, zweitens ist er ein Soldat, und drittens hat er die Schlacht bei Torgau gewonnen.«

»Das hat er«, fiel Niedlich ein, der bestimmt ausgesprochenen Sätzen eines andern, besonders aber, wenn sie von Rabe kamen, gern zustimmte.

Stappenbeck blieb stehen und pfiff seinem Hund. Kratzer kam in großen Sätzen heran, blaffte ein paarmal und jagte dann wieder, als wäre der böse Feind hinter ihm her, in wildem Zickzack über den in Schnee liegenden Windmühlenberg hin. »Seht«, sagte Stappenbeck, »so hat Klemm die Schlacht bei Torgau gewonnen. Immer die Beine in die Hand. Er ist gelaufen, daß es eine Freude war.«

»Aber er soll ja doch gesammelt haben«, nahm Rabe wieder das Wort. »Ich entsinne mich der Sache ganz genau. ›Wie heißt Er?‹ frug ihn der König, als er ihn die zerstreuten Grenadiere wieder in Reih und Glied bringen sah. ›Klemm, Euer Majestät.‹ – ›Na, das ist brav, mein lieber Klemm; *ich* werd es Ihm nicht vergessen.‹ Und dann ritt der König weiter. Ich hab es ihn selber erzählen hören.«

»Wen? Den König?«

»Nein, Klemm.«

Stappenbeck lachte. »Rabe, du hast bloß einen Fehler. Du glaubst alles. Ich kenn diesen Patron besser. Er ist nicht einer von den Grenadiers, die bei Torgau gesammelt *haben*, sondern einer von denen, die gesammelt worden *sind*. Und das mit des Alten Fritzen eigenhändigem Krückstock. ›Rackers, wollt ihr denn ewig leben?‹ An diesem allergnädigsten Zuruf hat unser Klemm seinen ehrlichen Anteil.«

»Du kannst ihn nicht leiden, Stappenbeck, und auf wen du mal eine Pike hast –«

»Den pik ich, aber diesen Feldwebel Klemm noch lange nicht genug. Er ist ein schlechter Kerl durch un durch. Eine Memme, ein Großmaul und ein Schnurrer.«

»Ein Schnurrer?« fragte Rabe.

»Ja, ein Schnurrer ist er«, fiel hier Niedlich ein, der rasch erkannt hatte, daß sich die Partie schließlich doch wieder zu Stappenbecks Gunsten entscheiden werde. »Ein Schnurrer ist er. Im Sommer sitzt er auf den Gütern fest, bei den Bredows und den Rohrs, die sind gutmütig; das ist denn so seine Weidezeit; un wenn so Anfang Dezember geschlachtet wird, da kommt er schon mit langen Neujahrswünschen, bloß damit er sich wieder in Erinnerung bringt. Er kriegt auch Almosen. Un was für welche! Ich hab ihn selber die Dukaten putzen sehen.«

»Na, na«, sagte Rabe, »wenn er ein hilfsbedürftiger Mann ist –«

»Ein Geizhals ist er un ein Schuft dazu«, nahm Stappenbeck, immer mehr sich ereifernd, wieder das Wort und zog den dicken Shawl, der ihn am Sprechen hinderte, etwas tiefer unter das Kinn. »Ich weiß, was ich sage; er wohnt bei meiner Frau Bruder im Hause; die kennen ihn; er ist ein Mantelträger, ein Spion.«

»Na, na«, wiederholte Rabe.

»Und wenn er kein Spion ist, was ich ihm nicht beweisen kann, wenn ich es auch fest und sicher glaube, so ist er doch eine undankbare Kreatur. Was Niedlich erzählt hat, wie er sich bei den havelländischen Adligen, die ich alle kenne von wegen der Borsten, immer wieder herausfuttert, das war vordem, un das war seine gute Zeit. Ich meine seine ehrliche Zeit. Denn ich bin auch nich so und gönne jedem seine Satte saure Milch un auch noch was dazu. Aber seit Anno sechs kennt unser Klemm die Havelländischen nich mehr. Un auch die andern nicht, wo er sonst sein feldwebliges Einlager hielt. Er hat die Herrschaft gewechselt. Das tut kein Hund nich. ›Kratzer!‹ Seht, da kommt er schon wieder. ›Kusch dich, Kratzer.‹ Es ist ein treues Tier. Aber dieser Klemm, keine acht Tage, daß die Löffelgarde durchs Hallesche Tor gezogen war, so war er schon liebes Kind mit all und jedem, drängte sich an die Generals und machte den Complaisanten. Da gab es denn

Louidors statt der Dukaten. Ein Schweifwedler ist er und ein Gelegenheitsmacher. Und wie er vor Jena die Franzosen samt ihrem Kaiser aufgefressen hat, so frißt er jetzt die Russen auf und zeichnet uns mit Kreide die ›Mausefalle‹ auf den Tisch, drin er sie fangen will. Aber ich hab es ihm angestrichen.«

In diesem Augenblicke klangen zwei französische Signalhörner, bald auch der dumpfe Ton einer Trommel herüber und unterbrachen den Redestrom Stappenbecks, der sein letztes Wort noch nicht gesprochen zu haben schien. Alle vier blieben stehen und horchten auf, denn auch Schnökel war mittlerweile herangekommen. Der letzte, der sich einfand, war Kratzer; er legte seinen Hals an das Knie seines Herrn, schnoberte in der Luft umher, winselte und gab sich das Ansehen, als ob er auch so seine Betrachtungen habe.

»Sie blasen Retraite«, sagte Stappenbeck mit einem Tone, der den Doppelsinn seiner Rede ausdrücken sollte.

»Gebe es Gott!« antwortete Rabe.

Dann, während die Hörner verklangen, setzten die Männer ihren Heimweg fort. Vor ihnen lag die Stadt mit ihren tausend Lichtern, bis endlich ein Hohlweg, der vom Plateau aus nach dem Tore hinunterführte, ihnen den Anblick der Lichter entzog.

Aber die Sterne des Winterhimmels standen über ihnen und funkelten hell in das neue Jahr hinein.

## DRITTES KAPITEL

### *Geheimrat von Ladalinski*

Das Haus, das der Geheimrat von Ladalinski bewohnte, lag in der Königsstraße, der alten Berliner Gerichtslaube schräg gegenüber. Es war ein aus dem Anfange des vorigen Jahrhunderts stammender, damals auf Geheiß König Friedrichs I. aufgeführter Spätrenaissancebau, der an seiner Fassade durch mannigfache geschmacklose Restaurationen gelitten, im Innern aber seine frühere Stattlichkeit vollkommen beibehalten hatte. Namentlich galt dies, neben Hof und Treppe, von dem ganzen ersten Stock, in dem die Empfangs- und Gesellschaftsräume lagen. Hier zeigten sich noch jene Stuckornamente, die den Barockbauten Schlüters soviel Reiz und Leben liehen, und vom Plafond herab grüßten, wenn auch stark nachgedunkelt, die großen, nach Giulio Romanoschen Originalen im Corte reale zu Mantua ausgeführten Deckenbilder, mit denen der prachtliebende König den ganzen ersten Stock hatte dekorieren lassen. An diese Gesellschaftsräume schlossen sich nach rechts und links hin zwei kleinere Zimmer, einfenstrig mit breiten Wandflächen, die, weil mehr benutzt, auch mehr eingebüßt und von ihrer ehemaligen reichen Ausschmückung nur die Deckenbilder, darunter ein »Nacht und Morgen« und einen »Sturz des Phaethon«, gerettet hatten.

Das eine dieser beiden kleineren Zimmer war das geheimrätliche Arbeitscabinet, dessen der Tür gegenüber befindliche Längswand von zwei hohen, eine ganze Registratur bildenden Aktenrealen eingenommen wurde. Zwischen diesen Realen auf einem freigebliebenen Wandstreifen hing das Bildnis einer schönen jungen Frau, deren Ähnlichkeit mit Kathinka unverkennbar war. Dasselbe ins Rötliche spielende kastanienbraune Haar, vor allem derselbe Augenausdruck, so daß das einzige, was abwich, das minder scharfgeschnittene Profil, als etwas Gleichgiltiges erscheinen konnte. Durch die halbe Länge des Zimmers hin zog sich ein großer Arbeitstisch; er stand so, daß das Auge des Geheimrats, wenn er aufsah, das schöne Frauenporträt treffen mußte. Im übrigen hatte das Cabinet manches, was an die Einrichtung eines Junggesellenzimmers erinnerte. Neben dem altmodischen, mit Bildern aus der biblischen Geschichte geschmückten Ofen machte sich ein ziemlich großer, aber flacher und mit roten Tuchflicken angefüllter Korb bemerkbar, der einem englischen Windspiel als Lagerstätte diente, während in einem in der Fensternische stehenden Glasbassin mehrere Goldfischchen ihr munteres Spiel trieben. Die halb herabgelassenen Rouleaux dämpften das ohnehin nur mäßig einfallende Licht; alles war Wärme und Behagen.

Die kleine Pendule schlug eben zehn, als der Geheimrat

eintrat, ein Sechziger, groß und schlank, das kurzgeschnittene graue Haar voll und dicht nach oben gerichtet. Er trug einen veilchenfarbenen Samtschlafrock, unter dem er sich in bereits sorglichster Toilette zeigte. Seine Haltung, vor allem die Adlernase, gaben ihm etwas entschieden Distinguiertes. Das Windspiel drängte sich an ihn, um ihn respektvoll, aber verdrießlich zu begrüßen, und zog sich dann zitternd, während das Glöckchen an seinem Halse hin und her tingelte, wieder in seinen warmen Korb zurück. Der Geheimrat seinerseits schritt auf das Bassin zu, um die Fischchen mit einigen Krumen und Insekteneiern zu füttern; er verweilte minutenlang dabei und nahm dann Platz an seinem Arbeitstisch, auf dem amtliche Schreiben, auch mehrere Zeitungen, darunter englische und französische, ausgebreitet lagen. Er pflegte zunächst alles Geschriebene zu erledigen; heute hielt er sich zu den Zeitungen und nahm den »Moniteur«.

Überlassen wir ihn auf eine Viertelstunde ungestört seiner Lektüre und erzählen wir, während er sich in Empfangsfeierlichkeiten und Loyalitätsadressen vertieft, einiges aus seinem Leben.

Alexander von Ladalinski war um die Mitte des vorigen Jahrhunderts auf dem den Mittelpunkt der gleichnamigen Herrschaft bildenden Schlosse Bjalanowo geboren. Die nächste größere Stadt, aber doch mehrere Meilen entfernt, war Czenstochau. Einige der zur Herrschaft gehörigen Güter zogen sich westlich und griffen mit ihrem Hauptbestande ins Herzogtum Schlesien hinüber, das eben damals preußisch geworden war.

Der junge Ladalinski empfing eine sorgfältige Erziehung, ging, um diese zu vollenden, erst nach Paris, dann nach Wien und hatte, dreiundzwanzig Jahre alt, eben die Verwaltung seiner Güter übernommen, als die Verhältnisse des Landes ihn in die politischen Kämpfe hineinzogen. Sowenig er diese Kämpfe liebte, so gewissenhaft führte er sie durch, nachdem er erst in dieselben eingetreten war. Er saß im Reichstag und zählte zu den Hervorragendsten unter den Führern der antirussischen Partei. Schon damals sprach sich in seiner Haltung eine bei mehr als einer Gelegenheit hervortretende Hinneigung zu Preußen aus.

Diese Hinneigung, vielleicht auch der schon erwähnte Umstand, daß ein Teil seiner Besitzungen dem preußischen Staatsverbande zugehörte, war es wohl, was bei Veranlassung der Thronbesteigung König Friedrich Wilhelms II. seine Mission an den Berliner Hof veranlaßte. Er fand an demselben ein ihn auszeichnendes Entgegenkommen, besonders von seiten des Ministers von Bischofswerder, in dessen Hause er sehr bald ein täglicher Gast wurde. Hier war es auch, wo er die junge Comtesse Sidonie von Pudagla kennenlernte. Was ihn vom ersten Augenblicke an mehr noch als ihre Schönheit bezauberte, war der heitere Übermut ihrer Laune, die mit graziöser Rücksichtslosigkeit geübte Kunst, den Schaum des Lebens wegzuschlürfen. Etwas Pedantisches, das ihm eigen und dessen er sich, in seinen jungen Jahren wenigstens, zu seiner eignen Unzufriedenheit bewußt war, ließ ihm diese Kunst ausschließlich im Lichte eines Vorzugs erscheinen. Ehe er Berlin verließ, wurde die Verlobung gefeiert; in der Weihnachtswoche folgte dann die Hochzeit, die, unter Teilnahme des ganzen Prinz Heinrichschen Hofes, von dem Bruder und der Schwägerin der Braut: dem Grafen und der Gräfin von Pudagla, in Rheinsberg ausgerichtet wurde.

Hatte schon die Hochzeitsfeier einen glänzenden Charakter gehabt, so noch mehr die Hochzeitsreise. Es war wie die Einholung einer Prinzessin. An jedem Rastplatze immer neue Überraschungen, die sich steigerten, je näher man dem Ziele kam. Endlich lag Bjalanowo vor ihnen, hoch, im Abenddunkel eben noch erkennbar, und als nun der vorderste Schlitten in die breite, winterlich kahle Avenue einbog, da wurden auf den vier dicken Rundtürmen vier große Feuer angezündet, in deren Schein jetzt der alte, halbverfallene Backsteinbau dalag wie ein Schloß aus dem Märchen. Unter dem jubelnden Zuruf aller Hintersassen fuhr das junge Paar in den Schloßhof ein.

Die Freude, die der Gemahl über die glückliche Durchführung des von ihm selber angeordneten Schauspiels empfand, ließ ihn die Mienen seiner jungen Frau nicht aufmerksam beobachten. Er hätte sonst wahrnehmen müssen, daß sie für den eigentlichen Wert dieser Aufmerksamkeiten kein Verständnis hatte; was sich an Liebe darin aussprach, entging ihr oder berührte sie nicht. Sie war ohne Dank.

Und in dieser Stimmung verharrte sie. Ihr Gatte, der sie heiter sah, glaubte sie glücklich; aber sie war es nur obenhin, und keine andere Verpflichtung kennend als Genuß und Zerstreuung, erschien ihr das in Aufmerksamkeiten sich überbietende Entgegenkommen ihres Gemahls gleichförmig und ermüdend, und nur noch die von außen her herantretenden Huldigungen hatten Wert.

Es war ein Jahr nach der Hochzeit, als dem Hause ein Sohn geboren wurde. Er erhielt den Namen Pertubal, der von ältesten Zeiten her in der Familie heimisch und in jedem Jahrhundert wenigstens einmal glänzend vertreten war. Ein Pertubal von Ladalinski hatte den Zug gegen Zar Iwan mitgemacht, ein anderer dieses Namens war in der Schlacht bei Tannenberg, ein dritter unter Sobieski vor Wien gefallen. Es hieß, der Name sei syrisch und stamme noch aus den Kreuzzügen her. Alle aber, wie sich aus den Urkunden ergab, hatten die Abkürzung »Tubal« dem vollen Namen vorgezogen.

Die Geburt eines Sohnes, während alle Welt Glückwünsche aussprechen zu müssen glaubte, wurde von seiten der Mutter wenig anders als störend empfunden, die denn auch, als man ihr den Säugling reichte, von ihrem Lager aus erklärte, daß sie kleine Kinder immer häßlich gefunden habe und ihrem eigenen zuliebe keine Ausnahme machen könne. Das Kind erhielt eine polnische Amme mit einem roten Kopftuch und einem noch röteren Brustlatz und wurde samt dieser, seiner Pflegerin, in den oberen Stock verwiesen; kaum aber, daß die Mutter ihren ersten Kirchgang gemacht hatte, so begann der ausgelassene Gesellschaftsverkehr aufs neue, den das »freudige Ereignis« nur auf Wochen unterbrochen hatte.

Unter denen, die auf Schloß Bjalanowo verkehrten, war auch Graf Miekusch, ein Gutsnachbar, klein, zierlich, mit langem rotblonden Schnurrbart, eine typische polnische Reiterfigur. Die Verwandtschaft seiner Natur mit der der jungen Frau stellte von Anfang an eine Intimität zwischen beiden her, die, mit voller Unbefangenheit sich gebend, von Ladalinski wohl bemerkt, aber nicht beargwohnt wurde. Er vertraute vollkommen; einzelnes, das ihm hinterbracht wurde, wies er als Klatsch und Neid zurück, und wenn nichtsdestoweniger von Zeit zu Zeit eine leichte Wolke seinen Himmel trübte, so wußte der Übermut der jungen Frau, die solchen Regungen der Eifersucht nur mit heiterem Spott begegnete, sein Vertrauen schnell wiederherzustellen. Er war glücklich, als Kathinka geboren wurde, doppelt glücklich, als er wahrnahm, daß seine Freude von seiner Frau geteilt wurde. In der Tat sah die junge Mutter anders auf dieses zweitgeborne Kind, als sie auf Tubal geblickt hatte; es wurde nicht in das obere Stockwerk verwiesen, blieb vielmehr in ihrer unmittelbaren Nähe, ja sie liebte es, an seine Wiege zu treten und sich, ohne daß ein Wort über ihre Lippen gekommen wäre, seines Anblicks zu freuen. Sah sie sich selbst in ihm?

Das war im Frühjahr 1792. Ein ungetrübter Sommer folgte, aber als der Herbst kam, brach ein Glück zusammen, das von Anfang an nur ein Schein gewesen war. Es geschah das, was in gleichen Fällen immer geschieht: das Verbotene, des letzten Zwanges müde, fand eine Befriedigung darin, sich vor aller Welt zu entdecken.

Die Art der Ausführung entsprach dem Charakter der jungen Frau. Es war eine Fuchsjagd bei Graf Miekusch angesagt, dessen weites, eine einzige große Fläche bildendes Gutsareal ein vorzügliches Terrain bot. Auch die Damen der Nachbargüter waren geladen, niemand fehlte; der Graf, zu seinen anderen gesellschaftlichen Vorzügen, hatte auch den Ruf eines glänzenden Wirts. Es war ein wundervoller Septembertag, der Himmel blank wie eine Glocke, hier und dort eine Kiefernschonung und am Horizont der spitze Kirchturm des nächsten Städtchens. Dabei windstill, und die Sommerfäden zogen. Der Fuchs war bald aufgetrieben, und in glänzendem Zuge schossen Reiter und Reiterinnen über Wiesen und Stoppelfelder hin, jeder begierig, den andern zu überholen. Nur die junge Frau von Ladalinski hielt sich zurück, Graf Miekusch an ihrer Seite; beide schienen auf die Ehren des Tages verzichten zu wollen. Aber bald änderte sich das Bild; immer mehr Paare schieden aus der vordersten Reihe aus, und ehe eine

Stunde um war, waren der Graf und seine Begleiterin noch die einzigen, die der Fährte folgten oder doch zu folgen schienen. Die Zurückbleibenden, ihnen nachschauend, waren entzückt von der Ausdauer der beiden Reiter, deren Gestalten, je mehr sie sich dem in blauem Dämmer daliegenden Städtchen näherten, immer kleiner und schattenhafter wurden. Endlich schwanden sie ganz, und da Mittag heran war, beschloß man, auf das Schloß des Grafen zurückzukehren. Es verging eine Stunde, eine zweite und dritte; es kam der Abend, und man wartete noch. Die Gäste brachen endlich auf, um auf ihre eigenen Güter heimzureiten. Unter ihnen auch Ladalinski. »Also doch«, klang es in hundertfältiger Wiederholung in seinem Herzen. Erst am dritten Tage wurde durch einen Boten ein versiegelter Zettel an ihn abgegeben: »Erwarte mich nicht zurück; Du siehst mich nicht wieder. Es war ein Irrtum, der uns zusammenführte. Vergiß mich. Einen Kuß für das Kind. Sidonie von P.«

Das Blatt entfiel ihm. Jedes Wort eine Demütigung, selbst ihre Namensunterschrift: Sidonie von P. Sie hatte also den Namen ihrer eigenen Familie wieder angenommen und strich die sechs Jahre, die sie an seiner Seite verlebt hatte, wie ein unbequemes Intermezzo aus. Er war niedergeschmettert, und doch konnte er die kurze Forderung, die sie stellte: »Vergiß mich«, nicht erfüllen. Zu eigner bitterster Beschämung gestand er sich, daß er sie, wenn sie zurückkehrte, ohne ein Wort des Vorwurfs oder der Erklärung, freudigen Herzens wieder aufnehmen würde. Der rätselhafte Zug der Natur war mächtiger in ihm als alle Vorstellung.

Er verfiel in Trübsinn, bis die Schicksale seines Landes ihn herausrissen. Es bereiteten sich jene Ereignisse vor, die schließlich Polen aus der Reihe der Staaten strichen. Rußland machte seine Pläne, und diese zu vereiteln, darauf waren jetzt, wie die Anstrengungen aller Patrioten, so auch die seinigen gerichtet. Er schloß sich der Kosciuszkoschen Partei an und entwarf eine liberale Verfassung, die den Beifall der Whigführer im englischen Parlamente fand; endlich, als die Waffen entscheiden mußten, trat er in die Armee. Was ihm an militärischer Erfahrung abging, wußte er durch Mut und Eifer zu ersetzen. Es war keiner, dem Kosciuszko mehr vertraut hätte als ihm. Bei Szekoszin hielt er bis zuletzt aus. Als nach dem unglücklichen Treffen bei Maciejowice der Rückzug auf Praga ging, wurde ihm das Kommando der nur aus vier schwachen Bataillonen bestehenden Arrièregarde anvertraut. Mit diesen deckte er den Übergang über die Pilica zwei Stunden lang und benutzte die Zeit, während er noch jenseits der Brücke mit dem Feinde bataillierte, geteerte Strohkränze um die Holzpfeiler legen und diese Kränze anzünden zu lassen. Die Brücke stand schon in Rauch und Flammen, als er die Trümmer seiner Bataillone glücklich hinüberführte. Die Russen drängten nach; eine schwache Abteilung derselben, die gleich darauf gefangen wurde, gewann gleichzeitig mit ihm das Ufer. Als aber das Gros in geschlossener Kolonne folgte, brachen die halbweggebrannten Mittelpfeiler zusammen, und alles, was auf der Brücke war, stürzte nach. Suwarow selbst hielt keine hundert Schritt von der Unglücksstätte. Es war die letzte glänzende Aktion im freien Felde; drei Tage später fiel Praga.

Ladalinski legte sein Kommando nieder. Das »Finis Poloniae« seines Kampfgenossen, wenn er es nicht sprach, so empfand er es doch. Es war ihm klar, daß das Land russisch werden würde, vielleicht mit einem Scheine von Selbständigkeit. Dieser Gedanke war ihm unerträglich. Es gab kein Polen mehr; so beschloß er, sich zu expatriieren. Er ging zunächst auf seine jenseits der Grenze gelegenen schlesischen Güter und stellte von hier aus dem preußischen Hofe seine Dienste zur Verfügung. Ein umgehend eintreffendes Schreiben Bischofswerders sprach ihm seine Freude über den rasch und mutig gefaßten Entschluß aus und berief ihn, vorbehaltlich königlicher Genehmigung, in das Auswärtige Amt. Diese Genehmigung erfolgte wenige Tage später. Die großen Flächen polnischen Landes, die gerade damals Preußen einverleibt wurden, wiesen die Staatsverwaltung darauf hin, solche Anerbietungen nicht abzulehnen.

In kürzester Frist hatte Ladalinski sich in den neuen Verhältnissen zurechtgefunden. Seine mehr preußisch als polnisch angelegte Natur unterstützte ihn dabei; dem Unordentlichen und Willkürlichen abhold, fand er in dem Regierungsmechanismus, in den er jetzt eintrat, sein Ideal verkörpert. Was darin Schädliches war, das übersah er oder erachtete es als gering, nachdem er die Nachteile eines entgegengesetzten Verfahrens so viele Jahre lang beobachtet hatte. Er war bald preußischer als die Preußen selbst. Die Auszeichnungen, die ihm zuteil wurden, seine Missionen, erst an den Kopenhagener, dann an den englischen Hof, auf denen ihn Tubal, damals ein Kind noch, begleitete, trugen das ihrige dazu bei. Von London nach dem Tode des Königs und der Amtsniederlegung Bischofswerders zurückberufen, trat er, in dem richtigen Gefühl, erst dadurch seine Staatszugehörigkeit zu beweisen, zum Protestantismus über. Er wählte die reformierte Kirche, weil es die Kirche des Hofes war. Gewissensbedenken waren der Zeit der Aufklärung fremd. In dem Ansehen seiner Stellung änderte der Regierungswechsel nichts, wennschon die Stellung selbst eine andere wurde; er schied aus dem Auswärtigen Amt, um dem General-Oberfinanzdirektorium, Abteilung für die Domänen, zugewiesen zu werden. Seine landwirtschaftlichen Kenntnisse, die bedeutend waren, konnten hier eine vorzügliche Verwendung finden. Mit Übernahme dieses Amtes war auch sein Wohnungnehmen in dem alten Palais in der Königsstraße verknüpft gewesen. Er bewohnte es jetzt seit fünfzehn Jahren; Kathinka war in demselben herangewachsen.

Ob ihn von Zeit zu Zeit eine Sehnsucht nach Bjalanowo und dem alten Schloß mit den vier Backsteintürmen, an das sich die schönsten und die schwersten Stunden seines Lebens knüpften, beschlich, wer wollt es sagen! Kein Wort, das darauf hingedeutet hätte, kam je über seine Lippen. Er schien glücklich in seinem Adoptivvaterlande, vielleicht war er es auch, und fest entschlossen, in seine alte Heimat, auch wenn derselben ihre staatliche Selbständigkeit, wie es einen Augenblick schien, wiedergegeben werden sollte, *nicht* zurückzukehren, hielt er sich zu den prinzlichen Höfen, um von diesem festen, gegebenen Punkte aus in allmählich immer intimer werdende Beziehungen zu dem Adel des Landes hineinzuwachsen. Er lebte, mehr, als er es sich gestand, nur noch der Durchführung dieser Pläne, in denen er sich übrigens durch seine Schwägerin »Tante Amelie« unterstützt wußte, und sah deshalb nichts lieber als die Anwesenheit seiner Kinder in Hohen-Vietz. Eine Doppelheirat mit einer alten märkischen Familie stellte den Schritt erst sicher, den er getan hatte, und beruhigte ihn über die polnischen Sympathien Kathinkas, die, was immer der Grund derselben sein mochte, ihm kein Geheimnis waren.

Der Geheimrat hatte mittlerweile seine Lektüre beendet; er schob die Blätter beiseite und klingelte. Ein eintretender Diener brachte die Schokolade, und ehe er noch das Zimmer wieder verlassen konnte, kam schon das Windspiel aus seinem Korbe herbei, diesmal nicht verdrießlich, und drängte sich an die Seite seines Herrn. Der Geheimrat lächelte und warf ihm die Biskuits zu, denen diese Zärtlichkeit gegolten hatte. Erst jetzt nahm er einen Brief wahr, der auf demselben Tablett lag und die charakteristischen Schriftzüge Tante Ameliens zeigte. Er war einigermaßen überrascht. Erst am Abend vorher, zu später Stunde, waren Tubal und Kathinka von Schloß Guse zurückgekehrt; die Zeit, sie zu begrüßen, hatte sich noch nicht gefunden, und schon war ein Brief da, der also die Reise nach Berlin ziemlich gleichzeitig mit ihnen gemacht haben mußte. Der Geheimrat erbrach das Siegel und las:

»Mon cher Ladalinski! Tubal und Kathinka haben mich erst vor einer Stunde verlassen, mit ihnen, zu meinem Bedauern, Demoiselle Alceste, deren Sie sich, mein Teurer, aus alten Rheinsberger Tagen entsinnen werden. Ich empfinde, ganz gegen meine Gewohnheit, eine Lücke und fülle sie am besten aus, indem ich über die Kinder spreche, deren Anwesenheit mir die letzten Tage so angenehm gemacht hat. Je mehr ich mich ihrer freute (et en effet ils m'ont enchantée), desto lebendiger wurde mir wieder der Wunsch jener liaison double, die wir so oft besprochen haben. Ich habe mich ganz in die Vorstellung hineingelebt, Tubal in Guse schalten und walten und den alten Derfflingersitz, der unter meinen Händen nur eben sein Dasein fristet, auf seine alte Höhe gehoben zu sehen. Des Beistandes, dessen er dazu bedarf, darf er von Hohen-Vietz aus sicher sein. Die schönen Frauen verschiedener Nationalität waren dort immer heimisch; meine Großmutter, avec un teint de lis et de rose, war eine Brahe, Berndts Frau eine Dumoulin, und es würde mich glücklich machen, diesen Kreis durch unsern Liebling erweitert zu sehen. Vous savez tout cela depuis longtemps. Mais les choses ne se font pas d'après nos volontés. Des jungen Hohen-Vietzer Volkes bin ich sicher, aber nicht des Hauses Ladalinski. Kathinka nimmt Lewins Huldigungen hin, im übrigen spielt sie mit ihm; Tabul hat ein Gefühl für Renate, qui ne l'aurait pas? Aber dieses Gefühl bedeutet nichts weiter als jenes Wohlgefallen, das Jugend und Schönheit allerorten einzuflößen wissen. So seh ich Schwierigkeiten, die mir bei Kathinka in der Gleichgiltigkeit, bei Tubal in der Oberflächlichkeit der Empfindung zu liegen scheinen. Et l'un est aussi mauvais que l'autre. Es ist offenbar, daß Kathinka eine andere Neigung unterhält; die Gegenwart des Grafen in Ihrem Hause stört unsere Pläne, und doch ist sie nicht zu ändern; alles, was sich ziemt, ist Achtsamkeit und Vermeidung dessen, was das Feuer schüren könnte. Ihre Klugheit, mon cher beau-frère, wird das Richtige treffen. Ich verspräche mir am meisten von Trennungen. Lewin muß aus seinem engen Kreise heraus; er muß vor allem die literarischen Allüren abstreifen. Er nimmt diese Dinge gründlicher und ernsthafter, als sich mit dem Edelmännischen verträgt, das wohl ein Interesse haben, aber nicht fachmäßig sich engagieren soll. Bleiben wir in guten Beziehungen zu Frankreich, comme je souhaite sincèrement, so würde ich einen einjährigen Aufenthalt in Paris als ein Glück für ihn ansehen. Er würde das Weltmännische gewinnen, das ihm jetzt fehlt und auf das Kathinka einzig und allein Gewicht legt. Et je suis du même avis.

Je faisais mention de la France. Mein Bruder würde mich auf Hochverrat verklagen, wenn er wüßte, daß ich von einer ›Fortdauer guter Beziehungen‹ gesprochen habe. Und doch ist es gerade sein Gebaren, was mich diese Wünsche noch mehr betonen läßt, als es ohnehin meinen Sympathien entspricht. Il organise tout le monde. Das ganze Oderbruch auf und ab schreitet er zu einer Volksbewaffnung, für die er hundert Namen hat: Landwehr,

Landsturm und ›Letztes Aufgebot‹. In seinem Eifer übersieht er, wie diese letzte Bezeichnung, anstatt Furcht einzuflößen, nur tragikomisch wirken kann. Drosselsteins hat er sich bemächtigt; von Bamme spreche ich gar nicht, der immer mit dabeisein muß, wenn es etwas gilt, in dem sich Torheit und Waghalsigkeit den Rang streitig machen. C'est son métier. Es erheitert mich, wenn ich mir seine Groß- und Klein-Quirlsdorfer als mittelmärkische Guerillas denke. Diese Dorfschaften, in denen im Durchschnitt keine sechs Jagdflinten aufzutreiben sind, wollen sich dem Marschall Ney entgegenstellen, à Ney, le héros de la Moskwa. Quant à moi, ich habe nur den Eindruck des Wahnsinns von diesem extravaganten Tun und hoffe, daß die Weisheit des Staatskanzlers, der ich unbedingt vertraue, uns vor einer Politik bewahrt, die uns vernichten und nicht einmal das Mitleid der anderen Staaten sichern würde. Car le ridicule ne trouve jamais de pitié.

Ich sehe stilleren Zeiten und stabileren Zuständen vertrauungsvoll entgegen; Rußland ist keine aggressive Macht; Frankreich wird seine Welteroberungspläne begraben und nach einer Epoche zwanzigjähriger Unruhe eine Epoche des Friedens folgen lassen. J'en suis convaincu. Paris wird wieder werden, was es immer war und was es nie hätte aufhören sollen zu sein: le centre de la civilisation européenne. Je le désire dans l'intérêt universel et dans le nôtre. Dieu veuille vous prendre dans sa sainte garde, mon cher Ladalinski. Tout à vous votre cousine

Amélie P.«

Der Geheimrat legte den Brief aus der Hand, dessen politische Meinungen einen geringen, die voraufgehenden Bemerkungen über Kathinka und Bninski aber einen desto größeren Eindruck auf ihn gemacht hatten. Er las die Stelle noch einmal: »Die Gegenwart des Grafen in Ihrem Hause stört unsere Pläne, und doch ist sie nicht zu ändern; alles, was sich ziemt, ist Achtsamkeit und Vermeidung dessen, was das Feuer schüren könnte.« Als er aufsah, fiel sein Blick auf das schöne Frauenbild ihm gegenüber, und allerhand Erinnerungen, in die sich zum ersten Male auch Befürchtungen für die Zukunft mischten, drängten sich ihm auf. Er kannte die Geschichte so vieler Familien. »Es erben ...«, aber ehe er den Gedanken ausdenken konnte, grüßte ihn der Zuruf: »Guten Morgen, Papa«, und auf seinem Sitze sich wendend, sah er Kathinka, die, den Kopf durch die Portiere steckend, ihm freundlich zunickte. Im selben Augenblicke war sie an seiner Seite, und unter ihren Liebkosungen schwanden die trüben Bilder, die noch eben vor seiner Seele gestanden hatten.

## VIERTES KAPITEL

### *Bei Frau Hulen*

An demselben Abend war Gesellschaft bei Frau Hulen. Sie konnte damit, wenn sie standesgemäß auftreten und die ganze Flucht ihrer Zimmer öffnen wollte, nicht länger zögern, da Lewin für den nächsten Tag schon seine Rückkehr von Hohen-Vietz angezeigt hatte. Gleich nach Eintreffen dieses Briefes waren denn auch unter Beihilfe eines kleinen lahmen Jungen, der in dem Keller nebenan die Bierflaschen spülte und wegen seines körperlichen Gebrechens sonderbarerweise als Laufbursche benutzt wurde, die Einladungen ergangen und ohne Ausnahme angenommen worden.

Um sieben Uhr brannten die Lichter in der ganzen Hulenschen Wohnung, die, neben einer kleinen, schon im Seitenflügel befindlichen Küche, aus zwei Frontzimmern und zwei dunklen Alkoven bestand. Die Hälfte davon war an Lewin vermietet, der indessen in seiner Abwesenheit und bei den freundschaftlichen Beziehungen, die zwischen ihm und seiner Wirtin obwalteten, nicht das geringste dagegen hatte, seinen Wohnungsanteil in die Festräume hineingezogen zu sehen.

Und Festräume waren es heute, ganz abgesehen von den Lichtern und Lichterchen, die bis in den Flur hinaus nicht gespart waren. In beiden Öfen war geheizt, und auf den Simsen schwelten Räucherkerzchen, schwarze und rote, während alle Kunst- und Erinnerungsgegenstände, auf die Frau Hulen die besondere Aufmerksamkeit ihrer Gäste hinzulenken wünschte, noch eine besondere, ihnen angemessene Beleuchtung erfahren hatten. Unter diesen Gegenständen standen die Papparbeiten ihres verstorbenen Mannes, der Werk- und Küpenmeister in einer kleinen Färberei, in seinen Mußestunden aber ein plastischer Künstler gewesen war, obenan. Das meiste lag nach der architektonischen Seite hin. Außer einem offenen und figurenreichen Theater, das die Lagerszene aus den »Räubern« darstellte, hatte er seiner Witwe einen dorischen Tempel und einen viertehalb Fuß hohen, in allen seinen Öffnungen mit Rosapapier ausgeklebten Straßburger Münster hinterlassen, der nun heute mit Hilfe kleiner Öllämpchen bis in seine Turmspitze hinauf erglühte. Dieser Münster, wie noch bemerkt werden mag, stand auf einer hochbeinigen Pfeilerkommode und verdeckte gewöhnlich einen dahinter befindlichen kleinen Spiegel; nicht aber heute, wo derselbe, um nicht den Verdacht aufkommen zu lassen, als ob es der Zimmereinrichtung an irgend etwas Standesgemäßem gebräche, um drei Handbreit höher hinaufgerückt worden war. Nur die Turmspitze sah gerade noch in das etwas bleifarbene Glas hinein.

Und wie zeigte sich Frau Hulen selber? Sie trug außer der hohen weißen Haube, ohne welche sich niemand entsann sie je gesehen zu haben, ein braunes, noch von ihrem Seligen eigenhändig gefärbtes Merinokleid, dazu ein schwarzes, eng um den Hals gepaßtes Sammetband, in das abwechselnd blaue und gelbe Sterne eingestickt waren.

»Wie wird es ablaufen?« fragte sie sich und ging noch einmal alle wichtigen Punkte durch, putzte die Lichter, nur um ihre Unruhe loszuwerden, und strich in Lewins Alkoven, der heute als Garderobezimmer dienen mußte, die Bettdecke glatt. Dann sah sie wieder nach dem Straßburger Münster und seiner Beleuchtung, und ihr war, als ob sie hätte eintreten sollen. »Wie wird es werden?« wiederholte sie beklommen, und zugleich einen Blick in den Spiegel werfend, zupfte sie an dem Halsband, das sich etwas verschoben hatte.

In diesem Augenblicke klingelte es. Frau Hulen beeilte sich aufzumachen und war einigermaßen verstimmt, als sie wahrnahm, daß es nur die Zunzen war, eine alte taube Frau, die mit ihr auf demselben Flur wohnte und ihre Einladung zu der heutigen Reunion bloß aus Furcht vor ihren Klatschereien erhalten hatte. Denn sie hatte Gott in der Welt nichts zu tun und stand, sooft sie jemanden ins Haus treten und die letzte Treppe heraufkommen sah, immer hinter dem Kuckloch ihrer Doppeltür, um auszukundschaften, wer und was es eigentlich sei.

»Ich bin wohl die erste, liebe Hulen. Na, einer muß der erste sein.«

»Gewiß, liebe Zunz, und Sie werden doch Ihre nächste Nachbarin nicht warten lassen. Wollen Sie nicht Ihr Tuch ablegen?«

Die Alte, die die Worte der Hulen nicht recht verstanden, aber doch aus ihren Handbewegungen entnommen hatte, um was es sich handelte, schüttelte verdrießlich den Kopf, zog ihr rotes Crèpe-de-Chine-Tuch, ein Wahrzeichen aus alten, besseren Zeiten her, fester um sich und schritt gravitätisch, als fühle sie sich sicher in dem Furchtgefühl, das sie einflößte, in das nächstgelegene Zimmer. Es war das Lewins. Hier sah sie sich neugierig um, nickte ein paarmal, wie um ihre Überraschung über die Mitverwendung der doch vermieteten Räume auszudrücken, und fragte dann: »Der junge Herr ist wohl verreist?«

»Freilich, liebe Zunz, Sie wissen es ja.«

»So, so«, brummte die Alte und fuhr mit dem Zeigefinger über das kleine Klavier hin, um zu sehen, ob auch der Staub gewischt sei. Dann passierte sie, ein paarmal hüstelnd, wie wenn ihr der Räucherkerzchenqualm beschwerlich falle, die Schwelle zur »guten Stube« und nahm auf dem Sofa Platz.

Dies widersprach nun aber ganz und gar den gesellschaftlichen Arrangements der Hulen, so daß diese, ärgerlich über die Anmaßung der Alten, sich von der Furcht vor ihr frei zu machen begann.

»Bitte hier, liebe Zunz«, damit wies sie auf einen steiflehnigen Großvaterstuhl, der zwischen dem Ofen und einer Etagere stand. »Ich hole Ihnen auch das Bilderbuch.«

Die Alte murmelte etwas, das fast wie Protest und jedenfalls wie Verwunderung klang, gehorchte aber doch und setzte sich in den Stuhl, auf den die Hulen hingewiesen hatte. Gleich darauf kam diese wieder, in beiden Händen ein großes und ziemlich schweres Buch haltend, auf dessen Titelblatt (der oberste Deckel war abgerissen) in dicken Buchstaben zu lesen stand: »Die Singvögel Norddeutschlands; neunzig kolorierte Kupfertafeln.«

Die Zunzen schlug auf, aber sie war noch nicht beim dritten Blatt, als es abermals klingelte.

Die jetzt Erscheinende war Demoiselle Laacke, Musik- und Gesanglehrerin und die besondere Freundin der Hulen, die sich durch diesen Umgang geschmeichelt fühlte, ein Mädchen von vierzig, groß, hager, mit langem Hals und dünnem rotblonden Haar. Ihre wasserblauen Augen, beinahe wimperlos, hatten keine selbständige Bewegung, folgten vielmehr immer nur den Bewegungen ihres Kopfes und lächelten dabei horizontal in die Welt hinein, als ob sie sagen wollten: »Ich bin die Laacke; ihr wißt schon, die Laacke, mit reinem Ruf und unbescholtener Stimme.« Von der Königin Luise hatte sie, bei Gelegenheit eines Wohltätigkeitskonzerts, eine Amethystbroche erhalten. Diese trug sie seitdem beständig. Im übrigen waren Armut, Demut und Hochmut die drei Grazien, die an ihrer Wiege gestanden und sie durch das Leben begleitet hatten. Sie verneigte sich artig, wenn auch etwas steif und herablassend, gegen die alte Zunzen und nahm dann wie selbstverständlich auf dem Sofa Platz.

Frau Hulen setzte sich zu der Neuangekommenen, patschelte ihr die Linke und sagte: »Wie froh ich bin, Sie zu sehen, liebe Laacke. Sie sind immer so gut und machen keinen Unterschied.«

»Ach, liebe Hulen, wie können Sie nur davon sprechen; das wäre ja ungebildet. Sind wir denn nicht alle Menschen?«

Hier trat eine kleine Pause ein, während welcher die Klavierlehrerin ihren Shawl von der schmalen und abschüssigen Schulter herabgleiten ließ. Dann fragte sie: »Wen darf man denn noch erwarten?«

Die Hulen rückte unruhig hin und her und sagte dann etwas verlegen: »Die Ziebolds.«

»Oh, die Ziebolds! Das ist ja hübsch. Ich entsinne mich; er hat eine Stimme, Tenor oder Bariton.«

»Ja, er hat eine Stimme«, fuhr die Hulen fort, »und ist immer spaßhaft und manierlich, aber es mag doch keiner neben ihm sitzen. Und neben der Frau erst recht nicht. Das macht die Pfandleihe. Sehen Sie, die alten Ziebolds, was also die Eltern von diesen Ziebolds waren, das waren sehr gute Leute, ja man kann sagen, es waren feine Leute. Sie hatten das Leinewand- und Strumpfwarengeschäft, Ecke der Jüden und Stralauer, und wir wohnten auf demselben Hof. Das war das Jahr vorher, als der Alte Fritz starb. Und da wurde ja meine alte Mutter krank, und weil sie wieder zu Kräften kommen sollte und ich nicht kochen konnte, weil ich ja immer aus mußte wegen der Näherei, ja, liebe Laacken, ich habe mich auch quälen müssen, da kamen ja nun die Ziebolds, und einen Tag gab es eine Suppe und den andern Tag Braten oder Huhn, immer Flügel und Brust, und sonntags schickte der alte Mann, der eigentlich geizig war, aber ich kann es ihm nicht nachsagen, eine halbe Flasche Wein. Und so ging es bis an ihren Tod, ich meine meiner Mutter Tod.«

Bei dieser Erinnerung fuhr die Sprecherin mit ihrem Zeigefingerknöchel über das rechte Auge.

»Das waren also die *alten* Ziebolds?« bemerkte Mamsell Laacke, die durch Betonung des Wortes andeuten wollte, daß sie eigentlich von den jungen Ziebolds zu hören gehofft hatte. Die Hulen verstand es auch und fuhr fort:

»Ja, das waren die alten, das heißt, sie waren noch gar nicht alt, so um Mitte Funfzig, aber sie machten es auch nicht lange mehr und starben denselben Winter noch, wo meine Mutter gestorben war. Erst sie, den dritten Weihnachtsfeiertag, wenn es nicht schon der zweite gewesen ist, er aber schleppte sich noch so bis in den März. Sie wissen ja, liebe Laacke: ›Märzensonne und Märzenluft graben manchem seine Gruft.‹ Er war immer schwach auf der Brust.«

»Und da kam denn wohl das Geschäft an die *jungen* Ziebolds?« fragte jetzt Mamsell Laacke mit allen Zeichen der Teilnahme an den sich rasch häufenden Todesfällen.

»Ja, an die jungen Ziebolds«, bestätigte die Hulen, »das heißt an *ihn*, denn er hatte damals noch keine Frau. Er war nämlich ein sehr hübscher Mann, und weil er gut reden konnte und eine goldene Brille trug, so sagten sie immer, er sähe aus wie ein Justizkommissarius, und sie nannten ihn auch ›Herr Justizkommissarius Ziebold‹. Das schmeichelte ihm, und er war immer mit Schauspielern und ihren Mamsells zusammen, und eines Tages hatte er eine an dem Hals.«

»Seine jetzige Frau? Ah, ich verstehe.«

»Ja, seine Frau. Da hing denn nun der Himmel voller Geigen. Aber der Krug geht so lange zu Wasser, bis er bricht, und es war noch kein Jahr um, da war alles verkauft, und sie kamen in Not, wie mir die Zunzen erzählt hat. Denn ich wohnte damals noch in der Roßstraße.«

Die Zunzen, die trotz ihrer Taubheit das meiste verstanden hatte, nickte mit dem Kopfe.

»Die junge Ziebolden aber«, fuhr die Hulen fort, »das war immer eine sehr resolute Person, und sie wußte bald Rat, und als ich meinen Mann heiratete und wieder hierher in die Klosterstraße zog, da wohnten sie schon auf dem Hohen Steinweg und hatten die Pfandleihe. Nun sehen Sie, liebe Laacke, die Pfandleihe, das war ja noch nichts Schlimmes, und ich sagte damals zu meinem Seligen, daß ich die alten Ziebolds gekannt hätte und daß es sehr gute Leute gewesen wären. Und so kamen wir auch wieder zusammen und besuchten uns. Aber das dauerte ja gar nicht lange, da hieß es: das mit der Pfandleihe, das sei bloß so nebenbei und die Ziebolds liehen Geld auf hohe Zinsen und sie seien nicht besser als Wucherer und bei zehn Talern müßten die Leute zwanzig Taler schreiben. Und das ist es, warum keiner neben den Ziebolds sitzen will.«

»Bitte, setzen Sie mich neben Herrn Ziebold«, bemerkte Mamsell Laacke mit der ruhigen Haltung einer Äbtissin, die sich hinter dem Schild ihres Rufes und ihrer Stellung gesichert weiß. »Und wen erwarten Sie noch?«

»Herrn Feldwebel Klemm.«

»Ach, der steife, alte Herr mit den Stulpstiefeln, der die Schlacht bei Torgau gewonnen hat. Er streitet immer und trägt eine schwefelgelbe Weste. – Und wen sonst noch?«

»Herrn Nuntius Schimmelpenning.«

»Schimmelpenning!« wiederholte die Laacke, »der Bote vom Kammergericht. Ich entsinne mich. Er soll der Sohn des alten Präsidenten Schimmelpenning sein, nur daß ihm das ›von‹ unter die Bank gefallen ist. Wie kommen Sie nur zu *dem*, liebe Hulen? Ein wenig angenehmer Mann und so wichtig.«

In diesem Augenblicke zog es wieder an dem Draht, und da die Frau Hulenschen Gesellschaften wie andere Gesellschaften waren, so trat denn auch gerade derjenige ein, von dem eben gesprochen worden war: Herr Nuntius Schimmelpenning. Er war ein starker Fünfziger, mit aufgeworfenen Lippen, die er zusammenpreßte und dann wieder schmatzend mit einem kleinen Paff öffnete, wobei er weiße, wundervolle Zähne zeigte. Der alte Präsident hatte es ebenso gemacht. Übrigens hatte die Laacke recht; er konnte an Aufgeblasenheit und Wichtigtuerei mit jedem Truthahn streiten und sah in die Welt hinein, als ob er wenigstens sein Vater oder gar das Kammergericht selbst gewesen wäre. Er glaubte auch so was.

Frau Hulen stellte nun vor; Schimmelpenning aber, von der Verbeugung der ihm unbequemen Mamsell Laacke nicht die geringste Notiz nehmend, schritt auf die alte Zunzen zu, deren Namen ihm auch genannt worden war, und sagte mit lauter Stimme: »Zunz; bei Graf Voß, Wilhelmsstraße? Entsinne mich; habe Ihren Mann noch gekannt.«

»Ich auch«, sagte die Alte, die aus Respekt vor der stattlichen Erscheinung des Nuntius aufgestanden war, im übrigen aber, gerade weil er so laut sprach, alles falsch verstanden hatte. Schimmelpenning, der nicht wußte, was er aus dem »Ich auch« der Alten machen sollte, und bei seiner immer regen Empfindlichkeit nur allzu geneigt war, es für eine Verhöhnung zu nehmen, zog ein verdrießliches Gesicht und schien überhaupt durch seine ganze Haltung ausdrücken zu wollen: »Sonderbare Gesellschaft; wie komm ich nur dazu?« Dann trat er an die hochbeinige Kommode, trommelte auf dem Dach des Straßburger Münsters und sah in den Spiegel hinein, bei welcher Gelegenheit ihn wieder seine Ähnlichkeit mit dem alten Präsidenten überraschte.

Von dem Garderobezimmer her – in dem, wenn nicht alles täuschte, zwei rasch hintereinander eingetroffene Paare mit dem Ablegen ihrer Sachen beschäftigt waren – hörte man jetzt ein lebhaftes Sprechen, wie es Personen eigen ist, die mit einer Art Nachdruck entweder ihre Unbefangenheit oder ihre besondere Berechtigung ausdrücken wollen, und gleich darauf trat das erste dieser Paare in Frau Hulens Zimmer ein. Es waren Herr Ziebold und Frau, er an seinen Löckchen und seiner goldenen Brille, sie an ihrer theaterhaften Haltung und einem ebenso eng anliegenden wie tief ausgeschnittenen Seidenkleid erkennbar.

Schimmelpenning drückte statt eines Grußes nur leise das Kinn nach unten und würde durch seine reservierte Haltung, die so weit ging, daß er beide Hände auf den Rücken legte, noch mehr aufgefallen sein, wenn nicht das zweite Paar, das beinahe unmittelbar folgte, die Aufmerksamkeit von ihm abzogen hätte. Es waren Herr Deckenflechter Grüneberg und Tochter, ein hagerer, wachsfarbener Mann, der, weil er auf einem kleinen Stubenwebstuhl allerhand filzartige Tuchstreifen zu breiten und schmalen Fußdecken zusammenwebte, gelegentlich auch Herr Teppichfabrikant Grüneberg genannt wurde. Er selbst bedeutete wenig, trotz seiner Eulenphysiognomie, in welcher Stirn, Kinn und Nasenspitze an derselben senkrechten Linie, Mund und Augen aber weit zurück und sozusagen wie im Schatten lagen; desto mehr aber bedeutete seine Tochter, die, groß und stark und ohne alle Ähnlichkeit mit ihm, überhaupt gar nicht seine Tochter, sondern ein angeheiratetes Kind aus seiner verstorbenen Frau erster Ehe war. Sie hieß Ulrike. Beinahe häßlich, mit großen, nichtssagenden und zum Überfluß auch noch weit vorstehenden Augen, hatte sie doch die feste Überzeugung: schön und durch ihre Schönheit zu etwas Höherem berufen zu sein. Ihr Umgang mit Frau Hulen erschien ihr unter ihrem Stande, mehr noch unter ihren persönlichen Ansprüchen, wurde aber doch von ihr gepflegt, weil sie wußte, daß ein adeliger junger Herr bei der Alten zu Miete wohnte. Ihre Gedanken gingen immer nach dieser Richtung hin.

Herr Ziebold hatte sich neben Mamsell Laacke auf das Sofa gesetzt; Ulrike trat an das Theater und nahm einzelne Figuren, Karl Moor, Roller und den hübschen Kosinski, aus der offenen Szene heraus; von der Zunzen war keine Rede mehr. Schimmelpenning, den Rücken gegen eins der Fenster gelehnt, starrte gleichgültig auf die Dekke, und nur Ziebold und Grüneberg unterhielten ein Tagesgespräch, zu dem beide sehr ungleich beisteuerten, Grüneberg in einem Schwall von Worten, Ziebold in einzelnen kurzen und mitunter spöttischen Bemerkungen. Die Hulen kam immer mehr in Aufregung; sie fühlte, daß es nicht so ging, wie es gehen sollte, und immer neue Versuche zur Annäherung ihrer Gäste machend, sagte sie schon zum dritten oder vierten Mal: »Sie kennen sich ja schon von früher.«

Die so Angeredeten schienen sich aber jedesmal nur sehr langsam und widerstrebend darauf zu besinnen. Die Widerstrebendste war Frau Ziebold. Sie spielte mit ihrer goldenen Erbskette, über deren Ursprung allerhand dunkele Gerüchte gingen, und warf ihrem Manne Blicke zu, sich mit dem dummen Menschen, dem Grüneberg, nicht zu weit einzulassen. Sonst verzog sie keine Miene. Nur wenn sie Ulrikes Wichtigkeit sah, lächelte sie. Denn sie kannte die Grünebergs »vom Geschäft her« und hatte der Tochter, die hinter dem Rücken des Vaters alles tat, was ihr bequem war, mehr als einmal aus der Verlegenheit geholfen.

Von Gästen fehlte nur noch Feldwebel Klemm; endlich kam auch er, und Frau Hulen, die Wunderdinge von ihm erwartete, atmete auf. Er war in demselben Aufzuge, Stulpenstiefel und hochzugeknöpfte schwefelgelbe Weste, in dem er sich überall präsentierte, und machte sich, nachdem er Mamsell Laacke zum Ärger Ulrikens mit besonderer Auszeichnung begrüßt hatte, namentlich mit den Ziebolds zu schaffen, sei es, weil er in seiner Eigenschaft als Zwischenträger und Gelegenheitsmacher allerhand unaufgeklärte Beziehungen zu ihnen hatte oder weil er einfach zeigen wollte, daß er das Recht habe, sich über das Gerede der Leute wegzusetzen und seine Sonne über Gerechte und Ungerechte scheinen zu lassen. An Schimmelpenning, der mittlerweile seine Stellung mit halbrechts gewechselt und sich an einen altmodischen Eckschrank gelehnt hatte, ging er ohne Gruß vorüber; beide maßen sich mit einem Ausdruck von Geringschätzung.

»Wir sind nun alle beisammen«, nahm Frau Hulen das Wort, »und ich denke, wir wollen recht fröhlich und ausgelassen sein. Nicht wahr, liebe Laacke? Sie singen uns doch nachher etwas? ›Schweizerfamilie‹ oder ›Bei Männern, welche Liebe fühlen‹.«

»Aber, liebe Hulen.«

»Warum nicht, Laackechen? Es ist ja bloß ein Lied. Und Mamsell Ulrike hört es gewiß gern und wir andern auch. Und nicht wahr, Herr Ziebold, Sie begleiten doch? Aber nun wollen wir uns zu Tische setzen. Bitte, liebe Zunzen, helfen Sie mir den Tisch hereinbringen.«

Unsere gute Hulen hatte die letzten Worte sehr laut gesprochen; nichtsdestoweniger antwortete die Alte, die vielleicht wirklich nicht gehört hatte, vielleicht auch nur ärgerlich war, zu dieser Dienstleistung wie selbstverständlich herangezogen zu werden: »Na, ich denke doch, bis zehn«, worauf sich Mamsell Laacke, um allen weiteren Erörterungen vorzubeugen, mit fast jugendlicher Raschheit erhob und den Eßtisch aus der Küche hereintragen half. Stühle wurden gerückt, und in kürzester Zeit saß alles; Klemm obenan, Frau Hulen unten, die Zunzen dicht neben ihr; dann kamen die Pfandleihersleute, an beiden Ecken einander gegenüber; neben Ziebold, wie sie es sich ausbedungen hatte, die Laacke.

Alle Speisen standen schon in der Mitte, als erster Gang eine große Schüssel mit Mohnpielen, daneben links ein Heringssalat und rechts eine Sülze. Alles reich gewürzt; auf dem Mohn eine dichte Lage von gestoßenem Zimt, auf dem Salat kleine Zwiebeln, die mit Pfeffergurken und sauren Kirschen abwechselten. Ein echtes Berliner Essen.

»Bitte, so vorliebzunehmen; Mamsell Ulrike, wollen Sie nicht so gut sein und die Pielen herumgehen lassen? Gott, wie ich mich freue!«

»Ganz auf unserer Seite«, antwortete Herr Ziebold und putzte erst seine Brille, dann heimlich auch die Gabel am Tischtuchzipfel ab.

Was das Gespräch anging, so konnte sich's aller Wahrscheinlichkeit nach nur darum handeln, ob es durch

Klemm oder Schimmelpenning geführt werden sollte; Grüneberg war zu einfältig, und Ziebold, der in seinen jungen Jahren ein echter Berliner Vielsprecher gewesen war, hatte sich inzwischen aus diesem Geschäft zurückgezogen und begnügte sich damit, die Reden anderer mit einigen Schlagwörtern zu begleiten.

»Sagen Sie, liebe Hulen«, nahm Schimmelpenning das Wort, »wie heißt denn eigentlich der junge Herr, der bei Ihnen wohnt?«

»Vitzewitz, Herr Nuntius.«

»Vitzewitz«, wiederholte dieser, »ein sonderbarer Name.«

»Es kann nicht jeder Schimmelpenning heißen«, sagte Klemm und wechselte Blicke mit seinem Gegner. »Übrigens, wenn ich recht unterrichtet bin, heißt er *von* Vitzewitz.«

Schimmelpenning war gerade gescheit genug, um die Malice herauszufühlen, ignorierte die Zwischenrede aber völlig und fuhr zu Frau Hulen gewandt fort: »Was studiert er denn eigentlich?«

»Er studiert ... es ist so was Fremdes und Lateinisches, und wenn er noch ein paar Jahre dabei bleibt, dann kommt er ans Kammergericht.«

»Nu, nu«, sagte Schimmelpenning und reckte sich etwas höher.

»Aber er wird nicht dabei bleiben; er hat immer anderes vor und liest den ganzen Tag Komödienstücke von einem Mohr, der seine Frau würgte, und von einem alten König, der wahnsinnig wurde, weil ihn seine Kinder, noch dazu Töchter, im Stiche ließen. Ich höre das immer, denn er spricht so laut, daß es die Zunzen durch die Wand hören könnte, nicht wahr, liebe Zunz, und wenn ich dann anklopfe und ihm einen Brief bringe oder eine Flasche frisches Wasser, dann seh ich mitunter, daß er geweint hat. Ja, Sie lachen, Herr Schimmelpenning, aber er hat ein weiches Herz, und ein weiches Herz ist keine Schande. Ich könnte davon erzählen, wie gut er ist.«

»Nun, so erzählen Sie doch«, rief Ulrike, während Frau Ziebold und ihr Mann sich wieder verständnisvoll ansahen.

Die Hulen aber fuhr fort: »Nun gut, Ulrikchen, ich

will es Ihnen erzählen. Unsere Betten stehen nämlich Wand an Wand, und die Wand hat nur einen Stein. Und nun hab ich ja meinen Magenkrampf, und da hilft nichts, kein Doktor und kein Apotheker. Und richtig, es war so um Martini herum, und vielleicht war ich auch selber schuld, weil ich von dem Gänsebraten gegessen hatte, der immer Gift für mich ist, und siehe da, da hatte ich ihn wieder. Und ich wußte mir nicht anders zu helfen, denn die Wehtage wurden immer größer, und ich klopfte. Erst ganz leise; und als ich das zweite Mal geklopft hatte, da rief er: ›Gleich, Frau Hulen, ich komme schon.‹ Und als ich noch so denke, was wohl das beste sein wird, da steht er auch schon da, gestiefelt und gespornt, und sagt bloß: ›Magenkrampf? Ich dacht es mir; na, da weiß ich Bescheid, Frau Hulen.‹ Und keine halbe Minute, da hör ich ihn in der Küche, wie er Holz spaltet und in der Asche herumklopft und an meinem Küchenschapp die Kasten aufzieht, einen nach dem andern. Und nu merk ich ja, was er vorhat, und rufe aus meinem Bett heraus: ›Zweites Fach, rechts.‹ – ›Schon gut, Frau Hulen‹, sagt er, ›ich habe schon‹, und nu dauert es auch gar nicht lange mehr, da ist er da. Und was bringt er? Einen richtigen Kamillentee, bloß ein bißchen zu stark und noch zu heiß. Aber da goß er ihn ja aus der Obertasse in die Untertasse, zweimal, dreimal, bis er mundgerecht war. Und nu trank ich. Und wollen Sie glauben, mir wurde gleich besser. Ich will nich sagen, daß es der Kamillentee war, aber die Guttat war es, die ging mir zu Herzen, und der Magenkrampf war weg.«

»Aber liebe Hulen!« sagte jetzt langsam und jede Silbe betonend die Laacke, die während der ganzen Erzählung verlegen auf ihren Teller geblickt hatte.

Die Hulen aber ließ sich nicht einschüchtern und erwiderte ziemlich scharf: »Liebe Laacke, ich sehe bloß, daß Sie noch keinen Magenkrampf gehabt haben.«

»Sehr richtig«, bemerkte Ziebold, indem er der neben ihm sitzenden Alten gutmütig und vertraulich auf ihrer welken Hand herumtrillerte, »ich habe die Bekanntschaft dieses Peinigers nur einmal gemacht, aber gerade gründlich genug, um zeitlebens zu wissen, was es mit ihm auf sich hat. Das war Anno sechs, an dem Tage, als die Löffelgarde einzog. Es regnete leise und war schon kalt. Wann war es doch, Herr Feldwebel Klemm?«

»Ende Oktober.«

»Ganz richtig; ich erkältete mich bis auf den Tod und hatte Schmerzen, daß ich schrie; aber es tut mir doch nicht leid, bei diesem Löffelgardeneinzug mit dabeigewesen zu sein.«

»Warum hieß es denn eigentlich die Löffelgarde?« fragte Ulrike.

»Weil sie statt des Federstutzes einen blechernen Löffel trugen. Die anderen Herrschaften werden es damals alle gesehen haben, aber wenn Mamsell Grüneberg davon hören will ...«

»Bitte«, sagte Ulrike verbindlich, und Ziebold, der sich von der ihm unbequem werdenden Kontrolle seiner Frau frei zu machen begann, fuhr ohne weiteres fort: »Diese Löffelgarde, wie mir Herr Feldwebel Klemm bestätigen wird, hatte allerhand Absonderlichkeiten und schickte, wenn sie einzog, einen aus ihrer Mitte voraus, der zwanzig oder dreißig Schritt vor der nachrückenden Kolonne ging und durch sonderbare Manieren und ein absichtlich abgerissenes Kostüm ankündigen mußte: ›Jetzt kommt die Löffelgarde!‹ Denn sie waren stolz auf ihren Namen und ihr Abzeichen.«

Ziebold, der als guter Erzähler den Wert einer Pause zu schätzen wußte, bat hier um ein Glas Wasser und nahm erst, als Frau Hulen das Gewünschte gebracht hatte, seinen Faden wieder auf.

»Ich sehe noch den ersten, der durch das Hallesche Tor kam. Er gehörte zu dem schlimmen Davoustschen Corps, und alles, was dieses Corps bedeutete, das lag in diesem einen vorausmarschierenden Mann. Er war lang und hager, mit blassem Gesicht und pechschwarzem Haar, das ihm tief in die Stirn hing. Seine Beinkleider, von einer Art Leinenzeug, waren schmutzig und zerrissen, und die halbnackten Füße steckten in Schuhen, eigentlich nur noch Sohlen, die wie Sandalen festgebunden waren. Ein Pudel, den er an einem Strick führte, ging auf zwei Beinen nebenher und fing die Brotstücke auf, die ihm von ihm zugeworfen wurden. An seinem Pallasch aber, den er statt des gewöhnlichen Infanteriesäbels trug, hing eine Gans, und auf dem kleinen, fuchsig gewordenen Hut, den er schief und pfiffig aufgesetzt hatte, steckte der blecherne Löffel, das Feldzeichen der ganzen Bande.«

»Ach, wie nett«, sagte Ulrike, der zu Ehren die ganze Geschichte erzählt worden war, »ein blecherner Löffel, es ist doch zu komisch.«

Feldwebel Klemm aber, der keine Gelegenheit vorübergehen ließ, seine Franzosenfreundlichkeit zu betonen, und durch den wohlberechneten Appell an sein endgültiges Urteil nicht ganz gewonnen worden war, rief über den Tisch hin: »Ich möchte Herrn Ziebold nur bemerken, daß es doch am Ende keine ›Bande‹ war, die damals unter dem Befehl des Marschall Davoust, Herzogs von Auerstedt und späteren Prinzen von Eckmühl, Durchlaucht, durch das Hallesche Tor einzog. *Wenn* es aber eine Bande war, so war es jedenfalls eine ganz aparte, denn sie kam recte von Jena her, wo wir, um es milde zu sagen, vor dieser Bande nicht zum besten bestanden hatten.«

»Nein, nicht zum besten«, antwortete Frau Hulen. »Aber nichts für ungut, Herr Feldwebel Klemm, davon dürfen wir nicht sprechen, denn das ist ein schlechter Vogel, der sein eigen Nest beschmutzt, und das Unglück von damals oder die Schande von damals, ich weiß nicht, was richtig ist, das muß nun begraben und vergessen sein. Ich habe freilich auch gedacht, es wäre mit uns vorbei, weil es alle Leute sagten, und man ist doch nur eine arme Frau, die nicht ›nein‹ sagen darf, wenn die andern ›ja‹ sagen. Aber das kann ich Ihnen sagen, Herr Klemm, schon das nächste Jahr, als ich die zwei grünen Särge sah, da wußte ich, daß wir wieder aufkommen würden.«

»Zwei grüne Särge?« fragte Ulrike und versuchte zu lachen.

»Ja, zwei grüne Särge, drin die beiden alten Sängebuschens begraben wurden. Er und sie. Haben Sie denn nicht davon gehört, Ulrikchen? Sie müssen doch damals, mit Permission, schon ein halbwachsenes junges Ding gewesen sein.«

»Nein«, versicherte Ulrike.

»Nun«, fuhr Frau Hulen fort, »die beiden alten Sängebuschens, die hier gleich um die Ecke wohnten, zwei Häuser von der Waisenkirche, die waren es also. Er war Registrator, aber früher war er Soldat gewesen und hatte unter vier Königen gedient, und als das Rheinsberger Denkmal fertig war und Prinz Heinrich alle alten Soldaten einlud, da lud er auch den alten Sängebusch ein, daß er mit dabeisein sollte. Ich habe den Brief selbst gesehen, alles deutsch geschrieben, aber Henri war französisch. Und als er nun starb, ich meine den alten Sängebusch, da fanden sie einen Zettel, darauf geschrieben stand, daß er in einem grünen Sarge begraben werden wolle, bloß um seinen Glauben und seine Zuversicht zu zeigen, daß sein liebes Vaterland Preußen wieder aufkommen würde ... Und nun starb ja die Frau, die auch alt und krank war, denselben Tag, und so kam es, daß *zwei* grüne Särge bestellt wurden. Der alte Prediger Buntebart aber, als sie begraben werden sollten, ließ eine schwarze Bahrdecke darüber decken, weil er ängstlich war und keinen Lärm und keinen Aufstand haben wollte. Aber da kannt er die Berliner schlecht, und als der Zug sich in Bewegung setzte, rissen sie die Bahrdecke herunter, daß die grünen Särge wieder sichtbar wurden, und so trugen sie sie zwischen vielen tausend Menschen hin, und alles nahm den Hut ab und dachte bei sich: ›Ob wohl der alte Sängebusch recht behalten wird?‹ Und er *hat* recht behalten. Bäcker Lehweß, als ich heute das Frühstück holte, sagte zu mir: ›Hören Sie, Hulen, Preußen kommt wieder auf.‹ Und der alte Bäcker Lehweß sagt nicht leicht was, was er nicht verantworten kann.«

Herr Ziebold nickte der alten Hulen freundlich zu, Feldwebel Klemm aber, mit dem linken Zeigefinger zwischen Hals und Krawatte hin- und herfahrend, sagte halb ungeduldig, halb herablassend: »Das ist eine rührende Geschichte, Frau Hulen; aber den alten Sängebusch und seinen grünen Sarg in Ehren, er könnte sich doch geirrt haben.«

»Wer nicht?« antwortete Schimmelpenning, der nicht leicht eine Gelegenheit vorübergehen ließ, einer von Klemm geäußerten Ansicht zu widersprechen. »Wer nicht?

sage ich noch einmal; Sie, ich, jeder. Irren ist menschlich, aber dieser alte Sängebusch hat sich *nicht* geirrt. Ich bitte mich nicht mißzuverstehen; grüne Särge hin, grüne Särge her, ich bin Protestant und verachte jeden Aberglauben. Diese grünen Särge sind eine Kinderei. Aber wir müssen doch wieder aufkommen, und warum? Weil wir die Gerechtigkeit haben. Da liegt es. Iustitia fundamentum imperii. Zeigen Sie mir in der ganzen alten und neuen Geschichte so etwas wie die Mühle von Sanssouci oder wie den Müller Arnoldschen Prozeß. Das Kammergericht, meine Herrschaften. Und ›es gibt noch Richter in Berlin‹, haben selbst unsere Feinde zugestanden. Ich will nichts gegen die Franzosen sagen, aber eins *muß* ich sagen: sie haben keine Gerechtigkeit. Und wo keine Gerechtigkeit ist, da ist kein Maß, und wo kein Maß ist, da ist kein Sieg. Und *wenn* ein Sieg da war, so hat er keine Dauer und verwandelt sich in Niederlage. Und der Anfang dieser Niederlage ist da. Der Russe drängt nach, wir legen uns vor, und so zerreiben wir diese französische Herrlichkeit wie zwischen zwei Mühlsteinen.«

»Sie sprechen von zwei Mühlsteinen«, lächelte Klemm, »gut, ich lasse die zwei Steine gelten, aber was dazwischen zerrieben werden wird, das werden nicht die Franzosen sein, sondern die Russen.«

»Nicht doch, nicht doch«, riefen Ziebold und Grüneberg gleichzeitig und setzten dann hinzu: »Oder zeigen Sie uns wenigstens, *wie*.«

Dieser Aufforderung hatte Klemm entgegengesehen.

»Es wäre gut, wir hätten eine Karte«, sagte er; »aber ein paar Striche tun es auch. Frau Hulen, ich bitte um einen Bogen Papier.«

Frau Hulen beeilte sich, den gewünschten Bogen herbeizuschaffen, auf dem Klemm nun, mit jener Sicherheit, wie sie nur die tägliche Wiederholung gibt, dieselben Linien zu zeichnen begann, die er schon am Neujahrsabend mit Kreide auf den Tisch gezeichnet hatte.

Dann hob er an: »Dieser dicke Strich also, wie ich zu bemerken bitte, ist die Grenze, rechts Rußland, links Preußen und Polen. Achten Sie darauf, meine Herrschaften, auch Polen. Hier links ist Berlin, und hier, zwischen

Berlin und dem dicken russischen Grenzstrich, diese zwei kleinen Schlängellinien, das sind die Oder und die Weichsel. Nun müssen Sie wissen, an der Oder und Weichsel hin, in sechs großen und kleinen Festungen, stecken dreißigtausend Mann Franzosen, und ebenso viele stecken hier unten in Polen, in einer sogenannten Flankenstellung, halb schon im Rücken. Ich wiederhole Ihnen, achten Sie darauf; denn in dieser Flankenstellung liegt die Entscheidung. Jetzt drängt der Russe nach; schwach ist er, denn wenn eine Armee friert, friert die andere auch, und schlottrig geht er über die Weichsel. Und nun geschieht was? Von den Oderfestungen her treten ihm dreißigtausend Mann ausgeruhter Truppen entgegen, während von der polnischen Flankenstellung her andere dreißigtausend Mann heraufziehen, sich vorlegen und ihm die Rückzugslinie abschneiden. Und klapp, da sitzt er drin. Das ist, was man eine Mausefalle nennt. Ich mache mich anheischig, Ihnen die Stelle zu zeigen, wo die Falle zuklappt. Hier, dieser Punkt; es muß Köslin sein oder vielleicht Filehne. Ich gehe jede Wette ein, zwischen Köslin und Filehne kapituliert die russische Armee. Wie Mack bei Ulm. Was nicht kapituliert, ist tot.«

Alles war erstaunt; nur Schimmelpenning, der in den Weißbierlokalen der Stadt nicht viel weniger gut zu Hause war als sein Gegner, sagte mit einschneidender Ruhe: »Es ist bekannt, Herr Klemm, daß Sie diese Sätze jetzt täglich wiederholen, buchstäblich wiederholen, wobei es nichts tut, ob Sie die Weichsel mit Bleistift auf Papier oder mit Kreide auf den Tisch zeichnen. Sie werden über kurz oder lang Ungelegenheiten davon haben; doch das ist Ihre Sache. Eins aber ist meine Sache, Ihnen zu sagen, daß ich alles, was Sie tun und sprechen, unpatriotisch finde.«

»Muß ich bei Ihnen Patriotismus lernen?« brauste Klemm auf und schlug mit der flachen Hand auf den Tisch. »Ehe Ihnen Ihre Mutter, ich bitte um Entschuldigung, meine Damen, die ersten Hosen anpaßte, war ich schon bei Torgau. Ich habe die Grenadiers gesammelt ...«

»Ich weiß davon«, unterbrach ihn Schimmelpenning, »aber das waren nicht *Sie*, das war der Major von Lestwitz.«

»Ich weiß nicht, was der Major von Lestwitz getan hat«, schrie der immer aufgeregter werdende Klemm, »aber was *ich* getan habe, das weiß ich.«

»Und behalten es in gutem Gedächtnis«, höhnte Schimmelpenning weiter. »Auch ist es noch keinem eingefallen, Herr Klemm, daß Sie jemals eine von Ihren Großtaten vergessen hätten.«

Bei dem Worte »groß« machte der Nuntius eine lange maliziöse Pause; Frau Hulen aber, die den Streit aus der Welt zu schaffen wünschte, wandte sich an Herrn Schimmelpenning und bat ihn mit eindringlicher Stimme, die auf dem linken Flügel noch unberührt stehende Sülze herumgehen zu lassen. Es wurde nicht überhört, so hoch die Wogen auch gingen. Als das neue Gericht bei der Zunzen vorbeikam, die von Zeit zu Zeit an Hustenanfällen litt und deshalb vorsichtig mit reizbaren Sachen sein mußte, beugte sie sich zur Hulen und fragte leise: »Viel Pfeffer?«, worauf diese antwortete: »Nein, liebe Zunz, englisch Gewürz.« Diese beruhigende Erklärung schien von der Alten richtig verstanden zu werden, denn sie nahm ausgiebig von der Schüssel, die sie noch in Händen hielt. Dem ausbrechenden Streit der Gegner aber war glücklich gesteuert. Bald darauf wurde aufgestanden, und nachdem sich, mit Ausnahme von Klemm und Schimmelpenning, alles die Hände gedrückt und eine gesegnete Mahlzeit gewünscht hatte, begab man sich paarweise in Lewins Zimmer, wo nun Punsch und Krausgebackenes herumgereicht wurde.

»Und nun, liebe Laacke, singen Sie uns was; aber nichts Trauriges, nicht wahr, Ulrikchen, nichts Trauriges?« Ulrike stimmte bei, worauf Mamsell Laacke bemerkte, daß sie nichts Trauriges singen wolle, aber auch nichts Heiteres. Das Heitere widerstände ihr, weil es flach und unbedeutend sei; sie liebe das Gefühlvolle, und man solle immer nur das singen, was der eigenen Natur entspräche. Denn »in unserer Stimme ruht unser Herz«.

Es wurden nun Lewins Noten einer wiederholten Durchsuchung unterworfen, bis endlich ein paar Opernarien gefunden waren, in denen der vielgerühmte Tenor des Herrn Ziebold mitwirken konnte. Mamsell Laacke überreichte ihm ein himmelblau brochiertes Heft, auf dessen Titelblatt zu lesen stand: »Fanchon, das Leiermädchen, von Friedrich Heinrich Himmel, Klavierauszug, Akt II«; darunter ein Bildnis Fanchons, kurzärmlig, mit Kopftuch und einer Art Mandoline in der Hand.

Nichts konnte, alles in allem erwogen, willkommener sein als das. Ein Duett hat immer etwas von dem Reize einer dramatischen Szene. Die Laacke intonierte und begann, während Herr Ziebold seine Linke auf die niedrige Stuhllehne legte:

»In heitrer Abendsonne Strahlen,
Dort, wo die Alpenrose keimt,
Laß ich die liebe Hütte malen,
Wo meine Kindheit ich verträumt.

Daß eine Grille nie dich lenke,
Die nur gemeine Seelen kränkt;
Entehren jemals die Geschenke
Von dem, der uns sein Herz geschenkt?«

Nachdem diese letzte Zeile nicht nur dreimal wiederholt, sondern seitens der gefühlvollen Laacke auch mit besonderem Nachdruck vorgetragen worden war, fiel der Tenor Ziebolds ein, und beide sangen nun die Schlußstrophe:

»Die Liebe teilet unbefangen,
Was *einem* nur das Glück beschied,
Und zwischen Geben und Empfangen
Macht Liebe keinen Unterschied.«

Ziebold hatte von alter Zeit her eine Force im Tremulando und erzielte damit auch heute eine solche Wirkung, daß die bis dahin kühle Stimmung umschlug und die Gefühle allgemeiner Menschenliebe wenigstens momentan zum Durchbruch kamen. Der Abend war jetzt entschieden auf seiner Höhe. Frau Hulen empfand dies und schlug deshalb unverzüglich eine Wanderpolonaise vor, die denn auch, durch alle Zimmer hin, unter geschickter Umkreisung des stehengebliebenen Eßtisches ausgeführt wurde. Zum Schluß aber spielte die Laacke zu hastig und ließ absichtlich einige Takte aus. »Bin ich eingeladen, um auf diesem

Klimperkasten dieser froschäugigen Mamsell Ulrike zum Tanze aufzuspielen?« So drängten sich die Fragen, und der letzte Moment des Festes war wieder ein Mißakkord.

Eine Viertelstunde später gingen die Paare nach verschiedenen Seiten hin die Klosterstraße hinunter, die *Ziebolds* links, auf den Hohen Steinweg zu.

»Das ist nun das letzte Mal gewesen«, sagte Frau Ziebold, »du bringst mich nicht mehr hin. Ich habe nicht Lust, mit Mamsell Laacke auf demselben Sofa zu sitzen. Und dies alberne Ding, die Ulrike! Sah mich an, als hätte sie mich noch nie gesehen; ich glaube gar, sie dachte, daß ich sie zuerst grüßen sollte. Und wie steht es denn? Sie hilft uns nicht, aber wir helfen ihr. Das gelbe Mohrkleid und die Zuckerzange lagern nun schon in die zehnte Woche.« Hier hielt die Sprecherin, denn die Luft ging scharf, einen Augenblick inne, um Atem zu schöpfen. Dann aber fuhr sie fort: »Und nun gar diese Mannsbilder! Ich weiß wirklich nicht, wer unausstehlicher ist, dieser Klemm, der nur drei Stücke auf seiner Leier hat, oder dieser Schimmelpenning, der aussieht, als habe er die Gerechtigkeit erfunden.«

Ziebold lachte und sagte: »Du vergißt Grünebergen; war er nicht dein Tischnachbar?«

»Freilich war er das; aber glaubst du, daß er ein Wort mit mir gesprochen hätte? Und warum nicht! Weil er ein alter Narr ist und immer das liebe Töchterchen angafft und auf den Prinzen wartet, der sie mit einer goldenen Kutsche abholen soll. Und dann nimm es mir nicht übel, Ziebold, die Hulen ist eine gute Frau, aber was waren das für Pielen? Semmelstücke, und das bißchen Mohn kratzig und multrig.«

Die *Grünebergs* hielten sich derweilen rechts. Als sie um die Ecke der Stralauer Straße bogen, sagte Ulrike: »Ich weiß eigentlich nicht recht, was der Hulen beikommt? Immer so, als ob sie keine arme Frau wäre; drei Gerichte und Krausgebackenes und Punsch. Mir gefällt es nicht, und ich finde es unrecht. Und dann immer in zwei Stuben, als ob ihr alle beide gehörten! Wenn ich eine Stube vermiete, so habe ich sie vermietet; der junge Herr von Vitzewitz, der mir das letzte Mal aufmachte, als ich klingelte, weil die Hulen nicht zu Hause war, würde sich doch sehr wundern, wenn er diese Mamsell Laacke mit ihren langen knöchernen Fingern auf seinem Klavier hätte herumhantieren sehen. Und diese Singerei! Da hör ich doch lieber die Kurrende. Aber es soll immer so was sein. Ein bißchen Blindekuh oder ein paar Kartenkunststücke, das ist ihr nicht genug ... Und was für Menschen! Er, Ziebold, das muß wahr sein, ist ein kulanter Mann, und man merkt es ihm an, daß es ihm nicht an der Wiege gesungen worden ist. Aber diese Person, seine Frau! Immer in Seide und mit Korallenohrbommeln; ich mag nicht wissen, wem sie gehören. Sie muß doch Mitte Vierzig sein, und dabei ausgeschnitten wie die jüngste. Aber das weiß ich, ich gehe nicht wieder hin. Ich will mir nicht meinen Ruf verderben.«

So dachten auch die andern. Befriedigt war nur Frau Hulen selbst.

## FÜNFTES KAPITEL

### *Soiree und Ball*

Um die vierte Stunde des andern Tages, die Sonne war eben unter, hielten die seit einer Woche kaum noch aus dem Geschirr gekommenen Hohen-Vietzer Ponies vor dem uns aus dem Beginn unserer Erzählung bekannten Hause in der Klosterstraße. Lewin hatte die Leinen genommen und wartete geduldig auf die Rückkehr des Kutschers, der abgestiegen war, um den altmodischen, mit vielen Riemen zugeschnallten Mantelsack in die Frau Hulensche Wohnung hinaufzutragen. Das Gefährt war nicht mehr der nur für eine Nachtfahrt geeignete Sack- und Planschlitten, sondern der leichte zweisitzige Kaleschwagen, mit dem Berndt seine hier- und dorthin gehenden Ausflüge zu machen pflegte. Es wurd unserm Freunde nicht schwer zu warten, denn der ganze nordwestliche Himmel glühte noch, und die kleine, fast unmittelbar zu seiner Linken gelegene, ringsumher von Efeu umwachsene Klosterkirche stand wie ein Schattenbild in dieser abendlichen Glut und nahm seine Aufmerksamkeit gefangen. Von allen Seiten kamen Krähen heran, setzten sich auf die Zacken des Giebelfeldes und berieten sich, wie sie zu tun pflegen, für die Nacht. In der Straße war nur wenig Leben; die Laternen wurden an ihren langen Drahtketten herabgelassen, langsam angezündet und langsam und knarrend wieder in die Höhe gezogen. Endlich kam Krist zurück, und während dieser, ohne wieder aufzusteigen, das Fuhrwerk nach dem »Grünen Baum« hinüberdirigierte, öffnete Lewin die schwere, mittelst eines innen angebrachten Steingewichts sich von selbst schließende Haustür und stieg die Treppen hinan.

Auf der dritten und letzten schimmerte schon das Licht, mit dem Frau Hulen auf den Flur getreten war, teils um ihrem jungen Herrn Lewin ihren Respekt zu bezeigen, aber noch mehr, um die dicke Efeugirlande über der Tür sichtbar zu machen, die sie zu seinem Empfange geflochten.

»Guten Abend, Frau Hulen.« Damit trat er erst in den Alkoven und von diesem aus in das große Vorderzimmer, das die Liebe und Sorgfalt der Alten in ähnlicher Weise festlich hergerichtet hatte. Auf dem runden Sofatische standen zwei kleine brennende Lichter, Kaffeegeschirr und ein Napfkuchen, während eine zweite Girlande, auch von Efeu, aber schmal und zierlich und aus einzelnen Blättern zusammengenäht, die damastne Kaffeeserviette einfaßte.

»Aber das ist ja, als ob ein Bräutigam einzöge, Frau Hulen; wo kommt nur all der Efeu her?«

»Kirchenefeu, junger Herr.«

»Also von drüben?«

»Ja, drüben von der Klosterkirche; ich hab ihn an dem linken Chorpfeiler gepflückt, wo Küster Susemihls Johanna mit dem kleinen Würmchen begraben liegt. All in eins, Mutter und Kind. Es sind nun drei Jahr. Können sich der junge Herr nicht mehr entsinnen?«

»Nein. Was war es denn damit?«

»Es soll ein Marschall gewesen sein; aber Herr Kaufmann Ziebold hat mich ausgelacht; es sei freilich ein Marschall gewesen, aber bloß ein französischer Logiermarschall, was sie bei uns einen Wachtmeister nennen. Na, lieber Gott, ich kann es nicht wissen, ich bin eine alte Frau, aber das weiß ich, Marschall oder nicht, daß er einen schweren Stand haben wird, denn es war ein gutes Kind, die Johanna, und sie hielt auf sich, und selbst die alte Zunzen, die von jedem was weiß, wußte ihr nichts nachzusagen. Es war noch ein Glück, daß das Kind gleicht tot war. Einige sagen freilich, es wäre nicht tot gewesen, aber ich glaub es nicht, und man soll nicht sagen, was man nicht beweisen kann. Und nun langen Sie zu, junger Herr, und schenken sich ein, ehe der Kaffee kalt wird.«

»Ja, Frau Hulen, das ist leichter gesagt als getan. Wo denken Sie hin? So bei Gräberefeu ...«

»Ach, junger Herr, da kenn ich Sie besser. Wenn die Dienstagsherren hier sind, der dicke Herr Hauptmann, der immer so spaßig ist, und der Herr von Jürgaß und der Herr Himmerlich, der solche dünne Stimme hat, und ich höre dann von nebenan zu, da weiß ich schon, je lauter sie lesen und je rührender es ist, desto mehr Tassen und Gläser muß ich bringen. Und wer dann am meisten dabei ist, das ist mein junger Herr.«

»Nun, Frau Hulen, wenn die Sachen so liegen, da muß ich es schon versuchen«, und dabei schenkte er sich ein und machte sich's bequem, während die Alte, um ihn nicht länger zu stören, aus dem Zimmer ging.

Auf dem Tische, zu einem kleinen Fächer geordnet, lagen auch die vier, fünf Briefe, die während seiner Abwesenheit eingegangen waren. Einer von Jürgaß enthielt eine kurze Anfrage, wann und wo die nächste Kastaliasitzung stattfinden solle, ein anderer, erst vor wenig Stunden geschrieben, war von Tubal. Nur wenige Zeilen. Lewin las:

»4. Januar

Seit vorgestern abend sind wir wieder hier. Papa, der uns schon früher von Guse zurückerwartet hatte, hat auf heute (Montag) eine Soiree angesetzt. So du rechtzeitig eintriffst, laß uns nicht im Stich. Wir haben Überfluß an Herren, aber nicht an Tänzern. Die Mazurka, die vor dem Feste bei Wylichs aufgeführt wurde und in der Kathinka, wie Du gehört haben wirst, einen ihrer Triumphe feierte, soll wiederholt werden. Du fehltest damals; sei heute da.

Dein T.«

Lewin legte das Blatt aus der Hand, das ihn verstimmt hatte. Während der Fahrt war er geschäftig gewesen, sich diesen ersten Abend als ein häusliches Idyll auszumalen, alles hell und licht, in dem Frau Hulens weiße Haube, die weiße Teekanne und viele quadratisch gefaltete weiße Blätter (von denen er jedes zu beschreiben hoffte) die seinem Auge sich einschmeichelndsten Punkte waren, und nun zerrann dieser Traum in demselben Augenblicke, in dem er ihn zu verwirklichen dachte. Er hatte weder Lust zu tanzen noch tanzen zu sehen, am wenigsten Kathinka, deren Mazurkapartner, wie er sich aus begeisterten Schilderungen der Freunde sehr wohl entsann, Graf Bninski gewesen war. Und doch war die Einladung nicht zu umgehen. Er hatte noch zwei Stunden, und müde von der Fahrt, überwand er mit Hilfe seiner Ermattung seine Mißstimmung, drückte sich in das seegrasharte Sofakissen und schlief ein.

Als er erwachte, was alles dunkel im Zimmer, die kurzen Lichter niedergebrannt. Er wickelte sich aus der Dekke heraus, mit der ihn Frau Hulen, während er schlief, zugedeckt hatte; aber es kostete ihm Mühe, sich zurechtzufinden. Wo war er? Er tappte sich auf das Fenster zu und sah auf die Straße hinunter. Da waren die Laternen, die in trübem Lichte brannten; drüben der Schatten mit den zwei kleinen Türmen, das war die Klosterkirche. Was war es doch damit? Wer hatte doch davon erzählt? Richtig, die Hulen. Da war ja die Girlande; und Johanna Susemihl und das Würmchen; und er fühlte nun, daß eine stickige Luft in dem Zimmer war und daß der betäubende Geruch des Efeus und der Lichterblak ihm einen dumpfen Kopfschmerz zugezogen hatten. Was tun? Er öffnete den Fensterflügel, an dessen einem Riegel er sich mechanisch gehalten hatte, und atmete erst wieder freier, als die kalte Nachtluft in sein Zimmer zog. Dann klopfte er, und Frau Hulen kam.

»Wie spät ist es?«

»Acht Uhr.«

»Ei, da hab ich mich verschlafen. Und dies Kopfweh. Ein Glas Wasser, Frau Hulen, und Licht. Ich muß mich eilen.«

Die Alte lief hin und her; die Kommodenkästen flogen auf und zu, und eine Stunde später stieg Lewin die breite Steintreppe hinauf, die an Nischen mit drei, vier Perükken-Kurfürsten vorüber in das erste Stock des Ladalinskischen Hauses führte. Er warf den Mantel ab, hörte, während er in dem Garderobezimmer seine Toilette ordnete, den gedämpften Strich der Geigen und schritt dann über den mit Orangerie besetzten Vorflur in das offenstehende Entree, das, zwischen den beiden großen Gesellschaftssälen gelegen, gerade die Mitte der ganzen Zimmerflucht bildete. Es war im übrigen ein Entree wie andere mehr, schmucklos, mit einem einzigen hohen, zugleich als Balkontür dienenden Fenster, und zeichnete sich durch nichts aus als durch sein Deckenbild: Venus bei dem Untergange Trojas ohnmächtig in die Arme des Zeus sinkend. Es war das beste der alten Plafondgemälde und zugleich das wohlerhaltenste.

Unser Freund, wenig heimisch in der Welt der bildenden Künste, würde zu keiner Zeit ein begeistertes Auge für die Linien dieser Komposition gehabt haben, am wenigsten hatte er es heute, wo Kopfweh, Mißstimmung und ein gerade an dieser Stelle stattfindendes Gedränge ohnehin an einer eingehenden Beobachtung hinderten. Nach links hin lag der Tanzsaal. Lewin sah hinein und bemerkte, daß zwölf oder vierzehn Paare zu einer Anglaise angetreten waren; aber Kathinka fehlte. Wo war sie? Und bei dieser Frage stürmten Bilder und Gedanken auf ihn ein, die dem Versuche, sie als töricht zu verbannen, nur zögernd und widerstrebend nachgaben. Er ließ nun sein Auge die Sitzreihe niedergleiten, auf der an der Längswand des Saales hin die älteren Damen Platz genommen hatten; aber auch hier vergebens.

In der Mitte dieser Reihe saß die alte Gräfin Reale, Oberhofmeisterin der Prinzessin Ferdinand, eine Dame von Siebzig oder darüber, mit einer gebogenen und doch spitz auslaufenden Nase. Alles an ihr war grau: die Robe, der Shawl, das hochaufgetürmte Haar, und sie glich einem bösen Kakadu, besonders als sie jetzt ein schwarzes Lorgnon mit zwei großen Kristallgläsern aufsetzte und Lewin, dessen hastiges Suchen ihr aufgefallen sein mochte, verwundert und beinahe strafend ansah. Dieser schlug die Augen nieder und richtete sie ziemlich verwirrt auf die Nachbarin der alten Gräfin. Dies war ein Fräulein von Bischofswerder, Tochter des ehemaligen Ministers und Dame d'atour der Königinwitwe. Sie trug das wenige blonde Haar, das sie hatte, in zwei Locken gelegt, die jetzt aber von der Hitze des Saales ihre ohnehin spärliche Federkraft verloren hatten und in dünner, ungebührlicher Länge bis an den Gürtel hinunterhingen. Überhaupt war alles lang an ihr, der Hals und die dänischen Handschuhe, die bis zum Ellbogen hinaufreichten, und inmitten all seiner Mißstimmung überkam ihn ein Lächeln. »Mamsell Laacke!« sagte er vor sich hin.

Er gab endlich alles weitere Suchen und Forschen auf und schritt in den nach rechts hin gelegenen Saal hinüber, in dem Erfrischungen gereicht und in dicht umherstehenden Gruppen die Neuigkeiten des Tages ausgetauscht wurden. Es waren meist ältere Herren: Adjutanten und Kammerherren der verschiedenen prinzlichen, damals sehr zahlreichen Hofstaaten, Gesandte kleinerer Höfe, Exzellenzen aus dem Auswärtigen Departement und Abteilungschefs des Oberfinanzdirektoriums wie der Kriegs- und Domänenkammer. Einige davon spezielle Freunde des Hauses, so der Intendant der königlichen Schlösser und Gärten, Herr Valentin von Massow, Schloßhauptmann von Wartensleben, Generaldirektor der königlichen Schauspiele, Freiherr von der Reck, und Staatsrat und Polizeipräsident Le Coq. Auch Universitätsprofessoren, Ärzte, Geistliche und Berliner Stadtzelebritäten waren erschienen; in der ersten Fensternische standen Hofprediger Eylert und der Oberkonsistorialrat Sack in eifrigem Gespräch, während in unmittelbarer Nähe von Lewin Professor Doktor Mursinna, der damalige berühmteste Chirurg der Stadt, und der Schauspieler Fleck ein lebhaftes Gespräch führten. Lewin verstand jedes Wort und hörte deutlich, daß Mursinna das Hinken Richards III. nicht korrekt finden wollte. Es hätte ihn unter andern Umständen auf das lebhafteste interessiert, dem Gange dieser Unterhaltung folgen zu können, aber in der Unruhe seines Gemüts fühlte er sich nur bedrückt, auch in diesem Saale keinem näher befreundeten Gesicht zu begegnen. Von jüngeren Männern war niemand da, den er kannte. Auch Bninski nicht, und bei dieser Wahrnehmung stieg ihm plötzlich wieder das Blut in die Stirn, und er wechselte die Farbe, freilich nur, um sich schon im nächsten Augenblicke wieder der Vorstellungen zu schämen, womit ihn seine Eifersucht in immer neuen Anfällen verfolgte.

Endlich wurd er eines holsteinischen Baron Geertz, Hofkavaliers bei der Königinwitwe, ansichtig, der, mit Jürgaß intim und im Ladalinskischen Hause aus und ein gehend, im Laufe des Winters einigen Kastaliasitzungen beigewohnt hatte. Unser Freund näherte sich ihm und fragte nach Jürgaß und Tubal. »Ich bin eben auf dem Wege zu ihnen«, damit schritt der Baron auf eine an der entgegengesetzten Schmalseite des Saales befindliche Tür zu, schlug die Portiere zurück und ließ Lewin eintreten, während er selber folgte.

Es war das uns wohlbekannte Arbeitszimmer des Geheimrats, das er heute, um es als Gesellschaftsraum mitverwenden zu können, eine vollständige Umgestaltung erfahren hatte. Wo sonst das Windspiel und die Goldfischchen ihre bevorzugten Plätze hatten, standen Blumenkübel mit eben damals in die Mode gekommenen Hortensien, während vor den hohen, jeder Wegschaffung spottenden Aktenrealen dunkelrote, mit einer schwarzen griechischen Borte besetzte Gardinen ausgespannt worden waren. Nur das Bild der Frau von Ladalinski war geblieben. Der große Schreibtisch hatte einem vielfarbigen Diwan und einer Anzahl zierlich vergoldeter Ebenholzstühle Platz gemacht, die sich um einen chinesisch übermalten Tisch gruppierten. Hier saßen Freunde vor einer unverhältnismäßig großen Zahl leerer Gläser der verschiedensten Form und Farbe und empfingen Lewin mit einem so freudelauten Zuruf, wie die gesellschaftliche gute Sitte nur irgendwie gestattete. Hauptmann Bummcke und Rittmeister von Jürgaß, die sich's auf dem Diwan selbst bequem gemacht hatten, nahmen ihn in die Mitte; Tubal, auf einem der Ebenholzstühle, saß gegenüber; Baron Geertz und ein Kammerherr Graf Brühl rückten ein und schlossen den Kreis. Bummcke, der vor einer Viertelstunde schon, ehe die Anglaise begann, mit Kathinka gewalzt und, dem beständigen Fächeln mit seinem Batisttuch nach zu schließen, die gehabten Anstrengungen noch immer nicht überwunden hatte, hatte das Wort.

»Es will nicht mehr gehen, Tubal, und doch tanzt es sich mit ihrer Schwester wie mit einer Fee.«

»Wo sie nur sein mag«, warf Graf Brühl ein, «ich suche sie seit zehn Minuten. Aber umsonst.«

»Sie kleidet sich um für die Mazurka«, erwiderte Tubal.

»Und wie sich mich abgeführt hat«, fuhr Bummcke fort, einen Diener heranwinkend, der mit einem Sherrytablett eben in der Türe erschien. »Ich wollte ihr etwas Verbindliches sagen – deliziöser Sherry, Baron Geertz, lassen Sie die Gelegenheit nicht vorübergehen –, und so sagt ich ihr, ›mein gnädigstes Fräulein‹, sagt ich, ›wenn ich so Ihren vollen Namen höre: Kathinka von Ladalinska, da ist es mir immer wie Janitscharenmusik, ja auf Ehre, es tingelt und klingelt wie das Glockenspiel vom Regiment Alt-Larisch.‹«

» Und was antwortete sie?« frage Jürgaß, während Lewin und Tubal Blicke wechselten.

»Nun, sie antwortete kurz: ›Da passen wir ja zusammen‹, und als ich, nichts Gutes ahnend, etwas verlegen anklopfte: ›Darf ich fragen: *wie*, mein gnädigstes Fräulein?‹, da sagte sie: ›Aber, Hauptmann Bummcke, es überrascht mich einigermaßen, Ihr feines Ohr auf die musikalische Bedeutung von *anderer* Leute Namen beschränkt zu sehen. Muß ich Ihnen wirklich das Instrument erst nennen, das sozusagen von Ihrer ersten Namenssilbe lebt?‹ Und dabei nahm sie meinen Arm, und ich mußte ihr schließlich noch dankbar sein, in dem eben wieder beginnenden Tanze meine Verlegenheit verbergen zu können.«

Die ganze Tafelrunde stimmte lachend in die Heiterkeit des sich selbst persiflierenden Erzählers ein, und nur Jürgaß, während er sorgfältig ein Korkbröckelchen aus seinem Sherryglase herausfischte, gefiel sich in einer Haltung erkünstelten Ernstes.

»Ihnen ist nicht zu helfen, Bummcke. Warum tanzen Sie noch? Wer sich in Gefahr begibt, kommt drin um. Aber ich kenne euch, ihr Herren von der Infanterie! Das ist die Eitelkeit aller dicken Kapitäns, durch einen raschen Walzer ihre Schlankheit beweisen oder gar wiederherstellen zu wollen. Nein, Bummcke, Sie tanzen entweder zuviel oder zuwenig. Zuviel für das Vergnügen, zuwenig für die Kur. Tanzen ist Lieutenantssache. Mit neununddreißig ist man ein Mann der Dejeuners, der kurzen und der langen Sitzungen, und wenn es eine Kastaliasitzung wäre. Apropos, Lewin, wann haben wir die nächste?«

»Wenn wir den Dienstag festhalten, morgen.«

»Mir recht, und ich werd es Hansen-Grell und die andern wissen lassen. Himmerlichs und Rabatzkis sind wir sicher. Aber wie steht es mit Ihnen, Tubal? Unseres Freundes Bummcke, der, wie ich wahrzunehmen glaube, wegen indiskreter Enthüllung seines Lebensalters mit mir zürnt, werd ich mich persönlich zu bemächtigen wissen. Es darf niemand fehlen, denn nach wie vor beflissen, dem ermattenden Springquell der Kastalia einen neuen Sprudel zu geben, hab ich abermals für frische Kräfte Sorge getragen. Ich sage Kräfte; beachten Sie den Plural. Es sind eben ihrer zwei, mit denen ich komme, zwei verwundete Kameraden. Weiteres morgen, wenn ich die Ehre haben werde, Ihnen die beiden Herren vorzustellen. Heute nur noch das. Es waren ihrerzeit Poeten, wie wir deren wohl oder übel jetzt so viele unter unseren jungen Lieutenants haben; aber die Kampagnen, die spanische und die russische – denn in der Tat, beide Herren treffen hier von Nord und Süd her in unserer guten Stadt Berlin zusammen –, haben ihnen nach der Seite der Dichtung hin nichts abgeworfen. Smolensk und Borodino lagen nicht günstig für die Lyrik. Was sie mitgebracht haben, sind Wunden und Tagebuchblätter. Aber auch das muß willkommen sein.«

»Und ist es«, bestätigte Lewin, der sich jetzt erhob, um in den Tanzsaal zurückzukehren. Dies gab das Zeichen für alle; selbst Bummcke, der eben gehörten Ermahnungen uneingedenk, schob das erst halb geleerte Glas beiseite und folgte.

Sie hätten den Moment nicht glücklicher wählen können; die vier Mazurkapaare, Bninski und Kathinka, dazu die schlesischen Grafen Matuschka, Seherr-Thoß und Zierotin mit ihren jungen und schönen Frauen waren eben zum Tanze angetreten, Herren und Damen in einem Kostüm, das, ohne streng national zu sein, das polnische Element wenigstens in quadratischen Mützen und kurzen Pelzröcken andeutete. Es waren jene vier Paare, deren Tubal in seinem Billet erwähnt und die schon auf der Wylichschen Soiree geglänzt hatten. Und nun begann der Tanz, der, damals in den Gesellschaften unserer Hauptstadt Mode werdend, dennoch, wenn Polen oder Schlesier von jenseit der Oder zugegen waren, in begründeter Furcht vor ihrer Überlegenheit immer nur von diesen getanzt zu werden pflegte.

Alles hatte sich des graziösen Schauspiels halber herzugedrängt, so daß es schwerhielt, in Nähe der Tür noch einen Platz zu gewinnen. Bummcke, dessen Embonpoint die Schwierigkeiten verdoppelte, gab es auf, sich neben dem riesengroßen Major von Haacke und der Doppel-Konsistorialratsfigur des Oberhofpredigers Sack siegreich zu behaupten, und kehrte in das Sanktuarium zurück, wo er zu seiner nicht geringen Überraschung Jürgaß und Baron Geertz in den zwei Diwanecken bereits wieder vorfand.

»Tres faciunt collegium. Ich verzeichne diesen Tag als den Tag Ihrer Bekehrung«, empfing ihn Jürgaß. »Besser spät als nie. Neben dem Tanzen ist das Tanzensehen das Schlimmste, schon um der Verführung willen, die notorisch in allem conspectus liegt.«

Ein Livreediener, augenscheinlich für diesen Abend nur eingekleidet, ging vorüber.

»Alle Teufel, Grützmacher, wo kommen Sie hierher? Aber das trifft sich gut; ein Cliquot, gute Seele.« Dann zu Baron Geertz sich wendend, den die Vertraulichkeit überrascht haben mochte, sagte er: »Unser ehemaliger Regimentsfriseur von Göckingk-Husaren.«

Der Diener kam zurück und setzte zwinkernd eine Flasche mit blankem Kork auf den Tisch.

Lewin hatte sich mittlerweile bis in die vorderste Reihe der Zuschauer geschoben und überblickte wieder den Saal wie eine halbe Stunde vorher. Von den vier Paaren, die sich in zierlicher Bewegung drehten, sah er nur eins, und während er hingerissen war von der Schönheit der Erscheinung, beschlich ihn doch zugleich das schmerzlichste der Gefühle, das Gefühl des Zurückstehenmüssens und des Besiegtseins, nicht durch Laune oder Zufall, sondern durch die wirkliche Überlegenheit seines Nebenbuhlers. Er empfand es selbst. Alles, was er sah, war Kraft, Grazie, Leidenschaft; was bedeutete daneben sein gutes Herz? Ein Lächeln zuckte um seine Lippen; er kam sich matt, nüchtern, langweilig vor. Die alte Gräfin Reale, seiner ansichtig werdend, setzte wieder die großen Kristallgläser auf und ließ nach kurzer Musterung das Lorgnon fallen mit einer Miene, die das Urteil, das er sich selber eben ausgestellt hatte, untersiegeln zu wollen schien. Die beiden Locken des Fräuleins von Bischofswerder hingen noch länger und trübseliger herab. Es schien ihm alles ein Zeichen.

Der Tanz war vorüber; alles drängte in den Saal, um den vier reizenden Damen Dank und Bewunderung auszusprechen; auch Bummcke und Jürgaß zeigten sich und schienen durch ihr plötzliches Wiedererscheinen ihre halbstündige Abwesenheit verleugnen zu wollen.

Unter den Beglückwünschenden war auch der alte Ladalinski selbst; er plauderte eben mit der schönen Gräfin Matuschka, die, soweit Teint und Taille mitsprachen, sich siegreich selbst neben Kathinka behauptet hatte, als einer der Lakaien an ihn herantrat und ihm etwas ins Ohr flüsterte.

Der Geheimrat setzte noch einen Augenblick die Unterhaltung fort, verbeugte sich dann gegen die junge Gräfin und folgte dem Diener. Auf dem Vorflur fand er einen Boten aus dem Auswärtigen Departement, der ihm ein couvertiertes Schreiben überreichte. Der Geheimrat, in Verlegenheit, wo er von dem Inhalt desselben Kenntnis nehmen sollte, trat in das Garderobezimmer und erbrach das Schreiben. Es waren nur wenige Worte.

»*Yorck hat kapituliert*. Ein Adjutant Macdonalds brachte dem französischen Gesandten die Nachricht. Der Staatskanzler fährt eben zum König.«

»Wer gab Ihnen den Brief?« fragte Ladalinski.

Der Bote nannte den Namen einer dem Ladalinskischen Hause befreundeten Exzellenz, die zugleich die rechte Hand Hardenbergs war.

»Ich lasse Seiner Exzellenz meinen Dank und meinen Respekt vermelden.« Damit steckte der Geheimrat das Schreiben zu sich und kehrte in die Gesellschaft zurück.

Er war entschlossen zu schweigen; als er aber an dem Mittelfenster des Saals Kathinka und Bninski und gleich darauf auch Tubal in eifrigem Gespräche sah, ließ es ihm keine Ruhe, und er schritt auf die Plaudernden zu.

»Ich hab euch eine Mitteilung zu machen, auch Ihnen, Graf; aber nicht hier.«

Ohne eine Antwort abzuwarten, wandte er sich nach dem zunächstgelegenen Seitenzimmer, das, für gewöhnlich von Kathinka bewohnt, heute, wie sein eigenes Arbeitscabinet, mit in die Reihe der Empfangsräume hineingezogen worden war. Einige Paare, deren Herzensbeziehungen vielleicht nicht älter waren als dieser Abend, hatten in der Stille dieses ohnehin nur durch wenige Lichter und eine rubinrote Ampel erleuchteten Boudoirs eine Zuflucht gesucht; jetzt aufgescheucht, verließen sie, je nach ihrem Temperamente, heiter oder mit einem Anfluge von Verstimmung ihre Plätze.

Kathinka wies auf die Stühle, die frei geworden waren; aber Ladalinski sagte: »Nehmen wir nicht Platz, wir können uns ohnehin der Gesellschaft nicht entziehen. Was ich zu sagen habe, ist kurz: Yorck hat kapituliert.«

»Eh bien!« bemerkte Kathinka, offenbar enttäuscht, nach all dem Ernst, den ihr Vater zur Schau getragen hatte, nichts weiter zu hören als *das*. Sie war durchaus unpolitisch und kannte nur Persönliches und Persönlichkeiten.

»Kathinka!« rief der Graf, in der Erregung des Moments sich einen Augenblick vergessend, verbesserte sich aber schnell und setzte mit Förmlichkeit hinzu: »Mein gnädigstes Fräulein!« In seiner Stimme klang ein leiser Vorwurf. Dann, zu dem Geheimrat sich wendend, dem der Wechsel in der Anrede, erst vertraulich, dann förmlich, nicht entgangen war, sagte er: »Kapitulation! Das heißt, er ist zu den Russen übergegangen.«

»Ich vermute es.«

Bninski stampfte mit dem Fuße: »Und das nennen sie Treue hierlandes!«

Dann und wann erschien ein Kopf an der Portiere, um ebenso schnell wieder zu verschwinden; der Graf aber, in seiner Erregung weder das eine noch das andere wahrnehmend, fuhr mit Bitterkeit fort:

»O dies ewige Lied von der deutschen Treue! Jeder lernt es, jeder singt es, und sie singen es so lange, bis sie es selber glauben. Die Stare müssen es hierzulande pfeifen. Ich bin ganz sicher, daß dieser General Yorck alles verachtet, was nicht einen preußischen Rock trägt, und das Ende davon heißt ›Kapitulation‹!«

Eine peinliche Pause folgte; keiner vermochte das rechte Wort zu finden, und während in dem alten Ladalinski sich polnisches Blut und preußische Doktrin wie Feuer und Wasser befehdeten, fühlte Kathinka, daß sie durch ihr unbedachtes »Eh bien« diesen Sturm zur Hälfte heraufbeschworen hatte.

Tubal faßte sich zuerst. »Ich glaube, Graf, Ihr Eifer verwirrt Ihr Urteil. Sie wissen, wie ich stehe; überdies sichert mich meine Geburt gegen den Verdacht eines engherzigen Preußentums.«

Der Geheimrat wurde befangen; Tubal aber, der es nicht sah oder nicht sehen wollte, sprach in ruhigem Tone weiter:

»Nehmen wir den Fall, wie er liegt. Was geschehen ist, ist ein politischer Akt. Solang es eine Geschichte gibt, haben sich Umwälzungen, auch die segensreichsten, durch einen Wort- oder Treubruch eingeleitet. Ich erspare Ihnen und mir die Aufzählung. Wenn es Ausnahmen gibt, so sind es ihrer nicht viele, oder kluge Vorsorglichkeiten haben das Odium zu eskamotieren gewußt.«

Der alte Ladalinski atmete auf, während Tubal fortfuhr: »Wer vor große, jenseits des Alltäglichen liegende Aufgaben gestellt wird, der soll sich ihnen nicht entziehen, am wenigsten sich zum Knecht landläufiger Begriffe von Ruf und gutem Namen machen. Er soll nicht kleinmütig vor Verantwortung zurückschrecken, denn darauf läuft diese ganze Ehrensorge hinaus. Mit Gott und sich selber hat er sich zu vernehmen. Er soll sich zum Opfer bringen können, *sich*, Leben, Ehre. Geschieht es in rechtem Geiste, so wird er die Ehre, die er einsetzt, doppelt wiedergewinnen. Das ist der ewige Widerstreit der Pflichten, zwischen deren Wert es abzuwägen gilt. Eine Treue kann die andere ausschließen. Wo die Bewährung der einen durch die Verletzung der anderen erkauft werden muß, da wird freilich immer ein bitterer Beigeschmack bleiben; aber gerade der, der diesen Beigeschmack am bittersten empfindet, wird aus den reinsten Beweggründen heraus gehandelt haben.«

»Und es ist General Yorck, an den Sie dabei denken?« fragte Bninski mit einem Anfluge von Spott.

»Gerade an ihn dacht ich. Kurz, Graf, Sie dürfen ihn verurteilen, nicht verdächtigen. Was seine Tat gilt, wird sich zeigen; seine Ehre aber, wie sie meines Schutzes nicht bedarf, sollte gegen jeden Zweifel oder Angriff gesichert sein.«

Es schien, daß Bninski antworten wollte, aber die Musik begann wieder, und die jetzt halb zurückgeschlagene Portiere ließ erkennen, daß die Paare zu einem Contre zusammentraten. Kathinka, mit dem jungen Grafen Brühl engagiert, mahnte zum Abbruch des Gesprächs, das ohnehin andere Wege gegangen und von längerer Dauer gewesen war, als der Geheimrat bei Beginn desselben vorausgesehen hatte. Manches war ihm peinlich gewesen; nur Tubals gute Haltung hatte ihn mit diesem Peinlichen wieder versöhnt.

Ehe der Contre zu Ende war, wußte die ganze Gesellschaft von dem großen Ereignis. Die Wirkung war um vieles geringer, als erwartet werden durfte. Die Herren versicherten, »daß sie nicht überrascht seien, daß sich vielmehr nur ein Unausbleibliches vollzogen habe«. Die Damen dachten der Mehrzahl nach wie Kathinka und waren nur klug genug, mit einem gleichmütigen »Eh bien« zurückzuhalten. Aber wie gering die Wirkung sein mochte, sie war doch groß genug, eine gewisse Zerstreutheit hervorzurufen und dadurch die Gesellschaft zu stören. Schon um zwölf fuhren die ersten Wagen vor, und ehe eine halbe Stunde um war, hatten sich die Säle geleert.

Bummcke, Jürgaß, Lewin, zu denen sich auch Baron Geertz und der alle andern beinahe um Haupteslänge überragende Major von Haacke gesellt hatten, gingen zusammen die Treppe hinunter. Unten trennte sich Lewin von ihnen; die vier andern Herren aber hatten denselben Weg und schritten auf die Lange Brücke zu. Als sie die Mitte derselben erreicht hatten, sahen sie zu dem Reiterstandbild des Großen Kurfürsten auf, das in seiner oberen Hälfte vom Marstall und alten Postgebäude her, in deren Fenstern noch Licht war, beleuchtet wurde. Der prächtige Kopf schien zu lächeln.

»Seht«, sagte Jürgaß, »er sieht nicht aus, als ob es mit uns zu Ende ginge.«

## SECHSTES KAPITEL

### *Im Kolleg*

Lewin schritt die Königsstraße nach links hinunter, um seine Wohnung auf nächstem Wege zu erreichen. Ein leiser, aber eiskalter Wind wehte vom Alexanderplatze her und schnitt ihm ins Gesicht; er zog den Mantelkragen in die Höh und grüßte den Wächter, der sich Schutzes halber unter das Portal des Rathauses gestellt hatte.

»Scharfer Wind, Ehrecke.«

»Ja, junger Herr; 's is Bernauscher, der geht immer bis auf die Knochen.«

Damit wünschten sie sich eine gute Nacht, und Lewin hörte nur noch das Knarren der Laternen, die sich in ihren über die Straße gespannten Ketten langsam im Winde hin und her bewegten. Er passierte den Hohen Steinweg, bog in die Klosterstraße ein und sah hier, immer sich rechts auf dem Bürgersteige haltend, mit halbem Auge nach der andern Seite hinüber, wo er seit lange jedes Haus kannte. Bei Bäcker Lehweß war Licht, und der Geruch von frischgebackenem Brot zog aus dem offenstehenden Fenster der im Souterrain befindlichen Backstube quer über den Fahrdamm hin bis zu ihm herüber. Dicht daneben, vor dem als Magazin dienenden alten »Lagerhause« (dem ehemaligen kurfürstlichen Schloß), stampfte ein französischer Wachtposten, der sein Gewehr an das Schilderhaus gelehnt hatte, mit beiden Füßen in den Schnee und schlug sich mit den Armen überkreuz, wie die Matrosen tun, wenn sie die Finger wieder geschmeidig haben wollen. Dann kam das »Graue Kloster« und dann die Klosterkirche, deren beide Spitztürme eine hohe Schneehaube trugen; sie saß um so fester, je zerbröckelter die Steine waren.

Lewin, als er der Kirche ansichtig wurde, fühlte plötzlich ein Verlangen, dem Grabe Johanna Susemihls einen Besuch zu machen. Er ging von der rechten auf die linke Seite der Straße hinüber und trat durch einen zerfallenen Bogengang auf den Kirchhof. Alles war dicht verschneit. Er sah aber bald, daß ein Pfad in den Schnee getreten war, der an den Gräbern vorbei und, wo diese schon eingesunken waren, auch über sie hinweg um die Kirche herumführte. Diesen Weg schlug er ein, bis er an den linken Chorpfeiler kam. Da war es, das Grab. Von dem Efeu, der es überwuchs, war unter der weißen Grabdecke nicht viel zu sehen, aber an dem Pfeiler stieg er, von Schnee nur wenig überstreut, bis dicht unter das Dach empor. An eben diesem Pfeiler lehnte auch das Holzkreuz, das, trotzdem es kaum drei Jahre stand, schon wieder halb umgefallen war und mit seiner Aufschrift – soviel sich erkennen ließ, nur ein Name ohne Spruch und Datum – klagend oder bittend gen Himmel sah. Lewin fühlte sich erschüttert von dem Anblick und faltete unwillkürlich die Hände; dann verfolgte er im Schnee hin den schmalen Weg weiter, bis er wieder an die Stelle kam, von der er ausgegangen war, und schritt nun über den Damm hin auf seine Wohnung zu.

Frau Hulen war noch auf; sie ging nicht gern eher zu Bett, als bis sie ihren jungen Herrn unter Hut und Obdach wußte.

»Raten sie, Frau Hulen, wo ich herkomme?«

»Von dem Geheimrat, wo das schöne Fräulein ist.«

»Da war ich auch. Vorher. Aber jetzt.«

»Ich kann es nicht raten.«

»Von Johanna Susemihl.«

»Und um Mitternacht!«

»Das ist die beste Zeit. Wissen Sie, Frau Hulen, mir tut die Johanna leid. Wer kann immer tugendhaft sein?«

»Gott, Gott, junger Herr, was is das nur mit Ihnen!«

Lewin antwortete nicht und pfiff leise vor sich hin. Er schien zerstreut und die Gegenwart der Alten kaum zu bemerken. Endlich begann er wieder: »Ich bin noch nicht müde, Frau Hulen; das macht, ich habe heute nachmittag meinen Schlaf vorweggenommen. Bringen Sie mir noch die grüne Schirmlampe, die kleine mit dem runden Fuß; ich will noch lesen.«

Frau Hulen tat, wie ihr geheißen, empfahl ihm noch, seinen Mantel über das Fußende zu legen und dreimal, ohne sich zu rühren, bis hundert zu zählen, und ließ ihn dann allein.

Er war in der Tat in einer Aufregung, die die guten, ihm von der Alten gegebenen Regeln nur allzusehr rechtfertigte. In fieberhafter Schnelle lösten sich die auf ihn einstürmenden Bilder untereinander ab, und wechselnde Gestalten umschwirrten und umdrängten ihn: Kathinka trat zur Mazurka an, aber ihr Tänzer war nicht Bninski, sondern Bummcke; dann sah er den Grafen mit Johanna Susemihl neben dem Chorpfeiler stehn, und dann wieder kam General Yorck über ein weites Schneefeld geritten, das immer enger wurde, bis es der Klosterhof war, und drohte den beiden, die sich hinter dem Chorpfeiler zu verstecken suchten, mit dem Finger. Endlich wichen die Gestalten; das Fieber fiel von ihm ab, und ein Zustand süßer Mattigkeit überkam ihn, in dem dann und wann sogar ein Hoffnungsflämmchen aufzuckte. Zugleich regte sich der Wunsch in ihm, dieser Stimmung, in der sich Trauer und Hoffnung die Waage hielten, Ausdruck zu geben. Er schritt auf seinen altmodischen Sekretär zu, stellte vom Tisch her die kleine Schirmlampe auf die längst schräggedrückte, bei jeder Berührung knarrende Platte, nahm aus einem der Fächer eine Anzahl immer bereitliegender weißer Blätter und schrieb:

Tröste dich, die Stunden eilen,
Und was all' dich drücken mag,
Auch das Schlimmste kann nicht weilen,
Und es kommt ein andrer Tag.

In dem ew'gen Kommen, Schwinden,
Wie der Schmerz liegt auch das Glück,

Und auch heitre Bilder finden
Ihren Weg zu dir zurück.

Harre, hoffe, nicht vergebens
Zählest du der Stunden Schlag;
Wechsel ist das Los des Lebens,
Und – es kommt ein andrer Tag!

Es war ihm von Zeile zu Zeile freier ums Herz geworden. Er schob das Blatt unter die anderen Blätter, legte sich nieder und schlief ein.

Es war schon acht Uhr vorüber, als Frau Hulen, die die ganze Wochen- und Tageseinteilung genau kannte und wohl wußte, daß der Dienstag »Kollegientag« war, nach mehreren gescheiterten Versuchen, ihren jungen Herrn durch Tassenklappern und Öffnen der Alkoventür zu wecken, endlich eine Blechschippe mit großem Lärm, als würden zwei Becken zusammengeschlagen, umfallen ließ. Das half denn auch; Lewin fuhr auf, suchte noch halb schlaftrunken auf dem Nachttisch umher und ließ die Uhr repetieren. Acht und ein Viertel! Er erschrak über die späte Stunde, ließ es sich aber angelegen sein, durch Eile das Versäumnis wieder einzubringen, und stand zwanzig Minuten später marschfertig in seinen Stiefeln.

Der feste Schlaf hatte ihm wohlgetan, alle trüben Gedanken waren wie verflogen, und erst der Anblick seiner eignen Strophen, die nur halb versteckt auf der Sektretärplatte lagen, rief ihm die Stimmung des vorigen Abends zurück. Aber nur in seinem Gedächtnis, nicht in seinem Gemüt. Er überflog die Zeilen und schloß mit halblauter Stimme: »Und es kommt ein andrer Tag!« Dabei war ihm so frisch zu Sinn, als ob dieser »andere Tag« schon angebrochen sei. In gehobener Stimmung nahm er seinen Weg erst über die Lange Brücke, dann an der Stechbahn und Schloßfreiheit vorbei und schritt auf die Universität, das ehemalige Prinz Heinrichsche Palais, zu.

Er machte diesen Weg nur zweimal in der Woche. Bereits hoch in den Semestern, ja seit dem Herbste mit seinem Triennium fertig, fand er es ausreichend, nur noch das zu hören, was ihm besonders zusagte oder so glücklich lag, daß es ihm die Tage, die er frei haben wollte, nicht unterbrach. So hörte er bei Savigny, bei Thaer und Fichte, die alle drei am Dienstag und Freitag, und zwar in drei hintereinanderfolgenden Stunden lasen. An den übrigen Tagen hielt er sich zu Haus, Studien hingegeben, die ganz und gar seiner Neigung entsprachen. Er las viel, stand ganz in den Anschauungen der romantischen Schule, verfolgte mit besonderem Eifer die Fehden, die dieselbe führte, und nahm auch wohl gelegentlich selbst an diesen Fehden teil. Seine Lieblingsbücher, die nicht von seinem Tisch kamen, waren Shakespeare und die Percysche Balladensammlung; beiden zuliebe hatte er Englisch gelernt, das er nicht sprach, aber gut verstand. Dann und wann versuchte er sich selbst in einigen Strophen, nach Ansicht der Kastalia mit Erfolg, nach seiner eigenen Meinung aber ohne wirklich dichterischen Beruf. Indessen muß gesagt werden, daß er hierin zu weit ging und wenigstens in einem Punkte, vielleicht gerade in dem entscheidenden, in einer irrtümlichen Strenge gegen sich selbst befangen war. Das nämlich, was er sich als Schwäche auslegte, war in Wahrheit seine Stärke. Er machte keine Gedichte, sie kamen ihm, und er genoß des Glückes und Lohnes (des einzigen, dessen der Dichter sicher sein darf), sich alles, was ihn quälte, vom Herzen heruntersingen zu können.

Die erste Vorlesung war heute bei Savigny. Er sprach über »Römisches Recht im Mittelalter« und schien, der völligen Ruhe nach zu schließen, mit der er begann und endigte, von dem großen Tagesereignis, das in der Tat erst im Laufe der Vormittagsstunden allgemeiner bekannt wurde, nichts gehört zu haben. Auch in dem unmittelbar folgenden Thaerschen Kolleg geschah der Kapitulation mit keiner Silbe Erwähnung, entweder weil der Professor ebenfalls noch ohne Kenntnis war oder voll feinen Taktes empfand, daß das Thema seiner Vorlesung: »Der Fruchtwechsel und die landwirtschaftliche Bedeutung des Kartoffelbaues« keine recht passende Anknüpfung gestattete.

Von elf bis zwölf las Fichte über den »Begriff des wahrhaften Krieges«. Es war ein Collegium publicum, für das, ebenso mit Rücksicht auf das Thema wie auf die Popularität des Vortragenden, von Anfang an der größte der Hörsäle gewählt worden war; nichtsdestoweniger war alles längst besetzt, als Lewin eintrat, und nur mit Mühe gelang es ihm, sich auf der letzten Bank einen halben Eckplatz zu erobern. Aller Erwartungen waren gespannt, und diese sollten nicht getäuscht werden. Das akademische Viertel war noch nicht um, als der kleine Mann mit dem scharfgeschnittenen Profil und den blauen, aber scharf treffenden Augen auf dem Katheder erschien. Er hatte sich mühevoll den Aufgang erkämpfen müssen. »Meine Herren«, begann er, nachdem er nicht ohne ein Lächeln der Befriedigung seinen Blick über das Auditorium hatte hingleiten lassen, »meine Herren, wir sind alle unter dem Eindruck einer großen Nachricht, die *nicht* kennen zu wollen mir in diesem Augenblick als eine Affektation oder eine Feigheit, das eine so schlimm wie das andere, erscheinen würde. Sie wissen, worauf ich hinziele: General Yorck hat kapituliert. Das Wort hat sonst einen schlimmen Klang, aber da ist nichts, das gut oder böse wäre an sich; wir kennen den General und wissen deshalb, in welchem Geiste wir sein Tun zu deuten haben. Ich meinesteils bin sicher, daß dies der erste Schritt ist, der, während er uns zu erniedrigen scheint, uns aus der Erniedrigung in die Erhöhung führt. Es werden auch andere Worte und Auslegungen an Ihr Ohr klingen. Die Feigheit, weil sie sich ihrer selber schämt, sucht sich hinter Autoritätsaussprüchen oder einem Kodex falscher Ehre zu decken; ja, sie flüchtet sich hinter den besten Wappenschild dieses Landes. Aber das Nest des Aares ist kein Krähennest. Es kann nicht sein, daß die große Tat kleinmütig gemißbilligt worden sei, und wär es *doch*, nun so kräftige sich in uns der Glaube: es ist nicht, auch wenn es ist. Seien wir voll der Hoffnung, die Mut, und voll des Mutes, der Hoffnung gibt. Vor allem tun wir, was der tapfere General tat, das heißt, *entscheiden* wir uns.«

Enthusiastisch antwortete das Auditorium, dann schwieg alles, und keine weiteren Demonstrationen wurden laut, auch nicht, als mit dem Glockenschlage zwölf der Vortragende abbrach und rasch das Katheder verließ. Nur wie zum Zeichen persönlicher Verehrung folgten ihm viele durch die langen Korridore hin, bis er aus dem westlichen Flügel des Gebäudes ins Freie trat.

Lewin war im Auditorium zurückgeblieben, um Jürgaß zu begrüßen, den er während der Vorlesung auf einer der vordersten Reihen bemerkt hatte. Er fand ihn in eifrigem Gespräch mit einem jungen Manne, der nach der Beschreibung, die Tubal in seinem Weihnachtsbriefe gemacht hatte, niemand anders sein konnte als Hansen-Grell. Und in der Tag, er war es.

Nach kurzer Vorstellung, in der Jürgaß seiner Liebhaberei für kleine Neckereien wie üblich die Zügel hatte schießen lassen, schritten alle drei erst auf das Portal, dann auf das zwischen den steinernen Schilderhäusern gelegene Gittertor zu und bogen schließlich, um einen gemeinschaftlichen Spaziergang zu machen, nach rechts hin in die Linden ein.

Diese waren, trotzdem es ein prächtiger, wenn auch kalter Tag war, wenig besucht, und nur an dem Hin- und Herfahren vieler Equipagen ließ sich erkennen, daß in den diplomatischen Kreisen eine Aufregung herrschen müsse.

An der Ecke des Redernschen Palais, das damals seine Schinkel-Renovierung noch nicht erfahren hatte, begegneten unsere drei Freunde dem Major von Haacke, der eben von seinem Prinzen kam.

»Guten Tag, Haacke. Wie steht es?«

»Nicht gut.«

»Also doch.«

»Der König ist indigniert; Natzmer mit Ordres, die an Schärfe nichts zu wünschen übriglassen, geht noch heute ins Hauptquartier ab. Kleist übernimmt das Kommando. Den Alten werden sie vor ein Kriegsgericht stellen; hat er Glück, so kann es ihm den Kopf kosten.«

»Alles Komödie! Es kann nicht sein. Ich kenne Yorck; so brav er ist, so schlau ist er auch. Er hat Instruktionen gehabt.«

»Ich glaub es nicht. Dies sind nicht Zeiten für Instruktionen; sie binden nicht bloß den, der sie empfängt, sondern auch den, der sie gibt. Und das Schlimmste ist, sie kompromittieren am dritten Ort. Es lebt sich jetzt am besten von der Hand in den Mund, und die einzige Instruktion, die jeder stillschweigend empfängt, heißt: ›Tue, was dir gut dünkt, und nimm die Folgen auf dich.‹«

Damit trennte man sich wieder, und unsere Spaziergänger schritten am Rande des Tiergartens hin, einem Lokale zu, das der Mewessche Blumengarten hieß. Sie nahmen an einem kleinen Tische Platz, setzten die Bedienung durch mehrere Forderungen, die sämtlich nicht ausgeführt werden konnten, in Verlegenheit und begnügten sich endlich damit, einen Kaffee zu bestellen, von dem, in Erwägung, daß es ein Uhr war, keiner recht wußte, ob er ihn sich als einen zweiten Morgen- oder einen ersten Nachmittagskaffee anrechnen solle.

Lewin war all die Zeit über weniger mit der Kapitulation als mit der Kastaliasitzung beschäftigt gewesen. Diese reihum gehenden Reunions in ihrem literarischen Gehalte jedesmal so glänzend wie möglich zu gestalten bildete den Ehrgeiz jedes einzelnen; heute versammelte man sich bei ihm, und noch war seinerseits nichts geschehen, um den Erfolg des Abends sicherzustellen.

Er klagte darüber scherzhaft zu Jürgaß, der ihn in gleichem Ton erst auf die beiden angekündigten Gäste – wie sich bei dieser Gelegenheit ergab, die Herren von Hirschfeldt und von Meerheimb – und, als auch das nicht völlig ausreichen wollte, auf Hansen-Grell verwies, der, soweit seine Wissenschaft reiche, immer etwas Frisches und leidlich Lesbares in der Tasche habe. »Sans doute, aujourd'hui comme toujours.«

Hansen-Grell behauptete das Gegenteil, aber doch mit einer Miene, die gegründete Zweifel in seine Versicherung gestattete. Jürgaß schüttelte den Kopf, und selbst Lewin entschloß sich zu direkterem Vorgehen.

»Haben Sie etwas?«

»Ncin.«

»Ich kenne das«, warf Jürgaß ein. »Suchet, so werdet ihr finden.«

Es entstand eine kleine Pause; dann endlich sagte Hansen-Grell, indem er ein dickes Notizbuch aus der Tasche zog: »Gut, ich habe etwas. Aber es ist nicht eigentlich fertig und wird auch nie fertig werden.«

»Nun«, erwiderte Lewin, »dann ist es so gut wie fertig oder besser als das. Es gibt ohnehin eine Literatur von Bruchstücken. ›Fragmente‹ sind das Beste, was man bringen kann. Geben Sie her.«

Grell riß das Blatt ohne weiteres aus dem Notizbuch heraus und gab es an Lewin, der, während Jürgaß herzlich lachte, »einen Dichter«, wie er sich ausdrückte, »einmal wieder auf seinen Winkelzügen ertappt zu haben«, die Strophen rasch überflog und durch mehrmaliges Nicken seine Freude und Zustimmung zu erkennen gab.

Der Kaffee war inzwischen gekommen; sie nippten nur, und da die etagenförmig aufgestellten Rhododendron- und Magnolientöpfe, zu denen sich als äußerste Seltenheit auch noch einige Kamelien gesellten, weder für Jürgaß noch für seine Begleiter ein besonderes Interesse boten, so brachen sie rasch wieder auf und gingen auf die Stadt zu.

An der Ecke der Leipziger und Friedrichsstraße trennten sich ihre Wege.

## SIEBENTES KAPITEL

### *Kastalia*

Lewin ging zu Tisch. In dem sackgassenartig verbauten Teil der Taubenstraße, von dem aus damals, wie heute noch, ein schmaler Durchgang auf den Hausvogteiplatz führte, war eine altmodische Weinhandlung, in deren hochpaneeliertem, an Wand und Decke verräuchertem Gast- und Speisezimmer Lewin seine ziemlich einfache Mittagsmahlzeit einzunehmen pflegte. Rascher als gewöhnlich hatte er sie heute beendet, und vier Uhr war noch nicht heran, als er schon wieder in seiner Wohnung eintraf. Zwei Briefe waren in seiner Abwesenheit abgegeben worden, einer von Doktor Saßnitz, der sein lebhaftes Bedauern aussprach, am Erscheinen in der Kastalia verhindert zu sein, der andere vom Kandidaten Himmerlich, zugleich unter Beifügung eines lyrischen Beitrags. Es waren vier sehr lange Strophen unter der gemeinschaftlichen Überschrift: »Sabbat«. Lewin lächelte und schob das Blatt, nachdem er auf demselben mit Rotstift eine I vermerkt hatte, in einen bereitliegenden, als Kastaliamappe dienenden Pappbogen, in den er gleich darauf auch die von Hansen-Grell empfangenen Verse sowie seine eigenen Reime vom Abend vorher hineinlegte. Auch diese beiden Beiträge hatten zuvor ihre Rotstiftnummer erhalten.

Hiermit waren die ersten Vorbereitungen getroffen, aber freilich nicht die letzten. Noch sehr vieles blieb zu tun, trotzdem zugestanden werden muß, daß einzelne Fragen durch eine weise Gesetzgebung aufs glücklichste geregelt und dadurch wie vorweg gelöst waren. So beispielsweise die Bewirtungsfrage. Es hieß in Paragraph sieben des von Jürgaß entworfenen Statutes wörtlich wie folgt: »Die Kastalia hat sich in Sachen der Bewirtung ihres Namens und Ursprungs würdig zu zeigen. Den Grundpfeiler ihrer Gastlichkeit bildet unverrückbar das reine Wasser und was diesem am nächsten kommt: der Tee. Nur exzeptionell darf ein Rhein- oder Moselwein geboten werden. Der große Vereinsbecher bleibt den Priesterhänden unseres Mitgliedes Lewin von Vitzewitz, als Gründer des Vereins, anvertraut. Substantia, selbst in Ausnahmefällen, nicht zulässig.«

Dies war Paragraph sieben. Aber seine Voraussicht hatte nicht jede Schwierigkeit aus der Welt schaffen, am wenigsten die für Lewin immer brennender werdende Platzfrage lösen können, die sich teils aus der vergleichsweisen Enge seines Zimmers, teils aus den unausreichenden Möbelbeständen Frau Hulens ergab. Ein zarter Punkt, den sich Lewin der alten Frau gegenüber nicht zu berühren getraute. Und so mußten denn auch heute wieder, unter den Mühen immer erneuten Ausprobierens, zwei runde Tische nicht bloß nebeneinandergerückt, sondern auch in der Diagonale aufgestellt werden, da, bei Parallelstellung mit der Wand, die Türe nicht auf- und zugegangen wäre und zu einer Störung dieser immerhin wichtigen, weil einzigen Kommunikationslinie mit Frau Hulen geführt haben würde.

Endlich war alles geschehen, und Lewin mochte sich seines Werkes freuen, Lampe und Lichter brannten. Auf dem einen der beiden Tische präsentierte sich das Symbol der Kastalia, die große Wasserkaraffe, während in der Mitte des andern der mit Perlen gestickte Tabakskasten aufragte, dessen Haupt- und Deckelbild den Tod der Königin Dido darstellte. Zwischen Sofa und Tür, an einer Wandstelle, die wenigstens von den meisten Tischplätzen aus mit Leichtigkeit abgereicht werden konnte, stand nach damaliger Sitte ein ständerartiger Pfeifentisch, die Weichselholzrohre, oder woraus sonst sie bestehen mochten, mit Puscheln und Quasten reich geschmückt, während einige Rheinweinflaschen und neben ihnen der in dünnstem Silberblech getriebene Kastaliabecher in einer Ecke des Fensterbrettes ihrer Zeit warteten.

Frau Hulens Schwarzwälder Uhr, deren Ticktack man auch in Lewins Zimmer hörte, hatte kaum sieben ausgeschlagen, als es klingelte. Es waren Rabatzki und Himmerlich, die sich auf der dritten Treppe getroffen und trotz der herrschenden Dunkelheit erkannt oder doch auf gut Glück hin begrüßt hatten. Waren sie doch, nach einer Art von stillschweigendem Übereinkommen, immer die ersten und benutzten die Minuten, die ihnen bis zum Eintreffen der anderen Mitglieder blieben, zur Erledigung von redaktionellen Fragen. Rabatzki gab nämlich ein kleines Sonntagsblatt heraus, und ohne Übertreibung durfte gesagt werden, daß der lyrisch-novellistische Teil desselben jedesmal vor Beginn der letzten Kastaliasitzung endgültig festgestellt wurde.

Nur heute nicht. Rabatzki hatte kaum Zeit gefunden, an »seine rechte Hand«, wie er Himmerlich gerne nannte, eine erste Frage zu richten, als das Erscheinen des Rittmeisters alle weiteren Unterhandlungen unmöglich machte. Mit Jürgaß waren die beiden angekündigten Gäste, von Hirschfeldt und von Meerheimb, erschienen, von denen der letztere den linken Arm noch in der Binde trug. Lewin sprach ihnen aus, wie sehr erfreut er sei, sie zu sehen, doppelt, wenn, wie Herr von Jürgaß in Aussicht gestellt habe, sie sich bereit zeigen sollten, durch Mitteilungen aus ihren Tagebuch- und Erinnerungsblättern zu dem gelegentlich etwas matt sprudelnden Quell der Kastalia beizusteuern. Beide Herren verneigten sich, während Jürgaß zwei Manuskripte, deren er sich schon vorher zu versichern gewußt hatte, an Lewin überreichte.

Dieser hoffte, noch vor Beginn der Sitzung zu einem einigermaßen eingehenden Gespräche mit den ihm bis dahin persönlich unbekannt gebliebenen Gästen Gelegenheit zu finden; er war aber kaum über die erste Begrüßung hinaus, als ein abermaliges Klingeln die eben begonnene Unterhaltung unterbrach. Es waren Tubal und Bninski, die eintraten. Lewin erwartete, zwischen dem Grafen und Hirschfeldt, die beide in Spanien, aber auf verschiedenen Seiten gefochten hatten, von Anfang an ein gespanntes Verhältnis eintreten zu sehen; aber gerade das Unerwartete geschah. Bninski, durch Tubal vorbereitet, wandte sich mit einer Politesse, in der fast mehr noch ein Ton der Herzlichkeit als der bloßer Artigkeit klang, sofort an Hirschfeldt, und wenn auch allerhand Fragen und Unterbrechungen, wie sie namentlich Jürgaß liebte, ein andauerndes Gespräch nicht aufkommen ließen, so verfehlte der Graf doch nicht, durch kleine Aufmerksamkeiten die besonderen Sympathien auszudrücken, die er für seinen Gegner empfand.

Infanteriekapitän von Bummcke war der letzte. Jürgaß konnte ihm das nicht schenken und hielt ihm die Uhr entgegen.

»Militärs, lieber Bummcke, kennen keine akademischen Viertel. In Sommerzeiten möcht es, in Anbetracht Ihrer besonderen Verhältnisse, hingegangen sein; aber bei zwölf Grad Kälte kann ich keinem Embonpoint der Welt eine Unpünktlichkeit von beinahe zwanzig Minuten zugute halten.«

»Anfangen, anfangen!« riefen mehrere Stimmen, unter denen die von Rabatzki und Himmerlich deutlich erkennbar waren. Lewin, während Mitglieder und Gäste sich, so gut es ging, um die zwei Tische her gruppierten, klopfte mit einem Zuckerhammer auf und nahm dann selber auf seinem durch ein aufgelegtes Sofakissen zu einer Art Präsidentenstuhl umgewandelten Lehnsessel Platz. Er war kein Meister in der Rede, aber Amt und Situation ließen ihm keine Wahl.

»Meine Herren«, hob er an, »ich heiße Sie willkommen. Wir sind leider nicht vollzählig. Unsere beste kritische Kraft ist ausgeblieben: Doktor Saßnitz hat sich brieflich entschudigt. Dagegen freue ich mich, Ihre Aufmerksamkeit auf eine stattliche Reihe von Vorlagen, darunter auch Drucksachen, hinlenken zu können. Unter diesen Drucksachen stehen diejenigen Publikationen obenan, die von früheren Mitgliedern der Kastalia herrühren. Es sind dies ›*Die Ahnen von Brandenburg*‹, ein epischer Hymnus von Friedrich Graf Kalckreuth, und die vor wenig Tagen erst bei J. E. Hitzig hierselbst erschienenen ›Dramatischen Dichtungen‹ von Friedrich Baron de la Motte-Fouqué, unter denen sich, neben altnordischen Sachen, auch ›Die Familie Hallersee‹ und ›Die Heimkehr des Großen Kurfürsten‹ befinden, die während des vorigen Winters in unserem Kreise zuerst gelesen und mit soviel Jubel aufgenommen wurden.«

Hier unterbrach sich Lewin, um die beiden genannten Bücher kursieren zu lassen. Dann fuhr er fort: »An neuen Beiträgen für die heutige Sitzung sind fünf Arbeiten eingegangen, sehr verschieden an Umfang: lyrische oder lyrisch-epische Dichtungen, ferner Tagebuch- und Erinnerungsblätter aus Spanien und Rußland. Es ist Regel, mit den lyrischen Sachen zu beginnen und alles, was dem Gebiete der Erzählung angehört, folgen zu lassen. Ich ersuche Herrn Kandidaten Himmerlich, uns seine, wenn ich recht gesehen habe, aus dem Englischen übersetzten Strophen vorlesen zu wollen. Sie führen den Titel: ›Der Sabbat‹.«

Mit diesen Worten überreichte Lewin das Blatt.

Jürgaß war bei Nennung der Überschrift in ziemlich demonstrativer Weise mit der linken Handfläche über das Kinn gefahren.

Himmerlich, in unverkennbarer nervöser Unruhe und eifrig bemüht, das mehrmals eingekniffte Blatt wieder glattzustreichen, wiederholte zunächst: »Der Sabbat, Gedicht von William Wilberforce.«

»Ist das derselbe Wilberforce«, fragte Jürgaß, »der den Sklavenhandel abgeschafft hat?«

»Nein, im Gegenteil.«

»Nun, er wird ihn doch nicht wieder eingeführt haben?«

»Auch das nicht. Der einen so berühmten Namen führende junge Dichter, mit dem ich Sie heute bekannt machen möchte, ist Fabrikarbeiter. Wenn ich sagte ›im Gegenteil‹, so wollte ich damit ausdrücken, daß er selber noch in einer Art von Sklaverei steckt. Ich fühle das Unlogische meiner Wendung und bitte um Entschuldigung.«

»Gut, gut, Himmerlich. Nicht immer gleich empfindlich.«

»Jede Art von Empfindlichkeit ist mir durchaus fremd. Ich bitte aber, da ich einmal das Wort habe, einige Bemerkungen vorausschicken zu dürfen. Es ist Ihnen allen bekannt, daß die englische Sprache mit kurzen Wörtern überreich gesegnet ist und daß dieselbe, nicht immer, aber oft, in einer einzigen Silbe das zu sagen versteht, wozu wir deren drei gebrauchen. Weibliche Reime, um auch das noch zu bemerken, haben die Engländer so gut wie gar nicht.«

»Wie verwerflich!«

»Aus diesen sprachlichen Unterschieden erwachsen Schwierigkeiten, auf die wenigstens kursorisch einzugehen Sie mir gütigst gestatten wollen.«

»Nein, lieber Himmerlich, vorbehaltlich präsidieller Entscheidung ›gütigst *nicht* gestatten wollen‹. Ich habe bis hierher geschwiegen, sehr wohl wissend, jedes Huhn kakelt, ehe es sein Ei legt. Aber diesem bis zu einem gewissen Grade nachzugebenden Naturrecht steht, wenn es auszuschreiten droht, das geschriebene Recht der Kastalia gegenüber. Paragraph neun unserer Statuten regelt die Frage der Vorreden ein für allemal und gibt diesen selber ihr zuständiges Maß. Auch von dem Redefeuer gilt des Dichters Wort: ›Wohltätig ist des Feuers Macht, wenn sie der Mensch bezähmt, bewacht.‹ Ich habe den Eindruck, daß das statutenmäßig vorgesehene Maß bereits überschritten wurde, und bitte deshalb unseren Herrn Vorsitzenden, auf Vortrag der Dichtung selbst dringen zu wollen.«

Lewin nickte zustimmend, und Himmerlich, indem er sich leicht verfärbte, begann mit vibrierender Stimme:

»'s ist Sabbatfrüh, und noch im Sinken spendet
Ein zaubrisch Licht des Vollmonds Silberpracht.
Es ist noch früh, die Mitte kaum beendet
Der stillen, sternenblassen Sommernacht;

Schon hab ich froh mich auf den Weg gemacht
Am Rain entlang, entlang an Wald und Auen
Und harre nun, auf daß der Tag erwacht,
Um andachtsvoll dem Schauspiel zuzuschauen,
Vor dessen Majestät die Herzen übertauen.

Die Lerche wacht; mit flatterndem Gefieder
Erhebt sie sich, verschmähend unsre Welt,
Und wie sie steigt, so werden ihre Lieder
Von Lust und Wohlklang mehr und mehr geschwellt;
Das Wasserhuhn, als würd ihm nachgestellt,
Entflieht vor mir mit hast'gem Flügelschlagen,
Sogar das Lamm erschrocken innehält,
Und statt am Grase ruhig fort zu nagen,
Reißt es vom Pflock sich los, um übers Moor zu jagen.«

An dieser Stelle erfuhr die Vorlesung durch das Erscheinen der Frau Hulen, die mit dem Teebrett eintrat, eine Unterbrechung. Lewin, immer voll Mitgefühl mit Poeteneitelkeiten, schon weil er sie selber durchgemacht hatte, winkte mehrmals, daß sich die Alte zurückziehen möchte; aber es war schon zu spät, und Himmerlich hatte durch ein minutenlanges Martyrium zu gehen. Er dankte kurz, als das herumgehende Tablett auch an ihn kam, schickte der endlich wieder verschwindenden Alten einen Blick voll tragikomischen Hasses nach und fuhr dann mit gehobener Stimme fort:

»Nun wird es hell, und sieh, der Berge Gipfel
Erglühen purpurn, und der Feuerball
Der Sonne selbst vergoldet schon die Wipfel
Und scheucht ins Tal der Nebel feuchten Schwall;
Und höher in die Kuppel von Kristall
Will sich der ew'ge Strahlenquell erheben,
In Höh und Tiefe *Licht* wird's überall,
Bis schlucht-entlang die letzten Schatten schweben –
Ein neuer Tag ist da und atmet neues Leben.

Jetzt laß mich, Gott, Gemeinschaft mit dir halten!
Quell aller Weisheit, Herr und Vater mein,
Du siehst mein Herz, dir spricht mein Händefalten,

O laß dein Licht auf meinen Wegen sein;
Gib mir die Kraft – *du* gibst sie nur allein –,
Aus Sünd und Schwachheit mich herauszuschälen,
Und lehre mich, an *deines* Auges Schein
Des eignen Auges matten Sinn zu stählen,
Auf daß die Lust ihm wird, den rechten Pfad zu wählen.«

Kaum daß die letzte Zeile verklungen war, so erhob sich Buchhändler Rabatzki von seinem Platz und sagte in einem Ton, in dem Wichtigkeit und Bescheidenheit beständig miteinander rangen: »Meine Herren! Ohne Ihrem kompetenteren Urteil« (»Sehr gut, Rabatzki!«) »irgendwie vorgreifen zu wollen, bitt ich nur einfach von meinem vorwiegend geschäftsmännischen Standpunkt aus bemerken zu dürfen, daß ich mich glücklich schätzen würde, diese Strophen in der nächsten Nummer meines Sonntagsblattes, und zwar ausnahmsweise an der Spitze desselben, bringen zu können. Ich bitte Herrn Himmerlich, mich dazu autorisieren, zugleich aber auch in einer Anmerkung einige kurze biographische Notizen über den englischen Dichter, der mir seines berühmten Namensvetters durchaus würdig zu sein scheint, geben zu wollen.«

Über Himmerlichs Gesicht, der diese schmeichelhaften Worte Rabatzkis als ein gutes Omen für alles Kommende ansah, flog es wie Verklärung. Er sollte seines Triumphes aber nicht lange froh bleiben. Jürgaß klopfte den Fidibus aus, mit dem er eben eine frische Pfeife angeraucht hatte, und sagte: »Unseres Freundes Rabatzki sonntagsblattliche Begeisterung in Ehren, eines möcht ich wissen, ist es ein Bruchstück?«

»Nein.«

»Dann gestatten Sie mir die Behauptung, daß Ihr Sabbat zwar ein Ende, aber keinen Schluß hat.«

»Es wird sich darüber streiten lassen. Ich glaube nicht, daß es nötig war, meinen Morgenspaziergänger bis an seinen Frühstückstisch zurückzubegleiten.«

»Und ich meinerseits möchte bezweifeln, daß Sie dem Gedichte durch eine solche gemütlich-idyllische Zutat geschadet hätten. Indessen lassen wir das. Aber die Form, die Form, Himmerlich! Sagen Sie, was sind das für sonderbare Strophen?«

»Es sind sogenannte Spencerstrophen.«

»Spencerstrophen?« fuhr Jürgaß fort, »ich finde diesen Namen fast noch sonderbarer als die Verse selbst.«

»Ich nehme an, Herr von Jürgaß«, antwortete Himmerlich in einem immer erregter werdenden Tone, »daß Sie mit dem Bau der Ottaverime vertraut sind, jener achtzeiligen schönen Strophen, in denen Tasso und Ariost ihre unsterblichen Werke, den ›Orlando furioso‹ und das ›Gerusalemme liberata‹, dichteten.«

Jürgaß, der sich auf diesem Gebiete nichts weniger als zu Hause fühlte, rauchte stärker und suchte seine wachsende Unsicherheit hinter einem mit der Miene der Superiorität gesprochenen »Und nun?« zu verbergen.

»Und nun?« griff Himmerlich das letzte Wort auf, »die Spencerstrophe mag als ein Geschwisterkind dieser Tasso- und Ariostsstrophe angesehen werden. Ihre Reimstellung ist freilich anders, sie hat auch nicht acht Zeilen, sondern neun und geht in eben dieser neunten Zeile aus dem fünffüßigen Jambus in den Alexandriner über ...«

»Ist aber nichtsdestoweniger eigentlich ein und dasselbe. Ich beneide Sie, Himmerlich, um diese Schlußfolgerung.«

Eine gereizte Debatte schien unausbleiblich; Lewin indessen schnitt sie geschickt ab, indem er bemerkte, daß es nicht Aufgabe dieses Kreises sein könne, die größeren oder geringeren Verwandtschaftsgrade zwischen Spencerstrophe und Ottaverime festzustellen. Er müsse bitten, auf die Dichtung selber einzugehen, wenn es nicht vorgezogen würde, trotz einiger kleiner Ausstellungen des Herrn von Jürgaß, die warmen Worte, in denen sich ihr immer treu befundenes Mitglied Buchhändler Rabatzki bereits geäußert habe, einfach als Urteil und Dankesausdruck der Kastalia selbst zu akzeptieren.

Hierauf wurde nicht nur überhaupt eingegangen, sondern auch mit einer Bereitwilligkeit, deren ironischer Beigeschmack von dem unglücklichen Himmerlich sehr wohl herausgefühlt wurde.

»Wir wenden uns nunmehr dem zweiten der eingegangenen Beiträge zu«, fuhr Lewin fort. »Es sind Strophen unseres sehr verehrten Gastes, des Herrn Hansen-Grell, den in kürzester Frist als Mitglied dieses Kreises begrüßen zu dürfen ich als meinen persönlichen, übrigens von allen Mitgliedern der Kastalia geteilten Wunsch ausgesprochen haben möchte. Ich bitte Herrn Hansen-Grell, seine Strophen lesen zu wollen.«

Dieser zog, um des Tabakrauches willen, der bereits seine Schleier auszuspannen anfing, das Licht etwas näher an sich heran und begann dann ohne Zögern, mit ruhiger, aber sehr eindringlicher Stimme: »*Seydlitz;* geboren zu Calcar am 3. Februar 1721.«

»Ist das die Überschrift?« unterbrach Jürgaß.

»Ja«, war die kurze Antwort.

»Nun, da bitt ich doch bemerken zu dürfen, daß mich dieser Titel noch mehr überrascht als Bau und Reimstellung der Himmerlichschen Spencerstrophe. ›Geboren zu Calcar, am 3. Februar 1721‹, das ist die Überschrift eines Nekrologs, aber nicht eines Gedichtes!«

»Und vor allem eine Überschrift«, erwiderte Hansen-Grell in heiterer Laune, »die niemand anders verschuldet hat als Herr von Jürgaß selbst. Ohne seine Abneigung gegen alles, was einer Captatio benevolentiae ähnlich sieht, würde der Titel meines Gedichtes einfach ›General Seydlitz‹ gelautet haben; aber jeder Möglichkeit beraubt, das mir unerläßliche ›geboren zu Calcar‹ auf dem herkömmlichen Vorredewege zu Ihrer freundlichen Kenntnis zu bringen, ist mir nichts andres übriggeblieben, als jene biographische Notiz gleich mit in die Überschrift hineinzunehmen.«

»Und so haben wir doch wieder eine Vorrede gehabt ...«

»Weil wir keine haben sollten. – Aber ich bin zu Ende.« Und Hansen-Grell las nun ohne weitere Störung:

»*General Seydlitz*

In Büchern und auf Bänken,
Da war er nicht zu Haus,
Ein Pferd im Stall zu tränken,
Das sah schon besser aus;
Er trug blanksilberne Sporen

Und einen blaustählernen Dorn –
Zu *Calcar* war er geboren,
Und Calcar, das ist Sporn.

Es sausen die Windmühlflügel,
Es klappert Leiter und Steg,
Da, mit verhängtem Zügel,
Geht's unter dem Flügel weg;
Und bückend sich vom Pferde,
Einen vollen Büschel Korn
Ausreißt er aus der Erde –
Hei, Calcar, das ist Sporn.

Sie reiten über die Brücken,
Der König scherzt: ›Je nun,
Hie Feind in Front und Rücken,
Seydlitz, was würd Er tun?‹
Der, über die Brückenwandung,
Setzt weg, halb links nach vorn,
Der Strom schäumt auf wie Brandung –
Ja, Calcar, das ist Sporn.

Und andre Zeiten wieder;
O kurzes Heldentum!
Er liegt todkrank danieder
Und lächelt: ›Was ist Ruhm?
Ich höre nun allerwegen
Eines besseren Reiters Horn –
Aber auch *ihm* entgegen,
Denn Calcar, das ist Sporn.‹«

Ein Jubel, wie ihn die Kastalia seit lange nicht gehört hatte, brach von allen Seiten los und legte, wie Hansen-Grell, um sich dadurch weiteren Ovationen zu entziehen, scherzhaft bemerkte, ein vollgültiges Zeugnis von der kavalleristischen Zusammensetzung der Dienstagsgesellschaft ab. Er traf es hiermit richtig: Bninski, Hirschfeldt, Meerheimb waren Kavalleristen von Fach, Tubal und Lewin gute Reiter. Aber auch die Minorität ließ es an lebhaften Beifallsbezeugungen nicht fehlen: Bummcke, wenn nicht Reiter, war doch wenigstens Soldat, Rabatzki tadelte nie, und Himmerlich fühlte sich erleichtert, seine Verstimmung hinter enthusiastischen, wenn auch kurzen und etwas krampfhaften Ausrufungen verbergen zu können. Gewann er doch für sich selbst und nebenher noch das Wohlgefühl neidloser Charaktergröße.

Endlich hatte sich die Aufregung gelegt, und Tubal bat ums Wort, was ihm zu verschaffen, bei einer zwischen Bummcke und Jürgaß über die Zulässigkeit der Wendung »halb links nach vorn« eben wieder ausgebrochenen Privatfehde, einigermaßen schwerhielt. Zuletzt aber gelang es, und Tubal bemerkte nun: »Ich bitte zunächst an einen Satz erinnern zu dürfen, den Doktor Saßnitz vor einiger Zeit an dieser Stelle aussprach: ›Unsere Strenge ist unser Stolz.‹ Sie fühlen, daß dies die Brücke ist, auf der ich zu einem Angriff vorgehen möchte. Der Reiz des Gedichtes, das wir eben gehört, liegt ausschließlich in seinem Ton und seiner Behandlung; es ist keck gegriffen und keck durchgeführt, aber es hat von dieser Keckheit offenbar zuviel.«

»Kann nicht vorkommen«, warf Jürgaß ein.

»Doch«, fuhr Tubal fort. »Unser verehrter Gast hat dies auch selbst empfunden.«

Hansen-Grell nickte.

»Jedes Kunstwerk, so wenigstens stehe ich zu diesen Dingen, muß aus sich selber heraus verstanden werden können, ohne historische oder biographische Notizen. Diesen Anspruch aber seh ich in diesem Gedichte nicht erfüllt. Es ist eminent gelegenheitlich und auf einen engen oder engsten Kreis berechnet, wie ein Verlobungs- oder Hochzeitstoast. Es hat die Bekanntschaft mit einem halben Dutzend Seydlitzanekdoten zur Voraussetzung, und ich glaube kaum zuviel zu sagen, wenn ich behaupte, daß es nur von einem preußischen Zuhörer verstanden werden kann. Lesen Sie das Gedicht, auch in bester Übersetzung, einem Engländer oder Franzosen vor, und er wird außerstande sein, sich darin zurechtzufinden.«

Bninski schüttelte den Kopf.

»Unser verehrter Gast, Graf Bninski«, fuhr Tubal fort, »scheint mir nicht zuzustimmen. Es freut mich dies um des Dichters willen, dem ich, von unerwarteter Seite her, einen Verteidiger erstehen sehe. Der Graf hat vielleicht die

Freundlichkeit, sich eingehender über diesen Gegenstand zu äußern.«

Lewin wiederholte dieselbe Bitte.

»Ich kann mich auf wenige Bemerkungen beschränken«, nahm der Graf in gutem, wenn auch polnisch akzentuiertem Deutsch das Wort. »Ich kenne von General Seydlitz nichts als seinen Namen und seinen Ruhm, glaube aber das Gedicht des Herrn Hansen-Grell vollkommen verstanden zu haben. Ich ersehe aus seinen Strophen, daß Seydlitz zu Calcar geboren wurde, daß er das Lernen nicht liebte, aber desto mehr das Reiten. Dann folgen Anekdoten, die deutlich für sich selber sprechen, zugleich auch seine Reiterschaft glorifizieren, bis er in der letzten Strophe jenem besseren Reiter erliegt, dem wir alle früh oder spät erliegen. Dies wenige ist genug, weil es ein Ausreichendes ist. Hier steckt das Geheimnis. Ich habe mich in Jahren, die länger zurückliegen, als mir lieb ist, um die Volkslieder meiner Heimat gekümmert, auch vieles davon gesammelt, überall aber hab ich wahrgenommen, daß das sprungweise Vorgehen zu den Kennzeichen und Schönheiten dieser Dichtungsgattung gehört. Die Phantasie muß nur den richtigen Anstoß empfangen; ist dies geglückt, so darf man kühn behaupten: ›Je weniger gesagt wird, desto besser.‹«

»Ich bescheide mich«, erwiderte Tubal, »um den Fortgang unserer Sitzung nicht länger als wünschenswert unterbrochen zu sehen. Wenn ein unbefugter Blick in den Pappbogen unseres Herrn Vorsitzenden mich nicht falsch orientiert hat, so haben wir zunächst noch einige von ihm selber herrührende Strophen zu erwarten.«

»Der Scharfblick unseres Freundes Ladalinski hat sich auch diesmal wieder bewährt. Es war meine Absicht, die lyrische Reihe heute persönlich abzuschließen, bitte aber, meinen Beitrag, der noch der Feile bedarf, zurückziehen zu dürfen.«

Lewin sprach diese Worte nicht ohne Verlegenheit, da es in Wahrheit ein sehr anderer Grund war, der ihn von seiner ursprünglichen Absicht abzustehen veranlaßte. Wußt er doch am besten, aus welcher zaghaften Stimmung heraus die drei kleinen Strophen geschrieben worden waren, um die es sich handelte; und wie sehr sich diese Zaghaftigkeit schließlich auch in das Gewand der Hoffnung gekleidet haben mochte, doch war es ihm zu Sinn, als ob Bninski mit feinem Ohr den elegischen Grundton des Liedes heraushören und die Veranlassung dazu erraten müßte. Dieser Gedanke war ihm in hohem Maße peinlich, so daß er denn auch wirklich die Strophen zurückschob und, das nunmehr obenaufliegende Prosamanuskript an Rittmeister von Hirschfeldt überreichend, diesen bat, mit seinem Vortrage zu beginnen.

Der Angeredete, mit jener Frankheit, die der Reiz und Vorzug des Soldaten ist, rückte sich zurecht und begann, ohne jedes Vorwort, mit klangvoller Stimme:

## *Erinnerungen aus dem Kriege in Spanien*

### Das Gefecht bei Plaa

Mein älterer Bruder Eugen, nachdem er erst unter Schill, dann unter dem Herzog von Braunschweig gefochten, auch der Einschiffung nach England sich angeschlossen hatte, hatte von dort aus spanische Dienste genommen und war im Sommer 1810 in Andalusien eingetroffen. Als ich davon hörte, folgte ich ihm und traf ihn, eben gelandet, auf dem großen Marktplatze von Cadix. Über die Freude des Wiedersehens gehe ich hinweg. Er hatte an demselben Tage das Majorspatent empfangen, und seinem Einfluß gelang es leicht, mir eine Offiziersstelle zu erwirken.

Das Treiben in Cadix mißfiel uns, so daß wir froh waren, als Meldung eintraf, daß wir der in Katalonien stehenden, täglich in Gefechten mit dem Feinde verwickelten Armeeabteilung zugeteilt seien. Wir gingen dahin ab und landeten, nach einer höchst beschwerlichen, uns den ganzen Unterschied zwischen einem spanischen und einem englischen Kriegsschiff fühlbar machenden Seereise, im Hafen von Tarragona. Dies war Ende November, genau zwei Monate nach meiner Ankunft in Spanien. In Katalonien sah es besser aus als in Andalusien. Wir kamen zum Dragonerregiment Alcantara, mein Bruder als Oberstlieutenant, ich als Premier. Der Empfang, den wir fanden, war kameradschaftlich; man hatte ein besonderes Vertrauen zu allen preußischen Offizieren.

Die Alcantaradragoner waren ihrerzeit ein sehr bevorzugtes und sehr prächtiges Regiment gewesen; sie trugen unter dem alten Regime dreieckige Hüte mit weißen Bandtressen, gelbe lange Röcke mit rotem Futter und rotem Kragen, dazu grüne Rabatten und blaue kurze Hosen. Eine Vertretung also sämtlicher Farben. Von dieser Pracht und Herrlichkeit war indessen nach der Neuformierung, die die ganze Armee seitdem erfahren hatte, wenig übriggeblieben, und die Alcantaradragoner, die wir vorfanden, mußten sich an einem niedrigen ledernen Czako und einem langen blauen Rock mit Regimentsnummer und Messingknöpfen genügen lassen. Die Bewaffnung war ein sehr langer Degen mit schmaler Klinge und schwerem eisernen Korb, so daß das Gewicht in der Hand lag, dazu Karabiner und Pistole.

Unser Regiment gehörte zur Armee des Generals O'Donnell, spezieller zu der vorgeschobenen Division des Generals Sarsfield. Dieser, erst sechsundzwanzig Jahr alt, brillanter Soldat, voll eiserner Ruhe im Gefecht, faßte ein besonderes Vertrauen zu meinem Bruder, in dem er alle Eigenschaften, die ihn selber auszeichneten, sofort wiedererkannte. Jede Auskunft, die uns erwünscht sein konnte, wurde uns zuteil. Die Division war numerisch nur schwach und bestand aus zwei Infanterie- und vier Kavallerieregimentern, zusammen höchstens fünftausend Mann. Es waren das Infanterieregiment Almeria und das Schweizerregiment Baron Wimpfen, dazu Alcantara- und Numanciadragoner, Kürassierregiment Katalonien und Husarenregiment Granada.

Gleich in den ersten Tagen nach unserer Ankunft wurde eine vierhundert Pferde starke Avantgarde gebildet und dem Befehle meines Bruders unterstellt. Uns gegenüber stand General Macdonald, der das nördlich von uns gelegene Barcelona mit starken Kräften festhielt und durch Ausführung eines Umgehungsmarsches uns auch das südlich von uns gelegene Tortosa zu entreißen trachtete. Glückte das, so waren wir eingeschlossen und mußten froh sein, uns auf Tarragona zurückziehen und hier wieder einschiffen zu können. Katalonien war dann verloren. Und es kam so. Aber ehe es dahin kam, hatten wir eine Reihe blutiger Gefechte.

Aus der Reihe dieser Gefechte greife ich nur das bei Plaa heraus, weil es für mich persönlich entscheidend wurde.

Es war am 7. Januar, als wir erfuhren, daß Tortosa über sei. Wir standen damals, die ganze Division Sarsfield, am Nordabhange eines hohen Bergzuges, der in einiger Entfernung von der Küste mit dieser parallel läuft, und hielten, unter täglichen Plänkeleien mit den Vortruppen des Macdonaldschen Corps, die von Lerida nach Tarragona quer über das Gebirge führende Straße besetzt. Solange diese Straße, samt dem Defilee, dem sogenannten Passe von Plaa, in unseren Händen war, hatte der Verlust von Tortosa, so wichtig er war, wenigstens für unsere unmittelbare Sicherheit nichts zu bedeuten; der Besitz jenes Passes sicherte uns die Rückzugslinie bis ans Meer. Brachten wir die im ganzen genommen nicht große Energie mit in Anschlag, die seitens des Gegners entwickelt wurde, so lag kein Grund vor, unsere Stellung zu wechseln. Da, wo wir standen, wirkten wir offensiv; gaben wir aber unsere Stellung am Nordabhange auf und zogen uns auf die andere Seite des Gebirges, so zeigten wir jene Besorgnis, die schon einer halben Niederlage gleichkommt.

Wir hatten aber den Eifer des Gegners unterschätzt, wenigstens den des Generals Suchet, der, gemeinschaftlich mit Macdonald operierend, diesen an Rührigkeit übertraf. Am 14. Januar kam Meldung, daß eine starke feindliche Avantgarde von der Küste her, also in unserem Rücken, heranmarschiere und unverkennbar die Absicht habe, den Paß bei Plaa zu schließen. Dorf Plaa lag an der uns entgegengesetzten Seite des Gebirges, hart am Fuße desselben. General Sarsfield, als er diese Meldung empfing, war schnell entschlossen; er verstärkte die bis dahin nur aus vierhundert Pferden der Regimenter Alcantara und Granada bestehende Avantgarde durch zwei Bataillone vom Schweizerregiment Wimpfen und gab meinem Bruder Befehl, in einem Nachtmarsch über das Gebirge zu gehen und noch vor Tagesanbruch das jenseits gelegene Dorf Plaa zu besetzen. Der Aufbruch erfolgte sofort; ein entsetzliches Wetter aber, Regen und Sturm, bei dem der schmale Fußpfad nur derart passiert werden konnte, daß ein Mann dem andern folgte, verzögerte das Eintreffen in Plaa bis um zehn Uhr morgens. Es war die höchste Zeit; schon ging die französische Avantgardendivision unter General Eugenio (so daß sich hier zwei Namensvettern gegenüberstanden) gegen Dorf Plaa vor, und nur mit äußerster Anstrengung gelang es meinem Bruder, das Dorf bis Mittag zu halten.

Um diese Stunde erschien General Sarsfield mit dem Gros und stellte das schon rückwärtsgehende Gefecht wieder her. Aber Terrain war unsererseits nicht zu gewinnen, und als eine Stunde später allerhand Verstärkungen auch beim Feinde eintrafen, ging dieser mit einem vollzähligen Dragonerregiment abermals zum Angriff über. Diesseits war momentan nichts zur Hand als ein in Ablösung unserer Avantgarde in die Front gezogenes Kürassierregiment, die Kürassiere von Katalonien, unter ihrem Kommandeur Don Pedro Gallon. Unmittelbar hinter den Kürassieren hielten wir: Alcantaradragoner und Granadahusaren. Unsere Kürassiere, kaum zweihundert Pferde stark, waren zu schwach und kamen ins Schwanken; aber im selben Augenblicke, wo mein Bruder das Schwanken wahrnahm, gab er uns das Zeichen zum Angriff, und in langer Linie stürzten wir in die linke Flanke der feindlichen Dragoner. Sie wichen sofort und verwickelten ein hinter ihnen haltendes Chasseurregiment mit in die eigene Flucht. Die Verfolgung ging eine Meile weit, es gab viele Gefangene; General Eugenio, der persönlich die Flucht aufzuhalten gesucht, wurde niedergehauen und starb am Tage darauf.

Es war ein vollständiger Sieg und seitens der Unserigen nicht allzu teuer erkauft; nur *ich* verlor viel an diesem Tage: mein Bruder Eugen, wie der General Eugenio, dem er gegenübergestanden hatte, erlag seinen Wunden. Was ich noch zu sagen habe, betrifft nur ihn und mich.

Um fünf Uhr war das Gefecht beendet, und ich führte, was ich vom Regiment Alcantara noch zur Hand hatte, wieder auf Plaa zurück. Ich war im ganzen gut davongekommen, hatte aber während des Démêlés von einem französischen Dragoner, den ich packen wollte, einen Stoß mit dem Degengefäß in das Gesicht erhalten, so daß ich, schwarz und angeschwollen, einen schlimmeren Anblick gewährte als mancher Schwerblessierte. So trat ich vor meinen Bruder, von dessen Verwundung ich schon unterwegs gehört hatte. Ich fand ihn in einem Bauernhause von Plaa in Pflege guter Leute. Als er mich sah, drang er darauf, daß ich mich zunächst verbinden lassen sollte, was denn auch geschah. Als ich wieder zu ihm kam, setzte ich mich, und wir begannen zu plaudern. Zunächst von der Affaire, die nun glücklich hinter uns lag. Ich mußte ihm alle Kleinigkeiten erzählen, denen er mit größtem Interesse folgte; meinem Pferde beispielsweise, einem schönen schwarzen Hengst, war ein Ohr dicht vom Kopfe weggehauen worden, was er sehr bedauerte. Besondere Aufmerksamkeit aber schenkte er einem Tagebuche, das sich in einem Mantelsacke, der mir bei der Beuteverteilung zugefallen war, vorgefunden hatte. Es war von dem ersten Einrücken der Franzosen in Katalonien bis zum 14. Januar 1811 mit großer Genauigkeit geführt und enthielt, von kleinen Croquis begleitet, eine Schilderung fast aller Gefechte, in denen auch wir engagiert gewesen waren. Eugen blätterte halbe Stunden lang in dem Buche und lobte die Unparteilichkeit der Darstellung. Ich glaubte nach allem an nichts weniger als Gefahr und mußte dem Doktor recht geben, der trotz heftiger Schmerzen, über die der Verwundete von Zeit zu Zeit klagte, immer nur von zwei leichten Blessuren sprach. Es waren Degenstiche in die linke Seite. Auffallend erschien mir nur seine Weichheit; er war in einer gefühlvollen Stimmung, sprach viel von Hause, von unserem alten Vater und trug mir Grüße auf, da er auf einige Wochen noch am Schreiben gehindert sein werde.

So verging der Abend. Ich hatte vor, trotz aller Ermüdung bei ihm zu wachen. Es kam aber anders. Bald nach Mitternacht wurde Alarm geblasen, und ich begab mich zu meinem in Front des Dorfes biwakierenden Regiment, das gleich darauf Befehl erhielt, gegen ein der Küste zu gelegenes Städtchen, das den Namen Valls führte, zu rekognoszieren. Meinen Verwundeten ließ ich übrigens in guter Obhut zurück; ich hatte beim Schweizerregiment Wimpfen um einige Mannschaften zu seinem Schutz gebeten, und es traf sich, daß der Unteroffizier, der diese Mannschaften kommandierte, früher, als mein Bruder noch in Halberstadt garnisonierte, mit ihm in ein und derselben Compagnie des Regiments Herzog von Braunschweig gestanden hatte. Beide freuten sich sehr, sich wiederzusehen.

Unser Ritt gegen Valls verlief ohne Bedeutung, kostete aber Zeit und Mühe, und erst in den Nachmittagsstunden des andern Tages kehrten die Truppen, die die Rekognoszierung ausgeführt hatten, nach Plaa zurück. Mehrere Offiziere, denen ich begegnete, sagten mir: es ginge besser mit Eugen. Ich fand ihn auch wirklich ruhiger, ohne Schmerzen, aber sehr matt. Nichtsdestoweniger ließ er sich die kleinen Vorgänge des Tages von mir erzählen, hörte aufmerksam zu und verlangte mehr zu wissen, wenn ich aus Rücksicht auf seinen Zustand schwieg. Plötzlich aber unterbrach er mich und sagte: »Entsinnst du dich noch des Abends auf der Seereise von Cadix nach Tarragona, wo wir mit unsern deutschen Kameraden der Heimat gedachten und wo dann die Frage laut wurde: ›Wer wird die Heimat wiedersehen?‹ Ich weiß jetzt einen, der sie nicht wiedersehen wird.« Ich bog mich über ihn und bat ihn, sich nicht durch solche trübe Gedanken aufzuregen; er hörte mich aber nicht und fuhr dann fort: »Es wird sich heute noch manches ereignen: ich sehe schwarz in die Zukunft. Nimm dich, wenn es zum Gefechte kommt, in acht. Unsere Pferde sind matt zum Umfallen. Vergiß auch nicht, daß man nicht bei jeder Gelegenheit sich rückhaltlos drangeben soll. Man opfert sich sonst leicht ohne Zweck.« Dies waren seine letzten Worte. Ich hatte ihn eben aufgerichtet, um ihm einen Löffel Arzenei zu geben; als ich ihn wieder auf das Kopfkissen zurücklegen wollte, schien es mir, als ob er sehr blaß würde. Ich faßte seine Hand, sie war kalt; er drückte die meinige krampfhaft, rang nach Luft und war tot.

Dies war am 16. nachmittags. General Sarsfield, als er von dem Hinscheiden hörte, ließ mir sein Beileid ausdrücken und fügte die Bemerkung hinzu: es würde gut sein, den Toten so bald wie möglich in die hochgelegene Klosterkirche von Plaa hinaufzuschaffen; jede Stunde könne ein neues Gefecht bringen, dessen Ausgang unsicher sei.

Ich ließ mir dies gesagt sein. Aus alten Dielen, »vier Bretter und zwei Brettchen«, wurde schleunigst ein Sarg hergestellt und Eugen in der Uniform seines Regiments in die Totentruhe hineingelegt. So schafften ihn einige meiner Dragoner in die Klosterkirche hinauf und stellten ihn dicht an die Altarstufen.

Völlig erschöpft von den Anstrengungen und Aufregungen der vergangenen Tage, hatte ich mich, als die Nacht anbrach, auf eine Schütte Stroh niedergelegt. Ich war so recht von Herzen traurig; die Bilder meiner Kindheit und ersten Jugend zogen an mir vorüber; nun war ich allein, ganz allein, und der Bruder, den ich so sehr geliebt hatte, tot.

Im Begriff, einzuschlafen, wurde ich durch einen Ordonnanzoffizier geweckt. Er kam vom General und war abgeschickt, um ein Papier zu holen, das Sarsfield beinahe unmittelbar vor Beginn des Treffens bei Plaa an Eugen gegeben hatte. Es sei von Wichtigkeit, er müsse es haben.

Ich erinnerte mich des Hergangs sofort, war Augenzeuge gewesen, wie mein Bruder das Papier in sein Reiterkoller gesteckt hatte, und bat deshalb den Offizier, mich bis zur Klosterkirche hinauf begleiten zu wollen, da der Tote noch denselben Rock anhabe, den er vor Beginn des Gefechts getragen habe. Er lehnte aber, Geschäfte vorschützend, ab; auch mein Diener Francesco, als ich mich nach ihm umsah, war verschwunden. So blieb mir nichts übrig, als allein zu gehen.

Ich nahm eine kleine Laterne, die nur ein Glas hatte, und schritt auf das ziemlich weitschichtige Klostergebäude zu. Ein dienender Bruder öffnete mir, erschrak aber, als ich ihn bat, mir nun auch die Kirchentür öffnen zu wollen. »Jetzt in der Nacht bringt mich kein Mensch hinein.« Vergebens sucht ich ihn zu überreden. »Es ist nicht geheuer«, dabei blieb er. Endlich gab er mir wenigstens den Schlüssel zur Kirche, zugleich mit der Weisung: wenn ich zweimal im Schloß gedreht, müßt ich mit aller Kraft gegen die Tür stoßen, weil sie verquollen sei und schwer aufginge.

Um bis an die Kirche zu kommen, waren noch zwei lange Kreuzgänge zu passieren. Gerade hier hatte tags zuvor ein erbitterter Infanteriekampf (der unsererseits durch das Schweizerregiment geführt worden war) stattgefunden, und alles trug noch die Spuren dieses Kampfes: die Leichen waren zwar weggeschafft, aber die Blutlachen geblieben; die Standbilder, von den Wänden herabgerissen, lagen zertrümmert am Boden; selbst die Luft war dumpf und modrig. An diesen Bildern der Zerstörung vorbei ging ich auf die Kirche zu, steckte den Schlüssel hinein, drehte zweimal, stieß die Türe auf, die sich langsam und dröhnend öffnete. Ich legte meinen Mantel ab, der mir jetzt nur hinderlich sein konnte, nahm den Degen in die eine, die Laterne in die andere Hand und schickte mich an, das hochüberwölbte Mittelschiff hinaufzuschreiten. Eine unheimliche Stille herrschte, und der Widerhall meiner Schritte erschreckte mich.

So kam ich bis an den Altar. Da stand der Sarg, vorläufig mit einem Brett nur überdeckt. Ich hob es auf, und meines Bruders gläserne Augen starrten mich an. Ich stellte, da kein anderer Platz war, die Laterne zu seinen Füßen und begann langsam Knopf um Knopf den Uniformrock zu öffnen, der sich fest und beinahe eng um seine Brust legte. Ich tat es mit abgewandtem Gesicht; aber wie ich auch vermeiden mochte, nach ihm hinzusehen, ich hatte doch sein Todesantlitz vor mir. Endlich fand ich das Papier und steckte es zu mir. Dann kam das Schwerste: ich mußte die Knöpfe wieder einknöpfen, da ich es nicht über mich gewinnen konnte, ihn in offener Uniform wie einen Beraubten liegenzulassen. Und als auch das geschehen, trat ich den Rückweg an.

Am andern Nachmittage, der Feind griff uns nicht an, wurde mein Bruder mit allen militärischen Ehren durch das Schweizerregiment Wimpfen in derselben Klosterkirche zu Plaa, in der er vierundzwanzig Stunden vor dem Altar gestanden hatte, begraben. An eben derselben Stelle wurden sein Säbel, seine Handschuhe und Sporen aufgehängt und erst einige Monate später, auf Befehl des Generals O'Donnell, der den Toten dadurch ehren wollte, in die Kathedrale von Tarragona gebracht. Dort befinden sie sich noch.

Der Vortragende, als er bis hierher gelesen, rollte das Manuskript zusammen und legte es auf eines der Fensterbretter; die Zuhörer, gesenkten Blickes, schwiegen. Der erste, der sich erhob, war Bninski.

»Ich bin selbst Gast in diesem Kreise und fürchte beinahe, mich eines Übergriffes schuldig zu machen, wenn ich vor Berufeneren das Wort ergreife. Aber meine Stellung, was mich entschuldigen mag, ist eine ausnahmsweise. Ich habe zwei Jahre vor Ihnen, Herr von Hirschfeldt, auf denselben Feldern, wenn auch auf der Ihnen feindlichen Seite, gekämpft; ich kenne die Plätze, von denen Sie uns gelesen; kaum verschwundene Bilder sind mir wieder lebendig geworden. Was Freund, was Feind! An gleicher Stelle die gleiche Gefahr. Ich bitte, Sie daraufhin als einen mir teuer gewordenen Kameraden begrüßen zu dürfen.«

Während dieser Worte hatte Jürgaß die ihm zunächststehende Rheinweinflasche entkorkt und mit einer der Situation angepaßten Raschheit den großen silbernen Kastaliabecher bis an den Rand gefüllt. »Meine Herren, einer jener Ausnahmefälle, wie sie Paragraph sieben unseres Statuts, ich nehme nicht Anstand zu sagen, in seiner Weisheit voraussieht, ist eingetreten. Und so trink ich denn auf das Wohl unseres verehrten Gastes Rittmeisters von Hirschfeldt. Er lebe! Viele Ehren haben sich auf seinem Scheitel gehäuft, so viele Ehren wie Wunden; aber eines blieb ihm bis diesen Tag versagt: er hatte noch nicht aus dem Silberbecher der Kastalia getrunken. Auch diese Stunde ist da. Ich trink ihm zu, und er tue mir Bescheid.«

Und bei wiederholten Hochs kreiste der Becher.

Nach Huldigungen wie diese konnte es Lewin nur noch obliegen, ein Schlußwort zu finden. »Die vorgeschrittene Stunde«, so begann er, »mehr noch das gehobene Gefühl, das uns dieselbe gebracht hat, dringen auf Abbruch und Vertagung. Ich erwarte Ihre Zustimmung.« (»Ja, ja!«) »Unsere nächste Sitzung soll, so sich kein Widerspruch erhebt« (»Nein, nein!«), »unter Zurückstellung aller bis dahin etwa eingehenden Lyrika, durch die Tagebuchblätter unseres verehrten Gastes, des Herrn von Meerheimb, die heute zu unserm Bedauern nicht mehr zum Vortrag gelangen konnten, eröffnet werden. Ich schließe die Sitzung.«

Damit brach man auf in kleineren und größeren Gruppen. Die Mehrzahl hielt sich links; nur Jürgaß, Bummcke und Hansen-Grell gingen, als sie die Königsstraßenecke erreicht hatten, nach rechts hin auf den Alexanderplatz zu, um in den Tiefen des Mundtschen Weinkellers, natürlich die Kastaliasitzung als Text nehmend, unter Plauderei und Kritik den Abend zu beschließen.

## ACHTES KAPITEL

### *Leichtes Gewölk*

Der andere Morgen war klar und sonnig und gab auch dem Arbeitszimmer des Geheimrats ein helleres Licht, als gewöhnlich in Wintertagen darin anzutreffen war. Ein Strahl fiel bis an den Korb in der Ofenecke, wo das Windspiel in seinem Zwischenzustande von Schlafen und Zittern lag. Die Pendule schlug zehn, und der Geheimrat, mit der Pünktlichkeit, die ihm eigen war, trat in das Zimmer und nahm seinen Platz vor dem Arbeitstische, auf dem auch heute wieder Zeitungen und einzelne an ihn persönlich gerichtete Schreiben unter einem Briefbeschwerer von schwarzem Marmor lagen. Daneben ein elfenbeinernes Papiermesser mit geschnitztem Schlangengriffe.

Es war ein klarer Tag, aber er hatte doch sein »leichtes Gewölk«, wenigstens in dem Gemüte des Geheimrats, der denn auch, die gewohnte Ordnung der Dinge verkehrend, heute seinen Frühbesuch bei den Goldfischchen hinausgeschoben und statt dessen sofort nach dem Zeitungsblatt gegriffen hatte. Er flog über die Spalten hin, aber sein Auge ließ unschwer erkennen, daß er nicht las, sondern nur bemüht war, die Unruhe, die ihn erfüllte, vor sich selber zu verbergen.

»Guten Morgen, Papa«, klang es wieder wie bei einem früher geschilderten Besuche in seinem Rücken, und ehe er noch sich wenden und den Gruß erwidern konnte, war Kathinka an seiner Seite. Auch sie schien befangen, und ihm scharf nach den Augen sehend, sagte sie: »Du hast mich rufen lassen, Papa?«

»Ja, Kathinka, ich bitte dich, Platz zu nehmen.«

»Nicht so. Erst mußt du mich freundlicher ansehen und nicht so feierlich, als ob sich eine Staatsaktion vorbereite.«

Der Geheimrat klopfte mit der elastischen Spitze des Elfenbeinmessers auf seinen Schreibtisch und wandte sich dann, indem er seinem Sessel eine kurze Drehung gab, der Fensternische zu, in der Kathinka, den Rücken dem Lichte zu, Platz genommen hatte. Sie saß in Folge davon in einem sehr wirkungsvollen Halbschatten, und der freudige Stolz über die schöne Tochter ließ den Vater auf Augenblicke das Peinliche des Momentes vergessen. Kathinka selbst war sich des Eindrucks, den sie machte, vollkommen bewußt. Sie trug ihr Haar wie gewöhnlich in den Vormittagsstunden in einem goldenen Netze, aber dies Netz hatte sich halb geöffnet, und ein Teil der kastanienbraunen Locken fiel auf den Kragen eines weiten, dominoartigen Morgenkleides. Ihre Füße, leicht übereinandergeschlagen, steckten in kleinen Saffianschuhen, und schnell die Vorteile berechnend, die der Vater aus seinem Spielen mit dem Elfenbeinmesser zog, nahm sie ihrerseits die kleine, neben den Goldfischchen liegende Netzkelle zur Hand, um damit zu spielen.

»Ich habe dich bitten lassen, Kathinka, um ein paar Fragen an dich zu richten, Fragen, die mich seit Wochen beschäftigen. Der Brief Tante Amelies hat mir dieselben aufs neue nahegelegt, und ich würde gleich nach deiner Rückkehr mit dir gesprochen haben, wenn nicht die Unruhe der letzten Tage mich daran gehindert hätte.«

»Die gute Tante«, sagte Kathinka. »Sie denkt mehr an mein Glück als ich selbst. Ich sollte ihr dankbarer dafür sein, als ich es bin.«

»Ich wollte, du könntest es. Die Wünsche, die sie hegt, sind auch die meinen. Und ihre Erfüllung schien mir so nahe. Aber du selbst hast alles wieder in Frage gestellt. Daß ich es bekenne, zu meiner Betrübnis. Wie stehst du zu Lewin?«

»Gut.«

»Dies ›Gut‹, das eine ganze Antwort zu sein scheint, ist doch nur eine halbe.«

»Nun, so will ich dir unumwunden die ganze geben. Ich habe Lewin lieb, aber ich liebe ihn nicht. Alles an ihm ist Phantasie; er träumt mehr, als er handelt. Dies mag als ein Grund gelten. Aber bedarf es denn der Gründe? Die Tante, die sonst so klug ist, oder vielleicht weil sie es ist, vergißt ganz und gar, wie wenig das ›Warum‹ in unseren Neigungen bedeutet. Sie will mein Glück, aber sie will es auf *ihre* Art, und was mir Sache des Herzens ist, ist ihr nur Sache des Hauses. Ich fühle mich aber nicht getrieben, einer Guseschen Hof- und Hauspolitik zuliebe ein Verlöbnis einzugehen oder gar ein Bündnis zu schließen. Das sind Rheinsberger Reminiszenzen, die für Tante Amelie sehr viel, für mich sehr wenig bedeuten. Sie behandelt alles wie die Verbindung zweier regierender Häuser; das mag schmeichelhaft sein; aber Lewin ist kein Prinz, und ich bin keine Prinzessin.«

»Du vergißt nur eins: Lewin liebt dich.«

Kathinka klopfte, während sie den linken Fuß hin- und herschaukelte, mit der Netzkelle leicht auf den Rand des Bassins; der Geheimrat aber fuhr fort:

»Lewin liebt dich, und es ist nicht lange, daß du diese Liebe erwidertest oder doch zu erwidern schienst. Erst die letzten Monate haben alles geändert, und du sprichst nun spöttisch von der Verbindung ›zweier regierender Häuser‹. Ich schätze den Grafen, aber ich fürchte, es war keine glückliche Stunde, die ihn in unser Haus führte. Hat sich der Graf dir gegenüber erklärt?«

»Nein.«

»Glaubst du, daß er dich liebt?«

»Ja.«

»Und du?«

Es kam Kathinka gelegen, daß das Windspiel, das sehr bald nach ihrem Eintreten seinen Korb verlassen und zur Empfangnahme von Liebkosungen und Zuckerbröckelchen sich bei ihr eingestellt hatte, inzwischen immer verdrießlicher geworden war. Es lief jetzt, weil die Bröckelchen nach wie vor ausblieben, zwischen ihr und der Etagere, in der sich die Zuckerdose befand, hin und her und begleitete die

Unterhaltung durch beständiges Klingeln und Bellen. Der Geheimrat empfand dies ersichtlich als eine Störung, und Kathinka, jede seiner Mienen verfolgend, benutzte die Gelegenheit, um eine Pause zu gewinnen. Sie erhob sich deshalb von ihrem Stuhl, holte die Dose herbei, und eines der Zuckerstücke zerbeißend und zerbrechend, warf sie dem Windspiel, das sich sofort beruhigte, die Krümel zu. Dann tauchte sie den Zipfel ihres Taschentuchs in das Bassin, benetzte ihre Fingerspitzen und sagte:

»Deine Frage zu beantworten, Papa, ja, ich habe den Grafen gern.«

Der Geheimrat lächelte. »Das wird dem Grafen nicht genügen, Kathinka. Wenn du glaubst, daß er dich liebt, so wirst du dir Rechenschaft geben müssen, ob du seine Neigung erwidern kannst.«

»Ich kann es.«

»Und du wirst es?«

Sie schwieg: man hörte den Pendelschlag der Uhr. Endlich sagte der Geheimrat:

»Du hast mir genug gesagt, Kathinka, auch durch dein Schweigen. Ich ersehe eins daraus, eins, auf das ich Gewicht lege, daß du, statt einfach dem Zuge deines Herzens zu folgen, Rücksicht nimmst auf das, was mein Wunsch ist.«

Kathinka wollte antworten, der Geheimrat aber wiederholte: »Auf das, was mein Wunsch ist«, und fuhr dann fort:

»Aber auch dieser Wunsch ist unbeugsam und unabänderlich, und ich kann ihn *deinen* Wünschen nicht unterordnen. Es verbietet sich. Höre mich. Die Tante wünscht die Partie mit Lewin; ich wünsche sie auch; aber ich bestehe nicht darauf. Worauf ich bestehe, das ist allein die Nichtheirat mit Bninksi. Sie darf nicht sein, sosehr der Graf persönlich meine Sympathien hat. Die Ladalinskis sind aus Polen heraus, und sie können nicht wieder hinein. Ich habe die Brücken abgebrochen. Ob das Geschehene das allein Richtige war, ist nicht mehr zu befragen; es genügt, daß es geschehen ist.«

»Es war ein Scherz, Papa«, nahm jetzt Kathinka das Wort, »daß ich von ›Prinz und Prinzessin‹ und von einer

Verbindung zweier regierender Häuser sprach. Es hat dich verdrossen, und ich bedaure es. Aber hatt ich nicht eigentlich recht? Der Graf, wie du dich ausdrückst, hat persönlich deine Sympathien; er ist reich, angesehen, ehrenhaft, und unsere Herzen und Charaktere stimmen zueinander. Und doch ist alles umsonst, weil es, vergib mir den Ausdruck, in deine Diplomatie nicht paßt. Der gütigste der Väter, immer bereit, mir jeden kleinsten Wunsch zu erfüllen, versagt mir den größten, weil es ihm seine politischen Pläne stört, weil es ihn kompromittiert.«

»Ich lasse das Wort gelten, aber in meinem Sinne. Die Furcht vor Kompromittierung ist nicht immer kleinlich und untergeordnet, sie kann auch berechtigt und Existenzfrage sein. Sie ist es für mich. Es handelt sich nicht um Einbildungen oder einen launenhaften Einfall; all dies berührt meine Ehre mehr, als du glaubst. Ein Mißtrauen gegen mich hat nie geschwiegen, auch nicht nach meinem Übertritt. Von dem Augenblicke an, wo du nach Polen zurückkehrst, mit *meiner* Zustimmung an der Seite eines Mannes, dessen preußenfeindliche Gesinnungen kein Geheimnis sind, gebe ich dem Verdachte Nahrung, in meiner jetzigen Stellung, die mich Einblick in so manches gewinnen ließ, nur ein Aufhorcher gewesen zu sein. Ich wiederhole dir, was du selber weißt, nur widerstrebend ist die Gesellschaft dem Vertrauen gefolgt, das mir der Hof entgegenbrachte, und büße ich dieses Vertrauen ein, sehe ich es auch nur erschüttert, so schwindet mir der Balken unter den Händen fort, der nach dem Schiffbruch meines Lebens mich noch trägt. Lächle, wer mag. Ich bedarf der Gunst des Königs, der Prinzen; wird mir diese Gunst genommen, so bin ich zum zweiten Male heimatlos. Und davor erschrickt mein Herz. Nenne das politisch oder nenn es Furcht vor Kompromittierung. Was es auch sein mag, es ist Sache meines Lebens, nicht meiner Eitelkeit.«

Kathinka schritt auf den Vater zu, ihm die Stirn küssend, während sie ihren Arm um seine Schulter legte. Dann sagte sie: »Laß mich dir wiederholen, es ist noch kein Wort zwischen mir und dem Grafen gefallen. Ich glaube, daß er absichtlich eine Erklärung vermeidet, denn – um ihn auch vor dir zu verklagen – er hat wie du die Untugend, politisch zu sein. Soviel ich weiß, trägt er sich mit dem Gedanken, wieder in die polnische Armee des Kaisers einzutreten. Gerade der gegenwärtige Augenblick scheint einen solchen Schritt zu fordern. Was aber auch kommen möge, *eines* verspreche ich: dich für meine Person weder mit Wünschen noch Bitten zu beunruhigen. Ich werde schweigen, und nichts soll durch mich geschehen, das deine Stellung nach oben hin gefährden oder deine Zugehörigkeit zu diesem Lande neuen Verdächtigungen aussetzen könnte.«

Dem Geheimrat entging nicht, daß die Worte Kathinkas, trotz eines scheinbaren Eingehens auf seine Wünsche, mit besonderer Vorsicht gewählt waren. Aber er empfand gleichzeitig, daß es zu nichts führen würde, sich minder zweideutiger Zusagen versichern zu wollen. So ließ er es sich an dem halben Erfolge genügen und brach die Unterredung ab. »Es wäre mir lieb«, so schloß er, »du schriebest einige Worte an die Tante. Störe ihr ihre Pläne nicht. Auch um deinetwillen nicht. Die Tage wechseln und wir mit ihnen. Das Wandelbarste aber sind Frauenherzen. Was dir heute nichts ist, kann dir morgen etwas sein. Brich nicht ab; ich brauche dir keine Namen zu nennen. Es gibt ja Halbheiten des Ausdrucks, eine Sprache, die du, wenn mich nicht alles täuscht, wohl zu sprechen verstehst.«

»Ich werde schreiben. Und du magst die Zeilen lesen, Papa.«

»Ich vertraue deinem Wort und deiner Klugheit. Und nun halte dich bereit. Ich habe den Wagen um zwölf bestellt. Der alte Wylich ist immer ein Pünktlichkeitspedant, doppelt bei seinen Matineen. Wir werden übrigens eine neue Zeltersche Komposition hören; Rungenhagen begleitet.«

Damit trennten sie sich.

# NEUNTES KAPITEL

## *Renate an Lewin*

Eine Woche verging, ohne daß in dem Bekannten- und Freundeskreise Lewins und der Ladalinskis etwas Berichtenswertes vorgekommen wäre. Und was von diesem Kreise galt, galt von der ganzen Stadt. Auch in dieser hatte sich die durch die Nachricht von General Yorcks Kapitulation hervorgerufene Aufregung längst wieder gelegt und war einer unbestimmten, aber die Gemüter erhebenden Vorstellung von dem Anbrechen einer neuen Zeit gewichen. Wie gewaltige Kämpfe es noch bedürfen würde, um diese heraufzuführen, das ahnten die wenigsten; die Mehrzahl lebte der Überzeugung, daß ihnen der Sieg als ein Resultat der Napoleonischen Niederlagen wie von selber zufallen würde, und selbst die vielen immer neu wiederholten Versicherungen, daß der König in seinem Bündnis mit Frankreich auszuharren, den General Yorck aber, der dies Bündnis gefährdet habe, vor ein Kriegsgericht zu stellen gedenke, konnten an dieser Zuversicht nichts ändern. Man sah in diesem allen ein aufgezwungenes Spiel und ganz im Einklang mit den Worten, die Professor Fichte seinen Zuhörern ans Herz gelegt hatte, eine bloße Maske, die jeden Augenblick abgenommen werden könne. Die Empfindung des Volks, wie so oft, war den Entschlüssen seiner Machthaber weit vorgeeilt. Und in diesem Gefühl verliefen die Tage.

Die Stille der zweiten Januarwoche war nicht einmal durch eine Kastaliasitzung unterbrochen worden. Jürgaß, bei dem sie stattfinden sollte, hatte sich in den Frühstunden des dazu festgesetzten Tages der Mühe unterzogen, bei den Freunden vorzusprechen und den Ausfall der Sitzung anzukündigen, zugleich bittend, eine auf den andern Tag lautende Einladung zu einer »extraordinären Session« akzeptieren zu wollen. Diese war auf einen engeren Zirkel berechnet und sollte die Form eines Dejeuners annehmen.

Der andere Tag war nun da, aber noch nicht die festgesetzte Stunde. Lewin hatte sich's auf seinem Sofa so bequem gemacht, wie es der Bau desselben zuließ, und blätterte in Herders »Völkerstimmen«, einem Buche, das ihm besonders teuer war. Es war ein Geschenk Kathinkas und hatte selbst dadurch nichts an seinem Werte verloren, daß es ihm von seiten der Geberin, die nur Sinn für das Pathetische und Komische, aber nicht für das Naive hatte, mit einem Anfluge von Spott überreicht worden war. Er las eben die Stelle:

So geht's, wenn ein Maidel zwei Knaben liebhat,
Tut wunderselten gut,
Das haben wir beid' erfahren,
Was falsche Liebe tut –

als Frau Hulen mit einem Briefe eintrat, der von der Post her abgegeben worden war. Es waren Zeilen von Renatens Hand, trugen aber nicht den Küstriner, sondern den Seelower Stempel, woraus er ersah, daß ihn ein expresser Bote behufs rascherer Beförderung quer durch das Bruch getragen haben mußte. Dies fiel ihm auf, ebenso die Länge des Briefes, als er nicht ohne eine gewisse Unruhe das Siegel erbrochen hatte. Denn unter den zwei extremen Parteien, denen alle briefschreibenden Damen zugehören, zählte Renate für gewöhnlich zur Partei der äußersten Kurzschreiber. Was bedeutete diese Ausnahme?

Lewin las:

»*Hohen-Vietz*, Dienstag, den 12. Januar 1813

Lieber Lewin! Papa, der Dir schreiben wollte, wird eben abgerufen; Graf Drosselstein ist da, um Geschäftliches mit ihm zu erledigen. So fällt mir es zu, Dir über unsere letzten Erlebnisse zu berichten. Schwere Stunden liegen hinter uns. Wir hatten diese Nacht ein großes Feuer: der alte Saalanbau ist niedergebrannt.

Du wirst Näheres wissen wollen; so laß mich denn erzählen.

Es war kaum zwölf, als ein Lärm mich weckte. Ich richtete mich auf und sah, daß die Scheiben glühten, als fiele das Abendrot hinein. Ich sprang aus dem Bett und lief an das Fenster; der Hof war noch leer, aber aus der Mitte des Saalanbaus schlug eine Flamme auf, und unter der Einfahrt, den Rücken mir zugekehrt, stand unser alter Pachaly und blies auf seinem Kuhhorn in die Dorfgasse hinein, in Tönen, die mir noch jetzt im Ohre klingen.

Mich wandelte eine Ohnmacht an, und von den nächsten Minuten weiß ich nichts. Als ich mich wieder erholt hatte, saß ich aufgerichtet in meinem Bett, und Tante Schorlemmer und Maline waren um mich her, beide zitternd vor Angst und Aufregung. Sie packten immer neue Kissen in meinen Rücken, Maline hatte Riechsalz gebracht, und Tante Schorlemmer betete, während ihr die Lippen flogen: ›Herr Gott Zebaoth, steh uns bei in unsrer Not!‹

Ich weiß nicht, wie es kam, aber alle Angst war plötzlich von mir abgefallen, wie wenn die hinschwindende Ohnmacht den Schrecken mit fortgenommen hätte. Ich verlangte aufzustehen, kleidete mich rasch an, und da gerade nichts anderes zur Hand war, setzte ich die polnische Mütze auf, die Kathinka hier zurückgelassen hatte. So ging ich hinunter.

Das Feuer hatte mittlerweile rasche Fortschritte gemacht, und noch immer war nichts da zum Löschen. Aber kaum, daß ich auf den Hof getreten war, als auch schon von der Dorfgasse her ein Rasseln hörbar wurde, und im nächsten Augenblick kam unsere Hohen-Vietzer Spritze durch das Tor; Krist und der junge Scharwenka hatten sich an die Deichsel gespannt, und Hanne Bogun, mit seinem Stumpfarm gegen den Wasserkasten gelehnt, half durch Schieben nach. Hart an dem Steindamm, aber jenseits nach dem Wirtschaftshofe hin, fuhren sie auf. Papa hatte schon vorher Mannschaften an den Ziehbrunnen und an die kleine Hofpumpe gestellt, und nun in doppelter Reihe wurden die Eimer zugereicht. Alles war Eifer und Leben, und ehe fünf Minuten um waren, fiel der erste Strahl in die Flamme. Schulze Kniehase leitete alles. Sonderbar, inmitten dieses Grauses schlug mir das Herz wie vor Freude höher. Aber welch ein Anblick auch! Ich werde dieser Minuten nie vergessen. Die Nacht hell wie der Tag, alle Gesichter vom Glanz beschienen, Kommandoworte und dazwischen jetzt, vom Turme her, in langen, abgemessenen Pausen das Stürmen der Glocke. Der alte Kubalke, trotz seiner Achtzig, war selbst hinaufgegangen, um in das ganze Bruch hineinzurufen: ›Feuer, Feuer!‹

Und nicht lange, so hörten wir, von den nächsten Dörfern her, die Antwort ihrer Glocken darauf.

›Das ist die Hohen-Ziesarsche‹, sagte Jeetze, der klappernd vor Frost neben mir stand, und gleich darauf fiel auch die Manschnower ein. Ich erkannte sie selbst an ihrem tiefen Ton. Immer rascher gingen nun die Eimer, da jeder wußte, daß die Hilfe von den Nachbarorten her jetzt jeden Augenblick kommen müsse. Und sie kam auch wirklich. Die Hohen-Ziesarsche war wieder die erste; im Carrière mit zwei von des Grafen Pferden kam sie den Forstackerweg herunter, und wir hörten sie schon, als sie bei Miekleys um die Ecke bog. Es schütterte wie ein Donner. Mit lautem Freudengeschrei wurden sie begrüßt, und Kümmeritz, der seine Gicht eben erst losgeworden war, übernahm das Kommando.

Auf dem Wirtschaftshofe, aber doch so, daß die in Front stehenden Spritzen unbehelligt blieben, hatte sich inzwischen das halbe Dorf versammelt. In vorderster Reihe standen Seidentopf und Marie; er, in seiner alten schwarzen Tuchmütze mit dem weit vorstehenden Schirm, daß es aussah, als ob er sich gegen den Feuerschein schützen wolle; sie, an seinen Arm gelehnt und wie ich durch das aufregende Schauspiel ganz hingenommen. Wieder überraschte sie mich durch ihre besondere Schönheit. Ihr Gesicht war schmaler und länger als gewöhnlich, und aus dem rot- und schwarzkarierten schottischen Tuch heraus, das sie nach Art einer Kapuze übergeworfen hatte, leuchteten ihre großen dunklen Augen selber wie Feuer.

Die Eimerkette ging, der Strahl fiel in die Flamme, aber bald mußten wir uns überzeugen, daß es unmöglich sei, den Saalanbau auch nur teilweise zu retten, und so gab Papa Ordre, den Wasserstrahl nur noch auf Dach und Giebel des Wohnhauses zu richten, um wenigstens das Übergreifen des Feuers zu hindern. Aber auch das schien nicht gelingen zu sollen; das Weinspalier fing bereits an, an mehreren Stellen zu brennen, und das am Hause niederführende Gossenrohr, als oben das Zink geschmolzen, löste sich aus der Dachrinne und stürzte auf den Hof.

In diesem Augenblick erschien Hoppenmarieken unter der Einfahrt, blieb stehen und sah auf das Feuer. Sie kam nicht von Hause, sondern war erst wieder auf dem Wege dahin. Wer weiß, wo sie bis dahin gesteckt hatte. Als Hanne Bogun der Alten ansichtig wurde, schüttelte er seinen linken Jackenärmel wie im Triumph und rief: ›Da is Hoppenmarieken‹, und gleich darauf: ›De möt et bespreken.‹ Papa wußte wohl, daß die Leute, die so vieles von ihr wissen, ihr auch nachsagen, daß sie Feuer besprechen könne; es widerstand ihm aber, sich an ihre Teufelskünste, an die er nicht glaubt oder die ihm zuwider sind, wie hilfebittend zu wenden. Seidentopf, der wohl sehen mochte, was in ihm vorging, trat an ihn heran und sagte: ›Wer Gott im Herzen hat, dem muß alles dienen, Gutes und Böses.‹ Da winkte Papa die Alte heran und sagte: ›Nun zeige, Marieken, was du kannst.‹

Diese hatte nur darauf gewartet; sie marschierte zwischen den beiden Spritzen hindurch rasch auf die Stelle zu, wo der alte Saalanbau mit unserem Wohnhaus einen rechten Winkel bildete, und stellte, nachdem sie zwei, drei Zeichen gemacht und ein paar unverständliche Worte gesprochen hatte, ihren Hakenstock scharf in die Ecke hinein. Dann, während sie quer über den Hof hin wieder auf die Einfahrt zurückmarschierte, sagte sie zu den Spritzenleuten: ›De Hohen-Ziesarschen künnen nu wedder to Huus foohren‹, und schritt, ohne sich umzusehen, die Dorfstraße hinunter in der Richtung auf den Forstacker zu. Ihren großen Hakenstock aber hatte sie statt ihrer selbst an der Brandstätte zurückgelassen.

Das Feuer ließ augenblicklich nach; Sparren und Balken stürzten zusammen, aber es war, als verzehre sich alles in sich selbst und habe keine Kraft mehr, nach außen hinauszugreifen. Zugleich ließ der leise Wind nach, der bis dahin gegangen war, und es begann zu schneien. Ein entzückender Anblick, der dunkelrote Schein, in dem die Flocken tanzten.

Die Hohen-Ziesarsche Spritze fuhr wirklich ab, und der Hof wurde wieder leer; nur Papa und der alte Kniehase blieben noch und trafen ihre Anordnungen für die Nacht. Ich war mit unter den ersten, die sich zurückzogen, und trotzdem mein Zimmer unmittelbar an die Brandstätte stieß, so war meine Zuversicht, daß die Gefahr beseitigt sei, doch so groß, daß ich gleich einschlief. In meinem Traume mischte sich das eben Erlebte mit jener wundersamen Feuererscheinung im alten Schloß zu Stockholm, wovon Du Marie und mir am ersten Weihnachtstage erzähltest, als wir am Kamin saßen und den Christbaum plünderten. Ich sah im Traum die Scheiben meines Fensters glühen; als ich aber aufstand, um nach dem Schein zu sehen, war ich nicht mehr allein und gewahrte nur eine lange Reihe Verurteilter, die mit entblößtem Hals an einen Block geführt wurden. Ein entsetzliches Bild, und alles rot, wohin ich sah. Aber in diesem Augenblicke trat Hoppenmarieken in die Tür des Reichssaales, und alles rief: ›De möt et stillen.‹

Da hob sie den Stock, und es war kein Blut mehr; und das Bild versank und sie selber mit.

Heute früh war ich zu guter Stunde beim Frühstück; Papa und die Schorlemmer erwarteten mich schon. Ich hatte mich vor dieser Begegnung gefürchtet; die Scheune, die vor zwei Jahren niederbrannte, liegt noch als ein Schutthaufen da, und nun ein zweites Brandunglück, das wieder auszugleichen es vollends an den Mitteln fehlen wird. Ich fand aber eine ganz andere Stimmung vor, als ich gefürchtet hatte. Papa war gesprächig und von einer Weichheit, die mehr von Hoffnung als von Trauer zeugte. Er nahm meine Hand, und als er sah, daß ich nach einem Trostworte suchte, lächelte er und sagte:

›Und eine Prinzessin kommt ins Haus,
Ein Feuer löscht den Flecken aus –

Ich fange an, mich mit dem alten Hohen-Vietzer Volksreim auszusöhnen. Die Prinzessin läßt noch auf sich warten, aber der Flecken ist fort, das Feuer hat ihn ausgelöscht. Ja, meine liebe Renate, Rätsel umgeben uns, und vielleicht ist es Torheit, uns in dem Doppelhochmut unseres Wissens und Glaubens alles dessen, was Aberglauben heißt und vielleicht nicht ist, entschlagen zu wollen. Auch in ihm, von weither herangeweht, liegen Keime der Offenbarung. „Ein Feuer löscht den Flecken aus“, inmitten all dieser Prüfungen ist es mir, als müßten andere, bessere Zeiten kommen. Für uns, für alle.‹ Ich wollte antworten;

aber Jeetze trat ein und meldete, daß Graf Drosselstein vorgefahren sei.

Da hast du den längsten Brief, den ich je geschrieben. Einen Gruß an Kathinka, auch an Frau Hulen.

Herzlichst Deine *Renate von V.*«

Lewin legte den Brief aus der Hand. Er war bewegt, aber dasselbe Gefühl, das in Vater und Schwester vorgeherrscht hatte, gewann auch in ihm die Oberhand: die Freude darüber, daß etwas Unheimliches aus ihrem Leben genommen sei.

Er setzte sich schnell an sein Pult und schrieb eine vorläufige kurze Antwort, in der er diesem Gefühle Ausdruck gab. Am Schlusse hieß es: »Der Altar ist nicht mehr, und der alte Matthias, wenn er weiter ›spöken‹ will, muß sich eine andere Betestelle suchen.« Aber er erschrak vor seinen eigenen Worten, als er sie wieder überlas. »Das klingt ja«, sprach er vor sich hin, »als lüd ich ihn aus dem Saalanbau in unser Wohnhaus hinüber. Das sei ferne von mir. Ich mag den ›Komtur‹ nicht zu Gast bitten.« Und mit dikker Feder strich er die Stelle wieder durch.

Dann kleidete er sich rasch an, um Jürgaß, der nach dieser einen Seite hin empfindlich war, nicht warten zu lassen.

## ZEHNTES KAPITEL

### *Dejeuner bei Jürgaß*

Nicht bloß die alte Exzellenz Wylich, wie Geheimrat von Ladalinski sich ausgedrückt hatte, war ein Pünktlichkeitspedant, sondern auch Jürgaß. Dies wußte der ganze Kreis. So kam es, daß sich eine Minute vor zwölf alle Geladenen auf Flur und Treppe trafen, selbst Bummcke, der die scherzhaft eingekleidete, aber ernst gemeinte Reprimande von der letzten Kastaliasitzung her noch nicht vergessen hatte.

Die Jürgaßsche Wohnung befand sich in einem mit einigen Reliefschnörkeln ausgestatteten Eckhause des Gensdarmenmarktes und nahm die halbe nach dem Platze zu gelegene Beletage ein. Sie bestand, soweit sie zu repräsentieren hatte, aus einem schmalen Entree, einem dreifenstrigen Wohn- und Gesellschaftszimmer und einem Speisesalon. Schon die Größe der Wohnung, noch mehr ihre Ausschmückung, konnte bei einem märkischen, auf Halbsold gestellten Husarenoffizier, dessen väterliches Gut mit drei seiner besten Ernten nicht ausgereicht haben würde, auch nur ein Dritteil dieser Zimmereinrichtungen zu bestreiten, einigermaßen überraschen; unser Rittmeister war aber nicht bloß der Sohn seines Vaters, sondern auch der Neffe seiner Tante, eines alten Fräuleins von Zieten, die, als Konventualin von Kloster Heiligengrabe, ihrem Liebling, eben unserem Jürgaß, ihr ganzes, ziemlich bedeutendes Vermögen testamentarisch hinterlassen hatte. In diesem Testament hieß es wörtlich: »In Anbetracht, daß mein Neffe Dagobert von Jürgaß, einziger Sohn meiner geliebten Schwester Adelgunde von Zieten, verehelichten von Jürgaß, durch seiner Mutter Blut, insonderheit auch durch Bildung des Geistes und Körpers ein echter Zieten ist, vermache ich besagtem Neffen, Rittmeister im Göckingkschen (ehemals Zietenschen) Husarenregiment, in der Voraussetzung, daß er das Zietensche, so Gott will, immer ausbilden und in Ehren halten will, mein gesamtes Barvermögen, samt einem Bildnis meines Bruders, des Generallieutenants Hans Joachim von Zieten, und bitte Gott, meinen lieben Neffen in seinem lutherischen Glauben und in der Treue zu seinem Königshause erhalten zu wollen.«

Dieses Testament war zufälligerweise gerade am 14. Oktober 1806, also am Tage der Doppelschlacht bei Jena und Auerstedt, seitens der alten Konventualin, die noch denselben Winter das Zeitliche segnete, niedergeschrieben worden, weshalb denn auch Jürgaß, bei der Wiederkehr jedes 14. Oktober, in seiner Weise zu sagen pflegte: »Sonderbarer Tag, an dem ich nie recht weiß, ob ich ein Fest- oder ein Trauerkleid anlegen soll; Preußen fiel, aber Dagobert von Jürgaß stieg.«

Im übrigen hatte ihn die Tante richtig abgeschätzt; es steckte ihm von der Mutter Seite her, neben einem Hange zu gelegentlich glänzendem Auftreten, auch das gute Haushalten der Zieten im Blute, so daß sich sein Vermögen, aller Zeiten Ungunst zum Trotz, in den seit der Erbschaft verflossenen sechs Jahren eher gemehrt als gemindert hatte.

In besonders reicher Weise war das schon erwähnte Wohnzimmer von ihm ausgestattet worden, was denn auch zur Folge hatte, daß alle diejenigen Herren, die heute zum ersten Mal in diesen Räumen waren, ihre Aufmerksamkeit auf Pfeiler und Wände desselben richteten. Herr von Meerheimb entdeckte sofort eine in verkleinertem Maßstab gehaltene Kopie eines großen, eine Zierde der Dresdener Galerie bildenden Tintoretto, während von Hirschfeldt sich freute, einer langen Reihe von Buntdruckbildern zu begegnen, deren Originale er in London, bei Gelegenheit einer Ausstellung Josua Reynoldsscher Werke, gesehen hatte. Die Fülle aller dieser Ausschmückungsgegenstände, unter denen namentlich auch bemerkenswerte Skulpturen waren, gab dem Geplauder, das ohnehin im Auf- und Abschreiten geführt wurde, etwas Unruhiges und Zerstreutes, das dem Aufkommen eines gemütlichen Tones ziemlich ungünstig war, von Jürgaß aber, sosehr ihm unter gewöhnlichen Verhältnissen die Pflege des Gemütlichen am Herzen lag, nicht unangenehm empfunden wurde, da ihm nicht entgehen konnte, daß der Grund dieser beständig hin und her springenden Unterhaltung ausschließlich eine seiner Eitelkeit schmeichelnde Bewunderung für seine Kunstwerke oder aber Neugier in betreff der sonst noch vorhandenen Sehenswürdigkeiten war.

Zu diesen Sehenswürdigkeiten gehörte vor allem der »große Stiefel«, der, sechs Fuß hoch, mit einer anderthalb Zoll dicken Sohle und einem neun Zoll langen Sporn daran, seinerzeit entweder selbst eine cause célèbre gewesen war oder doch zu einer solchen die Anregung gegeben hatte. Es hatte damit folgende Bewandtnis.

Es war am Ende der neunziger Jahre, als Jürgaß, damals noch ein blutjunger Lieutenant bei Göckingk-Husaren, mit Wolf Quast vom Regiment Gensdarmes die Friedrichsstraße nach dem Oranienburger Tore zu hinaufschlenderte. Dicht vor der Weidendammer Brücke, gegenüber der Pépinière, fiel ihnen ein riesiger Sporn auf, der im Schaufenster eines Eisenladens hing. Sie blieben stehen, lachten, schwatzten und setzten fest, daß der erste, der in Arrest käme, den Sporn kaufen solle. Der erste war Jürgaß. Aber der Sporn war kaum erstanden, als ein neues Abkommen getroffen wurde: »Der nächste läßt einen Stiefel dazu machen.« Dieser nächste nun war Quast, und nach Ablauf von wenig mehr als einer Woche wurde der mittlerweile gebaute Riesenstiefel unter allen erdenklichen Formalitäten prozessionsartig erst in die Kaserne und dann in Quasts Zimmer getragen. Von den jüngeren Kameraden beider Regimenter fehlte keiner. Da stand nun der Koloß, und der Riesensporn wurde angeschnallt. Aber der einmal wachgewordene Übermut war noch nicht befriedigt, und eine Steigerung suchend, wurde beschlossen, dem großen Stiefel und großen Sporn zu Ehren auch ein entsprechend großes Fest zu geben. Der Stiefel natürlich als Bowle. Gesagt, getan. Das Fest verlief zu vollkommenster Genugtuung aller Beteiligten, aber keineswegs zur Zufriedenheit des Kriegsministers, der vielmehr dem Unfug ein Ende zu machen und den großen Stiefel tot oder lebendig einzuliefern befahl.

Die betreffende Ordre war kaum ausgefertigt, als alle jungen Lieutenants einig waren, daß es Ehrensache sei, den Stiefel coûte que coûte zu retten, der nunmehr auch wirklich bei der bald darauf stattfindenden Kasernenrevision aus einem Zimmer in das andere und schließlich in Rückzugsetappen erst auf die havelländischen, dann auf die ruppinschen und priegnitzschen Güter der respektiven Väter und Oheime wanderte, die sich nolens volens in das von ihren Söhnen und Neffen eingeleitete Spiel mitverwikkelt sahen. So kam er schließlich nach Gantzer und war auf ein ganzes Dutzend Jahre hin vergessen, als unser Jürgaß, bei Gelegenheit eines kurzen Besuchs im väterlichen Hause, des ehemaligen corpus delicti wieder ansichtig wurde und sofort beschloß, es als originelle Zimmerdekoration in seiner eben in Einrichtung begriffenen Wohnung zu verwenden. Er machte übrigens nicht mehr und nicht weniger von der Sache, als sie wert war, und wenn er, die Geschichte vom »großen Stiefel« erzählend, einerseits viel zuviel Urteil hatte, um einen Fähndrichsstreich als Heldentat zu behandeln, so war er doch auch keck und unbefangen genug, sich des Übermutes seiner jungen Jahre nicht weiter zu schämen.

Der eintretende Diener, die Flügeltüren des Speisesalons öffnend, meldete durch diese stumme Sprache, daß das Frühstück serviert sei, und Jürgaß, vorausschreitend, bat seine Gäste, ihm folgen zu wollen. An einem runden Tische war gedeckt. Hirschfeldt und Meerheimb nahmen zu beiden Seiten des Wirtes Platz, Hansen-Grell ihm gegenüber; Tubal, Lewin und Bummcke, auf die sich aus der Reihe der Kastaliamitglieder die Einladungen beschränkt hatten, schoben sich von rechts und links her ein.

Die Jürgaßschen Frühstücke waren berühmt, nicht nur durch ihre Auserlesenheit, sondern beinahe mehr noch durch die Aufmerksamkeiten und Überraschungen, womit er das Mahl zu begleiten pflegte. Auch heute war er nicht hinter seinem Ruf zurückgeblieben. Unter dem Couverte von Hirschfeldt lag, aus einem französischen Reisebuche herausgeschnitten, die »Kathedrale von Tarragona«, ein kleines Bildchen, auf dessen Rückseite die Worte zu lesen waren: »In dankbarer Erinnerung an den 5. Januar 1813«, während Hansen-Grell beim Auseinanderschlagen seiner Serviette eines zierlichen silbernen Sporns ansichtig wurde, der auf dem Kartenblatt, auf dem er befestigt war, nach Art einer Devise die Umschrift führte:

Er trug blanksilberne Sporen
Und einen blaustählernen Dorn,
Zu Calcar war er geboren,
Und Calcar, das ist Sporn.

Auch für Bummcke war gesorgt und eine Überraschung da, die freilich mehr den Charakter einer Neckerei als einer Aufmerksamkeit hatte. Es war eine große, neben seinem Teller liegende Papierrolle, die sich nach Entfernung des roten Fadens, der sie zusammenhielt, als ein vielfach lädierter, in grober Schabemanier ausgeführter Kupferstich erwies. Darunter stand: »Einzug des Hauptmanns von Bummcke in Kopenhagen.« Und in der Tat, so wenig glaubhaft ein hauptmännischer Einzug in die dänische Hauptstadt sein mochte, es sah mehr oder weniger nach etwas Derartigem aus, schon weil die Straßenarchitektur getreulich wiedergegeben und für jeden, der Kopenhagen kannte, der aus drei Drachenschwänzen aufgeführte Spitzturm des alten Börsengebäudes ganz deutlich erkennbar war. Nichtsdestoweniger bedeutete der eigentliche Gegenstand des Bildes, auf dem man einen offenen, mit vier Pferden bespannten und von Militär eskortierten Wagen sah, etwas sehr anderes und stellte weder die Entrée joyeuse Bummckes noch überhaupt einen Einzug, wohl aber die »Abführung der Grafen Brandt und Struensee zu ihrem ersten Verhöre« dar. Bummcke, der den Kupferstich aus einem alten Antiquitätenladen her seit lange kannte, fand sich in dem Scherze schnell zurecht oder gab sich wenigstens das Ansehen davon, was das Beste war, das er tun konnte. Er hatte nämlich, was hier eingeschaltet werden mag, die Schwäche, mit einer etwas weitgehenden Vorliebe von seiner »nordischen Reise«, der einzigen, die er überhaupt je gemacht hatte, zu sprechen und war in Folge dieser Schwäche – von der er übrigens selber ein starkes Gefühl hatte – bei mehr als einer Gelegenheit nicht bloß das Opfer Jürgaßscher Neckereien gewesen, sondern hatte auch die Erfahrung gemacht, daß Stillhalten das einzige Mittel sei, denselben zu entgehen oder doch sie abzukürzen.

Das Tablett mit Port und Sherry wurde eben herumgereicht, als Bummcke, das Blatt noch einmal auseinanderrollend, mit jener Ruhe, die einem das Gefühl, seinen Gegenstand zu beherrschen, gibt, anhob: »Der arme Struensee! Ich habe die Stelle gesehen, draußen vor der Westerngade, wo sie ihm den Kopf herunterschlugen. Was war es? Neid, Rancune und nationales Vorurteil. Ein Justizmord ohnegleichen. Er war so unschuldig wie die liebe Sonne.«

»Seine Intimitäten schienen aber doch erwiesen«, bemerkte Jürgaß wichtig, dem nur daran lag, seinen Infanteriekapitän in das geliebte dänische Fahrwasser hineinzubringen.

»Intimitäten!« entgegnete dieser, der dem Köder, trotzdem er den Haken sah, nicht widerstehen konnte. »Intimitäten! Ich versichere Ihnen, Jürgaß, alles Torheit und

Verleumdung. Ich habe während meines Aufenthaltes in Kopenhagen Gelegenheit gehabt, zu Personen in Beziehung zu treten, die, passiv oder aktiv, in dem Drama mitgewirkt haben. Ein Spiel war es mit Ehre und Leben, eine blutige Farce von Anfang bis zu Ende. Das Kanonisieren ist außer Mode; hätten wir noch einen Rest davon, diese Königin Karoline Mathilde müßte heiliggesprochen werden.«

»Wenn es nicht indiskret ist, nach Namen zu fragen, woher stammen Ihre Informationen?«

»Vom Leibarzt der Königin«, sagte Bummcke.

»Nun, der muß es wissen«, erwiderte Jürgaß übermütig, »aber er schafft mit seiner Autorität die Aussagen derer, die sich selber schuldig bekannten, nicht aus der Welt. Ich appelliere vorläufig an unseren Freund Hansen-Grell. Er muß doch in seinem gräflichen Hause das eine oder das andere über den Hergang gehört haben.«

»Nein«, antwortete dieser, »das gräfliche Haus, soviel ich weiß, hatte Ursache, über den Fall zu schweigen, und ihn aus Büchern kennenzulernen, habe ich versäumt. Ich muß mich überhaupt anklagen, der dänischen Geschichte, von einzelnen weit zurückliegenden Jahrhunderten abgesehen, nicht *das* Maß von Aufmerksamkeit geschenkt zu haben, das ihr gebührt.«

»Und wir hatten gerade«, bemerkte Tubal verbindlich, »nach Ihrer Hakon-Borkenbart-Ballade, womit Sie uns am Weihnachtsabend erfreuten, den entgegengesetzten Eindruck.«

»Weil Sie aus meiner Kenntnis der halb sagenhaften Vorgeschichte des Landes allerhand schmeichelhafte Rückschlüsse auf meine gesamte dänische Geschichtskenntnis zogen. Aber leider mit Unrecht. Ich habe mehr um Dichtungs als um Historie willen im Saxo Grammaticus und in den älteren Mönchschroniken gelesen, so viel, daß ich schließlich die moderne Königin Karoline Mathilde über die alte Königin Thyra Danebod vergessen habe.«

»Thyra Danebod«, rief Jürgaß in aufrichtigem Enthusiasmus, »das ist ja ein wundervoller Name. Er tingelt etwas weniger als Kathinka von Ladalinska; aber trotzdem! Was meinen Sie, Bummcke?«

Bummcke, der sich so unerwartet an den Ladalinskischen Ballabend erinnert sah, drohte gutmütig mit dem Finger; Hansen-Grell aber fuhr fort: »Ich teile ganz den Enthusiasmus unseres verehrten Wirtes, und wenn ich auf das Gewissen gefragt würde, würd ich bekennen müssen, aus dem Zauber dieses Namens, und vieler ähnlicher, so recht eigentlich die Anregung zu meinem Studium altdänischer Geschichten empfangen zu haben. Sigurd Ring und König Helge, Ragnar Lodbrok und Harald Hyldetand entzückten mich durch ihren bloßen Klang, und sooft ich dieselben höre, ist es mir, als teilten sich die Nebel und als sähe ich in eine wundervolle Nordlandswelt, mit klippenumstellten Buchten, und vor ihnen ausgebreitet das blaue Meer und hundert weißgebauschte Segel am Horizont.«

»Es ist der fremde Klang, der unser Ohr gefangennimmt«, bemerkte Hirschfeldt, der sich von Spanien her ähnlich bestechender Namenseindrücke entsinnen mochte, und Lewin und Tubal stimmten ihm bei.

»Gewiß«, fuhr Hansen-Grell fort, »dieser Fremdklang ist von Bedeutung. Aber es ist, über denselben hinaus, doch schließlich ein anderes noch, was diesen altdänischen Namen ihren eigentümlichen Zauber leiht. Es spricht sich nämlich in ihnen jene der Sprichwörterweisheit der Völker verwandte Begabung aus, Menschen, Erscheinungen, ja ganze Epochen in einem einzigen Beiwort zu charakterisieren. Die Kraft in der Knappheit, das Viel im Wenigen, *da* haben wir den Schlüssel zum Geheimnis.«

Bummcke geriet in Aufregung, so sehr, daß er – was sonst nicht seine Sache war – den Château d'Yquem mit ablehnender Handbewegung an sich vorübergehen ließ und zu Hansen-Grell wie zu einem Herzensvertrauten hinüberrief: »Ich weiß, worauf Sie hinauswollen. Sprichwörterweisheit sagten Sie, ganz richtig. An den König Erichs, wenigstens an den ersten sechs oder sieben, läßt es sich am besten zeigen: Erik Barn, Erik Ejegod, Erik Lam, Erik Plopenning, Erik Glipping. Ich verbinde mit jedem ein Bild, eine Vorstellung, besonders mit dem Plopenning und dem Glipping. Glipping, das heißt soviel wie ›Augenplink‹ oder der ›Wimperer‹. Und wirklich, es ist zum Lachen, aber ich sehe ihn vor mir, wie er mit dem rechten Augenlide immer hin und her zwinkert.«

Jürgaß warf sich in den Stuhl zurück und sagte während eines Hustenanfalls, der sich vor lauter Heiterkeit nicht legen wollte: »Das ist denn doch das kapitalste Stück von Fremdlandsenthusiasmus, das mir all mein Lebtag vorgekommen ist. König Wimperer, ich grüße dich.«

»Wenn Sie mehr von ihm wüßten, Jürgaß, so würden Sie dieser bedeutenden Figur mit mehr Respekt begegnen. Er war ein guter König und wurde zu Viborg mit sechsundfünfzig Stichen ermordet.«

»Nicht mehr wie billig. Warum hat er gewimpert? Ich greife mit dem Champagner um zwei Gänge vor. Es lebe Erik Glipping!«

»Er lebe, er lebe!« und die Gläser klangen zu Ehren des alten Dänenkönigs zusammen. Hansen-Grell aber, ehe noch der Übermut sich völlig gelegt hatte, sagte: »Halten Sie es der Pedanterie eines Kandidaten und Schulmeisters zugute, wenn er von seinem Thema nicht los kann, ich verspreche aber, kurz zu sein.«

»Kurz oder lang, Grell, Sie sind immer willkommen.«

»Gut, ich akzeptiere. Unseres verehrten Hauptmanns Vorliebe für König Glipping und, wenn ich mich so ausdrücken darf, die plastische Gegenständlichkeit, mit der er uns denselben vorzuführen verstand, hat uns auf einen Schlag die goldenen Tore der Heiterkeit aufgeschlossen, ich muß aber doch noch einmal ins Ernste zurück. In unserer neueren Geschichte, soweit sie uns von Kaisern und Königen erzählt, ist jetzt die *Zahl* in Mode gekommen; der Erste, Zweite, Dritte, auch der Vierzehnte und Fünfzehnte; die Zahl gilt, und mit ihr das Nüchternste, das Unpoetischste, das Charakterloseste, das es gibt. Dem gegenüber stehen meine alten skandinavischen Königsnamen, nach Klang und Inhalt, ich betone, auch nach Inhalt, auf dem Boden der Poesie, und das ist es, was sie mir so wert macht. Epigrammatischer als ein Epigramm, ist mancher dieser Namen doch zugleich wie ein Gedicht, rührend oder ergreifend, je nachdem. Urteilen Sie selbst. Ich will nur zwei nennen: Olaf Hunger und Waldemar Atterdag! Ist es möglich, Personen und Epochen in einem einzigen Worte schärfer und eindringlicher zu zeichnen? Es vergißt sich nie wieder. Olaf war ein guter König, aber das Land siechte hin an Mißernten und böser Krankheit, und weder seine Gebete noch sein ausgesprochener Wille, sich für das Volk zum Opfer zu bringen, konnten den Unsegen tilgen oder gar in Segen verwandeln. Und so bedeutet dieser König, auf den Blättern der dänischen Geschichte, eine Zeit des Fluchs, von Not und Tod, und sein gespenstisches Bild trägt unverschuldet die furchtbare Unterschrift: Olaf Hunger.«

»Und hält *uns* eine Fastenpredigt bei unserem Frühstück! Lassen Sie ihn fallen, Grell. Was ist es mit dem andern?«

»Er steht da wie sein Gegenstück.«

»Gott sei Dank!«

»Er war schön und siegreich und liebte die Frauen.«

»A la bonne heure.«

»Aber mehr als das, er war auch heiter und gütig. In jungen Jahren hatten ihn eigene Leidenschaft und anderer Rat zu hitzigen Taten fortgerissen; als er aber ein Mann geworden war, da reute ihn die Raschheit seiner Jugend, und er schwur es sich, nichts Hartes und Strenges mehr aus dem Moment heraus tun zu wollen. Umdrängten ihn seine Hofleute und forderten einen schnellen Spruch von ihm, wohl gar Tod, so machte er eine leichte Bewegung mit Kopf und Hand und sagte nur: ›Atterdag‹. Das heißt: Andertag. Und ein Füllhorn reicher Gnade quoll aus dem einen Wort, und ›Atterdag‹ hat einen guten Klang in Dänemark bis diese Stunde.«

»Das ist mein Mann, Grell. Atterdag! Und Sie haben recht, da haben wir Klang und Inhalt. Sie decken einander. Ich seh ihn vor mir, so deutlich, wie Bummcke den Glipping sah. Aber mein Atterdag zwinkert nicht. Er hat ein wundervolles blaues Auge, und hinter ihm her ziehen endlose Hochzeitszüge, und die Fahnenschwenker werfen ihre Stöcke bis hoch in den Himmel hinein. Lassen Sie den Fasan noch einmal herumgehen, Tubal, das sind wir dem Atterdag schuldig und dem Olaf Hunger erst recht.«

Das Gespräch ließ nun die Dänenkönige fallen, bald Skandinavien überhaupt, und nur Bummcke machte noch einen herkömmlichen Versuch, von Kopenhagen aus in Aalborg zu landen, um dann, quer durch Jütland hin, den großen Limfjord zu befahren. Dies war seine Lieblingstour, weil er in elf Gesellschaften von zwölf darauf rechnen durfte, sie allein gemacht und somit unangefochten das Wort zu haben. Aber dieses Vorzuges ging er heute verlustig, und kaum daß er in ziemlich sentimentalen Ausdrücken von dem »Klageton« und dem »Wehmutsschleier« der nordjütischen Landschaft gesprochen hatte, als ihm auch schon der Widerspruch Grells hart auf der Ferse war, der, der hunderttausend wie weiße Nymphäen auf dem Limfjord schwimmenden Möwen ganz zu geschweigen, nie ein smaragdgrüneres Wasser und nie einen azurblaueren Himmel gesehen haben wollte.

»Nichts Gewöhnlicheres als ein solcher Gegensatz empfangener Eindrücke«, nahm von Meerheimb das Wort, »und es bedarf nicht einmal zweier Personen, um Widersprüchen wie diesen zu begegnen; wir finden sie in uns selbst. Was wir die Stimmung der Landschaft nennen, ist in der Regel unsere eigene. Lust und Leid färben verschieden. Als wir auf der Smolensker Straße zogen und in die Nähe der alten russischen Hauptstadt kamen, war es uns, als marschierten wir unter einem Regenbogen, und überall, wohin wir blickten, stiegen, wie durch Spiegelung, die goldenen Kuppeln Moskaus vor uns auf. Unsere Sehnsucht sah sie, lange bevor sie sich wirklich in dem Nebelduft des Horizontes abzeichneten. Das war um die Mitte September. Und vier Wochen später zogen wir wieder dieselbe Straße. Der Rückzug hatte begonnen. Es war noch nicht kalt, und die Oktobersonne schien nicht weniger hell, als die Septembersonne geschienen hatte, aber ringsumher lag Öde und Einsamkeit, und die Flüsse, statt mit uns zu plaudern, schienen hinzuschleichen wie die Wasser der Unterwelt. Das Land war nicht verändert, aber *wir*.«

Jeder stimmte bei, selbst Jürgaß, der nur den Strich zwischen Neustadt und Gantzer ausnahm, von dem er versicherte, immer denselben Eindruck empfangen zu haben. Welchen? darüber schwieg er, entweder aus Vorsicht oder weil er die sich gerade jetzt bequem darbietende Gelegenheit zu einer noch ausstehenden Ansprache nicht unbenutzt vorübergehen lassen wollte.

»Herr von Meerheimb«, so hob er an, während er mit dem Messerrücken an das Glas klopfte, »hat uns soeben über die Felder von Moshaisk oder ihnen nahe gelegener Territorien geführt, nicht in breiter Schilderung, sondern diskursive, wenn ich mich so ausdrücken darf, in landschaftlichen Aperçus, in gegensätzlichen Stimmungsskizzen. Ich erinnere Sie daran, daß uns die vorgerückte Stunde der letzten Kastaliasitzung um einen Vortrag brachte, der, wenn ich recht unterrichtet bin, sich auf denselben Feldern von Moshaisk bewegt, freilich nur um auf eben diesen Feldern sehr andere Bilder als die Kuppeln von Moskau, die wirklichen oder die visionären, vor unseren Blikken aufsteigen zu lassen. Und so erlaube ich mir, an unseren verehrten Gast die Frage zu richten, ob es ihm genehm sein würde, das in erwähnter Sitzung Versäumte nachzuholen und vor diesem engeren Kreise den uns zugedachten Abschnitt aus seinem Tagebuche zu lesen?«

Von Meerheimb verneigte sich und sagte dann: »Ich gehorche gern Ihrer freundlichen Aufforderung, sosehr ich auch, ganz in Übereinstimmung mit Herrn von Hirschfeldt, der mir darüber nach der letzten Kastaliasitzung seine Confessions gemacht hat, das Mißliche solcher Vorlesungen fühle. Dies Mißliche wird dadurch nicht vermieden, daß man auf die Mitteilung aller persönlichen Heldentaten – ein Wort, das ich zu nehmen bitte, wie es gemeint ist – Verzicht leistet. Man bleibt eben ein Teil des Ganzen, und indem man dieses feiert, feiert man wohl oder übel sich selber mit. Keine Darstellung großer Vorgänge, bei denen man zugegen war, wird dies vermeiden können, auch die dezenteste nicht, und jeder, der es dennoch wagt, ist auf die besondere Nachsicht seiner Hörer angewiesen. Dieser Nachsicht bin ich bei *Ihnen* sicher. Im übrigen bitte ich, trotz des Bannes, unter dem in diesem Kreise die Vorreden stehen, noch vorweg bemerken zu dürfen, daß ich nur Erlebtes, also im Hinblick auf den großen Vorgang nichts Vollständiges gebe. Einzelnes, was jenseits des persönlich Erlebten liegt, ebenso wie die Namen von Ortschaften und Personen, verdanke ich den Mitteilungen und Aufschlüssen gefangener russischer Offiziere, mit denen ich später im Smolensker Lazarette lag. Und nun habe ich geschlossen und ersuche unseren verehrten Wirt, in jedem Momente, der ihm passend scheint, über mich zu verfügen.«

»Nehmen wir den Kaffee«, damit hob Jürgaß die Tafel auf und schritt, Herrn von Meerheimb den Arm bietend, in das Wohnzimmer voran.

Hier waren inzwischen alle Vorbereitungen getroffen und, trotzdem es noch früh war – nach vorgängiger Schließung der schweren Fenstergardinen –, die kleinen mit Kristallglas gezierten Wandleuchter angezündet worden. In dem blanken englischen Kamin, der als Schmuckstück der Wohnung in den großen Ofen hineingebaut worden war, brannte ein helles Feuer, und um den Sofatisch herum, den ein golddurchwirktes türkisches Tuch bedeckte, standen an den frei gebliebenen Seiten hohe Lehnstühle und gepolsterte Sessel. Der Kaffee wurde serviert, und während Wirt und Gäste um den Tisch her Platz nahmen, rückte sich von Meerheimb einen Doppelleuchter zurecht und las: »Borodino«.

## ELFTES KAPITEL

### *Borodino*

... Wir glaubten nicht mehr, daß die Russen standhalten würden. Sie zogen sich auf der großen Smolensker Straße zurück, vermieden jedes Rencontre mit unsern Vortruppen und schienen Moskau ohne Schwertstreich preisgeben zu wollen. Es war aber anders beschlossen; auf russischer Seite wechselte der Oberbefehl, Kutusow kam an Barclay de Tollys Stelle, und unserm Einzuge in Moskau ging ein Zusammenstoß voraus, von dem der Kaiser selbst bei hereinbrechender Nacht sagte: »Ich habe heute meine schönste Schlacht geschlagen, aber auch meine schrecklichste.«

Das war bei Borodino am 7. September.

Schon der 5. gab uns einen Vorschmack. Als wir am Abend dieses Tages ins Biwak rückten, hörten wir, daß in unserer Front ein heftiges Gefecht stattgefunden und die Division Compans, zu der auch das 61. Linienregiment gehörte, eine russische Schanze gestürmt habe. Unmittelbar darauf sei der Kaiser erschienen und habe, die Lücken in dem genannten Regimente wahrnehmend, unruhig gefragt: »Wo ist das dritte Bataillon vom Einundsechzigsten?«, worauf der alte Compans geantwortet habe: »Sire, es liegt in der Schanze.«

Am 6. hatten wir Gewißheit, daß uns die Russen eine Schlacht bieten würden, und tags darauf standen wir ihnen in aller Frühe schon auf Kanonenschußweite gegenüber.

Es war ein klarer Tag. Die Sonne, eben aufgegangen, hing wie eine rote Kugel über einem Waldstrich am Horizont und sah auf das kahle Plateau hinunter, das sich, halb Brache, halb Stoppelfeld, in bedeutender Tiefe, aber nur etwa in Breite einer halben Meile, vor uns ausdehnte. Die Höhenstellung, auf der wir hielten, erleichterte es mir, mich in dem Terrain zurechtzufinden, und ich erkannte bald, daß das vor uns liegende Plateau keineswegs eine glatte Tenne sei, sondern mehrere kleine Senkungen und Steigungen habe. Namentlich eine dieser Senkungen, allem Anscheine nach ein ausgetrocknetes Flußbett, markierte sich scharf und zog sich, das voraussichtliche Schlachtfeld in zwei Hälften teilend, wie ein Wallgraben zwischen unserer und der feindlichen Stellung hin. Hüben wir, drüben die Russen. Dies ausgetrocknete Flußbett hieß der Semenowskagrund. Wer angriff, mußte diesen Grund passieren, und in der Tat drehte sich die neunstündige Schlacht um den Besitz desselben und dreier teils am diesseitigen, teils am jenseitigen Rand gelegenen Positionen. Diese drei Positionen waren die folgenden: 1. die Bagrationfleschen; 2. das Dorf Semenowskoi und 3. die große Rajewskischanze. Position zwei und drei lagen jenseit des Grundes, auf der von den Russen besetzten Hälfte des Schlachtfeldes, Position eins aber, die Bagrationfleschen, waren brückenkopfartige, bis an den diesseitigen Rand des Semenowskagrundes vorgeschobene Werke. Alle drei Positionen bildeten das feindliche Zentrum, an das sich ein rechter und linker Flügel anlehnte. Der rechte bei Borodino, der linke bei Utiza. In tiefen Kolonnen stand der Feind, scheinbar endlos. Wir sahen weithin das Blitzen der Bajonette und in Front seiner Stellung, am Rande des Grundes hin, die dunkeln Öffnungen seiner Geschütze.

Soweit der Feind. Aber das helle Licht des Morgens, dazu die Höhen, die wir innehatten, gönnten uns auch einen Überblick über unsere eigene Aufstellung. Unmittelbar vor uns, in sechs Divisionsmassen, standen die Corps von Davoust und Ney, hinter uns Junot und die Garden, während wir selber, zehntausend Reiter unter König Murat, sowohl in Länge wie Tiefe die Mitte des diesseitigen Schlachtenkörpers einnahmen.

Der Plan Napoleons ging dahin, erst die Flügelpunkte: Borodino und Utiza, jenes durch die italienischen Garden des Vizekönigs, dieses durch die Polen unter Poniatowski, nehmen zu lassen, dann aber, und zwar unter Mitwirkung der ebengenannten von rechts und links her einschwenkenden Flügelcorps (deren rasches Vordringen er nicht bezweifelte), die furchtbare Zentrumsposition des Feindes zu durchbrechen. Erst die Fleschen, dann Semenowskoi, dann die Rajewskischanze.

Schon vor Tagesanbruch war der erste Kanonenschuß gefallen, um sieben begann die Schlacht. Der Vizekönig nahm Borodino; aber Poniatowski, auf einen stärkeren Feind stoßend, als er erwartet hatte, konnte nicht Terrain gewinnen. So blieb, als namentlich auch bei Borodino der Angriff wieder ins Stocken kam, die Mitwirkung von den Flügeln her aus und zwang die zu unseren Füßen haltenden Corps von Davoust und Ney, die Durchbrechung des feindlichen Zentrums in weder von links noch rechts her unterstützten Frontalangriffen zu versuchen. Die Division Compans, dieselbe, die am 5. das erbitterte Gefecht gehabt hatte, hatte wieder die Tête. Sie warf sich auf das nächste Angriffsobjekt, die Bagrationfleschen, nahm sie, verlor sie und nahm sie zum zweiten Mal, aber nur, um sie zum zweiten Mal zu verlieren. Der tapfere Compans fiel, Rapp und Davoust, mehr oder minder schwer verwundet, mußten das Schlachtfeld verlassen, und immer neue Divisionen wurden vorgezogen, um uns den Besitz dieses vorgeschobenen Werkes zu sichern. Erst nach dem vierten diesseitigen Sturm gaben die russischen Grenadiere, die hier unter Fürst Woronzow gestanden und geblutet hatten, jeden Wiedereroberungsversuch auf und zogen sich, soviel ihrer noch waren, auf den jenseitigen Rand des Semenowskagrundes zurück. Zu schwach, noch selber feste Körper zu bilden, reihten sie sich in andere Truppenkörper ein, die sie hier vorfanden. Es waren ihrer noch vierhundert Mann, der Rest von sechstausend. Fürst Woronzow, als er am Abend des Tages seinen Bericht an den Kaiser abfaßte, schloß mit den Worten: »Meine Grenadierbataillone sind nicht mehr; aber sie verschwanden nicht von dem Schlachtfelde, sondern *auf* ihm.«

Um elf Uhr hatten wir die Fleschen, und der Grund mußte nun überschritten werden, um zunächst das schon an vielen Stellen brennende Dorf Semenowskoi, dann die links daneben gelegene große Rajewskischanze zu nehmen. Aber schon begann es an den Kräften dazu zu fehlen, wenigstens in der Front. Die Divisionen des Davoustschen Corps waren nur noch Schlacke, die des Neyschen kaum minder, und nur die Division Friant war noch intakt. Sie erhielt Befehl zum Vorgehen und nahm jetzt die Tête, während die schon im Feuer gewesenen Divisionen aufschlossen. Die Bravour des Angriffs schien einen Augenblick einen großen Erfolg versprechen zu sollen; aber in demselben Moment, wo die vordersten Bataillone den jenseitigen Rand des Semenowskagrundes erstiegen, wurden sie von einem auf nächste Distance hin abgegebenen Massenfeuer in langen Reihen niedergemäht; die nachrückenden Bataillone stutzten, wandten sich und suchten diesseitig der Schlucht in Ravins und Einschnitten eine Zuflucht zu gewinnen. Der Sturmversuch war als gescheitert anzusehen, und in unserer ganzen Front, sowohl unmittelbar vor uns wie auch nach beiden Flügelpunkten hin, standen keine frischen Infanteriekörper mehr, denen eine Wiederholung des Sturmes zuzumuten gewesen wäre.

In diesem Augenblicke kam Befehl an König Murat, es mit seinen Reitermassen zu versuchen. Zu diesen Reitermassen gehörten auch wir. Murat, nach Empfangnahme der Ordre, zog sofort vom linken Flügel her seine vier Kavalleriecorps staffelweise vor, erst Grouchy, dann Nansouty, dann Montbrun, dann Latour-Maubourg, und ließ sie, das letztgenannte Corps vorläufig noch zurückhaltend, mit nur kurzen Pausen gegen die Positionen des feindlichen Zentrums vorbrechen. Grouchy führte, Nansouty und Montbrun folgten. Das Schlachtfeld donnerte unter dem Hufschlag von mehr als 6000 Pferden; selbst der Donner der Geschütze wurde momentan übertönt. Aber der ungeheure Reitersturm vermochte nicht mehr, als die wiederholten Angriffe der Infanteriedivisionen vermocht hatten; am diesseitigen Rande des Semenowskagrundes stürzten die vordersten Reihen, und was übrigblieb, riß die nachfolgenden Regimenter mit in die Flucht der in Front gestandenen hinein.

Ein neuer Mißerfolg; tausend reiterlose Pferde stoben über das Feld hin. Grouchy, Nansouty, Montbrun hatten versagt; nur unser 4. Kavalleriecorps, Latour-Maubourg, hielt noch unberührt am rechten Flügel, in seiner Front unsere Kürassierdivision unter General de Lorges. Wir nannten ihn scherzhaft, aber zugleich auch in Anerkennung seiner chevaleresken Tugenden, unseren »Ritter de Lorges«, und in der Tat, der Moment war nahe, wo die Division, die seinen stolzen Namen führte, den »Handschuh aus dem Löwengarten« holen sollte. Eine Staubwolke wurde von links her sichtbar, und König Murat selbst, der bis dahin am anderen Flügel gehalten hatte, sprengte bis in unsere Front. Er war prächtiger und phantastischer gekleidet denn je, und wahrnehmend, daß wir, trotz der von Zeit zu Zeit einschlagenden Kugeln, in vollkommener Ruhe Linie hielten, warf er uns im Vorüberreiten Kußhändchen zu und salutierte mit seiner Reitgerte, die er statt des Säbels führte. Zugleich gab er Befehl zum Angriff, und in zwei großen Reitermassen jagten wir über das Feld hin, die eine dieser Massen die sechs Regimenter starke polnische Ulanendivision unter General Rozniecki (wir verloren sie bald darauf aus dem Gesicht), die andere, von der ich ausschließlich zu erzählen habe, unsere Kürassierdivision de Lorges. Aber auch diese teile sich wieder, und wie sich eben erst aus unserer gesamten Latour-Maubourgschen Corpsmasse die polnische Ulanendivision herausgelöst hatte, so löste sich jetzt, nur wenige Minuten später, aus unserer Kürassierdivision de Lorges die westfälische Brigade von Lepel heraus. General von Lepel galt als der schönste Offizier der westfälischen Armee; er war der Liebling Friederike Katharinens, der Gemahlin König Jérômes. Wir sahen ihn eben noch mit erhobenem Pallasch vor der Front seiner Brigade, als eine Paßkugel ihn vom Pferde warf. Auf den Tod verwundet, nannte er den Namen seiner Königin und starb. Seine Brigade aber stutzte, wandte sich seitwärts und griff erst später wieder in den Gang des Gefechtes ein.

So waren wir denn allein: sächsische Brigade *Thielmann*, achthundert Reiter der Regimenter Garde du Corps und von Zastrow. War unsere Stellung ohnehin am äußersten rechten Flügel gewesen, so gebot es jetzt unsere Lage, wie General von Thielmann in Beobachtung der voraufgegangenen Gefechtsmomente klar erkannt hatte, uns immer weiter nach rechts zu ziehen. Woran waren alle bisherigen Angriffe gescheitert? An der immer sich gleichbleibenden Schwierigkeit, den steil abfallenden Semenowskagrund angesichts der feindlichen Geschützreihe zu passieren. Eine Möglichkeit des Gelingens war also nur gegeben, wenn sich am Flußbett hin Übergangsstellen finden ließen, wo die Böschung minder abschüssig und das feindliche Feuer minder heftig war. Solche Stellen lagen flußaufwärts nach Utiza zu, und durch immer weiteres Ausbiegen uns mehr und mehr aus dem Kanonenbereich herausziehend, entdeckten wir endlich, keine tausend Schritt mehr von dem genannten Flügelpunkt entfernt, eine flach abfallende, vom russischen Geschütz kaum noch erreichte Stelle, dic uns ein bequemes Hinabreiten in den Semenowskagrund zu ermöglichen schien. Das war, was wir suchten. Eine Minute später hielten wir in dem ausgetrockneten Flußbett, dessen Ränder, je mehr wir uns, links einschwenkend, dem feindlichen Zentrum wieder näherten, immer höher und steiler wurden. Aber diese höher und steiler werdenden Ränder waren zunächst unser Schutz, und das Feuer der um Dorf Semenowskoi her in Batterie stehenden hundert russischen Geschütze ging über unsere Köpfe hinweg. Wir waren schon bis dicht an das Dorf heran, ohne nennenswerten Verlusten ausgesetzt gewesen zu sein; General Thielmanns geschickte Führung hatte uns davor bewahrt. Aber nun kam der entscheidende Moment, und dieselben steilen Böschungen, die bis dahin unsere Rettung gewesen waren, waren nun unsere Gefahr. Und doch mußten wir sie hinauf. Unser Regiment Garde du Corps führte; »In Zügen rechts schwenkt, Trab!«, und im nächsten Augenblick suchten wir den Abhang und gleich darauf die Höhe zu gewinnen. Einzelne überschlugen sich und stürzten zurück; die meisten aber erreichten die Crête, rangierten sich und gingen zur Attacke vor.

Erst im Anreiten sahen wir, wo wir waren. Keine dreihundert Schritt vor uns brannte Dorf Semenowskoi; zwischen uns und dem Dorfe aber, und dann wieder über dasselbe hinaus, standen schachbrettartig sechs russische Carrés, Gardegrenadierbataillone, die berühmten Regimenter Ismailoff, Litauen und Finnland. Ihr Feuer empfing uns aus nächster Nähe, aber ehe eine zweite Salve folgen konnte, waren die diesseits des Dorfes stehenden Vierecke niedergeritten, und durch das brennende Semenowskoi hindurch ging die Attacke, ohne Signal oder Kommandowort, aus sich selber heraus im Fluge weiter. Innerhalb des Dorfes freilich stürzten viele der vordersten Reiter in die den ehemaligen Wohnungen als Korn- und Vorratsräume dienenden, jetzt mit glühendem Schutt gefüllten Kellerlöcher, aber die nachfolgenden Rotten passierten glücklich die gefährlichen Stellen, und alles, was jenseits stand, teilte das Schicksal derer, die diesseits gestanden hatten. Das Regiment Litauen verlor in zehn Minuten die Hälfte seiner Mannschaften.

Aber nicht die ganze Brigade Thielmann war durch das brennende Dorf geritten; ein kleines Häuflein derselben, nicht hundert Mann stark und aus Bruchteilen beider Regimenter gemischt, hatte sich vielmehr, gleich nach dem Niederreiten der ersten Carrés, nach rechts hin tiefer in die russische Schlachtordnung hineingewagt, um hier dem Angriff einer eben hervorbrechenden feindlichen Kavallerieabteilung zu begegnen. Es glückte; die feindlichen Kürassiere wurden geworfen, und in Ausbeutung des auch an dieser Stelle beinahe unerwartet errungenen Erfolges jagten wir – ich selber gehörte dieser Abteilung zu – zwischen den massiert dahinterstehenden Bataillonskolonnen hindurch und erwachten erst wieder zu voller Besinnung, als wir uns plötzlich im Rücken der gesamten russischen Aufstellung sahen.

Wir hätten von dieser Stelle aus leichter bis Moskau reiten können als bis an den Semenowskagrund zurück. Und doch mußten wir diesen Grund, die Scheidelinie zwischen Freund und Feind, wieder zu gewinnen suchen.

Also kehrt! Jeder hing an dem Wort unseres Führers, willig, ihm zu folgen, aber ehe wir noch wenden konnten, brachen aus zwei links und rechts befindlichen Waldparzellen dichte Baschkiren- und Kalmückenschwärme hervor, irreguläre Truppen, denen man, weil man ihnen in der Front nicht traute, diese Reserveposition angewiesen hatte. Im Nu saßen sie uns mit ihren Piken in Seite und Nacken, und eine Niederlage, der wir in zweimaligem Kampfe mit den Elitetruppen des Feindes glücklich entgangen waren, sie harrte jetzt unserer im Angesichte dieses Gesindels. Oberst von Leyser wurde vom Pferde gestochen, gleich nach ihm Major von Hoyer, und ehe fünf Minuten um waren, waren von unserem ganzen Häuflein nur noch zwei übrig: Brigadeadjutant von Minckwitz und ich. Wir hieben uns aus der immer dichter werdenden Gesindelmasse heraus und jagten dann auf unseren müden Pferden durch dieselben Intervallen, durch die wir gekommen waren, wieder zurück. Was uns rettete, waren sehr wahrscheinlich die schwarzen Kürasse, die das Regiment von Zastrow trug, so daß wir beim Passieren der langen Infanterieflanken für russische Kürassiere gehalten wurden. Unsere Pferde, Wunders genug, dauerten aus, und ehe eine halbe Stunde um war, hielten wir wieder in der Reihe unserer Kameraden, so viele deren überhaupt noch waren. Von unserem Todesritt zu erzählen, dazu war keine Zeit. Denn eben jetzt bereiteten die Russen, zur Rückeroberung der *Position* von Semenowskoi (von einem *Dorfe* gleichen Namens war nicht mehr zu sprechen), einen großen Angriff vor, und alles, was noch jenseits des Grundes hielt, mußte wieder nach diesseits zurück. Auch wir.

Es mochte jetzt Mittag sein oder doch nur wenig später.

Unsere Anstrengungen, dies konnten wir uns nicht verhehlen, waren im wesentlichen ebenso resultatlos verlaufen wie die voraufgegangenen Kavallerieangriffe Grouchys, Montbruns, Nansoutys; wir hatten die feindliche Seite des Semenowskagrundes erstiegen, sechs Gardebataillone niedergeritten, russische Reiterregimenter geworfen und die feindliche Schlachtaufstellung vom Rücken her gesehen, aber der endliche Abschluß war doch der, daß wir, wenn auch tausend Schritt vorgeschoben, abermals am *diesseitigen* Rande des Grundes standen und die Aufgabe, die Russen auch vom *jenseitigen* Rande zu vertreiben, aufs neue aufnehmen mußten. Daß dies geschehen würde, war unzweifelhaft; ein Verzicht darauf würde soviel wie Verlust der Schlacht bedeutet haben. Es war also nur die Frage: *wann?*

Zwei Stunden blieben wir in Erwartung; es schien, daß man an oberster Stelle schwankte; endlich kam Befehl, alle in Front stehenden Kräfte zusammenzufassen und auf der ganzen Linie noch einmal vorzugehen. Unserer Brigade Thielmann, bis auf die Hälfte zusammengeschmolzen, war dabei der Löwenanteil zugedacht; sie erhielt Ordre, die gefürchtete Rajewskischanze, den festesten Punkt der feindlichen Zentrumsstellung, zu stürmen. Ein Schanzensturm mit Kavallerie!

Es war Ney selbst, der diesen Befehl überbrachte. General Thielmann zeigte statt aller Antwort auf die zertrümmerte Brigade: vierhundert Reiter auf müden Pferden. Aber Ney, in der furchtbaren Erregung des Moments, zog das Pistol aus dem Halfter und hielt es im Anschlag, zum Zeichen, daß er bereit sei, jeden Versuch eines Widerspruchs zum Schweigen zu bringen. Thielmann setzte sich vor die Front, die Trompeter bliesen, und abermals ging es gegen den Grund. Diesmal mit halblinks, weil die Rajewskischanze um fünfhundert Schritte weiter flußabwärts lag. Was und wen wir im Anreiten verloren, weiß ich nicht mehr, weil sich alles, was nun kam, in wenige Minuten zusammendrängte. Nur so viel, daß die Verluste bedeutend waren. Jetzt waren wir heran und im nächsten Augenblick unten in der Schlucht; aber das war nicht mehr das leere Flußbett, in dem wir drei Stunden vorher, als wir in weitem Bogen von Utiza her einschwenkten, einen beinahe vollkommenen Schutz vor dem feindlichen Kreuzfeuer gefunden hatten, sondern in eben dieser schutzgebenden Vertiefung hatten sich jetzt frische, aus der Reserve her vorgezogene Bataillone eingenistet und empfingen uns, in dichten Knäueln Stellung nehmend, erst mit Flintenfeuer, dann, wenn wir die Knäuel sprengten, mit Kolben und Bajonett. Doch umsonst; wie die Windsbraut gingen wir hindurch oder dran vorüber, denn unsere Aufgabe war nicht, uns hier unten in Gruppen- und Knäuelkämpfen zu vertun, sondern drüben die hoch aufragende Rajewskischanze im ersten Anlauf zu nehmen. Und jetzt waren wir den steilen Flußbettabhang wieder hinauf und hielten vor der noch steileren Böschung der Schanze selbst. Unsere vordersten Züge bogen unwillkürlich nach rechts hin aus und suchten durch eine im Halbkreis gehende Bewegung die Kehle der Schanze zu gewinnen, die nachfolgenden Rotten aber, als wäre die Schanzenböschung nur die Fortsetzung des eben im Fluge genommenen Flußbettabhanges, jagten die Redoute hinauf und sprengten von oben her mitten in die Schanze hinein. Ein Kampf Mann gegen Mann entspann sich; die Kanoniere, die nach Wischer und Hebebäumen griffen, wurden niedergehauen; was übrigblieb, warf die Waffen fort und gab sich zu Gefangenen. Nur General Lichatschew, der hier kommandierte, wollte keinen Pardon. Er hatte eine Stunde vorher die Schanze verlassen, um bei General Kutusow über den damals gut stehenden Gang des Gefechtes zu rapportieren. »Wo liegt die Schanze?« hatte Kutusow gefragt, und Lichatschew hatte die rechte Hand erhoben, um die Richtung anzugeben. Eine Sechspfünderkugel riß ihm die Hand fort; er hob die Linke, zeigte scharf gegen Süden und sagte: »Dort.« Dann war er, nur leicht verbunden, in die ihm anvertraute Schanze zurückgekehrt. Nun lag er tot unter den Toten.

Das Zentrum war durchbrochen, die Rajewskischanze in unseren Händen. Als, um uns abzulösen, die Division Morand heranrückte und General Thielmann den Befehl zum Sammeln der Brigade gab, war kein Trompeter mehr da, um zu blasen. Ein Schwerverwundeter endlich ließ sich aufs Pferd heben und blies die Signale. So gingen wir auf die andere Seite des Grundes zurück.

Es war erst drei Uhr, aber die Kraft beider Heere war wie ausgebrannt. Wir hatten ein Drittel, die Russen die Hälfte ihres Bestandes an diesen Tag gesetzt. Kutusow, in einem Kriegsrat, der abgehalten wurde, beschloß, bis hinter Moskau zurückzugehen. Er wußte, daß man's ihm nicht zum Guten anrechnen werde, und sagte: »Je payerai les pots cassés, mais je me sacrifie pour le bien de ma patrie.«

Am andern Morgen trat er den Rückzug an; Napoleon folgte den Tag darauf. Auch wir. Wir waren nur noch ein Trümmerhaufen; was wir gewesen, das lag bei Semenowskoi und in der Rajewskischanze, aber in unsere Standarten durften wir den Namen schreiben: *Borodino!*

## ZWÖLFTES KAPITEL

### *Durch zwei Tore*

An »Borodino« knüpften sich hundert Fragen, und von Meerheimb, während er diese Fragen beantwortete, blieb der Mittelpunkt des Kreises. Er erzählte von dem Marsche über das unaufgeräumte, die entsetzlichsten Szenen bietende Schlachtfeld, von dem Einzug in Moskau, von ihren Hoffnungen und Enttäuschungen, endlich von dem Aufgeben der verödeten und mittlerweile zu einer Brandstätte gewordenen Hauptstadt. Mit dem Bilde, das er von diesem Elend entwarf – eine Woche später war er verwundet worden –, brachen seine Schilderungen ab. Es konnte dabei nicht fehlen, daß einzelner französischer Heerführer, Neys oder Nansoutys, noch häufiger Murats und des Vizekönigs, mit wenig verhehlter Vorliebe gedacht wurde; aber die Verhältnisse lagen damals in Preußen und ganz besonders in seiner Hauptstadt so eigentümlich, daß solcher Vorliebe ohne die geringste Besorgnis vor einem Anstoß Ausdruck gegeben werden konnte. Niemand wußte, wohin er sich politisch, kaum, wohin er sich mit seinem Herzen zu stellen hatte, denn während unmittelbar vor Ausbruch des Krieges dreihundert unserer besten Offiziere in russische Dienste getreten waren, um nicht für den »Erbfeind« kämpfen zu müssen, standen ihnen in dem Hilfscorps, das wir eben diesem »Erbfeinde« hatten stellen müssen, ihre Brüder und Anverwandten in gleicher oder doppelter Zahl gegenüber. Wir betrachteten uns im wesentlichen als Zuschauer, erkannten deutlich alle Vorteile, die uns aus einem Siege Rußlands erwachsen mußten, und wünschten deshalb diesen Sieg, waren aber weitab davon, uns mit Kutusow oder Woronzow derartig zu identifizieren, daß uns eine Schilderung französischer Kriegsüberlegenheit, an der wir, gewollt oder nicht gewollt, einen hervorragenden Anteil hatten, irgendwie hätte verletzlich sein können.

Es schlug eben sechs, als von Meerheimb sich erhob, um den Beginn einer Opernvorstellung – die »Vestalin« wurde gegeben – nicht zu versäumen. Als sich herausstellte, daß er keine Verabredung mit anderen Kameraden getroffen habe, wurde beschlossen, ihn in die Vorstellung zu begleiten; nur Hansen-Grell und Lewin lehnten ab und schritten auf verschiedenen Wegen ihrer Wohnung zu.

Lewin hatte noch die Vorlesung im Sinn, die nicht als Schlachtbeschreibung, wohl aber als Schilderung überhaupt einen großen Eindruck auf ihn gemacht hatte. Er sah das brennende Semenowskoi und wie die Pferde, im flüchtigen Passieren der Brand- und Schwelstätte, in die verräterisch mit Aschenschutt überdeckten Kellerlöcher stürzten; er sah die tiefen russischen Kolonnen, zwischen denen, als gält es eine Spießrutengasse zu passieren, Oberst von Leyser und seine Todesschar hindurchjagten, und er sah endlich, wie sich ein Wiesenstreifen plötzlich mit gelben Schafpelzreitern füllte, Baschkiren und Kalmücken, die nun nach Art eines Wespenschwarms ihre Opfer niederstachen. All das sah er, und dazwischen, wie eine Melodie, die er nicht loswerden konnte, hörte er die Worte des alten Compans: »Sire, es liegt in der Schanze.«

Es klang ihm noch im Ohr, als er die Treppe zu seiner Wohnung hinaufstieg. Hier fand er alles hell und licht. Frau Hulen mußte sich die Stunde seiner Rückkehr genau berechnet oder seinen Schritt auf dem Hausflur richtig erkannt haben, jedenfalls brannte schon die kleine grüne

Studierlampe auf seinem Schreibtisch und schien ihn zu sich einzuladen. Er ließ auch nicht lange auf sich warten, nahm Platz und warf einen Blick auf die Bücher, Blätter und Briefe, die noch ebenso lagen, wie er sie vormittags, als er sich für das Jürgaßsche Frühstück rüstete, zurückgelassen hatte. Renatens Brief überflog er noch einmal, ohne daß sich der Eindruck sonderlich gesteigert hätte; es blieb, wie es war; der äußere Schaden durfte neben dem inneren Gewinn nicht in Betracht kommen. Andererseits trieb es ihn auch wieder, seinen Gedanken, die das Sorgenvolle eines zweiten stattgehabten Brandunglücks innerhalb wenig mehr als Jahresfrist nicht verkennen konnten, womöglich eine freundlichere Richtung zu geben, und die zur Hand liegenden Bücher sollten ihm dabei behülflich sein. Zuoberst lag noch immer der Band Herder. Als er ihn wieder aufschlug, fiel sein Auge auf dasselbe Lied, dessen Schlußzeilen ihn am Vormittage so weh ums Herz gemacht hatten, und abergläubisch, wie er war, sah er darin ein Zeichen von wenig guter Vorbedeutung. Er schloß verdrießlich das Buch, das ihm die gewünschte Freudigkeit nicht geben wollte, und weiter suchend, entdeckte er endlich ein broschürtes Heft, auf dessen zitronengelbem Umschlag, neben seinem eigentlichen Titel: »Chants et Chansons populaires«, noch von Tante Amelies charakteristischer Hand die Worte geschrieben standen: »Dédié à son cher neveu L. v. V. par Amélie, Comtesse de P.; Château de Guse, Noël 1812.« Lewin, voller Mißtrauen in den literarischen Geschmack der Guser Tante, hatte sich noch nicht entschließen können, in das Büchelchen hineinzusehen; lächelnd griff er jetzt nach demselben und blätterte darin. Eine der kleineren Abschnittsüberschriften, die er sich, vielleicht nicht ganz richtig, mit »Kinderreime« übersetzte, reizte flüchtig seine Neugier, und er begann zu lesen:

Ma petite fillette, c'est demain sa fête.
Je sais pour elle ce qui s'apprête:
Le boulanger fait un gâteau,
La couturière un petit manteau …

»Das ist ja allerliebst«, sagte er, »und ganz, wonach ich mich gesehnt habe. Wie mir diese Reime wohltun!« Und er las unter steigendem Interesse bis zu Ende. Die Zeilen hafteten sofort in seinem Gedächtnis; aber das genügte ihm nicht, er wollte sie deutsch haben, wobei dahingestellt bleiben mag, ob nicht vielleicht schon die nächste Kastaliasitzung mit aufmunterndem Winken vor seiner Seele stand. Jedenfalls war es unter dem Einfluß einer freudig erregten Stimmung, die auch dem Übersetzer rascher die Feder führt, daß er wie im Fluge die Reimpaare der zierlichen kleinen Strophe niederschrieb. Nur der »petit manteau« der couturière hatte ihm eine kleine Schwierigkeit gemacht.

Die letzte Zeile stand noch kaum auf dem Papier, als es klopfte und Frau Hulen eintrat. Sie brachte den Tee.

»Setzen Sie sich, Frau Hulen, ich will Ihnen etwas vorlesen.«

Die Alte blieb an der Tür stehen und sah verlegen auf ihren jungen Herrn. Jetzt erst merkte dieser, daß er, in dem Übermut plötzlicher guter Laune, einen gewagten Schritt getan habe, und die Reihe des Verlegenwerdens kam an ihn. Er getröstete sich jedoch, wie so viele vor und nach ihm, mit der alten Anekdote, daß auch Molière das Urteil seiner Haushälterin zu Rate gezogen habe, und sagte deshalb, während Frau Hulen das Teebrett niedersetzte, mit ziemlich wiedergewonnener Unbefangenheit: »Hören Sie nur zu; es ist nicht schlimm.

Zu meiner Enklin Namenstag
Ihr jeder etwas bringen mag:
Der Bäcker bringt ein Kuchenbrot,
Der Schneider einen Mantel rot,
Der Kaufmann schickt ihr, weiß und nett,
Ein Puppenkleid, ein Puppenbett,
Und schickt auch eine Schachtel rund
Mit Schäfer und mit Schäferhund,
Mit Hürd' und Bäumchen, paarweis je,
Und mit sechs Schafen, weiß wie Schnee;
Und eine Lerche, tirili,
Seit Sonnenaufgang hör ich sie.
Die singt und schmettert, was sie mag,
Zu meines Lieblings Namenstag.

Nun, Frau Hulen«, schloß Lewin seine Vorlesung, »was meinen Sie dazu?«

Die Alte zupfte an ihrem Haubenband und sagte dann: »Sehr hübsch.«

»Das ist mir zuwenig.«

»Ja, junger Herr, ich kann es doch nicht wunderschön finden!«

»Warum nicht?«

»Es geht alles so klipp und klapp wie ein Fibelvers.«

»Das ist es ja eben; das soll es ja. Ganz richtig. Sie sind doch eine kluge Frau, Frau Hulen, und wenn ich wieder einen Fibelvers schreibe, so sollen Sie auch wieder die erste sein, die ihn zu hören kriegt.«

Es schien nicht, daß die Mitteilung einer derartig bevorstehenden Auszeichnung von derjenigen, an die sie sich richtete, in ihrem ganzen Werte gewürdigt wurde; Frau Hulen suchte vielmehr, während sie sonst das Plaudern über die Maßen liebte, die Rückzugslinie zu gewinnen, und erst als sie die Türklinke schon in der Hand hatte, wandte sie sich noch einmal und sagte: »Ach, da war auch der junge Schnatermann hier ...«

»Von Lichtenberg?«

»Ja, von Lichtenberg. Er brachte eine Empfehlung von seinem Vater, und sie hätten morgen ein Dachsgraben in der Dahlwitzer Forst. Es kämen noch andere Berliner Herren. Ob der junge Herr auch vielleicht Lust hätte? Elf Uhr am Lichtenberger Weg.«

Lewin nickte.

»Das trifft sich gut; Donnerstag ist ein freier Tag. Wekken Sie mich früh, Frau Hulen.«

Und damit wünschten sie sich eine gute Nacht.

Lewin war zu guter Stunde auf, und da nur mäßige Kälte herrschte, so bedurfte es für ihn, der ohnehin gegen Wind und Wetter abgehärtet war, keiner sonderlichen Vorbereitungen, um sich für die Partie zu rüsten.

Der Weg bis zum Rendezvousplatz war nicht allzu weit und hielt sich vom Frankfurter Tore aus auf derselben Pappelallee, die Lewin auf seinen Besuchs- und Ferienreisen nach Hohen-Vietz ungezählte Male passiert hatte. Er kannte bis nach Lichtenberg und Friedrichsfelde hin jedes einzelne Etablissement und versäumte selten, wenn er an der »Neuen Welt«, einem vielbesuchten Vergnügungslokal, vorüberkam, ein Glas Bernausches zu trinken und mit dem alten blauschürzigen Wirt, der immer selbst bediente, einen langen Diskurs zu halten. Heute gebot es sich aber doch, auf solche Diskurse, die leichter anzufangen als abzubrechen waren, Verzicht zu leisten, und so schritt er denn an dem Etablissement vorüber, vor dem eben ein mit zwei großen Hunden angeschirrter Brotwagen abgeladen wurde.

Er war noch kaum dreihundert Schritt drüber hinaus, als er auf dem breiten Fahrdamm, auf dem er bequemlichkeitshalber selber ging, einen ungeordneten Trupp Menschen auf sich zukommen sah, vierzig oder fünfzig, soweit es sich in der Entfernung abschätzen ließ. Es schien, daß auch er bemerkt worden war, denn der Trupp, sei es auf ein Kommandowort oder aus Antrieb jedes einzelnen, begann sich plötzlich militärisch zu ordnen, und Lewin, der nicht wußte, was er aus dieser Erscheinung machen sollte, trat auf die Seite, um die Näherkommenden an sich vorbei zu lassen. Er hatte jedoch noch eine Weile zu warten, denn es waren keine raschen Fußgänger mehr, die da heranmarschierten. Endlich ließen sich die vordersten deutlich erkennen. Sie trugen graue Mäntel samt einem Czako und konnten auf den ersten Blick noch als eine uniformierte Truppe gelten, aber bei genauerer Musterung zeigte sich der ganze Jammer ihres Zustandes. Die Stiefel, soweit sie deren hatten, waren aufgeschnitten, um die verschwollenen Füße minder schmerzvoll hineinzuzwängen, und wenn der Wind den Mantel auseinanderschlug, sah man, wie die Gamaschen herabhingen oder völlig fehlten. Alles desolat. Ihre teils froststarren, teils längst erfrorenen Hände waren in Tuch- und Zeuglappen gewickelt, und von Waffen hatten sie nichts mehr als das Seitengewehr. Sie sahen nach Lewin hin und grüßten ihn artig, aber scheu.

Nach dieser Infanterieabteilung kam Kavallerie, Kürassiere, zehn Mann oder zwölf, die Reste ganzer Regimenter. Sie waren in besserem Aufzug, hatten noch ihre weißen Mäntel, zum Teil auch noch die hohen Reiterstiefel, und trugen zum Zeichen, daß sie durch Mißgeschick und nicht durch Schuld ihre Pferde verloren hätten, die Sättel derselben über die eigenen Schultern gelegt. Einige hatten noch ihre Helme mit den langen Roßschweifen, und diese wider Willen herausfordernden Überbleibsel aus den Tagen ihres Glanzes gaben ihrer Erscheinung etwas besonders Grausiges.

Den Schluß machte wieder Infanterie, die von einem am linken Flügel marschierenden Korporal in zerschlissener, aber noch vollständiger Equipierung geführt wurde. Es war ein großer, hagerer Mann mit schwarzem Kinnbart und tiefliegenden Augen, unverkennbar ein Südfranzose. Lewin faßte sich ein Herz, trat an ihn heran und sagte: »Vous venez ...«, aber die Stimme versagte ihm, und: »de la Russie«, ergänzte der Korporal, während er die Hand an den Czako legte.

Im nächsten Augenblick war der Trupp vorüber, ein Leichenzug, der sich selber zu Grabe trug. Lewin sah ihm minutenlang nach, und Empfindungen, wie sie seine Seele nie gekannt, durchwühlten ihn.

»Das sind sie, denen wir aufpassen und Fallen legen und die wir dann hinterrücks erschlagen sollen. Nein, Papa, das wäre schlimmer als den Schlaf morden, schlimmer als das Schlimmste.«

Er hing seinen Gedanken noch eine Weile nach, dann wandte er sich wieder vorwärts, um das Rendezvous am Lichtenberger Weg zu erreichen.

Aber er hielt bald wieder inne. Ein tiefes Mitleid überkam ihn, zugleich ein unendliches Verlangen, diesen Unglücklichen ein Rat, eine Hülfe zu sein, und Rendezvous und Schnatermann, Dahlwitzer Forst und Dachsgraben leichten Herzens aufgebend, beschloß er, wieder in die Stadt zurückzukehren.

Der Vorsprung, den der kleine Trupp gewonnen hatte, war nicht groß, und schon am Ausgang der Frankfurter Linden holte er die letzte Sektion desselben wieder ein. Er sah hier, daß viel Volks um die einzelnen her war, beruhigte sich aber, als er wahrnahm, daß es meist Neugier und Teilnahme war, was sie begleitete. Nur einzelne Hasseworte wurden laut; Hohn und Spott schwiegen. Er hielt sich deshalb zurück und folgte nur in einiger Entfernung dem Zuge, der erst über den Alexanderplatz in die Königsstraße, dann über den Schloßplatz in die Behrenstraße ging. Hier befand sich die französische Kommandantur, in deren großen Hof, nachdem man zuvor leise gepocht, diese Rückzugsavantgarde der ehemaligen »Großen Armee« eingelassen wurde. Die Menge draußen, die bald ermüdete, verlief sich in die Nachbarstraßen.

Nur Lewin blieb. Er mochte eine Viertelstunde vor dem Hause auf und ab geschritten sein, als die große Portaltür sich von innen her öffnete und fünf von den weißmäntligen Kürassieren wieder auf die Straße traten. Die Sättel hatten sie in der Kommandantur zurückgelassen. Mit dem scharfen Auge, das die Not gibt, erkannten sie Lewin sofort wieder, traten an ihn heran und hielten ihm fragend und bittend die Quartierbillets entgegen, mit deren Inhalt sie nichts anzufangen wußten. Lewin las die Zettel, die sämtlich auf ein und dasselbe kasernenartige Haus am »Rondel«, wie damals noch der jetzige Belle-Alliance-Platz hieß, ausgestellt waren.

»Suivez-moi«, sagte er und trat rechts neben den Vordersten. Sie folgten ruhig, ohne daß ein Wort gesprochen wurde.

Als sie den Wilhelmsplatz fast schon passiert und den Eckpunkt erreicht hatten, wo die Statue Winterfeldts steht, hörten sie kriegerische Musik, die, wenn das Ohr nicht täuschte, vom Potsdamer Tor oder aus der Nähe desselben herkommen mußte. Lewin, solchen Klängen nicht gut widerstehend, setzte sich in ein schnelleres Marschtempo, hielt aber wieder inne, als er wahrnahm, daß es den ermüdeten Kürassieren schwer wurde, ihm zu folgen. Er wandte sich, wie um durch Freundlichkeit seinen Fehler wiedergutzumachen, an den unmittelbar neben ihm Gehenden und sagte, mit dem Finger nach der Richtung hinzeigend, von wo die Musik kam: »Entendez-vous?«

Und über die matten Züge des Angeredeten flog ein Lächeln, als er antwortete: »Ce sont des clairons français!«

Mittlerweile waren sie bis an die Ecke der Wilhelms- und Leipziger Straße gekommen und sahen vom Tore her, denn der Zug schien endlos, eine ganze französische Division im Anmarsch. Die Musik schwieg eben, wahrscheinlich um Atem zu schöpfen; auf dem Bürgersteige aber, zu beiden Seiten der heranmarschierenden Kolonne, drängten sich dichte Volksmassen, ja waren teilweis weit voraus, um rascher nach dem Lustgarten zu kommen, wo, wie man wußte, Truppeneinzüge und andere militärische Schauspiele abzuschließen pflegten. Lewin samt seinen Schutzbefohlenen war unter einen Torweg getreten und konnte den lauten Äußerungen der dicht an ihm vorüberflutenden Menge mit Leichtigkeit entnehmen, daß es die von Italien her frisch eingetroffene Division Grenier sei, was da jetzt in allem militärischen Pomp die Leipziger Straße heraufkomme. Er hörte auch, daß General Augereau, der Gouverneur von Berlin, der Division bis Schöneberg entgegengeritten sei, um sie feierlich einzuholen und den Berlinern in beherzigenswerter Weise zu zeigen, daß der Kaiser nach wie vor unerschöpfte Hilfsquellen und trotz Moskau noch immer Armeen habe.

Es waren immer dieselben Namen und Bemerkungen, die laut wurden; jetzt aber schwieg alles, denn die Spitze der Kolonne, General Augereau selbst, war heran, ein großer, starker Mann mit Adlernase und durchdringendem Blick. Er trug die Uniform eines Marschalls von Frankreich. Die demontierten Kürassiere, als sie seiner ansichtig wurden, rückten sich zurecht, und einer, der ihn schon vom italienischen Feldzug her kannte, flüsterte den andern zu: »Voilà le Duc de Castiglione!«

Eine Suite von Ordonnanzoffizieren folgte unmittelbar, und erst als auch diese vorüber war, ließ sich die Front des an der Tête marschierenden Bataillons mit Deutlichkeit erkennen. Es war italienische junge Garde. Vorauf ein Tambourmajor, klein und mager, aber mit einem fuchsfarbenen Schnurrbart, der bis an die roten Epauletten reichte. Fünf Schritt hinter ihm ein riesiger Mohr, nur mit Kopf und Hals über die hochaufgeschnallte Regimentspauke hinwegragend, und neben demselben ein vierzehnjähriger Hornist, ein bildschöner, und wie sich leicht erkennen ließ, von allen Weibern verhätschelter Junge, der lachend und kokett seine weißen Zähne zeigte. Er trug ein kleines silbernes Clairon in der Rechten und sah nach den

Fenstern hinauf, um wahrzunehmen, ob er auch beobachtet werde.

Die Musik schwieg noch immer. Aber jetzt, keine dreißig Schritt mehr von der Wilhelmsstraßenecke entfernt, hob der Tambourmajor seinen Stock, warf ihn in die Luft und fing ihn wieder. Im selben Moment gab der Mohr einen Paukenschlag, und der kleine Hornist neben ihm setzte das silberne Horn an den Mund und schmetterte die Signale. Dann wieder ein Paukenschlag; das Clairon schwieg, und die aus vierzig Mann oder mehr bestehende Regimentsmusik fiel ein. Im Geschwindschritt ging es vorüber; Sappeurs folgten, dann Grenadiere, und unablässig liefen Kommandoworte die lange Reihe der Bataillone hinunter.

Als Lewin sich nach seinen Gefährten umsah, standen sie abgewandt. Von ihrem alten Stolze war nichts übriggeblieben als die Scham über ihr Elend. Er wollte nicht sehen, was er nicht sehen sollte, und richtete deshalb sein Auge wieder auf die Kolonne, die jetzt mit dem letzten ihrer Bataillone defilierte. Erst als auch dieses vorüber war, legte er seine Hand leise auf die Schulter des ihm Zunächststehenden und sagte: »Eh bien, hâtons-nous!«

So schritten sie, ohne daß weiter ein Wort gesprochen worden wäre, die Wilhelmsstraße bis nach dem Rondel hinunter.

Als sie eine Viertelstunde später hier schieden, stellten sich die fünf Weißmäntel wie in Reih und Glied nebeneinander und legten salutierend die Hand an den Korb ihres Pallasch. In ihrem Auge aber lag, was ein edles Herz am meisten erschüttert: der Dank des Unglücks.

## DREIZEHNTES KAPITEL

### *Ein Billet und ein Brief*

Und solche Gegensätze, wie sie Lewin an jenem Vormittage, der für ihn wenigstens die Schnatermannsche Jagdpartie scheitern sah, beobachtet hatte, brachte von da ab jeder Tag: durch die nordöstlichen Tore der Stadt zog das

Elend, durch die westlichen der Glanz des Krieges herein. In den Straßen aber begegneten beide einander und sahen sich verwundert, oft beinahe feindselig an. »So waren wir«, sagten die finstern Blicke der einen, aber das entsprechende: »So werden wir sein« erlosch in dem Leichtsinn und der Eitelkeit der anderen.

Unter den Berlinern, die nach ihrer Gewohnheit nicht leicht einen Truppeneinzug der einen oder anderen Art versäumten, nahm sich jeder aus diesem Gegensatz der Erscheinung das heraus, was ihm paßte, und auch in dem Kreise unserer Freunde, das Ladalinskische Haus mit eingeschlossen, gingen die Ansichten darüber weit auseinander, ob der in seinem schmutzigen, am Wachtfeuer halb verbrannten Mantel heranmarschierende Veteran oder der riesige, goldbetreßte und paukenschlagende Mohr des Grenierschen Corps als das richtigere Bild des Kaiserreichens anzusehen sei. Bninski, der mit Hilfe einer nach Polen hin lebhaft geführten Korrespondenz von den bedeutenden Truppenmassen unterrichtet war, die sich eben damals, unter dem Befehl des Vizekönigs, in den Weichselfestungen, im Warschauschen und Posenschen zusammenzogen, sah durch das Eintreffen frischer Divisionen aus dem Süden, von deren Existenz er selbst keine Ahnung gehabt hatte, nicht nur jede momentane Gefahr des Kaiserreichs beseitigt, sondern knüpfte auch an diese scheinbare Unerschöpflichkeit aller Hilfsquellen die weitgehendsten Hoffnungen, während andererseits Jürgaß, Hirschfeldt und von Meerheimb – besonders dieser letztere, der die totale Deroute vor Augen gehabt hatte – an ein Wiederaufgehen des Napoleonischen Sternes nicht glauben wollten.

»Er mag neue Armeen aus der Erde stampfen«, sagte Meerheimb, »aber nicht solche, wie zwischen Smolensk und Moskau begraben liegen.«

Lewin, unpolitisch und seiner ganzen Natur nach abhängig vom Moment, kam zu keiner bestimmten Überzeugung und sah das Kaiserreich sinken und sich wieder heben, je nach den heitern oder tristen Szenen, deren zufälliger Augenzeuge er sein durfte.

Eine Woche war vergangen, wieder ohne Kastaliasitzung, was in der peinlichen Akkuratesse seinen Grund hatte, mit der seitens aller Mitglieder an ihrem »Dienstage« festgehalten wurde. Dieser letzte Dienstag aber hatte, mit Einrechnung der Gäste, so ziemlich den halben Kastaliabestand: Jürgaß, Bummcke, Tubal, dazu Hirschfeldt und Meerheimb nach Potsdam entführt, wo am darauffolgenden Tage die Konfirmation des Kronprinzen in der Schloßkapelle und daran anschließend ein Gottesdienst in der Garnisonkirche stattfinden sollte. Tubal machte den Ausflug in Begleitung seines Vaters, der eine direkte Einladung, der Feierlichkeit beizuwohnen, erhalten hatte. Auch die Gegenwart Kathinkas wäre dem Geheimrat erwünscht gewesen, war aber, zu sichtlichem Verdruß desselben, von der an selbständiges Handeln gewöhnten Tochter abgelehnt worden. Sie kannte nichts Ermüdenderes als Zeremonien, namentlich kirchliche, und zog es vor, »zu festlicher Begehung des Tages« sich für Mittwoch abend – an dem, zu später Stunde erst, die nach Potsdam hin Geladenen zurückerwartet wurden – bei der schönen Gräfin Matuschka anmelden zu lassen. Für den dann folgenden Donnerstag war seit Anfang der Woche schon eine kleine, nur den engsten Freundeskreis umfassende Reunion bei Ladalinskis festgesetzt, zu der selbstverständlich auch Lewin eine Einladung empfangen und angenommen hatte. Er durfte deshalb einigermaßen überrascht sein, am Morgen dieses Tages ein zierliches, in ein Dreieck zusammengefaltetes und mit blauem Lack gesiegeltes Billet nachstehenden Inhalts zu erhalten: »Lieber Lewin! Ich glaubte Dich vorgestern oder gestern, wo Papa und Tubal in Potsdam waren, erwarten zu dürfen; aber Du verwöhnst mich nicht durch Aufmerksamkeiten. Siehst Du Gespenster? Sei nicht töricht, Lewin. Ich schreibe Dir, weil ich den Wunsch habe, Dir einen Morgengruß ins Haus zu schicken, und im übrigen nicht sicher bin, ob Du Deine Zusage für heute abend noch im Gedächtnis hast. Poeten sind vergeßlich; Verse an mich hast Du schon längst vergessen.

Kathinka v. L.«

Lewin las zwei-, dreimal, sich die Worte wiederholend: »Siehst Du Gespenster?« und »Sei nicht töricht, Lewin.« Es war ihm einen Augenblick, als schlösse sich ein tropischer, in berauschendem Dufte schwimmender Garten vor ihm auf und Kathinka, von einem Bosquet her, hinter dem sie sich versteckt gehalten, spränge ihm mit ausgebreiteten Armen entgegen und riefe ihm übermütig zu: »Schlechter Sucher, der du bist! Warum konntest du mich nicht finden?« Aber dann las er wieder: »Poeten sind vergeßlich; Verse an mich hast Du längst vergessen«; und er lachte bitter.

»Dies ist der echte Ton, weil es der spöttische ist! Was sind ihr Verse? Oh, ich verstehe sie ganz. Ein glücklicher Liebhaber ist ihr nicht des Glückes genug, sie bedarf noch eines unglücklichen, um den Vollgeschmack des Glückes zu haben. Deshalb hält sie mich fest. Das ist die Rolle, die sie mir zudiktiert! Folie für einen glänzenderen Stein.«

Er wollte das Billet zerknittern und fühlte doch, daß ihm die Hand versagte. Eine weichere Stimmung überkam ihn, und er berührte die Stelle, die auf Augenblicke wenigstens neue Hoffnungen in ihm angefacht hatte, mit seinen Lippen. Dann faltete er das Blatt zusammen und steckte es zu sich.

Es war ihm klar, daß die nächsten Stunden, wenn er sie an seinem Schreibtische zubrächte, doch für ihn verloren sein würden; so brach er auf, um in der Stadt Zerstreuung zu suchen. Er fand sie rascher, als er erwarten durfte. An der Ecke des Rathauses standen Hunderte von Personen, um einen in französischer und deutscher Sprache abgefaßten, auf große gelbe Zettel gedruckten Straßenanschlag zu studieren. Er trat hinzu und las über die Köpfe der vor ihm Stehenden hinweg: »Seine Exzellenz der Herr Marschall, Commandant en chef des elften Armeecorps, ist benachrichtigt, daß zu Berlin viele Subalternoffiziere, auch Employés der Großen Armee angekommen sind, die ihre Corps, ohne dazu ermächtigt zu sein, verlassen haben. Seine Exzellenz befiehlt allen vorgenannten Personen, die Stadt zu verlassen, widrigenfalls alle diejenigen, die diesem Befehl nicht genügt haben, durch die Gendarmerie verhaftet, ihre Namen aber dem Herrn Kriegsminister notifiziert werden sollen. Alle Gastwirte sind angewiesen, keine der in nachstehender Ordre bezeichneten Offiziers bei sich aufzunehmen, und werden im Betretungsfalle in eine näher zu bestimmende Geldstrafe genommen werden. Gez. Augereau, Herzog von Castiglione.«

Dieser Straßenanschlag, mehr noch als das neunundzwanzigste Bulletin, das in den Weihnachtstagen erschienen war, enthielt das Zugeständnis einer vollkommenen Auflösung der Großen Armee; die Disziplin war hin und mit ihr das zusammenhaltende Band. Jeder, der die Bekanntmachung las, empfing diesen Eindruck und ließ es nach Berliner Art nicht an spitzen Bemerkungen fehlen. »Employés und Subalternoffiziere! Von den Generälen ist keine Rede«, sagte der eine; »und von den Marschällen erst recht nicht«, fügte ein anderer hinzu. »Gewiß nicht; eine Krähe kratzt der andern die Augen nicht aus.« So ging es hin und her, und dazwischen die mehr als einmal wiederholte Versicherung, daß die Berliner Gastwirte keine französischen Polizeibeamten wären.

Lewin löste sich bald aus dem Menschenknäuel heraus und traf in der Nähe der Stechbahn ein paar Kommilitonen, die sich leicht bereden ließen, ein Kolleg zu opfern und an einem Spaziergange nach Charlottenburg teilzunehmen. Es war ein Marwitz und ein Löschebrand, Landsleute und alte Bekannte schon von den Schulbänken des Grauen Klosters her. Sie schritten erst die Linden, dann die große Chaussee hinunter auf das »Türkische Zelt« zu, wo sie, da zwölf Uhr mittlerweile herangekommen war, ein Dejeuner bestellten.

Unter lebhaftem Geplauder, das sich abwechselnd um Yorck und das Augereausche Plakat, um Spontinis »Vestalin« und die Konfirmation des Kronprinzen drehte, wurde Lewin der Verstimmungen Herr, die der Vormittag mit sich gebracht hatte, und sah sich nur flüchtig wieder daran erinnert, als er, beim Herausnehmen seiner Brieftasche, das seiner Form und Farbe nach einigermaßen auffällige Billet Kathinkas zur Erde fallen ließ.

»Ei, Vitzewitz«, sagte Löschebrand, »ein Billet doux! Immer neue Seiten, die wir an ihm kennenlernen; nicht wahr, Marwitz?« Dieser bestätigte, und im nächsten Augenblicke war der Zwischenfall vergessen.

Es mochte vier Uhr sein oder nur wenig später, als Lewin wieder in den Flur seines Hauses trat und sich an dem alten, längst spiegelglatt gewordenen Treppengeländer die halbweggelaufenen Stufen hinauffühlte.

Er fand oben einen Brief vor, in dessen Aufschrift er, trotz des schon herrschenden Halbdunkels, leicht die Hand seines Vaters erkennen konnte. Die Scheiben glühten noch im Abendrot. Er trat deshalb an das Fenster und las:

»*Hohen-Vietz*, den 20. Januar

Lieber Lewin!

Das Hohen-Vietzer Ereignis der vorigen Woche hat Dir Renate mitgeteilt, und Deiner umgehenden Antwort hab ich entnehmen können, daß Du das Unglück, denn ein solches bleibt es, mit derselben geteilten Empfindung ansiehst wie wir alle. Eine niedergebrannte Scheune des Wirtschaftshofes und nun ein in Asche gelegter Flügel des Herrenhauses gewähren freilich keinen erfreulichen Anblick, am wenigsten den der Ordnung; aber sind es denn Zeiten der Ordnung überhaupt, in denen wir leben? Und so stimmen die Brandstätten zu allem übrigen. Nichts mehr davon. Es steht mehr auf dem Spiel als das.

Unsere Organisation ist beendet. Ich sehe Drosselstein, der mehr Eifer entfaltet, als ich bei seiner reservierten Natur erwarten konnte, beinahe täglich, ebenso Bamme, mit dem ich mich auszusöhnen beginne. Er ist Feuer und Flamme, und seinen beleidigenden Zynismus, von dem er auch jetzt nicht läßt, paart er mit einer Selbstsuchtslosigkeit, ja, ich muß es sagen, mit einer gelegentlichen Höhe der Gesinnung, die mich in Erstaunen setzt. Nächst ihm ist Othegraven der tätigste. Er hat einen großen Einfluß unter den Bürgern, und die Schüler der beiden oberen Klassen hängen an jedem seiner Worte. Das Pedantische, das ihm sonst eigen ist, hat er entweder abgestreift, oder, weil es in einem starken Glauben an sich selber wurzelt, unterstützt es wohl gar die Wirkung seines Auftretens.

Wenn ich sagte, unsere Organisation sei beendet, so hatte ich dabei nur unser Barnim und Lebus im Auge; an anderen Orten fehlt noch manches, so namentlich in den durch ihre Lage so wichtigen Dörfern *jenseits* der Oder. Wir *diesseits* haben eine Landsturmbrigade gebildet, vier Bataillone, die sich nach ebenso vielen Städten unserer beiden Kreise benennen: Bernau, Freienwalde, Müncheberg und Lebus. Die Ordre de bataille des letzteren wird Dich am meisten interessieren, weshalb ich sie hier folgen lasse:

*Landsturmbataillon Lebus*

1. Compagnie Hohen-Ziesar: Graf *Drosselstein*
2. Compagnie Alt-Medewitz-Protzhagen: Hauptmann von *Rutze*
3. Compagnie Hohen-Vietz: Major von *Vitzewitz*
4. Compagnie Neu-Lietzen-Dolgelin: (Vacat).

Nach dem Prinzip, das Du hierin erkennen wirst – Bamme hat das Kommando der Brigade übernommen –, verfahren wir überall. An Offizieren ist noch Mangel, weil die Zahl derer, die nur mit Wind von oben segeln können, auch bei uns überwiegt. In zehn oder zwölf Tagen muß trotz alledem alles schlagfertig sein, auch da, wo man am meisten zurück ist.

Dies ist in gewissem Sinne zu spät, um so mehr, als es für das, was ich in den Weihnachtstagen vorhatte, auch *heute* schon zu spät sein würde. Die gesamte französische Generalität, wie mir Othegraven aus Frankfurt und Krach, der in Küstrin war, von dorther schreibt, ist glücklich über die Oder. In Zobelpelzen und mit immer erneutem Vorspann, an dem es unsere Dienstbeflissenen nicht haben fehlen lassen, sind sie dem Kaiser, der ihnen das Beispiel gab, gefolgt. Der Nachteil, der uns daraus erwächst, ist unberechenbar; die Beseitigung der Generäle, *so oder so* (von diesem Satze geh ich nicht ab), war eben wichtiger, als es die Beseitigung der Armeereste je werden kann. Vieles ist versäumt, unwiederbringlich verloren. Unsere Politik des Abwartens ist daran schuld.

Aber eben dieses Abwarten, das uns so vieles versäumen ließ, hat uns vor ebenso vielem bewahrt, und wenn nun schließlich zwischen guten und schlimmen Folgen abgewogen werden soll, so ist es möglich oder – ich zögere nicht, dies Zugeständnis zu machen – selbst sehr wahrscheinlich, daß sich die Waage nach der guten Seite hin neigt. Vor drei Wochen glaubte ich, daß es *ohne* den König geschehen müsse, jetzt weiß ich, und gesegnet sei dieser Wandel der Dinge, daß es *mit* ihm geschehen wird. Wir werden einen

Krieg haben nach alten preußischen Traditionen. Ich wäre vor einem Volkskriege nicht erschrocken, denn erst das Land und dann der Thron, aber wie unser märkisches Sprichwort sagt: Besser ist besser.

Ja, Lewin, ein Wandel der Dinge, an den ich nicht mehr zu glauben wagte, er ist da, und die nächsten Tage schon werden ihn der Welt verkünden. Leicht möglich, daß, wenn Du diese Zeilen erhältst, der erste der beabsichtigten Schritte bereits geschehen ist.

Und nun höre. Der Hof verläßt Potsdam und geht nach Breslau. Dieser Schritt ist wichtiger, als Du ermessen kannst. Was ihn veranlaßt hat, darüber gehen nur Gerüchte. Es heißt, daß Napoleon beabsichtigt habe, sich des Königs zu bemächtigen und ihn als Geisel, als Gewähr für die friedliche Haltung des Landes, auf eine französische Festung abführen zu lassen. Ich untersuche nicht, wieviel Wahres oder Falsches an diesem Gerüchte ist, es genügt, daß ihm der König Glauben geschenkt hat. Unmittelbar nach der Konfirmation des Kronprinzen, die heute stattfindet, wird der Aufbruch erfolgen. Es geht in fünf Etappen; das Regiment Garde wird diese Übersiedelung begleiten oder decken. Breslau, Schlesien sind gut gewählt; die Provinz ist die einzige, die keine französische Besatzung hat, und Österreich, auf das wir rechnen, ist nahe.

Und nun höre weiter!

Auf den 26. ist das Eintreffen des Königs in Breslau festgesetzt; eine Woche später wird er sein Volk zu den Waffen rufen. Der Entwurf zu diesem Aufruf ist in meinen Händen gewesen; er spricht die Sprache, die jetzt gesprochen werden muß, und es ist nur eins, was ihm fehlt: der Feind wird nicht genannt. Aber, Gott sei Dank, es bedarf dessen nicht mehr. Yorcks zum Schein verworfene, aber, wie ich jetzt mit Bestimmtheit weiß, in allen Stücken gebilligte Kapitulation, dazu der wahrscheinlich morgen schon stattfindende Aufbruch des Hofes, um sich den Launen eines unberechenbaren Bundesgenossen zu entziehen, alles das läßt keinen Zweifel darüber, *wem* es gilt.

Und in die leere Luft verhallen wird dieser Aufruf nicht. Ich kenne unser Volk. Es ist wert, daß es besteht, und es wird sich für sein Bestehen einsetzen. Das ist alles, was es kann. Keiner hat mehr als sich selbst. Wir haben viele Fehler, aber auch viele Vorzüge; es trifft sich, daß wir den Gegensatz von schwarz und weiß nicht bloß in unseren Farben haben. Der Sinn fürs Ganze ist seit des großen Königs Tagen in uns lebendig geworden, und sehen wir das Ganze hinschwinden, so schwindet uns auch die Lust an der eigenen Existenz. Denk an den alten Major, der am Tage nach Kunersdorf in unserer Hohen-Vietzer Kirche verblutete. Sein Blutfleck erzählt von ihm bis diesen Tag. Er dachte, daß Preußens letzte Stunde gekommen sei; ›ich will sterben, Kinder‹, rief er, als sie ihn niederlegten, und riß sich den Verband von seiner Wunde.

Und solcher leben noch viele bei uns!

Im übrigen, wir werden einen *ordentlichen* Krieg haben, Lewin, und ordentliche Fahnen. Hörst Du: ordentliche, preußische, königliche Fahnen. Du sollst mit mir zufrieden sein. Bin ich doch mehr in Dein Lager übergegangen als Du in das meine. Schreibe bald; noch besser, komm! Alles grüßt: die Schorlemmer, Renate, Marie. Selbst Hektor, der mich groß ansieht und zärtlich winselt, scheint sich melden zu wollen.

Wie immer Dein alter Papa B. v. V.«

## VIERZEHNTES KAPITEL

### *Kleiner Zirkel*

Die Einladung zu Ladalinskis hatte auf sechs Uhr gelautet; der alte Geheimrat, wenn er es vermeiden konnte, liebte nicht die späten Zusammenkünfte. So war es denn hohe Zeit für Lewin, sich zu rüsten. Und er tat es; aber nicht in bester Laune. Immer wieder bestürmte ihn die seit Stunden vergebens zurückgedrängte Frage, was Kathinka mit ihrer zweiten, so rätselvoll zugespitzten Einladung eigentlich bezweckt habe, und immer wieder lautete die Antwort: »Kokettes Spiel! Sie bedarf meiner; ich bin ihr wertlos und wertvoll zugleich; sie hält mich wie den Vogel am Faden und gefällt sich darin, den Faden nicht aus der

Hand zu lassen.« Das war der Grundton in seiner Betrachtung, in der nur leise Hoffnungsstimmen mitklangen.

Es schlug eben sieben vom Marien- und gleich darauf auch vom Nikolaiturm, als unser Freund in das Ladalinskische Haus eintrat.

Die Gesellschaft war schon versammelt, und zwar in dem uns bekannten kleinen Damenzimmer, das heute, wo statt der rotdämmerigen Ampel eine große und helle Astrallampe brannte, um vieles heiterer wirkte als an jenem Ballabend, der nur zwei große Momente gehabt hatte: die Mazurka und die Nachricht von der Kapitulation.

Kathinka, trotzdem sie beim Eintreten Lewins in einer intimen Flüsterunterhaltung mit der schönen Matuschka war, begrüßte den wie gewöhnlich um eine Stunde zu spät Kommenden mit ebensoviel Unbefangenheit wie Freundlichkeit, und während dieser einen Stuhl nahm, um in den aus Tubal, Bninski, Jürgaß und dem alten Ladalinski gebildeten Halbkreis einzurücken, unterließ sie nicht, über das »Zuspätkommen« der Poeten zu spötteln, das übrigens nicht wundernehmen könne, da die Unpünktlichkeit die Schwester der »Vergeßlichkeit« sei. Dem letzteren Wort gab sie nicht nur einen verstärken Ton, sondern auch einen besondern Vertraulichkeitsausdruck, als ob sie sich dadurch noch einmal zu dem ganzen Inhalt ihres Vormittagsbillets, das mit einem leisen Vorwurf über seine »Vergeßlichkeiten« geschlossen hatte, habe bekennen wollen. Er seinerseits unterließ jede Antwort darauf, entweder weil ihn das Spiel verdroß oder weil er in eben diesem Augenblicke, vom Sofa her, die beiden großen Kristallgläser der alten, auch heute wieder neben dem Fräulein von Bischofswerder sitzenden Oberhofmeisterin-Exzellenz scharf auf sich gerichtet fühlte, doppelt scharf und böse, weil er sie durch sein verspätetes Eintreffen in einem begonnenen Vortrag unterbrochen hatte. Voll Verlangen, sie, wenn irgend möglich, wieder zu versöhnen, erhob er sich von seinem Stuhl, auf dem er kaum erst Platz genommen hatte, um in etwas wirren Worten eine Entschuldigung zu versuchen; die alte Exzellenz schlug aber mit unverkennbar absichtlichem Geräusch ihre Lorgnette zusammen und lächelte hochmütig, wie um auszudrücken, daß Schweigen und Dulden um vieles schicklicher gewesen sein würde, und fuhr dann, an der Bischofswerder rücksichtslos vorbeisprechend, in ihren Mitteilungen mit schnarrender Stimme fort: »Ich wiederhole Ihnen, lieber Ladalinski, daß Seine Majestät morgen mit dem frühesten Potsdam verlassen werden. Das nächste Nachtquartier wird in Beeskow genommen, einer kleinen Stadt, die besser ist als ihr Ruf; sie hat ein ehemalig bischöfliches Schloß. Die Garden begleiten den König. Tippelskirch hat an Kessels Stelle das Kommando übernommen. Kessel bleibt in Potsdam. Seine Majestät gedenken am 26. in Breslau einzutreffen.«

»Ich empfing eben eine gleichlautende Nachricht von meinem Vater aus Hohen-Vietz«, bemerkte der in seiner Verlegenheit abermals fehlgreifende Lewin und mußte sich – da Blicke wirkungslos bleiben zu sollen schienen – nunmehr eine direkte Reprimande von seiten der alten Gräfin-Exzellenz gefallen lassen.

»Es ist nicht Art der preußischen Oberhofmeisterinnen«, erwiderte dieselbe spitz, »Nachrichten über Seine Majestät den König in Umlauf zu setzen, die noch der Bestätigung bedürfen. Es freut mich indessen, Ihren Herrn Vater so gut unterrichtet zu sehen. Ich bitte, mich ihm bei nächster Gelegenheit in Erinnerung bringen zu wollen. Seine Schwiegermutter, die Generalin von Dumoulin, war eine Jugendfreundin von mir.«

Lewin, der nicht wußte, was er aus diesen Worten machen sollte, in denen sich neben aller Überhebung doch auch wieder ein leiser Anflug von Teilnahme aussprach, hielt es für das geratenste, alles Unliebsame darin zu überhören, und verbeugte sich artig gegen die alte Gräfin, während diese mit Wichtigkeit fortfuhr:

»Augereau hat strikten Befehl, sich in bestimmt vorgezeichneten Fällen, namentlich im Fall eines Aufstandes, der Person des Königs zu bemächtigen, und Seine Majestät, die seit länger als drei Wochen von diesem strikten Befehle weiß, würde sich der drohenden Gefahr schon früher entzogen haben, wenn nicht der Wunsch vorgeherrscht hätte, die bevorstehende Konfirmation des Kronprinzen, die nun gestern, wie wir alle wissen, wirklich stattgefunden hat, abzuwarten. Übrigens haben Seine Königliche Hoheit, was Ihnen, lieber Geheimrat, trotz Ihrer Anwesenheit bei der Feier entgangen sein dürfte, zur Erinnerung an diesen hochwichtigen Tag, aus den Händen Seiner Majestät einen kostbaren Ring erhalten.«

»Sans doute«, bemerkte Bninski.

»Sans doute?« wiederholte fragend und gedehnt die alte Oberhofmeisterin, der der spöttische Ton in der hingeworfenen Bemerkung des Grafen nicht entgangen war. »Warum sans doute, Graf Bninski?«

»Weil der Ring«, erwiderte dieser, »das Zeichen ewiger und unverbrüchlicher Treue ist und eine Feier in diesem Lande, am wenigsten eine kirchliche, ohne dieses Zeichen nicht wohl gedacht werden kann.«

Der Geheimrat rückte verlegen hin und her. Es war ihm im höchsten Maße peinlich, in seinem Hause, noch dazu in Gegenwart zweier Damen vom Hofe, Worte fallen zu hören, deren ironische Bedeutung trotz des Ernstes, mit dem sie vorgetragen wurden, niemandem entgehen konnte. Er sah deshalb zu dem Grafen hinüber, ersichtlich bemüht, diesen, wenn nicht zu einem Wechsel des Gesprächs, so doch wenigstens zu einem Wechsel des Tones zu veranlassen. Bninski aber ignorierte diese Bemühungen und fuhr in demselben Tone fort: »Es zählt dies zu den Eigentümlichkeiten deutscher Nation. Immer ein feierliches In-Eid-und-Pflicht-Nehmen, dazu dann ein entsprechendes Symbol, und ich darf sagen, ich würde überrascht sein, wenn dem kostbaren Ringe, den Seine Königliche Hoheit aus den Händen des Königs, seines Vaters, empfangen hat, nicht noch eine direkte Aufforderung zum Treuehalten, entweder in Form einer eingravierten Devise oder eines Bibelspruchs, beigegeben sein sollte. Etwa: ›Sei getreu bis in den Tod‹, oder dem ähnliches.«

Die alte Gräfin preßte die Lippen zusammen. Es war ersichtlich, daß sie schwankte, in welcher Art sie replizieren solle; aber sich rasch für eine versöhnliche Haltung entscheidend, sagte sie mit erzwungener guter Laune: »Ich sehe, Graf, daß Sie von dem Ringe wissen. Wenn durch Inspiration, so beglückwünsche ich Sie und uns. Der innere Rand trägt allerdings die Umschrift: ›Offenbarung Johannis 2. V. 10‹. In diesem Punkte haben Sie recht behalten; aber nicht darin, daß dieser Konfirmationsring eine Hof- oder Landessitte sei. Im Gegenteil; es ist der erste Fall der Art.«

»So wird es Sitte werden. Gute Beispiele pflegen einen fruchtbaren Boden in dem loyalen Sinn des Volkes zu finden.«

Sehr wahrscheinlich, daß die fortgesetzten Sarkasmen Bninskis doch schließlich alle friedlichen Entschlüsse der Oberhofmeisterin, die fast ebenso heftig wie hochfahrend war, in ihr Gegenteil verkehrt hätten, wenn nicht in diesem Augenblicke Kathinka ihr bis dahin mit der schönen Matuschka geführtes Gespräch abgebrochen und zwei Tabourets, für sich und ihren Plauder-Partner, in den Halbkreis, zwischen Lewin und Bninski, hineingeschoben hätte.

»Welche Blasphemien, Graf!« wandte sich Kathinka an diesen. »Sollte man doch meinen, wenn man den Ton Ihrer Worte vor Gericht stellen könnte, daß Sie geneigt seien, den Ring für ein überflüssiges Ding in der Weltgeschichte zu halten. Aber darin irren Sie. Nicht wahr, Herr von Jürgaß?«

»Sans doute«, sagte dieser, der, ohne Furcht, dadurch anzustoßen, das fast zum Zankapfel gewordene Wort wiederholen durfte. »Ich stimme Fräulein Kathinka bei: nichts ohne Ring! Um ihn dreht sich alles in Leben, Sage, Geschichte; der liebste war mir immer der des Polykrates, denn ich schätze Leute, die Glück haben. Nun haben wir auch noch die Ballade dazu. Mit Hilfe eines Ringes vermählte sich der Bischof seiner Kirche, der Doge dem Meere und selbst Heinrich VIII. seinen sechs Frauen, dieser geniale Hazardeur mir dem six-le-va. Beiläufig, eine Kollektivausstellung seiner sechs Trauringe müßte zu sonderbaren Betrachtungen führen.«

»O nichts von diesem König Oger, der es vergessen zu haben schien, daß unschuldige Frauen auch eines natürlichen Todes sterben können.«

»Aber Anne Bulen, meine Gnädigste, war überführt.«

»Ach, ich bitte Sie, Jürgaß, haben Sie je von einer überführten Frau gehört? Ich glaube gar, Sie wollen ernsthaft seinen Verteidiger machen; da hätt ich Sie doch für galanter gehalten. Erzählen Sie mir lieber von besseren Ringen als von den sechs Trauringen König Heinrichs.«

»Dann kann ich nur noch von den drei Ringen der Puttkamers erzählen.«

»Sie scherzen. Von den Tudors auf die Puttkamers! Das ist denn doch ein Sprung. Im übrigen bin ich neugierig genug. Was ist es damit? Aber es muß etwas Heiteres sein.«

»Ich weiß nicht. Es beginnt gleich damit, daß diese drei Ringe nur noch zwei sind. Und diese zwei sind wieder unsichtbar.«

»Oh, das ist ein guter Anfang; etwas gespenstisch. Aber wir haben ja noch früh. Also nur weiter.«

»Nun gut. Es waren also drei Ringe, die die Wichtelmännchen oder die ›kleinen Leute‹ oder die Unterirdischen den Puttkamers zum Geschenke machten, vor langen, langen Jahren, als Pommern eben fertig geworden war.«

»Wann war das?«

»Sagen wir hundert Jahre nach Fertigwerdung der Mark; diese Differenz müssen Sie meinem Lokalpatriotismus zugute halten. Also die Puttkamers hatten ihre drei Ringe, die sie, so hatten die Wichtelmännchen gesprochen, wahren und in Ehren halten sollten, das würde dem Hause Glück und Segen bringen. Und es kam auch Segen ins Haus, namentlich an Kindern, bis plötzlich, niemand weiß wie, der eine Ring verlorenging und der Segen sich minderte.«

»Ah!« sagte Tubal.

»Sie sagen ›Ah‹ und atmen auf«, fuhr Jürgaß fort. »Die Puttkamers aber mochten auf den Segen nicht verzichten. Und weil sie sichergehen wollten, so baute der reichste von ihnen ein schönes Schloß, und in den Schloßturm hinein, da wo die Wände am dicksten sind, vermauerte er die beiden verbliebenen Ringe. Und da sind sie noch und bergen, wie sich selbst, so auch das Glück des Hauses.«

Das Fräulein von Bischofswerder, das bis dahin steif und unbeweglich auf dem Sofaplatz gesessen hatte, hatte, während Jürgaß sprach, immer lebhafter und zustimmender ihr Kinn an den Hals gedrückt. Jetzt nahm sie das

Wort. »Auch wir hatten einen solchen Ring«, sagte sie, »der der Sage nach das Glück der Familie begründen sollte.«

»Und es wohl auch begründet *hat*«, unterbrach die alte Exzellenz. »Es war, denk ich, der Geisterring Ihres Herrn Vaters, der die Lebendigen einschläferte und die Toten zitierte.«

»Gewiß«, erwiderte die Bischofswerder, die bei diesem Hohn ihre sonstige Devotion hinschwinden fühlte, »gewiß, Exzellenz. Und unter diesen Toten befanden sich ganze Familien, die ohne den Ring meines Vaters immer tot geblieben wären. Ist nicht die Dankbarkeit auch eine deutsche Tugend, Graf Bninski?«

Dieser, einigermaßen überrascht, von so unerwarteter Seite her seine Ketzereien unterstützt zu sehen, verbeugte sich gegen die Bischofswerder, während der Geheimrat, von dem Gedanken geängstigt, die kaum erst überstandene Gefahr in neuer Gestalt heraufziehen zu sehen, sich mit der Frage an Lewin wandte: »Was war es doch, Lewin, mit dem Bredowschen Erbringe, von dem du mir vor Weihnachten erzähltest? Nur der Eindruck ist mir geblieben. Ich hört es gerne noch einmal. Exzellenz Reale wird es gestatten, und Kathinka, die so lebhaft für Ringe plädiert, muß dir dankbar sein, etwas zur Verherrlichung ihres Themas zu hören.«

»Gewiß«, bemerkte diese, »ich würde schon dankbar sein, unseren schweigsamen Freund sich überhaupt an unserem Gespräche beteiligen zu sehen, doppelt, wenn es in Verteidigung des Ringes und seiner welthistorischen Mission geschieht. Denn jedes Ding braucht seinen Mann, und ich wüßte nicht, was besser zusammenpaßte als ein Ring und Vetter Lewin. Vor allem, wenn es ein Trauring ist. Es ist ein stiller, natürlicher Bund zwischen beiden, und es ließe sich ein Märchen darüber schreiben; ja ich glaube, ich könnte es, unpoetisch wie ich bin. Ich würde den Trauring als einen kleinen runden, in seiner Mitte ausgehöhlten König auffassen, der alle guten Leute beherrscht, die Ehrbaren und die Tugendsamen. Und an den Stufen seines Thrones stände sein erster Minister, als ehrbarster und tugendsamster, und er hieße Lewin.«

Lewin wurde blaß und rot, faßte sich aber rasch und sagte ruhig: »Nach einer Charakterschilderung wie dieser werd ich mich freilich der an mich ergangenen Aufforderung nicht entziehen können, um so weniger, als es von König Pharaos Tagen her zu den Aufgaben und Vorrechten eines Tugendministers gehört, Träume zu deuten und Geschichten zu erzählen. Und so beginn ich denn:

Es war also wirklich ein Erbring, breit und mit allerhand Zeichen, und eine junge Frau von Bredow, deren Eheherr, Josua von Bredow, Rittmeister und Amtshauptmann von Lehnin war, trug ihn am Ringfinger der linken Hand. Den Winter über lebte das junge Paar in der kleinen Perleberger Garnison, wenn aber der Mai kam, gingen sie, wie sich's gebührte, nach Lehnin, um in dem geräumigen Abthause, dem einzigen, das aus alten Klostertagen her noch geblieben war, ihre amtshauptmannschaftliche Wohnung und zugleich auch eine Sommerfrische zu nehmen. Das waren dann glückliche Wochen, und sie fuhren nach Plessow, Göttin, Rekahne, um die verschiedenen Rochows, und ebenso nach Groß-Kreuz, um den alten Herrn von Arnstedt zu besuchen, ihr liebstes aber blieb doch immer, an dem schönen Klostersee spazierenzugehn, besonders, wo zwischen Brombeer- und Haselsträuchern hin der Weg über die dicht in Blumen stehende Wiese läuft.«

»Wie hübsch«, sagte Kathinka. »Ich hätte mit von der Partie sein mögen.«

»Und eines Abends«, fuhr Lewin fort, »machten sie wieder ihren Spaziergang, und weil gerade die Hagerosen blühten, wandelte die junge Frau die Lust an, eine derselben zu pflücken. Sie drückte deshalb, um die Rose leichter abreißen zu können, einen dicht umherstehenden Haselstrauch beiseite, aber im selben Augenblicke, wo sie die Linke nach der Rose hin ausstreckte, schlug die stärkste der Haselruten wieder zurück und streifte ihr den Ring vom Finger. Sie sah den goldenen Bogen, den er in der Luft beschrieb, und wie er dann auf den Wiesenstreifen dicht hinter der Hecke niederfiel. Ein leiser Schrei kam über ihre Lippen; dann teilten beide sorglich die Hecke, bückten sich und begannen zu suchen. Sie suchten noch, als schon die Mondsichel am stillen Abendhimmel stand; sie suchten in der Frühe des Morgens und als es Mittag war. Aber umsonst, der Ring war fort. Du wolltest mit von der Partie sein, Kathinka; vielleicht daß deine glückliche Hand ihn gefunden hätte.«

»Keine Diversionen«, lachte diese. »Die Geschichte, die Geschichte.«

»Und mit dem Ringe war das Glück des jungen Paares dahin; nicht langsam und allmählich, sondern unmittelbar. ›Du hättest vorsichtiger sein sollen‹, sagte der Eheherr im Tone des Vorwurfs, und mit diesem Worte war es geschehen. Aus dem ersten Vorwurf wurde der erste Streit, und alles, was den Frieden eines Hauses stören kann, brach in Jahresfrist herein: Krankheit und Kränkung, Mißernten und Eifersucht.«

»Auch Eifersucht? Nicht doch. Du darfst deine Helden nicht mutwillig um die Gunst deiner Hörer bringen.«

»Nur um sie neu zu gewinnen. Allerdings erst für spätere Zeiten.«

»Dann überschlage, was zwischenliegt.«

»So wollt ich auch. Die silberne Hochzeit war endlich nahe, und Josua von Bredow, der längst den Dienst quittiert und sich auf seine Amtshauptmannschaft in die Lehniner Einsamkeit zurückgezogen hatte, dachte trotz manchen Unfriedens, der nach wie vor in seinem Hause herrschte, den Tag zu feiern. Es waren doch immer fünfundzwanzig Jahre! Er hatte deshalb einen großen Bogen Papier vor sich und schrieb eben die Namen derer auf, die zu dem Tage geladen werden sollten, als ihm Frau von Bredow, die trotz ihrer fünfundvierzig immer noch eine hübsche und stattliche Frau war, über die Schulter sah und auf das bestimmteste forderte, daß der alte Arnstedt, der sich auf dem letzten Potsdamer Ball ungebührlich benommen habe, gestrichen werden sollte.

Eine Szene schien unvermeidlich. Da trat in großer Aufregung die Wirtschafterin ins Zimmer und sagte: ›Gnädiger Herr, da is er; die alte Holtzendorffen hat ihn eben gefunden.‹ Und dabei legte sie eine große Frühkartoffel vor ihn hin, die, beim Ansetzen, mit ihrer Spitze in den goldenen Erbring hineingewachsen war. Da war er also wieder.

Die gnädige Mutter Natur gab ihn heraus, und Josua von Bredow und seine geborene von Ribbeck wußten nun, daß wieder bessere Tage kommen würden. Er gab ihr einen Kuß und strich den alten Arnstedt ohne Widerrede aus. Und als in der Woche darauf die silberne Hochzeit wirklich gefeiert wurde, da traten sie zum zweiten Mal vor den Altar, und der alte Lehniner Pastor Krokisius, der aber damals noch bei mittlern Jahren war, hielt eine wunderschöne Rede über den Spruch: ›Wen Gott liebhat, dem müssen alle Dinge zum Besten dienen.‹ Und als seine Rede, denn er konnte sich nicht kurz fassen, endlich zu Ende war, da nahm er die Hand der Silberbraut und steckte den Ring an denselben vierten Finger, von dem ihn die böse Haselrute abgestreift und dadurch eine lange Zwischenzeit des Unfriedens geschaffen hatte. Am Tage nach dieser Feier aber, denn sie mochten sich von ihrem Schatz nicht wieder trennen, ließen sie von Berlin her einen Graveur kommen, der mußte den Tag des Verlustes und des Wiederfindens in den Ring eingraben und die schöne Bibelstelle, über die Pastor Krokisius gepredigt hatte. Und wenn sie nicht gestorben sind, so leben sie heutigen Tages noch.«

Die Gräfin-Exzellenz hatte während der Erzählung mehr und mehr ihre hautaine Haltung abgelegt und tippte jetzt Lewin, wie zur Besiegelung ihrer jungen Freundschaft, mit der Lorgnettenspitze auf die Hand.

Kathinka versprach, sobald sie Königin geworden sein würde, ihn als Traumdeuter und ersten Erzähler an ihren Hof zu ziehen, und nur die Bischofswerder konnte sich nicht darüber beruhigen, daß dieser entzückende Ring gerade in eine Kartoffel hineingewachsen sei, »die Poesie leide darunter«, eine Bemerkung, der Lewin ohne weiteres zustimmte, weil er die Unmöglichkeit einsah, in diesen ästhetischen Anschauungen Licht zu schaffen.

Der alte Geheimrat, seiner Natur entsprechend, verweilte bei Nebensächlichkeiten und wollte namentlich wissen, welcher Bredowschen Linie der Erbring angehört habe. Dann kam er auf *Lehnin*, verbreitete sich über die Weissagung, deren erste und letzte Zeilen er im lateinischen Original auswendig wußte, und schloß mit einem Seufzer darüber, daß ihm während voller siebzehn Jahre ein Besuch dieser alten Kulturstätte, zugleich des Begräbnisplatzes so vieler Markgrafen und Kurfürsten, versagt geblieben sei.

»Aber warum versagt?« unterbrach ihn Tubal, und ehe der alte Ladalinski antworten konnte, fiel Kathinka mit aller Bestimmtheit ein:

»Machen wir die Partie. Wer ist unser Reisemarschall? Tubal, nein; Lewin, zweimal nein. Aber Sie, Herr von Jürgaß! Ich will nicht so viel Menschenkenntnis haben, um einen Attaché von einem Professor zu unterscheiden, wenn Sie nicht der geborene Reisemarschall sind.«

»Ich würde sofort meine Unfähigkeit beweisen, wenn ich widerspräche.«

»Also angenommen?«

»Ja«

»Und wann?«

»Nicht vor Dienstag. Wir haben in Potsdam Relais; so ist es Zeit, wenn wir um Mittag aufbrechen. Rendezvous: Schöneberg, am ›Schwarzen Adler‹. Zwölf Uhr pünktlich. Au revoir.«

## FÜNFZEHNTES KAPITEL

### *Lehnin*

Und der verabredete Dienstag kam. Aber er kam nicht, ohne daß *das* eingetreten wäre, was bei ähnlichen Verabredungen immer einzutreten pflegt: die Hälfte hatte sich inzwischen eines andern besonnen. Nicht nur die Gräfin-Exzellenz samt der Dame d'atour vom Hofe der hochseligen Königin, auch der alte Geheimrat, dessen pedantisch-romantisches Verlangen, die lateinischen Zeilen der Lehninschen Weissagung an Ort und Stelle zitieren zu können, den eigentlichen Anstoß zu der Partie gegeben hatte, hatte schließlich auf die Teilnahme daran verzichtet. Aber an Stelle dieser ausscheidenden Elemente waren andere herangezogen worden, und ein frischer, in der Nacht von Montag auf Dienstag gefallener Schnee versprach eine rasche und prächtige Fahrt. Denn man war übereingekommen, die Partie zu Schlitten zu machen. Ein leiser Ostwind ging, die Sonne schien, und der Himmel stand blau und wolkenlos wie eine Glocke.

Es schlug eben zwölf vom Schöneberger Turm, als vier Schlitten vor dem »Schwarzen Adler«, dem durch Jürgaß bestimmten Rendezvous, vorfuhren. Ihre Insassen waren Bekannte vom Ladalinskischen Balle her, Graf Matuschka, Graf Seherr-Thoß, Graf Zierotin, alle drei mit ihren jungen Frauen. Nur Bninski fehlte. Statt seiner war Tubal als Schlittenpartner eingetreten und hatte an Kathinkas Seite Platz genommen. Eine Minute später erschien ein fünftes Gespann, etwas größer und nach Art aller gemieteten Schlitten ziemlich unelegant, in dem Lewin, von Hirschfeldt und Bummcke saßen. Jürgaß, der zu beschaffenden Relais halber, war schon seit drei Stunden nach Potsdam voraus.

Die Begrüßungen gingen eilig, denn es gebot sich, des kurzen Tages halber, mit den Minuten zu geizen. Tubal nahm die Tête, dann folgten die drei jungen Paare, während der »Célibataire-Schlitten«, wie die gräflichen Damen das zuletzt eingetroffene Gefährt in guter Laune getauft hatten, den Schluß machte. An dieser guten Laune nahm alsbald alles teil; die Pferde warfen den Schaum nach hinten, die Schellen und Glöckchen läuteten, und wenn ein niedrig hängender Zweig gestreift wurde, stäubte der Schnee in die Luft oder fiel in glitzernden Kristallen auf die Muffen und Bärendecken nieder. Und dabei Geplauder überall, auch in dem abschließenden Schlitten der Célibataires.

»Wo nur Bninski sein mag?« fragte Lewin. »Er schien so geneigt, uns zu begleiten.«

»So haben Sie nicht davon gehört?« antwortete Bummcke. »Jürgaß hat ihn gebeten, auf eine Teilnahme an der Partie zu verzichten.«

»Aber wie konnt er nur? Ich wenigstens hätte mich eines solchen Auftrags nicht entledigen mögen.«

Bummcke lachte. »Sie kennen ja Jürgaß. Ich wette, daß es ihm leichter geworden ist als der müden Krähe, die da eben vor uns auffliegt, das Flügelschlagen. Er verfährt nach dem alten Grundsatz: ›Ehrlichkeit die beste Politik‹, und hat dem Grafen offen gesagt, daß sein Erscheinen eine Verlegenheit schaffen würde. Ich glaube nämlich, er hat eine Überraschung, irgend etwas preußisch Patriotisches vor. Sie wissen, er liebt dergleichen. Was ihm Bninski geantwortet, weiß ich nicht, nur so viel ist gewiß, daß ihr gutes Einvernehmen keine Störung erfahren hat. Es überrascht mich nicht. Jürgaß ist harmlos und der Graf eine vornehme Natur. Selbst seine Vorurteile beleidigen nicht. Er haßt uns, aber er haßt das Ganze, nicht die einzelnen. Denken Sie daran, Hirschfeldt, wie liebenswürdig er alles aufnahm, was Sie über Spanien lasen. Es ist nichts Kleinliches an ihm.«

Hirschfeldt nickte zustimmend, und während dieses Gespräch fortgesponnen und im Anschluß daran des letzten Abends bei Ladalinskis, der alten hochmütigen Exzellenz, der steifen und zeremoniellen Bischofswerder und zuletzt auch der zwischen beiden geführten Fehde gedacht wurde, passierten unsere Freunde den Steglitzer Park, über den die leichter und eleganter gebauten Schlitten der vier Mazurka-Paare schon seit einer kleinen Weile hinaus waren. Lewin drang auf prompteren Anschluß, aber der Abstand blieb, und immer, wenn der Weg eine Biegung machte, sah der nachfolgende fünfte Schlitten die Flankenlinie der vier vorausfliegenden Gespanne, die blauen Schleier der Damen und die weißen Schneedecken, die sich im Winde bauschten und blähten.

An den ausgebauten Häusern von Zehlendorf vorbei ging es im Fluge auf das Stimmingsche Gasthaus am Wannsee zu, und Lewin, mit der Hand nach links deutend, wies jetzt auf eine umfriedete, nur an vier Pappeln erkennbare Stelle hin, wo sich seit Jahresfrist der Grabhügel Heinrichs von Kleist erhob. Hirschfeldt, damals schon in Spanien, wußte nichts von dem beklagenswerten Ereignis, und so fiel es seinen Gefährten zu, ihm von den letzten Schicksalen, dem Leben und Sterben eines Kameraden zu erzählen, mit dem er, als beide noch in derselben Garnison standen, wenigstens oberflächlich bekannt gewesen war. Von dieser Erzählung sprang das Gespräch bald zu seinen Dichtungen über, und der Charakter des

Käthchens von Heilbronn, vor allem die dramatische Berechtigung oder Nichtberechtigung des Somnambulen war noch keineswegs festgestellt, als schon ihr Schlitten durch die defileeartige Schmalung hindurchglitt, die bei Kohlhasenbrück durch den dicht an die Straße herantretenden Fichtenwald und von der anderen Seite her durch das Röhricht des Griebnitzsees gebildet wird. Eine Minute später, und die verschneiten Weberhäuser von Nowawes, nicht viel größer wie winterliche Grabhügel, lagen zu beiden Seiten, und jetzt am Brauhausberg, dann an der Schloßkolonnade vorbei, ging es in das stille Potsdam hinein. Heute stiller denn je, denn der Hof und die Garden, wie es die alte Exzellenz an dem letzten Ladalinski-Abend vorhergesagt hatte, waren seit einer halben Woche fort. Am Jägertore hielt Jürgaß, zehn Schritte weiter abwärts die Relais, und nachdem alle Herren und Damen ihren Reisemarschall begrüßt, ein paar Postknechte aber die Pferde gewechselt und die Sielen und Schellengeläute wieder aufgelegt hatten, ging es ohne weiteren Aufenthalt in immer rascherem Tempo in die Havellandschaft hinein. Denn das Ziel mußte noch vor Sonnenuntergang erreicht werden.

Es war jetzt zwei Uhr. Die Kuppeldächer der Communs und des Neuen Palais blinkten in der Nachmittagssonne, und unmittelbar dahinter dehnte sich das Golmer Bruch; Dorf Eiche mitsamt seinem Kirchturm schien darin zu versinken. Nun lag auch das zurück, und aus der Eis- und Schneewüste, zu der die sonst in seeartigen Flächen dahinfließende Havel geworden war, ragten nur noch die Mastspitzen von ein paar Dutzend Kähnen auf, die der Frost auf ihrer Fahrt überrascht und zur Überwinterung im Eise gezwungen hatte. Dann kam Stadt-Werder, nur kenntlich an einer Rauchsäule, die über der großen Brauerei der Insel stand, und nun an niedrigen, aber steilen Hügeln vorbei, auf deren Abhängen nichts sichtbar war als Krähen und Schnee, jagten die Schlitten den nächsten Dörfern zu.

Die Gespräche stockten oder wurden einsilbiger; alles hatte nur noch einen Gedanken: das Ziel. Jürgaß übernahm die Führung, denn Groß-Kreuz war eben passiert, und der Weg, der jetzt nach links hin in den großen Lehniner Tannen- und Eichenforst einzubiegen begann, erheischte beides: ein scharfes Auge und eine sichere Hand.

Zuerst Tannen. Ah, wie die Stille des Waldes alles labte! Der Wind schwieg, und jedes Wort, auch wenn leise gesprochen, klang laut im Widerhall. Ein warmer Harzduft war in der Luft und steigerte das Gefühl des Behagens. Über den Weg hin, hier und dort, liefen die Spuren, die das Wildschwein in den Schnee gewühlt hatte; von den schwanken Zweigen flog das Rotkehlchen auf, und aus der Tiefe des Waldes hörte man den Specht. Nun kam eine große Lichtung, an deren entgegengesetzter Seite das Laubholz anfing, aber zunächst noch mit Tannen untermischt. Die Sonne glühte hinter den Bäumen, und je nachdem die Lichter fielen, schimmerte das braune Laub der Eichen golden oder kupferfarben, während die schwarzen Tannenwipfel wie scharfgezeichnete Schatten in der schwimmenden Glut des Abends standen. Alles war hingerissen von der Schönheit des Anblicks, und Lewin sah deutlich, wie eine kleine Hand nach der anderen sich aus dem wärmenden Muff zog und auf die Waldstellen hindeutete, wo sich die Schatten und Lichter so zauberisch mischten.

Bummcke entsann sich, selbstverständlich von Kopenhagen her, eines dieselben Abendtöne wiedergebenden Claude Lorrain und wollte eben zu kunstwissenschaftlichen Betrachtungen übergehen, als der Wald, der kurz zuvor noch endlos geschienen, sich plötzlich öffnete und eine Anzahl zerstreuter Baulichkeiten ziemlich deutlich erkennen ließ. Und ehe noch unsere Reisenden sich zurechtgefunden und ihrer Überraschung Ausdruck gegeben hatten, hielten sie schon vor ihrem Ziel: der Klosterkirche von *Lehnin*.

War es Zufall oder hatte Jürgaß die Zeit ihrer Ankunft im voraus angegeben, gleichviel, aus der neben dem großen Rundbogenportale befindlichen Seitentür trat ihnen, ohne daß sie hätten klopfen oder warten müssen, ein kleiner hagerer Mann mit langem weißen Haar entgegen, der alte

Lehninsche Küster, nur um zwei Jahre jünger als sein Hohen-Vietzer Kollege Jeserich Kubalke. Er begrüßte die zunächststehenden Damen durch Abnehmen seines Käppsels, sprach ein paar Worte mit Jürgaß und öffnete dann, entweder, weil dieser darum gebeten, oder auch, weil er selber den Wunsch einer möglichst feierlichen Einführung hatte, die schwere mit Eisen beschlagene Mitteltür. In dieser, trotz des Zugwindes, der wehte, blieb er stehen, bis alle Besucher eingetreten waren.

Die Glut des Abends stand noch in den westlichen Scheiben, und ein roter Schimmer, der allem wieder einen Anflug von Leben lieh, fiel auch auf die Brautkränze, die vertrocknet und mit langen ausgeblaßten Bändern an der gegenüber befindlichen Kirchenwand hingen. Es war die denkbar beste Stunde. Nichtsdestoweniger konnte keinem Beobachter entgehen, daß alles enttäuscht war, besonders die Damen. Sie hatten eben mehr erwartet.

»Wo sind die Grabsteine?« fragte die Matuschka mit der vollen Ruhe derer, die sich noch weitab davon fühlen.

»Sie dürfen keine Mehrheit von mir verlangen, gnädigste Gräfin«, antwortete Jürgaß, der sich mit dieser und Kathinka von dem Reste der Gesellschaft abgesondert und, weil er das Kloster genau kannte, der speziellen Führung der beiden jungen Damen unterzogen hatte. »Die Lehninschen Grabsteine, dank amtlicher und nichtamtlicher Verwüstungen, beschränken sich auf *einen*. Ich werde gleich die Ehre haben, Ihnen denselben vorzustellen.« Damit schritt er die Stufen zum hohen Chore hinauf, wo ein Mönch, in Stein geschnitten, auf seinem Grabe lag. Kathinka und die Matuschka folgten.

»Ich erwartete«, sagte die Gräfin, »einen Soldaten zu sehen«, setzte dann aber, sich schnell verbessernd, hinzu, »ich meine einen Krieger. Sie dürfen nicht lachen, Jürgaß. Es ist doch anzunehmen, daß die Markgrafen Krieger waren, mit Schild und Panzerhemd und einer Krone. Oder trugen sie keine? Sie schweigen wieder; das ist nicht recht; ein Führer muß immer sprechen. Jedenfalls müssen diese Markgrafen doch irgend etwas auf dem Kopfe gehabt haben. Es waren Askanier, wenn ich den alten Ladalinski recht verstanden habe.«

»Ja, Askanier oder Anhaltiner.«

»Nicht doch. Sie wollen mich verwirren. Wenn es Askanier waren, so können es keine Anhaltiner gewesen sein. Der Alte Dessauer, der auf dem Lustgarten steht und von dem sie bei großen Militärkonzerten den Marsch mit dem langen Trompetensolo spielen, *der* war ein Anhaltiner ... Aber was ist denn das?« und dabei stieß die schöne Gräfin mit ihrer Fußspitze an einen Baumstumpf, der, selber hart wie Stein, etwa zwei, drei Handbreiten hoch sich aus dem Steinboden erhob.

»Das ist das Überbleibsel von jenem Eichenstamm, aus dem vor so und so vielen Jahrhunderten, mit deren näherer Angabe ich Sie nicht belästigen will, das gesamte Kloster Lehnin emporgewachsen ist. Unter diesem Baume, als er noch ein Baum und nicht ein Stumpf war, hatte Markgraf Otto, der erste seines Namens, einen Traum, der ihm Gefahr in diesen Wäldern prophezeite. Markgraf Otto aber war ein Sohn Albrechts des Bären, von dem gnädigste Gräfin vielleicht gehört haben werden.«

»Gewiß, gewiß; Heinrich der Löwe, Albrecht der Bär.«

»Sehr gut. Nun, also Markgraf Otto hatte einen bösen, unheilverkündenden Traum, und seine Mannen, die auch christliche Askanier waren, drangen, als sie von dem Traume hörten, in ihn, eine schutzgebende Burg gegen die Wenden zu bauen.«

»Gegen die Wenden? Was sind Wenden?«

»Wenden hießen die heidnischen Völkerschaften, die damals hier zu Hause waren.«

»Nun gut. Und was tat nun der Markgraf?«

»Er erwiderte: ›Eine Burg gegen die Wenden will ich gründen, aber eine Burg, von der aus unsere teuflischen Widersacher‹, darunter verstand er die Wenden, ›nicht durch Waffenlärm, sondern durch heiligen Gesang verscheucht werden sollen.‹ Und so baute er ein Kloster. Und dies Kloster hieß Lehnin.«

Während dieser Auseinandersetzung waren sie weitergeschritten bis an das Querschiff der Kirche, in dem alle möglichen Bilder in wurmstichigen, halbzerstörten Holzrahmen hingen, so daß oft ganze Stücke herausgefallen waren. Vor dem größten dieser Bilder blieb Kathinka, die den Arm der Matuschka genommen hatte, stehen und sagte zu Lewin, der mittlerweile von der andern Gruppe her sich ihnen angeschlossen hatte: »Wie häßlich. Es sieht aus wie ein Jahrmarktsbild.«

»Es ist auch etwas der Art. Selbst die Einteilung in Felder, wie die Damen bemerken werden, ist uns nicht erspart geblieben. Allerdings hat es der Künstler bei einer bloßen Zweiteilung, bei einem einfachen Oben und Unten bewenden lassen. Oben das greuliche Durcheinander ist die Ermordung des ersten Lehniner Abtes, den die Wenden erschlugen, weil sie ihn in Verdacht eines Liebesabenteuers hatten.«

»Ich nehme an, ohne Grund«, sagte Kathinka.

»In meiner Eigenschaft als erster Tugendrat von König Ring würd es mir schlecht anstehen, einen Zweifel dagegen auszusprechen. Ich wünschte nur, daß auch der Maler nachsichtiger mit ihm verfahren wäre.«

»Es ist vielleicht schon aus der protestantischen Zeit.«

Lewin wollte die gereinigte Lehre rein von der Schuld dieses Bildes halten und begann eben eine Auseinandersetzung, als Jürgaß ihn darin unterbrach und zur Eile mahnte, da, nach dem durchaus einzuhaltenden Programm, innerhalb der nächsten zehn Minuten nicht nur die draußenliegende Trümmerhälfte der Kirche, sondern auch noch die Reste des Klosterkreuzganges und der denselben einschließenden alten Baulichkeiten besichtigt werden müßten.

Diese mit lauter Stimme gesprochene Jürgaßsche Mahnung war nicht bloß von Lewin gehört worden, und alles eilte, um ihr zu gehorchen, dem Ausgange zu. Nur die Gräfinnen Seherr-Thoß und Zierotin, die sich bei dem Bilde des ermordeten Abts in Vermutungen und heiteren Spottreden erschöpft hatten, waren zurückgeblieben und erschraken jetzt, als sie sich plötzlich mit den Braut- und Totenkronen allein sahen, in denen es unter dem hereinwehenden Zugwind zu rascheln begann. Das Abendrot in den Scheiben war immer grauer geworden; unheimlich sahen sie sich um und suchten nach dem Ausgang, den sie, bang und verwirrt, trotzdem sie ganz in seiner Nähe standen, nicht finden konnten. Endlich kam der Küster und geleitete sie hinaus. Sie machten ihm kein Hehl aus ihrer Furcht und nickten ihm freundlich zu, als er den Schlüssel wieder im Schloß drehte.

Unter den Trümmern draußen – die spätere gotische Hälfte der Kirche war eingestürzt – fanden sich alle wieder zusammen; aber ihres Bleibens war an dieser Stelle nicht. Sie lugten nur eben in einen stehengebliebenen Wendeltreppenturm hinein, zeigten einander die Ebereschensträucher, die auf den Schrägungen der Strebepfeiler mehr durch Schnee als Erdreich festgehalten schienen, und schritten dann über einen quadratischen Hof hin, der, von alten und neuen Klostergebäuden, von Klafterholz und Heckenzäunen eingefaßt, einen wunderlich gemischten Anblick von Glanz und Dürftigkeit gewährte. An einer stehengebliebenen Feldsteinmauer entlang, der man nach innen zu eine Art Sommerdach gegeben hatte, lief eine Kegelbahn, auf deren Lattenrinne die Kugeln wie in Schnee eingemauert lagen. In einer der Ecken dieses Schuppens waren Bohnenstangen kreuz und quer zusammengeworfen, während rechts daneben, wo das Klafterholz aufgeschichtet lag, auf einem überragenden Pfeilerstück ein paar Berberitzensträucher standen, die mit ihren tiefroten Beeren über die nachbarlichen, schon gelblich werdenden Ebereschenbüschel spotten zu wollen schienen. Alles das wurde nur im Fluge mitgenommen, und müde des Schauens, aber voller Verlangen nach einem Mittagsmahle, dem übrigens alle, die Jürgaß kannten, mit unbedingtem Vertrauen entgegensahen, stiegen jetzt die Paare einige neben dem Kegelschuppen befindliche hohe Stufen hinauf, die in ein langes, halb aus Feldstein, halb aus Backstein aufgemauertes Gebäude führten: das alte Refektorium.

Es war eine hohe, halbzerstörte Halle, die nur an ihrem unteren Ende noch ein schützendes Dach hatte. Unter dieser geschützten Stelle war eine lange Tafel gedeckt, an deren einer Schmalseite – und zwar da, wo dieselbe die jenseitige Giebelwand zu berühren schien – ein mächtiges Kaminfeuer brannte, während an den zwei Langseiten hin sechs in Helm und Brustharnisch gekleidete Klosterknechte standen, alle mit Fackeln in der Hand. An jeder Seite drei. Das »Ah!«, das laut wurde, war der eigentlichste Reisemarschallstriumph dieses Tages.

Die Plätze waren gelegt. Lewin, der sich während des Besuches in der Kirche rascher, als es sonst wohl seine Art war, mit der schönen Matuschka befreundet hatte, saß zwischen dieser und Kathinka. Jürgaß präsidierte. Die hohe Kaminflamme in seinem Rücken, erhob er sich, um ein Wort der Begrüßung zu sprechen.

»Ich heiße Sie, meine Freunde, willkommen in diesen Räumen, in denen ich selber ein Gast bin. *Wie* sie sich mir erschlossen haben, ist mein Geheimnis. Ob es der Frater Hermannus war, der, seine Weissagungen rezitierend, mich persönlich in Küche und Keller umherführte, oder ob aus näher liegender Zeit der Erbring meiner Vettern, der Bredows, hier seine Wunder wirkte, das eine wie das andere hüllt sich in Dunkel. Genug, wir sind da, und die Tafel ist gedeckt. Und nun, dienende Brüder, an euer Werk!«

Diese letzten Worte waren an vier zu beiden Seiten seines Sessels stehende Mönche gerichtet, die trotz der besten Absicht, als Lehninsche Zisterzienser angesehen zu werden, doch durchaus in dem Kostüm eines Maskenball-Kapuziners steckengeblieben waren. Sie trugen braune, mit einem Strick umgürtete Kutten, und während einer von ihnen die Humpen mit Werderschem Bier zu füllen, ein zweiter den Wildschweinskopf und dann den Hirschrükken umherzureichen begann, schritten die beiden andern langsam die Halle hinunter bis an die Stelle, wo das Dach fehlte und ein letzter Rest von Tageslicht auf den Fußboden fiel. Hier war eine Falltür aus alter oder neuer Zeit, in die jetzt einer der Fratres, der einen brennenden Kienspan in Händen hielt, hinabstieg, während der andere auf der aufgeklappten Tür stehenblieb und von Zeit zu Zeit neugierig in das Kellerloch hinunterblickte. Bald wurden Flaschen, die, weil sie weder Staub noch Spinnwebe zeigten, nicht lange an dieser Stelle gelagert haben konnten, hinaufgereicht und von dem obenstehenden Bruder in Empfang genommen, der dann mit einer Gewandtheit, an der sich die Jürgaßsche Schule leicht erkennen ließ, die Korke zu ziehen und den golden schimmernden Rheinwein in die grünen Römer einzuschenken begann. Sein Konfrater (der mit dem brennenden Kienspan) war in dem Keller zurückgeblieben. Niemand dachte seiner mehr.

An der Tafel belebte sich inzwischen die Unterhaltung; die Damen waren ausgelassen, am ausgelassensten aber Lewin, der – nicht unempfindlich gegen das Entgegenkommen der augenscheinlich ein Gefallen an ihm findenden schönen Gräfin – vor allem in dem Bewußtsein glücklich war, sich endlich einmal Kathinka gegenüber in einer anderen Rolle als in der des von ihr verspotteten Träumers zeigen zu können. Ihre Neckereien, in denen sich mehr und mehr ein Anflug von Eifersucht oder verletzter Eitelkeit aussprach, steigerten nur sein Wohlgefühl und seine gute Laune.

»Haben Sie denn, gnädigste Gräfin«, wandte er sich an diese letztere, »das Weiße Fräulein bemerkt, als wir in den Wendeltreppenturm hineinsahen? Ich schrak zusammen; es war ein vollkommenes Bild unglücklicher Liebe.«

Die Gräfin lachte; Kathinka aber sprach an Lewin vorbei: »Glaub ihm nicht, Wanda; er weiß nichts von unglücklicher Liebe. Ihm ist nie zu trauen, am wenigsten aber seinen Geschichten. Er erfindet sich, was ihnen fehlt.«

»Desto besser«, sagte die Matuschka. »Ich mache mir nichts aus wahren Geschichten. Die wahren Geschichten sind immer langweilig oder häßlich. Bitte, Herr von Vitzewitz, erzählen Sie mir von dem ›Weißen Fräulein‹. Ganz auf Diskretion. Aber etwas recht Hübsches: Mönch, Liebe, Sehnsucht.«

»Ja, gnädigste Gräfin, da haben Sie die Geschichte schon vorweg erzählt. Mönch, Liebe, Sehnsucht – das ist alles.«

»Oh, tun Sie noch ein wenig hinzu.«

»Ich darf es nicht, so gern ich Ihnen zu Diensten wäre. Solche Geschichten sind sehr empfindlich und nehmen es übel, wenn man an ihnen rührt oder sie gar verbessern will. Das Weiße Fräulein geht treppauf, treppab und sucht den Mönch, den sie liebt. Aber er verbirgt sich ihr. Um Sonnenuntergang tritt sie dann auf den Söller und breitet die Arme sehnsüchtig nach ihm aus, als habe sie ihn gesehen. Aber es war nur ein Schein. Dann setzt sie sich in den Pfeilerschatten und weint.«

»Das ist hübsch«, sagte die Matuschka, auf deren immer lachendem Gesicht es einen Augenblick wie Teilnahme oder Trauer zitterte. Denn sie war weniger glücklich, als sie schien. Kathinka aber warf den Kopf in den Nacken und sagte: »Ich höre nicht gern von unglücklicher Liebe.«

»Und doch ist die Welt voll davon«, antwortete Lewin.

»Vielleicht gerade deshalb, daß ich sie nicht mag. Es ist so alltäglich, so tödlich, immer wieder dasselbe. Ich begreife keine unglückliche Liebe.«

»Die Reichen begreifen nie, daß es auch Arme gibt.«

Aber Kathinka hörte nicht, und in ihrer Vorliebe für Paradoxien auch vor dem Gewagtesten nicht zurückschreckend, gefiel sie sich jetzt darin, ihren einmal ausgesprochenen Satz in heiterem Spiele weiter auszuführen:

»Wenn Liebe nicht glücklich sein kann, sollte sie gar nicht sein. Ich entsinne mich nicht, in der Bibel (ich meine im Alten Testament, wo die Menschen noch menschlicher waren) von einer unglücklichen Liebe gelesen zu haben. David liebte glücklich, Salomo noch mehr. Wenn man etwas sagen kann, so ist es vielleicht das, daß sie *zu* glücklich liebten. Unglückliche Liebe ist eine neue Erfindung, wie die Buchdruckerkunst oder das Spinnrad. Ja, wie das Spinnrad. Das surrt und summt, und endlos wird der tränennasse Faden weitergesponnen.«

Die Matuschka horchte verwundert auf; Kathinka aber, durch diese Wahrnehmung eher angespornt als eingeschüchtert, fuhr in sich steigerndem Übermute fort: »Und nun gar ein ›Weißes Fräulein‹, das einen Mönch liebt. Man liebt überhaupt keinen Mönch. Wenn man ihn aber liebt – und ich ertappe mich plötzlich auf der Laune, nur noch Mönche lieben zu wollen –, so muß man ihn so lieben, daß kein Kloster der Welt ihn halten und verbergen kann. Aber Pardon, Wanda! Du mußt lachen; deshalb sprech ich ja. Lewin bitt ich nicht um Entschuldigung, weil ich ihm wieder ansehe, daß er alles glaubt, was ich eben gesagt habe.«

Es war inzwischen immer dunkler geworden, und an der dem Kamin gegenübergelegenen Giebelwand lag nur noch ein grauer Dämmer, den dann und wann ein helleres Aufleuchten der weiter oben in der Halle stehenden Fakkeln durchblitzte. Man sah auch in diesem ungewissen Scheine, daß es draußen leise zu schneien begonnen haben mußte, denn durch das offene Dach fielen einzelne große Flocken. Jeder fröstelte, und die Damen zupften ihre Pelzröcke höher an den Hals hinauf. Das war die Stimmung, die Jürgaß brauchte; er erhob sich jetzt, um nach seinen ersten, bei Beginn des Mahles gesprochenen Begrüßungsworten die eigentliche Rede des Tages zu halten.

»Es hat Ihnen gefallen«, so begann er, »in Lehnin meine Gäste zu sein, in demselben Lehnin, an dessen vor vierhundert Jahren durch Frater Hermannus aufgezeichnete Weissagungen die Feinde Preußens so oft und so frohlokkend erinnert haben, vor allem in diesen Tagen der Erniedrigung, in denen gehässiger Scharfsinn herausgerechnet hat, daß jetzt die Stunde da sei, von der uns die Prophezeiung berichtet: ›Und dem Letzten seines Stammes wird das Zepter aus der Hand geschlagen werden.‹ Aber diese Feinde Preußens haben nicht zu Ende gelesen, und wir, die wir andern Sinnes sind, lesen uns eine andere, schönere Stelle heraus, in der es anschließend an jene Worte der Trauer heißt: ›Und die Mark vergißt all ihrer Leiden, und kein Fremdling darf fürder über sie frohlokken.‹ Ja, meine Freunde, *diese* Stunde ist da, und weil sie da ist, ruf ich in eben dieser Halle, die nun bald wieder – auch *das* verkündet uns die Weissagung – im Glanze eines neuen goldenen Daches in alle Lande hineinleuchten wird: Vivat Borussia! Was aber aus Nacht geboren wurde, versink auch in Nacht. Pereat Bonaparte!«

Das Pereat verklang, ohne daß es, zunächst wenigstens, beantwortet worden wäre, denn während Jürgaß noch seine letzten Worte sprach, war unten in der Halle, genau da, wo die Falltür sein mußte, ein dunkelqualmiges, aus der Tiefe kommendes Licht sichtbar geworden, und aus eben diesem qualmigen Lichte hatte sich zittrig und wakkelnd erst ein Hut von wohlbekannter Form und dann ein kurzer französischer Uniformrock erhoben, mit schlaff herabhängenden Ärmeln und allerhand wunderlichem Fingerwerk, von dem sich nicht hatte erkennen lassen, ob es menschliche Hände oder abgestutzte Wurzelzweige waren. Einen Augenblick stand die Erscheinung und sah kopf- und augenlos die Halle hinunter; dann versank sie wieder in dieselbe Tiefe, aus der sie aufgestiegen war. Und mit schwerem Schlage, der durch die Halle dröhnte, schlug die Falltür zu.

Nun erst löste sich der Bann, und die Grafen Seherr-Thoß und Zierotin, die Jürgaß zunächst saßen, wiederholten jetzt das Pereat, in das alle übrigen Gäste in rasch wiedergewonnener Tafelheiterkeit einstimmten. Nur Hirschfeldt schwieg; er hatte sich draußen in der Welt im Kampfe gegen den »großen Feind der Menschheit« einen Respekt vor eben diesem Feinde erworben, der ihn an Szenen, in denen der renommistische Ton des Regiments Gensdarmes nachklang, wenig Gefallen finden ließ.

Eine kurze Weile noch ging das Geplauder und wechselten die Reden, unter denen auch ein kurzer, in pointierter Weise gesprochener Toast Kathinkas auf den »Reisemarschall« war; dann erhob sich dieser und sagte, auf das beinahe niedergebrannte Kaminfeuer deutend: »Es erlischt, und mit ihm unser Fest.«

Und damit war das Zeichen zum Aufbruch gegeben. Als sie gleich darauf, von den Fackelträgern begleitet, paarweise die Halle hinunterschritten und an der Falltür vorüberkamen, lag diese, weil der Luftzug hier die Flocken gegen die Giebelwand getrieben haben mochte, höher unter Schnee als die andern Teile der offenen Halle. Jürgaß, der den Zug führte, wies darauf hin und sagte: »Begraben in Schnee.« Und mit diesen Worten hatten alle den Ausgang erreicht, stiegen die hohen Steinstufen hernieder und nahmen ihre Plätze in den Schlitten, die bereits vorgefahren waren.

Eine Viertelstunde später lag alles, Lehnin und seine Kirche, das Refektorium und die »Erscheinung im kleinen Hut«, wie ein Traum hinter ihnen, und durch den stillen Wald hin hörte man das Gespräch und das Lachen der einzelnen Paare.

Man war übereingekommen, frischerer Unterhaltung halber, an den einzelnen Stationspunkten die Plätze zu wechseln. Die Fahrt auf der ersten Station machte Lewin mit Jürgaß, bei welcher Gelegenheit ihm auch Auskunft wurde, mittelst welcher alten Beziehungen sich das In-Szene-Gehen dieses Lehniner Festes überhaupt ermöglicht hatte; in Groß-Kreuz indessen bei dem eintretenden Plätzewechsel kam Jürgaß an die Seite der Matuschka, während sich Kathinka Lewin als ihren Partner erbat.

»Du scheinst dich vor mir zu fürchten; aber das Törichtste, Freund, ist immer die Furcht. Da du mich zu wählen versäumtest, wähl ich dich. Und so ist es immer; das Unglück, das wir fliehen wollen, läuft uns nach.«

Und ehe noch die letzten Worte gesprochen waren, flog der Schlitten, auf dessen schmaler Holzpritsche Lewin Platz genommen hatte, die Groß-Kreuzer Eichenallee hinauf und bog dann in den schmalen Uferweg ein, der sich zwischen der scheinbar endlosen, in Eis und Schnee daliegenden Havelfläche und den verschneiten Plateauabhängen hinzog.

Sie waren schon eine gute Strecke gefahren, ohne daß ein Gespräch versucht oder auch nur ein einziges Wort gewechselt worden wäre; endlich sagte Lewin, indem er sich vorbeugte:

»Gib mir deine Hand, Kathinka.«

Sie tat es, und er bedeckte sie mit Küssen. »Ich kann nicht ohne dich leben«, sprach er an ihrem Ohr. »Habe Mitleid mit mir; sage mir, daß du mich liebst. Ich solle nicht töricht sein, schriebst du, und ich solle keine Gespenster sehen. Ach, es ist an dir, Kathinka, sie zu bannen.«

Sie schwieg. Und nur das Schnauben der Pferde und das Läuten der Glocken klang durch die Öde hin. Lewin aber fühlte nichts als ihren Atem und hörte nichts als das Hämmern seines eigenen Herzens.

»Denkst du noch an Silvestertag, wo wir nach Guse fuhren und die Strophen memorierten? Es war eine entzückende Fahrt, und ich war so glücklich.«

Kathinka nickte.

»Aber Tubal war damals mit uns, und ich sagte mir hundertmal in meinem Herzen: ›Oh, daß wir doch allein wären!‹ Und nun sind wir allein, Kathinka ... Du meintest, ich fürchtete mich. Ja, man fürchtet sich vor seinem Glück.«

Sie entzog ihm ihre Hand; er aber, wohl empfindend, daß es nicht im Unmut war, fuhr in wachsender Erregung fort: »Ja, allein mit dir: darin liegt all mein Glück. Ach, daß doch diese Stunde wüchse und mein Leben würde und daß ich so hinführe mit dir über die Welt, in Schnee und Wind, und nichts fühlte als dein wehendes Haar an meiner Stirn.«

Es schien ihm, daß seine Worte nicht ungehört verklangen, denn in einem andern als ihrem gewöhnlichen Tone sprach sie halbleise vor sich hin: »Gib mir die Zügel, Lewin.«

»Du hast sie, heut und immer.«

»Aber ich brauch einen freieren Arm, um sie zu führen; hilf mir dazu.«

Und er nahm ihr den leichten Seidenmantel von Arm und Schulter und legte die Zügel in ihre Hand.

Die Pferde, als empfänden sie die straffere Führung, griffen im Augenblicke rascher aus, und der im Winde rückwärts wehende Mantel umflatterte Lewins erglühendes Gesicht. Unendliche Sehnsucht erfüllte sein Herz und zuckte und fieberte in jedem Tropfen seines Bluts, als Kathinka jetzt in der Wonne des Fahrens und Dahinfliegens sich weiter in den Sitz zurückwarf und ihre Schulter leicht an seine Brust lehnte. Aber die Scheu, die sein angeboren Erbteil war, überkam ihn wieder, und es war ein einziger Kuß nur, den er zitternd auf ihren Nacken drückte.

So vergingen Minuten; dann sagte Kathinka: »Der Wind geht zu scharf, Lewin; hilf mir wieder in meinen Mantel.« Es klang fast wie Spott. Er empfand es, aber gehorchte.

Nun schwiegen beide, und über die Havelbrücken hin flog ihr Schlitten. Die Sterne standen winterklar am Himmel, die Schneefelder blinkten und blitzten, und bald auch, in silbergrauem Dämmer, stiegen wieder die Kuppeln der Communs und die breiten Massen des Neuen Palais vor ihren Blicken auf. Da war das Jägertor, und an der alten Stelle warteten die Relais. Lewin und Kathinka waren die ersten; er half ihr von ihrem Sitz und küßte ihr die Hand. Sie sah ihn groß an, aber freundlich, und sagte nur, jedes Wort betonend: »Du bist ein Kind.«

Nicht lange, so waren auch die anderen Schlitten heran; die Pferde wurden gewechselt, die Plätze auch; Tubal nahm wieder den Sitz neben der Schwester.

Und so ging es in neuem Jagen auf Berlin zu.

## SECHZEHNTES KAPITEL

### *Kathinka*

Die Wintersterne, die während der Lehniner Rückfahrt so funkelnd am Himmel gestanden hatten, hatten einen hellen Tag versprochen, und dieser helle Tag war nun da. Die Sonne, wo sie scharf hinfiel, schmolz den Schnee von den Dächern, und als sie gegen Mittag ihren höchsten Stand beinahe erreicht hatte, sah sie scharf an dem Nikolaikirchturm vorbei in Kathinkas Zimmer hinein. Es war ein so blendendes, in steiler Schrägung einfallendes Licht, daß das grüne Rouleau bis zur Hälfte des hohen Fensters hatte herabgelassen werden müssen, aber auch jetzt noch hatte jeder Gegenstand eine volle Beleuchtung, und diese war es, die samt den mit frischen Hyazinthen besetzten Blumentischen den anheimelnden Eindruck unterstützte, den das sorglich gehaltene Zimmer zu jeder Zeit zu machen pflegte. Einiges in seiner Einrichtung war während der letzten zwei, drei Tage geändert worden. Vor dem Sofa, auf dem an jenem Abende, wo die Lehniner Partie verabredet worden war, die alte Exzellenz gethront und nach anfänglicher Kriegführung mit beinahe jedem Mitgliede der Gesellschaft schließlich ihren Frieden mit allen geschlossen hatte, fehlte heute der runde Tisch, über den hin damals der Streit der Meinungen gegangen war, und nur ein großer Teppich lag statt dessen an eben dieser Stelle ausgebreitet, ein Musterstück Brüsseler Weberei, auf dem Frau Venus mit ihrem Taubengespann durch die Lüfte zog. Es war derselbe Teppich, dessen durch Farbenpracht ausgezeichnetes Bild unsren Freund Lewin auf seiner Weihnachtsfahrt nach Hohen-Vietz, wo wir zuerst seine Bekanntschaft machten, bis in seine Träume hinein begleitet hatte. Denn sein letzter Besuch an jenem Tage hatte dem Ladalinskischen Hause gegolten.

Das lag nun einen Monat zurück, und heute war es das Auge Kathinkas, das sich vom Sofa her auf dieses Teppichbild richtete. Aber sie sah es, ohne es zu sehen, denn vor ihrer Seele standen andere Bilder, bunt und lachend, und doch ein tiefer Schatten darüber hin. Was war es, das diesen Schatten warf?

Es schien, daß jemand von ihr erwartet wurde, wenigstens horchte sie von Zeit zu Zeit nach der Türe hinüber. Aber es blieb still, und in wachsender Unruhe erhob sie sich endlich und schritt auf die Blumentische, dann auf den Stehspiegel zu, um das eine oder andere an ihrem Anzuge zu ändern. Es war eine Morgentoilette, ähnlich jener, die sie am Tage ihrer Rückkehr aus Guse während ihres Gesprächs mit dem Vater getragen hatte: ein weißbordierter dunkler Morgenrock mit Pelerine und großen birnenförmigen Schnurösen, die in weiße Perlmutterknöpfe einhakten. Niemand würde das Geringste an ihrer Erscheinung vermißt haben, nur sie selber schien nicht zufrieden, ordnete ihr Haar immer wieder und wechselte mit dem Musselintuch, das sie leicht geknüpft um den Hals trug. Dann ging sie wieder auf das Sofa zu, warf sich in die eine Ecke desselben und legte den Fuß auf ein Tabouret, das sie schon vorher auf den Teppich gestellt hatte. In der Ecke lag ein Buch. Sie schlug es auf und versuchte zu lesen; aber umsonst, sie konnte ihre Aufmerksamkeit nicht zwingen.

In diesem Augenblicke trat der Graf unangemeldet ein, und sie zog den Fuß von dem Kissen, ohne sonst ihre Haltung zu ändern. Es schien, daß sie sich an demselben Morgen schon gesprochen hatten; kein Wort der Begrüßung wurde laut. Er trat an sie heran und küßte ihr die Hand.

»Und was bringst du?« fragte sie mit wiedergewonnener Ruhe.

»Die Entscheidung.«

»So sprich, erzähle«, fuhr sie fort, während sie mit dem Zeigefinger auf die Fingerspitzen ihrer linken Hand tupfte. »Ich weiß alles und will es doch von dir hören. Wie verlief es? Ich hoffe, daß dich nichts verletzt hat, kein Wort, keine Miene.«

»Nein«, antwortete der Graf, indem er sich auf das Tabouret setzte und Kathinkas Hand in seine Linke nahm. »Er hörte mich ruhig an. Als ich geendet, legte er das Elfenbeinmesser, mit dem er nach seiner Gewohnheit spielte, beiseite und sagte, ich glaube, wörtlich: ›Ich bin nicht überrascht, Graf; ich habe diesen Antrag erwartet, offen gestanden, gefürchtet. Sie wissen ohne Versicherung, daß sich diese Bemerkung nicht gegen Ihre Person richtet. Ihnen den vollkommensten Beweis davon zu geben wäre leicht, wenn ich nicht Punkte dabei berühren und Bedingungen stellen müßte, die Sie nach einer andern Seite hin verletzen und Ihre Zustimmung nie finden würden.‹«

Kathinka lächelte.

»Das alte Lied«, sagte sie.

»Ja«, fuhr Bninski fort, »er will mit Polen, mit unserem Lande, ein für allemal gebrochen haben, und daß ich es kurz mache, er schloß damit, daß eine Verbindung zwischen uns aus zwei Gründen untunlich und, wie er glaube, unmöglich sei: des Hofes halber und seiner Erinnerungen halber. Das letztere begreif ich, das erstere nicht.«

»Und doch ist beides in einem Zusammenhang«, antwortete Kathinka, »dies Zugeständnis sind wir ihm schuldig. Er bedarf des Hofes. Weil er die Brücken abgebrochen und sich und uns, sei es mit Recht oder Unrecht, aus dem heimischen Boden in einen fremden verpflanzt hat, kann er besonderer günstiger Bedingungen nicht entbehren, um in dem fremden Boden aufs neue Wurzel zu schlagen. Unter diesen günstigen Bedingungen aber, wie ich dir nicht erst zu sagen brauche, steht der Sonnenschein des Hofes obenan.«

»Vielleicht«, sagte Bninski, »oder meinetwegen auch gewiß. Es bleibt schließlich doch, wie es ist, und ich faß es nicht, warum er gerade *diesen* Boden wählte. Und *daß* er ihn wählte, das entscheidet nun über uns. Denn was er anzudeuten schien, einen Friedensschluß auch meinerseits mit diesem Lande zu machen, nie, nie, Kathinka. Auch nicht um dich.«

Er blieb stehen und schlug heftig die Finger ineinander. Dann, als ob er sich die Verkehrtheit des alten Ladalinski in einer Art Selbstgespräch klarzumachen suche, sprach er vor sich hin: »Was zog ihn nur hierher? Gerade *ihn*? Es bleibt ein Rätsel und ein Widerspruch. Denn er hat einen Überschuß von jenem Edelsinn, dessen gänzliches Fehlen in diesem Lande mir dieses Land so widerwärtig macht. Er ist großer Opfer und großer Entschlüsse fähig, und selbst der unheilvolle Schritt, der ihn in die Selbstverbannung trieb, trägt immer noch den Stempel der Entsagung an der Stirn. Und was herrscht nun hier? Der Vorteil, der Dünkel, die großen Worte!«

»Auch *du* singst dein altes Lied«, sagte Kathinka.

Aber Bninski hörte nicht, und ohne die Stellung zu wechseln, fuhr er in wachsender Erregung fort: »Er ist ein Pedant. Da war er freilich hier am Ort. Denn alles, was hier in Blüte steht, ist Rubrik und Formelwesen, ist Zahl und Schablone, und dazu jene häßliche Armut, die nicht Einfachheit, sondern nur Verschlagenheit und Kümmerlichkeit gebiert. Karg und knapp, das ist die Devise dieses Landes. Ich war noch ein Kind, da las ich auf der Krakauer Schule von den Alten-Fritzischen Grenadieren, daß sie Westen getragen hätten, die gar keine Westen waren, sondern nur rote dreieckige Tuchstücke, die gleich an den Uniformrock angenäht waren. Und wahr oder nicht, diese dreieckigen Tuchlappen, ich sehe sie hier in allem, in Kleinem und Großem. Angenähtes Wesen, Schein und List, und dabei die tiefeingewurzelte Vorstellung, etwas Besonderes zu sein. Und woraufhin? Weil sie jene Rauf- und Raublust haben, die immer bei der Armut ist. Nie ist es satt, dieses Volk; ohne Schliff, ohne Form, ohne alles, was wohltut oder gefällt, hat es nur *ein* Verlangen: immer mehr! Und wenn es sich endlich übernommen hat, so stellt es das Übriggebliebene beiseite, und wehe dem, der daran rührt. Seeräubervolk, das seine Züge zu Lande macht! Aber immer mit Tedeum, um Gott oder Glaubens oder höchster Güter willen. Denn an Fahneninschriften hat es diesem Lande nie gefehlt.«

»Ich erkenne dich nicht mehr«, unterbrach ihn Kathinka. »Du sprichst dich aus dem Recht in das Unrecht hinein. Du fühlst selbst die Übertreibung, zu der dich Vorurteil und Bitterkeit fortreißen.«

»Nein, ich übertreibe nicht. Ich lese nur die Rückseite der Medaille, weil ich sie lesen *will*. Mag ein anderer sie wieder umkehren und sich an der obenaufliegenden Herrlichkeit erfreuen, Bild oder Schrift, ich bin es zufrieden. Es mag etwas Großes damit sein, nur nicht für mich und auch nicht für *ihn*«, und dabei wies er mit der Linken nach dem an der entgegengesetzten Seite des Hauses gelegenen Zimmer des Geheimrates hinüber. »Auch nicht für *ihn*, sag ich, denn er ist Pole vom Wirbel bis zur Zeh. Er täuscht mich nicht mit seiner loyalen Preußenmiene. Preußen! Warum gerade Preußen, das uns zuerst um dreißig Silberlinge verschacherte. Jetzt ist es freilich selber an die Kette gelegt; aber auf wie lange ...? Preußen! Preußen! Warum nicht Frankreich? Warum nicht Rußland, grundschlecht, wie es ist! In seiner Sündenblüte hat es doch wenigstens den Mut, sich zu seinen Taten zu bekennen. Aber nein, es mußte Preußen sein. Und dieses Preußen, in dem der Ladalinskistamm, einer Einbildung, einer Marotte zuliebe, neu blühen und Wurzel schlagen soll, *das* tritt nun zwischen dich und mich, und um des vielleicht ausbleibenden Lächelns dreier Prinzlichkeiten willen geht in dieser Zeit, in der Gott sei Dank mehr Prinzen auf den Schlachtfeldern als in fürstlichen Wochenstuben geboren werden, unser Glück wie eine Feder in die Luft. Soll es das, Kathinka?! Bist du entschlossen?«

Sie schwieg.

»Lieben wir uns?«

»Du sagst es.«

»So seh ich nur *einen* Weg. Und du wirst den Entschluß dazu fassen können. So denk ich, so hoff ich.«

Kathinka legte die Hand an ihre Stirn; dann, als entsänne sie sich auf etwas Zurückliegendes, sagte sie: »Ich versprach ihm, nichts zu tun, das seine Stellung untergraben oder seine Zugehörigkeit zu diesem Lande neuen Verdächtigungen aussetzen könnte.«

»Und dies Versprechen wirst du halten. Die Flucht wirft alle Schuld auf *uns*.«

»Und doch ist ein Schwanken in mir«, fuhr Kathinka fort. »Nicht, daß ich vor meinem Anteil an dieser Schuld erschräke. Du weißt, wie ich bin, und was an Furcht in mit ist, geht unter in der Lust am Wagnis. Also nicht um mich. Aber um *deinetwillen*; aus Liebe zu dir. Du sollst nicht in einem falschen Lichte dastehen. Und du wirst es. Wie bittere Worte werden fallen ... von Tubal ...«

»... von Lewin ...«

»Nenne nicht seinen Namen. Es schmerzt mich; denn es ist keiner, den ich mehr gequält und dem ich tiefer verschuldet wäre. Und nun tu ich ihm das Schwerste! Er liebte mich, und ich war ihm gut von Jugend auf. Das ist nun vorbei. Aber du irrst, wenn du glaubst, daß bittere Worte von *seinen* Lippen kommen werden. Nicht von ihm; aber die andern! Erinnere dich des Ballabends, als du von General Yorcks Kapitulation hörtest, und denke deines spöttischen ›Sans doute‹, womit du der alten Exzellenz ihre feierliche Geschichte von dem kronprinzlichen Einsegnungsringe verdarbst. Was war die Meinung von alledem? Eine tiefe Verachtung gegen das, was sich hierlandes als ›deutsche Treue‹ gibt. Und nun frag ich dich, üben *wir* die Treue, übst *du* sie?«

»Auch nicht ihr Gegenteil«, antwortete Bninski.

Kathinka schüttelte den Kopf.

Der Graf aber fuhr fort: »Und wenn es wäre, wie du meinst, Kathinka, so sprich ein Wort und laß es mich einsehen, *daß* es so ist, und ich will dem, was ich tue, kein Mäntelchen umhängen. Ich bin kein Ritter von La Mancha, der die Untreue aus der Welt herausfechten will; ich will sie nicht abschaffen, am wenigsten will ich die Vorstellung großziehen, daß ich ihr persönlich entwachsen sei oder über ihr stünde. Untreue! sie war das Erste und wird das Letzte sein; ich erschrecke nicht vor dem Wort und nicht einmal vor der Tat. Aber das Tugendgesicht, das sie hierzulande annimmt, *das* haß ich. Was mir zuwider ist, das ist die Lüge. Und das eine weiß ich: es ist *nicht* Lüge, wenn ich das, was geschehen soll, weder Vertrauensbruch noch Untreue, wohl aber Zwang und Konsequenz und Notwehr nenne. Zug um Zug. Gegen das gekünstelte und mißbräuchlich geübte Recht deines Vaters, das uns zum Opfer mir unbegreiflicher Rücksichten machen will, setzen wir unser natürliches Recht, das Recht unserer Neigung.«

Eine kurze Pause folgte, und nur um das peinliche Schweigen zu unterbrechen, fügte der Graf hinzu: »Sieh auf die Zukunft, Kathinka. Es kommen bessere Tage. Er wird sich hineinfinden; das unabänderlich Geschehene bekehr besser als tausend bittende Worte.«

»Du verkennst ihn«, sagte sie, »er hat den ganzen Eigensinn der Gütigen und Schwachen. Ich darf es aussprechen, denn er war schwach gegen mich von Jugend auf. Er wird uns nicht hassen, seine Liebe zu mir wird unerschüttert bleiben, aber er wird sich mit dem Geschehenen *nicht* versöhnen und wird *nicht* Frieden mit uns schließen. Ich weiß, was ich tue. Es ist ein Scheiden auf Nichtwiedersehen!«

Der Graf schritt auf und ab. Als er wieder an das Sofa trat, nahm sie seine Hand und sagte, mit einem Ausdruck zu ihm aufblickend, der ihr sonst fremd war: »Und so sei es denn, Jarosch! Ich fühle, es ist beschlossen, und nicht bloß durch uns. Wir erben alles: erst das Blut und dann die Schuld. Ich war immer meiner Mutter Kind. Nun bin ich es ganz. Sei gut mit mir. Ich habe nur noch dich.«

Und sie warf sich an seine Brust.

## SIEBZEHNTES KAPITEL

### *Bei Hansen-Grell*

Zwei Tage nach diesem Gespräch zwischen Kathinka und Bninski saß Lewin in Briefen, die der Erledigung harrten. Einige, darunter Zeilen von Doktor Faulstich und Tante Amelie, lagen schon so lange unter dem Stein, daß er ihre Beantwortung nicht wohl weiter hinausschieben und den Nichtbesuch seiner drei Vorlesungen, denn es war wieder Freitag, sich eher zum Verdienst als zur Versäumnis anrechnen konnte. Die Hulen, die von Zeit zu Zeit auf ihren altberlinischen, aus allerlei Tuchecken zusammengenähten Filzschuhen durch das Zimmer ging, sah mit Kopfschütteln, wie die Zahl der auf dem Sofatisch ausgelegten

Briefe von Viertelstunde zu Viertelstunde wuchs, einige noch nicht fertig und nur erst auf der ersten Seite beschrieben. Denn Lewin haßte das Aufstreuen, ein Punkt, in dem er ausnahmsweise mit Kathinka übereinstimmte.

»Ein Liebesbrief mit aufgestreutem Sand«, pflegte diese zu sagen, »da wird die Liebe gleich mit verschüttet und begraben.«

Er schrieb schon zwei Stunden, aber der Hauptbrief war noch ungeschrieben, der an Renate. Er hatte ihn sich bis zuletzt aufgespart; das Plaudern mit der Schwester sollte ihn schadlos halten für die Mühen oder gar den Zwang alles dessen, was voraufgegangen war. Der Brief an Faulstich war eine literarische Abhandlung, der an Tante Amelie wie gewöhnlich ein Eiertanz gewesen; das lag nun endlich hinter ihm, und er konnte sich erholen und die Feder frei laufen lassen.

»Liebe Renate!« so schrieb er, »wir haben heute den 29., und es ist nicht ohne Beschämung, daß ich auf das Datum Deines Briefes aus der Mitte des Monats sehe. Meine flüchtige Antwort darauf war keine Antwort. Laß mich versuchen, Versäumtes nachzuholen.

Diese und die letzte Woche, wie Du aus den Zeitungen ersehen haben wirst, haben allerlei Dinge von Wichtigkeit gebracht; was Papa mir schrieb, hat sich bestätigt. Der Einsegnung des Kronprinzen folgte die Abreise des Königs nach Breslau; der ganze Hof begleitete ihn, auch die Garden. Potsdam ist seitdem wie ausgestorben, wovon wir uns bei Gelegenheit einer nach Lehnin hin unternommenen Partie durch den Augenschein überzeugen konnten. Von dieser Partie, die letzten Dienstag stattfand, möchte ich Dir nun wohl erzählen. Du weißt, oder vielleicht auch nicht, daß Lehnin ein altes Zisterzienser-Kloster ist; die meisten der Askanier wurden dort begraben, auch einige von den Hohenzollern; Johann Cicero, wenn ich nicht irre, und Joachim Nestor. Aber diese beiden standen kaum in ihrer Gruft, so kam die Säkularisation, und ihre großen Metallsärge wanderten aus der Klosterkrypta in die Krypta des Berliner Doms. Es gibt auch eine Lehninsche Weissagung, ›Vaticinium Lehninense‹, hundert lateinische Verse, die den Untergang der Hohenzollern und die Wiederaufrichtung des katholischen Glaubens in Mark Brandenburg prophezeien; aber alles sehr dunkel und unbestimmt, so daß man, wie so oft, bei einigem guten Willen auch gerade das Gegenteil herauslesen kann. Auf dieses Lehnin nun war in voriger Woche das Gespräch gekommen, und der Geheimrat, der einige Verse aus der ihm durch unseren alten Direktor Bellermann vor Jahr und Tag schon bekannt gewordenen Weissagung rezitierte, verriet plötzlich einen lebhaften, an ihm ganz ungewohnten Enthusiasmus, das Kloster kennenzulernen. Bei aller Hochachtung gegen ihn möcht ich im Vorübergehen doch die Vermutung aussprechen, daß er sich in dem Gedanken gefiel, an Ort und Stelle seine Vorträge fortsetzen und uns durch eine Art mittelalterlicher Klassizität imponieren zu können. Aber sein Enthusiasmus hielt nicht vor, und als der Dienstag herankam, stand er von der Teilnahme ab. Jürgaß war schon vorher zum Reisemarschall ernannt worden. Natürlich durch Kathinka. Außer ihr und dem engeren Ladalinskischen Kreise waren die Grafen Matuschka, Seherr-Thoß und Zierotin samt ihren jungen Frauen mit von der Partie. Es gab eine Überraschung nach der andern; Jürgaß bewährte seinen alten Ruf als Festordner; die Matuschka war reizend, und ich hatte den Triumph, Kathinka eifersüchtig zu sehen. Auf der Rückfahrt fuhren wir eine hübsche Strecke zusammen. Ich sagte ihr herzliche Worte, vielleicht mehr als das, und sie nahm sie freundlich auf. Bninski verläßt uns bald; er geht auf seine Güter und von da nach Warschau, um sich dem Vizekönig, mit dem er befreundet ist, zur Verfügung zu stellen. Zu Poniatowski steht er nicht gut. Es wäre Torheit, wenn ich wegleugnen wollte, daß ich den Tag seiner Abreise herbeiwünsche. Kathinka zeichnet ihn aus; aber es ist nicht ihre Art, sich mit Abwesenden zu beschäftigen oder Erinnerungen zu leben. Sie gehört der Stunde, und die Stunde, so scheint es, ist mir günstig. Ich glaube wieder an die Möglichkeit meines Glücks. Sie schrieb mir neulich: ›Sieh nicht Gespenster, Lewin.‹

Und nun laß mich fragen, wie steht es in Hohen-Vietz? Was machen die Freunde: Seidentopf, die Schorlemmer, Marie? Denke Dir, ich träumte diese Nacht von ihr, und als was sah ich sie? Als Braut. In einem langen, langen

Schleier stand sie vor dem Altar; aber es war nicht der Altar der Hohen-Vietzer Kirche. Ihr Kleid war weiß und leicht wie der Schleier und mit Sternchen übersät. Sie sah sehr schön aus, und wer meinst Du, daß ihr Bräutigam war? Drosselstein. Nicht unser alter, sondern ein junger; groß und schlank und in eine Uniform gekleidet, in der ich unseren Hohen-Ziesarschen Freund nie gesehen habe. Als ich mich heute früh des Traumes entsann, mußt ich an das denken, was Du so oft über Marie gesagt hast: Du würdest dich nicht wundern, eine goldene Kutsche bei Kniehases vorfahren und die kleine Prinzessin mit verweinten und zugleich freudestrahlenden Augen neben ihrem Prinzen Platz nehmen zu sehen. Du hast ihr Wesen darin getroffen. Es war doch nur in der Ordnung, daß sie Othegravens Antrag ablehnte. Damals mißbilligte ich es; es schien mir eine Unklugheit, wenn nicht Schlimmeres. Aber ich hab ihr unrecht getan. Er ist aus Münsterland, und sie ist aus Feenland, und alles Westfälische ist der letzte Fleck der Erde, mit dem sich die Feen befreunden können.

An Faulstich und Tante Amelie habe ich heute früh geschrieben. Wenig zu meiner Zufriedenheit. Die Briefe an die Gräfintante passen mir nie; ich weiß nicht, woran es liegt. Ich sollte mir einen Sammelkasten für Anekdoten und Bonmots anlegen und diesen Kasten einfach ausschütten, wenn ich einen Brief an die Tante zu schreiben habe. Aber dergleichen kann ich nicht. Ich leide mitunter unter meiner Schwerfälligkeit, und um so mehr, als es derselbe Zug ist, den mir Kathinka nicht verzeiht.

Ich werde sie heute abend sehen, auch Tubal. Dieser ist viel mit Bninski und dem Rittmeister von Hirschfeldt zusammen, einem ausgezeichneten Offizier, der in Spanien war (auf englischer Seite), was aber nicht hindert, daß er sich mit dem Grafen befreundet hat. Das letzte Mal, daß ich Tubal sah, es war in Lehnin; während wir die Kirche besuchten, fragte er mich: ›Wann reisen wir nach Hohen-Vietz?‹ Ich lasse dahingestellt sein, ob ihm dabei die Enrollierung in das Landsturmbataillon Lebus oder seine Cousine Renate mehr am Herzen lag.

Und nun lebe wohl. Ich sehe heiterer in die Zukunft als seit lange. Alles läßt sich gut an, das Große und das Kleine. Und das Kleine ist die Hauptsache, denn es ist das Ich. Gruß an Papa und die Freunde. Dein *Lewin*«

Es war inzwischen ein Uhr geworden, und da sein Mittagsweg ihn ohnehin an dem großen Postgebäude vorüberführte, so unterzog sich Lewin der Mühe, die fünf Briefe, die das Ergebnis dieses Vormittags waren, selbst am Schalter abzugeben. Neben der Post war das Ladalinskische Haus; er sah hinauf, aber in allen Zimmern der ersten Etage, auch in dem des Geheimrats, waren die Rouleaux herabgelassen. Er sann einen Augenblick nach, was die Ursache davon sein könne, vergaß aber den gehabten Eindruck wieder, als er an der Ecke der Stechbahn Jürgaß begegnete, mit dem er nun ein kurzes Gespräch über die nächste Kastaliasitzung führte.

»Auf Dienstag!« damit trennten sie sich, und Lewin, nachdem er in der Taubenstraße an alter Stelle sein einfaches Mittagsmahl eingenommen hatte, ging auf die lange, der ehemaligen Berliner Stadtmauer entsprechende Wallstraße zu, von der aus er – in nur geringer Entfernung vom Spittelmarkt – in die aus alten und stattlichen, aber freilich auch heruntergekommenen Häusern bestehende Kreuzgasse einbog.

In einem dieser alten und stattlichen Häuser wohnte *Hansen-Grell*, zu dem sich Lewin um seiner Schlichtheit und kaum minder um seines romantischen, eben dieser Schlichtheit fast widersprechenden Zuges willen von Anfang an in hohem Maße hingezogen gefühlt hatte. Eine Aufforderung zu einem Besuche war nie ausgesprochen worden, aber als sie vor zwei Tagen, wo ein Zufall sie zusammengeführt, sich nach längerem und sehr eingehendem Geplauder wieder getrennt hatten, hatte Lewin den Entschluß gefaßt, diesen Besuch in Grells Wohnung auch ohne Aufforderung zu machen. Es war ein Hochparterre. Acht oder zehn Steinstufen, ausgelaufen und von einem verbogenen Eisengeländer eingefaßt, führten hinauf. An der Tür, mit dicker Feder auf ein halbes Kartenblatt geschrieben, stand *Hansen-Grell*.

Lewin klopfte.

»Herein!«

Es war eine in drei Felder geteilte, nur mit dem vordersten Drittel sich öffnende Tür, gerade breit genug, einen Menschen mit seiner Schmalseite hindurchzulassen. Lewin passierte das Defilee und befand sich in einem großen, wohl vierzehn Fuß hohen Raum, in dem er auf den ersten Blick nichts weiter als vier kahle, gelbgetünchte Wände und einen ungeheuren schwarzen Kachelofen erkennen konnte. Zugleich hatten sich vier lange, schmale Gardinenstreifen, bei dem durch das Öffnen der Tür entstandenen Luftzug, in eine langsam schwerfällige Bewegung gesetzt. Aber dieser Eindruck des Kahlen und Öden blieb nicht lange, und die gemütlicheren Elemente kamen zu ihrem Recht. In dem von innen her geheizten Ofen war der Torf so weit niedergebrannt, daß der Anblick der in blauen Flämmchen zuckenden Glut mit diesem unschönsten aller Heizungsmateriale wieder aussöhnen konnte, und von dem danebenstehenden, mit Büchern überdeckten Klapptisch stiegen kleine, sich kräuselnde Wölkchen auf und zogen dem Eintretenden wie ein freundlicher Gruß entgegen. Hansen-Grell war bei der Präparation seines Nachmittagskaffees.

»Einen Augenblick noch«, rief er, und den Topf mit kochendem Wasser, den er nur halb geleert hatte, wieder in die Glut des Ofens schiebend, trat er jetzt Lewin entgegen und reichte ihm die noch halb rußige Hand, nachdem er sie durch einen energischen Strich über den Ärmel seines Flausrocks hin wenigstens aus dem Gröbsten herausgebracht hatte.

»Ich freue mich herzlich, Sie zu sehen«, sagte er, »besonders zu dieser Stunde, wo die Ofenglut und der dampfende Kaffee die Honneurs des Hauses machen. Sie trinken mit. Ich bin, wie Sie sehen, etwas beschränkt im Wirtschaftlichen, aber was Tassen angeht, kann ich mit jeder Klatschbase konkurrieren.«

Lewin wollte erwidern, aber Hansen-Grell fuhr fort: »O nicht doch; fürchten Sie nicht, mich zu benachteiligen; hier ist der Kaffee und dort das Wasser. Ich könnte die ganze Kastalia bewirten, ohne jede Gefahr persönlicher Einbuße. Ich bitte Sie, nehmen Sie Platz, während ich nach meiner besten Meißner suche. Sie sollen die vergoldete haben, mit einem Amor und einer Schäferin, die lacht und weint, weil sie schon getroffen ist. Können Sie sich denken, daß ich eine Passion für solche Spielereien habe? Es ist noch ein Nachklang aus meinen Kopenhagener Tagen her. Der alte Graf war ein leidenschaftlicher Sammler.«

Bei diesen Worten hatte sich Hansen-Grell an einen auf den ersten Blick nicht wahrnehmbaren Schrank gemacht, der in einer der dicken Wände mittendrin steckte, und suchte hier nicht bloß nach der versprochenen Meißner Tasse, sondern behufs besserer Repräsentation auch nach einer Zuckerschale, die er auf einem der Bretter oben oder unten gesehen zu haben sich deutlich entsann. Er persönlich hatte das Tütenprinzip.

Lewin war inzwischen der Aufforderung seines in halber Verlegenheit immer weitersprechenden Wirtes gefolgt und hatte, die Gardinen zurückschlagend, in einer der tiefen Fensternischen Platz genommen. Hier standen zwei Binsenstühle, auf deren einem ein paar aufgeschlagene Bücher lagen, und während Hansen-Grell – der die Zuckerschale noch immer nicht entdeckt hatte – sein mehr und mehr in bloße Verwunderungsausrufe sich auflösendes Gespräch fortsetzte, nahm Lewin eines der kleinen Bändchen zur Hand und sah hinein. Es waren Hölderlins Gedichte. Auf einer der aufgeschlagenen Seiten standen vier Zeilen.

In jüngeren Tagen war ich des Morgens froh,
Des Abends weint ich; jetzt, da ich älter bin,
Beginn ich zweifelnd meinen Tag, doch
Heilig und heiter ist mir sein Ende.

Lewin empfing einen bedeutenden Eindruck von diesen Zeilen, aber es war dafür gesorgt, daß er sich ihm nicht lange hingeben konnte. Hansen-Grell hatte mittlerweile alles gefunden, was ihm wünschenswert erschien, und präsentierte jetzt, nachdem er, ängstlich die Diele haltend, den weiten Weg zwischen Ofen und Fenster zurückgelegt hatte, seinem Gaste eine bis an den Rand hin gefüllte Tasse Kaffee.

Dieser nahm, schlürfte und lobte und sagte dann: »Ich bin überrascht, Sie bei Hölderlin zu finden. Nach dem Bilde, das ich mir von Ihnen gemacht habe, mußten Sie mit der ›ums Morgenrot fahrenden Lenore‹ für dieses und jenes Leben verbunden sein. Ich kann Ihnen auch allenfalls den ›Wilden Jäger‹ oder die ›Chevyjagd‹ gestatten, aber Hölderlin? Nein.«

Hansen-Grell hatte sich auf den gegenüberstehenden Binsenstuhl gesetzt und sagte, während er seine beiden Hände auf das bequem übergeschlagene Knie legte: »Sie berühren da einen feinen Punkt, wenn Sie wollen, einen Widerspruch in meiner Natur. Vielleicht auch in mancher andern. Es ist ganz richtig, daß ich meiner Empfindung und, wenn ich von so Unbedeutendem sprechen darf, auch meiner Dichtung nach ganz in die neue Schule hineingehöre; ich halte es wohl oder übel mit den Romantikern und werde nie von etwas anderem träumen als von nordischen Prinzessinnen und siegreichen Schlangentötern. Und wird es mir gelegentlich des romantischen Apparates zuviel, so pfleg ich mich, nach der Lehre vom Gegensatz, mit einer Art Passion auf Rokokodinge zu werfen und vor Puder und Reifrock nicht zu erschrecken. Aber etwas Klassisches nie, weder nach Form noch Inhalt.«

Lewin lächelte und wies auf das zwischen ihnen liegende Buch.

»Ich komme darauf«, fuhr Hansen-Grell fort, »das ist es ja eben, was mich von einem Widerspruch sprechen ließ. Ich werde nie klassisch empfinden, nie auch nur den Versuch machen, einen Hexameter oder gar eine alkäische Strophe aufzubauen, und doch, wo immer ich mit dieser Welt des Klassischen in Berührung komme, fühl ich mich in ihrem Banne und sehe, solange dieser Zauber anhält, auf alles Volksliedhafte wie auf bloße Bänkelsängereien herab. Ich habe dann plötzlich aller naiven Dichtung gegenüber ein Gefühl, als ob ich hübsche Dorfmädchen auf einem Hofball erscheinen sähe; sie bleiben hübsch, aber die Buntheit und die Willkürlichkeit ihres Aufputzes läßt selbst ihren wirklichen Reiz als untergeordnet erscheinen.«

»Ich kann Ihnen darin nicht zustimmen«, erwiderte Lewin, »Sie sprachen schon selbst das Wort aus, auf das es mir anzukommen scheint, ›solange der Zauber anhält‹. Da liegt es. Auch in der Kunst gilt das ›Toujours perdrix‹, und jedes Zuviel weckt das Verlangen nach einem Gegenteil.«

»Möglich, daß Sie es mit dem Toujours perdrix getroffen haben«, sagte Hansen-Grell, »aber nach meiner eigenen persönlichen Erfahrung muß ich es doch in etwas anderem suchen. Vielleicht haben Sie Ähnliches beobachtet. Unsere dichterische Produktion, und das ist der Punkt, auf den ich Gewicht lege, entspricht unserer *Natur*, aber nicht notwendig unserem *Geschmack*. Dieser kann sich über jene erheben. Wollen wir einen Einklang herstellen, soll unser Geschmack, der unsere *Lektüre* bestimmt, auch unsere *Produktion* bestimmen, so läßt uns die Natur, die andere Wege ging, im Stich, und wir scheitern. Wir haben dann unseren Willen gehabt, aber das Geborene ist tot.«

Lewin wollte antworten, Hansen-Grell indes fuhr in Entwickelung seines Gedankens mit Lebhaftigkeit fort: »Im übrigen, was unseren schwäbischen Hyperion angeht«, und dabei schlug er mit dem Finger auf das vor ihm liegende Bändchen, »so löst sich der Widerspruch, den ich Ihnen anfänglich zugestand, auf eine vielleicht viel einfachere Weise. Hölderlin, aller Klassizität seiner Form unerachtet, ist Romantiker von Grund aus. Darf ich Ihnen meine Lieblingsstrophen vorlesen?«

»Ich bitte darum.«

Es dunkelte schon. Da Hansen-Grell aber die Strophen so gut wie auswendig wußte, so genügte jede Beleuchtung, und er las:

»Nur *einen* Sommer gönnt, ihr Gewaltigen,
Und *einen* Herbst zu reifem Gesange mir,
Daß williger mein Herz, vom süßen
Spiele gesättiget, dann mir sterbe!

Die Seele, der im Leben ihr göttlich Recht
Nicht ward, sie ruht auch drunten im Orkus nicht;
Doch ist mir einst das Heil'ge, das am
Herzen mir liegt, das Gedicht, gelungen:

Willkommen dann, o Stille der Schattenwelt!
Zufrieden bin ich, wenn auch mein Saitenspiel
Mich nicht hinabgeleitet; *einmal*
Lebt ich wie Götter, und mehr bedarf's nicht.«

Er legte das Buch aus der Hand und fuhr ohne Pause fort: »Das sind alkäische Strophen, klassisch in Bau und Form, und doch klingt es in ihnen romantisch trotz Orkus und aller Schatten- und Götterwelt der Klassizität.« Nun erst sah er auf Lewin.

Dieser schwieg noch immer. Aber sein Schweigen sagte mehr, als es die enthusiastischsten Worte gekonnt hätten. Endlich sprach er vor sich hin: »Wie schön, und wie ist die Stimmung getroffen!«

»Ja, das ist's«, nahm Grell noch einmal das Wort. »Die Stimmung ist *getroffen*; und darauf kommt es an, das entscheidet. Es ist jetzt Mode, von Stimmung zu sprechen und von In-Stimmung-Kommen. Aber das In-Stimmung-*Kommen* bedeutet noch nicht viel. Erst der, der die ihm gekommene Stimmung: das rätselvoll Unbestimmte, das wie Wolken Ziehende, scharf und genau festzuhalten und diesem Festgehaltenen doch zugleich auch wieder seinen zauberischen, im Helldunkel sich bewegenden Schwankezustand zu lassen weiß, erst *der* ist der Meister.«

Lewin nickte, aber zerstreut. Er hatte offenbar nur mit halbem Ohre hingehört und wiederholte statt aller andern Antwort nur die Schlußworte des Liedes: »Einmal lebt ich wie Götter, und mehr bedarf's nicht.«

Hansen-Grell war aufgestanden, und sein unschönes Gesicht mit dem kurzen Strohhaar und den geröteten Lidern verklärte sich von innen heraus zu wirklicher Schönheit. »Ob Lied oder Liebe, ob Freiheit oder Vaterland, *einmal* leben wie Götter und dann – sterben. Sterben bald, ehe das große Gefühl der Erinnerung verblaßt.«

Sie sprachen noch eine Weile, beide sich in dieselben Vorstellungen vertiefend; dann sagte Lewin: »Lassen Sie uns gehen, Grell, draußen hängt noch das Abendrot; es plaudert sich besser im Freien.«

Und damit verließen sie das Haus und gingen über den Opernplatz auf den Lustgarten und die Schloßfreiheit zu.

Hinter der Sophienkirche ging eben die Mondsichel auf.

## ACHTZEHNTES KAPITEL

### *Fort!*

Um die sechste Stunde war Lewin wieder in seiner Wohnung; das Gespräch, das er mit Hansen-Grell geführt, klang noch in seiner Seele nach. Die schöne Macht des Idealen, durch einfache Verhältnisse mehr unterstützt als beeinträchtigt, war ihm nie reiner entgegengetreten. Er hatte während seines Besuches mehr als einmal an Faulstich denken müssen; und doch, bei manchem Verwandten, welcher Unterschied! In der Beschäftigung mit den Künsten, auch in der Freude daran, waren sich beide gleich; aber während der eine das Schöne nur feinsinnig kostete, strebte ihm der andere mit ganzer Seele nach. Was den einen verweichlichte, stählte den andern, und so war Grell ein Vorbild, während Faulstich eine Warnung war.

Es fehlte heute das Abendrot, das sonst wohl um diese Stunde drüben über den Dächern hing, und so kam es, daß in Lewins Zimmer bereits ein völliges Dunkel herrschte. Er klopfte bei Frau Hulen; sie war nicht zu Hause. Ebenso fehlte die grüne Schirmlampe und war auch in dem Nebenzimmer nicht zu finden.

»Was nur der Alten ist?« sagte Lewin und war einen Augenblick verdrießlich über die »Unordnung«, lachte aber bald wieder und setzte hinzu: »Freilich die erste in anderthalb Jahren.«

Er tappte bis in die Küche, schürte in der Herdasche, bis die Glut zutage kam, und zündete seinen Wachsstock an. Und nun vorsichtig, um die Mühe des Anzündens nicht noch einmal zu haben, ging er in sein Zimmer zurück.

Jetzt erst sah er, daß ein Brief auf dem Tische lag, die Aufschrift sehr flüchtig, allem Anscheine nach von Tubals Hand. Was ihm am meisten auffiel, war das unverhältnismäßig große Siegel. Es war ersichtlich, daß der Inhalt gegen unbefugte Neugier hatte sichergestellt werden sollen. Wenn Frau Hulen einen schwachen Punkt hatte, so lag er nach dieser Seite hin.

Lewin wußte davon. Er lächelte deshalb, als er das Siegel erbrach und den auseinandergefalteten Bogen, bequemeren Lesens halber, neben die kleine Wachsstockflamme hielt. Aber sein Lächeln währte nur einen Augenblick. Es waren nicht mehr als drei Zeilen.

»Komm heute abend nicht; Kathinka ist fort. In einem Zettel, den wir auf ihrem Schreibtische fanden, hat sie Abschied von uns genommen. Alles andere errätst Du.

Dein *Tubal*«

Das Blatt entfiel seiner Hand, während er selber auf das Sofa zurücksank. Er war eine Minute lang wie betäubt. Dann richtete er sich auf und legte seinen Kopf erst in seine zusammengefalteten Hände, dann auf Tisch und Sofalehne; aber alles war ihm zu heiß. Er sprang auf und trat an das Fenster. Die fahle Mondessichel, eben aus dem Gewölk heraus, sah ihm ins Gesicht; ein paar Krähen drüben flogen auf; unten knarrten die Laternen. Die Kühle der Scheiben tat ihm wohl, aber die Angst blieb und stieg ihm höher ans Herz. Ihn verlangte nach Luft; so nahm er eine Filzkappe vom Riegel und schritt auf Flur und Treppe zu. Er war schon auf den ersten Stufen, als er, plötzlich durch kleine Sorglichkeiten bestimmt, wieder umkehrte, um die Zeilen zu zerreißen, die auf dem Tische liegengeblieben waren, und den noch brennenden Wachsstock auszulöschen. Nun erst verließ er das Haus.

Unten bog er in die Königsstraße ein; aber die Steinmassen bedrückten ihn, wie ihn das Zimmer bedrückt hatte, und er empfand deutlich, daß er aus der Stadt heraus müsse. So hielt er sich rechts und nahm dann über den Alexanderplatz hin seine Richtung auf das Frankfurter Tor zu.

Es war derselbe Weg, den er am Tage, wo das Dachsgraben in der Dahlwitzer Forst sein sollte, gemacht hatte. Als er wieder in die Nähe des Gasthauses zur »Neuen Welt« kam, das damals in rechter Vormittagsstille dagelegen hatte, sah er, daß alle Fenster erleuchtet waren; Klarinetten spielten auf, und junge Paare, denen es drinnen zu heiß geworden war, standen draußen unter den beschneiten Lindenbäumen. Was kümmerte sie der Wind, der ging, oder der Schnee, der lag? Der nächste Tanz brachte die Verkühlung wieder heraus.

Lewin hatte sich an einen der zwei Pfosten gelehnt, die mittelst eines darübergelegten Querbalkens den ziemlich primitiven Eingang zur »Neuen Welt« bildeten. Die Musik drinnen ging immer frischer. Er schlug den Takt mit dem rechten Fuße mit und fand den Tanz allerliebst. »Wer doch auch mit dabei wäre! Wer tanzen will, dem ist leicht gespielt, sagt das Sprichwort. Warum heißt es nicht: Wem gespielt wird, der tanze!«

In diesem Augenblick legte sich von hinten her ein Arm um seine Hüfte, und ein junges Ding, das sich am Heckenzaune hin, ohne daß er es merkte, herangeschlichen haben mußte, sagte vertraulich:

»Komm, sie stimmen schon. Es gibt noch einen Schottschen. Du kannst mich und Malchen auch nach Hause bringen.«

Es klang mehr schelmisch als zudringlich, und Lewin, der dies fühlte, wandte sich um und ergriff ihre Hand. Das Mädchen aber, das ihn verwechselt haben mochte und jetzt erst in sein verstörtes Gesicht sah, erschrak und lief quer über den Vorgarten in den Saal zurück. Drinnen mußte sie von der Begegnung erzählt haben, denn zwei, drei Köpfe erschienen gleich darauf am Fenster und blickten neugierig nach dem Fremden hinaus.

Freilich nicht auf lange, denn der Schottische begann nun wirklich, und Lewin, während er weiterging, versuchte sich die Takte für seinen Marsch zurechtzulegen. Es gelang auch eine Weile; aber der Tanzrhythmus war doch stärker als alles andere, und aus seinem gezwungenen Marschtempo immer wieder herausfallend, marschierte er in einem wunderlichen Wechsel von Tanz und Schritt die gradlinige Pappelchaussee hinunter. Er kam an der Stelle vorbei, wo ihm an dem Schnatermanntage das Elend des Rückzuges zuerst entgegengetreten war; indessen er gedachte der erschütternden Begegnung nicht mehr und zählte nur noch die Takte der Musik, trotzdem er diese selbst schon längst nicht mehr hörte.

»So hintanzen«, sagte er, »das heißt Leben. Nur nichts schwernehmen. Ich habe das Beste versäumt. Und am Ende auch heute wieder. Sie war hübsch und nicht zimperlich. ›Du kannst mich und Malchen nach Hause bringen …

sei nicht töricht, Lewin.‹ Nein, nein, das sagte sie nicht; das war schon früher.«

Er schwieg eine Weile, seine Gedanken im stillen weiterspinnend. »Und mit der Johanna Susemihl, was war es denn am Ende? Und was liegt daran, ob ihr die alte Zunzen das Kleine gegönnt hat oder nicht! Nun sind sie tot, und nur der Maréchal de logis, so denk ich mir, lebt noch. Er hatte Tressen an dem Hut und einen Klunker dran. Und *fremde* Tressen; ja, das macht es; das Neue, das Fremde. Etwas anderes muß es sein. Neugier wie zu Mutter Evas Tagen.«

Er war jetzt über Friedrichsfelde hinaus; nur wenn er sich wandte, sah er noch die Lichter des Dorfes. Am Himmel kein Stern; über die Mondessichel hin zogen die Wolken, immer dichter, immer rascher. Aber rascher noch gingen die Bilder über seine Seele.

»Wie die Hulen sich wundern wird! Ich sehe sie, wie sie mit der kleinen Lampe nach mir sucht, als ob ich ein versteckter Liebhaber wäre. Und der bin ich eigentlich auch; nur zu sehr versteckt; ich werde nie gefunden. Die Hulen wird so verdutzt aussehen wie damals, als ich ihr das französische Kinderlied vorlas. ›Klippklapp‹, sagte sie; es war gar nicht so dumm. Wie ging es doch?

An meiner Enklin Namenstag
Ihr jeder etwas schenken mag:
Der Bäcker schickt ein Zuckerbrot,
Der Schneider einen Mantel rot …

Ja, so ging es. ›Le boulanger fait un gâteau, la couturière un p'tit manteau‹, das schien die leichteste Stelle und war dann hinterher die schwerste. Ich entsinne mich noch … Was es doch für wunderliche Sachen gibt; ein französischer Kinderreim zwischen Friedrichsfelde und Dahlwitz. Aber warum nicht? Es gibt noch viel Wunderlicheres.«

Er passierte jetzt das Dorf, dessen Namen er eben genannt hatte. Der mit alten Rüstern besetzte Fahrweg lag im Dunkeln, und die Fensterläden der meist einzeln stehenden Häuser waren geschlossen; aber aus den herzförmigen Öffnungen fiel ein Lichtschein auf die Straße.

»Brennende Herzen«, sagte er, »morgen früh sind sie wieder an die Wand geklappt und so schwarz wie vorher.

Es ist auch lange genug, vier Stunden zu brennen. Hier wohnt der Pastor; der brennt sechs.«

Hundert Schritte hinter dem Pastorhause schloß das Dorf, und Lewin trat ins Freie. Ihn fröstelte. War es die Nachtluft, oder war es das Fieber? Er schlug den Rockkragen in die Höhe und die Mützenklappen nach unten; aber das Frösteln blieb.

»Wohin geh ich nur? Ich weiß es nicht. Oder ob ich umkehre? Nein. Ich kann nicht wieder in die Häusermasse hinein; sie nimmt mir den Atem, sie bringt mich um. Also weiter. Ich werde wohl irgendwo hinkommen.«

So schritt er abermals vorwärts; eine Viertelmeile, eine halbe. Nach rechts hin, an einer Biegung der Chaussee, stand der Schattenriß eines Kirchturms.

»Ich bin müde, und ich glaube fast, ich habe Hunger.«

Er setzte sich auf einen neben der Straße zusammengefahrenen Steinhaufen und sah dem dürren Laube zu, das über den glattgefahrenen Schnee hin an ihm vorübertanzte. Denn der Wind, der seit Stunden schon dichte Wolkenmassen voraufgeschickt hatte, kam jetzt selber und fegte zwischen den Pappeln hin. Es war ein Südwest, feucht und voll kleiner Regentropfen, aber einzelne dieser Tropfen gefroren wieder und schlugen ihm wie Nadeln ins Gesicht. »Tauwind«, sagte Lewin, »wie heißt es doch? Der Tauwind kam vom Mittagsmeer ... ja, ich glaube, so fängt es an; aber das andere hab ich vergessen. Ich finde nur noch die Figuren heraus, den Grafen und den Zöllner und den braven Mann. Wer ich wohl sein mag? Der Graf? Nein. Aber der brave Mann; ja, der bin ich, das ist mein Fach.«

Er blickte die Chaussee hinauf, hinunter und sagte dann: »Es sieht aus wie die Pappelallee, die durch das Bruch führt, und der Schatten, der dort unten steht, könnte die Guser Kirche sein ... Das sind nun vier Wochen, und mir ist, als wär es ein Jahr.« Er stützte die Stirn in seine Hand und träumte, und in seinem Traume klang es immer vernehmlicher wie leises fernes Glockenläuten. Er horchte danach, voll wachsender Sehnsucht, und endlich war es ihm, als fühle er das Labsal einer Träne und als käm es wie Befreiung über sein schwer bedrücktes Herz.

Aber es sollte nicht sein; es war anders beschlossen. Das Läuten, das er nur traumhaft gehört zu haben glaubte, kam wirklich näher, und ehe er sich noch zurechtgefunden hatte, sah er von der Dahlwitzer Seite her ein Fuhrwerk zwischen den Pappeln herankommen. Sonderbar, es war kein Schlitten, wie das Geläute hatte vermuten lassen, sondern ein leichter, offner Wagen, dessen zwei kleinen Pferden, sei es aus Laune oder übertriebener Vorsicht, ein Schellengurt aufgelegt worden war. Und jetzt war der Wagen heran; die Pferde scheuten und bogen nach rechts hin aus. Auf dem Vordersitze saß ein junges Paar, er mit verschränkten Armen in einen Mantel gewickelt, sie groß und schlank, in einem enganschließenden Rock und einer mit Pelz besetzten Mütze. Die Form ließ sich nicht erkennen, aber sie führte die Zügel und erschrak heftig, als sie des am Wege Sitzenden ansichtig wurde. Erst an der nächsten Pappel wandte sie sich noch einmal um und sprach dann, allem Anscheine nach, lebhaft zu ihrem Begleiter.

Lewin sah das alles, und ohne zu wissen, was er tat, sprang er auf und suchte dem ihm rasch entschwindenden Fuhrwerk zu folgen. Er wollte rufen, schreien, aber er brachte keinen Ton hervor. Und so lief er, bis ihm die letzten Kräfte versagten und er lautlos inmitten des Weges niederstürzte.

Eine Stunde später hielt ein Schlitten vor dem Bohlsdorfer Krug; es schlug eben vom Turm. Der Knecht, der von seinem Häckselsack gestiegen war, um die Pferde abzuschränken, zählte die Schläge und brummte verdrießlich vor sich hin: »All elwen; för Mitternacht bin ick nich to Huus; awers ick kunn em doch nich liggen laten.« Damit ging er auf den Heckenzaun zu, neben dem ein paar verschneite Krippen standen, während von der Hof- und Gartenseite her die Glut eines hochaufgemauerten Backofens, in dem das Reisigholz eben niedergebrannt war, über den Zaun weg auf die Straße sah. Der Knecht starrte hinein, freute sich des warmen Hauchs und schleppte dann eine der Krippen, aus der er den Schnee durch bloßes Umstülpen entfernt hatte, bis vor sein Gespann und öffnete den Häckselsack. Die Pferde, denen es zu lange dauern mochte, fuhren mit ihren Mäulern suchend und schnopernd durch den leeren Trog. Er gab ihnen einen Schlag: »Künn jih nich töwen«, und stappste dann, als er ihnen endlich ihr Futter eingeschüttet hatte, unter dem Vorbau weg in die Krugstube, wo auf zwei großen Brettern die zum Einschieben in den Ofen eben fertig gewordenen Brote lagen.

»'n Abend, Krügersch.«

»n' Abend, Damerow. Noch so spät bi Weeg?«

»Ja, man möt ja wull. Dat oll Schlackerwetter geiht ei'm bis up de Knaken.«

»Dat deit et. Wat wullen S', Kirsch o'er Kümmel?«

»Geben S' en Kirsch. Awer töwen S' noch en beten. Ick hebb do een'n upp 'n Schlitten. He läg as för dood bi de Chausseesteen. Upp 'n Hoar, un ick hedd em överfoahren.«

»Kennen S' em nich?«

»Ne. He süht ut as en Stadtminsch, as en Berlinscher. Koamen S' man mit rut.«

Die Krügersfrau, die noch beim Abtrocknen war, nahm eine kleine Laterne vom Brett, steckte den Lichtstumpf an, hakte wieder ein und folgte dem Knecht auf die Straße. So traten sie an die Rückseite des Schlittens, der nur zwei Korbwände hatte, nach hinten zu aber offen war. Der Knecht schob ein Strohbündel, das als Decke gedient haben mochte, zurück, und die Krügersfrau leuchtete nun in den Schlitten hinein. Aber die Laterne fiel ihr aus der Hand, und sie tat einen Schrei. Dann lief sie wieder in das Haus, rüttelte den Mann, der in dem Alkoven nebenan eingeschlafen war, und rief: »Steih up, Drews. Kumm, mach flink. Ick gloob, he is all dood.«

»Wihr, wihr?« fragte der Krüger, aus dem Schlaf auffahrend.

Aber die Frau war schon wieder an der Tür. »Jott, Jott, wihr sall et sinn ...? De jungsche Herr von Hohen Vietz.«

# VIERTER BAND

## Wieder in Hohen-Vietz

### ERSTES KAPITEL

### *In Bohlsdorf*

Es war drei Tage später. In dem hinter der Gaststube gelegenen Alkoven saß die Bohlsdorfer Krügersfrau und beugte sich über ihr Kind. Sie sang es in Schlaf, aber mit leiser Stimme, und in noch leiserer Schaukelbewegung ging die Wiege. Es hätte dieser Vorsicht nicht bedurft, denn der Kranke, dem sie galt und der über dem Alkoven gebettet war, lag nun schon den dritten Tag in einem schweren Schlaf und war taub und tot gegen alles, was um ihn her vorging. Ein Arzt war noch nicht zu beschaffen gewesen, aber an Pflege gebrach es nicht, wenn man einem bloßen Aufmerken und Abwarten, dem sich seit dem gestrigen Tage zwei Frauen unausgesetzt unterzogen, diesen Namen geben konnte.

Mittag war vorüber. Es mochte die zweite Stunde sein, die schon wieder sinkende Sonne schien durch das Fenster einer kleinen Giebelstube, und ein freundlicher Glanz, als ging' er von dem Kranken selber aus, war um diesen her.

»Seine Stirn ist feucht«, sagte die Schorlemmer. »Geh, Renate, und ruhe dich aus. Eine Viertelstunde nur.«

»Ich bin nicht müde.«

»Du mußt es sein. Geh.«

Und sie ging. Aber nicht, um zu ruhen, sondern um einen Brief, den sie versprochen hatte, nach Hohen-Vietz hin zu schreiben.

Das Stübchen, das gleich nach ihrer Ankunft als Wohn- und Schlafzimmer eingeräumt worden war, lag an der andern Giebelseite des Hauses und zeigte noch jenes Durcheinander, das der erste Moment der Ankunft immer zu geben pflegt. Zum Ordnen und Aufräumen war eben noch nicht Zeit gewesen. Auf zwei Stühlen stand der geöffnete Reisekoffer, während auf eins der beiden Betten hin Muffen und Mäntel samt allerlei Shawls und Tüchern geworfen waren.

Renate schien auch jetzt noch kein Auge für diese Dinge zu haben, ließ alles liegen, wie es lag, und rückte nur den Tisch, um besseres Licht zu haben, an den Fensterpfeiler. Dann schob sie die rote Leinwanddecke, in die ein radschlagender Pfau weiß eingemustert war, ziemlich unsorglich beiseite und nahm ein Karlsbader Schreibnecessaire aus dem Koffer, das, wenn man es aufklappte, ein schräges Pult bildete. Aber die Tinte war fest eingetrocknet, so fest, daß selbst ein paar Tropfen Wasser nicht helfen wollten. So mußte denn anderweitig Rat geschafft werden Sie nahm aus ihrem Notizbuch ein dünnes Bleistiftchen, das natürlich abgebrochen war, gab ihm eine Spitze, so gut es ging, und schrieb nun in Schriftzügen, deren schwer entzifferbare Form nur noch von ihrer Blässe übertroffen wurde, das Folgende:

»*Bohlsdorf*, den 1. Februar

Liebe Marie!
Wir sind gestern um die vierte Stunde hier angekommen und fanden unseren Kranken in einem tiefen Schlafe, der auch jetzt noch anhält. Wie tief dieser Schlaf ist, zeigte sich heute früh. Ich stieß ein neben dem Ofen stehendes Schüreisen um und erschrak, denn es gab einen großen Lärm; aber Lewin öffnete die Augen nur, um sie sofort wieder zu schließen. Übrigens schien er mich erkannt zu haben; ich sah ihn lächeln, freilich nur wie im Traum, denn der Schlaf hatte gleich wieder Gewalt über ihn. Wir erwarten jeden Augenblick Doktor Leist, und diese Zeilen sollen nicht eher fort, als bis wir ihn gehört haben.

Wie dies alles so gekommen? Ich habe nur wenig mehr erfahren, als wir schon wußten. Und Du mit uns. Ein Knecht fand ihn besinnungslos am Wege, lud ihn auf seinen Schlitten und gab ihn hier in Bohlsdorf ab. Die Krügersleute haben sich seiner angenommen und ihn gehegt und gepflegt. Er liegt in einer Giebelstube; Tante Schorlemmer und ich bewohnen die andere; nur der Bodenflur ist zwischen uns.

Warum er Berlin verlassen hat, um in Wind und Wetter bis hierher zu kommen, darüber hab ich nur Vermutungen. Und auch diese kaum. Es muß etwas Plötzliches gewesen sein, denn er war leicht gekleidet und trug nur Rock und Filzkappe, trotzdem es eine naßkalte Nacht war. Eine Stunde früher, als der Knecht ihn fand, hat ihn der Bohlsdorfer Amtmann, der mit seiner jungen Frau von einem der Nachbardörfer kam, auf den Chausseesteinen sitzen sehen. Die junge Frau (sehr hübsch) war heute vormittag bei mir und hat mir von der Begegnung erzählt. Sie habe sich vor ihm wie vor einer Erscheinung erschrocken. Dann sei er aufgesprungen und ihrem Wagen zwischen den Pappeln hin eine lange Strecke gefolgt. So wenigstens habe sie zu sehen geglaubt; sicher sei sie nicht. Du siehst, alles ist dunkel und rätselvoll. Die junge Frau, die wohl eine halbe Stunde hier war, überraschte mich durch eine Ähnlichkeit mit Kathinka, selbst in ihrer Art, sich zu kleiden. So trug sie, um nur eines zu nennen, eine polnische, mit weißem Pelz besetzte Mütze.

Ach, Marie, wie hat sich alles um uns her geändert! Ich sehne mich jetzt nach den stillen Hohen-Vietzer Tagen zurück, die ich so oft verklagt habe. Von allen Seiten drängt es heran, und ich erkenne, wie mein Herz zu schwach und zu klein ist, allem, was geschieht, sein zuständig Teil zu geben. In ruhigen Zeiten hätte mich der plötzliche Tod der Tante betrübt oder doch beschäftigt, jetzt vergehen Stunden, ohne daß ich daran denke. Nur an Dich denke ich viel, immer.

Ich erwarte noch heut ein paar Zeilen aus Guse; Papa hat sie mir zugesagt. Das Begräbnis der Tante vermute ich morgen; ihm beizuwohnen, daran ist nicht zu denken; ich kann hier nicht eher fort, als bis wir Lewin außer Gefahr wissen. Und ehe nicht der alte Leist … Aber da hör ich seine Stimme laut und eindringlich auf der Treppe. Alles wispert im Hause, selbst die Knechte, die kommen, werden zur Ruhe bedeutet und fügen sich dem Zwang; nur alte Doktoren haben in ihrem Sprechen und Auftreten das Vorrecht der Zwanglosigkeit, und der alte Leist macht keine Ausnahme. Ich schließe vorläufig und will nur hören, was er sagt.«

Renate schob das Blatt unter das Schreibnecessaire und traf den Doktor bereits am Bette drüben. Er sah mit seinen zwei Pelzhandschuhen, die an einer dicken Schnur rechts und links über den Mantelkragen hingen, abenteuerlich genug aus und grüßte mit der einen freien Hand, während er mit der andern den Puls des Kranken zählte. Er schien zufrieden, befühlte noch Stirn und Schläfe und sagte dann: »Lassen wir ihn allein; er braucht uns nicht.« Damit verließen alle drei den ruhig Weiterschlafenden und gingen in die Frauenstube hinüber, wo nun der Alte seinen Mantel ablegte, während Renate über alles Kleine und Große, was die Auffindung Lewins begleitet hatte, in ähnlicher Weise wie in ihrem Briefe an Marie zu berichten begann.

»Sehr gut, sehr gut«, unterbrach sie der offenbar ziemlich unaufmerksame Doktor und fuhr dann, nachdem er auf einem Binsenstuhl Platz genommen und sich die breiten, braunfleckigen Hände behaglich gerieben hatte, in vertraulichem Tone fort:

»Und nun, mein Renatchen, ehe wir weiterplaudern, bitt ich um einen Kaffee, das heißt, mit Permission, um einen Cognac-Kaffee. Den Milchkaffee habe ich abgeschworen. Das ist nichts für einen alten Doktor mit Landpraxis.«

Tante Schorlemmer ging, um das Gewünschte herbeizuschaffen; der alte Leist aber, der, wie alle Doktoren, auch wenn sie nicht beim Feldscher begonnen haben, gerne sprach und Anekdoten erzählte, um das ewige Einerlei der Krankengeschichten loszuwerden, wiederholte, als die Schorlemmer hinaus war, seine letzten Worte und setzte dann erklärend hinzu: »Sehen Sie, mein Renatchen, mit dem milchernen ist es nichts. Ich meine den Kaffee. Sonst laß ich auf das Milcherne nichts kommen, denn es ist die höhere Stufe. Aber was ich sagen wollte. Sehen Sie, dies Franzosenvolk ist sonst nicht mein Gustus, und ihre Guillotinenwirtschaft, was sie damals ›La Terreur‹ oder, wie wir sagen, den Schrecken oder den Terrorismus genannt haben, das kann ich ihnen nicht vergessen; aber, der Wahrheit die Ehre, mit dem Cognac-Kaffee, da haben sie's getroffen. Es gibt so Sachen, worin sie uns überlegen sind.«

Renate rückte ungeduldig hin und her; der alte Leist indessen schien es nicht zu bemerken und fuhr fort:

»Und es ist eigentlich nicht mehr und nicht weniger als meine Pflicht und Schuldigkeit, daß ich mich ehrlich dazu bekenne. Denn ohne diesen Cognac-Kaffee wär ich nicht mehr am Leben und säße nicht in diesem hübschen Bohlsdorfer Krug. Sie haben von Anno 93 gehört, oder Quatre-vingt-treize, wie die Franzosen sagen. Sie lieben alles, was einen Schnepper hat und so ins Ohr klingt, als ob es was Apartes wäre. Und sehen Sie, damals hatten wir ja den Champagnefeldzug, und ich war auch mit, mitsamt meiner Grenadiercompagnie von Alt-Larisch. Nun ja, ›Champagne‹, das klingt ganz gut, und wer es nicht besser weiß, der denkt sich lauter bauchige Weinflaschen und einen blanken Pfropfen, der mit einem Knall an die Decke springt. Aber, du himmlische Güte, wir haben die Champagne ganz anders kennengelernt. Es regnete Tag und Nacht, immer Biwak und im Freien kampiert auf Kalk- und Lehmboden, der das Wasser nicht durchläßt, und ehe vier Wochen um waren, lag die halbe preußische Armee nicht mehr im Biwak, sondern im Lazarett. Und der alte Leist, trotzdem er ein Doktor war, hätte auch darin gelegen, wenn er sich nicht gehütet hätte. Denn der kannte die Lazarette, und weil er sie kannte, kroch er lieber beiseite und schleppte sich bis an ein alleinstehendes Bauernhaus, in dessen Tür er, mit Permission, eine dicke, alte Französin stehen sah. Und die hatte Mitleid mit ihm und nahm ihn auf. Und um es kurz zu machen, sie packte mich in ein turmhohes Bett, und als ich nun einen Schüttelfrost kriegte und meine Zähne, soviel ihrer noch waren, vor Kälte zusammenschlugen, da brachte sie mir einen Cognac-Kaffee, eine Tasse, zwei Tassen, ich weiß nicht, wieviel ich getrunken habe. Aber das weiß ich, daß ich den dritten Tag wieder auf den Beinen war. Und seitdem trink ich ihn in allen schweren Lebenslagen, wohin ich auch sieben Meilen bei zehn Grad Kälte rechne, erstens aus Dankbarkeit, zweitens aus Vorsicht und drittens, weil er mir schmeckt.«

In diesem Augenblick trat die Schorlemmer wieder ein, und die Krügersfrau mit dem geforderten Kaffee folgte. Neben der Tasse stand ein Glas. Der Doktor liebäugelte damit, schwankte zwischen Anstand und Begehrlichkeit, unterlag aber wie gewöhnlich der letzteren und leerte das Glas auf einen Zug. Der Mischungsprozeß war unterblieben.

Renate, deren anfängliche Ungeduld bei dem Geplauder des Alten eher geschwunden als gestiegen war, sah ihm lächelnd zu und sagte dann, ihre Hand auf seinen Arm legend:

»Aber nun, lieber Doktor Leist, wie steht es mit unserem Kranken? Ist Gefahr?«

»Gefahr, Gefahr«, antwortete der Alte im Tone scherzhaften Vorwurfs, »werde doch nicht von Anno 93 sprechen, wenn Gefahr wäre! Nein, mein Renatchen, wenn dem alten Leist so was Bitteres auf der Zunge liegt, da schmeckt ihm nichts, und wenn es ein Cognac-Kaffee wäre. Wie es mit ihm steht? Gut steht es. Er schläft sich gesund. Nichts von Gefahr. Überreizung der Nerven. Das ist alles.«

Renate schwieg. Sie wollte nicht weiter forschen, da sie den Zusammenhang der Dinge zu ahnen begann. Die Schorlemmer aber, die nichts von solchen Zuständen wußte, fragte halb ärgerlich:

»Nervenüberreizung; was soll das? Woher?«

»Ja, mein liebes Tantchen«, antwortete Leist, »das ist mehr, als ein armer Doktor wissen kann. Der muß schon froh sei, wenn er erkennt, was er vor sich hat. Woher es kommt, darauf kann er sich nicht einlassen. Das weiß eben nur der Kranke selbst. Und unser Lewin wird es schon wissen und sich eines Tages unser aller Neugier erbarmen, denn eine rechte Neugiersgeschichte ist es, dessen bin ich sicher.«

Und dabei schmunzelte der Alte so listig vor sich hin, als ob er den ganzen Liebesroman von Anfang bis Ende gelesen hätte.

»Aber nun Verhaltungsbefehle!« sagte Renate, »was tun wir?«

»Wir warten. Das ist überhaupt das Beste, was der Mensch tun kann. Zeit, Zeit. Die Zeit bringt alles. Dem Kranken bringt sie Gesundheit. Wir warten also.«

»Und wie lange noch?«

»Ja, das ist nun wieder so eine Frage. Aber rechnen wir nach. Heute ist der dritte Tag. Ich denke, den fünften Tag, also übermorgen. Übermorgen wird er ausgeschlafen haben und wird irgend etwas wollen, vielleicht einen gerösteten Speck oder ein Zwiebelfleisch. Was es aber auch sein mag, er muß es haben, denn was dann spricht, das ist die Stimme der Natur, die durchaus gehört werden will.«

»Ach, wie freue ich mich«, sagte Renate, »meinen Brief mit so guten Nachrichten schließen zu können! Ich schrieb, als Sie vorfuhren, eben an Marie Kniehase. Wissen Sie, Doktor, Sie könnten mir die letzten Zeilen diktieren.«

»Das will ich«, sagte der Alte, »und will auch den Briefträger machen, denn ich fahre über Hohen-Vietz. Haben Sie alles?«

»Nun denn schreiben wir: ›... Eben ist Doktor Leist hier und versichert uns, es sei keine Gefahr. In zwei Tagen wird unser Kranker außer Bett und in einer halben Woche so gut wie genesen sein. Dies alles schreib ich nach dem Diktat des Alten, der diesen Brief selbst mitnehmen will. Punktum, Gedankenstrich. Deine Renate‹«

Renate sprang auf, schob in heiterer Laune dem Doktor das Blatt zu und sagte: »So, nun haben wir es schwarz auf weiß, und Sie müssen nur noch darunterschreiben ›beglaubigt‹ und Ihren Namen. Aber keinen Doktorkrickelkrakel, sondern deutlich und leserlich für jedermann.«

Der Alte tat, wie ihm geheißen. Dann erhob er sich, und während ihm Renate wieder in seinen schweren und vielkragigen Mantel hineinhalf, schloß er seinen Besuch mit den Worten: »Und nun noch eines, ihr Damen. Ich muß die Gesunden bitten, sich über den Kranken nicht zu vergessen. Sonst vertauschen wir bloß die Rollen. Also keine Allotria wie Nachtwachen und andere Überflüssigkeiten. Tantchen, ich mache Sie verantwortlich. Und übermorgen sehe ich wieder nach. Und nun Gott befohlen.«

Sie begleiteten ihn treppab bis an den Wagen, der unter dem Vorbau hielt. Bald zogen die Pferde an, und Renate und die Schorlemmer grüßten dem Alten nach. Eine rechte Sorge war von ihnen genommen; er hatte so zuversichtlich gesprochen. Gegen Abend kam eine alte Wartefrau, um sie am Bette des Kranken abzulösen, und beide gingen nun in ihre Giebelstube hinüber, um nach zwei schlaflosen Nächten eine ruhige Nacht zu haben.

Renate war müde, Tante Schorlemmer aber rüstig und beweglich wie immer. Sie setzte sich zu ihrem Liebling und zeigte sich geneigt, noch eine Viertelstunde zu plaudern.

»Wie mag es in Guse aussehen?« fragte Renate. »Ach, liebe Schorlemmer, ich sorge mich, von der Tante zu träumen.«

»Du wirst es nicht.«

»Und wie sie nur gestorben sein mag«, fuhr Renate fort. »Ich glaube nicht, daß sie einen christlichen Tod gehabt hat. Und nun sehe ich sie im Sarge liegen, blaß, mit ihrer schwarzen Witwenhaube, und die Schnebbe daran noch tiefer in die Stirn gerückt als gewöhnlich. Und vor diesem Bilde fürchte ich mich. Es mag nicht recht sein. Aber dir darf ich es sagen, liebe Schorlemmer, daß ich lieber hier in Bohlsdorf als in Guse bin. Ist es ein Unrecht?«

Die Schorlemmer streichelte ihr die Hand und sagte: »Wenn es ein Unrecht ist, mein Renatchen, so ist es ein kleines. Ich weiß wirklich nicht, ob es unsere Christenpflicht ist, einem Toten ins Gesicht zu sehen. Und sie hatte etwas Unheimliches. Alle, die Jesum verachten, haben nichts von seinem Gnadenschein.«

»Und was nun aus Guse wird? Es war Allod, und als Kaufgut fällt es nicht an die Pudaglas zurück.«

»Ich wüßte schon einen Erben.«

»Welchen?«

»Renate von Vitzewitz. Aber du hättest dann einen andern Namen.«

»Geh doch. Was du nur sprichst. Ich armes Fräulein und das schöne Gut.«

»Ja, mein Renatchen, die Menschen sind nicht immer, was sie scheinen, und während du glaubst, daß ich nur an Grönland und Neu-Herrnhut denke, denk ich an ganz andere Dinge. Ich habe auch so meine kleinen Passionen und verheirate die Menschen gern, und wenn ich so in die Zukunft sehe, da seh ich nichts als ...«

»Nun?«

»Nichts als Hochzeitszüge, kleine und große: du, Marie, Maline. Selbst für die Eve hab ich schon gesorgt, trotzdem sie hochfahrend ist und es eigentlich nicht verdient.«

»Und Kathinka?«

»Nein, Kathinka nicht. Die tut alles selbst und braucht meine Vorsorge nicht.«

»Ach, wie beneid ich dich, daß du so Hübsches denken kannst. Ich sehe keinen Hochzeitszug. Und jetzt, wo ich mir einen solchen vorstellen will, sehe ich ihn schwarz.«

»Das ist, weil du mit deinen Gedanken in Guse bist.«

»Ich glaube, daß du recht hast, wenigstens wünsche ich es. Ach, wie lieb ist es, daß du bei mir bist. Ich muß an den Abend vor Silvester denken, wo du mir die Gespensterfurcht wegerzähltest. Es war die Geschichte von Kajarnak, dem ersten Getauften; du siehst, ich habe den Namen gut behalten. Aber nun will ich schlafen. Sage mir noch eines von euren Liedern, ein recht hübsches, keins von den süßen mit Lämmlein und Englein. Die kann ich nicht ertragen.«

»Nun, dann wollen wir ein recht festes und kerniges nehmen«, sagte die Schorlemmer:

»Schau von deinem Thron,
Vater, Geist und Sohn.«

Renate nickte zustimmend, und die Alte fuhr mit immer leiser werdender Stimme bis an die dritte Strophe fort:

»Reinige mein Herz
Auch mit meinem Schmerz;
Gib, daß sich mein Eigenwille
Ruhig in dem deinen stille;
Alles, was noch mein,
Eigne dir allein.«

Sie sprach nicht weiter. Renate hatte die Hände gefaltet, lächelte und schlief.

## ZWEITES KAPITEL

### *Eine Begegnung*

Die Sonne des nächsten Vormittags schien hell auf die Bohlsdorfer Dächer. Renate war bei der Amtmannsfrau gewesen, um ihr einen Gegenbesuch zu machen, und kam eben von dem Gutshofe zurück, als sie ein herrschaftliches Fuhrwerk vor dem Kruge halten sah. Der Herr, dem es gehörte, ging inmitten der Dorfgasse auf und ab. Er war von hoher Gestalt, trug Pelzrock und Pelzstiefel und sah von Zeit zu Zeit nach dem Kirchturm hinauf, dessen grotesk geformte Schneehaube seine Aufmerksamkeit auf sich zu ziehen schien. Im Näherkommen erkannte Renate den alten Geheimrat.

»Onkel Ladalinski!« rief sie und eilte ihm entgegen.

Der Geheimrat war ersichtlich befangen, und eine kurze Pause folgte den ersten Begrüßungsworten, bis Renate fragte: »Du bist auf dem Wege nach Guse?«

»Ja, liebe Renate; zum Begräbnis der Tante. Aber was führt *dich* in dieses Dorf? Ich erwartete, dich in Guse zu sehen, dich und Lewin und den Papa.«

»Du wirst nur den Papa in Guse treffen; Lewin ist hier.«

»Lewin ist hier?«

»Ja, krank und bewußtlos; nun schon den vierten Tag. Die Leute schickten uns einen Boten. Es war denselben Morgen, wo die Nachricht von dem Tode der Tante kam. Papa fuhr nach Guse, ich nach hier. Die Schorlemmer begleitete mich, und wir fanden Lewin, wie wir nach allem, was uns der Bote gesagt hatte, erwarten mußten. Er lag in tiefem Schlaf. Alles ist in Dunkel, und wir raten hin und her, was ihn in naßkalter Nacht von Berlin fort und hierher geführt haben mag. Ein Knecht fand ihn wie tot neben den Chausseesteinen.«

Der Geheimrat schwieg eine Weile; dann nahm er Renatens Arm und sagte: »So weißt du von nichts? Ach, Kind, welche Tage haben wir durchlebt! Kathinka ist fort, und wir werden sie nicht wiedersehen.«

*Das* also war es. Renate sah nun klar, schien aber weniger überrascht, als der Geheimrat bei seinen letzten Worten erwartet haben mochte.

»Kann ich Lewin sehen?« fragte dieser.

»Ja; er liegt oben.«

Sie stiegen nun die schmale Treppe hinauf und fanden die Schorlemmer am Bette des Kranken. Sie wollte das Zimmer verlassen, aber der Geheimrat bat sie zu bleiben. Lewin schlief mit einem Ausdruck, als ob er sich dieses Schlafes freue, und der alte Ladalinski war durch den Anblick erschüttert. Über ihn, seit jenem Tage, war kein erquicklicher Schlaf gekommen. Er nahm des Kranken Hand und sagte: »*Er* wird genesen«, und in dem schmerzlichen Ton, in dem er diese Worte sprach, klang es begleitend mit: »*Ich* nicht.«

So verließen sie wieder das Haus und kehrten auf die Dorfgasse zurück, wo sich inzwischen alt und jung um den Chaisewagen und das verdrießlich über die Ledertrommel (als ob es eine Logenbrüstung wäre) hinwegblickende Windspiel versammelt hatte.

»Ich spräche gern noch ein paar Worte mit dir«, sagte der Geheimrat und wies mit leiser Kopfbewegung auf die Dorfleute, die jetzt ihre neugierigen Blicke mehr auf das herzutretende Paar als auf den Wagen zu richten begannen.

»Laß uns in die Kirche gehen«, erwiderte Renate, »die Tür ist offen.«

Er war es zufrieden. Sie stiegen über die halbverfallene Feldsteinmauer und schritten, an ein paar Gräbern vorbei, auf dieselbe Seitentür zu, durch die Lewin am Weihnachtsheiligabend eingetreten war.

In der Kirche war alles öde; nur auf den schwarzen Tafeln standen noch die Nummern der Gesangbuchverse, die man am letzten Sonntag gesungen hatte. Ein scharfes Seitenlicht fiel auf das Altarbild: eine Kreuzigung. Maria und Johannes fehlten, und nur eine Magdalena lag auf den Knien und hielt das Kreuz umfaßt. Es war ein häßliches Bild aus der Mitte des vorigen Jahrhunderts, am häßlichsten die Magdalena. Sie trug ein hohes Toupet von rotblondem Haar, in das große Perlen eingeflochten waren. Der Ausdruck sinnlich und roh. Den Geheimrat verdroß es; er wandte sich ab und suchte nach einem Platz in der Kirche, der ihm Sicherheit vor diesem Anblick gewähren mochte. Er fand ihn auch. Zur Seite des Altars, in eine Ecke geschoben, standen vier alte Chorstühle, die, nach ihrem Schnitzwerk zu schließen, noch aus der katholischen Zeit stammten und bei einer Renovierung der Kirche hier seitab ein Unterkommen gefunden hatten. Der alte Ladalinski zeigte darauf hin, und sie nahmen die beiden vordersten ein.

Jeder scheute sich, von Kathinka zu sprechen. So stockte das Gespräch, noch ehe es recht begonnen. Endlich faßte sich Renate und sagte: »Ich vermisse Tubal; er war der Liebling der Tante, und nun fehlt er an ihrem Grabe.«

»Und doch war es ein richtiges Gefühl, was ihn zurückhielt«, erwiderte der Geheimrat.

Renate sah ihn fragend an.

»Ein richtiges Gefühl«, wiederholte dieser nach einer Pause, »das Gefühl einer Mitschuld. Ach, meine teure Renate, die Schuld, die wir auf uns laden, tragen wir nicht allein. Andere sind gezwungen, sie mitzutragen. Und Tubal empfindet das. Er wollte niemand von euch sehen, nicht Lewin und nicht dich.«

»Und doch hätt er sich überwinden sollen«, sagte Renate. »Und daß er es *nicht* tat, Onkel Ladalinski, das kann ich ihm nicht zum Guten rechnen, wenigstens nicht zum Guten allein. Er gab einem feinen Gefühle nach und mißtraute dem unsrigen. Das war nicht recht, sonst hätt er wissen müssen, daß wir solche Mitschuld nicht gelten lassen und ihr Bekenntnis nicht annehmen würden.«

Sie schwieg einen Augenblick; dann fragte sie, wie um dem Gespräch eine andere Wendung zu geben: »Weißt du, wie die Tante starb?«

»Nein, ich hörte nichts. Alles, was ich erfuhr, erfuhr ich aus einer kurzen Anzeige deines Vaters. Ich war erschüttert, denn sie hatte meinem Herzen nahegestanden, und ich mußte mich aufrichten an der Vorstellung dessen, was ihr durch diesen raschen und unerwarteten Tod erspart geblieben ist. Denn sie liebte nicht, ihre Pläne durchkreuzt zu sehen. *So* durchkreuzt!« Er schwieg eine Weile und setzte dann hinzu: »Und ihre Pläne, Renate, waren meine Wünsche. Alles, was davon noch übrig ist, leg ich in deine Hand.«

Renate blickte vor sich hin und errötete. Dann aber sagte sie rasch und in beinahe heiterem Tone: »Oheim Ladalinski, laß mich offen sein. Ich darf es. Du pochst nicht an die rechte Tür, und du weißt es auch; was du freundlich in meine Hand legen möchtest, das liegt in einer anderen.«

»Nein, Renate, es liegt bei dir. *Ein* Herz zwingt das andere. Und ich weiß ...«

Sie schüttelte den Kopf und wollte antworten; aber beide hörten jetzt draußen ein Kratzen an der Tür, und im nächsten Augenblicke kam das Windspiel den Mittelgang der Kirche herauf, stellte sich, mit unruhiger Kopfbewegung, bellend und klingelnd vor den Geheimrat und lief dann wieder auf den Seiteneingang zurück, immer sich umblickend, ob sein Herr auch folge.

»Kutscher und Diener werden ungeduldig«, sagte der alte Geheimrat; »wir müssen abbrechen.«

Damit verließen beide die Kirche und schritten wieder über den Kirchhof auf den Wagen zu, in den das Windspiel eben hineingehoben wurde. Der Geheimrat nahm seinen Platz neben demselben und streichelte es, während er die Rechte Renaten zum Abschied reichte.

»Ich danke dir für unser Gespräch; behalt es in gutem Gedächtnis. Ich bitte dich darum.«

Damit trennten sie sich. Renate trat unter den Vorbau des Kruges und sah dem Wagen nach. Ihre Gedanken waren bei Tubal, und sie suchte sich das Bild desselben vorzustellen; aber es waren immer die Züge Kathinkas, die sie sah.

»Sind sie einander so ähnlich?« fragte sie sich und stieg die Treppe hinauf.

Eine Stunde später brachte die Krügersfrau das Essen, legte das Tischtuch und entschuldigte sich ein Mal über das andere, daß es so spät geworden sei, aber »der kräpsche Junge« habe nicht schlafen wollen. Sie wisse nicht, von wem er es habe, von seinem Vater sicherlich nicht, denn der schlafe zuviel. Ihre Sprechweise, während sie so plauderte, war über ihren Stand, dabei ziemlich zwanglos, und nur mitunter, wenn sie lebhafter wurde, entschlüpfte ihr ein plattdeutsches Wort.

Tante Schorlemmer und Renate hatten Platz genommen und rückten einen dritten Stuhl an den Tisch.

»Sie müssen bleiben«, sagte Renate, »und sehen, wie gut es uns schmeckt. Denn Sie führen eine gute Küche, das hab ich gleich gestern herausgefunden. Der Kleine schläft, da haben Sie Zeit und können uns etwas erzählen. Wir sind nun schon fast zwei Tage hier und haben noch nicht einmal Ihren Namen erfahren.«

»Ich heiße Kemnitz ... das heißt mein Mann.«

Sie sagte dies in einem Tone, der andeuten sollte, daß ihr väterlicher Name um einen Grad höher gewesen sei.

Renate verstand es auch so und fuhr deshalb fort: »Sie sind gewiß aus der Stadt? Aus Alt-Landsberg oder Müncheberg?«

»Nein, das nicht; ich bin von hier. Mein Vater hatte die Schule, und als ich bei Pastor Lämmerhirt eingesegnet war, da kam ich aufs Amt. Denn wir waren drei Mädchen, und ich bin die mittelste; Christiane hatte den Marzahnschen Müller geheiratet, und Mariechen, was unsere Jüngste ist, ist noch zu Hause, denn unsere Mutter lebt noch.«

»Und da sind Sie wohl immer auf dem Amt gewesen?« fragte Renate.

»Ja, bis vor anderthalb Jahren. Ich hatt es gut. Die junge Frau war das einzige Kind, und wir waren immer zusammen, und da sah und hört ich alles. Der jetzige Amtmann hielt es mit der Mutter und hat sich hineingeheiratet; er war erst bloß Verwalter. Und man merkt es auch noch; auf dem Hof hat er das große Wort, aber in der Stube ist er mäuschenstill, denn die Mutter hat das Regiment, und die Tochter lernt es jeden Tag besser.«

»Und *Ihr* Mann, liebe Frau Kemnitz, der war wohl auch auf dem Amt?«

»Ja, er war der Meier. Er diente schon das siebente Jahr und sah mir immer nach den Augen, daß ich lachen mußte. Und erst wollt ich ja nicht, aber da sagte mir Pastor Lämmerhirt, ›ich sollte mich nicht um mein Glück bringen‹. Da nahm ich ihn denn, und es tut mir auch nicht leid, denn er ist gut gegen mich, und nun gar der Junge, Sie glauben nicht, wie er das Kind liebt. Da muß man denn schon ein Auge zudrücken.«

»Das muß eine gute Frau immer«, sagte die Schorlemmer und hob in freundlicher Ermahnung ihren Zeigefinger. »Eine gute Frau muß die Augen immer aufhaben, aber sie muß sie auch zuzumachen verstehen, je nachdem. Sie muß alles sehen, aber sie muß nicht alles sehen *wollen.*«

Die Krügersfrau, die nach Art der Dorfleute bei Sehen und Nichtsehen immer nur an Liebesgeschichten dachte, mißverstand die sehr anders gemeinten Worte Tante Schorlemmers und antwortete lachend: »Ach, so was ist es ja nicht; da käm er mir auch recht.«

»Nun, was ist es denn?« fragte Renate neugierig.

»Ja, was ist es, Fräuleinchen? Ich schäme mich fast, davon zu sprechen. Er schläft immer, und das soll nicht sein. Des Abends, wenn die Gaststube leer ist, les ich ihm eine Gesangbuchepistel vor, so bin ich großgezogen, so war es bei meinem Vater selig, und so war es auch auf dem Amt. Und wenn auf dem Amt auch keiner recht hinhörte, so taten sie doch so. Aber mein Kemnitz schläft. Eine Zeitlang hab ich ihn lesen lassen, bis ich sah, daß es auch nicht ging. Er hat immer den Sandmann in den Augen.«

»Das ist aber doch nichts Schlimmes, meine liebe Frau Kemnitz«, sagte Renate.

»Doch, gnädiges Fräulein«, erwiderte die Krügersfrau. »Und wenn er bloß schliefe, wenn er schläft; aber er schläft auch, wenn er wach ist. Und das ist das Allerschlimmste. Er vergißt alles, er hat gar keinen Merk. Sehen Sie, letztes Vogelschießen, da hatten wir das Haus voll, alle Stuben, und ich war oben und unten, in Küche und in Keller, und wir verschenkten einen halben Anker Wacholder. Ja, verschenkt haben wir ihn, denn mein Kemnitz vergaß die Kreidestriche, und als er sie zuletzt machte, so nach Gutdünken, weil er sich vor mir fürchtete, da waren sie falsch, und wir hätten noch Streit und böse Nachrede gehabt, wenn ich nicht, als der Lärm eben anfing, dazugekommen wäre. Da fuhr ich denn mit meinem Ärmel über die ganze Rechnung hin und sagte: ›Es ist alles frei gewesen‹, und brachte jedem ein Extraglas und tat, als ob es mich freute, denn die Bauern sind sehr schwierige Leute. Aber in der Nacht hab ich meine blutigen Tränen geweint.«

Die Krügersfrau hatte sich so hineingesprochen, daß ihr noch in der Rückerinnerung wieder die Tränen in die Augen kamen, aber sie fühlte auch zugleich, daß Reden und Aussprechen der beste Trost sei, und so fuhr sie fort: »Und wenn es noch so wäre wie den vorvorigen Sommer. Aber da haben wir ja jetzt den ›Roten Krug‹, keine hundert Schritt vom Dorf, nach Taßdorf zu. Ostern fing er an zu bauen. Pfingsten war alles unter Dach, und Johanni zog er ein. Er heißt Bindemeier und ist ein verdorbener Stellmacher; ein schlechter Mensch, der immer abbrennt und immer in Scheidung lebt. Er hat nun schon die dritte Frau; aber die Kinder sind von der ersten, auch die Line, die morgen Hochzeit macht.«

»Hochzeit, wen heiratet sie denn?« fragte Renate.

»Einen Dahlwitzer Bauerssohn. Erst sollt es ja nicht sein. Der Alte drüben wollte nicht, denn er ist geizig und hat den Bauernstolz. Aber da ging ja die Line nach Dahlwitz und hat den Alten so mitbehext, daß er jetzt Stein und Bein schwört, wenn der Junge sie nicht nähme, so wollt er sie selber nehmen, denn er ist ein Witwer.«

»Ist sie denn so hübsch?«

»Nein, hübsch ist sie nicht; aber sie hat so ein Wesen. Und von wem hat sie's? Vom Vater hat sie's. Und das ist es ja eben. Denn sehen Sie, Fräuleinchen, er hat bloß die Schankgerechtigkeit und ist gar kein richtiger Krüger, wiewohlen er den ›Roten Krug‹ hat; aber das muß wahr sein, das Krügern versteht er. Und mein Kemnitz versteht es nicht. Der kreidet gar nicht an und der andere doppelt. Und keiner, der in den ›Roten Krug‹ kommt, merkt es, weil er jedem zum Munde redet und immer eine Geschichte hat.«

»Und möchten Sie tauschen?« fragte jetzt Renate, »und einen Mann haben wie den im ›Roten Krug‹?«

»Um Gottes willen nicht«, erschrak die Krügersfrau, »da hätt ich ja keine ruhige Stunde mehr.«

»Sehen Sie, da haben wir das Geständnis Ihres Glücks. Sie haben den Frieden des Gemüts, der das Beste ist. Lassen Sie Ihren Mann nur ruhig schlafen; er ist ein guter Mann, und das ist gerade genug. Schläft er viel, so müssen Sie viel wachen; das hebt sich dann. Etwas fehlt immer, und irgendwo drückt der Schuh einen jeden; den einen hier, den andern da.«

Die Krügersfrau seufzte: »Das hat mir Pastor Lämmerhirt auch gesagt«, und dabei erhob sie sich und schob die Teller zusammen. Aber auf ihr erstes Wort zurückkommend, setzte sie hinzu: »Ein schläfriger Mann ist doch nicht gut, das laß ich mir nicht nehmen.«

Und damit verließ sie das Zimmer. –

»Weißt du, an wen ich habe denken müssen?« fragte Renate.

»Gewiß; an Maline.«

»Nur daß der junge Scharwenka nicht schläfrig ist. Vielleicht zuwenig.«

»Da drückt der Schuh am andern Ende«, schloß die Schorlemmer.

Renate nickte, und müde von den Anstrengungen dieser Tage, warf sie sich auf ihr Bett, um eine Stunde zu schlafen. Die Schorlemmer deckte sie mit einem Mantel zu und ging in das andere Zimmer hinüber. Hier setzte sie sich zu Häupten Lewins und begann an einem Strickzeug zu stricken, das sie sich von der Krügersfrau geborgt hatte, denn ihre Hände konnten nicht ruhen.

Als die Sonne schon im Sinken war, brachen Renate und die Schorlemmer auf, um einen Spaziergang zu machen, wozu die Luft und die Beleuchtung aufforderten. Sie gingen die nach Taßdorf führende Pappelallee hinunter, an dem »Roten Kruge« vorbei, wo schon alles in hochzeitlicher Vorbereitung war. Keines sprach; endlich sagte die Schorlemmer, als ob sie wisse, daß Renatens Gedanken denselben Weg machten: »Und nun so weggenommen, ohne Vorbereitung und ohne Abendmahl, und nichts in Händen als ein französisches Buch. Daraufhin wird einem nicht aufgetan.«

Sie waren stehengeblieben und sahen jetzt über einem dunklen Waldstreifen den Mond aufgehen, blaß und silbern.

»Dorthin liegt Guse«, sagte Renate.

Die Schorlemmer bejahte.

»Ich glaube, sie begraben sie jetzt. Mir ist, als hörte ich das Singen.«

»Möge Gott ihrer Seele gnädig sein!«

Und beide falteten die Hände und gingen in das Dorf zurück.

## DRITTES KAPITEL

### *»So spricht die Natur«*

Die Nacht über hatten abwechselnd die Krügersfrau und eine alte Frau aus dem Dorfe bei Lewin gewacht; nun war es neun Uhr früh, und Renate und die Schorlemmer saßen wieder an seinem Bette. Er schlief unruhiger als die Tage vorher, und einzelne, freilich nur halb verständliche Worte kamen von seinen Lippen. In dem Zimmer lag ein heller Morgenschein, und das Eis schmolz von den Scheiben. Sonst war nichts hörbar als das Zwitschern eines Zeisigs und das Klappern von Tante Schorlemmers Nadeln. So verging eine halbe Stunde, während welcher die Frauen vor sich hin oder auf den Kranken sahen. Jetzt traf die Sonne sein Gesicht, und Renate flüsterte: »Sieh, er träumt. Und etwas Freundliches muß es sein.« Und ehe die Schorlemmer antworten konnte, gingen draußen die Glocken, und Lewin erwachte. Sein erster Blick fiel auf die Schwester. Er erkannte sie und sagte: »Renate.«

Diese war aufgesprungen, nahm ihn in die Arme und rief ein Mal über das andere: »Mein lieber, lieber Lewin.« Tante Schorlemmer strickte weiter, aber ihre Lippen zuckten. Als Lewin sie bemerkte, nickte er ihr zu und gab ihr die Hand.

Es war ersichtlich, daß er noch sehr matt war. Sie legten ihm ein Kissen in den Rücken, so daß er mehr saß als lag, und sein Auge lief nun im Zimmer umher, um sich zurechtzufinden.

»Wo bin ich?«

Sie nannten ihm den Namen des Dorfes. Er schüttelte den Kopf, schien sich aber zu besinnen und fragte dann: »Wo ist Papa?«

»In Guse.«

»In Guse? Warum in Guse?«

Renate und die Schorlemmer sahen einander an und wußten nicht, was antworten. Aber Renate faßte sich bald und sagte ruhig:

»Tante Amelie ist tot.«

»So, so ... wie alt war sie?«

Es blieb bei der Frage, denn sein Bewußtsein begann wieder zu schwinden, und einen Augenblick später lag er abermals in tiefem Schlaf. Und doch war er dem Leben wiedergegeben, er hatte gesprochen, und beide Frauen reichten sich in freudiger Bewegung und wie zum Ausdruck ihres Dankes die Hand.

So war eine halbe Stunde vergangen, als die Krügersfrau in sichtlicher Erregung eintrat. »Eben kommt der Zug«, rief sie und vergaß, was sie doch sonst immer tat, ihre Stimme zu dämpfen. »Die Orgel spielt schon. Und die Jungschen vom Amt sind auch mit dabei. Schlimm genug. Nur die Alte nicht, die hält zu uns. Jott, Jott, ich zittre.«

»Aber so machen Sie doch, liebe Frau Kemnitz, daß Sie den Zug nicht versäumen oder wenigstens mit in die Kirche kommen«, sagte die Schorlemmer und drängte die Krügersfrau gutmütig auf die Türe zu.

»Ich kann ja nicht«, lamentierte diese. »Wir sind ja Feindschaft. Und die Leute würden mit Fingern auf uns zeigen und sagen, daß wir ihnen das Glück wegwünschten. Nein, das geht nicht.«

»Ich möchte die Braut schon sehen«, sagte Renate.

»Ach, Fräuleinchen, deshalb komm ich ja eben. Hübsch ist sie nicht, aber, wie ich Ihnen schon sagte, sie hat so was. Und dann erzählen Sie mir nachher, wie sie aussah. Jott, ich weiß nicht, was ich drum gäbe. Ja, Fräuleinchen, Sie müssen die Braut sehen und die liebe Tante Schorlemmer, wenn ich Sie so nennen darf, auch. Vier Augen sehen mehr als zwei. Ach, da kommen sie schon; das ist die Musik, und ich darf nicht einmal ans Fenster. Und wenn ich auch dürfte, der Zug kömmt ja nicht vorbei. Und warum nicht? Bloß weil sie denken, wir haben ihnen Häcksel über den Weg gestreut.«

Renate sah der Schorlemmer nach den Augen, ob sie es auch recht fände. »Geh nur, Kind«, sagte diese, »ich komme mit. In der Kirche sein bringt nie Schaden. Du siehst dir die Braut an, und ich weiß schon, was ich zu tun habe.«

Die Krügersfrau war hocherfreut, lief hin und her und bedankte sich abwechselnd bei der Schorlemmer und bei Renaten. Dann brachte sie zwei dicke Porstsche Gesangbücher, die in Sammet gebunden und mit Metallzwingen zugehalten waren, und versprach ein Mal über das andere, bei dem Kranken bleiben zu wollen. »Hier hab ich was zu tun«, schloß sie, »und dabei vergeht mir die Zeit und ist mir am wohlsten. Es soll ihn keine Fliege stören.« Renate und die Schorlemmer aber nahmen ihre Mäntel um, sahen noch einmal auf Lewin, der ruhig weiterschlief, und verließen das Zimmer, während sich die Krügersfrau an das Fußende des Bettes setzte.

Sie konnten noch nicht über die Straße sein, als die Glocken zum dritten Mal zu läuten begannen. Endlich aber wurd es still. »Nun singen sie«, sagte die Frau vor sich hin. »Jott, Jott, ich hätte sie so gern gesehen; er soll ihr eine silberne Kette geschenkt haben mit Schloß und Schieber. Er kann es; hat sie doch den Alten mit in der Tasche. Ein freches Ding, und dabei rotes Haar und Sommersprossen. Aber ich will nichts gesagt haben; sie steht jetzt vorm Altar. Und vielleicht ist sie nicht so schlimm. Jott, gib ihr deinen Segen und uns auch. Denn auf Kemnitz ist kein Verlaß. Und ich kann ja doch nicht alles alleine machen.«

Während sie noch diesen Stoßseufzer betete, schlug Lewin, ohne vorher einen unruhigen Schlaf gezeigt zu haben, beide Augen auf und sah die Krügersfrau freundlich an. Er war durch die letzte Stunde Schlaf ganz ersichtlich gestärkt worden. »Wo ist Renate?« fragte er. »Ich meine das Fräulein.«

»In der Kirche, junger Herr. Und die liebe Tante Schorlemmer auch. Ich bin eigentlich schuld, ich habe sie fortgeschickt; das heißt, ich habe sie darum gebeten. Denn wir haben heute eine Trauung; die Line vom ›Roten Krug‹. Sie hat einen Bauerssohn weggeschnappt, einen aus Dahlwitz. Na, ich gönn es ihnen.«

So schwatzte sie weiter.

Lewin hatte sich inzwischen aufgerichtet und schien Anteil an allem zu nehmen. Wer ihn aber schärfer beobachtet hätte, hätte sehen müssen, daß er mehr auf das Gezwitscher des Zeisigs als auf das Geplauder der Krügersfrau hörte. Endlich wandte er sich an diese und sagte: »Ich habe Hunger.«

»Weiß schon«, antwortete die Kemnitzen, und als sie noch ein paar Fragen getan hatte, wußte sie ganz genau, was der Kranke wolle, und lief in die Küche. Hier brannte, wie herkömmlich, das Feuer auf dem Herd; sonst aber hatte sie jegliches selbst zu beschaffen, da das Gesinde drüben in der Kirche war. Sie nahm eine Kasserolle vom Rauchfang, dann einen Mörser und begann mit viel mehr Lärm, als nötig gewesen wäre, zu klappern und zu stoßen. Sie schien sich in diesem Lärmen zu gefallen. Als sie nun aber durch die Küchentür wahrnahm, daß Kemnitz schläfrig hinter einem Fensterpfeiler hockte und auf die Dorfstraße sah, wo doch nichts zu sehen war, rüttelte und schüttelte sie ihn, zwang ihm ohne weiteres den Mörser in die Hand und rief ihm ärgerlich und auf plattdeutsch zu: »Stött en beten.«

»Wat denn, Lene?«

»Rük et; sunnst brukst du't nich to weeten.« Und hiermit war sie schon wieder bis an die Küchenschwelle. Kemnitz aber, in den verschiedenen Pausen, die er sich gönnte, konnte deutlich hören, daß sie sich draußen an dem Tellerschapp zu schaffen machte.

So war eine gute Zeit vergangen, als das wiederbeginnende Orgelspiel anzeigte, daß die Zeremonie drüben zu Ende sei. Die Kirchentüren wurden geöffnet, und unter Vorantritt der Musik setzte sich der Hochzeitszug wieder in Bewegung. Mit unter den letzten, die die Kirche verließen, waren Renate und Tante Schorlemmer, die neben dem Orgelchor einen guten Platz gefunden hatten. Sie besprachen Pastor Lämmerhirts Rede, die der Schorlemmer nur wenig gefallen hatte. Renate dachte milder darüber. Als sie den Krug erreichten, fuhr auch Doktor Leist wieder vor.

Dieser war dem Zuge begegnet und in bester Laune. »Das bedeutet Glück!« rief er den beiden Damen zu und trat mit ihnen zugleich in den Flur. Das erste, was ihnen hier begegnete, war die Krügersfrau in Person. Sie kam die Treppe herunter und hielt ein Brett in Händen, auf dem Teller und Löffel lagen.

»Wie geht es?« fragte Renate.

»Gut, Fräuleinchen.«

»Ist er wach?«

»Ja.«

»Nun erzählt, liebe Frau«, sagte Doktor Leist. »Was hat es gegeben?«

»Nun, das gnädige Fräulein waren noch nicht lange fort, und der Prediger drüben konnte noch kaum angefangen haben, da schlug er die Augen auf. Ich meine, der junge Herr.«

»Und was sagte er?«

»Er fragte nach dem gnädigen Fräulein, und als ich ihm alles erzählt hatte, auch von der Line und ihrer Hochzeit, da sah er mich groß an und sagte: ›Ich habe Hunger.‹ Und da dacht ich ja nu gleich an alles, was uns Doktor Leist gesagt hatte, und fragte bloß, was er haben wollte, und nannte ihm wohl zehnerlei. Es war aber immer nicht das Rechte, und er schüttelte den Kopf ein Mal über das andere und wurde verdrießlich. Zuletzt aber sagte er: ›Jetzt hab ich's.‹ Und was war es? Können Sie sich's denken, Fräuleinchen, eine Suppe war es. Und noch dazu eine Biersuppe. Und da fragt ich ihn bloß: ›Wie denn, junger Herr, mit Karwe oder mit Ingwer?‹ Und da lachte er still vor sich und sagte: ›Mit Ingwer.‹«

»Mit Ingwer«, wiederholte der alte Leist. »Da haben wir die Genesung. Es war ihm nicht gleichgiltig, so oder so. Nein, mit Ingwer. Ja, meine Damen, so spricht die Natur. Ich gratuliere Ihnen und uns allen, und nun lassen Sie uns den Kranken sehen.«

Sie stiegen nun wieder treppauf und fanden Lewin aufrecht im Bette sitzend. Er erkannte den Doktor; als er aber die Linke heben wollte, um sie ihm zu reichen, sank sie matt auf das Bett zurück.

»Wie geht es, Lewin?«

»Ich denke, gut.«

»Ich denke, gut! Das ist mir nicht gut genug. Wie schmeckte die Suppe?«

»Gut.«

»Das ist recht. So muß es heißen. Nichts von Kopfweh?«

»Nein.«

Der Doktor nahm jetzt selber die Hand und zählte den Puls. Als er damit geendet hatte, sah er, daß der Kranke vor Erschöpfung wieder eingeschlafen war. »Stören wir ihn nicht.«

So verließen sie das Zimmer und nahmen erst draußen auf der Treppe das Gespräch wieder auf. »Es geht alles, wie es soll. Krisis überstanden; alle Zeichen der Genesung da. Kein Fieber; nur matt, matt. Aber jede Stunde Schlaf bringt ihn um eine Woche weiter. Morgen wird er aufstehen wollen, und übermorgen kann er reisen.«

»Und wir?«

»Wir reisen morgen schon und bestellen ihm Quartier«, antwortete der Doktor.

»Und schicken ihm Krist und den Planschlitten.«

»Getroffen. Den wollt ich eben empfehlen. Und einen tüchtigen Häckselsack in den Rücken. Denn im Kreuz wird es wohl noch fehlen.«

Damit hatten sie den Unterflur erreicht und standen vor der Gaststube, in der dem Doktor noch ein Warmbier vorgesetzt werden sollte. Aber er dankte, »denn er müsse noch bis Reitwein«. Und als die Krügersfrau nichtsdestoweniger fortfuhr, in ihn zu dringen, schnitt er endlich jede weitere Verhandlung durch das eine Wort »Wöchnerin« kategorisch ab. Das half. Tante Schorlemmer wurde noch verlegener als Renate.

Unter dem Vorbau hielt bereits der Wagen des Alten. Er schickte sich eben an hinaufzusteigen, als er seinen Fuß von dem Tritteisen wieder zurückzog. »Der alte Leist wird alt; hätte die Hauptsache beinahe vergessen«, und dabei begann er in den Tiefen seiner Manteltasche herumzusuchen. Endlich fand er ein dickes, rotledernes Notizbuch, das zugleich als chirurgisches Besteck diente, und nahm einen Brief heraus: »An Renate von Vitzewitz.«

Nun erst stieg er auf. »Auf Wiedersehen in Hohen-Vietz.« Renate und die Schorlemmer erwiderten seinen Gruß.

Der Brief aber war von Marie.

## VIERTES KAPITEL

### *Genesen*

Und es kam alles, wie Doktor Leist gesagt hatte. Am andern Morgen verlangte Lewin aufzustehen und fühlte sich trotz aller Mattigkeit doch kräftig genug, das Zimmer zu verlassen und unten unter dem Vorbau von Renate und Tante Schorlemmer Abschied zu nehmen. Es war des Krügers Gespann; Kemnitz selber fuhr. Er zeigte sich quicker, als seine Gewohnheit war, und als Renate auf ihn hinwies und der Krügersfrau ein gutgemeintes Wort über seine Raschheit ins Ohr flüsterte, sagte diese nicht ohne einen gewissen Stolz: »Oh, er kann schon. Aber er läßt es an sich kommen. Und das ist es eben.« In der nächsten Minute nahmen beide Damen ihre Plätze; Kemnitz hakte das Schutzleder ein und stieg nun auch seinerseits über das Rad weg auf den Kutschersitz ohne Lehne. Noch ein Händedruck, und der Wagen verschwand an der andern Seite der Kirche.

Lewin ging in sein Zimmer zurück. Er hatte sich mehr angestrengt, als seine Kräfte zuließen, und warf sich jetzt angekleidet aufs Bett, nicht um zu schlafen, wohl aber um zu ruhen. Allerhand Bilder zogen an ihm vorüber, wechselnd und phantastisch, aber immer eines aus dem andern sich gestaltend. Er sah Frau Hulens dunkle Küche und den kleinen Wachsstock, den er in der Herdasche mit so viel Mühe angezündet hatte, und aus dem Wachsstock ward eine Kerze, und aus der Kerze wurden zwölf Kerzen, und alle zwölf brannten zu beiden Seiten eines Sarges, darin lag die Tante, die schwarze Witwenhaube tief in die Stirn gerückt. Und neben dem Sarge standen kleine Zypressenbäume, die wuchsen und wuchsen hoch wie Pappeln, und nun war es eine Pappelallee, und zwischen den Pappeln kam ein Wagen rasch herangefahren, dem lief er nach und wollte rufen, aber die Stimme versagte.

Alles dies kam und ging, und kam wieder, ohne daß es ihn ernstlich beunruhigt hätte. Ein Druck lag auf ihm, bleiern, aber schmerzlos, und unter dem Einfluß einer beinahe süßen Betäubung wurde das Nächstliegende wie in weite Ferne gerückt und das Wirkliche zum Traum. Erregungen der Phantasie, nichts weiter, und von Empfindungen nur eine: die Sehnsucht nach Hohen-Vietz.

Und nun war wieder ein Tag und eine Nacht vergangen; der helle Morgen schien in die Fenster, und es mochte die zehnte Stunde sein. Krist, der bald nach Mitternacht mit dem Planschlitten und einer ganzen Winterausstattung von Pelzröcken, Shawls und Filzstiefeln eingetroffen war, war bereits im Stalle beschäftigt, den beiden Braunen die Sielen und die Geläute aufzulegen, und die Krügersfrau stand in der Stalltür, ebensosehr, um selbst noch zu erzählen, wie um Hohen-Vietzer Neuigkeiten gegen ihre Bohlsdorfer einzutauschen.

Lewin saß reisefertig in seinem Zimmer, während diese Gespräche geführt wurden. Er hatte schon einen Morgenspaziergang gemacht, nicht ins Freie hinaus, nur in die Kirche hinüber, um noch einmal den Grabsteinspruch zu lesen, den er längst auswendig wußte. Seit einer halben Stunde war er von da zurück und hielt ein zusammengefaltetes Blatt in Händen, dessen Inhalt ihn zu beschäftigen schien. Es war Marie Kniehases Brief, den er sich am Tage vorher, im Momente von Renatens Abreise, von dieser erbeten hatte. »Ich will ihn doch noch einmal überfliegen«, sagte er, beugte sich gegen das Fenster vor und las mit halblauter Stimme:

»Liebe Renate!
Deinen Brief habe ich gestern abend, wo Doktor Leist bei uns vorfuhr, erhalten. Um mit ihm noch persönlich zu sprechen, dazu war keine Zeit; er wollte bei der späten Stunde gleich weiter. Ich las und lief dann in meiner Herzensfreude zum Pastor, der kaum weniger freudig bewegt war als ich. Und doch ist es etwas Trauriges. Du schreibst: ›Warum er Berlin verlassen hat?‹ und fügst dann hinzu: ›Darüber habe ich nur Vermutungen, und auch diese kaum.‹ Ach, meine liebe Renate, ich weiß es, und in Traum und Wachen habe ich diese Stunde kommen sehen.

Hier ist alles still, viele Bauern und ihre Frauen sind zum Begräbnis Deiner Tante hinüber. Denn sie war doch auf ihre Art beliebt, und jeder sprach von ihr. Auch Seidentopf ist seit einer Stunde fort. Er will erst nach Guse, dann nach Küstrin und Hohen-Ziesar, und wir erwarten ihn erst am Schluß der Woche zurück. Welche seltsame Trauerversammlung wird um den Sarg der Tante stehen! Bamme, Rutze, Doktor Faulstich. Und denke Dir, auch Jeetze trauert. Es rührte mich fast, als ich ihn heute sah. Er hat ein Paar schwarze Gamaschen hervorgesucht, ›noch von der gnädigen Frau her‹, sagte er, und einen Flor.

Meine Gedanken sind beständig bei Euch; sie wandern von einem Giebelzimmer in das andere, und mir ist immer, als kennte ich das Dorf. Es ist dasselbe, von dem uns Lewin am ersten Feiertage erzählte, und ich sehe noch alles vor mir: den Christbaum mit der jungen, hübschen Krügersfrau und den Blondkopf und dann die dunkle Kirche mit der Stehleiter am Altar und der kleinen Handlaterne. Und vor dem Altar liegt der Grabstein mit dem schönen Spruch, den ich mir seitdem wohl hundertmal vorgesprochen habe. Mir ist dann immer, als wüchse ich und könnte fliegen.«

Hier hielt Lewin einen Augenblick inne und wiederholte sich die Worte: als wüchse ich und könnte fliegen. »Wie gut sie es trifft«, setzte er hinzu. Dann nahm er das Blatt, das er aus der Hand gelegt hatte, wieder auf und las bis zu Ende.

»Gebe Gott, daß sich des alten Leist Prophezeiungen erfüllen; er hat versprochen, diese Zeilen wieder mit zurückzunehmen, und ich schicke sie durch Hoppenmarieken nach Lebus. Sie wartet draußen und stößt mit ihrem Stock auf die Flurfliesen, ein Zeichen, daß sie ungeduldig wird. Ich fürchte mich viel zu sehr vor ihr, um ihre schlechte Laune noch wachsen zu lassen. Und so lebe denn wohl, meine einzig geliebte Renate, mein Glück, mein Stolz und meine Zuversicht. Grüße die Schorlemmer, und wenn Lewin die Augen aufschlägt, so denke recht innig auch an mich. Dann fühl ich es in meinem Herzen.

Deine *Marie*«

Lewin, als er zu Ende gelesen, erhob sich und trat an den Zeisigbauer, um dem Vögelchen, das ihm die langen

Stunden des voraufgegangenen Tages so freundlich weggezwitschert hatte, zu Dank und Abschied ein Zuckerstückchen zwischen die Stäbe zu stecken.

Er wollte sich eben wieder setzen, als Krist eintrat, um zu melden, daß alles fertig und der Schlitten vorgefahren sei. Zugleich bepackte er sich mit der ganzen Winterausstattung, die unangerührt auf der Bettdecke liegengeblieben war, und stapfte wieder treppab, während Lewin ihm folgte. Auf der Türschwelle blieb dieser noch einmal stehen und sah in das Zimmer zurück. Er war nicht erschüttert, auch nicht eigentlich bewegt (die Nachwehen der Krankheit hielten ihn noch in ihren Banden), aber aller Apathie zum Trotz empfand er doch deutlich, was ihm die hier verbrachten Tage gewesen waren und daß ein Leben hinter ihm versank und ein anderes begann.

Unten stand die Krügersfrau. Kemnitz war noch nicht zurück, aber ihr Prachtstück, den Blondkopf, hielt sie auf ihrem Arme. Sie konnte sich zum Abschiede nicht besser präsentieren, wußt es auch und lachte herzlich und gefallsüchtig, bis ihr Lewin die Hand reichte und Dankesworte sprach, wobei sie sofort ebenso leidenschaftlich wie krampfhaft zu schluchzen begann. Denn trotzdem sie auf dem Amte hochdeutsch erzogen und im Konfirmandenunterricht bei Pastor Lämmerhirt viel spruchfester gewesen war als ihre kleine Freundin, so hatte sie sich doch die naturkindliche Kraft bewahrt, in jedem passend erscheinenden Moment einen Strom von Tränen vergießen zu können. Lewin, der diese Naturkraft von den Hohen-Vietzer Bauerfrauen her kannte, machte nicht mehr davon, als es wert war, streichelte das Kind, das mit der Hand freundlich nach ihm haschte, und stieg dann hinter den Pferden fort auf die Deichsel des Schlittens. »Und nun vorwärts, Krist.« Dabei drückte er sich bequem in die zu einer Rückenlehne fest zusammengepackten Strohbündel, und in raschem Trabe ging es um die Kirche herum, an den nächsten Gehöften vorbei, in die sonnenbeschienene Landschaft hinein.

Es war ein wundervoller Tag, frisch und doch nicht kalt; am Horizont standen dunkle Streifen von Tannenwald, und dazwischen zeigten sich die Spitztürme verschiedener

Ortschaften und Dörfer. Einige davon wurden passiert, und Krist, der hier allerlei Freundschaft hatte, sprach ein Wort oder hielt auch wohl an, um seine Pfeife wieder in Brand zu bringen. Lewin aber genoß der wundervollen Luft und fühlte sich mit jedem Atemzuge mehr und mehr genesen; seine Nerven belebten sich wieder, und der Druck schwand, der bis dahin auf ihm gelegen hatte. Immer freundlicher wurden die Bilder, er gedachte Seidentopfs, und es war ihm, als zöge er dem Frieden entgegen.

So vergingen die Stunden; schellenläutend trabten die Pferde dahin, und schon neigte sich die Sonne zum Untergang.

Vier Uhr war vorüber, als sie vor dem Dolgeliner Kruge hielten. Gerade gegenüber war die Pfarre. Lewin stieg ab, um drinnen in der Krugstube einen Imbiß zu nehmen; Krist aber, nachdem er dem einen Braunen eine wollene Decke, dem andern einen alten Militärmantel aufgelegt hatte, ging über den Fahrdamm auf die andere Seite des Dorfes hinüber, wo gerade Pastor Zabels kleiner Schlitten dicht vor dem Staketenzaune hielt. Der Pfarrknecht nahm die Leinen abwechselnd in die linke und rechte Hand und stampfte ungeduldig den Schnee.

»'n Abend, Karges«, sagte Krist. »Wo wiste henn?«

»Na'h Gus'.«

»Woto denn? Se is joa all unner de Ihrd. Siet vörvörgestern.«

»Joa. Awers de Schoolkinner hebben hüt ihrst ehren Dag. De süllen um Klocker söss spiest wahren: Hirs und Swiensbroaten. Un jeed een noch en Kringel för to Huus.«

»Richtig, richtig, de Schoolkinner. Awers wat hätt denn dien Pastor dabi to dohn?«

»Joa, wat hätt hi dabi to dohn? Ick weet et nich. He möt man ümmer mit dabi sinn.«

In diesem Augenblicke trat Lewin wieder aus dem Krug auf die Straße. Krist, als er seinen jungen Herrn sah, brach das Gespräch rasch ab und kehrte zu den Pferden zurück. Hier nahm er den alten Kavalleriemantel vom Rücken des einen Braunen und hielt ihn ausgebreitet vor Lewin hin, zum Zeichen, daß dieser, ehe er wieder einsteige, ihn anziehen müsse. Lewin wollte aber nicht.

»Laß, Krist«, sagte er, »es ist nicht kalt.«

»Doch, junge Herr. De Sünn is all unner. Un ick süll acht upp Se hebben, dat hebben se mi beed seggt, ihrst de een, un denn de anner. Un dat helpt nu nich.«

»Laß nur. Ich werde schon sagen, daß ich nicht gewollt habe.«

»Ne, junge Herr, dat geiht nu nich anners. Mit uns Frölen, da mücht et ja wull noch sinn, awers bi de Oll-Schorlemmern, doa hedd ick verspeelt.«

»Na, denn gib her«, sagte Lewin und wickelte sich in den bereitgehaltenen Mantel ein.

Es war ihm bald lieb, dem Andringen Krists nicht eigensinnig widerstanden zu haben; es wurde frischer von Minute zu Minute, und die Wärme, die der dicke Mantel gab, tat ihm wohl. Die Sterne zogen herauf; ein Gefühl süßen, unnennbaren Wehs überkam ihn, und ein Tränenstrom brach aus seinen Augen, nicht reichlicher, als ihn die gute Frau Kemnitz vor wenig Stunden erst vergossen hatte, aber viel, viel heißer. Und doch bedeuteten ihm diese Tränen Glück und Genesung. Er gedachte Mariens, und wie sie beide so gleich empfänden. »Mir ist dann, als wüchse ich und könnte fliegen«, wiederholte er aus ihrem Briefe und sah dabei zu den Sternen hinauf, die immer heller funkelten.

So ging die Fahrt. Die Braunen, die seit gestern abend zwölf Meilen gemacht hatten, fielen allmählich in Schritt, und erst von Manschnow aus, wo sie den Stall zu wittern begannen, setzten sie sich wieder in Trab. Es schlug sieben vom Hohen-Vietzer Turm, als sie der vordersten Parkspitze ansichtig wurden, und ehe der letzte Schlag ausgeklungen, hielt der Schlitten vor der Rampe des Wohnhauses. Das erste, was Lewin sah, war der in Trümmern daliegende Saalanbau, und sowenig ihn damals die Nachricht von dem Feuer erschüttert hatte, so groß war jetzt der Eindruck, den die Brandstätte auf ihn machte. Und dieser Eindruck wurde noch dadurch gesteigert, daß im Wohnhause selbst alles in Schweigen und Dunkel lag.

Niemand ließ sich sehen. Krist knipste mit der Peitsche, und die Braunen schüttelten ungeduldig ihr Schellengeläut. Endlich kam Licht, und Jeetzes hagere Gestalt zeigte sich hinter der Glastüre. Er stellte den Leuchter etwas seitwärts, um die Flamme gegen den Zugwind zu schützen, und trat dann ins Freie, um seinem jungen Herrn bei dem Aussteigen behilflich zu sein.

»Guten Abend, Jeetze. Alles ausgeflogen?«

»Ja, junger Herr. Wir hatten Sie nicht so früh erwartet.«

»Und wo ist Papa?«

»Immer noch in Guse.«

»Und Renate?«

»Bei Müller Miekley. Uhlenhorst ist da, und da sind ja nun die Lutherschen wieder zusammen. Auch die von drüben; der Zehdensche Amtmann und der alte Oberförster von Lietze-Göricke. Unser Fräulein wollte erst nicht mit; aber Tante Schorlemmer hat ihr keine Ruhe gelassen.«

»So, so«, sagte Lewin in leiser Verstimmung.

»Soll ich sie holen?«

»Nein, laß. Ich bin müde.«

Damit traten sie von der Halle her, in der dies Gespräch geführt worden war, auf den Hinterflur des Hauses, wo Hektor schon seinen jungen Herrn erwartete. Aber als ob er wisse, daß dieser krank gewesen sei, enthielt er sich aller stürmischen Liebkosungen. Still wedelnd ging er neben ihm her und leckte ihm nur immer wieder die Hand, während sie die Treppe hinaufstiegen.

In Lewins Zimmer war alles zu seinem Empfange bereit. Das leichte Federbett war halb zurückgeschlagen, und die bunte Steppdecke lag zusammengefaltet auf dem Stuhl daneben. Auf dem Sofatisch standen Maiblumen, das einzige, was das seit dem Tode der Frau von Vitzewitz vernachlässigte Gewächshaus hergegeben hatte. Aber was ihnen Wert lieh, war das, daß es Lewins Lieblingsblumen waren. Er sog ihren Duft ein und sagte mit bewegter Stimme: »Renate!«, während sich ihm ein beglückendes Gefühl des Geborgenseins in Heimat und treuer Liebe um das schwergeprüfte Herz legte.

Eine Stunde später öffnete Jeetze leise wieder die Tür. Das Licht brannte noch, und der Alte nahm es vom Tisch, um es zu löschen. Hektor, der auf seinem Rehfell lag, blinzelte mit dem einen Auge, aber rührte sich nicht.

Und im nächsten Augenblicke war alles wieder still.

## FÜNFTES KAPITEL

### *Letztwillige Bestimmungen*

Der nächste Abend sah unsere Freunde wieder im Halbkreis um den Hohen-Vietzer Kamin her. Es war so ziemlich dasselbe Bild wie am ersten Weihnachtsfeiertage, nur der Christbaum fehlte und mehr noch die Heiterkeit, die damals das Spiel mit den goldenen Nüssen begleitet hatte. Die Schorlemmer strickte wieder an ihrem Vlies, Renate, einen Crêpestreifen vor sich, nähte an einer Trauerrüsche, und Lewin – immer noch unter der Nachwirkung seiner Krankheit oder doch der Anstrengungen des gestrigen Tages – sah abgespannt vor sich hin und spielte gleichgültig mit einem Tannapfel, den er aus dem neben ihm stehenden Holzkorb genommen hatte. Nur Marie war bemüht, durch allerlei Fragen ein Gespräch einzuleiten, aber es blieb bei kurzen Antworten.

Die kleine Uhr auf dem Kaminsims schlug acht. In diesem Augenblick meldete Jeetze den Pastor, der gleich darauf eintrat. Jeder bezeigte herzliche Freude, die sich bei Renaten in allerhand kleinen Neckereien äußerte. Es sei nicht gut, wenn der Hirt seine Herde verlasse; schon vier Stunden seien zuviel, und nun gar vier Tage! Nun sei der Wolf eingebrochen: Uhlenhorst in Person.

»Ich weiß«, sagte Seidentopf. »Und wer begab sich freiwillig in die Gefahr? Wer war wieder mit dabei?«

»Natürlich wir. Aber wir sind diesmal ungeschädigt davongekommen. Und nicht bloß wir, auch der Zehdensche Amtmann ließ ihn im Stich, als er beständig wiederholte: ›Wer das Schwert nimmt, soll durch das Schwert umkommen.‹ Er konnte schon in den Weihnachtstagen von diesem Spruche nicht los, und nun wurd es jedem zuviel. Er vergißt immer, daß er zu alten Soldaten spricht. Er ist ein Lauenburger oder aus dem Eutinschen, und wenn ich ihn so höre, so bedünkt es mich immer, als ob jede andere Provinz auch ein anderes Christentum hätte. Aber das führt uns in Streit; ich sehe Tante Schorlemmer schon ungeduldig werden. Also nichts mehr davon. Und nun nehmen Sie Platz, teuerster Pastor, hier ist Ihr Stuhl, zwischen Marie und mir. Und nun erzählen Sie.«

»Wovon?«

»Von all und jedem, aber zuerst von Guse, denn wir wissen so gut wie nichts. Papa war nur einmal hier, und das war, als wir noch in Bohlsdorf waren. Also bitte, alles ist neu für uns. War es feierlich? War der Sarg offen oder geschlossen? Ach, ich hätte mich totgeängstigt, so stundenlang neben dem offenen Sarge zu stehen. Wer hielt die Rede? Wer war da?«

»Alle, der ganze Freundeskreis: Bamme, Drosselstein, Krach, der Protzhagener Hauptmann in seiner alten Uniform vom Regiment Pirch – keiner fehlte. Auch Faulstich war da, mit einer Art Kantate, die, wenn Nippler seine Komposition beendet haben wird, am zweiten oder dritten Sonntag in der Guser Kirche gesungen werden soll. Unser Kirch-Göritzer Doktor hatte vorläufig die Textes-Strophen drucken lassen und überreichte jedem von uns ein Blatt.«

»Eine Kantate«, sagte die Schorlemmer. »Und von Faulstich! Das wird ein rechter Heidenspuk gewesen sein, von Anfang bis zu Ende. Nichts von Grab und Tod und noch weniger von Auferstehung. Bloß Unterwelt und Schatten und ein Dutzend griechischer Götternamen!«

»Doch nicht, liebe Schorlemmer«, erwiderte Seidentopf. »Sie tun ihm unrecht. Es ist nichts Christliches, was er geschrieben hat, aber auch nichts Anstößiges. Dazu hat er zuviel Takt. Übrigens hab ich das Blatt mitgebracht, und unsere Damen mögen entscheiden.« Damit nahm er ein schwarzgerändertes Papier aus der Brusttasche und gab es Lewin, der es apathisch auseinanderfaltete und nach kurzem Besinnen, ohne den Inhalt auch nur überflogen zu haben, weiterreichte.

»Lies du, Renate.« Und Renate las:

»Am Grabe
der Gräfin *Amelie* von *Pudagla*,
geb. von *Vitzewitz*

Die du Niedres gemieden
In hohem Sinn,
Du bist nun geschieden;
Wohin, wohin?

Wohin? So klingen
Der Fragen viel;
Warum sie lösen, bezwingen?
Du bist am Ziel.

Das Beste hienieden,
Du hast es erreicht:
Du hast den *Frieden*.
Sei dir die Erde leicht.«

Eine kurze Pause folgte. Dann sagte die Schorlemmer: »Es ist nicht anstößig, weil es nicht spöttisch ist. Aber, teuerster Pastor, einem christlichen Herzen gibt es doch Anstoß genug. Er fragt: ›Wohin?‹ und weiß die Antwort nicht. Gott sei Dank, ich weiß sie.«

Seidentopf, der einer von den Allerweltsadvokaten war und immer etwas zu verteidigen fand, wollte auch diesmal zugunsten Faulstichs eintreten, Renate aber, die mittlerweile wahrgenommen hatte, daß auch die Rückseite der an Ausdehnung und Gläubigkeit gleich kurz gehaltenen Kantate mit Bleistiftzeilen überkritzelt war, ließ es zu keiner pastoralen Entgegnung kommen und bemerkte nur, indem sie mit ihrem Zeigefinger über das Gekritzel hinfuhr: »Ich wette, teuerster Prediger, daß wir hier, auf der Rückseite des Blattes, bereits Ihren kritischen Kommentar haben. Hab ich recht?«

»Nein, liebe Renate«, antwortete Seidentopf. »Ich bin überhaupt unkritisch, wie Turgany versichert. Auf manchem Gebiete vielleicht weniger, als er annimmt, aber doch gewiß unkritisch auf dem Gebiete der Kantate. Ich käme in Verlegenheit, wenn ich überhaupt nur feststellen sollte, was eine Kantate sei.«

»Nun, wenn keinen Kommentar, was enthalten diese Zeilen *dann?*«

»Letztwillige Bestimmungen der Guser Tante. Nicht ihr eigentliches Testament, ein solches hat sich überhaupt nicht vorgefunden, aber eine Art Begräbnisprogramm. Es fand sich unter anderen Papieren auf ihrem Schreibtisch, und ich habe mir, mit des Papas Erlaubnis und natürlich unter Weglassung einiger französischer Einschiebsel, in aller Eile eine Abschrift davon genommen.«

»Oh, das müssen wir hören«, rief Renate mit Lebhaftigkeit. »Aber es ist Augenpulver und gar nicht zu entziffern. Da müssen Sie selber aushelfen.«

»Gern«, erwiderte Seidentopf, »und um so lieber, als genau nach dem Inhalte dieses Programms verfahren wurde. Eben diese Bestimmungen sind die beste Beschreibung, die ich Ihnen von dem Begräbnis selber geben kann.«

»Nun, so lesen Sie«, bat Renate.

Lewin und Marie stimmten mit ein, und nur die Schorlemmer sagte: »Was werden wir da wieder hören müssen!«

Dann nahm Seidentopf das Blatt zurück und begann ohne weitere Säumnis oder Vorrede:

*»Bei meinem Ableben einzuhaltende Bestimmungen*

Ich fürchte den Tod. Aber diese Furcht hält mich nicht ab, ihm ins Gesicht zu sehen. Er ist das Unvermeidliche. Und so bestimme ich, Amelie von Pudagla, geb. von Vitzewitz, in nachstehendem wie folgt:

*Erstens.* Ich will in meiner Witwentracht in einen Sarg von Zedernholz gelegt und sodann aufgebahrt in die große Halle gestellt werden, da, wo der Faun steht. Dieser muß sich, solang es dauert, an einem andern Orte behelfen.«

»Da, wo der Faun steht«, wiederholte die Schorlemmer und klapperte mit ihren Nadeln.

Seidentopf fuhr fort:

»*Zweitens.* Den vierten Tag, bei Sonnenuntergang, will ich begraben werden, aber nicht in der Kirche, auch nicht in der angebauten Derfflingergruft, sondern im Guser Schloßpark, und zwar in dem kleinen Zedernhain, den sie Neulibanon nennen.

*Drittens.* Es soll auf dem Wege vom Schlosse bis in den Park, unter Vorantritt Nipplers, von allen Dorfkindern das Lied: ›Was Gott tut, das ist wohlgetan‹, gesungen werden. Aber nicht: ›O Haupt voll Blut und Wunden‹. Dies verbiete ich ausdrücklich.«

Alle schienen von dieser Bestimmung überrascht und sahen sich untereinander an, schwiegen aber. Nur die Schorlemmer sagte: »Mein Gott, was ihr das schöne Lied nur getan hat! Ich hätte keine Ruh im Grabe, wenn ich so was in meinem Letzten Willen niedergeschrieben hätte. Renate, Kind, daß du mir dafür sorgst, daß das Lied gesungen wird. Ich meine, bei mir.«

»Ich werd es, liebe Schorlemmer. Aber hören wir weiter.«

»*Viertens.* Am Grabe soll der Prediger eine kurze Ansprache halten, und dabei soll er mich nicht loben wegen dessen, was ich auf Erden gewesen bin oder getan habe, vielmehr soll er nur sagen, daß mir alles Versteckte, Unklare und Erheuchelte all mein Lebtag zuwider gewesen ist. Dies soll er sagen nicht mir zum Ruhme, sondern weil es die Wahrheit ist.

*Fünftens.* Es soll ein Granitblock auf mein Grab gelegt und seinerzeit eine Metalltafel mit folgender Grabinschrift eingelegt werden:

L'éloge ou le blâme ne touchent plus celui
Qui repose dans l'éternité.
L'espérance embellit ma vie et m'accompagne en mourant.

*Sechstens.* Faulstich, dem ich mein Miniaturbild mit der Rubineneinfassung hinterlasse, soll eine Kantate dichten, und Nippler (der ein Douceur von zehn Dukaten empfängt) soll diese Kantate komponieren. Sie mag, je nach Befinden, am Grabe oder aber in der Guser Kirche am dritten Sonntage nach meinem Begräbnis gesungen werden.

*Siebentens.* Am dritten Tage nach meiner Beisetzung und dann alljährlich an meinem Todestage sollen die Schulkinder gespeist und zwölf Dorfarme neu gekleidet werden.

*Achtens.* Mit Ausführung dieser Bestimmungen betraue ich meinen Bruder Berndt von Vitzewitz, ehemals Major im Dragonerregiment von Knobelsdorff, Erbherr auf Hohen-Vietz.«

Seidentopf, als er gelesen, faltete das Blatt wieder zusammen, und die Schorlemmer, ohne von ihrer Arbeit aufzusehen, murmelte vor sich hin: »Da kommt selbst Faulstich wieder zu Ehren.«

Lewin lächelte. Er hatte sich schon vorher von Paragraph zu Paragraph immer mehr erheitert und sagte jetzt ruhig: »Du hattest immer deinen kleinen Krieg mit der Tante drüben. Solange sie lebte, war das gut; nun aber ist sie tot, das ändert viel, und ich glaube, wir müssen sie schließlich gelten lassen.«

Die Schorlemmer schüttelte den Kopf.

»Du schüttelst den Kopf«, fuhr Lewin fort, »aber das überzeugt mich nicht. In allem, worin sie uns mißfiel, hat sie sich jetzt an anderer Stelle zu verantworten; sie weiß jetzt mehr als wir und ist unserem Urteil in allem, was jenseits liegt, entrückt. Unsere Meinung über sie hat sich nur noch auf *das* zu beschränken, was sie diesseits war und bedeutete. Und das hatte sein Gewicht. Gewiß, ihre Schwäche war der Glaube, aber ihre Stärke war der Mut. ›Ich marchandiere nicht‹, pflegte sie zu sagen. Und alles, was wir eben gehört haben, führt uns den Beweis, daß sie sich bis zuletzt nicht handeln ließ und sich und ihrem Unglauben treu zu bleiben verstand.«

Lewins blasses Gesicht hatte sich, während er sprach, gerötet. Als er jetzt schwieg, erklärte Seidentopf seine volle Zustimmung. Ein solches tapferes Bekenntnis des Unglaubens, alles Ausharren bis ins Angesicht des Todes hinein, habe seinen Beifall und sei ihm viel, viel lieber als das Angstchristentum beispielsweise Baron Pehlemanns, der bei jedem Gichtanfall begierig nach der Bibel greife und sie wieder zuklappe, wenn der Anfall vorüber sei.

Niemand war überrascht, solchen Äußerungen aus dem Munde Seidentopfs zu begegnen. Auch die Schorlemmer nicht. Aber wenn sie nicht überrascht war, so war sie doch noch weniger einverstanden damit.

»Ausharren!« wiederholte sie lebhaft, »wenn es ein solches gewesen wäre! Aber, teuerster Pastor, es war kein Ausharren, und am wenigsten ein Ausharren bis in den Tod. Ich habe die Tante gekannt und las in ihrem Herzen. Das war ihr lästig. Ein tapferes Bekenntnis des Unglaubens! Ach, wie Sie sie verkennen. Sie schrieb das nieder, nicht in der Tapferkeit, sondern in der Eitelkeit ihres Herzens und freute sich der Vorstellung, mit welch erstaunten Augen das alles einst nach ihrem Tode gelesen werden würde. Von Bamme, von Krach und vielleicht auch von dem langen Hauptmann. Aber der Tod war noch nicht da. Wär er dagewesen, von Angesicht zu Angesicht, sie hätte diese Zeilen *nicht* geschrieben, dessen bin ich gewiß. Sie hatte Mut, aber bloß den Lebens-, nicht den Todesmut.«

Jeetzes Eintreten unterbrach das Gespräch. Er erschien mit einem Tablett, auf dem kleine bemalte Tellerchen und ein altmodischer silberner Obstkorb standen. Da niemand gewillt schien, den Platz am Kamin aufzugeben, so wurde das Tablett auf ein rundes, mit Tulaer Arbeit ausgelegtes Tischchen gestellt und dieses Tischchen in den Halbkreis hineingeschoben. Marie, deren Hände frei waren, machte die Wirtin und schälte das Obst.

Allmählich, während der Teller von Hand zu Hand ging, begann das Gespräch wieder, wandte sich aber, da Friedensschlüsse, wie jeder wußte, nicht wohl möglich waren, anderen Gegenständen zu.

Natürlich behielt Seidentopf das Wort; war er doch, seines Aufenthaltes bei Graf Drosselstein ganz zu geschweigen, unmittelbar nach dem Guser Begräbnis einen Tag lang in Küstrin gewesen und hatte während dieses Tages vieles gesehen und noch mehr gehört. Ein besonderes Interesse weckten seine Mitteilungen über die von Tag zu Tag sich mehrenden Desertionen, die freilich, wie Seidentopf hinzusetzte, nicht überraschen dürften, da die Hälfte der Garnison aus Westfalen unter dem Kommando des Generals von Füllgraf bestünde, eines alten Haudegens, der selber, wie man in der Bürgerschaft wohl wisse, aus dem Konflikt zwischen seinem deutschen Herzen und seinem französischen Eide nicht herauskäme. Auch seine Leute wüßten es und gingen deshalb in ganzen Trupps auf und davon. Andere, die vorläufig noch aushielten, hätten ihm einen Vers an die Türe geklebt, der habe gelautet:

> *Füll*graf bist du? Sage nein,
> Fülle nicht des Feindes Reihn.
> Führ uns. *Voll*graf sollst du sein.

Der alte Füllgraf selber, schon um nicht persönlich in Verdacht zu kommen, als sympathisiere er mit den Unzufriedenen, habe bei General Fournier, seinem Oberkommandanten, Anzeige von diesem Vorfalle gemacht und auf Untersuchung angetragen, aber die Untersuchung habe nichts ergeben, und die Desertionen hätten sich nur gemehrt. Der letzte Trupp sei siebzehn Mann stark gewesen und habe sich auf Kirch-Göritz zu davongemacht. Das sei nun drei Tage. Auf dem »Hohen Kavalier« hätten sie dann freilich die Alarmkanone abgefeuert, aber wozu? Die Bürger hätten gelacht und die Franzosen auch. Denn diese hörten von nichts anderem mehr als von »Volksbewaffnung« und wären natürlich klug genug, einzusehen, daß dieselben Bauern, die jetzt einen Aufstand vorhätten, nicht Lust haben könnten, die Schergen zu spielen und Deserteure zu fangen und abzuliefern.

Hier unterbrach Lewin den Pastor, um sich nach dem Stande der Landsturmorganisation zu erkundigen, und erfuhr nun mit vielen Details, welche Fortschritte die Volksbewaffnung im Laufe der letzten drei Wochen gemacht habe. Anfangs sei Hohen-Vietz an der Spitze gewesen; die fast achttägige Abwesenheit Berndts aber habe zu kleinen Hemmnissen geführt, so daß jetzt Drosselstein voraus sei und vor allem Rutze. Er wisse das von Bamme selbst, mit dem er am Begräbnistage einen Spaziergang durch den Guser Park gemacht habe. Dieser Spaziergang sei überhaupt sehr angenehm gewesen, denn es plaudere sich gut mit dem Alten. Daß er nicht in die Groß-Quirlsdorfer Kirche zu bringen sei, oder doch nur ausnahmsweise, das sei seines Amtsbruders Sache. Der habe ihn mit seinem Schablonenchristentum herausgepredigt. Und das Schablonenchristentum sei nicht besser als das Pehlemannsche Angstchristentum. Aber gleichviel, sie seien in lebhaftem Gespräch die große Rüsternallee hinaufgegangen und durch den Dohnenstrich zurück, bis sie wieder vor dem Schwanenhäuschen gestanden hätten. Hier hätte Bamme nach dem Eckfenster hinaufgesehen und endlich vor sich hin gesprochen:

»Sehen Sie, Seidentopf, es war doch eine merkwürdige Frau. Sie traf es immer, und auch mit diesem Rutze. Ja, da reichen keine hundertmal, daß ich ihr zugeschworen, den ganzen Rutzeschen Verstand in eine Haselnuß einpacken zu wollen, aber sie gab nicht nach und sagte nur immer wieder: ›Lieber Bamme, der Charakter entscheidet.‹ Und sie hat recht gehabt. Gestern war ich bei ihm in Protzhagen. A la bonne heure. Was er da zusammengebracht und einexerziert hat, ist unsere beste Compagnie. Ein Triumph der Disziplin. Kerle, um den Teufel aus der Hölle zu jagen.«

Über dieses Bammesche Zitat kam Seidentopf nicht hinaus, denn es schlug eben neun, um welche Zeit er regelmäßig in seine Wohnung zurückzukehren liebte; außerdem gefiel ihm heute Lewins Aussehen nicht. So brach er auf, von Marie begleitet, die denselben Heimweg mit ihm hatte.

Als sie den Hof passiert und auch das niedrige Vorderhaus, in dem Krist und der Gärtner wohnten, schon im Rücken hatten, sagte Seidentopf: »Wie fandest du Lewin? Mir gefiel er nicht. Keine dreimal, daß er das Wort nahm. Und wie spitz und abgespannt er aussah.«

»Er sprach wenig«, sagte Marie. »Aber das darf uns nicht wundernehmen. Es war heute zuviel für ihn. Und die gestrige Fahrt. Und nach allem, was er durchgemacht hat an Leib und Seele.«

»So weißt du, was es war?«

Marie nickte. »Es war, was ich vermutete. Kathinka ist fort. Doch was sprech ich Ihnen davon; Sie werden in Guse davon gehört haben!«

»Ja, Vitzewitz nahm mich beiseite und erzählte mir's; aber auch wenn er geschwiegen hätte, ich hätt es dem alten Ladalinski von der Stirn gelesen. Er machte den Eindruck eines gebrochenen Mannes.«

»Sie war sein Liebling, aller Menschen Liebling. Und ich glaube fast, ich beneidete sie.«

»Beneide sie nicht, Marie«, sagte Seidentopf, indem er

ihr die Hand reichte. »Du hast das bessere Teil erwählt: Demut und den Frieden des Gemütes. In ihm allein ist Glück. Und nun: gute Nacht!«

Und damit trennten sie sich, und der Pastor trat in den Flur seines Hauses und gleich darauf in sein Studierzimmer ein. Hier war alles dunkel, aber die Läden waren noch nicht geschlossen, und der Schnee und die Sterne draußen gaben gerade soviel Licht, als ihm lieb war. Er setzte sich auf das kleine Ledersofa und sah in den winterlich daliegenden Garten hinaus.

»Es kommt doch, wie es kommen soll«, sagte er. »Ich bin dessen gewiß. Und jetzt mehr denn je. Kathinka fort. Das ging über alle Berechnung. Sie war die große Gefahr in meinem Exempel.«

Er wollte dem noch weiter nachhängen, aber die großhaubige Haushälterin erschien geräuschvoll, stellte die kleine Studierlampe neben Bekmanns »Geschichte der Kurmark Brandenburg« und schloß die Läden.

## SECHSTES KAPITEL

### *Ein Deserteur*

Um dieselbe Stunde, wo Seidentopf und die Frauen im Herrenhause plauderten, plauderten auch die Bauern im Hohen-Vietzer Krug. Es waren unsere alten Freunde vom ersten Weihnachtsfeiertage her: Kümmritz und »Sahnepott« und Krull und Reetzke; aber auch Miekley, der damals den Diskurs über Tiegel-Schultze und den Schwedter Markgrafen durch sein spätes Erscheinen unterbrochen hatte, hatte heute schon seinen Platz am Tische. Der alte Scharwenka ging wie gewöhnlich auf und ab und machte den Wirt, während Schulze Kniehase dem Fenster zu saß, wo der Küstriner Anzeiger und die beiden berlinschen Zeitungen lagen.

Es traf sich, daß heute Bauer Reetzke, der sonst mit Krull um die Wette schwieg, das Wort führte. Denn er war den Tag vorher in Küstrin gewesen, wohin er, der Verproviantierung der Festung halber, ein Fuder Oderbruchheu abzuliefern gehabt hatte. Sein Bericht reichte zwei Tage weiter als der des Pastors.

»Sie verproviantieren sich also«, sagte Sahnepott. »Laß hören, Reetzke, wie steht es damit?«

»Je nachdem«, sagte dieser. »Alle Speicher sind voll, aber mit dem Schlachtvieh steht es schlecht. Das liebe Vieh hält nicht mehr bei ihnen aus und läuft ihnen weg. Vorletzte Nacht hundertundsiebzig Stück, alle von Tamsel und Quartschen.«

»Hundertundsiebzig Stück?« fragte Kümmritz.

»Ja, Kümmritz, wie ich dir sage. Vorgestern hatten sie das Tamseler Vieh zusammengetrieben und vorvorgestern das von Quartschen, und das stand ja nun auf dem ›Gorin‹, keine tausend Schritt vor der Stadt, und war paarweise zusammengekoppelt. Sie hatten es auch eingehürdet, und da, wo der Eingang war, stand eine Schildwacht. Aber nach eins ging der Mond unter, und als es wieder dämmerte und die Ablösung kam, da sahen sie, daß alles Vieh fort war.«

»Wie denn?«

»Es war ein Loch in der Hürde, und das hatte sich das liebe Vieh zunutze gemacht. Erst dachten die Franzosen, die Bauern hätten es heimlich weggetrieben, aber es waren keine Fußstapfen im Schnee, nur Klauenspuren, die bis halben Wegs nach Tamsel gingen. Weiter wagten sich die Franzosen nicht, denn die Russen sind schon bis dicht heran; bei Blumberg haben sie gestern eine Patrouille weggefangen.«

»Das liebe Vieh«, sagte Kümmritz, »das hat so seinen Instinkt und läuft den Franzosen weg, aber die Westfalen bleiben und der alte Füllgraf auch. Und wenn es noch Westfalen wären! Aber es sind Altmärkische, aus der Salzwedeler Gegend und von Stendal. Ich habe selber mit ein paar von ihnen gesprochen. Warum laufen sie nicht weg? Warum desertieren sie nicht?«

»Sie desertieren«, sagte Reetzke. »Vorige Woche vierzehn und diese Woche siebzehn Mann. Aber einen haben sie wieder, einen blutjungen Menschen; sie brachten ihn ein, als ich mit meinem Fuder Heu vor dem großen Magazin hielt.«

»Wer bracht ihn ein?« fragte Scharwenka und setzte sich mit an den Tisch. »Unsere Neumärker drüben werden doch keinen Deserteur einfangen?«

»Nein«, fuhr Reetzke fort, »die Franzosen brachten ihn ein; sie hatten ihn in der Krampe gefangengenommen. Gestern früh. Wißt ihr denn nichts davon?«

»Nein, wir wissen von nichts. Laß hören, Reetzke«, riefen mehrere durcheinander, und auch Kniehase legte das Blatt aus der Hand.

»Nun«, sagte Reetzke, »es war ja ein Überfall, und die Franzosen mußten Fersengeld geben. Sie haben vier Tote gehabt.«

»Und in der Krampe?« fragte Kniehase, der immer aufmerksamer geworden war. »Und mit den Russen war es?«

»Nein. Mit den Kirch-Göritzern. Handschuhmacher Pfeiffer, der immer den linken Fuß nachzieht und schon Anno sechs den einen General in der Drewitzer Heide weggeputzt haben soll – sie konnten es ihm aber nicht beweisen –, der war der Oberste. Es ist ein kräpscher Kerl und schießt gut und war schon dreimal Schützenkönig.«

»Die Kirch-Göritzer!« unterbrach Kümmritz. »Wer das gedacht hätte! Nun aber laß den Handschuhmacher und seinen linken Fuß und erzähle, was du weißt. Laß dir's nicht so brockenweise herausholen.«

»Nun, die siebzehn gingen also nach Kirch-Göritz und kamen ins Schützenhaus. Und da war ja nun Pfeiffer, der nie was zu tun hat, und steckte sich auch gleich in seine Schützenuniform mit der Medaillenkette und begrüßte sie und lobte sie, denn er kann reden wie ein Daus. Und als sie nun erzählt hatten, von wo sie desertiert wären und daß jeden Morgen zwanzig Mann in die Krampe müßten, um den Werft für die Faschinen zu schneiden, da sagte Pfeiffer: ›Kinder, das gibt einen Coup. Ich war mit bei den Schillschen, und ich versteh es. Morgen früh also. Wer will mit?‹ Da meldeten sich all die siebzehn Westfalen, denn das mußten sie, wenn sie nicht als schlechte Kerle dastehen wollten, und von den Kirch-Göritzer Schützen traten auch noch elfe vor. Und Pfeiffer war der neunundzwanzigste. So sah er auch gerade aus.«

Die Bauern lachten, denn sie kannten ihn alle.

»Und nu kam ja der andere Morgen, das war gestern früh, und sie schlichen sich dicht an der Oder hin, erst an dem Entenfang und dann an den Pulvermühlen vorbei. Und so kamen sie bis an die Stelle, wo die Franzosen den Werft schnitten, und der Werft stand so hoch und so dicht, daß sie sich einander nicht sehen konnten. Aber an einer Stelle war ein Gang, da drängten sie sich durch, einer hinter dem andern, und nun brachen sie mit Hurra vor, und Pfeiffer schoß ein altes Pistol ab, und die elf Göritzer Schützen gaben eine Salve in den Haufen hinein, daß gleich vier fielen und die andern auf die Festung davonliefen. Jetzt nun die Westfalen hinterher; aber es war Glatteis, und der vorderste Westfälinger, der zwei von den Ausreißern dicht auf der Ferse war, glitt aus und fiel so, daß er nicht gleich wieder aufkonnte. Da drehten sich die zwei nach ihm um und packten ihn und schleppten ihn mit sich fort. Das war der blutjunge Mensch, den ich um die zehnte Stunde einbringen sah. Und da sagt ich so bei mir, denn ich war neugierig geworden: ›Reetzke‹, sagt ich, ›du wirst nicht über Manschnow fahren, du fährst über Kirch-Göritz.‹ Und so fuhr ich über Kirch-Göritz. Aber, du mein himmlischer Vater, da war ja nu alles wie besessen, und den Pfeiffer hatten sie mit Punsch und Redensarten ganz toll gemacht. Und der hält sich jetzt für Schill und Blücher all in eins.«

»Das sieht ihm ähnlich«, sagte Kümmritz, »ein Großmaul, das immer genau vorher weiß, wo was zu riskieren ist und wo nich. Schade, daß das junge Blut die Zeche bezahlen muß. Aber so geht es immer: dieser lahme Pfeiffer kriegt den Ruhm, und der arme Westfälinger wird die Kugel vor den Kopf kriegen.«

Sie sprachen noch hin und her, und Sahnepott erschöpfte sich eben in Möglichkeiten, wie der Deserteur in dem Momente, wo er ausglitt, doch vielleicht noch zu retten gewesen wäre, als der junge Scharwenka eintrat, der heute ebenfalls Heu- und Strohlieferungen nach Küstrin hin gehabt hatte. Er trug noch hohe Stiefel, Flausrock und Pelzmütze und begrüßte jeden einzelnen, war aber ersichtlich in großer Erregung.

»Setz dich, Wenzlaff«, sagte der Alte. »Was bringst du? Du siehst nicht aus wie gute Zeitung.«

Der junge Scharwenka fuhr mit der Hand über die Stirn und sagte dann: »Sie haben ihn erschossen; ich stand keine dreißig Schritt davon; sie wollten, daß es jeder sehen sollte.«

»Den Deserteur?« fragten alle.

»So wißt ihr schon davon?«

»Nein. Wir wußten nur, daß sie gestern einen Deserteur eingebracht haben. Reetzke hat uns eben davon erzählt. Aber nun sprich, wie war es?«

Der junge Scharwenka rückte zwischen Krull und Reetzke ein und sagte dann: »Ich hatt eben abgeliefert, aber den Schein hatt ich noch nicht, denn der alte Füllgraf war nicht bei Weg, und als ich auf dem Magazin fragte, wie lang es wohl noch dauern könnte, da sagte der Inspektor: Die vierte Stunde würde wohl herankommen oder auch noch mehr. Und dabei schlug die Schloßuhr eben erst zwölf. Aber was war zu machen, und so sagt ich zu Matthissen: ›Na Matthis, denn helpt et nich; wie möten utspann'n. Du weetst ja, bi Kerkow'n upp 'n Kietz. Föhr man ümmer vörut. Ick kumm glieks na'h.‹ Denn ich mußte noch zu Mencken mit heran wegen dem Kirschfaß. Und dann ging ich über die Brücke. Und ich war noch keine zehn Minuten in der Ausspannung und stand mit dem alten Kerkow vor seinem Torweg, und die Hühner pickten um uns her, da hörten wir trommeln, Gott, trommeln, wie ich's all mein Lebtag noch nicht gehört habe.«

»Das macht, Wenzlaff«, sagte Kümmritz, »weil du nicht bei den Soldaten gewesen bist. Ich kenn es. Ein Wirbel und dann alles still, und dann wieder ein Wirbel. Es bedeutet nicht viel Gutes.«

Der junge Scharwenka nickte und fuhr fort: »Und nun dauerte es gar nicht lange, da kamen sie die Straße herauf. Erst fünf Tambours und ebenso viele Pfeifer; aber die Pfeifer spielten nicht. Und dann kam der junge Mensch. Jott, wie der aussah. Nicht bang und nicht traurig, aber das war es eben, was mir einen Stich ins Herz gab, und als er mich stehen sah und wohl sehen mochte, wie mir das

Mitleid in den Augen saß, da nahm er seine kleine Mütze ab und grüßte mich.«

Die Bauern rückten alle näher; man hätt ein Blatt in der Krugstube fallen hören.

»Und dann kam ja der alte Füllgraf, ein paar Adjutanten neben sich, und den Schluß machte das ganze Bataillon, dasselbige Bataillon, von dem der junge Westfälinger desertiert war. Aber es war nur noch schwach, keine vierhundert Mann. Da sagte der alte Kerkow: ›Kumm, Jungschen-Scharwenka, da möten wi mit dabi sinn.‹ Und ich ging mit.«

»Und doch heißt es: ›Du sollst nicht voll Neugier in deinem Herzen sein und nicht zu den Gaffern stehen‹«, sagte Miekley.

»Doch, Miekley«, warf Kümmritz ein. »Doch, so was muß man sehen; das macht einen Eindruck. Und man hütet sich davor, oder man kriegt auch einen Haß gegen den Feind. Und beides ist gut.«

»Und so ging es denn«, fuhr der junge Scharwenka fort, »immer mit Trommelwirbel bis an die letzten Häuser, und bei Raschmacher Günzel bogen sie links ein aufs freie Feld, da, wo die Reeperbahn ist. ›Halt!‹ kommandierte der alte Füllgraf, und dann formierten sie Carré, aber die vierte Seite war offen, und hier war das Grab. Ich stand mit Kerkow zwischen den Pappeln, und wir sahen den Sand, der frisch aufgeworfen auf dem Schnee lag. Und mir zitterte das Herz, denn fünf Mann und ein Sergeant waren jetzt aus dem Carré vorgetreten, und sie verbanden ihm die Augen mit seinem Taschentuch. Ein altes blaues Tuch mit weißen Punkten. Und nun sollt er niederknien. Aber da mit eins riß er das Tuch wieder ab und trat auf den General zu, der keine zehn Schritt von ihm hielt, und sagte was, was ich nicht hören konnte. Aber ich sah, daß der alte Füllgraf nickte und mit der Hand über seine Augen fuhr. Und da war es, als ob dem jungen Menschen leicht ums Herz geworden wäre, und er stellte sich gerad aufwärts hin und sah lange gen Himmel, wohl eine Minute lang. Und nun war er fertig, und mit der linken Hand, in der er noch das blaue Tuch hielt, schlug er an seine Brust und rief: ›Hierher, Kameraden, hier sitzt das preußische Herz. Feuer!‹ Und die Salve krachte, und im nächsten Augenblicke war alles vorbei. Der alte Füllgraf aber ritt heran und sagte zu dem Kommando: ›Gebt mir das Tuch.‹ Aber der Tote hielt es so fest, daß es Mühe machte. Dann schlossen sie wieder auf und rückten in Sektionen an uns vorbei. Jetzt spielten auch die Pfeifer, und ich merkte wohl, daß es etwas Lustiges sein sollte. Aber mir war nicht lustig ums Herz, als ich so hinterherging. Es war erst ein Uhr, und erst um sechs hab ich meinen Schein gekriegt. Waren *das* fünf Stunden!«

Damit legte er den vom alten Füllgraf unterzeichneten Quittungsschein auf den Tisch. Jeder von den Bauern nahm das Blatt und sah nach der Unterschrift. Dann sagte Sahnepott: »Und warum es gerade sein eigenes Bataillon sein mußte! Sie haben ja Franzosen genug. Aber das ist solch französischer Kniff. Immer was Apartes. Und grausam dazu.«

»Sei doch still, Sahnepott«, sagte Kümmritz verdrießlich. »Es kann nicht jeder in die Milchschüssel fallen. Du redst, wie du's verstehst. Apartes! Dummes Zeug. Ein Deserteur wird totgeschossen, das is in der ganzen Welt so. Bei Pirmasens faßten wir auch einen, war auch ein hübscher Junge. Aber was half's ihm? Krieg ist Krieg.«

Miekley wollte Sahnepott zustimmen. Kümmritz aber, der in Erregung war, ließ ihn nicht zu Worte kommen und sagte nur: »Ich will nichts hören, Miekley. Du bist in die Traktätchen gefallen, und das ist das Allerschlimmste. Uhlenhorst will den Krieg abschaffen, aber der Krieg wird Uhlenhorsten abschaffen. Denn wenn wir erst den Krieg haben, dann spricht er vor leeren Bänken. Und das kann jeden Tag kommen. Ich sag euch, es geht los, und dann wollen wir uns wieder sprechen. Der alte Groß-Quirlsdorfsche hat was vor, und den kenn ich, mit dem ist schlecht Kirschen pflücken, und Uhlenhorst wird ihn nicht anders machen. Landsturm oder nicht, er liest euch die Kriegsartikel vor, und was nicht standhält bei der Fahne, das kommt vors Kriegsgericht. Und was das bedeutet, das wißt ihr.«

Sahnepott und Miekley schüttelten den Kopf.

»Schüttelt nur; ich sag euch, es wird ernsthaft; wir erleben was, und hier herum wird es am schlimmsten. Das hab ich aus der alten Prophezeiung. Wißt ihr, was die sagt? Es werden rote Reiter am Himmel ziehen, und die Menschen werden so rar werden, wie die Störche Anno 57 rar waren, wo der große Sturm sie verschlagen hatte, daß man alle fünf Meilen nur einen sah. Und so wie Gott damals seinen Gottesvogel geschlagen hat, so wird er jetzt die Menschen schlagen. Der Frieden aber soll bei Chorinchen geschlossen werden.«

»Ja«, sagte Krull, »ich hab es auch gelesen letzten Sonntag im Küstrinschen Anzeiger; 's war auf der letzten Seite, wo die kleinen Geschichten stehen und die Rätsel.«

»Und da steht auch heute die Antwort«, sagte Kniehase und trat vom Fenster her an den Mitteltisch heran. »Wollt ihr's hören?«

»Ja«, riefen alle.

»Nun denn: *Antwort auf den Klagepropheten in Nummer fünf des Anzeigers.*«

»Und was schreibt er?«

»1812 wird viel Schnee fallen, und in Moskau wird ein großes Feuer sein.«

»Der macht sich's bequem«, brummte der alte Scharwenka, »der prophezeit ins Vergangene hinein.«

»1813 aber«, fuhr Kniehase zu lesen fort, »da wird eine Zeit kommen, wie noch keine war auf Erden. Da werden die alten Leute nicht zänkisch und die jungen Mädchen nicht neugierig sein. Die Doktors werden keine Geschichten mehr erzählen und die Richter nur bei Nacht schlafen. Und man wird nur im Herbst Wein machen. Die Reichen werden menschlich und die Bettler werden fleißig sein. Und alle Leute desselben Standes werden sich untereinander lieben.«

Die Bauern lachten, und Kümmritz sagte: »*Auch* ein Prophet. Einer, der klagt, und ein anderer, der Spaß macht. Aber welcher ist der rechte?«

»Immer der, der ernst sieht«, meinte Miekley.

»Nein, Miekley«, sagte Kniehase, »immer der, der heiter sieht. Die Welt geht nicht unter und wir auch nicht.«

Alle waren einig, daß Kniehase recht habe, sonst sei es gar kein Leben mehr.

Ein paar von den Bauern schrieben sich noch für ihre Frauen und Töchter die »neue Prophezeiung« ab, Sahnepott aber nahm den jungen Scharwenka beiseite und ließ sich noch von dem Deserteur erzählen. Denn er war derjenige im Kreise, der, weil er der Schwachnervigste war, auch am meisten das romantische Bedürfnis hatte.

Und dann trennten sie sich.

## SIEBENTES KAPITEL

### *Frau Hulen schreibt*

Am andern Morgen saßen die Geschwister allein am Frühstückstisch; Berndt war noch immer nicht zurück, die Schorlemmer in der Wirtschaft tätig. Lewin hatte sich sichtlich erholt, sprach aber wenig, so daß Renate froh war, Hoppenmarieken unter der Auffahrt erscheinen und wie gewöhnlich durch Erhebung ihres Hakenstockes andeuten zu sehen, daß sie Briefe bringe. Gleich darauf trat sie denn auch ein, von der Schorlemmer begleitet, und legte Briefe und Zeitungen auf den Tisch. »De een is von Faulstichen«, sagte sie, was sie, da sie nicht lesen konnte, dem Siegel oder irgendeinem andern äußerlichen Zeichen entnommen haben mußte. Und sie hatte recht. Faulstich schickte seine mehrerwähnte Kantate und benutzte die Gelegenheit, da sich nach Guse hin keine medisanten Briefe mehr richten ließen, den unter Handschuhmacher Pfeiffer erfochtenen Sieg der Kirch-Göritzer in einem ironisch pomphaften Bulletin zu verherrlichen. Einzelne Verse unter der Überschrift »Die Schlacht an der Krampe« waren eingestreut. In diesen hieß es:

Und als sie sich den Mut geschärft
An dem Lebenswasser von Danzig,
Durchbrachen sie den roten Werft,
Alle neunundzwanzig.

Und Göritz und sein Vogel Greif
Kamen in Zorn und Eifer,
Da wurde König der Than von Feif',
Unser Handschuhmacher Pfeiffer.

Hoppenmarieken hatte diese Reime noch mit angehört und dabei die Hände gefaltet, als ob es Gesangbuchverse wären. Zuletzt aber, als sie den Namen Pfeiffers hörte, fand sie sich zurecht und sagte: »Joa, diss' Pfeiffer, diss' lütt Humpelbeen. In Schullen säät he ümmer; nu wahren s' em wull övern Kopp tosammensloan.«

Und damit griff sie nach ihrer Kiepe und stapste wieder aus dem Zimmer hinaus.

Lewin schob den Brief zurück, der ihn wenig angenehm berührt hatte. »Ganz Faulstich; immer ein Auge für das Lächerliche, und weiter nichts. Kein Einsetzen seiner selbst. Da bin ich doch schließlich mehr noch für Handschuhmacher Pfeiffer. Aber laß sehen, was der andere Brief bringt.«

Dieser »andere« war ein kleines, auf der Rückseite mit einem Glaube-Liebe-Hoffnung-Petschaft gesiegeltes Viereck, obenauf aber mit einer ziemlich langen, hintereinander fortlaufenden Adresse versehen, die sich durch Rechtschreibung gerade nicht auszeichnete. »Seiner Edelgeboren Herrn Lewin von Vitzewitz, zur Zeit in Hohen-Vietz bei Küstrin; frei.« Lewin glaubte die Schriftzüge oft gesehen zu haben und wußte doch nicht wo. Neugierig erbrach er das Siegel, um nach der Unterschrift zu sehen. »Von meiner alten Hulen!«

»O lies«, sagte Renate, und die Schorlemmer setzte hinzu: »Das wird uns besser gefallen.«

»Wer weiß«, meinte Lewin. Aber man hörte seiner Stimme an, daß er desselben Glaubens und seiner Sache ziemlich sicher war. Und so las er:

»Lieber junger gnädiger Herr!
Es sind jetzt recht schwere Zeiten, wie mir Fräulein Renate von Bohlsdorf her geschrieben hat, damit ich doch wüßte, wo Sie wären. Und das war eine rechte Güte von dem lieben Fräulein.

Ja, schwere Zeiten sind es, und ich mag gar nicht davon sprechen. Aber das muß ich Ihnen als eine alte Frau doch sagen, es war nichts für Sie. Ich hab es gleich gesehen; sie war wohl schlank wie eine Wespe, aber *die* stechen auch, und dann muß man Erde auflegen, daß der Schmerz vergeht. Und ist es das Herz, dann ist es schlimm. Ja, lieber junger Herr, so war es auch mit Ihnen, daß Ihnen Erde aufgelegt werden sollte. Aber der liebe Gott wollt es nicht und hat anders geholfen, ohne Tod und Sterben, und hat Sie zu einem rechten Glücke aufgehoben.« Bis hierher hatte Lewin gelesen, aber jetzt flimmerte es ihm vor den Augen, und er ließ die Hand sinken, in der er das Blatt hielt.

Renate nahm es, um statt seiner zu lesen, und wiederholte leise: »Zu einem rechten Glücke aufgehoben.« Dann fuhr sie fort: »Das weiß ich ganz bestimmt. Das hab ich Ihnen angesehen, denselben Tag, als Sie bei mir mieteten und gleich sagten: ›Das finde ich zuwenig, Frau Hulen‹, und mir aus freien Stücken zulegten. Ach, wer so ein Herz für die armen Leute hat, für den hat der liebe Gott auch ein Herz und läßt ihn nicht umkommen, und Sie haben es auch wohl erfahren, was wir letzten Sonntag wieder gesungen haben:

Oft hast du mich gelabet,
Mit Himmels Brot gespeist,
Mit Trost mit reich begabet –

Ja, lieber junger Herr, das sind rechte Trostesworte, so recht für arme Leute geschrieben. Und am Ende sind wir alle arm, auch wenn wir reich sind. Sie wissen schon warum.

Und dieses alles hatt ich Ihnen schreiben wollen, lieber Herr Lewin, wie ich Sie als alte Frau doch wohl nennen darf. Und wenn Sie wieder bei Wege sind, da werden Sie doch wohl wieder bei der alten Hulen wohnen wollen. Das meinte das gnädige Fräulein auch. Und Sie kriegen solche Wohnung auch gar nicht wieder, denn es paßt alles. Der ›Grüne Baum‹ und die Singuhr und die Klosterkirche. Aber von der will ich weiter nicht reden, weil sie so katholisch aussieht.

Bitte, grüßen Sie das gnädige Fräulein, die so gut ist und an eine alte Frau gedacht hat, als welche ich hochgeneigtest bin und verbleibe

Ihre Wilhelmine Hulen, geb. Petermann.«

Lewin wollte das Blatt zurücknehmen, aber Renate sagte: »Nein, noch nicht. Es gibt noch eine lange Nachschrift.« Und sie las weiter: »Ich muß Ihnen, junger Herr, doch auch noch vermelden, daß der Herr Rittmeister von Jürgaß fort ist. Er war hier und fragte nach Ihnen. Und der spaßige kleine Hauptmann auch. Sie gehen beide nach Breslau, wohin jetzt alles geht. Denn der alte Lehweß hat doch recht gehabt, und Preußen kommt wieder auf. Und morgen soll es in der Zeitung stehen. Aber die Menschen wollen ja nicht warten, und das ist ein Laufen und Trommeln, als hätten wir schon den Krieg. Und wer zu alt ist oder zu schwach, der gibt, was er hat, oder er sammelt. Die Potsdamer Kadetten haben vierzig Taler gesammelt.«

Renate lachte, denn dieser ersten Nachschrift, dicht an den Rand gekritzelt, folgte noch eine zweite: »Denken Sie sich, junger Herr, der lahme Kellerjunge von nebenan will auch mit. Er sagt, der König kann alles brauchen. Und vorgestern hab ich mir im Bölkschen Saal den ›Brand von Moskau‹ angesehen. Gott, wie das so aufschlug! Ich dachte, wir müßten alle mit verbrennen. Ihre Obige.«

Die Schorlemmer hatte mit einer Art Andacht dem Geplauder dieses Briefes zugehört »Das ist eine gute Frau«, sagte sie jetzt und setzte dann hinzu: »Wir wollen ihr eine Kiste schicken! – Nicht wahr, Renatchen?« Und damit verließ sie das Zimmer, um die Geschwister allein zu lassen.

Sie traf damit den Wunsch beider, zumal Renatens, die nach einer Weile des Bruders Hand ergriff und leise fragte: »Darf ich mit dir sprechen, Lewin?« Dieser nickte.

»Die Hulen hat recht«, begann Renate, »sie hat es in ihrer Herzenseinfalt getroffen. Und nun höre mich an. Du bist jetzt zwei Tage hier, und wir können nicht so nebeneinander hergehen, immer nur in ängstlicher Vermeidung dessen, was uns das Herz bedrückt. Du bist verwundert, weil ich sage ›uns‹. Aber es ist so, denn ich bin bedrückt wie du.«

Sie schwieg und hatte vor, von Kathinka zu sprechen, aber der Name wollte ihr nicht über die Lippen, und so fuhr sie fort: »Ach, ich habe sie so geliebt, mehr als eine Schwester. Sie hatte das vornehme Wesen, das so gefällt, und sie hatte mir es angetan, mir und dir und jedem. Ich muß noch an den Morgen denken, als ihr nach Kirch-Göritz ginget, du und Tubal, und die Tauben an das Fenster kamen und sich liebkosend an sie drängten, als ich kaum erst den Riegel geöffnet hatte. Das verdroß mich damals. Aber ich hatte unrecht. Es flog ihr eben alles zu. Auch die Tauben. Und auch Marie ging in ihr auf und verzehrte sich in Bewunderung, ja, sie verzehrte sich, denn ihr blutete das Herz.«

Lewin, dem kein Wort entgangen war, lächelte und sagte: »Wir hören gern das Lob von dem, was uns verlorenging. Sonderbar, indem es uns das Gefühl des Verlustes steigert, tröstet es uns. Aber du darfst auch tadeln, Renate, tadeln, ohne Furcht, mir wehe zu tun. Denn ich wurde frei im Herzen, nicht durch eigene Kraft und kaum durch eigenen Willen, aber als ich vorgestern, in den hellen Wintertag hinein, hierherfuhr, da fühlt ich, daß ein altes Leben von mir abfalle und ein neues Leben beginne. Es klingt alles noch in mir nach, leise-schmerzlich, aber ich bin doch ein Genesender.«

»Ach, daß ich sprechen könnte wie du«, sagte Renate. »Dir liegen die trüben Tage zurück, meiner aber harren sie noch. Und wenn sie mir erspart bleiben, so wird es doch immer ein Schweres sein, was mich vor einem noch Schwereren bewahrt. Ich weiß es, daß es so kommen wird; ich fühl es vorahnend in meinem Gemüte.«

Lewin wollte antworten, aber Renate fuhr in wachsender Erregung fort: »Es ist ein dunkles Haus, und was sie selbst nicht haben, das können sie niemand geben: Licht und Glück. Es war immer ihr Schicksal, Liebe zu wecken, aber nicht Vertrauen. Vertrauen, ›die Mutter aller Liebe und ihr Kind‹. So las ich einmal, und es ergriff mich damals tief. Aber ich hab es seitdem anders gefunden. Es gibt auch eine Liebe ohne Vertrauen, und ich heg eine solche; du weißt zu wem, und ich kann sie nicht aus meinem Herzen reißen. Und deshalb werd ich *nicht* glücklich sein.«

»Doch, Renate, du wirst es. Glücklicher als ich.«

Sie schüttelte den Kopf.

»Tubal ...«

»... ist seiner Schwester Bruder«, unterbrach ihn Renate in schmerzlicher Bewegung, »ist *Kathinkas* Bruder.«

## ACHTES KAPITEL

### *Hauptquartier Hohen-Vietz*

Ihr Gespräch wurde durch das Vorfahren eines Wagens unterbrochen, und Renate, die den Blick auf das Fenster frei hatte, rief: »Der Papa!« Er war es und trat den Geschwistern, die sich rasch erhoben hatten, schon im Vorzimmer entgegen. Die Begegnung war herzlich; er küßte Renaten die Stirn und nahm dann Lewin bei beiden Händen, während er ihn zugleich bis an die Fensternische zog.

»Laß sehen«, sagte er und musterte ihn von Kopf zu Fuß mit scharfem Auge. »Nun, ich lese gute Zeitung; es war dein erster Schmerz, er tut am wehesten, aber er heilt auch am schnellsten. Junge Tage, kurzes Leid. Du wirst auch noch die Kehrseite davon kennenlernen. Und nun nichts mehr davon. Laßt uns Platz nehmen.«

Jeetze war eingetreten, um den Frühstückstisch zum zweiten Mal zu decken, und die Schorlemmer erschien, um ihren Teil an der Freude des Wiedersehens zu haben. Denn so herrnhutisch kühl ihr Herz auch schlug, so vergaß sie doch dieser Kühle, wenn, nach Tagen oder Wochen der Trennung, die Stimme des alten Vitzewitz zum ersten Mal wieder hörbar wurde. Auch Hektor hatte sich eingefunden, und so war alles beisammen.

»Wie wir dich erwartet haben, Papa!« sagte Renate. »Nicht aus Liebe, denn davon liebst du nicht zu hören, aber aus Neugier. Wir wissen nichts oder so gut wie nichts. Erzähle! Wie starb sie?«

»Hat denn Seidentopf nicht davon gesprochen?«

»Ja und nein. Er sprach von ihrem Begräbnis, aber nicht von ihrem Tod. Ich werde den Gedanken nicht los, daß es ein Schreck war, der sie tötete.«

»Und du triffst es. Der Tod muß sie plötzlich überrascht haben. Ich sah sie noch in der Stellung, in der sie Eve denselben Morgen gefunden hatte. Sie saß in dem großblümigen Lehnstuhl zu Füßen ihres Bettes, ihre noch offenen Augen auf den Stehspiegel gerichtet. Das Buch, in dem sie gelesen, ein Band Diderot, war ihr entfallen und lag neben dem Stuhl.«

»Und wie war sie gekleidet?«

»Schwarz. Eva war den Abend vorher von ihr fortgeschickt worden; sie wollte selbst ihr Nachttoilette machen. Das war um elf. Um diese Stunde muß es geschehen sein oder nicht viel später.«

»Und ...« Renate stockte.

»Ich weiß, was du fragen willst«, fuhr Berndt fort. »Der Spiegel, als ich in das Schlafzimmer trat, hatte seinen grünen Vorhang. Aber Eve wurde rot, als ich darnach fragte, und widersprach sich ein Mal über das andere. Das arme Ding; ich wollte nicht weiter in sie dringen. Um so weniger, als ich sicher bin, daß sie's am Abend vorher vergessen hatte.«

»Wer ein Gespenst großzieht, den bringt es um«, sagte die Schorlemmer.

»Wir sollen es nicht großziehen, aber wenn es da ist ...«

»So sollen wir seiner nicht achten. Dann schwindet es. Es kann Mißachtung nicht ertragen, denn es ist eitel wie alle höllische Kreatur.«

Berndt lächelte, gab der Schorlemmer die Hand und sagte: »Unser alter Streit! Vielleicht, daß wir noch mal Frieden darüber schließen. Aber lassen wir das. Was ich euch noch zu sagen habe, Kinder, hat einen bessern Klang. Wir sind reich! Und wenn du dich im Spiegel siehst, Renate, so siehst du das Bild einer Erbtochter.«

»Ich wußt es«, triumphierte die Schorlemmer. »Ich hab es dir prophezeit, den Abend in Bohlsdorf, als Doktor Leist seinen ersten Besuch machte.«

Renate wurde rot, denn sie gedachte auch manches anderen noch, das die Schorlemmer damals gesagt hatte; Berndt aber, ohne des Zwischenfalls zu achten, fuhr fort: »Ein Testament ist nicht da. Von einem gesetzlichen Anspruch der Pudaglas an Guse kann keine Rede sein. Es ist Allod. So fällt es an mich, als an den nächsten Erben. Ich habe mit Ladalinski, den ich vorläufig das Interesse der Pudaglas zu vertreten bat, die Dinge durchgesprochen; er weiß, in welchem Sinn ich mich glücklich schätzen würde, Wünschen oder Ansprüchen des ihm so nahe verwandten Hauses, vor allem aber seinen eigenen Wünschen entgegenzukommen. Es berührt das alte Pläne der Tante. Ihr kennt sie. Von dem Augenblicke an, meine teure Renate, wo du gewählt haben wirst, gehört Guse dir, ich bin nur Nutznießer und Verwalter. Im übrigen sollen dich diese Worte zu nichts bestimmen, deine Wahl ist frei.«

Die Geschwister schwiegen, und selbst die Schorlemmer fand keinen Spruch, der ausgedrückt hätte, was in ihr vorging. Berndt schien es zufrieden, und während er nach seiner Gewohnheit dem neben ihm liegenden Hektor von den mit Fleisch belegten Brotschnitten zuwarf, die für ihn selbst bestimmt waren, fuhr er fort: »Und so wären wir denn reich, reich in diesen allerärmsten Tagen. Und so gewiß Gott weiß, daß es mich nie nach irdischem Besitz gedrängt hat, so gewiß ist es auch, daß mich dieser Besitz jetzt freut. Ich fühle mich freier. Denn daß ich es euch gestehe, die Not und Drangsale dieser Zeit lagen schwer auf mir, schwerer, als ich es vor euch wahrhaben mochte. Die niedergebrannte Scheune …«

»… die bauen wir nun wieder auf, Papa.«

»Und den Saalanbau …«

»… den nicht«, lachte Renate. »Dazu versag ich, als Erbtochter, die nötigen Mittel. Nein, da machen wir klares Spiel und ziehen den Garten bis vor das Haus, ganz wie drüben in Hohen-Ziesar, und der Graf selber muß uns dabei behilflich sein. Das ist ja seine Passion. Ich bin für Reseda und Levkojen, aber nur als Rabatteneinfassung, und aus der Mitte der Beete wachsen Malven auf. Zimmetfarbene und wie von Atlas, die lieb ich am meisten. Und die beiden Derfflingerkanonen schaffen wir von Guse herüber, nur den Faun lassen wir da, und auf den Damm stellen wir eine Sonnenuhr oder noch lieber eine große schwarze Glaskugel, drin sich die Dorfstraße spiegelt und Hoppenmarieken, wenn sie vorübergeht.«

»Das läßt sich hören, Renate, und ich sehe, daß du dich schnell in die besseren Tage hineinlebst. Nur deinem eigenen Schloß, als das ich Guse vorläufig ansehe, darfst du, dem alten Hohen-Vietz zuliebe, nichts entführen wollen, und wenn es auch nur die zwei Derfflingerkanonen wären. Wer weiß übrigens, was davon übrigbleibt? Vorläufig sind die Franzosen drüben und nehmen mit, was ihnen gefällt. Wenigstens wenn wir ihnen nicht auf die Finger sehen. Komm, Lewin, daß wir darüber sprechen.«

Berndt erhob sich, Lewin folgte. Sie gingen in das einfenstrige Zimmer, darin Vater und Sohn zu Beginn unserer Erzählung ihr erstes Gespräch über Volksaufstand und endliche Vernichtung der Fremdherrschaft gehabt hatten. Es hatte sich nichts geändert: hier das Sofa und dort das Bild, und an dem breiten Fensterladen die Karte von Rußland mit ihren verschiedenfarbigen Nadeln. Alles wie damals am ersten Weihnachtsfeiertage.

Der alte Vitzewitz nahm Platz, streckte seinen Fuß, wie er zu tun pflegte, auf den vor seinem Arbeitstische stehenden Schemel und sagte: »Setz dich, Lewin. Ehe wir von anderem sprechen, noch ein Wort über dich. Ich wollt es vor den Frauen nicht ausspinnen. Sie dürfen nicht zuviel davon hören; gleich schwillt ihnen der Kamm. Denn alle wollen herrschen, und es freut sie, daß sie soviel Macht über uns haben. Darin sind sie sich alle gleich und in einer ewigen stillen Verschwörung gegen uns.«

Lewin sah vor sich hin; Berndt nahm seine Hand und fuhr fort:

»Es läßt sich leicht sprechen über Schweres, das uns selber nicht mehr drückt oder vielleicht nie gedrückt hat. Ja, es ist so; was dich drückt, Lewin, ist mir erspart geblieben. Aber anderes, anderes! Ich weiß davon und weiß auch: leben heißt überwinden lernen. Den beweglichen Naturen, Naturen wie der deinigen, hat Gott es in solchen Kämpfen am leichtesten gemacht. Und so wußt ich, daß du's überwinden würdest. Was noch fehlt, bringt die Zeit und unsere Zeit rascher als jede andere. Denn alles drängt nach Aktion, und Handeln ist so gewiß das Beste, wie Brüten das Schlimmste ist. Diese Tage werden dich frei machen.«

»Ich bin es, Papa. Als du vorfuhrst, hatt ich mit Renaten ein Gespräch darüber. Es liegt hinter mir. Was noch fehlt, ist bloß ein Körperliches. Es waren schwere Krankheitstage, und sie wirken noch nach. Weiter nichts. Aber was ist es mit Guse? Du wolltest davon erzählen.«

»Ja. Und so höre denn. Gestern nachmittag, ich war eben erst aus der Kirche zurück, wo mir Nippler seine Komposition zu der Kantate vorläufig auf der Orgel vorgespielt hatte, als es im ganzen Dorfe hieß: die Franzosen kommen. Und richtig, es war so. Eine Viertelstunde später rückten hundert Mann ein und hielten vor dem Schloß. Sie waren von verschiedenen Regimentern des Oudinotschen Corps und führten eine Kriegskasse mit sich. Als ich an sie herantrat, begrüßte mich ihr Führer, ein schwarzer Italiener, der sich Conte di Rombello nannte. Seiner Charge nach ein Kapitän. Er sprach, um mich einzuschüchtern, von dem ›Hauptcorps‹, das morgen nachrükken werde, und forderte Quartier. Ich zeigte mich sofort bereit (mir hätte nichts Lieberes passieren können) und lud ihn auf das Schloß, wo ich ihm unter den Zimmern desselben die Wahl freistellte. Er wählte das Spiegelzimmer, ein etwas sonderbarer Geschmack. Aber das ist seine Sache. Hübsch ist er, und so wird er sich sehen wollen. Die Kriegskasse steht in der Halle, die vorläufig zum Schutze der Gelder in eine Art Wachlokal umgeschaffen worden ist. In den Räumen daneben liegen dreißig Mann, ebenso viele hab ich in der alten Derfflingerkaserne, den Rest bei den Bauern untergebracht.«

»Und nun dein Plan?«

»Der Trupp will morgen früh weiter. Was also geschehen soll, muß rasch geschehen. Bamme weiß davon; aber ich hab es bei einer bloßen Meldung bewenden lassen. Wir machen es mit dem, was wir hier zur Hand haben. Rechnen wir die Manschnower und Gorgaster mit hinzu, so haben wir hundert Mann. Damit zwingen wir's, denn sie sind matt wie die Fliegen, und der moralische Halt ist längst heraus. Dazu Nacht und Überraschung. Es kann nicht fehlen. Was vereinzelt bei den Bauern liegt, ist froh, mit dem Leben davonzukommen. So handelt sich's nur um das Schloß. Vorn an der Sphinxenbrücke steht ein Doppelposten, den lassen wir stehen. Wir passieren statt dessen den Graben, da, wo das Schwanenhäuschen steht, und dringen von hinten her ein. Kniehase muß das leiten. Ich für meine Person nehme den ›Conte‹ gefangen, und du und Wenzlaff sind mit mir. Sind wir geschickt, so darf es uns nicht einen Mann kosten. Die Kriegskasse bleibt unser; das heißt bis auf weiteres. An dem Tage, wo sich der König erklärt hat, schaffen wir sie nach Berlin. Dort wird man sie brauchen können, denn Geld ist immer das Knappste im Lande Preußen.«

»Und die Gefangenen?«

»Es soll ihnen kein Haar gekrümmt werden. Ich bin aus der Weißglühhitze heraus. Entsinne dich dessen, was ich dir schrieb: Wir wollen einen regelrechten Krieg haben. Und so schicken wir denn die Gefangenen zu den Russen. Übrigens will ich nicht behaupten, daß sie dort gut gebettet wären. Und nun laß uns zu Kniehase gehen, daß wir alles Nähere mit ihm besprechen. Um neun müssen wir marschfertig und um Mitternacht in Guse sein.«

Damit nahmen sie Hut und Stock und schritten über den Hof hin auf die Dorfgasse zu.

Eine Stunde später kehrten Berndt und Lewin aus dem Schulzenhofe zurück, wo sie mit Kniehase den »Coup« noch einmal durchgesprochen und alle zur Ausführung nötigen Schritte verabredet hatten. Sie fanden Jeetzen in großer Aufregung, was Berndt zu der Frage veranlaßte: »Du trippelst wieder, Jeetze, was ist passiert?«

»Der Herr General ist da.«

»Bamme?«

»Ja; General von Bamme. Der gnädige Herr waren noch keine Viertelstunde fort, als er vorritt auf seinem kleinen Shetländer. Der gnädige Herr wissen schon, auf dem isabellfarbenen mit der schwarzen Mähne. Krist und ich haben ihn bei den Ponies untergebracht.«

»Den Shetländer. Aber wo ist der General?«

»Oben. Ich habe gleich einheizen müssen, weil es klamm und kalt war. Er sitzt in der Amtsstube und hat seinen grauen Mantel anbehalten und die Pelzmütze auf.«

Die beiden Vitzewitze stiegen nunmehr treppauf und fanden den General genau so, wie Jeetze ihn beschrieben hatte. Vor ihm, auf dem ziemlich in der Mitte stehenden Arbeitstische, lag eine große, mit Tintenfaß und Papierschere festgehaltene Spezialkarte von Barnim und Lebus, auf der sich der kleine, mit seinem Oberkörper weit vorgebeugte Mann mühsam zu orientieren suchte. Ein Versuch, der ihm durch die dichte Tabakswolke, in der er steckte, nicht eben erleichtert wurde.

»Guten Tag, General.«

»Guten Tag, Vitzewitz. Sie sehen, ich habe mich hier eingerichtet ohne Meldung oder Anfrage. Sonst nicht meine Gewohnheit. Aber Sie müssen jetzt dem alten Bamme den ›General‹ in Rechnung stellen, und zwar zu seinen Gunsten. Mein altes Groß-Quirlsdorf liegt zu sehr aus der Welt, und rundheraus, ich gedenke Hohen-Vietz zu meinem Hauptquartier zu machen. Anfangs war ich unschlüssig, ob ich nicht unser gräfliches Hohen-Ziesar vorziehen sollte; aber Hohen-Vietz ist besser. Hier läuft die große Straße, und was von Küstrin aus nach Westen will, muß an Ihren Fenstern vorbei.«

»Ich freue mich, General, daß Sie die Wahl so und nicht anders getroffen haben.«

»Und um die Wahrheit zu gestehen«, fuhr Bamme fort, »es ist nicht bloß wegen der Lage, es ist auch Ihretwegen, Vitzewitz, daß ich mich *hier* und nicht in Hohen-Ziesar einquartiert habe. Sie sind nun einmal die Seele von der Sache, haben alles geplant, sind vom Metier und kennen das Lokal. Und das ist die Hauptsache. Sehen Sie, da sitz ich hier über der Karte und spiele meinen eigenen Generalquartiermeister. Aber wie! Mehr als dreißigmal bin ich in dieser halben Stunde zwischen Küstrin und Berlin hin- und hergefahren, ohne auch nur drei richtige Wolfsgruben ausfindig gemacht zu haben.«

»Wolfsgruben?« fragte Berndt und sah dem Alten verwundert ins Gesicht, während Lewin einen Stuhl an die

Rückseite des Tisches schob, um wenigstens von obenher auf die vor Bamme ausgebreitete Karte sehen zu können.

»Ja, Wolfsgruben oder auch Fuchsfallen, wie Sie wollen. Und nun hören Sie mich an. Darin, daß etwas geschehen muß, in *dem* Punkte sind wir einig. Und auch darin, daß es die höchste Zeit ist. Die Marschälle und Corpskommandanten sind fort, alle die großen Namen, aber von den Kleinen stecken noch Hunderte zwischen Weichsel und Oder, und die müssen wir haben. Also ›wegfangen‹ oder, wenn Sie wollen, Wegelagerung, Stellmeiserei. Vor Worten darf man nicht erschrecken, am wenigsten *wir*; etwas von unserer Ahnen Blut und Metier wird uns doch wohl verblieben sein. Ob man uns, was wir vorhaben, danken wird, ob wir gut damit fahren werden? Das ist freilich die Frage. Ich zweifle fast. Sie kennen meine Ansicht darüber. Das ›Auf-eigene-Hand-Tun‹ ist hierlandes immer ›suspect‹ gewesen, wie Gräfin Schwester gesagt haben würde. Man mag uns oben nicht. Und sie haben auch ganz recht, die Nürnberger Herren, denn man sieht wohl, wo es anfängt, aber nicht, wo es endet.«

Bamme, der, wenn es die Frage »Hohenzollern contra Quitzow und Genossen« galt, jedesmal zu labyrinthischen Exkursen weggerissen wurde, hatte auch heute wieder den Faden verloren, weshalb Vitzewitz ohne weiteres auf die schwebende Frage zurückgriff. «Also Wolfsgruben.«

Bamme lachte, zündete den kleinen Meerschaum, der ihm während des Sprechens ausgegangen war, wieder an und sagte: »Ja, Wolfsgruben, Vitzewitz, oder, da das große Wort schon gesprochen wurde: Wegelagerungsetappen, Generalsfallen. Es ist nicht nötig, daß es immer Generale sind. Wir nehmen auch Companiechefs. Alles, was hineinfällt, ist gut. Nur nicht wählerisch. Da haben Sie die Sache. Aber wollen Sie glauben, Vitzewitz, daß ich auf diesen zehn Meilen auch nur drei solche Generalsfallen hätte herausspintisieren können! Auf Ehre, nicht eine. Und warum nicht? Weil ich ein Havelländischer bin und, zu meiner Schande sei es gesagt, mich in vollen siebzehn Jahren in Barnim und Lebus nicht zurechtgefunden habe. Rathenow, Havelberg, da weiß ich Bescheid, da kenn ich

Weg und Steg. Aber was kenn ich hier? Hohen-Vietz und Hohen-Ziesar.«

»Und Guse.«

»Ja, Guse. Das wäre nun solche Falle gewesen. Aber weg sind sie.«

»Wer? was?« rief Berndt.

»Alles! Die hundert Mann, der Conte und die Kriegskasse. Und das letzte ist das Schlimmste. Vor zwei Stunden, keine dreihundert Schritt vorm Dorf, passierte ich den ganzen Trupp, ihren Geldkasten mitten in der Kolonne. Gescheite Leute. Sie müssen Wind gekriegt haben. Übrigens ein entzückender schwarzer Kerl, dieser Conte. Und wie das schwatzte und parlierte! Ich hätte ihn der Tante noch gegönnt; nichts für ungut, Vitzewitz.« Berndt stampfte mit dem Fuße, nicht um der Tante, sondern um des gescheiterten Coups willen.

»Ist es doch, als ob es nicht sein sollte«, rief er. »Immer wieder verfehlt, immer wieder hinausgeschoben. Sagen Sie selbst, Bamme, in demselben Augenblicke, in dem wir den Hirsch beschleichen wollen, raschelt es, und er geht wieder ins Weite.«

»Lassen Sie ihn, Vitzewitz; die Tage wechseln. Eine Karte verliert und die nächste gewinnt. Übrigens wett ich sechs Flaschen Chateau d'Yquem gegen eine Chateau Krach, daß der Conte, trotz seiner wundervollen Augen, nicht drei Meilen weit kommt. Die Generalsfallen sind zwar noch nicht fertig, aber mitunter machen sie sich von selbst. Und was die Gelder angeht, so hab ich den Trost, wenn ein Armeecorps herunter ist, so ist es seine Kriegskasse auch. Und dieser arme Oudinot hat so recht eigentlich die Zeche bezahlen müssen. Also begraben wir's.«

»Wir werden es müssen«, sagte Berndt. »Geh, Lewin, und sage Kniehase, daß er die Mannschaften läßt, wo sie sind, vor allem die Manschnower und Gorgaster. Wir dürfen sie nicht durch unnützes Hin- und Herziehen widerhaarig machen, sonst fehlen sie, wenn wir sie brauchen.«

Und als diese Punkte reguliert und im Eifer über Neuzuverfolgendes der Guser Fehlschlag halb schon wieder vergessen war, trat Jeetze ein, um zu melden, daß das Diner angerichtet sei.

## NEUNTES KAPITEL

### *Ein Aide de camp*

Bamme zu Ehren war in der Halle gedeckt worden. Ein großes Kaminfeuer brannte, draußen fielen Flocken, und die alten Vitzewitze sahen aus ihren Rahmen verwundert auf den kleinen krähstimmigen Mann hernieder, der ein Mal über das andere «Herr General» genannt wurde. Zu ihren Zeiten hatten die Generale anders ausgesehen. Vielleicht galt übrigens ihre Verwunderung mehr noch der reichen und ganz besonderen Tafelausstattung als irgend etwas anderem; denn nicht nur brannten heute die schweren vierarmigen Silberleuchter, sondern zwischen diesen Leuchtern paradierte auch noch ein unverhältnismäßig großer, die Donau mit all ihren Zuflüssen darstellender Rokokoaufsatz, auf dessen oberster Spitze die Kaiserin Maria Theresia thronte. Das hatten die alten Perücken-Vitzewitze seit vollen dreißig Jahren nicht gesehen, und selbst unser Berndt war bei seinem Eintritt in die Halle einen Augenblick wie betroffen gewesen. Renate aber, als sie diesem Blicke begegnet war, hatte mit dem Zeigefinger erst auf sich selbst gewiesen und dann dem Vater in schelmischer Laune zugeflüstert: »*Ich*, Papa, als Erbtochter von Guse!«

Gleich darauf hatte man Platz genommen. Bamme zwischen Berndt und Renate, Lewin und die Schorlemmer ihnen gegenüber. Einer der gestellten Stühle war leer geblieben, da der ebenfalls geladene Seidentopf noch in der letzten halben Stunde hatte absagen lassen. Der alte Kossäte Maltusch nämlich lag seit letzter Nacht im Sterben und hatte nach dem Abendmahle verlangt. Von seiten Bammes war unmittelbar nach Bekanntwerden dieses Behinderungsgrundes allerhand wirres Zeug über Abendmahl und Mittagsmahl gemurmelt worden, aber so undeutlich und mit so schlechtem Gewissen, daß er selbst von der Schorlemmer, die dergleichen nie durchgehen ließ, nicht hatte zur Verantwortung gezogen werden können.

Der alte Kossäte Maltusch, nicht viel jünger als unser Freund Jeserich Kubalke, wohnte dreiviertel Stunden vom

Dorf hart an der Hohen-Ziesarschen Grenze und war eigentlich schon auf einer Art Landzunge in die Drosselsteinsche Feldmark hineingebaut. Das führte denn, nachdem auf dem Gebiete Maltusch-Seidentopf-Kubalke mehrere Minuten lang geplänkelt worden war, alsbald ins Gräfliche hinüber und vom Gräflichen auf den Grafen selbst. Alle waren einig in seinem Lobe; Renate sprach mit besonderer Wärme, und selbst die Schorlemmer pries seinen »vor ihm selbst verborgenen« christlichen Sinn. »Hätt er einen andern Verkehr gehabt«, sagte sie, »und statt in Zeiten des Abfalls in Zeiten der Erweckung gelebt, er wär ein Mann geworden wie ›unser Graf‹.«

»Danken wir Gott«, erwiderte Bamme, »daß er geblieben ist, wie Natur und Verhältnisse ihn schufen. Ich habe nichts gegen den lausitzischen Grafen, den Sie, meine Verehrteste, als ›Ihren Grafen‹ zu bezeichnen lieben; aber ich erschrecke, wenn ich mir unseren Drosselstein, der, seine Tugenden in Ehren, ohnehin schon nicht zu den Alleroriginellsten gehört, als Zinzendorf den Zweiten vorstelle. Es tut jeder gut, sich auf seine eigenen Beine zu stellen, diese Beine mögen sein, wie sie wollen. Wir haben die unsrigen, Zinzendorf hatte die seinigen. Wenn ich sage die ›unsrigen‹, so muß ich um Entschuldigung bitten, weil ich mir wohl bewußt bin, meine berechtigten Eitelkeiten nicht gerade nach dieser Seite hin suchen zu dürfen. Im übrigen bleibt es dabei: ›Das Traurigste sind die Dubletten.‹ Woran ist Prinz Heinrich gescheitert? Die Gräfin drüben ist tot, und so läßt sich ohne Furcht vor einzubüßender Freundschaft allenfalls eine Antwort auf diese Frage geben. Er ist gescheitert einfach an der Tatsache, daß er doch schließlich nichts anderes als ›beinah sein Bruder‹ war. Da lob ich mir den alten Ferdinand, den Sie neulich, Vitzewitz, in seinem Johanniter-Palais besucht haben. Der war nie etwas, Gott weiß es, aber er war doch wenigstens er selbst. Nein, meine Werteste, lassen wir unseren Hohen-Ziesarschen Grafen, wie er ist. Das wird das Beste sein für ihn und für uns. Er hat eben nur einen Fehler!«

»Und der wäre?« fragte Berndt.

»Er wird das Pregelwasser nicht los, oder, was dasselbe sagen will, er steckt zu tief in seinen ostpreußischen Vorurteilen. Achten Sie darauf, wenn er über politische Dinge spricht, speziell in diesen unseren Tagen, wo sie, nach seiner ehrlichsten Überzeugung, dort oben wieder beflissen sind, die Weltgeschichte zu machen und Freiheit und Ordnung in Balance zu bringen. Ich kenn ihn. In Ostpreußen ist die Mannhaftigkeit und in Königsberg ist die Weisheit zu Hause. Daran ist nicht zu rütteln, das ist Paragraph eins. Alles, was sich in den anderen Provinzen findet, wird an dieser Elle gemessen. Auch wir Märker passieren nur so obenhin. Er läßt uns gelten, aber bloß als Rohmaterial. Wir werden abgerichtet für den Dienst, für Armee und Verwaltung, aber aus uns selber sind wir nichts und bedeuten wir nichts. Wir sind unfrei, Werkzeuge, Hofsklaven, Hohenzollernsche Leibtrabanten.«

Berndt lächelte.

»Ja, General«, sagte er, während er mit den Fingern der linken Hand leise auf dem Tischtuch trommelte, »bei Lichte besehen, *ist* es nicht so?«

»Nein, Vitzewitz, nein. Natürlich, es gibt Ausnahmen, ein paar oder meinetwegen auch viele. Aber das reizt mich eben, daß man über die Pehlemanns, die Medewitz' und Rutzes, die nichts haben als Spieluhren, Gicht und Dummheit, daß man über diese die Vitzewitze und die Bammes vergißt. Hofadel! Bah! Der Jagdjunker von Otterstädt, der den abgeleierten Spruch von ›Jochimken, Jochimken, höde di‹ an seines gnädigen Herrn Kammertüre schrieb, war auch bei Hofe. Leibtrabanten! Unsinn! Frondeurs sind wir, alle oder doch die Besten von uns, und Ab- und Einsetzen, das wäre so unsere Passion, wenigstens die meine. Wann waren die Bammes bei Hofe? Nie. Und die Vitzewitze nicht oft. Wir haben Anno 95 nicht gefragt, und jetzt fragen wir wieder nicht. Man geht zusammen, solang es paßt. Manus manum lavat. Wenn mir wohl wird, wird mir immer lateinisch. Legitimität, Loyalität! Bah! Alles ist Akkord und Pakt und gegenseitiger Vorteil.«

»Und *Eid*«, sagte die Schorlemmer.

Bamme zuckte die Achseln.

»Meine Gute«, fuhr er geringschätzig fort (denn er wußte, daß ihn die Schorlemmer nicht leiden konnte), »wenn es mit den Eiden ginge, so würden die Zinzendorfe die

Welt regieren. Ich bezweifle, daß wir dabei gewönnen. Denken Sie sich eine tugendhafte Weltgeschichte. Wenigstens ich für mein Teil möchte sie nicht lesen. Es ist mit den Eiden wie mit den Gesetzen, sie sind nur dazu da, um gebrochen zu werden. Wenigstens die politischen; die Liebeseide nehm ich natürlich aus.«

Und dabei wandte er sich zu der neben ihm sitzenden Renate und küßte ihr die Hand.

»Ich weiß, daß Sie scherzen«, sagte diese.

»Ach, meine Gnädigste«, fuhr Bamme fort, der auf seine Art eine Schwärmerei für Renaten hatte, »ich scherze nicht, ich verfalle nur in meinen alten Fehler, mir die Ohren nicht genau zu berechnen, vor denen ich spreche. Das alles waren Sätze für die Gräfin-Tante, nicht für die schöne Nichte. Ich war in diesem Augenblicke in Guse, nicht in Hohen-Vietz. Pardon!«

Schon während diese letzten Worte gesprochen wurden, war von der Dorfgasse her ein rasch sich steigerndes Schellengeläute hörbar geworden, und gleich darauf hielt ein Schlitten vor den Flachstufen des Hauses.

»Nach der Regel müßte das Drosselstein sein«, sagte Bamme und erhob sich halb von seinem Stuhl, um schärfer nach dem Vorplatz hinaussehen zu können. Es war aber nicht Drosselstein, vielmehr traten, zu nicht geringem Staunen Lewins, Hirschfeldt, Grell und Tubal ein und wickelten sich, während letzterer erst zu Vorstellung seiner beiden Reisegefährten, dann zu Entschuldigungen über ihr allseitig unangemeldetes Erscheinen schritt, aus ihren Shawls und Mänteln heraus.

Berndt, gastlich und zerstreuungsbedürftig, gab seiner Freude über den unerwarteten Besuch – eine Freude, die, wie sich leicht denken läßt, von dem «immer frisches Blut» verlangenden Bamme geteilt wurde – den lebhaftesten Ausdruck; nichtsdestoweniger blieb eine kleine Verlegenheit, die sich bei Lewin und Renaten und mehr noch bei Tubal hinter einem beständigen Hin- und Herfragen, ohne daß die Antwort abgewartet worden wäre, zu verstecken suchte. Ja selbst die Schorlemmer ließ ihre sonstige Ruhe vermissen.

Inzwischen waren Stühle gerückt worden, und da bei dem ersten Besetzen der Tafel außer dem Seidentopfschen

Platz auch noch die Schmalseiten oben und unten frei geblieben waren, so wurde das Tischarrangement keinen Augenblick ernstlich gestört. Es war die Rede davon, einige der Gänge rasch noch einmal wieder erscheinen zu lassen, alle Neuangekommenen aber lehnten auf das bestimmteste ab und erklärten nicht nur, unterwegs eine sehr substantielle Mahlzeit eingenommen, sondern auch, wie der Augenschein zeige, für ihre Ankunft in Hohen-Vietz den denkbar glücklichsten Moment, den des Desserts, getroffen zu haben. Dem stimmte Bamme, der gerade Schwarzbrot und Biskuitschnitten mit frischer Butter zusammenmörtelte, emphatisch bei und verschwor sich ein Mal über das andere, daß die Feinschmecker aller Zeiten, von Lukull bis auf Friedrich den Großen, das eigentliche Diner immer nur als den Sockel der drei großen Dessertgottheiten: Bacchus, Momus und Pomona, angesehen hätten.

So phantasierte der Alte weiter, dessen guter Laune es denn auch vorzugsweise zuzuschreiben war, daß das befangene Hin- und Herfragen der ersten Minuten einer ungezwungeneren Unterhaltung Platz zu machen begann. Jeder beteiligte sich schließlich daran, insbesondere Tubal, aus dessen Mitteilungen unter anderem auch ihr eigentliches Reiseziel erkennbar wurde. Sie befänden sich, so versicherte er, auf dem Wege nach Breslau, wo sie dem durch Jürgaß und Bummcke gegebenen Beispiele zu folgen und in die daselbst sich bildende Freiwilligenarmee einzutreten gedächten. Der Aufruf, von dem alle Welt spräche, sei zwar noch nicht da, niemand bezweifele aber, daß er kommen werde (»Jede Stunde«, warf Berndt dazwischen), und ein gestern von Jürgaß eingetroffener Brief gäbe bereits ein Bild des neuerwachten Lebens. So sei neben anderem auch ein schlesischer Landsturm in Bildung begriffen. Alle Männer von achtzehn bis sechzig Jahren, soweit sie noch nicht Waffen trügen, sollten herangezogen werden. Zweck dieses Landsturms sei, den Feind, wo er sich in schwachen Detachements zeige, zu überfallen, Generale wegzufangen (Bamme schlug mit der flachen Hand auf den Tisch) und mit Fourageurs und Marodeurs kurzen Prozeß zu machen. Scharnhorst leite das Ganze; Blücher sei angekommen. Was aber am schwersten wiege, der König selbst, der bis dahin an einem kräftig-patriotischen Aufschwung gezweifelt habe, sei jetzt selber von Zuversicht getragen. Und in diesem neuen Glauben werd er sich befestigen, denn der Geist sei überall derselbe. Von allen Seiten strömten Gaben herbei: Geld, Waffen, Equipierung; jeder gäbe, was er habe, und wer nichts habe, der gäbe sich eben selbst. Alles dies sei dem Jürgaßschen Schreiben entnommen. Er seinerseits aber glaube noch hinzufügen zu sollen, daß in den nächsten Tagen schon neuntausend Freiwillige von Berlin nach Breslau abgehen würden.

Diese Mitteilungen, mit Jubel aufgenommen, schlugen den letzten Rest von Verlegenheit, wenn ein solcher überhaupt noch da war, in die Flucht, namentlich bei Berndt, der ohnehin von Anfang an den Vorfall im Ladalinskischen Hause nicht gerade von der allertragischsten Seite genommen hatte. Was war es denn schließlich? Mehr dem Eigensinn als der Ehre des alten Geheimrats war eine Niederlage bereitet worden. Bninski war Graf und reich, und Lewin – war jung. Der Ungar, dem nicht nur Bamme, sondern die ganze Tafelrunde mehr und mehr zuzusprechen begann, begann auch in gleichem Maße die gute Stimmung zu steigern, und Berndt, erfüllt von Plänen, deren Ausführung aus der Anwesenheit und dem Verbleib seiner Gäste nur Vorteil ziehen konnte, richtete schließlich die Frage an Tubal: »Bis wie lange?«

»Bis morgen.«

Das war nun freilich nicht das, was er zu hören gewünscht hatte.

»Ihr müßt bleiben«, rief er, »und uns zur Hand gehen. Mit dem Guser Coup sind wir sitzengeblieben; dieser Conte war klüger, als ich ihn nahm, und hat seinen Kopf rechtzeitig aus der Schlinge gezogen. Aber die nächsten Tage müssen etwas bringen, und wenn wir recta gegen ›Bastion Brandenburg‹ oder den ›Hohen Kavalier‹ anstürmen sollten. Bamme und ich waren die ersten hier herum und exerzierten schon, als sich jenseits der Oder noch keine Hand rührte, und nun haben sie drüben den kleinen Krieg comme il faut, während wir immer noch dasitzen wie die Spittelweiber in der Nachmittagspredigt.«

Ein strafender Blick der Schorlemmer traf ihn, und Berndt, nachsichtig bis zur Schwäche gegen die rigorösen Launen der alten Herrnhuterin, korrigierte sich sofort und sagte, seinen letzten Satz in anderer Form wiederholend: »Während wir immer noch stillsitzen und unsere Hände in den Schoß legen. Aber das muß anders werden. Überall ist man uns voraus, in Soldin, in Driesen, in Landsberg. Und nicht genug daran, keine Stunde Wegs von hier schlagen diese Kirch-Göritzer ihre Krampenschlacht, und ehe wir's uns versehen, hat Faulstich den Pour le mérite. Sind wir dazu da, um vor Handschuhmacher Pfeiffer die Segel zu streichen? Wir, die wir zuerst gekräht haben, zuerst und am lautesten. Sollen wir uns sagen lassen, daß wir bloß gespielt und mit Exerzitium und Trommelschlagen dem lieben Herrgott die Zeit gestohlen hätten. Nein, ich hasse nichts mehr als diese Soldatenspielerei. Und warum? Weil ich Soldat war und das Ding ernsthaft ansehe. Ein Bürger, ein Bauer ist nicht gebunden, die Waffe zu nehmen, aber *wenn* er sie nimmt, muß er sie brauchen, sonst ist er ein Narr oder ein Prahler.«

»Es ist doch ein eigen Ding um den Ungar«, schmunzelte Bamme und drehte seinen Schnurrbart. »So läßt er uns beispielsweise die Rollen tauschen. Sie, Vitzewitz, sprechen wie Bamme, so muß ich denn wie Vitzewitz sprechen. Das heißt ruhig und besonnen. Nein, Freund, Sie gehen zu weit, vor allem zu weit gegen sich selbst. Zum Streiten gehören zwei, sagt das Sprichwort. Und zum Bataillieren auch. Erst müssen wir sie haben, *haben.*«

»Nicht doch«, unterbrach ihn Berndt, »verstecken wir uns nicht hinter *diesem* Satz. Der Feind ist überall. Es braucht nur guten Willen, und wir begegnen ihm. ›Suchet, so werdet ihr finden.‹ Ein Sprichwort ist des anderen wert, und meines ist sogar ein Spruch. Solche Trupps, wie die hundert Mann in Guse, sind jetzt auf jeder Straße. Wir erklären sie gefangen, mehr ist nicht nötig. Es sind Expeditionen (du warst ja dabei, Tubal), als ob wir Muschwitz und Rosentreter aufsuchten, meine ›französischen Marodeurs‹ von damals. Von Gefahr keine Rede, viel weniger, als um unserer Reputation willen zu wünschen wäre. Aber das Blatt kann sich wenden, neue Regimenter des Vizekönigs mischen sich schon mit den alten, und unter allen Umständen, so oder so, du bleibst, du und deine Freunde!«

Tubal wechselte zustimmende Blicke mit Hirschfeldt.

»So bleiben wir denn«, riefen beide, und Hirschfeldt, indem er sich gegen Berndt verneigte, setzte hinzu: »Der Aufruf ist noch nicht da, und die Bildung der Freiwilligencorps hat kaum erst begonnen. So versäumen wir nicht viel. Ist doch Hohen-Vietz ohnehin eine Etappe nach Schlesien; in drei Tagen sind wir in Breslau, spätestens in vier. Ich für mein Teil stelle mich zu Diensten, und unser Freund Grell, bei allem Kriegseifer, der ihn beseelt, wird ein Gespräch über Hölderlin, zu dem sich ihm hier die beste Gelegenheit darbietet, auch nicht zu den verlorenen Stunden zählen. Ich bitte den Herrn General, über mich verfügen zu wollen.«

»Topp, Hirschfeldt«, sagte dieser. »Das nenn ich eingefangen! Sie sind mir willkommener, als Sie wissen können. Es ist nichts Kleines für einen alten Zietenschen, der bloß reiten und die Augen aufmachen kann, einen ›Aide de camp‹ um sich zu haben, der sich auf Karten und Listen und aufs Schreiberhandwerk versteht. Denn ganz ohne Federfuchserei geht es nicht mehr in der Welt. Auf gute Kameradschaft also!«

Und dabei klangen die Gläser zusammen.

Eine Viertelstunde später erhoben sich alle von der Tafel, und die beiden Damen, während der Rest der Gesellschaft das Eckzimmer aufsuchte, stiegen in das obere Stockwerk hinauf, um hier für die Placierung ihrer Gäste Sorge zu tragen. Sie kamen überein, den Hölderlin-schwärmenden Grell bei Lewin, Tubal und Hirschfeldt aber in dem nebenangelegenen Zimmer unterzubringen. Alles dies war rasch geordnet, nur Bammes Unterbringung machte Schwierigkeiten. »Wo schaffen wir ihn hin?« sagte die Schorlemmer. «Ich mag ihn nicht auf unserem Korridor haben. Er ist anstößig und ein Greuel.«

»Ich fürchte mich auch vor ihm«, entgegnete Renate. »Das heißt, ein wenig.«

»Und das ist gut, daß du dich fürchtest. Ich tue es auch, wenn Abneigung Furcht ist. Er darf nicht nach oben, zehn Schritt von deinem und meinem Zimmer. Vielleicht klingelt er, oder gewiß klingelt er, und Maline muß ihm ein Glas Wasser bringen.«

»Nun?«

»Nun?« wiederholte die Schorlemmer. »Wie du nur fragst, Renate! Ich habe dich doch zu fromm erzogen. Ein Mensch wie Bamme trinkt nie Wasser und klingelt immer und rechnet dabei auf dies und das.«

»Aber, liebe Schorlemmer ...«

»Ich habe mit den Angekoks gelebt«, fuhr diese fort, »und die Grönländer, die auch klein sind, geradeso klein wie dieser Bamme, die waren auch alle in der Fleischeslust. Meine liebe Renate, gewiß, man soll den Teufel nicht an die Wand malen; aber ebenso gewiß ist es, man soll den Brunnen nicht erst zudecken, wenn das Kind hineingefallen ist. Und die Maline ist ein Kind, ja, das ist sie mit all ihrer Klugheit. Denn was die Klugheit hilft, das verdirbt die Eitelkeit. Und mit den Eitlen hat er immer das leichteste Spiel. Du weißt schon wer. Mir ist, als hätten wir den Bösen im Hause.«

»Du nimmst es schlimmer, als es ist«, sagte Renate. »Er hat keinen guten Ruf. Aber die Menschen übertreiben, und alles in allem, er ist ein alter Mann; er muß siebzig sein oder darüber. Ich entsinne mich, daß die Tante von ihm sagte: ›Wenn wir die Sünde nicht fliehen, so flieht die Sünde doch schließlich uns.‹ Sie sagte es französisch, aber das hörst du nicht gern.«

So ging oben auf dem Korridor das Gespräch, und während es geführt wurde, plätscherte der Gegenstand all dieser moralischen Ängste nicht nur persönlich in einem Meer von Behagen, sondern wußte sein eigenes Wohlgefühl auch seiner Umgebung mitzuteilen. Er war affabel und pikant wie gewöhnlich, durch Hirschfeldts Bleiben aufrichtig erfreut und verzichtete darauf, wichtigtuerisch den General zu spielen. Wußt er doch, daß er sich gehenlassen konnte, ohne an Autorität etwas Erhebliches einzubüßen. Und wenn doch, so war er der Mann, sich das Verlorengegangene jeden Augenblick zurückzuerobern. Mit Hansen-Grell, der ihm unter seinem etwas fremd klingenden Doppelnamen vorgestellt worden war, wußt er anfänglich, teils um dieses Namens, teils um seiner sonderbar vorstehenden Augen willen, nichts Rechtes anzufangen, söhnte sich aber bald mit ihm aus und versprach ihm beim Tarock – das unser Gantzerscher Kantorssohn als Spielpartner im Graf Moltkeschen Hause bis zur Perfektion gelernt hatte – ein Mal über das andere die Groß-Quirlsdorfer Pfarre, «wenn er erst seinen ›jetzigen‹ zu Tode geärgert oder nach Berlin hin weggelobt haben würde«. Denn dahin passe er, und dahin müßt er. Patronat und Pfarre könnten eben nur bei Gleichartigkeit der Interessen mit- und nebeneinander bestehen und das beste Bindemittel sei und bleibe Tarock oder doch überhaupt die Karte.

Rasch verging der Abend. Bald nach neun Uhr wurde das Spiel abgebrochen, und alles zog sich zurück, die jüngeren Männer in die Fremdenstuben treppauf, der General in sein Parterrezimmer, in das auch bei heftigem Klingeln *nicht* einzutreten allen weiblichen Dienstboten des Hauses aufs schärfste anbefohlen worden war.

Eine halbe Stunde später war alles still; nur in einer der oberen Korridorstuben war noch Licht, und Renate und Marie plauderten von den Erlebnissen des Tages: von Bamme und den ridikülen Befürchtungen der Schorlemmer, von Grell und seiner imponierenden Häßlichkeit, von Hirschfeldt und seinem zerhauenen Gesicht.

»Narben ist doch das Schönste«, versicherte Marie.

Und dann glitt das Gespräch zu Tubal hinüber, dessen Name sehr bezeichnenderweise bis dahin noch nicht genannt worden war.

»Erzähle«, sagte Marie, »wie war er?«

»Er war befangen und vermied es, meinem Auge zu begegnen. Dabei sprach er viel und hastig, aber ich bemerkte wohl, daß ihm nur daran lag, sich und uns über das Peinliche dieses Wiedersehens hinwegzuhelfen. Eine Zartheit, die mich rührte. Aber das ist so Ladalinskische Art. Sie haben alle jene Vornehmheit, die lieber sich als andere verklagt. Und das mindeste zu sagen, es ist, als teilten sie die Verantwortung für das, was geschehen. Deshalb war auch Tubal nicht mit in Guse. Der alte Geheimrat bekannt es mir schon, als wir uns in Bohlsdorf trafen.«

Marie schüttelte den Kopf.

»Ich seh es anders«, sagte sie. »Was du Zartheit nennst, ist ihr Gewissen, und die Mitschuld, deren sie sich leise zeihen, ist keine eingebildete. Sie sind sich alle gleich und kennen nichts als den Augenblick. Er liebt dich und ist doch seiner eigenen Liebe nicht sicher. Voller Mißtrauen gegen sich selbst, begegnet er dir mit Scheu. Vielleicht, daß er es dir offen bekennen wird, um wenigstens vor sich selbst einen Halt und etwas, das einer Rechtfertigung ähnlich sieht, gewonnen zu haben.«

»Ihr hattet immer eure Fehde«, sagte Renate. »Wüßt ich es nicht besser, ich könnte glauben, du liebtest ihn.«

Und damit schieden die Freundinnen, und Maline kam, um Marie nach Hause zu begleiten.

Die letzten Worte dieser Unterhaltung waren unter Lachen gesprochen worden, aber Renate, als sie wieder allein war, lachte nicht mehr. Waren das nicht dieselben Befürchtungen, die sie selbst erst diesen Morgen aufrichtig und doch in der Hoffnung auf Widerlegung gegen Lewin geäußert hatte? Und nun hörte sie nichts als die Bestätigung alles dessen, was ihr ahnungsvoll das eigene Herz bedrückte. Hatte Marie recht? Und schlimmer als das, hatte *sie selber* recht?

Sie hätte wohl noch weiter gefragt und gegrübelt, wenn nicht die Schorlemmer eingetreten wäre. Diese kam, um ihrem Lieblinge »Gute Nacht« zu sagen. »Die Erbtochter ist da«, so schloß sie, »nun werden auch bald die Hochzeitszüge kommen.«

»Ach, liebe Schorlemmer«, entgegnete Renate, »es ist mit euch Herrnhutern ein eigen Ding. Ihr seid fromm, aber prophetisch seid ihr nicht.«

»Das darfst du nicht sagen, Renate. Wer den rechten Glauben hat, der sieht auch das Rechte.«

»Das Rechte, aber nicht immer das Richtige. Die Wirklichkeit der Dinge läßt euch im Stich.«

Die Schorlemmer lachte gutmütig vor sich hin.

»Das sind so Sätze aus dem neuen Lewinschen Katechismus», sagte sie. «Aber nichts mehr davon, mein Renatchen, für heute schlafe. Das wird wohl das Rechte und auch das Richtige sein.«

## ZEHNTES KAPITEL

### *Am Wermelin*

Lewin und Grell waren am frühesten auf, beschlossen aber, das Erscheinen der übrigen abzuwarten. Dies währte nicht lange. Schon nach Ablauf weniger Minuten hatte sich alles in der Halle versammelt, in der heute der Gäste halber auch das Frühstück genommen werden sollte. Nur die Damen fehlten noch; Renate ließ sich vorläufig entschuldigen, während die Schorlemmer, voll instinktiver Abneigung gegen den alten General, einfach fortgeblieben war, sich damit getröstend, daß ihre Abwesenheit doch von niemandem, vielleicht mit Ausnahme Berndts, bemerkt werden würde. Und dieser kannte den Grund. Jeetze trippelte geschäftig hin und her, jede neue Bammesche Zweideutigkeit mit leisem Gekicher begleitend und still in sich hinein bekennend, daß er, als er letzte Woche die schwarzen Gamaschen anlegte, an so heitere Hohen-Vietzer Tage gar nicht mehr geglaubt habe.

»War Hoppenmarieken schon hier?« fragte Berndt.

Jeetze verneinte, der alte General aber, der, trotzdem er im geheimen beständig mit ihr verglichen wurde, bis dahin nie von der Zwergin gehört hatte, fragte neugierig: »Hoppenmarieken? Wer ist das?«

»Sie mag Ihnen selber antworten«, sagte Berndt. »Eben seh ich sie über den Hof kommen.«

Und so war es. Ehe noch weitere Fragen gestellt werden konnten – denn auch Grell und Hirschfeldt waren aufmerksam geworden –, erschien der Gegenstand allgemeiner Neugier innerhalb der Glastür und war nicht wenig überrascht, an eben der Stelle, wo sonst nur die toten Vitzewitze von der Wand hernieder sprachen, einer heiteren Gesellschaft Lebendiger zu begegnen.

»Hier, General, haben Sie Hoppenmarieken«, sagte Berndt.

Und Lewin setzte hinzu: »Meine Freundin, nicht wahr, Marieken?«

»Hohoho«, lachte die Zwergin und stellte die Kiepe vor sich hin, in der sie nun zu kramen begann, trotzdem alles, was sie brauchte, obenauf lag.

»Briefe?« fragte Berndt.

»Nei, jnädge Herr, man bloß de Berlinsche. Awers hüt steit et inn.«

Und damit reichte sie Berndt die Zeitung herüber.

»Ah, der *Aufruf*!«

»Joa, dat süll et ja woll sinn. So seggte de Postminsch ook. Un een von de Küstrinsche Börgers röpp mi na'h: ›Nu geiht et los, Hoppenmarieken ...‹ Na, man too, mi sall et recht sinn. Un vorbi is et nu mit de lütten Franzosen, dat 's man kloar; se röwern joa all, un de oll Genral ...«

»Füllgraf?«

»Ne, de anner, de öwerste.«

»Ah, General Fournier. Nun, was ist es mit dem ?«

»He wihr gistern bi Markgraf Hans' unnen. He sülwst, un fiev or söß von sine Genrals un Uffziers. All unnen in de Gruft.«

»Und da haben sie nach den vierundzwanzig Wispeln Dütchens gesucht, die der Markgraf mit ins Grab genommen haben soll?«

Hoppenmarieken nickte.

»Und wer hat es dir erzählt?«

»Oll Bäcker Mewes.«

»Und was noch?«

»Nich veel, un ihrst verstünn ick em nich. Awers dunn lachte joa Mewes und knipste mi und seggte: ›Bis' doch sünsten nich so dumm, Hoppenmarieken. Un nu paß upp. De Ruß is doa mitsamt sine Kosaken, un de hebben all ehre groten Ballerbüssen bi Quartschen und Tamsel. Un dat weten jo nu de lütten Franzosen ook un wullen sich nich ihrst rutrükern loaten. Se trecken aff. Un wenn een afftrecken deiht, denn nümmt he mit, wa he kreegen kann. Un dissentwegen wihren se gistern bi Markgraf Hansen unnen in sine Gruft. Awers se hebben nix fun'n.‹«

»Das glaub ich wohl«, sagte Bamme und setzte dann, an Vitzewitz sich wendend, hinzu: »Markgraf Hans war ein Hohenzoller, und die verstehen's; die vergraben kein Pfund, am wenigsten vierundzwanzig Wispel Dütchen; die Hohenzollern wollen Zinsen haben. Das hätt ich dem Küstrinschen General sagen können. Aber freilich, er würd es mir nicht geglaubt haben.«

Hoppenmarieken, die kein Wort von dem allen verstanden hatte, lachte nichtsdestoweniger, nickte dem alten General vertraulich zu und verließ dann, salutierend und ihr übliches Kauderwelsch vor sich hin sprechend, die Halle.

»Ein Prachtexemplar«, sagte Bamme. »Hätt ich einen kleinen fürstlichen Hof, *die* ließ ich auf Hokuspokus abrichten, auf Tränkchen und Wahrsagerei.«

»Da wäre Geld und Mühe weggeworfen«, antwortete Berndt. »Sie versteht es ohnehin schon.«

»Desto besser; aber nun den ›*Aufruf*‹. Lassen Sie hören, Vitzewitz.« Und dieser begann zu lesen.

Während der ersten zehn Zeilen blieb aller Aufmerksamkeit gefesselt, bald aber ließ diese nach und *mußte* nachlassen, da man allerhand Halbheiten entdeckte und guten Grund hatte, sich im ganzen arg enttäuscht zu fühlen. Dieses Gefühl war so stark, daß das Erscheinen Schulze Kniehases, der noch vor Schluß der Vorlesung eintrat, kaum als eine Störung empfunden wurde.

»Setzen Sie sich, Kniehase«, sagte Berndt. »Was bringen Sie?«

»Gute Zeitung, gnädiger Herr; wir haben ihn.«

»Wen, den Vizekönig?«

»Nein, nicht so hoch hinaus, aber doch den italienischen Grafen. Eben war der Trebnitzer Verwalter bei mir; in seiner Kirche liegen die ganzen hundert Mann gefangen. Den Grafen haben sie nach Seelow gebracht, weil er einen Hieb über den Kopf hat.«

»Erzählen Sie.«

»Nun also: es muß so gestern um die Mittagsstunde gewesen sein, als sie durch Alt-Rosenthal kamen. Gleich dahinter fängt die Trebnitzer Heide an, rechts hohe Stämme, aber nach links hin eine Kusselschonung, und der Kusselschonung, so meinte der Verwalter, der trauten sie nicht recht. Aber was half es, sie mußten durch, weil sie vor Dunkelwerden noch nach Jahnsfelde wollten. Und so marschierten sie denn dicht aufgeschlossen und die Kriegskasse immer in ihrer Mitte bis an den kleinen See, der schon zwischen den Kusseln liegt und eigentlich bloß ein Tümpel ist und den die Rosenthalschen und die Trebnitzer den ›Wermelin‹ nennen. Und da war es ja nun vorbei mit ihnen, denn dahinter steckten sie ja gerade, und nun vorwärts, immer mit Hurra, was die Franzosen von Moskau her gar nicht mehr hören können. Und da warfen sie die Gewehre weg und gaben sich gefangen.«

»Alle?«

»Bis auf den Grafen. Der riß eins der Gewehre wieder auf und schoß einen aus dem Sattel. Aber Tettenborn kam ihm von der Seite und hieb ihn über den Kopf, daß er niederstürzte.«

»Tettenborn?« fragen alle.

»Ja, Oberst Tettenborn mit zwanzig Kosaken. Er war denselben Morgen bei Zellin über die Oder gegangen. Jetzt ist er in Seelow, wohin er den Grafen abgeliefert hat. Und hat ihm auch seinen Degen wiedergegeben, weil er sich als ein tapferer Offizier und Mann von Ehre gezeigt habe.«

Bamme faßte sich zuerst. Er hatte, wie Berndt und alle anderen, bei Beginn der Erzählung von einer Barnim-Lebuser Waffentat zu hören geglaubt und war, als der Name Tettenborn fiel, einen Augenblick ernstlich verstimmt gewesen, die ganze geträumte Landsturmherrlichkeit auf ein neues Kosakenstückchen hinauslaufen zu sehen. Aber der alte General war nicht der Mann, irgendeinem Ärger länger als zwei Minuten nachzuhängen, hatte vielmehr umgekehrt ein ausgesprochenes Talent, auch das Ärgerlichste sofort wieder von der guten Seite zu nehmen.

»Ziehen wir die Summe, Vitzewitz, so haben wir uns aus drei Gründen zu gratulieren: erstens hab ich recht behalten (was in meinen Augen immer eine Hauptsache bleibt), zweitens haben wir den Conte samt seinen hundert Mann, und drittens haben wir die Kosaken oder doch ihre Vorhut *diesseits* der Oder. Ärgerlich genug, denken Sie. Aber wie die Dinge liegen, bleibt uns nichts übrig, als mit jedem Winde zu segeln, auch mit diesem Windbeutel von Tettenborn. Also keine Kopfhängerei, Vitzewitz. Etwas wird auch für uns noch übrigbleiben, und wenn es bloß der Vizekönig wäre, nach dem Sie sich bei Schulze Kniehase so teilnehmend erkundigt haben.«

Das half, Berndt gewann seine gute Laune wieder, und eine Fahrt nach Hohen-Ziesar, welches letztere Bamme, trotz seiner vieljährigen Beziehungen zu Drosselstein, noch immer nicht kennengelernt hatte, wurde verabredet. Der alte Vitzewitz entschied sich für eine vorgängige schriftliche Anmeldung und ging in sein Arbeitscabinet hinüber, die nötigen Zeilen zu schreiben.

Auch alle anderen erhoben sich: Grell und Hirschfeldt, um unter Lewins Führung das Dorf und die Kirche kennenzulernen, der alte General, um bei Seidentopf einen Besuch zu machen. »Ich muß mir seine Scherben mal wieder auf alte Bekannte hin ansehen und vielleicht auch seine Münzen. Trajan, Hadrian, Antoninus Pius. Weiter komm ich nie. Sonderbar, daß ich immer gerade bei *dem* steckenbleibe.«

Nur Tubal hatte sich ausgeschlossen und ging in das Eckzimmer hinüber, wo er hoffen durfte, die Damen zu treffen. Oder doch wenigstens seine Cousine. Und er hatte sich nicht getäuscht. Renate, mit einer Perlenstickerei beschäftigt, saß in der Nähe des Fensters und zählte auf einem vor ihr liegenden Muster die Stiche.

»Störe ich?«

»Nein, aber ich glaubte, die Herren seien ins Dorf gegangen und in die Kirche. Oder hast du, wie der alte General, eine Abneigung gegen Kirchen?«

»Ich zog es vor, zu bleiben. Darf ich einen Stuhl nehmen, Renate?«

Sie stickte zustimmend.

»Unsere Stunden hier sind gezählt«, fuhr er fort. »Hirschfeldt wird ungeduldig, ihm brennt der Boden unter den Füßen, und was ich dir zu sagen habe, duldet keinen Aufschub.«

Renate gedachte des Gesprächs, das sie mit dem alten Ladalinski in der Bohlsdorfer Kirche geführt hatte. Es lag ihr daran, es zu keiner Erklärung kommen zu lassen, wenigstens in diesem Augenblicke nicht; so ging sie, um Fragen zu verhüten, vor denen sie bangte, selbst zu Fragen über.

»Hast du Briefe?« sagte sie. »Ich meine Briefe von Kathinka.«

»Nicht Briefe, aber flüchtige Zeilen. Ich empfing sie vorgestern, den Tag vor unserer Abreise.«

»Und von wo?«

»Von Myslowitz, einem Städtchen an der Grenze. Die Güter des Grafen sind in der Nähe.«

»Darf ich wissen, was sie schreibt?«

»Ich habe keine Geheimnisse, Renate. Und hätt ich sie, so würd es mich glücklich machen, sie mit dir teilen zu können.«

»Ich dürste nie nach Geheimnissen, aber ich bin voller Verlangen, von Kathinka zu hören. Bitte, lies.«

Und Tubal las:

»Myslowitz, 4. Februar

Mein lieber Tubal!

Wir gehen morgen über Miechowitz und Nowa-Gora auf Bninskis Güter. Ein katholischer Geistlicher wird uns begleiten. Ich gedenke (Bninski wünscht es) in unsere alte Kirche zurückzutreten. Es ist nichts in mir, was mich daran hindern könnte; alles in allem gefällt mir das Römische besser als das Wittenbergische. Schreibe mir bald. Ich bin begierig, von Euch zu hören, von *allen*. Ich denke stündlich an Papa und jetzt oft auch an unsere Mutter. Du begreifst. Bninski will nach Paris; er ist, wie ich ihn mir gedacht, und ich bin glücklich, *ganz* glücklich. Freilich ein Rest bleibt. Ist es *unser* Los oder Menschenlos überhaupt?

Deine *Kathinka*«

Eine Pause trat ein.

Dann sagte Renate: «Und diese Zeilen sollen dich nun begleiten. Es ist schön, ein liebes Wort mit hinauszunehmen. Aber nicht ein solches. Es klingt so trüb und traurig.»

«Ach, Renate, daß ich ein tröstlicheres Wort mit mir nehmen könnte. Sprich es. Du weißt, was mich zu hören verlangt.»

Sie schwieg.

Tubal aber fuhr fort: »Ich weiß, warum du schweigst. Es fehlt uns etwas in den Herzen der Menschen, das ist unser Verhängnis. Meinen Vater hat es getroffen und ihm am Leben gezehrt, und nun trifft es mich. Es ist, als ob wir etwas verscherzt hätten. Einen Augenblick schien es, daß es anders werden sollte; da fällt nun *dies* in unser Leben hinein. Und wieder ist es hin. Altes und Neues zeugt gegen uns, und das ›Ja‹, das ich zu hören verlange, will nicht über deine Lippen.«

Da war nun das »Selbstbekenntnis«, das Marie am Abend vorher erst prophezeit hatte, und der leise Spott ihrer Worte klang schmerzlich in Renaten nach. Aber einen Augenblick nur, dann war es überwunden, und alles, was sich jemals zu Tubals Gunsten in ihrer Seele geregt, es war wieder da, doppelt da unter dem Einfluß eines tiefen Mitgefühls, das seine Worte geweckt hatten, und mit jener Offenheit und Heiterkeit, die den Zauber ihres Wesens ausmachte, sagte sie: »Höre mich, Tubal, ich will dir nichts verschweigen. Lewin und ich, wir haben es oft miteinander durchgesprochen, auch gestern erst. Euer Los ist nicht das schlimmste. Eines ward euch versagt, ein anderes ward euch gegeben. Und dies andere ...«

Sie schwieg.

Er aber ergriff ihre Hand und rief, indem er sie mit Küssen bedeckte: »O diese deine Hand, daß ich sie halten dürfte mein lebelang, immer, immer.«

»Ich werde sie keinem andern reichen. Aber verlange von dieser Stunde nicht mehr, und am wenigsten binde dich. *Ich*, ich bin gebunden.«

»O sage, daß du mich liebst, Renate. Sprich es, es hängt so viel an diesem Wort.«

»Nein, nicht jetzt. Es sind nicht Zeiten für Bund und Verlöbnis oder doch nicht für uns. Aber andere Zeiten kommen. Und hast du dann das eigene Herz geprüft und das meine vertrauen gelehrt, dann, ja dann!«

## ELFTES KAPITEL

### *Hohen-Ziesar*

Der Ausflug zu Drosselstein war auf zwei Uhr festgesetzt worden. Schon vorher hatten sich Berndt und Bamme verabredet, den Weg ihrerseits zu Pferde zurücklegen zu wollen. Der alte General auf seinem Shetländer. Ihnen gesellte sich Tubal, der, nach dem Vormittagsgespräche, von einer ihm selber unerklärlichen Scheu befallen war, die Fahrt an Renatens Seite zu machen. Er schien unsicher, welchen Ton er anzuschlagen habe. Oder war es ein anderes noch?

Die Reiter nahmen einen Vorsprung. Sie konnten indes den Stein vor Miekleys Mühle kaum passiert haben, als auch schon das Schlittengespann vorfuhr, das die Geschwister samt Grell und Hirschfeldt nach Hohen-Ziesar hinüberbringen sollte. Jeetze stand mit Decken und Kissen bereit, Lewin nahm die Leinen, und einen Augenblick später zogen die Braunen an und trabten die stille Dorfgasse hinauf. Das Klingen der Glöckchen mischte sich mit der Heiterkeit unserer Reisenden, von denen Lewin auf der Pritsche ritt, während der auf einem bloßen Brettstück untergebrachte Grell die beständige Versicherung von der Bequemlichkeit seines Rücksitzes durch ein ebenso beständiges Hin- und Herrutschen widerlegte. Am plauderhaftesten war Renate. Sie fühlte sich glücklicher denn seit lange. Dasselbe Zwiegespräch, das in Tubal verlegen nachwirkte, war ihr über Erwarten hinaus eine Quelle des Trostes geworden. Was sie dem alten Geheimrat in der Bohlsdorfer Kirche gesagt hatte: »Du pochst nicht an die rechte Tür«, das war damals wie zu jeder Zeit der Ausdruck ihres Herzens gewesen. Solange sie Tubal liebte, hatte sie auch der Zweifel begleitet, ob ihre Liebe von ihm erwidert werde, und dieser Zweifel, quälender als alles andere, war nun von ihr genommen. Er liebte sie. Was bedeutete daneben die Frage nach der Dauer oder nach der Treue seines Gefühls? Was war, verglichen damit, die bloße Zukunftsfrage: »Werd ich glücklich oder unglücklich sein?« Jetzt *war* sie glücklich, und ein verbleibender

Rest von Furcht, der sie leise durchschauerte, steigerte nur das Hochgefühl des Augenblicks. Ihr war, als schreite sie durch einen Wald, aus dessen Tiefe es dunkel und banggeheimnisvoll erklinge; aber was ihr die Nähe bot, das war Licht und Sonnenschein und Jubilieren der Vögel. Lewin hatte recht, der von helleren Tagen, und die Schorlemmer hatte recht, die von lauter Hochzeitszügen gesprochen hatte. Marie war eine Schwarzseherin, und sie selber war es mit ihr. Aber das lag nun zurück; sie war es *gewesen*.

Diese glückliche Stimmung zeigte sich auch in der Unbefangenheit des Gesprächs, das sich bald um den Grafen zu drehen begann.

»Ist er mit den ostpreußischen Drosselsteins verwandt?« fragte Hirschfeldt.

»Gewiß; er gehört ihnen zu«, antwortete Renate, »und es ist ein glücklicher Zufall, daß wir ihn trotzdem in unserer Provinz haben. Er erbte Hohen-Ziesar in den ersten Jahren seiner Ehe und bezog es, um in der Nähe des Hofes zu leben. Es war aus Rücksicht gegen seine junge Frau.«

»So ist er verheiratet?« fragte Hirschfeldt weiter.

»Er war es. Die Gräfin starb; erst Abzehrung, zuletzt ein Blutsturz, der sie tötete. Sie war sehr schön, eine Gräfin Lieven. Als sie starb, verbarg sich der Graf vor der Welt; er war nur dann und wann in Dresden, und es hieß, daß er zum Katholizismus übertreten werde.«

»Die Drosselsteins zählen sonst zu den festesten Protestanten.«

»Auch wohl der Graf. Aber es gibt Lagen – so wenigstens sagte die Tante, der ich auch die Verantwortung dafür zuschiebe – wo der Protestantismus versagt und der Katholizismus das Herz weicher bettet.«

»Und in einer solchen Lage war der Graf?«

»Man behauptet es. Lewin mag Ihnen davon erzählen; es ist eine romantische Geschichte, und romantische Geschichten sind sein Steckenpferd. Übrigens alles in allem, ich glaube, was man sich erzählt. Sie werden das Bild der Gräfin sehen und mögen dann selber urteilen. Es hängt in dem Empfangszimmer: eine blaßblaue Robe, mit weißen

Rosen besetzt. Nur eine, dicht über dem Gürtel, ist dunkelrot. Und das Bild wurde doch zwei Jahre vor ihrem Tod gemalt.«

»Sonderbar«, sagte Grell, der sich inzwischen auf seinem Rücksitz eingerichtet hatte.

»Ja, das ist es. Aber es überrascht in Hohen-Ziesar weniger als anderswo. Das Schloß ist reich an Sonderbarkeiten, darunter Ausgegrabenes aus Herkulanum und Pompeji: Pinzetten und Brochen und, denken Sie sich, eine Nagelschere. Der Graf war lange dort und hat alle diese Dinge mitgebracht.«

»Und ich werde mich freuen, sie kennenzulernen«, entgegnete Grell, »möchte jedoch der prophetisch gemalten roten Rose den Vorzug vor allem anderen geben.«

»Und darin haben Sie recht«, erwiderte Renate. »Und auch darin, daß Sie mich an mein verlorenes Thema mahnen. Die pompejanische Schere schnitt mir den Faden entzwei. Aber wovon wollt ich sprechen? Ja, von sonderbaren Bildern in Hohen-Ziesar. Nun, auch davon ist die Hülle und Fülle da. So zum Beispiel ein Bildnis der ›Weißen Frau‹.«

»Der ›Weißen Frau‹!« riefen Grell und Hirschfeldt a tempo und mit einer Lebhaftigkeit, als ob ihnen dieselbe bereits erschienen wäre. Dann setzte Hirschfeldt hinzu: »Aber seit wann lassen sich die Gespenster porträtieren?«

»Nein«, lachte Renate. »*So* Pikantes darf ich Ihnen freilich nicht in Aussicht stellen. Es ist das Porträt eines schönen Hoffräuleins aus den letzten Regierungsjahren des Großen Kurfürsten, Wangeline von Burgsdorff. Sie starb jung und muß als ›Weiße Frau‹ umgehen, um ihre Schuld im Tode zu büßen. Natürlich eine Liebesschuld.«

Hirschfeldt lächelte, Grell aber, der alles etwas pedantisch nahm, wiederholte den Namen »Wangeline von Burgsdorff« und setzte dann hinzu:

»Ich war der Ansicht, daß es eine Gräfin von Orlamünde sei, auf der Plassenburg heimisch und, wenn ich mich nicht irre, auch auf dem Bayreuther Schloß. Es ist mir noch in Erinnerung, daß ich als Kind immer mit Gruseln von den ›vier Augen‹ las, die ›zwischen stünden‹ und aus der Welt geschafft werden müßten. Ich verstand es nur halb, aber um so mehr erregte es meine Phantasie. Und nun hör ich einen anderen Namen: Wangeline von Burgsdorff.«

»Sie dürfen mich nicht examinieren«, erwiderte Renate. »Wollen Sie mehr wissen, so muß das Haupt der Kastalia nachhelfen. Sage, Lewin, wie war es?«

Aber dieser, statt Auskunft zu geben, zeigte nur, während er die Leinen in seine Linke nahm, mit der Rechten auf das hinter Parkbäumen eben sichtbar werdende Schloß und sagte: »Der Graf selber mag uns antworten.«

Wenige Minuten später hielt der Schlitten auf der nach dem Garten zu gelegenen Rampe, wo Drosselstein seine junge Freundin bereits erwartete und ihr beim Aussteigen die Hand reichte. So traten sie durch eine Doppeltür in das Empfangszimmer ein. Hirschfeldt und Grell folgten.

Das Empfangszimmer war ein großer quadratischer, fast durch die ganze Tiefe des Hauses gehender Saal, hinter dem nur noch ein schmaler Korridor lief. Der Korridor sah auf den Innenhof, wie der Empfangssaal auf Garten und Park. In diesem Saale ließ sich auf den ersten Blick erkennen, daß der Besitzer von Hohen-Ziesar reich und vielgereist und von gutem Geschmack in den bildenden Künsten sein müsse. An der einen Wand hing ein großes Tableau, halb Architektur, halb Landschaft, das alte ostpreußische Schloß der Drosselsteins darstellend. Diesem Tabelau gegenüber befand sich das Bild der verstorbenen jungen Gräfin. Grell suchte die rote Rose und fand sie. Er hatte sich die Rose noch röter und die Gräfin selbst noch schöner gedacht, also eine doppelte Enttäuschung, von der die zweite wahrscheinlich nur eine Folge der ersten war. In allen Fensternischen befanden sich Orangeriekübel und Blumentische, während an den drei anderen Seiten des Saales Konsolen von schwarzem Marmor liefen. Auf diesen standen römische Kaiser mit rot eingeschriebenen Namen. Bamme, der schon eine Viertelstunde lang da war, hatte zwei, drei davon gelesen: Geta, Caracalla, Alexander Severus, und war dann mit einem hingemurmelten »nicht zuviel auf einmal« von der Konsolenreihe zurückgetreten; eine ziemlich dunkele Bemerkung, die sich wahrscheinlich auf seine verwandten numismatischen Vormittagsstudien bei Seidentopf bezogen hatte.

Das Gespräch war über Oberflächlichkeitsfragen noch kaum hinaus, als Drosselstein Renaten seinen Arm bot, um diese zu Tische zu führen. Eine zurückgeschlagene Doppelportiere zeigte den Weg in das nebenangelegene Eßzimmer. Hier brannten schon – die Gardinen waren geschlossen – zwei achteckige zierliche Kandelaber und gaben Licht genug, das Zimmer in allen seinen Teilen erkennen zu lassen. In die Stuckwände waren antike Mosaiken eingelassen, Darstellungen von Wild, Geflügel, Fischen, während an der Decke die »Hochzeit der Psyche« nach Giulio Romanos gleichnamigem Fresko im Palazzo del Té zu Mantua eine für unsere damaligen Kunstverhältnisse bemerkenswert gute Nachbildung gefunden hatte. Bamme sah nichts von all diesen Dingen, desto mehr Grell, dessen natürlicher Sinn dafür im Moltkeschen Palais ausgebildet worden war.

Renate hatte den Platz zwischen Drosselstein und Bamme. Dieser, vielleicht von Jugend auf, jedenfalls aber seit den Tagen der Guser Tafelrunde fest an dem Satze haltend, daß Medisieren das beste Mittel zu Durchbrechung aller bloßen Unterhaltungspräliminarien sei, warf sich heute mit Ungestüm auf Seidentopf, den er schon mehrere Stunden früher, in der Hohen-Vietzer Pfarre, bei Vorführung des »Odinswagens« zum Opfer für die bevorstehende Dinerkonversation ausersehen hatte. Freilich mit schließlich ausbleibendem Erfolg; ausbleibend, weil er sich, wie der Augenschein lehrte, wieder einmal geirrt oder, um ihn selber zu zitieren: »wieder einmal vor nicht ganz richtigen Ohren« gesprochen hatte. Drosselstein nämlich war zu vornehm, um überhaupt viel zu lachen, Lewin und Renate hatten den Justizrat über eben dasselbe Thema besser und mit noch größerem Behagen perorieren und phantasieren hören, und Berndt – sonst nach Art aller ernster angelegten Naturen ein allerdankbarstes Publikum für Scherz und Heiterkeiten – steckte doch gerade heute zu tief in seinen Plänen, um sich an Bammes Exkursen über die sechs vorgeblichen Odinsvögel ergötzen zu können. Er nahm vielmehr eine flüchtige Pause wahr, um mit einem kurzen «ad vocem Seidentopf» dem ihm gegenübersitzenden Drosselstein die Mitteilung zu machen, daß er, in seiner Eigenschaft als Patron, die Verlesung des »Aufrufes« von der Kanzel für nächsten Sonntag angeordnet habe.

Und nun rollte statt des »Odinswagens« das Thema »Aufruf« eine Viertelstunde lang friedlich über den Tisch hin, bis von seiten Drosselsteins die mehr oder weniger provozierende Bemerkung gemacht wurde, daß er in dem Aufrufe das *Ostpreußische* vermisse. Er fühle wohl, daß er durch ein solches Wort den Vorwurf einer gewissen Parteilichkeit auf sich lade; der Geist der Provinzen sei nun aber mal ein verschiedener, und die Haltung des märkischen Adels, dem er dadurch nicht zu nahe zu treten gedenke, werde jedenfalls zu sehr durch persönliche Beziehungen bestimmt. Davon wisse man sich in seiner heimatlichen Provinz frei. »*Ihr* Stolz«, so schloß er, indem er sich gegen Vitzewitz und Bamme leise verneigte, »ist die Loyalität, die Diskretion, die Reserve; *unser* Stolz ist die Freiheit. Unter den Händen Dohnas oder Schöns oder Auerswalds hätte dieser Aufruf eine andere Gestalt gewonnen. Seine Tugend ist die Vorsicht, er hat den Hofstempel; was ihm fehlt, ist die Sache der Gradheit und Männlichkeit.«

Bamme wollte scharf antworten, bezwang sich aber, um keine Störung aufkommen zu lassen, und sagte nur: »Sonderbar, je nordöstlicher, desto verpflichteter werden wir jetzt. Wir verdanken den Ostpreußen viel, aber noch mehr, so scheint es, sollen wir den Kosaken verdanken. Wir haben sie seit gestern diesseits der Oder. Haben Sie schon von dem Überfall zwischen Alt-Rosenthal und Trebnitz gehört? Hundert Mann gefangen. Es wird Aufsehen machen.«

Der Graf war noch ohne Nachricht. Er ließ sich erzählen, folgte mit sichtlichem Interesse den etwas stark gefärbten Bammeschen Schilderungen und war nur schließlich überrascht, sich ohne weiteres »zu Herbeiführung nunmehriger gemeinschaftlicher Operationen« aufgefordert zu sehen. Nicht mit Tettenborn, sondern mit Tschernitscheff in Person.

»Sie müssen ins Hauptquartier, Drosselstein«, resolvierte Bamme, »und zwar morgen schon. Unser eigener Kopfbestand ist in diesem Augenblick besser, als er nach acht Tagen sein wird. Jetzt hab ich noch einen Aide de camp; aber wie lange bin ich seiner sicher? Jede Stunde kann er auf und davon fliegen. Also rasch. Es muß ein größerer Coup unternommen werden, und ich habe so meine Pläne. Aber dazu bedürfen wir der Russen. Sie kennen ja Tschernitscheff und alles, was um ihn her ist, von Ihren Petersburger Tagen her.«

Bamme, trotzdem er von den seinerzeit umgehenden Gerüchten gehört haben mußte, sprach doch von diesen »Petersburger Tagen« wie von einer lieben Erinnerung des Grafen und würde noch tiefer in den etwas diffizilen Gegenstand eingedrungen sein, wenn nicht Drosselstein, durch rasches Akzeptieren der Mission, alles erledigt und zu seiner weiteren Sicherheit an Renaten die Frage gerichtet hätte: «Wo nehmen wir den Kaffee?«

»Natürlich in der Galerie.«

»Dort, fürcht ich, ist es zu kalt.«

»Gleichviel. Die Herren haben die Pflicht, abgehärtet zu sein, und ich stecke mich in Muff und Mantel.«

Drosselstein war es zufrieden, flüsterte darauf dem hinter seinem Stuhle stehenden Diener einige Worte zu und lenkte dann das Gespräch auf Faulstich und Nippler hinüber, deren gemeinschaftliches Kantatenwerk als ein neutraler Boden für die Konversation angesehen werden konnte. Bamme – nachdem zuvor Nipplers Ansprüche auf den Titel eines »verkannten Genies« untersucht und mit Stimmengleichheit verneint und bejaht worden waren – sprach bei dieser Gelegenheit die Hoffnung aus, daß die Kürze des Textes durch die Komposition nicht wieder in Frage gestellt werden möge.

Dieser zugespitzte Satz bot einen guten Tafelschluß. Drosselstein erhob sich, und nachdem er seine Gäste noch einige Minuten in dem Empfangszimmer festzuhalten gewußt hatte, bat er sie, wie es Fräulein Renate befohlen habe, den Kaffee in der *Galerie* nehmen zu wollen.

## ZWÖLFTES KAPITEL

### *Die Weiße Frau*

Diese »Galerie«, nach Norden hin gelegen, zog sich durch den ganzen linken Flügel des Schlosses. Sie bestand aus drei Sälen, von denen der vorderste die Familienbilder enthielt, einige davon mit großer historischer Staffage. Die Gardinen waren auch hier geschlossen, ein Kaminfeuer brannte, und der Kaffeetisch war inmitten des Saales serviert. Was aber mehr als alles dies das Auge der Eintretenden gefangennahm, waren zwei auf hohen Tripoden stehende Silberschalen, die, zu beiden Seiten des Kamins placiert, ihre blaßblauen Spritflammen in zwei leise zitternden Säulen aufsteigen ließen. Der Graf hatte dies angeordnet, um den kalten Raum rascher zu erheizen, aber vielleicht mehr noch um des malerisch-phantastischen Effektes willen. Und dieser Effekt war erreicht. Es fehlte nicht an Beglückwünschungen.

In weitem Halbkreise wurde Platz genommen, und während noch der Kaffee herumgereicht wurde, zeigte Renate, die jetzt zwischen Grell und Hirschfeldt saß, auf ein unmittelbar vor ihnen hängendes Bildnis in ganzer Figur, das im Schein der beiden blauen Flammen an gespenstigem Leben zu gewinnen schien.

»Das ist sie.«

Grell rückte seinen Stuhl zurück, um besser sehen zu können, und sagte dann: »Ein schöner Kopf, aber unheimlich.«

»Ich vermute«, setzte Hirschfeldt hinzu, »daß aus dem unheimlichen Ausdruck dieser Augen die Sage selbst entstanden ist; sie fordern zu der Annahme heraus, daß sie nicht dazu bestimmt waren, sich wie zwei gewöhnliche Augen im Tode zu schließen. Sie haben etwas, als müßten sie wachen und endlos sehen.«

»In jeder alten Galerie finden sich solche Bilder«, sagte Berndt. »Sonderbarerweise sind es immer Frauen, und zwar junge und schöne Frauen.«

»Ein sehr lehrreicher Wink«, bemerkte Bamme, »der aber unbeachtet bleiben wird, wie so viele andere. Übrigens würd ich dankbar sein, über kurz oder lang zu hören, um was es sich eigentlich handelt. Diejenigen unter uns, die das Glück hatten, an Fräulein Renatens Seite die Fahrt hierher zu machen, scheinen inzwischen in einen Geheimbund eingetreten zu sein. Ich vermute, wenn Vermutungen gestattet sind: Wangeline von Burgsdorff.«

Drosselstein nickte.

»Dacht es«, fuhr Bamme fort. »Faulstich hat mir vor Jahr und Tag davon erzählt, aber er kam über Andeutungen nicht hinaus. Ich möchte mehr davon wissen. Hören Sie, wie draußen die Rouleauxringe an den Scheiben klappern? Es muß windig geworden sein. Das ist so recht ein Ton für Gespenstergeschichten. Da wir zwölf Uhr nicht haben können, so müssen wir mit sechs Uhr zufrieden sein. Also Thema: Wangeline. Sie muß eine Großtante von Ihnen gewesen sein, Drosselstein. Was war es mit ihr?«

»Eine kurze Geschichte«, sagte dieser. »Wangeline von Burgsdorff war Hoffräulein und stand im Dienst einer Herrin, die rücksichtslos und ehrgeizig dem aus erster Ehe stammenden Erbprinzen die bekannte ›vergiftete Orange‹ zubestimmt, aber vorläufig nur ans Krankenlager gestellt hatte. Da, von plötzlicher Reue befallen, beschwor sie das Fräulein, in das Zimmer des Kranken zurückzueilen, um diesen zu retten, wenn überhaupt noch zu retten sei. Und über die Korridore hin flog jetzt die leichtverhüllte Gestalt Wangelinens, bis ein ihr plötzlich entgegentretender Kavalier, an dem sie leidenschaftlich hing, ihren flüchtigen Gang auf Augenblicke hemmte. Auf Augenblicke nur, aber lange genug, um den Tod des Prinzen zu verschulden. Sie kam zu spät, und der Fluch traf sie, das im Leben versäumte Wort im Tode sprechen zu müssen. So geht sie um und warnt.«

Diese kurzen Notizen, trotz ihrer Lücken und Dunkelheiten oder vielleicht auch um derselben willen, hatten eines Eindrucks auf die Mehrzahl der Anwesenden nicht verfehlt. Nur Bamme schüttelte historisch-kritisch den Kopf und sagte, während er die Tasse aus der Hand setzte: »Pardon, Drosselstein, daß ich Ihnen widerspreche. Aber es geschieht wenigstens nicht leichtsinnig. Sie wissen, ich habe ein paar Liebhabereien, früher waren es die jungen Frauen, jetzt sind es die Weißen, und alles, was von Peter Goldschmidts ›Höllischem Morpheus‹ an bis auf Rentschs ›Brandenburgischen Zedernhain‹ hinunter über die Weißen Frauen geschrieben worden ist, das hab ich gelesen. Und siehe da, es ist und bleibt die Orlamünderin. Ich kann den Verdacht nicht unterdrücken, daß sich Ihre Verwandten, die Burgsdorffs, eine neue Weiße Frau kreiert haben, bloß aus Rancune, weil einer von ihnen, und zwar niemand Geringeres als Ihr berühmter Konrad von Burgsdorff, weiland Günstling des Großen Kurfürsten, von der *wirklichen* Weißen Frau (meiner Orlamünderin) die Berliner Schloßtreppe hinuntergeworfen wurde. Dergleichen vergessen unsere märkischen Familien (die wegen mangelnder ›Gradheit und Männlichkeit‹ natürlich alle tückisch und rachsüchtig sind) so gut wie nie, und so haben sich denn die Burgsdorffs durch Aufstellung einer Prätendentin zu revanchieren und dem altetablierten Spuk ein Paroli zu biegen gesucht.«

Drosselstein preßte die Lippen zusammen und sagte pikierter, als sich mit seiner sonstigen Sprechweise vertrug: »Eh bien, General, wenn Sie den ›Höllischen Morpheus‹ gelesen haben, woran ich nicht im geringsten zweifle, so verzicht ich darauf, Ihre Meinungen zu widerlegen.«

Bamme hörte die Gereiztheit sehr wohl heraus, verneigte sich aber, als ob nichts vorgefallen sei, und fuhr in demselben Tone fort: »Es ist, wie ich sage: Prätendentenschaft aus Familienrancune. Nichtsdestoweniger, Drosselstein, wenn ich etwas für Ihre Wangeline tun kann, so rechnen Sie auf mich. Erstens bin ich überhaupt für alles Stürzen und Absetzen, das einzige, was mir die Weltgeschichte lesbar macht, und zweitens und hauptsächlichst muß ich Ihnen einräumen, daß es meine alte Freundin, die Orlamünderin, ihrerseits übertrieben hat. Sie verdient eine Dethronisierung. Und warum? Weil sie die Gesetze nicht hält. Und daran geht jede Dynastie zugrunde; auch im Reiche der Gespenster.«

Renate lachte und sagte dann: »Aber, General, da geraten Sie doch in einen argen Widerspruch mit sich selbst. Sie proklamieren erst Ihre Vorliebe für alles Stürzen und

Absetzen, will sagen, für alles Auflehnen gegen das gegebene Gesetz, und im selben Augenblicke rechnen Sie es Ihrer armen Orlamünderin zum Schaden und Nachteil an, die Gesetze ›im Reiche der Gespenster‹ nicht gehalten zu haben. Wie wollen Sie da heraus?«

»Eine heikle Situation«, replizierte Bamme. »Soviel muß ich zugeben, meine Gnädigste. Aber ich will es wenigstens versuchen, aus dem Dilemma herauszukommen. Sehen Sie, da hab ich diesen letzten Winter ein englisches Trauerspiel, den ›König Richard III.‹, aufführen sehen. Eine sehr interessante Figur, tapfer, rücksichtslos und, was die Hauptsache ist, diabolisch vergnügt. Nun, ich darf wohl sagen, ich habe mich gefreut, ihn unter seinen Brüdern und Lords aufräumen und sich die Krone aufsetzen zu sehen; aber ich kann nicht behaupten, mich am Schlusse des Stücks über die fatale Lage, in die er sich durch ein halbes Dutzend allerliebster Morde gebracht sieht, im geringsten gewundert zu haben. Mit anderen Worten, ich lese gern von Stürzen und Absetzen und gedenke bei diesem Geschmack zu bleiben, aber ich find es andererseits nur in der Ordnung – außerdem auch eine Steigerung meines Vergnügens –, den Stürzer und Absetzer schließlich selbst an die Reihe kommen zu sehen. Illegitimitäten sind interessant und von einem gewissen Standpunkte aus sogar angenehm und begehrenswert, aber sie bleiben doch zuletzt sie selbst, daß heißt Dinge, für die früher oder später gezahlt werden muß. Menschen oder Gespenster macht keinen Unterschied.«

»Und was sind denn nun die ›Illegitimitäten‹ oder die Ungehörigkeiten Ihrer armen Orlamünderin, zu deren Sturze Sie selber mitarbeiten wollen?«

»Zweierlei, meine Gnädigste. Erstens: sie hält nicht das Haus, ist vielmehr ein Wandergespenst, eine ganz unstatthafte Spezies. Sie spukt reihum und bereist alle alten und neuen Hohenzollernschlösser: Plassenburg, Bayreuth, Berlin. Das scheint eine Kleinigkeit, ist aber ein Kardinalverbrechen. Es gibt Reiseprediger, aber keine Reisegespenster. Das ist gegen die Konvention.«

»Es mag gegen die Konvention sein«, antwortete Renate, »aber es ist hübsch und gefällt mir um ebensoviel besser, wie mir der Hund besser gefällt als die Katze. Ich stelle die Herrentreue höher als die Treue gegen das Haus.«

»Eine feine Doktorfrage«, sagte Bamme, »in der ich mich nicht gleich zurechtzufinden weiß.«

»Gut; aber Sie sprachen von zweierlei. Was haben Sie weiter? Was war Ihr zweiter Anklagepunkt gegen die Weiße Frau?«

»Etwas, wobei ich leider noch weniger auf Ihre Zustimmung rechnen darf, denn es ist eine Bekleidungsfrage.«

»Doch erzählbar?«

»Durchaus; Seidentopf würde darüber predigen können.«

»Nun denn.«

»Nun denn. Dasselbe Ausdauern, das ich von meinen Gespenstern in Lokalfragen verlange, verlang ich auch von ihnen in Toilettenfragen. Aber was zeigt sich tatsächlich? Dieselbe Libertinage. Dreihundert Jahre lang haben wir ein schlichte ›Weiße Frau‹ gehabt, nonnenhaft mit Schleier und Skapulier. Das war in der Ordnung. Da geschieht nun was? Hören Sie: Eines Tages, völlig unmotiviert, vervornehmt sie sich und beginnt eine Krause zu tragen. Schlimm genug; mais enfin immer noch une dame blanche. Da plötzlich vollzieht sich das Unerhörte, und als wolle sie sich über sich selbst und uns mokieren, erscheint sie tout-à-fait in einer schwarzen Parure, mit Astrachanmuff und dito Pelzbesatz. Und so haben wir denn jetzt eine ›schwarze Weiße Frau‹. Das ist das vorläufig letzte Stadium, wenigstens in Bayreuth. Wie es in Berlin steht, muß erst das nächste Auftreten entscheiden.«

»Und wie deuten Sie sich das alles, ist es ein wirklicher Spuk oder Täuschung und Betrug?«

»Tausendkünstler und Gespenstergeschichten-Erzähler, meine Gnädigste, haben Erlaubnis, jede Aufklärung zu verweigern. Aber ich gebe sie dennoch. Den Mondschein und das wehende Handtuch außer Spiel gelassen, mögen Sie sicher sein, daß es von vier Fällen dreimal ein verdrießlicher Kastellan und das vierte Mal ein hübsches kleines Hoffräulein ist, ein junges Blut …«

In diesem Augenblicke, wurde Justizrat Turgany gemeldet.

»Sehr willkommen!« sagte Drosselstein, und der Angemeldete trat ein.

## DREIZEHNTES KAPITEL

### *Der Plan auf Frankfurt*

»Wie stehen Sie zu der Weißen Frau?« rief Renate dem eintretenden Justizrat entgegen, der seinerseits, ohne sich verwirren zu lassen, unter leichtem Gruß gegen die Fragestellerin antwortete: »Gut, meine schöne Freundin. Ich stehe zu allen Frauen gut.«

»Auch zu den Weißen?«

»Auch zu den Weißen«, wiederholte Turgany. »Ganz besonders aber zu der Bayreutherin, die letzten Sommer wieder viel von sich reden machte. Natürlich in den Zeitungen. Ich halte sie für die patriotischste Frau des Landes, seit sie den großen Empereur zweimal aus ihrem Schlosse hinausgespukt hat. ›Ce maudit château‹ waren seine höchsteigenen Worte. Aber vertagen wir das. Ich möchte zunächst bitten, mich mit den beiden Herren ad latus Fräulein Renatens bekannt zu machen.«

Drosselstein stellte Grell und Hirschfeldt vor, die alsbald nach einer kurzen, in Sprüngen geführten Unterhaltung überrascht waren, den Justizrat in alle Geheimnisse der letzten Kastaliasitzung eingeweiht zu finden. Als sie dieser Überraschung Ausdruck gaben, sagte Turgany: »Sie vergessen, meine Herren, daß ein Jurist verpflichtet ist, Aug und Ohr überall zu haben, zumal in Zeiten wie die jetzigen. Ich habe mich eben zu Ihrer Verwunderung über Calcar und die Seydlitzsporen verbreitet, aber was würden Sie sagen, wenn ich Ihnen auch von den andern, historisch beglaubigteren Sporen erzählen wollte, die seitens des Generals O'Donnell in der Kathedrale zu Tarragona aufgehängt wurden.«

In solchen Andeutungen ging es weiter. Alle waren neugierig geworden, bis sich zuletzt das Rätsel löste. Himmerlich, ein jüngerer Studiengenosse Othegravens, stand in Korrespondenz mit diesem und ermangelte nie, über die literarischen Wochenvorgänge zu berichten. Von Othegraven kam es dann an Turgany.

Dieser hatte Platz genommen, und während er noch, unter fortgesetzten Aperçus, in denen er exzellierte, seine Tasse ausnippte, sagte Drosselstein: »Und nun, Turgany, was verschafft uns die Freude, Sie hier zu sehen? Ich bin Erfahrungsmann genug, um Ihnen irgend etwas wie Geschäfte von der Stirn zu lesen. Auch ist mir Ihr Sprühfeuer verdächtig. Ich fürchte, die Douche kommt nach. Was ist es? Etwas Juristisches?«

»Nicht doch«, entgegnete Turgany. »Höher hinaus. Politisch-militärisch.«

»Das wäre«, sagte Drosselstein, und Berndt und Bamme horchten auf, ohne zunächst an einen rechten Ernst zu glauben.

Der Justizrat aber wiederholte: »Politisch-militärisch. Lassen Sie mich gleich in medias res gehen. Ich darf es doch? Wir sind unter uns?«

Drosselstein nickte.

»Nun denn«, begann Turgany, »was mir zu sagen obliegt, ist kurz das: Wir haben seit drei Tagen den französischen General Girard in unserer Stadt, von der Armee des Vizekönigs, mit ihm zwei schwache Regimenter, keine zweitausend Mann.«

»Kriegskasse?« fragte Bamme.

»Nein, aber fünfzig Kanonen, bronzene Acht- und Zwölfpfünder. Und auch das ist nicht zu verachten. Die Tage sind vor der Tür, wo wir sie werden brauchen können, brauchen in der richtigen Direktion, daß heißt mit Front gegen Westen. Der ›Aufruf‹ verschweigt es, aber man muß zwischen den Zeilen lesen.«

Berndt und Bamme wechselten Blicke des Einverständnisses; Turgany fuhr fort:

»Also zweitausend Mann und fünfzig Kanonen. Es fragt sich, ob die Mittel da sind, einen Überfall gegen diese feindlichen Streitkräfte zu wagen. Auf die Frankfurter Bürgerschaft, oder doch auf einen starken Bruchteil derselben, ist mit Sicherheit zu rechnen. Und im Namen dieser Bürgerschaft bin ich hier. Othegraven, der an der Spitze steht, ist entschlossen, mit zwölf Mann alten Soldaten, die sich freiwillig gemeldet haben, den General Girard gefangenzunehmen. Zugleich Stab und Adjutantur des Generals. Was die Besatzung angeht, so befindet sie sich in der Dammvorstadt, an der andern Seite der Oder. Alles liegt also daran, die Verbindung zwischen hüben und drüben zu stören. Das Aufeisen des Flusses hat zu beiden Seiten der Brücke bereits begonnen; diese selbst wird geopfert werden, wenn es die Umstände fordern. Hier haben Sie, was unsererseits geboten werden kann.« Der Justizrat schwieg einen Augenblick. Dann fuhr er fort: »Lassen Sie mich noch ein paar Worte hinzusetzen. Ihre Landsturmkräfte, soweit *ich* eingeweiht bin, reichen mutmaßlich für das Unternehmen aus, sie werden aber *sicher* ausreichen, wenn die Russen, die nur drei Meilen von Frankfurt stehen, ihre Mitwirkung zusagen. Diese Mitwirkung würde sich auf einen bloßen Scheinangriff gegen die Dammvorstadt zu beschränken haben und nur den Zweck verfolgen, die jenseits liegenden zweitausend Mann von einem Übergangsversuche auf das diesseitige Flußufer abzuhalten. Ich war angewiesen, alles dies, behufs weiterer Veranlassung, zur Kenntnis unseres nächsten Nachbarn, des Herrn Grafen Drosselstein, zu bringen; ein glücklicher Zufall aber hat es gefügt, daß ich dem Herrn General selbst« (und hierbei verneigte sich Turgany gegen Bamme) »ein Bild der Sachlage geben konnte.«

Alles war sehr ernst geworden, und weder die klappernden Rouleauxringe noch Wangeline selbst konnten länger als Ursache des Fröstelns gelten, das plötzlich über alle hinlief. Es war vielmehr das Bewußtsein, sich auf einen Schlag vor eine Entscheidung gestellt zu sehen; jeder erschrak, und selbst in Berndt und Bamme befehdete sich das Gefühl einer schweren und gefahrvollen Verantwortung mit ihrer Freude darüber, daß nun endlich die Stunde gekommen sei. Nach einer Weile sagte Bamme:

»Hirschfeldt, Sie haben mehr Krieg gesehen als ich, was antworten wir?«

Hirschfeldt zuckte leise die Achseln und begleitete dies Achselzucken mit einer Handbewegung, die so gut Zustimmung wie Ablehnung ausdrücken konnte. Der alte General gewann dabei seine gute Laune wieder und sagte: »Soweit bin ich gerade auch: halber Weg zwischen ja und nein. Ihre spanische Kriegsführung, soviel ich davon weiß (leider wenig genug), ist eine lange Kette von Beschleichungen und Überrumpelungen gewesen. Ich wette, daß Sie dergleichen zu Dutzenden hinter sich haben. Sie müssen also davon wissen. Was halten Sie von Überfallen einer feindlichen Stadt? Denn als solche, verzeihen Sie, Justizrat, müssen wir Ihr loyales Frankfurt um seiner feindlichen Besatzung willen vorläufig ansehen.«

»Was ich zu sagen habe«, nahm jetzt Hirschfeldt das Wort, »ist kurz das. Alles hängt, die russische Mitwirkung als sicher angenommen, von der Beschaffenheit eben dieser feindlichen Besatzung ab; ist es eine gute Truppe, so geht es schlecht, ist es eine schlechte Truppe, so geht es gut.«

»Dann wird es gut gehen«, warf jetzt Vitzewitz dazwischen. »Und unter allen Umständen, wir dürfen diesen Vogel nicht wieder aus den Händen lassen, auch nicht auf die Gefahr hin, daß er uns kratzt und beißt. Aber er wird es nicht. Diese Regimenter sind Rudera, wie die hundert Mann, die wir in Guse hatten. Ein Hurra, und sie werfen die Gewehre weg. Also mit gutem Mute vorwärts. Oder sollen wir uns niedriger veranschlagen als die zwanzig Kosaken samt ihrem Tettenborn! Ich für meine Person akzeptiere den Plan und antworte mit einem bedingungslosen: ›Ja.‹«

Alles stimmte bei; selbst Renate wurde für einen Augenblick von dem kriegerischen Geiste ihres Hauses erfaßt. »Ja, ja«, klangen die Stimmen durcheinander. Endlich legte sich die Aufregung, und nachdem Drosselstein sein Versprechen wiederholt und seinen Besuch im russischen Hauptquartier auf den andern Vormittag festgesetzt hatte, erklärten sich Berndt und Bamme bereit, unmittelbar nach Rückkehr des Grafen eine Frankfurter Rekognoszierungsfahrt antreten zu wollen. Bei Gelegenheit dieser Fahrt sollten dann mit Othegraven alle weiteren Verabredungen zu prompter gemeinschaftlicher Aktion, an der übrigens Turgany *persönlich* nicht teilnehmen zu wollen erklärte, getroffen werden.

Die Stimmung zu scherzhaftem Geplauder ließ sich nicht wiederfinden, und so wurde denn zu verhältnismäßig früher Stunde aufgebrochen. Erst fuhr der Schlitten vor; zehn Minuten später hoben sich auch die Reiter in ihre Sättel. Der Tauwind, der während der Nachmittagsstunden geweht, hatte nachgelassen, und es zog eine scharfe Luft von Osten her; der Himmel klärte sich wieder, und die Sterne traten immer blitzender hervor.

Bamme ritt zwischen Berndt und Tubal. Es ging im Schritt, und der Shetländer hatte Mühe, sich mit den beiden andern Reitern en ligne zu halten. Ein jeder hing seinen Betrachtungen nach; endlich sagte Bamme: »Wer ist dieser Othegraven?«

»Ein Konrektor«, antwortete Berndt. »Etwas steif und pedantisch, aber energisch und mutig von Natur. Und hätt er diesen Mut *nicht*, so würd er ihn aus seiner Begeisterung schöpfen. Ein Mann von Ehre.«

»Sonderbar«, sagte Bamme. »Zu meiner Zeit waren die Konrektors anders. Wir hingen ihnen einen Papierzopf an oder bemalten ihnen den Rücken, und ich entsinne mich nicht, daß es von irgendeinem geheißen hätte: er sei ein Mann von Ehre.«

Der Alte schwieg, schien aber seinen Gedanken weitergesponnen zu haben, als er nach einer Weile fortfuhr: »Ihre Schwester, die Gräfin, liebte von solchen Dingen zu sprechen und sah dann immer verdrießlich aus, weil sie nicht recht wußte, ob sie weinen oder lachen sollte. ›Das ist der Wind, der von Westen her weht.‹ Er war französisch, das war das Gute daran, aber das Aufkommen der Roture störte sie wieder. Ich für mein Teil habe nichts gegen die Roture. Kann mir nicht helfen, mir bedeutet der Mensch die Hauptsache, und ist dieser ganz allgemeine homo, von dem ich als guter Lateiner wohl sprechen darf, wirklich um einen Kopf gewachsen, seitdem sie drüben den armen König um ebensoviel kürzer gemacht haben, so scheint mir die Sache nicht zu teuer bezahlt. Le jeu vaut la chandelle. Auch eine Guser Reminiszenz. Ach, Vitzewitz, das Dümmste sind doch die Vorurteile. Wie gefiel Ihnen Drosselstein, als er heute wieder das ostpreußische Register zog?«

»Und noch dazu an falscher Stelle«, lachte Berndt. »Ich

habe zufällig in Erfahrung gebracht, von wem der Aufruf geschrieben wurde. Staatsrat Hippel. Ostpreußisches pur sang. Aber ich wollte Drosselstein die Beschämung ersparen. In unseren Schwächen sind wir am empfindlichsten, Sie, ich, jeder. Seien wir froh, daß wir ihn haben; er ist doch der Sanspareil unseres Kreises und von Kopf zu Fuß ein Edelmann. Die meisten heißen bloß so; er aber hat den Vorzug, einer zu *sein.*«

Bamme stimmte bei; damit brachen sie das Gespräch ab und setzten ihre Pferde in Trab.

In Hohen-Vietz angekommen, hatten alle das Bedürfnis nach Ruhe und zogen sich zurück, unter den ersten Hirschfeldt und Tubal, die dasselbe Zimmer innehatten. Sie plauderten noch eine kleine Weile, dann wurde Hirschfeldt still. Er schlief. Nur Tubal wachte noch.

Allerlei Gedanken gingen ihm durch den Kopf, deren er nicht Herr werden konnte.

«Bin ich verlobt?» fragte er sich, als er endlich das Licht gelöscht hatte. «Ich glaube ja ... Da müßt ich ja glücklich sein! Und bin ich es? O gewiß, ich bin es, ich *bin* glücklich ... Aber nicht glücklich genug; ich würde sonst jubeln und nichts hören und sehen als *sie*. Und seh ich sie? Sonderbar, ich habe kein deutliches Bild von ihr. Kaum ein Bild überhaupt ... Und doch lieb ich sie. ›Wer liebte sie nicht!‹ sagte die Tante ... Ach, Glück, Glück. Hab ich dich? Und ich frage noch ... Undankbarer, der ich bin!»

So sann er weiter. Immer schattenhafter zogen die Bilder an ihm vorüber, bis auch er entschlief.

## VIERZEHNTES KAPITEL

### *Eingeschlossen*

Der nächste Tag, ein Sonnabend, war ein Tag der Vorbereitungen. Bamme saß über Plänen und Karten, während Berndt in aller Frühe aufgebrochen war, um die ferner stehenden Truppenteile heranzubeordern. Gleich nach drei Uhr war er von diesem Ausfluge zurück. Als er wenige

Minuten später in das Parterrezimmer des alten Generals eintrat, fand er diesen in eifrigem Gespräche mit Drosselstein, der eben über seine Sendung ins russische Hauptquartier rapportierte. Tschernitscheff war ihm nicht nur mit ausgesuchter Artigkeit entgegengekommen, sondern hatte sich auch dahin geäußert, daß er auf Vorschläge wie diese, mit andern Worten auf Kooperation, recht eigentlich gerechnet habe. Nur diese verspreche bei dem kleinen Kriege, der voraussichtlich in den nächsten Wochen bevorstände, die gewünschten Erfolge. Der Überfall Frankfurts, wenn nur von allen Seiten rechtzeitig eingegriffen würde, böte geringere Schwierigkeiten, als es auf den ersten Blick erscheinen möchte. Die französischen Truppen seien decouragiert, unter allen Umständen aber erheische die Parkierung eines so bedeutenden Geschützmaterials einen raschen Versuch. Er proponiere deshalb die Nacht von Montag auf Dienstag und werde seinerseits im Laufe des voraufgehenden Tages bis in die Kunersdorfer Gegend rücken, um von dort aus zu näher festzusetzender Stunde die Dammvorstadt angreifen zu lassen, und zwar mit zweitausend Mann Elitetruppen. Seines Eifers dürfe man sich versichert halten; er werde persönlich zugegen sein und den Angriff leiten.

So Drosselsteins Bericht, dem Berndt und Bamme mit wachsendem Interesse gefolgt waren. Beide glaubten in dem guten Ausgange dieser Mission das Unterpfand weiteren Gelingens erblicken zu dürfen und setzten die schon vorher geplante »Rekognoszierung gegen Frankfurt« auf den nächsten Vormittag fest. Zugleich dankten sie dem Grafen für den diplomatischen Takt, mit dem er die Verhandlungen geführt habe, woran sich dann die Bitte reihte, wenigstens bis zu Tische bleiben zu wollen. Drosselstein indessen lehnte, Geschäfte vorschützend, ab und empfahl sich, nachdem er noch einmal gebeten hatte, die Nacht von Montag auf Dienstag, »schon um den guten Willen Tschernitscheffs nicht zu verwirren«, zu Ausführung des Unternehmens im Auge behalten zu wollen.

Gegen Abend kam Seidentopf, und Jeetze wartete, daß der Kartentisch befohlen werden würde. Die Tarockpartie fiel aber aus, ein Zeichen, daß die Generalspflichten schwer auf Bamme zu lasten begannen. Er selber scherzte darüber und suchte sich durch Selbstpersiflierung, die dann wieder mit Übermütigkeit wechselte, die Last etwas leichter zu machen; aber er kam nicht weit damit, und nur als Berndt von der Heiligkeit des Sonntags zu sprechen und, zu Seidentopf gewandt, ein Mal über das andere ein Bedauern auszudrücken begann, daß er, um der Frankfurter Rekognoszierungsfahrt willen, die Kirche, die Predigt und die Verlesung des Aufrufs versäumen müsse, regte sich der alte Widerspruchsgeist in ihm, und er fuhr mit einem in höchster Stimmlage gesprochenen »*Ich* für mein Teil versäume nicht viel« scharf und trocken dazwischen. Einige Minuten später zogen sich alle zurück, nachdem man noch übereingekommen war, sich am andern Morgen eine halbe Stunde früher als gewöhnlich am Frühstückstische zu treffen.

Und nun war dieser andere Morgen da, und die Glocken des Hohen-Vietzer Turmes klangen durch die winterklare Luft. In dem Herrenhause war alles Leben und Bewegung; die einen rüsteten sich zum Gange in die Kirche, die andern zu der Frankfurter Fahrt. Es fehlten nur noch zehn Minuten an zehn; Krist fuhr vor (wieder die Ponies), und erst Berndt und Bamme, dann Hirschfeldt und Grell bestiegen das offene Gefährt. Nur Lewin und Tubal blieben zurück, vielleicht weil die Sitzplätze des Wagens nicht recht ausreichten, vielleicht auch, um an einem so wichtigen Tage wie der heutige den herrschaftlichen Chorstuhl nicht unbesetzt erscheinen zu lassen. Und jetzt begannen die Glocken zum dritten Mal zu läuten, und während mit den Abfahrenden noch Grüße gewechselt wurden, boten die beiden zurückbleibenden Freunde den schon zum Kirchgang bereitstehenden Damen ihren Arm und schritten mit ihnen erst durch die verödeten Gänge des Parkes, dann durch die Lindenallee bis zur Kirche hinauf. Die kleine Seitenpforte war verschlossen, so daß sie heute den Haupteingang benutzen und durch den Turm, wo die Bahre und die gesprungene Türkenglocke stand, in die Kirche eintreten mußten. Diese war schon gefüllt, da jeder in Erfahrung gebracht hatte, daß ein Wort über Krieg und

Frieden von der Kanzel gesprochen werden sollte. Nur der Majorstuhl dicht vor dem Altar war leer wie immer.

Renate und die Schorlemmer gingen das Mittelschiff hinauf, Lewin und Tubal folgten. Als sie bis in die Mitte waren, bogen sie nach rechts hin in einen Quergang ein, der erst zu einem schmalen Treppchen und mit Hülfe desselben zu dem herrschaftlichen Chore hinaufführte. Hier nahmen sie Platz auf alten hochlehnigen Lederstühlen und stimmten in das Lied ein, das eben gesungen wurde. Lewin saß am meisten zurück, Tubal unmittelbar hinter Renate und der Schorlemmer, so daß er zwischen ihnen hindurch den Blick auf das große Denkmal und ein paar der vordersten Bankreihen frei hatte. Auf der zweitvordersten Bank saß Schulze Kniehase samt Frau und Tochter. Marie hatte sich mit Renaten leise begrüßt, aber seitdem von ihrem Gesangbuche nicht mehr aufgeblickt.

Es war ein schöner Tag; alles sah hell aus, und dieser Eindruck wuchs noch, als die lichte Gestalt unseres Seidentopf auf der Kanzel erschien. Der Gesang schwieg, und nur die Orgeltöne klangen noch leise nach, während alles sich neigte, um, dem Vorgange des Geistlichen folgend, ein stilles Gebet zu sprechen. Nun aber ging es wieder wie Leben durch die Versammlung, aller Köpfe richteten sich auf, und Seidentopf, mit der Rechten sein langes weißes Haar zurückstreichend, begann: »Andächtige Gemeinde! Der Tag, den wir ersehnt haben, ist gekommen. Vor Wochen und Monaten schon, als Gott auf den russischen Schlachtfeldern sein Zeichen gab, als edle und tapfere Heerführer, den Schein des Ungehorsams nicht fürchtend, im wahrhaften Sinn und Geist unseres Königs zu handeln und den ersten entscheidenden Schritt zur Abwerfung eines uns unerträglich gewordenen Joches zu tun wagten, schon damals wußten wir, daß dieser ersehnte Tag kommen werde. Aber er war noch nicht da. Nun ist er angebrochen. Der Übergang von der Knechtschaft in die Freiheit bereitet sich vor. Der König hat geredet, das ungeduldig erwartete Wort, es ist gesprochen worden. Jeder unter euch kennt es, aber von dieser Stelle aus sei es noch einmal verkündet.«

Und nun entfaltete unser Freund das den Aufruf abschriftlich enthaltende Blatt und las mit lauter und eindringlicher Stimme. Die Wärme seines Vortrags lieh auch den einfachsten Sätzen Bedeutung und Leben, und eine Wirkung gab sich zu erkennen, wie sie bei dem Einzellesen daheim niemand an sich erfahren hatte. Besonders waren es die Worte, die von der Vaterlandsliebe und der in Zeiten der Gefahr immer am lebhaftesten bewährten Anhänglichkeit an den König sprachen, denen die Versammlung mit sichtlicher Bewegung folgte.

Und nun fuhr Seidentopf fort: »So, meine Freunde, hat der König gesprochen. Gesprochen wie noch nie zuvor, weil er noch nie zuvor in gleich hohem Maße das für einen König erhebendste und beglückendste Gefühl haben durfte, das Gefühl einer reinen vollkommenen Übereinstimmung mit seines Volkes Wunsch. Ein heiliger Krieg ist es, der beginnt, ein Krieg voll Hoffnung *auf innerliche Befreiung*, und so will ich denn sprechen über die Worte des Propheten Jeremias im achtzehnten Kapitel: ›Und plötzlich rede ich gegen ein Volk und Königreich, daß ich es ausrotte, zerbreche und verderbe; wo sich es aber bekehret von seiner Bosheit, dawider ich rede, so soll mich auch reuen das Unglück, das ich ihm gedachte zu tun.‹ Ja, meine Freunde, Gott war auch wider uns, daß er uns ausrotte, zerbreche und verderbe um unserer Schuld und Sünde willen, denn diese Schuld war groß.«

Und nun begann er, rückwärts blickend, seiner Gemeinde das Bild unserer Schuld zu malen. Unter eines großen Königs Regiment hätten wir rasch den Gipfel des Ruhmes erklommen, eines Ruhmes, der uns hochfahrend, sorglos und bequem gemacht habe. Unredlicher Gewinn habe zum Überfluß unser Gebiet vergrößert, bis die Hälfte unseres Landes aus fremdem Volk bestanden habe, derart, daß wir kaum noch gewußt hätten, ob wir Deutsche seien oder nicht. Und während von andern Völkern um hohe Güter des Lebens gekämpft worden sei, hätten wir selbstgerecht und selbstsüchtig seitab gestanden und des Glaubens gelebt, daß wir durch bloße Ruhe mächtiger und furchtbarer werden würden. So sei der trotzig-übermütigen Klugheit unserer staatlichen Jugend eine verzagte Klugheit auf dem Fuße gefolgt, und mit dem Hinschwinden unseres Ruhmes sei zuletzt auch unsere Ehre mehr und mehr ein Schattenbild geworden. Eine Flut von Eitelkeit und Verschwendung habe die mühsamen Werke besserer Jahre zerstört, bis es endlich über uns hereingebrochen sei und der Herr, um mit den Worten des Propheten zu sprechen, »wider uns geredet habe«, als gegen ein Volk, das er ausrotten, zerbrechen und verderben wolle. Ein zermalmendes Kriegsunglück, das noch in unser aller Gedächtnis sei, habe uns schließlich von unserer falschen Höhe in den Abgrund geworfen.

Hier machte Seidentopf eine Pause. Dann aber, sich vorbeugend, fuhr er mit gehobener Stimme fort: »Ein zermalmendes Kriegsunglück, sagte ich. Aber schlimmer als dieser Krieg war der Frieden, der folgte. Ich rede nicht von der äußerlichen Not, die er mit sich führte, ich rede von der traurigen Gewöhnung, die er schuf, *das Unwürdige zu dulden*. Eine Gewöhnung, die so weit ging, daß in vielen Gemütern (nicht in den euern, meine Freunde) der Wunsch und die Hoffnung auf einen bessern und würdigeren Zustand verlorenging. In vielen war nur noch der Gedanke lebendig, wie man sich dem fremden Joch am bequemsten fügen könne. Andere aber, die noch die Hoffnung auf eine bessere Zeit nicht aufgeben wollten, worin gefielen sie sich, in was suchten sie die Rettung? In *Lug* und *Trug*. Ihr Tun wurde Heuchelei, und um die drohendste Gefahr zu vermeiden, zeigten sie Freundschaft und baten um solche, wo sie doch nur verachten und verabscheuen konnten. Jene Schamlosigkeit war da, die um des Lebens willen jeden edleren *Zweck* des Lebens hintenansetzt oder vergißt. So war unser Zustand, meine Geliebten, und wir selber waren nach den Worten der Schrift, ›wie die Heiden in der Wüste‹. Das waren die zurückliegenden Tage unserer Gefangenschaft; aber danken wir dem Herrn: ein *neuer Tag* ist da.«

Und nun begann er seiner Gemeinde zu zeigen, was dieser »neue Tag« erheische und bedeute: Rückkehr zur Wahrheit, Rückkehr zu dem Mute, den die Wahrheit gibt. Er führte dies aus und nannte »die Wehrhaftigkeit des Volkes«, wie sie durch den heute verlesenen Aufruf proklamiert worden sei, eine Morgengabe, eine Gewähr besserer Zeiten. Im Gegensatz zu Jahrzehnten, wo der Übermut des Soldaten den Mut für etwas ihm ausschließlich Zuständiges gehalten habe, sei der Mut jetzt eine Pflicht jedes einzelnen geworden. Und diesen Mut würden auch *sie* zu betätigen haben, jede Stunde könne sie rufen, und käme sie, so sollten sie sich derselben würdig zeigen.

Andächtig war die Gemeinde gefolgt. Auch Lewin hatte diesmal nicht Zeit gefunden, nach dem Rotkehlchen auszuschauen, und nur Tubals Aufmerksamkeit war bald abgeirrt und hatte zwischen dem großen Grabdenkmal und dem silbernen Altarkruzifix einen mechanischen Pendelgang gemacht, den die wunderlichsten Fragen begleitet hatten. »Wieviel hat das Grabdenkmal gekostet? Wovon sind die Messingleuchter so blank? Welcher Vitzewitz hat das Kruzifix gestiftet?« und dann waren neue Fragen gekommen, um schließlich den ersten wieder Platz zu machen. Und woher das alles? Hatten die Seidentopfschen Worte doch eines tieferen Tones entbehrt? O nein. Aber auf ihrem unausgesetzten Gange zwischen dem Grabdenkmal und dem Kruzifix waren seine Blicke Marie begegnet. *Das* war es. Ihr Mund zuckte von Zeit zu Zeit, und ihre großen dunkeln Augen erschienen wie geschlossen, so tief lagen sie unter dem Schatten ihrer Wimpern. Er sah das blasse feingeschnittene Profil, und sah es, bis er *nur* noch sah und nichts mehr hörte als die vorwurfsvolle Stimme in seinem Innern, die leise seine Blicke begleitete.

Die Predigt hatte mittlerweile geschlossen, nur das Gebet war noch zu sprechen, und alles sah erwartungsvoll zu der Kanzel auf, auch Marie. Sie fühlte wohl, daß Blicke von dem Chorstuhl her sie trafen, aber sie hatte die Kraft, dieser Blicke nicht zu achten oder doch in ihrer Seele sich ihrer zu erwehren, denn sie war reinen Gemüts und ohne Schein und Falsch.

Seidentopf aber betete: »Barmherziger Gott und Herr. Du hast Großes an uns getan, daß du uns berufst, um ein freies und würdiges Dasein zu kämpfen. Steh uns bei. Der Sieg kommt von dir, und mit Vertrauen ist es, daß wir Heil und Segen für unser Tun von dir erflehen. Schütze den König, verleihe Weisheit und Kraft den Heerführern, Mut denen, die die Waffen tragen, treue Ausdauer aber *allen*, auch uns. Und wie das Glück des Krieges auch wechseln möge, *eines* gib uns als seine letzte Segnung, gib uns *Freiheit* und *Frieden.*«

Nun fiel wieder die Orgel ein, der letzte Vers wurde gesungen, und langsam erhoben sich die Hohen-Vietzer und verließen die Kirche. Marie blieb zurück, um Renaten und die Schorlemmer zu begrüßen; dann schritten sie gemeinschaftlich den Mittelgang hinunter. Tubal und Lewin folgten.

Als alle den spitzbogigen Mauereinschnitt erreicht hatten, der von der Seite her in den Turm führte, bemerkte Marie, daß sie das Gesangbuch sehr wahrscheinlich auf ihrem Sitzplatze habe liegenlassen. Sie wollte umkehren, aber Tubal litt es nicht und schritt den Mittelgang wieder hinauf, um das vermißte Buch zu holen. Marie sah ihm nach und wartete, während die andern durch das Außenportal ins Freie traten.

Das Buch war nicht da. Tubal, nachdem er erst auf der Bank und dann am Fußboden hin und her gesucht hatte, richtete sich endlich wieder auf und machte mit beiden Armen ein Zeichen, das die Vergeblichkeit seiner Bemühungen ausdrücken sollte.

Marie rief ihm zu: »Da muß ich selber kommen«, und ging nun ebenfalls das Kirchenschiff hinauf. Aber in diesem Augenblicke hatte sich das Buch auch schon auf einem schmalen Brett unter der pultartigen Schrägung gefunden, und Tubal hielt es triumphierend in die Höhe und ihr entgegen. Sie nahm es dankend aus seiner Hand, wandte sich dann und schritt eilig wieder dem Ausgange zu; ehe sie diesen jedoch erreicht hatte, hörte sie, daß von außen her zugeschlossen wurde. Der alte Kubalke, von seinem Orgelchor herabkommend, hatte nicht bemerkt, daß noch wer in der Kirche war.

Marie fuhr zusammen, faßte sich indessen rasch und sagte: »Wir sind eingeschlossen, bitte, pochen Sie schnell an die Tür.«

Auch Tubal war erschrocken, aber anders als seine Gefährtin. Er fühlte sich wie von einem elektrischen Schlage getroffen.

»Wozu pochen, Marie«, sagte er, »der Alte würde uns doch nicht hören. Und so wären wir denn Gefangene.«

»Ja, aber in einer *Kirche* gefangen. Und auf alle Fälle, die Fenster sind nicht hoch ... und Renate wird unsere Abwesenheit bemerken.«

»Gewiß; aber hoffen wir, nicht zu früh.«

»Gut«, sagte sie, »so sind wir denn Gefangene. Machen wir das Beste davon und nutzen wir die Zeit. Es verlohnt sich immer zu lernen, und ich wette, Sie kennen unsere Kirche noch nicht. Niemand kennt sie; jeder glaubt genug getan zu haben, wenn er das große holländische Monument bewundert und den Namen des alten Matthias von Vitzewitz oder wohl gar den seiner tugendreichen Veronika von Beerfelde mühsam entziffert hat. Das heißt dann die Hohen-Vietzer Kirche kennen. Wir haben aber hier vielerlei.«

Sie sprach dies alles in beinahe heiterem Tone, ganz ersichtlich, um ihre Befangenheit zu verbergen, und als Tubal, statt aller andern Antwort, ihr nur immer forschender ins Auge sah, setzte sie rascher und hastiger hinzu: »Ich muß Ihnen das alles zeigen. So verlieren wir diese Minuten nicht. Von dem zerbrochenen Taufstein, von dem die Leute sagen, er sei tausend Jahre alt, will ich Ihnen nicht erst erzählen, Sie glauben es doch nicht; aber hier rechts das Muttergottesbild, das müssen Sie sehen. Sehen Sie, die Maria hat ihr Christkind aus den Händen fallen lassen.«

»Vielleicht, weil sie wieder freie Hand haben wollte.«

»O nicht doch, das ist Spott und gottlos. Und ich sehe schon, es paßt sowenig für Sie wie der tausendjährige Taufstein. Aber hier, das ist etwas, das paßt für uns beide«, und dabei zeigte sie mit ihrer Hand auf einen alten, aufrechtstehenden Grabstein, der in die Wandstelle dicht neben dem Muttergottesbilde eingemauert war.

Tubal trat an den Stein heran und las: »Katharina von Gollmitz.«

»Ja, das war ihr Name.«

»Lassen wir den Namen«, sagte Tubal, »was soll er uns? Was sollen uns die Toten?«

»Doch, doch, Sie müssen von ihr hören. Sie war die Freundin eines *damaligen Fräulein von Vitzewitz*, den Vornamen hab ich vergessen, aber nehmen wir an, daß sie Renate hieß.«

»Nicht Renate.«

»Ja, nehmen wir an, daß sie Renate hieß. Und ihre Freundin, eben diese Katharina von Gollmitz, deren Grabstein Sie hier vor uns sehen, die starb hier und wurde hier begraben. Aber das tote Fräulein von Gollmitz hatte Sehnsucht in ihre Heimat und wollte fort von hier und aus dem fremden Grabe wieder heraus.«

»Ich glaub es nicht.«

»Oh, Sie müssen es glauben, denn es ist wahr, und es weiß es jedes Kind hier. Und immer, wenn das Fräulein von Vitzewitz über diesen Grabstein hinschritt, der damals noch mit den andern Steinen im Mittelgange lag, dann hörte sie, wie die Freundin rief: ›Renate, mach auf!‹«

Tubal lächelte.

»Und so rufen auch *wir* jetzt; nicht wahr?«

»Nicht ich.«

»Doch, doch, Sie müssen es auch rufen, denn so gemahnt uns der Grabstein. Und alles, an das uns die Grabsteine mahnen, auch wenn sie stumm sind, das müssen wir tun.«

»Ja; nur nicht heute, nur nicht in dieser Minute. Wir *leben*, Marie.«

»Aber wie lange noch?« antwortete diese.

Tubal stutzte. Es war etwas in ihrem Wort, das ihn getroffen hatte. Er entschlug sich indessen des Eindrucks wieder und sagte nur: »Lassen wir die Grabsteine.«

Und damit schritten sie wieder in den Mittelgang der Kirche zurück.

Als sie die vordersten Bänke beinah erreicht hatten, unterbrach Tubal das lange Schweigen und sagte mit weicherer Stimme: »Nicht wahr, Marie, wir wollen gute Kameraden sein? Das Schicksal hat uns hier zusammengeführt. Ist es nicht, als ob wir einander gehören sollten?«

»Nein, nicht wir ... Aber horch, ich höre Stimmen.«

»Welche?«

»Ich weiß es nicht.«

»Nicht *unsere* Stimmen, Marie, nicht *Ihre*, nicht die *meine*?«

»Nein, nein, Renatens.«

Sie betonte den Namen, und er fühlte wohl, weshalb. Aber außer sich ergriff er jetzt ihre Hand und sagte mit rasch sich steigernder Heftigkeit: »Renate und immer wieder Renate. Wozu, was soll es? Ich bitte Sie, nur jetzt nicht diesen Namen; ich mag ihn nicht hören. Er will sich zwischen uns stellen, aber er soll es nicht. Nein, nein, Marie!« Und er warf sich nieder und umklammerte sie, während er sein glühendes Gesicht an ihrem Kleide barg. Einen Augenblick war es ihr, als ob sie nach Hülfe rufen oder in der pochenden Angst ihres Herzens das Altartuch erfassen sollte, aber plötzlich von einem andern Gedanken durchblitzt, riß sie die halb offene Tür auf, die zu dem Majorsstuhl führte, und zeigte mit ihrer Rechten auf die Blutstelle, die das Grauen aller derer war, die davon wußten.

Umsonst.

»Und ob Leben und Sterben zwischen uns stünde«, rief er, »ich lasse dich nicht, Marie ... ich will es ...«

Da wurd es wirklich von außen her laut, der Schlüssel drehte sich im Schloß, und gleich darauf erschien der alte Jeserich Kubalke und kam zwischen den Chorstühlen langsam die Fliesen herauf.

»Nichts für ungut, junger Herr. Aber mit einundachtzig, da hat man keine Augen mehr, und da hab ich Sie denn eingeschlossen und gefangengesetzt. Und zwei schmucke Gefangene, das muß ich sagen. Ja, ja, Marie.«

Beide hatten unter dieser Begrüßung ihre Ruhe wiedergewonnen und erzählten nun dem Alten, daß sie die Zeit ausgenutzt und die großen Grabsteine gelesen hätten, auch den von der Gollmitz.

»Auch den von der Gollmitz. Weiß schon, das war das Fräulein, das nicht hier bleiben wollte. Ja, das muß man lesen. Aber die jungen Leute tun's nicht, und wenn sie's tun, so denken sie nichts dabei. Ja, die Grabsteine ...«

So plaudernd, waren sie wieder bei dem Ausgange der Kirche angekommen.

»Vater Kubalke«, sagte Marie, »wir haben denselben Weg.«

Tubal trat an sie heran und bot ihr die Hand, wie zum Zeichen, daß Friede zwischen ihnen sein solle. »Es war ein Traum, Marie. Nicht wahr?«

Sie schüttelte den Kopf.

Dann nahm sie den Arm des Alten, der die letzten Worte kaum gehört, am wenigsten beachtet hatte, und stieg mit ihm einen der schmalen Pfade hinab, die von dem Kirchhügel aus auf die Mitte des Dorfes zuführten.

## FÜNFZEHNTES KAPITEL

### *Die Rekognoszierungsfahrt*

Um eben diese Zeit trabten die Ponies über Hohen-Ziesar auf Frankfurt zu.

Hohen-Ziesar lag ein beträchtliches abseits der Straße; Berndt aber hatte den halbstündigen Umweg nicht gescheut, um – was am Tage voher versäumt worden war – Drosselstein zur Teilnahme an ihrer Frankfurter Rekognoszierungsfahrt aufzufordern. Freilich eine vergebliche Mühe, da der Graf, wie man erfuhr, Hohen-Ziesar schon in früher Stunde verlassen hatte. Und zwar sehr wahrscheinlich, um jenseits der Oder einen zweiten Besuch im russischen Hauptquartier zu machen. Sicheres verlautete nicht; nur die Tatsache seiner Nichtanwesenheit blieb und wurde von Berndt und Bamme mit ziemlich gleicher Befriedigung aufgenommen, da beide au fond du cœur wenig Lust hatten, sich in Sachen, die sie besser verstanden, von bloß »höheren Gesichtspunkten« aus, dreinreden zu lassen.

Und so ging es, unter Empfehlungen an den Grafen, weiter in die klare Winterlandschaft hinein. Die Ponies schienen das Versäumnis einholen zu wollen und ließen in ihrem Eifer erst nach, als sie dicht vor Podelzig wieder an die große Straße kamen. Im Dorfe selbst erfuhren unsere Freunde, daß vor kaum einer halben Stunde die vordersten Staffeln der am Tage vorher heranbeorderten Bataillone eingetroffen seien, und gleich darauf wurden sie verschiedener Gruppen von Landsturmmännern gewahr, die, von alt und jung umstanden, allerhand Fragen stellten und beantworteten. Einen Augenblick erwog Berndt, ob er absteigen und zu den Leuten sprechen solle; er unterließ es aber, um nicht abermals die wenigen noch bleibenden Tagesstunden gekürzt zu sehen.

Das nächste Dorf war Clessin. Auch hier ließen sich Unruhe und Erregung – der Aufruf war eben verlesen worden – deutlich erkennen, und nur in Cliestow, in dem eben zu Mittag geläutet wurde, war alles still. Hier saßen die Sperlinge zu Hunderten auf dem Fahrdamm, unschlüssig, ob sie auffliegen sollten oder nicht, und nichts als der sonnenbeschienene Rauch, der hell und gradlinig aus den Essen stieg, deutete auf Leben.

Und nun lag auch Cliestow zurück. Der Weg stieg in leiser Schrägung an, und eine reizende Szenerie begann sich mehr und mehr dem Auge darzustellen.

Über das weit nach rechts hin gebreitete Plateau waren zahlreiche Gehöfte ausgestreut, während nach links hin das ganz in der Tiefe liegende, nur von Kropfweiden eingefaßte Odertal sich schlängelte. Und in eben dieser Tiefe, keine halbe Stunde mehr von unseren Reisenden entfernt, stieg jetzt auch das Ziel ihrer Fahrt, die Stadt selber, herauf, deutlich erkennbar an dem gekupferten Hut der Oberkirche und den vielen goldenen Kugeln, die wie Butterblumenknospen das grüne Spitzdach umstanden.

»Ich zähle sieben Kirchen«, sagte Bamme, der aus einer Art Eigensinn nie zuvor in Frankfurt gewesen war. »Es scheint eine große Stadt, größer, als ich dachte.«

»Der eigentliche Kern ist klein«, antwortete Berndt. »Aber die Vorstädte strecken sich weit hinaus. Sehen Sie drüben die Dammvorstadt, fast eine Stadt für sich. Und dahinter Kunersdorf, blutigen Schlachten-Angedenkens. Hier auf unserer Seite des Flusses sind wir friedlicher. Die lange Häuserlinie dort unten ist die *Lebuser* Vorstadt; aber ich will Sie nicht vor der Zeit mit solchen Einzelheiten behelligen. Vom Spitzkrug aus haben wir das alles viel deutlicher und sehen den Sottmeiers in die Schornsteine hinein.«

»Den Sottmeiers?« fragte Bamme.

»Ja, hier dürfen wie sie noch so nennen.«

»Was ist es damit?«

»Eine von den Neckereien und Fehden, wie sie zwischen ›Altstadt‹ und ›Neustadt‹ überall zu Hause sind. Ob es paßt, ist gleichgiltig, wenn es nur reizt und böses Blut macht. Und das tut es. Ein altes Weib, nicht viel besser als eine Hexe, steckte vor hundert Jahren die ganze Vorstadt hier unten in Brand. Sie hieß Witwe Sottmeier und wurde mit sechs oder sieben ihrer Komplizen auf den Scheiterhaufen gestellt. Feuer für Feuer; das war damals noch die Regel. Seitdem werden alle Kietzer nach dem übelberufenen alten Weibe genannt und heißen ›Sottmeiers‹. Eine sonderbare Logik, erst den Schaden und dann den Schimpf. Aber ob logisch oder nicht, es gefällt den Altstädtern, und so bleibt's beim alten.«

Unter diesen Gesprächen waren sie bis an ein weißgetünchtes Wirtshaus mit hohem Strohdach gekommen, das, an der Spitze dreier hier zusammentreffender Straßen gelegen, den Namen »Spitzkrug« führte. Es war dies der vorerwähnte Aussichtspunkt, weshalb denn auch Vitzewitz halten ließ. Ein dreieckiger, durch die drei Straßen gebildeter Garten lag vor dem Hause; hier stellten sich unsere Freunde auf und sahen, über einen Heckzaun hinweg, auf das reliefartig vor ihnen liegende Bild. Bamme hatte den Blick überall und erkannte gleich, daß dies der Punkt sei, der für alle Fälle gehalten werden müsse.

»Hier stellen wir unsere Soutiens«, sagte er. »Über den *Spitzkrug* geht unser Rückzug. Die drei Wege hier lassen uns die Wahl und verwirren den Feind.«

»Warum Rückzug?«

Bamme lachte. »Ein gesicherter Rückzug ist der halbe Sieg. Wer vorwärts will, muß mit dem Gedanken an ein mögliches Rückwärts beginnen. Weiß ich, daß ich wieder heraus kann, so geh ich dem Beelzebub in seinem Allerheiligsten zu Leibe. Fragen Sie Hirschfeldt, der kennt den Krieg.«

Während dieser Worte hatte Bamme sein Notizbuch genommen und begann die verschiedenen Straßen einzuzeichnen. Als er damit fertig war und nach dem Namen einer zu Füßen gelegenen kleinen Vorstadtkirche gefragt hatte, sagte er zu Vitzewitz: »Und diese Bergnase hier, die nach der Stadt zu vorspringt?«

»Das ist der Galgenberg.«

»So, so. Und die Straße, die von hier aus daran vorüberläuft?«

»Die Richtstraße. Mutmaßlich, weil sie von der Stadt her zur Richtstätte führte. Ein Rest von den drei Pfeilern ist noch zwischen den Kirschbäumen sichtbar.«

»Lassen wir die Pfeiler, Vitzewitz«, sagte Bamme. »Ich bin für eine gesicherte Rückzugslinie, aber, wenn es sein kann, an anderen Örtlichkeiten vorüber. Erst die Sottmeiers und nun der Galgenberg und die Richtstraße, das hat freilich alles seinen Zusammenhang; aber ich bekenn Ihnen offen, weniger Folgerichtigkeit und mehr Heiterkeit wäre mir lieber. Nomen et omen. Ich bin abhängig von solchen Sachen und geh ihnen gern aus dem Wege. Brechen wir ab; ich habe mich orientiert.«

Sie stiegen nun wieder auf und fuhren bergab in die Vorstadt hinein, erst an der kleinen Sankt-Georgs-Kirche und dann an dem gleichnamigen Spitale vorüber. Eine einzige lange Straße. So kamen sie nach zehn Minuten bis an den Brückendamm, der, wo die Alt- oder Innenstadt beginnt, wenigstens damals noch über einen breiten, wenn auch ausgetrockneten Wallgraben hin auf das alte Lebuser Tor zuführte. Unmittelbar vor diesem Tore buchtete sich der Brückendamm zu einem kleinen winkligen Platze aus, auf dem, in die Ecke geschoben ein paar zweiräderige, aber stark gebaute Karren standen. Daneben lagen eiserne Kanonenrohre, alle rostig, ein paar zerbrochen, als ob sie, von der Kunersdorfer Schlacht her, hier liegengeblieben wären. Bamme merkte sich alles. Dann passierten sie das gewölbte, noch aus den Zeiten der Stadtbefestigung herstammende Tor, hinter dem sich die große Torwache befand. Der Posten vorm Gewehr schritt auf und ab, sah die Vorüberfahrenden neugierig freundlich an und grüßte mit leichter Handbewegung.

»Ein Glück für ihn«, sagte Bamme, »daß er morgen abend abgelöst ist und nicht mehr an dieser Stelle schildert. Ein hübscher Junge und grüßt uns so freundlich. Es wäre mir leid um ihn.«

Hundert Schritte hinter der Torwache zweigt nach links hin eine schmale Straße ab. Sie führt auf den Fluß zu, aber ehe sie denselben erreicht, erweitert sie sich zu einem Kirchplatze, auf dem sich grau und turmlos die älteste Stadtkirche erhebt. Ist man an dieser vorbei, so gewahrt man sogleich, wie der Platz sich wieder verengt und abermals Straße wird. Aber nur zwei, drei Häuser zu jeder Seite. Und dann ist man am Quai. In einem dieser Häuser wohnte Turgany. Berndt hatte die Zügel genommen und fuhr vor. Es war ein großes, altes Eckhaus, mit vorspringendem Erker und einem prächtigen Blick auf Platz und Bollwerk. Ein rechtes Aussichtshaus. Berndt, als er angeordnet, daß Krist ausspannen und entweder bis an den Spitzkrug oder doch wenigstens bis an einen alten, schon vorher am Ausgange der Lebuser Vorstadt gelegenen Gasthofe zurückfahren solle, stieg mit Bamme die breite Steintreppe hinauf, während Grell und Hirschfeldt folgten.

Der Justizrat empfing sie herzlich und stellte Othegraven vor, der unruhiger noch als Turgany der Ankunft der Hohen-Vietzer Gäste entgegengesehen hatte. In der Nähe des Fensters war ein Frühstückstisch serviert, an dem man Platz nahm und artigkeitshalber einstimmte, als seitens des Wirts das Ausbleiben Drosselsteins bedauert wurde. Grell, seiner Gewohnheit nach, musterte das Zimmer, das aus der Zeit stammte, wo Gotik und Renaissance sich um die Herrschaft gestritten hatten. Der Erker war noch gotisch, während die großen Wandflächen und insonderheit die Stuckornamente schon auf Etablierung der Renaissance deuteten. Ebenso der Ofen, der auf seinen grünglasierten Kacheln die Geschichte des Tobias darstellte.

»Ein delikater Rauenthaler«, sagte Bamme, »werde mir seinerzeit die Adresse der Handlung ausbitten. Hoffentlich kein Geheimnis. Aber nun zu den Geschäften, meine Herren. Carpe diem. Staunen Sie nicht, Vitzewitz, mich schon wieder auf den Schleichwegen der Klassizität zu betreffen. Umgang bildet, und man ist seiner Gesellschaft etwas schuldig. Aber nun Ihren Plan, Othegraven.«

Othegraven verbeugte sich etwas steif und sagte dann: »Es wird sich, nachdem unser Freund Turgany bereits die

Ehre gehabt hat, Ihnen unseren Überfallsplan vorlegen zu dürfen, im wesentlichen nur noch um Kenntnisnahme der Lokalität wie um Festsetzungen hinsichtlich der Zeit handeln, immer vorausgesetzt, daß nicht Ihrerseits, Herr General, Änderungen oder neue Vorschläge beliebt werden. Unterbleiben diese« – Bamme nickte –, »so werd ich Altes mehr zu rekapitulieren als dem Ihnen schon Bekannten erheblich Neues hinzuzufügen haben.«

»Desto besser. Viele Strähnen verwirren nur. Also repetieren wir unser Exerzitium.«

»So bitte ich Sie denn, Herr General, an dies Erkerfenster herantreten zu wollen. Auch die anderen Herren. Wir haben dann unser Aktionsfeld vor uns, und das wenige, was überhaupt noch zu sagen bleibt, läßt sich wie auf einer aufgeschlagenen Karte demonstrieren.«

Alle hatten sich erhoben und waren in den Erker eingetreten. Othegraven zeigte nach links hin. »Herr General wollen das dritte Haus am Platz bemerken, das größte, scharf an der Kirche vorbei.«

»Ich sehe; das mit den verschnittenen Linden, und das Schilderhaus davor. Es sieht aus wie ein Gasthof.«

»Sehr richtig. In diesem Gasthofe wohnen General Girard und sein Stab. Auch drei oder vier Ordonnanzen. In demselben Augenblick, in dem der erste Schuß fällt, brechen wir, von der Kirche her, vor. Es sind keine zwanzig Schritt. Ehe der General noch den Schlaf abgeschüttelt hat, ist er gefangen. Stab und Ordonnanzen mit ihm.«

»Und dann?«

»Fünf Minuten später müssen auch die Mannschaften in unseren Händen sein, die hier in der Altstadt herum einzeln oder zu zweien und dreien in Bürgerquartier liegen. Wir kennen die Häuser und werden sie vorher umstellen. Für die prompte Durchführung diese Dinge hoff ich mich verbürgen und Ihnen unmittelbar nach Ihrem Eintreffen auf diesem Platze Meldung von dem Vollzogenen machen zu können. Das ist der *erste* Akt.«

»Und dann?« wiederholte Bamme seine Frage.

»Und dann«, antwortete der Konrektor etwas spitz, »beginnt eben der zweite, *Ihr* Akt, Herr General. Denn unsere Bürgerschaften sind gewillt, sich Ihrem Kommando, von dem Augenblick Ihres Eintreffens an, in allen Punkten zu unterstellen. Der Ruf eines entschlossenen Mannes geht Ihnen voraus, und Entschlossenheit ist alles.«

Bamme verbeugte sich. Er war nicht unempfindlich gegen solche Huldigungen, am wenigsten, wenn sie von Gesellschaftskreisen ausgingen, denen gegenüber er das Gefühl hatte, sich aus diesem oder jenem Grunde wiederherstellen zu müssen. Denn er wußte sehr wohl, was ihm fehlte.

Othegraven fuhr fort: »Es wird sich in diesem zweiten Akte darum handeln, ob *wir*, will sagen, Ihre Landsturmmänner und unsere Bürgerschaften, in gemeinschaftlicher Aktion imstande sind, uns der zweitausend Mann Voltigeurs und Grenadiers zu erwehren, die samt ihren Regiments- und Bataillonschefs drüben in der Dammvorstadt liegen und unzweifelhaft von Beginn des Kampfes an eifrig bemüht sein werden, den Übergang in die Altstadt zu forcieren. Ein leichtes soll es ihnen nicht werden. Die Brücke opfern wir, und für Aufeisung des Stromes ist gesorgt. Unsere Kietzer Fischer haben es an gutem Willen nicht fehlen lassen; Tag und Nacht in den Kleidern; Seine Majestät der König soll davon erfahren. Nichtsdestoweniger, ohne besserem Urteil vorgreifen zu wollen, scheint mir der Ausgang dessen, was wir vorhaben, von dem Eintreffen oder Nichteintreffen der Russen abzuhängen. Halten sie Wort, so haben wir übermorgen früh eine französische Brigade gefangengenommen, fünfzig Kanonen erbeutet und, was die Hauptsache ist, der ganzen Provinz ein Zeichen, ein Beispiel gegeben. Lassen uns umgekehrt die Russen im Stich, so können wir uns gegen zweitausend Mann nicht auf die Dauer halten. Denn es sind ausgeruhte Soldaten, Reserven, die nicht mit in Rußland waren. Ich bedaure noch einmal das Nichtzugegensein des Herrn Grafen, getröste mich indessen, daß er uns nur fehlt, um sich durch einen zweiten Besuch im Hauptquartiere Tschernitscheffs der russischen Mitwirkung abermals zu versichern.«

»Sehr gut, Othegraven«, sagte Bamme. »Das nenn ich den geborenen Generalquartiermeister, Schule Prinz Eugen oder doch wenigstens Montecuculi. Nicht wahr, Hirschfeldt? Und alles knapp und kurz. Also bestens akzeptiert. Es fehlt nur noch eine Kleinigkeit: die Ausführung. Aber Tschernitscheff oder nicht, es *muß* glücken; zum mindesten dürfen wir keinen andern Gedanken mehr aufkommen lassen. Wir haben A gesagt und müssen B sagen. Alles Kriegsspiel ist Würfelspiel. Und wir knöcheln für eine gute Sache. Alea jacta est. Ich habe mein Latein wieder und meine gute Laune.«

Dabei waren sie vom Fenster an den Tisch zurückgetreten und nahmen wieder Platz. Aber keiner war in der Stimmung, das Frühstück fortzusetzen. Turgany traf es deshalb, als er sagte: »Brechen wir auf, werte Herren und Freunde. Mein Programm lautet: erst Inspizierung des diesseitigen Oderquai, dann Brückenpassage, Dammvorstadt, Herzog-Leopold-Denkmal und französischer Geschützpark. Soweit gediehen, betracht ich unsere fußgängerischen Aufgaben als gelöst und stelle meinen Wagen für alles Weitere zur Verfügung. Er wird uns am Geschützpark oder doch in der Nähe desselben erwarten. Dann Repassierung der Brücke, Kleist-Denkmal und Rückkehr in meine Wohnung oder aber in die Lebuser Vorstadt, wohin Sie, wenn ich recht gehört, Ihren eigenen Wagen dirigiert haben.«

Und damit brachen alle auf, um ihre Rekognoszierung zu Fuß zu beginnen.

Von Turganys Wohnung bis an den Fluß waren kaum hundert Schritt. Eine sonntägliche Stille herrschte den Quai entlang, der in großen Abständen mit uralten Pappelweiden besetzt war. Eingefroren im Eise lagen Oderkähne und größere Kielboote, die nach Stettin hin gehörten und hier vor der Zeit vom Winter überrascht worden waren. Nach rechts hin lief die Brücke über den Fluß, zwanzig Joche oder mehr, zwischen denen unsere Freunde des großen, zum Brückenschutz errichteten Eisbrechers ansichtig wurden. Alle Arbeit ruhte; die Glocken der Oberkirche gingen, und einzelne geputzte Frauen, die zur Nachmittagspredigt wollten, eilten an ihnen vorüber.

Bamme musterte den Quai und die Pappelweiden bis rechts an die Brückenjoche hinauf und sagte dann zu

Berndt: »Voilà, Vitzewitz, unser mutmaßliches champ de bataille.« Dieser nickte zustimmend in guter, beinahe heiterer Laune. Denn er war viel ruhiger als der Alte, weil er das, was sie vorhatten, nicht als Abenteuer, sondern als Pflicht und Aufgabe nahm.

So kamen sie bis an die Brücke und gingen in die Dammvorstadt hinüber. Die Welt hier schien nur noch aus Franzosen zu bestehen; einige, als ob draußen die Junisonne schiene, balancierten auf den Querhölzern der offenstehenden Fenster, während sich andere mit Bockspringen vergnügten oder sich auf Flur und Diele mit Kindern und jungen Mädchen unterhielten. So namentlich auch vor dem großen Gasthofe »Zum goldenen Löwen«, hart an der Brücke, der in eine Kaserne umgewandelt war. An der Ecke dieses Gasthofes vorbei bogen jetzt unsere Freunde nach links hin ein und wandten sich dem großen Herzog-Leopold-Denkmale zu, das sie schon vorher, als sie von Turganys Wohnung aus auf den Fluß zugeschritten waren, in aller Dunkelheit gesehen hatten. Es lag jener Stelle gerade gegenüber; nur der breite Fluß dazwischen.

Nun standen sie vor diesem Denkmal, zu dessen beiden Seiten – und zwar zwischen dem hochaufgestapelten Klafter- und Bretterholz eines hier befindlichen Holzhofes – vierzig bronzene Geschütze zusammengefahren waren. Der Anblick, der sich ihnen bot, weckte sehr verschiedene Gedanken. Othegraven sah mißtrauisch auf die Bretter und Bohlen und sann nach, wie sie wegzuschaffen wären, während Berndt und Bamme mit Befriedigung wahrnahmen, daß die Munitionskarren fehlten. So war man wenigstens vor einem Mitspielen der Artillerie gesichert.

Grell hatte sich inzwischen mit seinem Interesse dem Denkmale selber zugewandt. Drei Frauengestalten trugen eine sternenbekränzte Urne, am Sockel des Ganzen aber standen folgende Worte: »Menschenliebe, Standhaftigkeit, Bescheidenheit – drei himmlische Geschwister – tragen Deinen Aschenkrug, verewigter Leopold, und klagen mit der Göttin der Stadt, deren Bürger Du zu retten eiltest, und klagen mit dem Odergott, in dessen Wellen Du untergingst, daß die Erde ihr Kleinod verloren hat.«

Bamme war ebenfalls herzugetreten und sagte jetzt, während er auf die Urne zeigte: »Aschenkrug. Wer's glaubt! Sieht es nicht aus wie eine Riesenbowle? Und das soll es am Ende auch sein. Ich wette, der Bildhauer – Ehre seinem Andenken – war ein Schalk und schrieb auf seine Art Geschichte. Sie wissen doch, Vitzewitz?«

»Ich weiß«, sagte dieser. »Aber es ist widerlegt.«

»Schade«, fuhr Bamme fort. »Die hübschesten Sachen in der Weltgeschichte werden immer widerrufen oder widerlegt. Pitt starb an einer Flasche Burgunder; aber das war nicht groß genug für einen Rednerhelden oder meinetwegen auch Heldenredner, und so heißt es jetzt, er sei an der Schlacht von Trafalgar gestorben. Hätt ich die Notiz von Rutze, so würd ich an eine Verwechslung mit Nelson glauben. Aber es steht in allen Büchern und Blättern. Apropos, Rutze. Seine Compagnie ist brillant, vielleicht die beste. Nichts für ungut, Vitzewitz.«

Während diese Worte gewechselt wurden, war der französische Posten mit einem »Pas permis, monsieur« an den emsig zeichnenden Grell herangetreten, hatte sich jedoch jedes weiteren Einspruchs begeben, als ihm unser Hölderlinfreund seine mit komischem Ungeschick abkonterfeiten drei Gottheiten gezeigt und dadurch die Lachlust des kleinen Südfranzosen erregt hatte.

Von der Brücke her kam ihnen jetzt das Turganysche Fuhrwerk entgegen. Sie stiegen ein, behalfen sich, so gut es ging, und erledigten ihr Programm – auch bei dem Ewald-von-Kleist-Denkmal einige Minuten verweilend – in der vorher festgesetzten Reihenfolge. Darnach trennte man sich, um Krist und die Ponies in der Lebuser Vorstadt aufzusuchen. Ihre letzte Abmachung war dahin gegangen, daß die Landsturmbrigade nicht später als ein Uhr nachts von Montag auf Dienstag am Spitzkrug eintreffen solle. Ein Vertrauensmann Othegravens werde sie daselbst erwarten.

Die kleine Sankt-Georgs-Kirche schlug eben fünf, als unsere Freunde am Ausgange der Lebuser Vorstadt eintrafen und vor einem hier befindlichen alten Wirtshause den Hohen-Vietzer Kaleschwagen erkannten. Aber noch nicht angespannt.

Beinahe die Hälfte der »Wirtschaft« wurde von einem ungewöhnlich großen Torweg eingenommen, der durch die ganze Tiefe des Hauses lief. Es dunkelte schon, und so hätte sich von der gewölbten Einfahrt sehr wahrscheinlich nichts weiter als ein schwarzes Loch erkennen lassen, wenn nicht in Höhe des Gewölbes eine Stallaterne geschaukelt hätte. Mit Hilfe dieser gewahrte man drei Stufen, die nach links hin aus dem Torweg in eine, so schien es, den ganzen Rest des Gebäudes einnehmende Gaststube führten. Alles andere lag im Quergebäude. In Front der Ausspannung aber war anscheinend noch ein zweiter Torweg sichtbar, ebenfalls mit einer Laterne. Sah man indessen schärfer zu, so gewahrte man, daß dieser Torweg gar kein Torweg sei, sondern eine große Kapellennische, in deren Hintergrund ein bemaltes Kruzifix hing. Neben diesem Kruzifix zwei weißgetünchte Heilige, die auf ihren bittend vorgestreckten Armen wohl ein halbes Dutzend vertrockneter Kränze trugen. Vitzewitz war in den Hof gegangen, um nach Krist und den Ponies zu sehen; Bamme, von Grell und Hirschfeldt begleitet, patrouillierte draußen auf und ab und wollte durchaus Näheres über die zwei »Torwege« hören. Er sah sich deshalb um und gewahrte schließlich einen Menschen, der, auf einem der niedrigen Fenstersimse hockend, wie ein Schatten in der matt erleuchteten Öffnung saß.

»He, Sottmeier!«

Der Angerufene erhob sich und kam auf Bamme zu. Es ließ sich jetzt erkennen, daß er Hausknecht, Küfer und Marqueur, alles in einer Person war. Er trug eine grüne Friesschürze. Sein eines Auge, das viel größer aussah als das andere, hatte einen weißen Fleck, und dieser weiße Fleck bohrte sich immer auf den, mit dem er sprach. Dazu storres schwarzes Haar; alles häßlich und unheimlich.

»He, Freund«, sagte Bamme, dem die Lust vergangen war, das Wort »Sottmeier« zu wiederholen, »he, Freund, wie heißt eure Ausspannung?«

»Der letzte Heller.«

»Das ist gut. Gefällt mir. Man hört ordentlich, wie er springt. Und hier nebenan der Torweg mit dem Kruzifix und den zwei Nonnen, wie heißt *der*?«

»Auch der letzte Heller.«

»Wetter, das gefällt mir nicht; dieser ewige ›letzte Heller‹, als ob es sonst nichts in der Welt gäbe. Das schmeckt ja wie Miserere. Grell, wo will das hinaus? Mit dem Galgenberg haben wir angefangen, und mit dem letzten Heller hören wir auf. Zweimal der letzte Heller, auf Ehre, das ist zuviel.«

Grell lachte. »Wir müssen es uns auf das Beste hin ansehen, Herr General. Es ist eigentlich eine Feinheit, diese zwei ›letzten Heller‹ so dicht nebeneinander wie Himmel und Hölle. War es doch immer so. Der eine ließ sein Letztes bei der Kirche, der andere bei der Kneipe. Es stammt alles noch aus den katholischen Zeiten her. Aber ich glaube nicht, daß es viel besser geworden ist.«

»Ich auch nicht«, sagte Bamme, und damit schritt er auf die drei Stufen zu, die vom Torweg aus nach der Gaststube hinaufführten. Grell und Hirschfeldt folgten. Einen Augenblick später trat auch Berndt ein, der, nach längerem Umhertappen in dem dunklen Stall, Krist auf einer Futterkiste total verschlafen vorgefunden und nicht ohne Mühe zum Anspannen seiner Ponies veranlaßt hatte.

In der Gaststube saßen einige Sottmeiers beim Dreikart. Bamme war nicht in der Laune, sich populär zu machen; er suchte deshalb ein anderes, dahintergelegenes Zimmer auf, in welchem er ein großes Billard vorfand, halb zerrissen, aber die Fetzen mit einer Stopfnadel notdürftig wieder zusammengenäht. Darüber hing eine blakende Lampe. »Sieht sie nicht aus, als wäre sie draußen den Nonnen fortgenommen«, sagte er zu Grell und setzte dann, zu dem Hausknecht sich wendend, hinzu: »Noch ein Licht.«

Dieser brachte zwei und wollte, da kein Tisch da war, das eine auf den Queueständer, das andere auf das Brettchen eines neben dem Ofen stehenden hochbeinigen Kinderstuhles setzen, Bamme befahl aber: »Nicht da; hierher, rechts und links neben die Karoline!« und ließ die Lichter mitten auf das Billard stellen.

Als dies geschehen und die »grüne Friesschürze« wieder verschwunden war, sagte der Alte: »Ich wette, er hat nicht eingeklinkt; riegeln wir zu; besser ist besser. Wer die Menschen kennt, mißtraut ihnen. Es riecht hier überhaupt nach Spelunke, und wo es nach Spelunke riecht, da riecht es auch nach Verrat.«

Grell schob den Riegel vor und stellte sich dann wieder neben Bamme, der mit immer komischer werdender Feierlichkeit fortfuhr:

»Eh wir in den Wagen steigen, meine Herren, will ich die Dispositionen für morgen auf den Tisch zeichnen. Ein Stück Kreide, Hirschfeldt. Alle großen Schlachten sind mit drei Linien gewonnen worden. Und diese drei Linien hab ich auch für morgen in petto.«

Hirschfeldt hatte mittlerweile den alten Queueständer durchsucht und ein Stück Kreide gefunden. Er gab es an Bamme, der sofort einen Kreis auf das Billardtuch malte und diesen Kreis durch einen dicken Flußstrich in links und rechts halbierte.

»Hier rechts«, hob er an, »die Dammvorstadt ist Tschernitscheffs Sache; hol ihn der Teufel, wenn er uns im Stiche läßt. Was *wir* zu tun haben, liegt links, *hier* an den drei Toren.«

Und nun begann er jedes der drei Tore durch einen kurzen Doppelstrich zu bezeichnen, den er quer durch die Peripherie des Kreises zog.

Dann fuhr er mit steigendem Eifer fort: »Um ein Uhr halten wir am Spitzkrug und marschieren auf drei Straßen gegen die drei Tore. Das ist das Vorspiel. Und nun das Stück selber. Wir *nehmen* die drei Tore, gleichviel, mit List oder Gewalt, und dringen in drei Strahlen auf den Kirchplatz vor. Da haben wir die drei strategischen Linien. Kirchplatz ist Rendezvous. Dort entscheiden sich die Dinge, so oder so. Hoffen wir alles, und fürchten wir nichts. Und damit basta. Parole ›Zieten‹. Und wolle der alte Husarenvater in Gnaden mit uns sein.«

Ein Lächeln ging über aller Züge, als sie so den alten »Husarenvater« wie Gott und seine Heiligen angerufen sahen. Aber Bamme bemerkte nichts. Er öffnete nur das Fenster, nahm eine Handvoll Schnee und wusch damit seinen dreilinigen Angriffsplan wieder weg.

Draußen hielten jetzt die Ponies. Krist knipste mit der Peitsche, und der storrige Hausknecht, der mittlerweile seine Friesschürze zu einem Dreieck zusammengesteckt hatte, drängte sich an Bamme, um ihm beim Aufsteigen behilflich zu sein.

»Verkehren Franzosen hier?« fragte dieser.

»Nicht viel.«

«Nette Leute?»

»Na, soso. Wer sie gerade leiden kann. Nicht schlimmer als unsere.«

Während dieses Gespräches hatte sich alles zurechtgerückt, und der Wagen fuhr langsam hügelan und auf den Spitzkrug zu.

»Galgengesicht, dieser Kerl«, sagte Bamme. »Vergessener Rest von der Familie Sottmeier; irgendein Wende, der nach hinten und vorne zugleich sieht. Ein Schielkönig comme il faut. Hol ihn der Teufel. Ich wette, daß er gehorcht hat.«

»Nicht doch«, sagte Vitzewitz und lachte. »Es ist ein Dolgeliner. Sein Vater ist Schmied. Es flog ihm ein Funken ins Auge.«

Und damit ging es in raschem Trab ins Bruch hinein und auf Hohen-Vietz zu, das sie bei guter Zeit erreichten.

## SECHZEHNTES KAPITEL

### *Wen trifft es?*

Um die achte Stunde – Berndt und seine Hohen-Vietzer Gäste waren noch nicht zurück – saßen Renate, Tubal und Lewin in dem uns wohlbekannten Eckzimmer. Seidentopf, der zugesagt hatte zu kommen, war ausgeblieben; Lewin schien zerstreut; Tubal, befangener noch als am Tage seiner Ankunft, vermied es, dem Auge Renatens zu begegnen. So scheiterten alle Bemühungen dieser letzteren, das sich hinschleppende Gespräch in einen etwas lebhafteren Gang zu bringen, und jeder, wenn ein Wagen vorüberfuhr, atmete auf, in der Hoffnung, daß es die Ponies sein möchten.

»Wo sie nur bleiben?« sagte jetzt Renate. »Den ganzen Tag über bin ich ein Gefühl der Sorge nicht losgeworden;

ich hatt es in der Kirche schon und dann, als ich bemerkte, daß ihr eingeschlossen waret, du und Marie. Ich sagt es auch der Schorlemmer. Willst du glauben, Tubal, daß ich mich an Mariens Stelle geängstigt hätte. Die Mittagsstunde hat ihren Spuk so gut wie Mitternacht.«

Tubal, den jedes Wort traf, bückte sich, um ein paar Tannäpfel in den Kamin zu werfen, und sagte verlegen vor sich hin: »Die Zeit verging uns rasch. Wir haben die Grabsteine gelesen.«

»Die Grabsteine«, wiederholte Renate. »Das hätte mir den Mut auch nicht gehoben. Aber Marie, glaub ich, setzte sich in den Majorsstuhl und vergäße seine Schrecken, vorausgesetzt, daß es sein müßte. Denn im Grunde hat sie das Grauen so gut wie ich, sie hat nur mehr Kraft, ihre Furcht zu bezwingen.«

Die Pendule schlug jetzt acht, und Renatens Besorgnisse wurden immer größer. »Haltet ihr es für möglich«, sagte sie, während sie sich erhob und voll Unruhe auf das Fenster zuschritt, »daß die Franzosen von unserem Vorhaben erfahren haben können? Unser Landsturm ist seit drei Tagen auf allen Straßen, und es gibt immer feile Kreaturen, die für Lohn oder Vorteil den Spion machen.«

»Gewiß«, sagte Lewin. »Aber diese Spione können nicht mehr verraten, als sie selber wissen. Und was sie wissen, das wissen die Franzosen auch. Es ist einfach das, daß sich ein Wetter gegen sie zusammenzieht. Nicht bloß hier, überall.«

»Und nun dieser Drosselsteinsche Brief«, fuhr Renate fort, die nur mit halbem Ohre zugehört hatte, »ich glaube nicht, daß er viel Gutes bringt. Es ist mir, als läs ich ihn Zeile für Zeile. Absage, Zweifel, irgend etwas ...«

In diesem Augenblicke fuhr der mit soviel Spannung erwartete Wagen über das Pflaster des Hofes und hielt. »Da sind sie!« riefen alle, und ehe Renate Zeit gefunden hatte, die bis dahin im Hintergrunde des Zimmers stehende Astrallampe vor das Sofa zu stellen, traten unsere Frankfurter Reisenden bereits ein. Die Schorlemmer und Jeetze folgten. Fragen über Fragen. Abendbrot wurde refüsiert, nur Tee befohlen, und weil alle mehr oder weniger ausgefroren waren, kam man überein, statt am Sofatisch, um den Kamin her Platz zu nehmen. Der Tagesbericht sollte chronologisch gegeben werden, kam aber nicht weit, da sich, als des über Hohen-Ziesar genommenen Umweges gedacht wurde, Lewin und Renate sofort des Drosselsteinschen Briefes entsannen, der in der Freude des Wiedersehens vergessen worden war.

Berndt erbrach den Brief und las: »Nur wenige Worte, mein teurer Vitzewitz. Eben komme ich von jenseits der Oder zurück und erfahre, daß Sie mit dem General und zwei anderen Herren hier waren, um mich für Frankfurt abzuholen. Ich war, wie Sie gewiß vermutet haben werden, inzwischen ein zweites Mal bei Tschernitscheff, den ich bereits auf dem Marsche traf. Er rückt heute noch bis auf zwei Meilen gegen Frankfurt vor. Seine Gesinnungen sind unverändert die besten. Er teilte mir zum Schlusse mit, daß er an seinen unmittelbaren Chef, den Corpskommandanten Fürsten Wittgenstein, berichtet habe und spätestens bis morgen mittag der Gutheißung der von ihm getanen beziehungsweise noch zu tuenden Schritte entgegensähe. Tout à vous, Drosselstein.«

Ein jeder empfand die Zweideutigkeit dieser Tschernitscheffschen Zusage, die nötigenfalls auch Rückzug bedeuten konnte, keiner aber gab dieser Empfindung Ausdruck, am wenigsten Bamme, der, um der schlechten Stimmung ein Ende zu machen, von allem Möglichen und Unmöglichen, von Othegraven und den Sottmeiers, von den beiden »letzten Hellern«, dem himmlischen und dem höllischen, und schließlich auch von den zwei Nonnen »mit der blakenden Ewigen Lampe« zu perorieren begann. Zuletzt verschwor er sich, daß es ein gut geplantes Unternehmen sei, vor allem klar in der Anlage; drei Linien, konzentrisch auf einen Punkt gerichtet, garantierten den Erfolg. Die Russen seien gute Kameraden. Hierbei warf er einen Blick auf Vitzewitz, um zu sehen, ob dieser es ernsthaft oder ironisch auffassen würde. Ja, sie seien gute Kameraden, *müßten* es sein, und es werde glücken. Wenn es aber *nicht* glücke, so sei die Welt keinen Schuß Pulver wert, einschließlich der ganzen göttlichen Gerechtigkeit, über die er ohnehin so seine Gedanken habe.

Alles sah verlegen vor sich hin, und die Schorlemmer flüsterte Renaten zu: »Wo will das hinaus?«; Bamme selbst aber, immer neue Löffel voll Baseler Kirschwasser in die längst geleerte Teetasse gießend, begann jetzt in seinem Ärger über Tschernitscheff – gegen den er klugheitshalber nichts sagen durfte – die Schalen seines Zornes auf den »Tout-à-vous-Drosselstein« auszuschütten, der sich mindestens zweierlei hätte sparen können: erstens den erneuten Besuch im russischen Hauptquartier und zweitens diesen Brief. Aber er gehöre ganz und gar zu den vornehmen Herren, die, weil sie nichts Besseres zu tun hätten, immer zwischen artigen Besuchen und artigen Briefen hin und her pendelten. Und das hieße dann Lebensart und Diplomatie.

Nach diesem Trumpfe – denn er hielt es mit »guten Abgängen« – erhob er sich plötzlich, wünschte gute Nacht und ging in sein Zimmer hinüber. Berndt folgte seinem Beispiele, bald auch die andern, und ehe zehn Uhr heran war, war alles still und dunkel im Haus.

Nur in den Hinterzimmern des Oberstocks brannte noch Licht. Hier hatten sich's die Freunde bequem gemacht und genossen des Behagens, den eben beschlossenen Tag noch einmal durchzuplaudern. Auch des kommenden wurde dabei gedacht.

Tubal und Hirschfeldt, wie seinerzeit erzählt, waren Schlafkameraden. Ihr Zimmer lag mehr der Treppe zu, jener mittleren Stube gegenüber, in der die drei jungen Mädchen an dem »Einbruchsabend« in eine so tödliche Angst versetzt worden waren. Schon an einem der voraufgegangenen Tage hatte man des kleinen Abenteuers samt des Nachspiels mit Hoppenmarieken eingehender gedacht; heute kam man darauf zurück, und Tubal sagte plötzlich: »Und nun, Hirschfeldt, mit einem Sprunge, der von Hoppenmarieken aus eigentlich kein Sprung mehr ist, wie gefällt Ihnen Bamme? Sie sind heute den ganzen Tag über mit ihm zusammengewesen. Aber auch vor einer Stunde noch, unten am Kamine; hörten Sie's wohl? er mokierte sich über Drosselstein und glaubte es zu dürfen. Und was ist es am Ende? Diogenes in der Tonne, der sich über Alexander ärgert. Ein bißchen Zynismus, ein bißchen Schabernack. Ich lasse das Preußentum gelten, aber dies säbelbeinige Märkertum, das sich am liebsten in einen Husaren verkleidet, jeden Augenblick den alten Zieten spielen möchte und nichts von ihm hat als die Häßlichkeit, das ist mir verhaßt. Ja, die Häßlichkeit. Sehen Sie sich diesen Mann an, der für einen Typus dieser Gegenden gelten kann, und dann beantworten Sie mir die Frage, ob sich in der ganzen Gotteswelt, wenn Sie Kirgisen und Kalmücken außer Spiel lassen, etwas Ähnliches findet wie dieser ›Typus Bamme‹?«

»Vielleicht nicht«, antwortete Hirschfeldt. »Aber ich kann mich darüber nicht entrüsten. Der ›Typus Bamme‹, wie vieles an ihm auszusetzen sein mag, ist wenigstens ehrlich. Und je mehr in diesem Lande geheuchelt wird, vielleicht auch um seiner Entstehung und Geschichte willen geheuchelt werden muß, desto wohltuender berühren mich Einzelfiguren, die, wenn Sie mir den Ausdruck zugute halten wollen, durch En-detail-Ehrlichkeit die nationale Engros-Schuld zu tilgen trachten. Bewußt oder unbewußt ist gleichgiltig.«

Tubal hatte sich in seinem Bette aufgerichtet und sah verwundert zu dem Sprecher hinüber. Es war ihm, als ob er Bninski gehört hätte. Hirschfeldt aber, während er die Lichtschnuppe mit seinem Finger wegknipste, fuhr in demselben Gleichmutstone fort: »Es verwundert Sie, Ladalinski, mich so sprechen zu hören. Mich, einen Altpreußen. Aber es erklärt sich leicht. Ich war lange draußen, und draußen lernt es sich. Jeder, der zurückkommt, wird durch nichts so sehr überrascht als durch den naiven Glauben, den er hier überall vorfindet, daß im Lande Preußen alles am besten sei. Das Große und das Kleine, das Ganze und das Einzelne. Am besten, sag ich, und vor allem auch am ehrlichsten. Und doch liegt unser schwacher und schwächster Punkt gerade nach dieser Seite hin. Welche Politik, die wir seit zwanzig Jahren gemacht! Lug und Trug, und wir mußten daran zugrunde gehen. Denn gleichviel, Staat oder Person, wer wankt und schwankt, wer unzuverlässig und unstet ist, wer Gelöbnisse bricht, mit einem Worte, wer nicht Treue hält, der ist des Todes. Und nun Gott befohlen. Löschen wir das Licht und schlafen wir. Morgen sind wir schlechter gebettet.«

Er löschte das Licht und sah Altes und Neues an sich vorüberziehen. Aber eines sah er nicht: wie seine letzten Worte das Herz seines Schlafkameraden getroffen hatten.

In dem Zimmer nebenan plauderten Lewin und Grell.

»Morgen um diese Zeit sind wir auf dem Marsch«, sagte Lewin. »Ist Ihnen leicht ums Herz?«

»Nein«, antwortete Grell. »Ich war nie im Feuer und bin deshalb in Furcht, vielleicht Furcht zu zeigen. Auch ist es ein eigen Ding mit den Vorahnungen.«

»Glauben Sie daran?«

»Ja«, bemerkte Grell. »Nicht jeder hat sie; aber wir haben es von der Mutter her. Im Schleswigschen ist es häufig.«

Eine kurze Pause folgte. Dann sagte Lewin: »Ich mag nicht in Sie dringen, Grell, über Dinge zu sprechen, von denen Sie vielleicht lieber schweigen. Aber eines möcht ich doch sagen dürfen: ich habe den Eindruck, als ob Sie das, was wir vorhaben, um einen Grad ernsthafter nehmen, als es genommen sein will. Es ist ein Coup, der entweder glückt oder nicht glückt; das ist alles. Überraschen wir den Feind, so gibt er sich gefangen, überraschen wir ihn nicht oder lassen uns die Russen im Stich, so ziehen wir uns zurück; aber im einen wie im anderen Falle, nennenswerte Verluste werden schwerlich zu verzeichnen sein. Der Feind ist eben eingeschüchtert und wird sich, selbst wenn er unsern Angriff siegreich abschlägt, auf bloße Defensive beschränken müssen.«

Grell lächelte. »Möglich, daß Sie recht haben, Vitzewitz. Jedenfalls wünsch ich es. Aber Sie kennen die Frühjahrsgewitter: ein Blitz aus heiterem Himmel, und dann ist es wieder vorbei. *Ein* Schlag nur, aber er fordert jedesmal sein Opfer. Und wer will sagen, *wer* gefordert wird oder *wen* es trifft.«

Beide schwiegen und hingen ernsten Gedanken nach. Dann sagte Lewin, der dem Gespräch eine andere Wendung zu geben trachtete: »Haben Sie Kleists Grabmal besucht? Es wirkt etwas zopfig mit seinem Schmetterling und seiner Inschrift in drei Sprachen, und doch hab ich immer einen tiefen Eindruck davon empfangen.«

»Ja«, bestätigte Grell. »Aber der Eindruck, den ich vorher von dem Herzog-Leopold-Denkmal empfing, war tiefer.«

»Und weshalb?«

»Weil es mir noch deutlicher und entschiedener meinen Lieblingssatz predigte, daß es erst der Tod ist, der uns unser eigentliches Leben gibt. Auch hienieden schon. Wer würde von dem armen Herzoge noch wissen, wenn er sein Leben einfach ausgelebt hätte bis auf den letzten Tag. Er unterbrach aber den Gang seiner Stunden und opferte sich; und nun lebt er fort, weil er zu sterben verstand.«

»Es ist unser Tun, nicht unser Tod, was uns ein schöneres Leben sichert.«

»Aber doppelt gesichert ist es uns, wenn es ein Tun im Tode ist.«

## SIEBZEHNTES KAPITEL

### *Die Revue*

Und nun kam der Tag, an dem es sich entscheiden sollte.

Schon in aller Frühe war der alte General außer Bett gewesen, hatte nach Jeetze geklingelt und Hirschfeldt rufen lassen, der dann auch sofort erschienen und eine halbe Stunde später abgeritten war, um die ordre du jour an alle im halbmeiligen Umkreise stehenden Bataillone zu überbringen. Diese ordre du jour ging dahin, daß eben diese Bataillone Punkt zwölf behufs abzuhaltender Revue in unmittelbarer Nähe von Hohen-Vietz eintreffen, gleich nach der Revue in eben diesem Dorfe Alarmquartiere beziehen und neun Uhr abends zum Abmarsche gegen Frankfurt bereitstehen sollten.

Mit Abfassung dieser Ordres hatte sich Bamme während seiner schlaflosen Stunden beschäftigt. Jetzt erst, wo Hirschfeldt unterwegs war, wurde der Alte ruhiger; es gab nun kein Zurück mehr, oder um ihn selber sprechen zu lassen, »die Zettel waren gedruckt, und das Stück mußte wohl oder übel gespielt werden«.

Er hatte seine Ruhe wieder, aber freilich nicht sein Behagen. Denn so groß sein Selbstbewußtsein war, so groß war auch, selbst unter gewöhnlichen Verhältnissen, seine Selbsterkenntnis. Und nun gar heute! Er fühlte sich der ihm zugefallenen Aufgabe nicht recht gewachsen und gestand sich unverhohlen, daß er alles, was er an Gaben besaß, nicht recht brauchen und alles, was er *nicht* besaß, in der Eile weder beschaffen noch durch Eifer und guten Willen ersetzen konnte.

Zur Abhaltung der Revue war ein großes Brachfeld ausgewählt worden, das zwischen dem Fichtenwäldchen und der Chaussee lag, dicht neben dem Pflugacker, über den hin, am dritten oder vierten Weihnachtstage, die von ihrem Kirch-Göritzer Besuche heimkehrenden Freunde ihren Wettlauf zur Rettung Hoppenmariekens gemacht hatten. Aber bis zwölf Uhr war noch eine lange Zeit, und jeder suchte sie zu kürzen. Tubal und Lewin fuhren nach Reitwein hinüber, um sich ein Grabmonument anzusehen, das daselbst aufgestellt werden sollte, der alte Vitzewitz traf »auf alle Fällen hin« einige Anordnungen, und Grell ging in die Pfarre; so schien es in der Tat, als ob Bamme, der allein blieb, die ganze Pein des Abwartens und Stundenzählens am vollsten und ausschließlichsten durchkosten solle. Aber Kniehase half ihm aus der Verlegenheit, ihm meldend, daß von den Nachbargütern her einige Reitpferde zur Auswahl für den »Herrn General und seinen Adjutanten« gestellt worden seien. Sie ständen am Spritzenhause, zwischen dem Krug und dem Schulzenhof.

Unter diesen Pferden war auch eine Fuchsstute, die Drosselstein geschickt hatte, ein schönes Tier, beinahe brandrot, das dem Alten außerordentlich gefiel. Dennoch war er in Zweifel, ob er sich dafür entscheiden sollte.

»Die Fuchsstute gefällt mir«, sagte er, »aber es hat sein Mißliches damit. Eigentlich halt ich es mit meinem kleinen Isabellfarbenen, den Sie ja kennen; wir haben dasselbe Maß und passen zusammen. Was meinen Sie, Kniehase, nehm ich den Shetländer, oder nehm ich die Fuchsstute?«

»Mit Permission, Herr General«, sagte Kniehase, »wenn der Herr General mich fragen, der kleine Shetländer geht nicht. Ein General muß hoch sitzen, höher als alle anderen; man muß ihn sehen können wie die Fahne. *Dies* hier ist das Generalspferd!« und damit gab er der Fuchsstute einen Schlag auf die Kruppe.

»Gut Kniehase, Sie sind ein verständiger Mann. Also die Fuchsstute für mich. Und festgesattelt und die Steigbügel hochgeschnallt, daß sie nicht bloß so nebenher läuten. Und nun noch eins, Kniehase; muß ich zu den Leuten sprechen, muß ich ihnen eine Rede halten?«

»Ja, Herr General, das müssen Sie schon, das geht nicht anders. Und immer scharf ins Gewissen, das haben sie gern, und die Alten sagen dann: ›*Der* versteht's.‹ Und wer's versteht, dem gehorchen sie und dem folgen sie, und wenn's ihnen auch an Kopf und Kragen ginge. So kenn ich unsere Leute, gut Beispiel ist alles, gut Beispiel und Mut.«

Bamme nickte.

»Und, Herr General«, fuhr Kniehase fort, »eines wollt ich mit Permission noch gefragt haben: Wollen der Herr General nicht eine Uniform anlegen? Es ist immer gut, so zweierlei Tuch.«

»Nein, Kniehase, Uniform und Uniform ist ein Unterschied. Ein alter Husarenrock ist nur gut unter seinesgleichen, jeder drückt dann ein Auge zu. Aber allein ist er gefährlich und hat dann so seine Beinamen. Mantel und Pelzmütze, das muß ausreichen, und meine Karbatsche hier.« Und dabei fuchtelte er mit einem dicken Fischbein, das ihm je nach Bedürfnis als Stock und Gerte diente, in der Luft umher.

Während dieser Worte war die Fuchsstute beiseite geführt worden, mit ihr auch ein schöner Grauschimmel, den man als Reservepferd für Hirschfeldt ausgesucht hatte. So vergingen einige Minuten, dann sagte Bamme, der mit dem Schulzen auf und ab geschritten war: »Wie spät ist es, Kniehase?«

»Halb zwölf.«

»Da haben wir noch eine halbe Stunde; wo bleib ich so lange?«

»Der Herr Pastor steht am Fenster. Wollen der Herr General nicht bei ihm eintreten?«

»Nein, Kniehase, mir ist nicht nach Seidentopf. Und die Totentöpfe hab ich gestern erst gesehen. Es ist Schlackerwetter, und drüben ist ja der Krug; wem gehört er doch?«

»Den Scharwenkas.«

»Richtig, den Scharwenkas, böhmische Kolonisten.«

»Ja, Herr General; aber alle Stuben sind voll, von wegen der Revue, Bauern und Knechte. Wenn der Herr General mit in den Schulzenhof kommen wollten?«

»Gewiß, Kniehase, mir sehr willkommen. Habe bei den Vitzewitzes allerlei gehört. Sollen eine schöne Tochter haben, einen wahren Ausbund.«

»Pflegetochter, Herr General.«

»Macht mir keinen Unterschied. Die alte herrnhutsche Klucke drüben, die aus Furcht vor mir immer drei Sprüche auf der Zunge hat, hat uns gestern von dem Töchterchen erzählt, so was von Hühnerhof und Schwanenei. Ich gebe nicht viel auf altes Weibergeschwätz, aber ich bin doch neugierig, das Mirakel, das junge Schwänchen, kennenzulernen.«

Damit hatten sie den Schulzenhof erreicht und traten nach links hin ein, wo Marie, die das Vorführen und Aussuchen der schönen Pferde mit vielem Interesse beobachtet hatte, am Fenster saß. Sie stand jetzt auf, um das Zimmer zu verlassen; der alte General aber, während er sie mit listigen Augen musterte, sagte: »Bitte, bleiben Sie, Sie sollen mit mir zufrieden sein.«

Und Marie blieb. Bamme nahm einen Stuhl und bemerkte zu dem Schulzen: »Bitte, Kniehase, sagen Sie dem Rittmeister, daß er mich draußen auf der Chaussee erwartet. Ich will von *hier* aus reiten, und lassen Sie der Stute draußen noch eine Decke auflegen; sie kommt von Drosselstein, wird also wohl verwöhnt sein. Ihr Töchterchen erzählt mir unterdessen alte Geschichten. Alte Geschichten, die Sie schon kennen.«

Kniehase ging.

Marie, die nicht das Beste von dem Alten wußte, blieb ziemlich ruhig, ruhiger als gestern in der Kirche. Sie hörte bald heraus, daß er es gut mit ihr meinte und daß Teilnahme und selbst Respekt aus seinen Worten sprachen.

»Ich bin ein alter Mann«, begann er, »und plaudere gern. Am liebsten aber hab ich Menschen, die anders sind als andere. Und dabei bin ich neugierig wie eine Nachtigall. Da müssen Sie mir denn schon ein paar Fragen zugute halten. Nicht wahr, Sie sind kein Hohen-Vietzer Kind, nicht aus dem Bruch?«

»Nein, ich bin aus dem Sächsischen«, sagte Marie.

»Ah, aus Sachsen«, fuhr Bamme fort. »Ich dacht es beinah, es hat was auf sich mit dem alten Reim. Und Sie verloren Ihre Eltern früh?«

»Ja, meine Mutter hab ich kaum gekannt. Dann zog ich mit meinem Vater über Land; aber er kränkelte viel.«

»Sie zogen mit ihm, wie darf ich das verstehen?«

»Wir zogen umher und gaben Vorstellungen: Tanz und Deklamation und Zauberei. Erst in kleinen Städten, dann in Dörfern; und hier starb er. Er hat sein Grab oben auf dem Kirchhof, und der alte Jeserich Kubalke, unser Küster und der Vater von der hübschen Maline, hat ihm eine Grabschrift geschrieben.«

»Und wie kam es *dann*?«

»Ich weinte herzlich, nicht um meiner Not willen, denn ich hatte nicht das Gefühl davon, aber weil ich ihn so sehr geliebt hatte. Noch jetzt häng ich an ihm und träume von ihm. Sie sehen mich an, Herr General, so freundlich, wie ich nicht gedacht hätte, daß Sie jemanden ansehen könnten. Und das gibt mir einen Mut, von meinem Vater zu sprechen. Ach, die verachteten Menschen, wenn sie gut sind, sind es die besten. Ich habe früh erfahren, wie wenig der Schein bedeutet. Und wie müssen erst unsere Herzen vor Gott liegen, der alles sieht und alles weiß!«

Sie hatte das mit tiefer Bewegung gesprochen; jetzt schwieg sie und sah ein nervöses Zucken um den Mund des Alten, der seinerseits die Frage wiederholte:

»Und wie kam es *dann*?«

»Es kam dann, was Sie jetzt sehen; die Kniehases nahmen mich in den Schulzenhof hinüber. Es war vor Weihnachten, und er baute mich seiner Frau auf, und ich war ihre Puppe. Ich hatte es gut, zu gut, aber da war die verstorbene gnädige Frau, *die* sah es, und als sie gewahr wurde, daß ich wild aufwuchs und zu sehr meinen Willen hatte, da sorgte sie für das Rechte. Oder, wenn's nicht das Rechte war, doch für das, was sie für das Rechte hielt. Sie nahm mich in das Herrenhaus, und da wurden wir zusammen erzogen, Renate und ich, ich meine das Fräulein und ich. Wir waren in gleichem Alter und immer miteinander.«

»Und mit Lewin?« fragte Bamme, den wieder die Lust zu necken anwandelte.

»Ja, auch mit Lewin, bis er in die Stadt kam. Aber wir sind gute Kameraden geblieben.«

»Und bleiben es auch wohl?«

»Ich hoff es.«

Bei dieser Wendung des Gesprächs war Kniehase wieder eingetreten, um zu melden, daß es Zeit sei; drei von den Bataillonen seien schon auf dem Rendezvous am Wäldchen eingetroffen, und das vierte würde sofort antreten. Das war eine willkommene Nachricht. Der alte General empfahl sich, wickelte sich draußen auf dem Flur in seinen Husarenmantel und schwor ein Mal über das andere, während er mit unsicherer Hand an seinen Kragenösen herumnestelte, daß er sechs Pflegetöchter ins Haus nehmen wolle, wenn nur *eine* so geriete wie diese kleine Fee. Denn eine Fee sei sie, trotzdem die richtigen Feen blaue Augen haben müßten. Und darnach hob er sich in den Sattel, rückte sich zurecht und warf der am Fenster stehenden Marie Kußhändchen zu, aber mehr freundlich als geckenhaft. Und gleich darauf ritt er ab. Ein sonderbares Bild, der kleine Mann auf dem hohen brandroten Pferde, in Mantel und Pelzmütze und die Steigbügel hochgeschnallt.

Im übrigen war alles, wie Schulze Kniehase gesagt hatte, und als Bamme jetzt in Nähe des zur Revue bestimmten Blachfeldes eintraf, sah er, daß drei der Bataillone bereits regelrecht aufmarschiert waren. Sie standen hufeisenförmig oder in einem Carré, dessen vordere Seite geöffnet war. In diesem Augenblicke meldeten Drosselstein und Vitzewitz, daß auch Bataillon Lebus im Anmarsch sei. Dasselbe rapportierte Hirschfeldt, und der kleine Mann wuchs ordentlich auf seinem hohen Pferde, als er sich von den verschiedensten Seiten her so begrüßt und zum Mittelpunkt aller dienstlichen Meldungen gemacht sah.

Diese Meldungen waren kaum beendet, als man auch schon vom Dorfe her Trommelschlag hörte und zwischen den Pappeln hin einer lang heranziehenden Kolonne gewahr wurde. Es waren unsre Lebuser. Sie marschierten in Abständen von hundertundfünfzig Schritt. Und jetzt waren die Vordersten deutlich erkennbar geworden: Compagnie *Lietzen-Dolgelin*. Ein Alter mit einer Fahne, deren Stock in einem breiten Gurt steckte, schritt rüstig voran, trotzdem sein rechter Fuß etwas kürzer war als der linke.

»Wer ist der Alte?« fragte Bamme den neben ihm haltenden Vitzewitz.

»Rentamtmann Mollhausen von Lietzen. Hat noch unter Markgraf Karl gedient. Bei Kunersdorf Schuß durch die Hüfte.«

»So, so. Und die Fahne, die der Alte führt? Rot und weiß. Hab ich all mein Lebtag nicht gesehen.«

»Das ist die Komtureifahne mit dem achtspitzigen Johanniterkreuz. Lietzen war Ordensgut.«

Unter diesem Gespräch war »Lietzen-Dolgelin« bis dicht herangekommen und schwenkte rechts, um an den einen Flügel des offenen Carrés zu rücken. Dadurch wurde die zunächst kommende Compagnie sichtbar. Es war die von *Hohen-Ziesar*. Sie hatte die meiste Musik: zwei Trommler und zwei Pfeifer, und die ganze vorderste Sektion bestand aus lauter berittenen Mannschaften: Verwalter und Meier von den verschiedenen Gütern und Vorwerken des Grafen. Dieser selbst, als er seine Leute herankommen sah, setzte sich an ihre Front und führte sie, die Degenspitze neigend, an dem alten Bamme vorüber.

Jetzt kam Compagnie *Hohen-Vietz*. Sie hatte das meiste Ansehen und wurde von den anderen wie eine alte vornehme Familie behandelt. Das machte, weil sie die historische war. Die Lietzner Komtureifahne mit dem achtspitzigen Kreuz wollte nicht viel besagen, denn ihr Fahnentuch war neu, keine dreißig Jahre alt; Compagnie Hohen-Vietz aber hatte noch das siegreiche Kirchenbanner aus den Hussitentagen her und vor allem die große Schwedentrommel, von der jedes Kind in den Bruchdörfern wußte und die jetzt dumpf und eintönig ihren Marsch wirbelte. Es war der Schmied, der sie trug, an einem breiten, mit Muscheln besetzten Lederbande, nicht viel schmäler als der Ledergurt eines Schlittengeläuts. Die Trommelwandung war blau, und der krause Mohrenkopf, der sich in gelbem Schilde auf eben dieser Wandung befand, war durch Seidentopf als der Kopf der Königin Christine festgestellt worden.

Und nun kam Compagnie *Protzhagen*, Hauptmann von Rutze am rechten Flügel und statt des Trommelschlägers einen Hornisten in der Front. Dieser, ein dicker, kurzhalsiger Mann und seines Zeichens Protzhagener Kuhhirt, steckte wie verloren in den Windungen eines riesigen Horns, von dem es hieß, daß es dasselbe sei, drin Junker Hans von Rutze vor hundertundfünfzig Jahren den Hals gebrochen habe. Es gab nur zwei Töne von sich, einen tiefen und einen hohen, von denen der tiefe zum Angriffs- und der hohe zum Rückzugssignal bestimmt worden war. Die Compagnie selbst aber, nach wie vor die beste, war in all ihren Gliedern mit Piken bewaffnet, eingedenk der historischen Tatsache, daß Eusebius von Rutze in der großen Schlacht bei Budapest mit einer Pikeniercompagnie das türkische Zentrum durchbrochen hatte. Daraufhin hatte sein Urenkel, unser Hauptmann, allem Dreinreden einzelner zum Trotz, auf Piken bestanden, und Bamme – selber ein Freund der blanken Waffe und des Mann gegen Mann – war ihm gern zu Willen gewesen. Er sah jetzt schmunzelnd auf Rutze, der, das sechs Fuß lange Sponton in beiden Händen, gravitätisch an ihm vorbeidefilierte, und wandte sich zu Berndt: »Voilà, der Anmarsch der Protzhagener Gebirgsvölker. Sehen Sie, Vitzewitz, das Monstrum in der blechernen Boa constrictor. Das reine Horn von Uri.«

Und damit schwenkten auch die Rutzeschen nach rechts hin ein.

Ihr Einschwenken, wie das der letztgenannten Compagnien überhaupt, hätte, wenn es en ligne erfolgt wäre, das bis dahin offene Carré schließen müssen, dadurch aber, daß sie *hinter*einander, zu je zwei und zwei, am rechten und linken Flügel des Hufeisens aufmarschierten, war zwischen ihnen eine breite Gasse frei geblieben, durch die jetzt erst Bamme und dann alle Bataillonskommandeure, die mit auf der Chaussee gehalten hatten, in das Carré einritten.

Die Barnimschen Bataillone, zum Unterschied von den Lebusischen, hatten viele kleine Compagniefahnen mitgebracht, rote Frieslappen, in die, wie sich die Landsturmmänner ausdrückten, der »preußische Kuckuck« eingenäht worden war. Diese Fahnen senkten sie jetzt, während zugleich alle Trommeln, große und kleine, gerührt wurden. Der alte General salutierte, ritt die Fronten ab und nahm dann seine Stellung inmitten des Carrés, von seiner Suite und mehreren der Barnimschen Fahnenträger umgeben. Der Moment war nun da, wo gesprochen werden mußte.

Bamme war nicht ängstlich und wußte zu reden wie jeder, dem es gleichgültig ist, ob seine Rede gefällt oder nicht.

«Leute!» begann er, »in Frankfurt sind funfzig Kanonen und bloß zweitausend Franzosen. Ein paar hundert mehr oder weniger tut nichts. Wir wollen sie überrumpeln; wollt ihr?«

»Ja, Herr General!«

»Gut, ich hab es nicht anders von euch erwartet. Denn was sagte der Alte Fritz? ›Wenn ich Soldaten sehen will‹, sagte er, ›so seh ich das Regiment Itzenplitz.‹ Und das andere Mal sagte er: ›Wenn ich Soldaten sehen will, so seh ich das Regiment Markgraf Karl.‹ Ja, Leute, so sagte der Alte Fritz. Habt ihr verstanden, was ich meine?«

»Ja, Herr General«

»Regiment Itzenplitz und Regiment Markgraf Karl, wo waren sie zu Hause?«

»Hier, Herr General.«

»Richtig, hier in Barnim und Lebus. Kerls, sollen wir schlechter sein, als unsere Väter waren? Sollen wir, wenn uns der Alte Fritz ansieht, die Augen niederschlagen?«

»Nein, nein!«

»Es wird nicht viel kosten; die Bürger helfen und die Russen auch. Aber ›wo Holz gehauen wird, fallen Späne‹. Ein paar von uns werden die Zeche bezahlen müssen, Wollt ihr?«

»Ja!«

»Ich wußt es. Aber nun die Ohren steif. Wer ein Hundsfott ist, kriegt die Kugel vor den Kopf. Ich bin ein spaßhafter Mann, aber wenn es Ernst wird, versteh ich keinen Spaß. Und nun vorwärts! Feldgeschrei ›Zieten!‹ und Losung ›Hohen-Vietz!‹ Das können sie nicht nachplappern ... Und wißt ihr, wer sie holen soll, sie und ihren Kaiser?«

»Ja, wir.«

»Nein, der ›Kuckuck‹ soll sie holen«, und dabei wies er auf die kleinen Compagniefahnen der neben ihm stehenden Barnimschen Fahnenträger.

Diese schwenkten jetzt wieder ihre roten Frieslappen, alle Spielleute fielen ein, und Bamme hatte die Genugtuung, seinen letzten Redetrumpf durch nicht enden wollende Hurras begleitet zu sehen.

Als sich der Lärm einigermaßen wieder gelegt hatte, ritt er grüßend aus dem Viereck auf die Chaussee zurück. Die Bataillone brachen rasch in Sektionen ab und folgten ihm unter Trommelschlag in das Dorf.

Auch das »Horn von Uri« klang abwechselnd mit seinem tiefen und seinem hohen Ton dazwischen.

## ACHTZEHNTES KAPITEL

### *Der Aufbruch*

Die Nachmittagsstunden vergingen rascher, als man erwartet hatte; sämtliche Kommandeure waren zu Tisch geladen, und das Gespräch mit ihnen kürzte die Zeit. Selbst Bamme, als er erst wahrnahm, daß es seinen Geschichten und Anekdoten, aller pressanten Lage zum Trotz, an einem aufmerksamen und dankbaren Publikum nicht fehlte, kam über die gefürchteten Stunden in guter Laune hinweg.

Schon lange vor neun begannen sich die Bataillone zu sammeln und standen nun das Dorf hinauf und hinunter: bei Miekleys Mühle die Vorhut, auf der Straßenerweiterung zwischen dem Krug und dem Schulzenhof die beiden Barnimschen Bataillone, vor dem Herrenhause das Bataillon Lebus. Es war ziemlich dunkel, aber bei dem Lichterschein, der von rechts und links her auf die Gasse fiel, ließen sich die aus Piken und Gewehren zusammengesetzten Pyramiden deutlich erkennen. Vor den Häusern standen die Landsturmmänner im Gespräch mit den Frauen und Mädchen, denn alles, was Waffen tragen konnte, war in Reih und Glied.

Bamme hielt bei Miekleys Mühle neben einer Art Biwaksfeuer, das hier mitten auf dem Fahrdamme angezündet worden war. Die Pelzmütze tief ins Gesicht gerückt, den Husarensäbel über den grauen Mantel geschnallt, gewährte er jetzt, angeglüht von dem Flammenschein, auf seiner hochbeinigen roten Fuchsstute einen noch groteskeren Anblick als bei seinem Ritte zur Revue. Neben ihm hielt Hirschfeldt.

Und nun schlug es neun, und ehe noch der letzte Schlag verklungen war, hieß es: »An die Gewehre!« Jeder, der das Kommando hörte, wußte, von wem es kam. Diese scharfe Krähstimme hatte nur einer. Die Landsturmmänner des zunächststehenden Bataillons gehorchten augenblicklich und mit der Präzision alter Soldaten, während Hirschfeldt die Dorfgasse hinaufjagte, um den Befehl von Bataillon zu Bataillon zu bringen. Dann warf Bamme die Fuchsstute links herum, nahm zwischen zwei Holzpfeilern, die den Eingang zum Mühlengehöft bildeten, Stellung und kommandierte: »Bataillon, marsch!« Die Tambours schlugen an, und unter Hurra ging es im Geschwindschritt an dem Alten vorbei, der immer, wenn ein neues Bataillon herankam, die Pelzmütze lüpfte, um wenigstens die vordersten Rotten zu begrüßen. Jetzt kam auch das Bataillon Lebus, das die Nachhut bildete: die Schwedentrommel lärmte, und der Protzhagener Kuhhirt, mit dem Junker-Hansen-Horn, blies unablässig dazwischen. Es klang wie Feuerruf.

Vitzewitz und Drosselstein ließen im Vorbeimarsch präsentieren, und erst als der letzte Mann ihres Nachhut-Bataillons vorüber war, gab auch Bamme seinen Platz zwischen den zwei Pfeilern auf und folgte an der Queue der Kolonne.

Eine halbe Stunde später war wieder alles still in der Dorfgasse, und nur die Lichter brannten noch bis tief in die Nacht hinein; denn da war kein Haus, dessen Insassen nicht den Zug in Furcht und Hoffnung, mit Sorgen und Gebet begleitet hätten.

So war es auch in der Pfarre. Hier saßen Renate und die Schorlemmer, die gekommen waren, sich Rat und Trost zu holen. Wenigstens galt dies von Renate. Die Schorlemmer hatte selber, was sie brauchte, und nahm ihre Zuflucht lieber zu dem eisernen Bestand ihrer Lieder und Sprüche, die sie, nicht ganz mit Unrecht, für heilskräftiger ansah als alles, was ihr Seidentopf bieten konnte.

Beide (Renate wie die Schorlemmer) waren noch nicht lange zugegen, als auch Marie vom Schulzenhofe her eintrat. Man begrüßte sie herzlich, aber es wollte kein rechtes Gespräch aufkommen, und nachdem einige gleichgültige Worte gewechselt waren, sahen alle schweigend vor sich hin. Immer wieder im Laufe des Tages war versichert worden, daß es sich aller Wahrscheinlichkeit nach nur um ein leichtes Unternehmen handle, daß die Franzosen demoralisiert seien und daß man angesichts dieser Tatsachen einen regelrechten oder gar hartnäckigen Widerstand kaum zu gewärtigen habe; nichtsdestoweniger hatte Hirschfeldts ernste Miene und mehr noch Bammes inmitten aller Heiterkeit unverkennbar hervortretende Unruhe deutlicher gesprochen als alle jene hoffnungsreichen Versicherungen. Die Gefahr sollte geleugnet werden, aber sie war da. So hing jeder allerlei trüben Gedanken nach, am meisten aber Marie. Für Lewin fürchtete sie nichts, es war ihr, als ob irgendein Flammenschild ihn schützen müsse; aber Tubals gedachte sie mit Zittern. War es eine Neigung, ihr selbst zum Trotz? Nein. Es lag nur tief in ihrer Natur, an einen Ausgleich zu glauben, das Mysterium von Schuld und Sühne war ihr ins Herz geschrieben, und ihre geschäftige Phantasie malte ihr dunkle Bilder, wechselnd in der Szenerie, aber ihr Inhalt immer derselbe.

So vergingen Minuten; das Schweigen wurde peinlich, um so peinlicher, als auch der sanguinische Seidentopf, der seiner Natur nach immer mehr hoffte als fürchtete, an diesem Schweigen teilnahm.

Endlich sagte Renate: »Welchen Weg werden sie nehmen? Ich habe den Papa zu fragen vergessen. Am Fluß hin ist es näher, aber der Höhenweg ist besser und nicht so trist und öde.«

»Soweit ich Bamme verstanden habe«, antwortete Seidentopf, »wollen sie bei Reitwein oder doch spätestens bei Podelzig die Kolonne teilen und auf *beiden* Straßen vorgehen, die Barnimschen unten an der Oder, unser Bataillon und die Münchebergschen über das Plateau hin. Beim Spitzkrug treffen sie dann wieder zusammen. Hirschfeldt hatte den Platz an der kleinen Georgenkirche vorgeschlagen, aber Bamme bestand auf dem Spitzkrug.«

»Das glaub ich«, sagte die Schorlemmer. »Er ist immer mehr für Krug als Kirche. Und das ist es, was mich ängstigt und meine Hoffnung so niederdrückt.«

Renate nahm die Hand der alten Freundin und sagte: »Ich sehe nicht ein, warum. Weißt du doch nichts von ihm, als was die Leute sagen.«

»Und das ist auch gerade genug. Was die Leute sagen, ist immer wahr, trotzdem die Welt voll Lüge ist. Aber die Lüge läuft sich tot, und was dann bleibt, das ist die Wahrheit. Hast du je gehört, daß sie von dem Grafen drüben etwas Böses sprechen? Nein, und warum nicht? Weil er ein reines Herz hat. Es hat ihm bloß die Erweckung gefehlt und das Licht des Glaubens. Aber was diesem garstigen Bamme fehlt, das ist nicht mehr und nicht weniger als alles, und was er dafür hat, das ist Qualm und Rauch. Und er raucht auch immer (aus einer häßlichen kurzen Pfeife), und durch die ganze Stube hin liegt Asche und Fidibus und Schwamm. Er hat uns Löcher in die Dielen gebrannt, und überall sieht es aus, als ob, ich will nicht sagen wer, fünf Tage lang bei uns im Quartier gelegen hätte. Was soll Gutes davon kommen? O nein, Renatchen, was wir brauchen, das ist die Hilfe Gottes. Der muß seine Engel schikken, daß sie für uns streiten; aber sie können nicht streiten an *dieses* Mannes Seite, denn das Reine verträgt sich nicht mit dem Unreinen.«

»Liebe Schorlemmer«, sagte Marie, »du tust ihm doch wohl unrecht, er wird schwärzer gemalt, als er ist; das hat er mit seinem Vorbilde gemein. Er kam heute vormittag in unser Haus und setzte sich zu mir und sprach mit mir, wohl eine halbe Stunde lang. Ich fürchtete mich keinen

Augenblick und jedenfalls ein gut Teil weniger als vor vielen anderen, die keine Bammes sind. Er war sehr artig und sehr teilnehmend, und ich muß sagen, ich habe nichts Häßliches aus seinem Munde gehört. Vielleicht, daß er früher anders war. Er ist klug und kennt die Menschen, und ich glaube, er weiß recht gut, was er sagen darf und was nicht.«

»Marie hat recht«, sagte Seidentopf. »Und zudem, er hat noch eine große Tugend: er heuchelt nicht und macht sich nicht besser, als er ist. Im Gegenteil, er legt sich allerhand Tollheiten zu, denn das menschliche Herz ist wunderlich in seinen Eitelkeiten. Die meisten suchen ihren Vorteil im Tugendschein, er gefällt sich im Schein der Sünde. Ich will nicht alles an ihm loben, wenn ich die Summe seiner Fehler ziehen sollte, so würd ich sagen, er ist eitel und gefallsüchtig und nicht fest in Grundsätzen.«

»Nicht fest in Grundsätzen«, brauste jetzt die Schorlemmer auf. »Das nenn ich denn doch Beschönigung. Grundsätze? Er hat überhaupt keine, und das ist das Schlimmste. Denn wer keine Grundsätze hat, der ist wie ein Raubtier oder eine Katze. Und wie macht es die Katze? Jetzt schnurrt und spinnt sie noch und wärmt sich an der Ofenecke, aber im nächsten Augenblicke springt sie dem schlafenden Kind an die Kehle. ›Sie hat es für eine Maus gehalten‹, sagen dann die Leute, die für alles eine Entschuldigung haben. Aber ich mag nichts davon wissen. Maus hin, Maus her, die kleine Unschuld ist tot.«

Renate und Marie wechselten Blicke, die Schorlemmer aber, die, so gut sie war, in ihrem Eifer oft aller Liebe vergaß, fuhr immer heftiger fort: »Und mit diesem Manne ziehen sie gegen die Mauern einer festen Stadt, als ob er ein Mann Gottes und ein Auserwählter wäre. Er wird aber den dicken Mann von Protzhagen, dem sie das alte Rutzenhorn um den Nacken gelegt haben, umsonst blasen lassen, denn das alte Rutzenhorn ist keine Posaune, und Bamme, Gott weiß es, ist kein Josua. Denn der hatte das Gesetz, das Gott dem Mose gegeben, und wich nicht zur Rechten und nicht zur Linken. Und so blieb es in Israel, und wenn es arg wurde, weil sie sich mit den heidnischen Völkern mischten und den heidnischen Göttern dienten, dann weckte Gott einen Gottesmann unter ihnen, der schlug dann die Moabiter und Amalekiter und viele andere noch. Und warum schlug er sie? Weil sein Auserwählter dem rechten Gotte diente und die Baalstempel stürzte. Aber dieser Bamme, der nun auszieht, um unsere Feinde zu schlagen, der ist selber ein Heidenkind und möchte jeden Tag dem Baal Tempel und Altäre bauen. Und was ist ein Baal? Das Spiel und der Trunk und die Fleischeslust. Und deshalb sage ich, er wird nicht wiederkehren wie Gideon ...«

»Aber vielleicht wie Jephtha«, scherzte Renate, »und ich werde ihm, wenn er siegreich heimkehrt, mit Pauken und Zimbeln entgegenziehen.«

Seidentopf und Marie vergaßen angesichts dieses Bildes auf Augenblicke wenigstens den Ernst ihrer Lage, Renate selbst aber, während sie die Hand der Alten nahm, setzte beschwichtigend hinzu: »Sieh nicht so böse darein, liebe Schorlemmer, aber es ist nicht gut, wie du sprichst. Sind wir doch hier in schwerer Stunde beisammen, und die Liebsten, die wir haben, sind ausgezogen, um dem Lande das Zeichen der Erhebung zu geben. Und was tust du? Du malst uns schwarze Bilder, als ob alles untergehen müßte um dieses *einen* Mannes willen. Das ist nicht recht, und ich kenne dich nicht wieder. Um eines Guten willen übt Gott viel Gnade, so hast du mich früher gelehrt, aber er bereitet nicht um eines Schuldigen willen hundert Unschuldigen ihr Verderben. Habe ich recht, lieber Pastor?«

»Ja und wieder ja«, sagte Seidentopf, »und es führt zu nichts, unsere Herzen immer bänger und schwerer zu machen, wo wir uns aufrichten sollen. Der Eifer hat meine alte Freundin hingerissen. Wir haben all einen Punkt, der eine diesen, der andere jenen, wo wir, wenn wir am gerechtesten zu sein vermeinen, am ungerechtesten werden. Und bei meiner Freundin heißt er: Bamme. Lassen wir den Streit und das Trübesehen und lesen wir ein Wort von der Allmacht und der Gnade Gottes.«

Marie war aufgestanden und holte von der Camera theologica her die große Augsburgsche mit den Eisenzwingen und öffnete die Klammern. Der alte Seidentopf aber las den neunzigsten Psalm: »Herr Gott, du bist unsere Zuflucht für und für. Ehe denn die Berge worden und die Erde und die Welt geschaffen worden, bist du, Gott, von Ewigkeit zu Ewigkeit.«

Darnach erhoben sich die Schorlemmer und Renate, um in das Herrenhaus zurückzukehren. Mit ihnen auch Marie, denn sie wollten die Nacht zusammenbleiben.

## NEUNZEHNTES KAPITEL

### *Der Überfall*

Während in der Pfarre Seidentopf und die drei Frauen in dieser Weise plauderten, rückten die Compagnien auf Frankfurt zu. Einzelne Sterne, kaum hervorgekommen, hatten sich ebenso rasch wieder versteckt, und nur der Schnee, der lag, gab gerade Licht genug, um des Weges nicht zu fehlen. Schweigsam, in dunkler Kolonne ging der Marsch, und wer hundert Schritte seitwärts gestanden hätte, hätte nichts wahrgenommen als einen langen Schattenstrich und dann und wann ein paar Funken aus den kurzen Pfeifen der Landsturmmänner. Die Krähen sahen dem Zuge nach, verwundert, aber ohne sich zu rühren, und nur ein paar von ihnen flogen krächzend auf, um es am Wege hin den andern zu melden. Dabei senkte sich das Gewölk immer tiefer, und jeder empfand es wie Schwüle, trotzdem eine kalte Luft strich.

So kamen sie bis Reitwein, wo noch überall Licht war. Viele von den Dörflern, auch hier meistens Frauen, waren bis auf den Fahrweg hinausgetreten, um ihre in der Kolonne befindlichen Angehörigen zu begrüßen, andere blieben in den Türen stehen und wehten und winkten mit weißen Tüchern, was in dem Dunkel, das herrschte, einen unheimlichen Eindruck machte.

Hinter dem Dorfe teilte sich der Weg. Als die Kolonnenspitze den Gabelpunkt erreicht hatte, schwenkten die Barnimschen Bataillone, ganz wie es Seidentopf vermutet hatte, nach links hin in die Niederung ab, während die andere Hälfte des Zuges auf dem Plateau hin weitermarschierte. Bei dieser zweiten Hälfte befand sich, außer dem Kommandierenden und seinem Adjutanten, auch unser Landsturmbataillon Lebus.

An der Spitze desselben, den vordersten Rotten um fünfzig Schritte voraus, ritten Drosselstein und Vitzewitz. Sie kannten Weg und Steg und hatten auf Bammes ausdrücklichen Wunsch die Führung während des Marsches übernommen. Beiden war nicht plauderhaft zu Sinn; endlich aber, als die letzten Reitweinschen Häuser schon in Büchsenschußentfernung hinter ihnen lagen, begann Drosselstein: »Ein Glück, daß wir Hirschfeldt an der Seite des Generals haben. Er ist kaltblütig und kennt den Krieg.«

»Ja«, bestätigte Vitzewitz. »Und ein Glück um so mehr, als der Alte sich selber mißtraut. Er war eitel genug, das Kommando, das wir ihm angeboten und in Anbetracht aller Umstände wohl oder übel anbieten *mußten*, auch wirklich anzunehmen; jetzt aber ist er unsicher, weil er sich seiner Aufgabe nicht gewachsen fühlt. Am liebsten würde er es jedem einzelnen sagen, und ich rechne es ihm hoch an, daß er darauf verzichtet und sich wenigstens den Leuten gegenüber zum Schweigen zwingt. Er ist kein Mann der ruhigen Überlegung und nur waghalsig für seine Person. Die Verantwortlichkeit drückt ihn. Diese Stunden sind übrigens die schlimmsten. Ist er erst in Aktion, wird er sich selber wiederfinden.«

»Und diese Aktion, wie wird sie ablaufen?« fragte der Graf.

»Ich hoffe gut; es wäre denn ...«

Drosselstein sah ihn fragend an.

»Es wäre denn«, wiederholte Vitzewitz, »daß uns die Russen im Stich ließen.«

»Ich habe nicht nur Tschernitscheffs Zusicherung, ich habe sie, wie Sie wissen, gestern zum *zweiten* Male empfangen. Er ist kein Mann der Eifersüchteleien.«

»Vielleicht nicht«, antwortete Vitzewitz. »Aber ich kenne die Russen, sie sind launenhaft und lassen es an sich kommen. Dabei haben sie jene glatten gesellschaftlichen Formen, die die Sache nur noch schlimmer machen. Sie versprechen alles und wissen im voraus, daß sie das Versprochene nicht halten werden, wenigstens fühlen sie sich nicht in ihrem Gewissen gebunden. Es fehlt ihnen zweierlei: Ehrgefühl und Mitgefühl. Und Tschernitscheff ist wie die anderen. Es ist möglich, daß er kommt, aber es ist andererseits nicht *un*möglich, daß er *nicht* kommt. Und das ist es, was mir Furcht und Sorge macht.«

Drosselstein suchte zu widerlegen, aber seine Worte verrieten deutlich, daß er im Grunde seines Herzens Berndts Befürchtungen teilte.

In der nachrückenden Kolonne war nach wie vor alles still. Schulze Kniehase führte den ersten Zug, Lewin den zweiten, Tubal den dritten. Zwischen dem zweiten und dritten Zuge ging Hanne Bogun. Bamme, seiner hohen Fuchsstute mißtrauend, hatte auf ein Reservepferd bestanden, und der Scharwenkasche Hütejunge war ausersehen worden, den Shetländer am Zaume nachzuführen. In der ganzen Kolonne war er der einzige, dem es wirklich wohl ums Herze war. Eitel und seit dem Tage, wo die »Suche« stattgefunden hatte, von einem immer wachsenden Dünkel gequält, war er auch jetzt wieder begierig, sich hervorzutun, und zweifelte keinen Augenblick, daß sich die Gelegenheit dazu finden würde. Schon sein Aufzug deutete darauf hin; er trug eine Friesjacke und Leinwandhose wie gewöhnlich, aber über die Jacke war ein breiter Ledergurt geschnallt, in den er einen Schlitz gemacht und ein langes, in der Mitte ausgeschliffenes Messer hineingesteckt hatte. Der ganze Junge das Bild eines frechen Tunichtgut.

Tubal, den die Stille bedrückte, trat ein paar Schritte vor und sagte zu dem Einarm: »Hanne, wie heißt das nächste Dorf?«

»Podelzig.«

»Eine halbe Meile, nicht wahr?«

»Joa; awers de de Voß 'meten hett.«

»Wieso?«

»De giwt immer sien'n Swans noch to.«

»Und Podelzig ist halber Weg bis Frankfurt?«

Hanne Bogun nickte.

»Höre, Hanne«, fuhr Tubal fort, »wie war es doch damals, war nicht einer von den Rohrwerderschen aus Podelzig?«

»Joa, Rosentreter.«

»Richtig, Muschwitz und Rosentreter. Nun hab ich sie wieder. Muschwitz, das war der mit der französischen Uniform und dem Czako. Weißt du noch?! Was ist denn aus ihm geworden und aus dem andern?«

»De sitten beed noch.«

»Und die hübsche Frau, die das Kind in dem Schlittenkasten nachfuhr?«

»De sitt ooch noch.«

»Arme Frau.« – Hanne grinste.

»Dat's all nich so schlimm, junger Herr. Rysselmann kachelt in, und upp 'n Rohrwerder, doa wihr et man küll. Bi Winterdag wüll'n se all insitten; awers wenn de Kalmus kümmt, denn is et wat anners, denn wüll'n se all wedder rut.«

Tubal fragte noch nach dem Spitzkrug und wie weit er vor der Stadt läge. Hanne Bogun wußte aber nichts davon; er war über Podelzig nicht hinausgekommen.

An der Queue der Kolonne ritten Bamme und Hirschfeldt.

»Nun, Hirschfeldt, wie ist Ihnen?«

»Gut, Herr General.«

»Freut mich. Ehrlich gestanden, mir will es nicht glücken; ich bin nicht recht in meinem esse, alles kommt mir zu hochbeinig vor, besonders meine Stute. Und solch Überfall ist doch ein eigen Ding, ein Pferd wiehert, ein Hund blafft, und alle Chancen sind hin. Spielen Sie, Hirschfeldt?«

»Ich habe gespielt.«

»Nun, dann wissen Sie, den einen Tag weiß man ganz genau, daß Treff sieben gewinnen wird, und den andern Tag weiß man es nicht.«

»Und solch ein Tag ist heute?«

»Hol mich der Geier, ja. Sehen Sie die Krähen an, die hier oben sitzen, sie rühren sich nicht einmal. Sie wissen, daß wir ihnen vor Angst nichts tun werden. Kluge Tiere. Eben ritt ich die Kolonne herunter, Gott, wie das alles schleicht, so schwarz und still, als ob dieser Graben der Fluß in der Unterwelt wäre. Wie hieß er doch?«

»Styx.«

»Richtig, Styx. Der reine Leichenzug. Und ich wette, den Kerls ist auch so zumute. Jeder wäre lieber zu Haus.«

Hirschfeldt lächelte.

»Es ist immer so, General. Die beste Truppe macht ein schief Gesicht, eh es losgeht. Und nun gar bei Nacht. Die Nacht ist keines Menschen Freund, sagt das Sprichwort, und der Soldat ist auch ein Mensch. Aber die Leute sind gut. Die Pikencompagnie unter dem hagern alten Herrn ...«

»Rutze.«

»... Diese Pikencompagnie kann als Muster gelten, und die Compagnie Hohen-Vietz kommt ihr gleich. Sehen Sie solchen Mann wie diesen Kniehase, ein Herz wie ein Kind und ein Paar Arme wie ein Athlet. Ich habe mir heute bei der Revue jeden einzelnen scharf angesehen. Es wird alles in allem gut ablaufen, immer vorausgesetzt ...«

»Nun?«

»Immer vorausgesetzt, daß uns die Russen nicht im Stiche lassen.«

Bamme nickte und sagte dann zustimmend: »Ich traue dem Tettenborn nicht. Flausenmacher. Will sich in die Zeitungen bringen. Berlin, Berlin. Alles dies hier ist ihm zuwenig, macht nicht Aufsehen genug.«

Es war ganz ersichtlich, daß Bamme den ernsten und beinahe feierlichen Tschernitscheff mit dem etwas leichtfüßigen Tettenborn, der seit vollen drei Tagen auf dem Hohen-Barnim, zwischen Küstrin und Berlin, umherschwärmte, verwechselte. Hirschfeldt war auch willens, den Alten respektvollst darüber aufzuklären, dieser aber fuhr ohne Pause fort: »Sie glauben nicht, Hirschfeldt, was ich an solchen Eitelkeiten alles habe scheitern sehen! Und was noch schlimmer ist als die Eitelkeit, das sind die Rivalitäten, doppelt und dreifach, wenn sie sich ein politisches oder nationales Mäntelchen umhängen können. Und nun gar diese Russen! Ich wette, daß uns jeder von ihnen eine Schlappe gönnt. Es liegt ihnen daran, der Welt und vielleicht auch sich selber weiszumachen, daß es ohne Kosaken nicht geht und daß überall, wo diese Hilfe fehlt, eine Niederlage sicher ist. Sie gefallen sich in ihrer Befreierrolle, und um so mehr, je neuer ihnen die Rolle ist.«

Unter solchen Gesprächen setzte sich der Marsch der Kolonne fort, und durch die Nacht hin hörte man nichts als den schweren Tritt der Landsturmmänner auf dem hartgefrorenen Schnee und von Zeit zu Zeit das Klappern ihrer Piken und Gewehre, wenn sie diese von der einen Schulter auf die andere legten. Um zehn Uhr passierten sie Podelzig, um elf die Lebuser Schäferei. Von hier aus war es noch anderthalb Stunde; immer schwankender wurde der lange schattenhafte Zug, bis man es von der Oberkirche her Mitternacht schlagen hörte; einige Minuten später hielten alle am Spitzkrug. Die beiden Barnimschen Bataillone waren schon da und standen zu beiden Seiten des Wegs. Eine kurze Rast war unerläßlich; Bamme ließ die Gewehre zusammenstellen, und gleich darauf saßen die Landsturmmänner auf Zaunplanken und Chausseesteinen und wickelten aus ihren Sacktüchern heraus, was ihnen Weib und Kind an Zehrung mit auf den Weg gegeben hatten. Kein Wort fiel; jeder fragte sich still, ob es wohl seine letzte Mahlzeit sei.

Bamme war während dieser Lagerszene in den Spitzkrug eingetreten, in dessen großem, aber niedrigen und spärlich erleuchteten Gastzimmer er den erwarteten Vertrauensmann der Frankfurter Bürgerschaften bereits vorfand. Aus seinem Rapport ergab sich, daß alle Häuser am Nikolaikirchplatz mit Bürgerwehren besetzt, in der alten Kirche selbst aber die besten Mannschaften versteckt seien, mit denen Othegraven den General Girard gefangenzunehmen gedenke. All dies wurde mit Freude gehört; eine zweite Mitteilung indessen, dahin gehend, daß unten am Eingang in die Vorstadt, keine hundert Schritt vom »Letzten Heller« entfernt, eine französische Schildwache stehe, war desto unerfreulicher und nur angetan, ernste Verlegenheiten zu bereiten. Was tun, wie sollte man an dieser Schildwache vorbei?

Der Spitzkrugwirt erbot sich, noch einmal nachzusehen. Bamme war es zufrieden und ließ inzwischen die Brigade wieder antreten. Er selbst hielt am rechten Flügel, in Front des Bataillons Lebus. Nicht lange, so war der Wirt zurück und bestätigte, daß ein französischer Wachtposten vor dem Sankt-Georgs-Hospitale schildere.

»Verdammt!« sagte Bamme, »dieser Kerl ist mir im Wege. Wir müssen ihn beschleichen und niederstoßen. Freiwillige vor!«

Aber keiner rührte sich. Nur Hanne Bogun trat aus Reih und Glied und sah dem General entschlossen, aber frech und widerwärtig ins Gesicht. Er hatte das lange Messer, das ihm bis dahin zur Seite gehangen hatte, mehr nach vorn hin in den Ledergurt geschoben und hielt es mit seiner einen Hand umfaßt.

Bamme gab dem Jungen einen Jagdhieb und sagte: »Nichts für dich, Hanne«, worauf dieser grinsend zurücktrat, um wieder den Zaum des Shetländers zu nehmen, den er einen Augenblick abgegeben hatte.

Eine peinliche Pause folgte.

Endlich hörte man Kniehases Stimme vom rechten Flügel her: »Wenn es sein *muß*, Herr General ...«

Und es lag etwas in dem Ton und Ausdruck dieser Worte, das eines tiefen Eindrucks nicht verfehlte. Bamme, der mit unter diesem Eindruck war, preßte seine Fuchsstute dicht an die Schulter des athletischen Mannes und sagte dann: »Nein, Kniehase, lassen wir's Es muß *nicht* sein.« Und damit fiel ein Stein von aller Brust. Ein Vorschlag, der schon vorher gemacht worden war, wurde wieder aufgenommen und im Einklange damit beschlossen, die lange Vorstadt ganz zu vermeiden, vielmehr dicht neben derselben hin, im Schutze des sogenannten »Donischberges«, eines mit Werft und Strauchwerk bestandenen Hügelrükkens, bis an die Altstadt vorzudringen. Erst hier, am Tore selbst, sollte dann coûte que coûte der Kampf aufgenommen werden.

Und sofort jetzt, unter Belassung eines den Rückzug sicherstellenden Bataillons am Spitzkruge, wurden alle nötigen Kommandos für den Vormarsch gegeben. Die beiden Barnimschen Bataillone setzten sich über das Plateau hin in Bewegung, um die weiter südlich gelegenen Tore zu gewinnen, während das Bataillon Lebus die mehrgenannte Hügelstraße hinunterrückte. Dicht vor dem »Letzten Heller« bog es nach rechts hin ab und marschierte zunächst in aufgelöster Ordnung, immer zwischen den Windungen des Donischberges hin, auf die ringförmige Esplanade zu, die den Kranz der Vorstädte von der Altstadt trennte.

Compagnie *Hohen-Vietz* hatte die Tête. Als sie den Platz am Graben erreicht und mit der Raschheit alter Soldaten sich wieder rangiert hatte, setzte sich Vitzewitz an die Spitze der Seinen, zog den Degen und ritt im Galopp gegen die Dammbrücke vor, die, über den Graben weg, auf das alte Lebuser Tor zuführte. Dieses war geschlossen, und durch das obere Gatter fielen einzelne Schüsse. Kümmritz, der schon Anno vierundneunzig als »Kugelfang« gegolten hatte, erhielt einen Streifschuß, gleich darauf einen zweiten, ohne daß seine gute Laune oder die der Zunächststehenden gestört worden wäre; jetzt aber stürzte der Sohn des alten Bauers Püschel zusammen, Kugel durch die Brust, und Vitzewitz, zurückprallend, murmelte vor sich hin: »Der erste Tote.«

Alles stockte; Schreck und Ratlosigkeit. Es ging nicht weiter. In diesem Augenblicke jagte Bamme die lange Kolonne herauf, bis in die Front des Zuges, und mit seinem dicken Fischbein auf die zweiräderigen Karren zeigend, die nach rechts hin in der von ihm Tages zuvor schon wohlbemerkten Torausbuchtung standen, rief er Kniehase zu: »Vier Mann vor! Ich kenn unsere Stadttore; wurmstichig wie Bierpfropfen. Ran! Und weg mit dem Bettel!«

Und krach, da lag es, und unter Hurra brachen jetzt unsere Vordersten in Alt-Frankfurt ein. Alles vom Feinde floh in die Wache; nur der Posten vorm Gewehr, ein Voltigeur mit einem Spitzbart, hielt noch aus, und Vitzewitz hob eben den Arm, um ihn in Revanche für den Toten, der draußen vor dem Gattertore lag, niederzuhauen, als Hanne Bogun aalglatt an ihm vorbeischoß und den Voltigeur von der Seite her niederstach.

»Petit crevé!« rief der tödlich Getroffene und sank zu Boden.

Der Rest des Bataillons rückte nach, und als sich in den nächstfolgenden Minuten alles auf dem Brückendamm und zum Teil auch schon unter dem tiefen Torgewölbe gesammelt hatte, gab Bamme Befehl, daß Compagnie Hohen-Vietz, und zwar unter Befehl Kniehases, als zunächst verfügbare Reserve bei der von ihr erstürmten Torwache verbleiben, Vitzewitz selbst aber (dessen Rat er nicht entbehren mochte) ihn auf dem weiteren Vormarsch in die Stadt hinein begleiten solle. Ebenso Hanne Bogun mit dem Shetländer.

Kaum daß diese Befehle gegeben waren, als sich auch schon die lange Kolonne nach vornhin in Bewegung setzte: Compagnie Hohen-Ziesar vorauf, dann Lietzen-Dolgelin, dann Rutze mit seinen Pikenieren. Als der letzte Mann vorüber war, warf Bamme seine Fuchsstute herum, gab ihr die Sporen und setzte sich en ligne mit Drosselstein, der mittlerweile schon das Gassengewirr der Innenstadt erreicht hatte.

»Links schwenkt!« Die Führer wiederholten das Kommando, und ohne daß irgendeine Stockung oder Unordnung stattgefunden hätte, defilierten alle drei Compagnien auf den öden Kirchplatz, an dessen einer Ecke das Turganysche Haus gelegen war. Diesseits war noch alles in Halbdunkel; kaum aber daß unsere Landsturmmänner, an beiden Seiten der Kirche vorbei, den abwärtsgelegenen Teil des Platzes erreicht hatten, als sich ihren Blicken ein völlig verändertes Bild entgegenstellte. Vor dem Gasthofe mit den verschnittenen Linden standen zahlreiche Bürgerwehren, in allen Etagen schimmerte Licht, und ehe Bamme noch Zeit zu Überblick und Orientierung gefunden hatte, meldete Othegraven, daß General Girard und sein Stab gefangengenommen seien. Nur eine schwache Abteilung unter Major Rudelius habe die Bewachung des Hauses und der Gefangenen übernommen.

Bamme nickte, lobte das Verhalten der Bürger und führte dann seine Compagnien in die breite, aber kurze Straße hinein, die, wie schon bei früherer Gelegenheit hervorgehoben, vom Kirchplatz her auf den Flußquai mündete. Und jetzt war dieser Quai erreicht, und ein Ausruf allgemeinen Erstaunens wurde laut. An der anderen Seite des Flusses standen der Holzhof und das Bohlenlager in Flammen, während nach rechts hin die Brücke brannte. Das Feuer drüben stieg hoch und hell in den Nachthimmel hinein, über der Brücke aber, die, des nassen Holzes halber, mehr schwelte als brannte, lagen Rauch und Qualm in dichten Wolken, aus denen nur dann und wann eine dunkele Glut auflohte.

Der alte General kommandierte: »Halt!« und ließ seinen rechten Flügel, die Drosselsteinschen, unmittelbar am Brückenaufgange Stellung nehmen. Hier hielt er auch in Person. Als er aber wahrnahm, daß er von dieser Position aus nicht Umblick genug habe, ritt er auf die Brücke selbst hinauf und postierte sich in Nähe des Feuers, das ihm zugleich eine Art Deckung gewährte. Und nun übersah er die langen Linien von Freund und Feind.

Nach links hin die *Seinen*; ein Bild, das ein altes Soldatenherz wohl erfreuen konnte. Erst die berittenen Mannschaften von Hohen-Ziesar, dann die Komtureifahne von Lietzen-Dolgelin (achtspitziges Kreuz im roten Feld), dann Rutze mit niedergesenktem Sponton und hinter diesem die schmucken Uniformen der Frankfurter Bürgerschützen, grün und goldbordiert – alles sichtbar im hellen Feuerschein des brennenden Holzhofes. In Front der langen Aufstellung aber Drosselstein und Vitzewitz, als Unterbefehlshaber an beiden Flügeln.

Und ebenso klar sah er drüben den *Feind*. In Trupps von zehn und zwanzig Mann standen die Voltigeurs am Ufer hin, ersichtlich ohne Führung. Aber diese sollte nicht lange mehr auf sich warten lassen; Offiziere zu Pferde jagten am Quai hin auf und ab, aus dem Gassengewirr der Dammvorstadt lärmten Trommeln und Hörner, und ehe zehn Minuten um waren, erschienen geschlossene Grenadiercompagnien, an ihren hohen Bärenmützen deutlich erkennbar, und nahmen Stellung zwischen der Brücke und dem brennenden Holzhof, während die Voltigeurs allmählich die Böschung hinabzusteigen und einen Weg über das Eis hin zu gewinnen suchten. Mit vielem Geschick avancierten sie, je nach den Signalen sich sammelnd oder wieder trennend, und stutzten erst, als sie mitten auf dem Fluß der breiten Rinne gewahr wurden, die die Kietzer Fischer in das Eis gehauen hatten. An Überspringen war nicht zu denken, dazu war die Rinne zu breit; so mußten sie wieder zurück, um entweder Bretter herbeizuschaffen oder weiter flußabwärts, wo das Aufeisen mutmaßlich ein Ende hatte, den Übergang zu versuchen.

Bamme sah diese Rückwärtsbewegung und freute sich ihrer. Aber soviel sie für den Augenblick bedeutete, so bedeutungslos war sie, wenn die Hilfe ausblieb, auf die diesseitig gerechnet war. Waren die Russen in die Dammvorstadt eingedrungen? Hatten sich die Barnimschen Bataillone der beiden andern Stadttore bemächtigt? Bammes scharfes Ohr horchte nach rechts und links, aber kein Ton wurde laut, der ihm diese Frage bejaht hätte. Immer gewisser wurd es ihm, daß er, wenn Tschernitscheff ausblieb, in diesem ungleichen Kampfe unterliegen müsse.

Das Bild, das sich ihm mittlerweile darstellte, konnte dieser trüben Erwartung nur als Bestätigung dienen. Die bis an die Rinne vorgedrungenen Voltigeurs waren kaum wieder am Ufer zurück, als sie mit der dem französischen Soldaten eigenen Raschheit sich in ihrer Lage zurechtzufinden und allerlei Hilfen auszukundschaften wußten. Ohne Kommandos abzuwarten, griffen sie nach dem, was der Moment erheischte, und während einige zupackten, um ein paar der am Ufer liegenden Flachboote die Böschung hinab und auf das Eis zu schieben, hatten sich andere der an den Pappelweiden hin aufgestellten Bootshaken bemächtigt, mit denen sie nun auf den brennenden Holzhof zuliefen und oben in die Bohlen- und Bretterlager einhakten, um diese niederzureißen. Es glückte. Viele dieser Bretter waren erst angeglimmt, und sie rasch durch den Schnee ziehend, bis die Flämmchen erloschen waren, schleppten sie sie jetzt über das Eis hin bis wieder in die Mitte des Flusses, wo denselben Augenblick auch ein paar eben eingetroffene Flachboote rasch und geschickt in die Wasserrinne hinabgelassen wurden. In weniger als einer Viertelstunde war die Pontonbrücke fertig, und über dieselbe weg avancierten jetzt die Vordersten, während sich vom Ufer her immer größere Voltigeurtrupps und zuletzt auch geschlossene Grenadiercompagnien in Bewegung setzten. En avant! Und dazwischen am Quai hin und auf dem Eise das Schmettern der Clairons.

Diesseitig aller örtlichen Vorteile beraubt, mußte sich's nun zeigen, wer der Stärkere sei. Der erste Ansturm, der sich gegen die Frankfurter richtete, mißlang; aber ohne durch dieses abermalige Scheitern in die geringste Verwirrung zu geraten, schoben sich die französischen Kolonnen einfach weiter links, wo mehrere nebeneinanderliegende Holz- und Torfkähne ihnen eine vorzügliche Deckung gewährten. Um so vorzüglicher, als die Schiffsrumpfe gerade mannshoch waren, so daß die Angreifer kaum getroffen werden konnten.

Über diese Schiffsrumpfe hinweg entspann sich nun ein Feuergefecht, dessen endlicher Ausgang um so weniger zweifelhaft sein konnte, als die hier stehenden Pikeniere der Kampf nicht nur ohne Deckung führen, sondern, schlimmer als das, auch das feindliche Feuer aushalten mußten, ohne es ihrerseits erwidern zu können. Der Mut der Rutzeschen sah sich hier auf eine harte Probe gestellt. Sie kamen zuletzt ins Schwanken, und da Vitzewitz Anstand nahm, sich an die neben ihm stehenden Drosselsteinschen um Hilfe zu wenden, die bei der immer wachsenden Ausdehnung des Gefechts jeden Augenblick selbst angegriffen werden konnten, entschloß er sich, auf eigene Verantwortung bis an die Torwache zurückzureiten und seine daselbst untätig haltenden Hohen-Vietzer heranzuholen.

Auch Bamme, von seiner Brückenstellung aus, hatte die Rückwärtsbewegung der Rutzeschen Pikenmännner wahrgenommen, und in voller Wut auf sie losjagend, rief er ihnen schon von weitem zu: »Stillgestanden! Gewehr zur Attacke rechts!« Und siehe da, sie gehorchten wirklich, legten die Piken ein und gingen wieder bis halb an die Böschung vor. Aber eben jetzt von links und rechts her einschlagende Kugeln erneuerten nicht bloß das Schwanken, sondern steigerten es noch, und Bamme sah im Nu, daß es unmöglich sein werde, die Rutzeschen en ligne mit den übrigen Compagnien zu halten. Nichtsdestoweniger warf er sein Pferd herum, um wenigstens einen Versuch zu machen, die Weichenden von hinten her wieder vorzutreiben. Und hierbei traf er auf den Protzhagenschen Hornisten, der ängstlicher noch als alle anderen nach Deckung suchte.

»Ins drei Deibels Namen, Horn von Uri, blas!« rief er und hieb mit dem Fischbein auf den verwirrten Hornbläser ein. Dieser, der Macht des Kommandoworts gehorchend, schob, ohne zu wissen, was er tat, sein altes Rutzenhorn zurecht und begann zu blasen, aber, in der Angst seines Herzens, statt des Angriffs- das Rückzugssignal. In diesem Augenblicke (ein Glück für den Protzhagenschen) erhielt die rote Fuchsstute Bammes eine Kugel, so daß diese mitsamt ihrem Reiter zusammenstürzte. Aber mit merkwürdiger Raschheit war der Alte wieder auf, bestieg den Shetländer, den Hanne Bogun in Bereitschaft gehalten hatte, und saß im nächsten Augenblicke wieder fest im Sattel.

»Ah!« sagte er, während er sich behaglich zurechtrückte, und alles Zwanges los, den ihm das »Generalspferd« von Anfang an auferlegt hatte, hatte er nun endlich sich selber wieder. Er schob das Fischbein unter den Sattel und zog den Husarensäbel, den er »Anno 95« geschworen hatte nicht wieder ziehen zu wollen.

Er hatte sich selber wieder, aber auch nichts mehr, denn die gesamte Lage war inzwischen nicht besser geworden. Die Voltigeurs, immer weiter nach rechts sich dehnend, hatten flußabwärts, an Stellen, wo das Aufeisen ein Ende nahm, ihren Übergang bewerkstelligt und schickten sich an, aus allen Nebengassen vorbrechend, unsere gesamte Aufstellung von Seite und Rücken her zu nehmen. Und schlimmer als alles, auch die wenigen, diesseits in Bürgerquartieren untergebrachten Franzosen, die sich bis dahin ruhig und versteckt gehalten hatten, gewannen jetzt wieder Mut und schossen aus den Fenstern ihrer Häuser. Es waren namentlich die Drosselsteinschen, die von diesem Fensterfeuer arg betroffen wurden, und als gleich darauf, »pour combler le malheur«, wie der Graf vor sich hin murmelte, auch die drüben am »Goldenen Löwen« stehenden Grenadierabteilungen ein Salvenfeuer mitten durch den Qualm und Rauch der brennenden Brücke hin abgaben, kam ein Schwanken in die ganze Linie.

Es stand in Wahrheit hoffnungslos; nichtsdestoweniger flackerte die Hoffnung noch einmal auf, als in eben diesem bedrohtesten Augenblicke vom Kirchplatze her der feste Tritt der heranmarschierenden Hohen-Vietzer vernehmbar wurde.

»Hurra, Kinder!« rief Bamme, »das ist die Schwedentrommel», und unter dem Jubel der Pikeniere, die momentan wieder zum Stehen gebracht worden waren, rückten jetzt unsere Freunde in die vorderste Linie ein.

Berndt erkannte vom Sattel aus sofort, daß sich, eben jetzt, um die bis dahin siegreich verbliebenen Frankfurter Bürgerschützen eine geschickt angelegte Schleife zusammenzuziehen begann, und in höchster Erregung seinen drei vordersten Sektionen zurufend: »Vorwärts ...! Nicht schießen, Bajonett!«, spornte er, bevor er noch wahrnehmen konnte, ob man ihm folge oder nicht, sein Pferd mitten in den Knäuel hinein, gerade auf die Stelle zu, wo er den mit einem alten Kavalleriesäbel sich nach links und rechts hin wie wahnsinnig verteidigenden Konrektor deutlich erkannt hatte. Aber freilich, eh er noch an diesen herankonnte, wär er sicherlich vom Pferde gerissen und ein Opfer seines Muts und seiner Hilfebereitschaft geworden, wenn ihm nicht seine Hohen-Vietzer dicht und mit Ungestüm gefolgt wären, so dicht, daß er inmitten aller Aufregung und Verwirrung dennoch jeden einzelnen zu erkennen glaubte. Er sah, daß Kniehases Stirn blutete und daß Grell, der in dem wirren Durcheinander seine Kappe verloren hatte, von einem französischen Offizier niedergehauen wurde. Dann aber umschleierte sich alles vor seinen Augen, Schüsse fielen, französische und deutsche Fluchwörter, und als er eine Minute später aus dem Knäuel wieder heraus war, mußte er wahrnehmen, daß all ihre Anstrengungen nichts erreicht hatten und daß es mißglückt war, Othegraven zu befreien. Wer außer Grell noch gefallen oder gefangen war, ließ sich im Momente nicht mit Bestimmtheit übersehen. Lewin wurde vermißt; aber er konnte zu den Versprengten und Abgedrängten gehören, von denen sich in jedem Augenblick verschiedene wieder einfanden.

Nach diesem allem konnt es sich nur noch darum handeln, möglichst rasch und mit möglichst wenig Verlust aus der Frankfurter Falle wieder herauszukommen. Bamme gab Befehl erst zum Abbrechen des Gefechtes, dann zum Rückzuge. Die Pikeniere rückten über den inzwischen leer und lichtlos gewordenen Platz, dann folgte Hohen-Ziesar, dann Lietzen-Dolgelin. Die Hohen-Vietzer, die noch den meisten Halt hatten, deckten den Rückzug. Dieser ging in Ordnung, bis die Spitze der Kolonne das alte Lebuser Tor erreichte. Hier, von Flintenschüssen des wieder ins Gewehr getretenen französischen Wachkommandos empfangen, gerieten die Vordersten ins Schwanken und gleich darauf in eine Verwirrung, die sich bald dem ganzen Zuge mitteilte und während des Marsches durch die Vorstadt hin eher steigerte als minderte. Die lange Straße lag im Dunkel, hier Wagen, dort umgestülpte Fischerboote hemmten die Passage, und viele der ermüdeten Landsturmmänner glitten aus oder stürzten in die Gossen und Löcher, an denen kein Mangel war.

»Licht!« schrie Bamme, »verdammte Sottmeiers, stekken Häuser an und wollen Lichter sparen. Licht, sag ich, oder den roten Hahn auf euer Dach.«

Und dabei schlug er mit seinem Fischbein, zu dem er wieder seine Zuflucht genommen hatte, an die Haustüren und Fensterläden. Das half; einzelne Lichter erschienen, und man sah jetzt wenigstens, wo man war. So ging es in schwankender Linie die nicht enden wollende Vorstadt entlang, am Sankt-Georgs-Hospitale vorbei, bis sie zuletzt am »Letzten Heller« hielten. Die Rotten wurden abgezählt; Lewin fehlte noch immer.

Das am Spitzkrug zurückgelassene Bataillon war schon vorher aus freiem Entschluß bis an den Fuß des Berges hinabgestiegen.

*Ein* Trost, aber auch der einzige.

Das Lämpchen brannte noch immer in der vergitterten Nische, und die beiden »Nonnen« hielten nach wie vor ihre welken Kränze dem Gekreuzigten entgegen.

Bamme sah eine Weile in die Nische hinein und sagte dann zu dem neben ihm stehenden Hirschfeldt: »Hier, Hirschfeldt, hier ist unser Platz, hier am ›Letzten Heller‹. Hier wurd es geplant, und hier geht es zu Ende. Ich hatt eine Ahnung davon. Der letzte Heller. Da *haben* wir ihn!«

## ZWANZIGSTES KAPITEL

### *Der andere Morgen*

In die Nacht und dann allmählich in den dämmernden Tag hinein war der Rückzug gegangen, die Kolonne während des Marsches immer kleiner werdend. Schon am Spitzkrug waren die Barnimschen Bataillone, bei Reitwein die Compagnien Hohen-Ziesar und Lietzen-Dolgelin abgeschwenkt, und nur der verbleibende Rest, darunter die Rutzeschen Pikeniere, rückte bis Hohen-Vietz.

Es schlug sieben, als sie bis dicht an Miekleys Mühle heran waren. Ein schwerer, graugelber Nebel senkte sich, und nur die Vordersten konnten das Gehöft erkennen. Dazu herrschte peinliche Stille; die dicke Luft dämpfte den Ton, und es war, als schlichen sie heran. Bamme fühlte das und wollte damit ein Ende machen. »Vorwärts, Hirschfeldt«, rief er, »vorwärts mit der ganzen Janitscharenmusik! Wir wollen nicht ohne Sang und Klang einrücken, als kämen wir recte von der Armensünderbank. Zeigen wir unser gutes Gewissen, oder tuen wir wenigstens so.« Und durch den Nebel hin wirbelte die Hohen-Vietzer Trommel, und einzelne Töne des Rutzeschen Hornes fielen ein. Alles dumpf und trübe, und jedem, der es hörte, ging es durch Mark und Bein. Endlich hielten sie. »Gewehr ab!« Es war der Platz zwischen dem Krug und dem Schulzenhof; in den Häusern war Licht, aber niemand zeigte sich auf der Straße. Berndt und Bamme hatten noch eine kurze Beratung wegen Unterbringung der Pikeniere; dann gab die Trommel das Signal, und alles rückte in die Quartiere ab. Ehe fünf Minuten um waren, waren nur noch unsere Freunde da, schweigsam und unschlüssig, was zu tun. Keinen drängte es, die Schwelle des Herrenhauses wieder zu betreten, wußte doch jeder: Unglücksboten kommen immer zu früh. Endlich sagte Berndt, indem er auf den Schulzenhof hinwies: »Ich habe noch ein Wort mit Kniehase zu sprechen. Bitte, General, melden Sie mich bei meiner Tochter. Oder Tubal, du.«

Bamme nahm Hirschfeldts Arm, und Tubal folgte. So schritten sie die Dorfgasse hinauf bis an das Herrenhaus. Jeetze stand in der Glastür und schien mit seinem verwunderten Blick nach dem alten und jungen Herrn zu fragen. »Noch im Dorf«, sagte Bamme und setzte dann in halblautem Tone hinzu: »Kommen Sie, Hirschfeldt, ich liebe keine Familienszenen. Am wenigsten solche.« Und damit ging er nach dem Korridor, der in sein Zimmer führte. Nur Tubal blieb zurück. Was war zu tun? Sollte er bei Renate eintreten? Er konnt es nicht; so warf er sich in einen alten, neben dem Kamin stehenden Lehnstuhl, in dem Jeetze die Nacht zugebracht hatte.

Berndt war nicht auf den Schulzenhof zugeschritten; er hatte nur allein sein wollen und folgte jetzt den Voraufgegangenen in kurzer Entfernung. Ihm schlug das Herz, und langsam, als ob er eine zu schwere Last trüge, schwankte er erst an der Pfarre und dann an Bauer Püschels großem Gehöft vorüber. Da drinnen war auch Trauer: der einzige Sohn gefallen.

Das nächste Gehöft war das von Kallies. Zwischen beiden lief ein Ligusterzaun, und einige der dürren Zweige streiften ihm das Gesicht, als er daran vorüberging. Er blieb stehen und sann und horchte und griff dann in die Zweige hinein, um sich zu halten, denn er fühlte, daß er dem Umfallen nahe sei.

»Alles gescheitert«, sagte er. »Und ich hab es so gewollt. Gescheitert, ganz und gar. Soll es mir ein Zeichen sein? Ja. Aber ein Zeichen, daß wir unser Liebstes an ein Höchstes setzen müssen. Nichts anderes. Dies ist keine Welt der Glattheiten. Alles hat seinen Preis, und wir müssen ihn freudig zahlen, wenn er für die rechte Sache gefordert wird.«

So sprach er zu sich selbst. Aber inmitten dieses Zuspruchs, an dem er sich aufzurichten gedachte, ergriff es ihn mit neuer und immer tieferer Herzensangst, und sich vor die Stirn schlagend, rief er jetzt: »Berndt, täusche dich nicht, belüge dich nicht selbst. Was war es? War es Vaterland und heilige Rache, oder war es Ehrgeiz und Eitelkeit? Lag bei *dir* die Entscheidung? Oder wolltest du glänzen? Wolltest du der erste sein? Stehe mir Rede, ich will es wissen; ich will die Wahrheit wissen.«

Er schwieg eine Weile; dann ließ er den Zweig los, an dem er sich gehalten hatte, und sagte: »Ich weiß es nicht. Bah, es wird gewesen sein, wie es immer war und immer ist, ein bißchen gut, ein bißchen böse. Arme kleine Menschennatur! Und ich dachte mich doch größer und besser. Ja, sich besser dünken, da liegt es; Hochmut kommt vor dem Fall. Und nun welch ein Fall! Aber ich bin gestraft, und diese Stunde bereitet mir meinen Lohn.«

So war er bis auf den Hof seines Hauses gekommen. In der Halle fand er Tubal, der, erschöpft von der Anstrengung, in Jeetzes Lehnstuhl eingeschlafen war. Neben ihm lag Hektor. Als dieser seines Herrn ansichtig wurde, sprang er auf und drängte sich an ihn, aber ohne sonst ein Zeichen der Freude zu geben. Berndt streichelte das kluge Tier, warf einen Blick voll stillen Neides auf den schlafenden Tubal und schritt dann auf die Tür zu, die nach dem Eckzimmer führte. Er legte die Hand auf den Griff und zögerte noch einmal. Aber es mußte sein. Nur die beiden Mädchen waren da. Renate flog ihm entgegen. »Mein einzig lieber Papa«, rief sie und hing an seinem Halse. Dann ließ sie von ihm ab und fragte wie sein Gewissen: »Wo ist Lewin?«

Der alte Vitzewitz rang, ein Wort zu finden. Endlich, in einem Tone, in dem sich der ganze Jammer seines eigenen Herzens aussprach, sagte er: »Ich weiß es nicht.«

»Also gefangen, tot?«

»Nein, nicht tot, noch nicht.«

Angst und Zittern ergriffen Renaten, aber in demselben Momente sah sie, daß Marie schwankte und wie leblos zu Boden stürzte. Berndt war von dem Anblick wie mitgetroffen. Ihm schwindelte unter dem Andrang alles dessen, was auf ihn einstürmte; endlich riß er sich aus seiner Betäubung und zog die Klingel. Jeetze kam, gleich darauf auch die Schorlemmer; alles lief und rannte; er selber aber war geschäftig, Marie wieder aufzurichten. Als ihm dies geglückt, sah er, daß sie aus einer Stirnwunde dicht neben der linken Schläfe blutete; sie war auf den scharf vorspringenden Kaminfuß gefallen. Endlich von ihrer Ohnmacht sich wieder erholend, verlangte sie nach dem Schulzenhofe gebracht zu werden, wozu sich Maline weniger aus Mitleid als Neugier sofort bereit erklärte. Durfte sie doch hoffen, unten im Dorfe mehr zu hören als im Herrenhause, wo jeder sich einschloß und schwieg. Selbst auf Bamme, trotzdem seine Klausur aufgehört hatte, war nicht viel zu rechnen.

Als Berndt und Renate wieder allein waren, sagte jener: »Was war es mit Marie? Ich hätte sie für fester gehalten.«

Renate schwieg.

»Er ist dein Bruder«, fuhr Berndt fort. »Und doch, du trugst es.« Eine Pause folgte, während welcher Renate den Blick zu Boden senkte. Endlich antwortete sie: »Sie liebt ihn.«

Der alte Vitzewitz, nach allem, was er eben mit Augen gesehen hatte, schien eine Antwort wie diese erwartet zu haben und sagte deshalb ruhig: »Und er – weiß er davon?«

»Nein.«

»Bist du dessen gewiß?«

»Ja, ganz gewiß. Nie verriet sie sich, weder mit Wort noch Blick. Und hätte sie's, Lewin hätte kein Auge dafür gehabt; er war blind in seiner Liebe zu Kathinka.«

Berndt schritt im Zimmer auf und ab, und die widerstreitendsten Empfindungen bekämpften sich in seiner Brust. Einen Augenblick zuckte es spöttisch um seinen Mund, daß des »starken Mannes« Kind in das alte Haus der Vitzewitze kommen solle, aber dann schwand aller Spott wieder, und die nächstliegende Not gewann allein Gewalt in seinem Herzen, die Not um den einzigen Sohn. »Wie rette ich ihn?« Und es war, als ob er vor sich selber ein Gelübde täte: »Gott, ich lege jeden Stolz zu deinen Füßen; demütige mich, ich will stillhalten; alles, alles; nur erhalte mir ihn.«

Renate, während Berndt auf und ab geschritten war, war ihm mit den Augen gefolgt. Sie wußte genau, was in seiner Seele vorging, und sagte jetzt: »Bitte, Papa, sage mir alles. Was ist es mit ihm? Verschweige mir nichts!«

Er nahm ihre Hand. »Ich habe dir nichts verschwiegen, Kind. Dunkel und Ungewißheit ist alles. Ich weiß nicht mehr als du. Aber eines weiß ich nur zu gut: wir müssen alles fürchten, alles, auch wenn in diesem Augenblicke Gottes Sonne noch über ihm scheint. Mit den Waffen in der Hand gefangen! Sie werden ihn vors Kriegsgericht bringen, und ...«

»Wie kam es?« unterbrach ihn Renate. »Sprich, ich möchte von ihm hören, mich an etwas aufrichten, und wenn es an nichts anderem wäre als an dem eitlen Troste getaner Pflicht oder bewiesenen Mutes.«

»Und diesen Trost kann ich dir gewähren. Es war ein Handgemenge; sie hatten Othegraven umzingelt, und wir wollten ihn frei machen. So ging es hinein in den Knäuel. Als wir wieder heraus waren, fehlte Lewin. Anfangs hofften wir noch, denn es fehlten viele, die sich nach und nach wieder zu uns fanden; aber Lewin blieb aus. Kein Zweifel, er ist gefangen.«

»Und was tun wir?«

»Was uns allein noch bleibt: Gottes Barmherzigkeit anrufen. Mögen ihm alle guten Engel zur Seite stehen! Wir können nichts mehr.« Und damit verließ er das Zimmer und ging in sein Cabinet hinüber.

Hier war es kalt und unwirsch. Jeetze hatte zu heizen vergessen; dazu lag Staub auf Tisch und Stühlen. Aber Berndt sah es nicht oder glitt gleichgiltig mit dem Auge darüber hin, während er doch in dem Widerstreit, der in solchen Momenten unsere Seele zu füllen pflegt, seinen Sinn auf andere, fast noch gleichgiltigere Dinge richtete. Er sah, daß an dem Schlüsselbrett die Schlüssel falsch hingen, und begann nun alles nach Nummer und Reihe zu ordnen. Dann schritt er auf das Fenster zu und starrte minutenlang auf die russischen Karten und Pläne, die hier immer noch an den breiten Klappläden angeklebt waren. »Minsk, Smolensk, Bialystok.« Und er wiederholte die Namen, auf und ab schreitend, immer wieder und wieder. Endlich blieb er vor dem Bilde stehen, das über seinem Arbeitstische hing, und seine Augen füllten sich mit Tränen. »Geliebte«, sprach er vor sich hin, »wie preis ich Gott, daß dir *diese* Stunde nach seinem gnädigen Ratschluß erspart geblieben ist. Ach, daß ich wäre, wo du bist. Frieden allein ist bei den Toten.«

Er ließ sich auf das Sofa nieder und begann ein Frösteln zu fühlen. Da lag sein Mantel, den Jeetze, statt ihn anzuhängen, einfach über die Lehne geworfen hatte. Das traf sich gut. Er zog ihn an sich und wickelte sich ein. »Minsk, Smolensk …«, aber nun schwand ihm das Bewußtsein, und er schlief.

Er schlief fest und lange. Mittag war vorüber, als ihn ein Klopfen an der Tür weckte. Es war schon das dritte Mal. »Herein!« Jeetze meldete, daß der alte Rysselmann gekommen sei.

»Laß ihn vor. Gleich.«

Der alte Rysselmann trat ein, steif und geradlinig wie immer, das Haar nach hinten gekämmt, seinen Rohrstock unterm Arm und das Gerichtsdienerblechschild auf dem langen blauen Stehkragenrock. Er blieb an der Tür stehen und grüßte militärisch; neben ihm Jeetze, der das Zimmer zu verlassen zögerte. »Bleib nur«, sagte Berndt, der das Zögern des Alten wohl verstand, »du willst auch wissen, wie es steht. Du liebst ihn auch ... Ach, wer nicht?« Und dabei strich er sich leis und verstohlen über Stirn und Augen. Dann erst trat er auf den alten Gerichtsdiener zu und sagte: »Nun, Rysselmann, was bringt Ihr?«

»'n Brief vom Herrn Justizrat.«

»Gutes drin?«

Der Alte schwieg. Er konnte nicht ja sagen, und das Nein wollte ihm nicht über die Lippen.

Berndt wog den Brief hin und her, den er sich zu öffnen scheute, denn jetzt mußt es sich entscheiden. Er musterte den Alten einmal, zweimal und fand zuletzt, daß er alles in allem nicht aussah wie einer, der eine Todesnachricht bringe. »Ich will den Brief lesen – aber allein ... Und dann noch eins, Rysselmann; wißt Ihr ...«

»Ja, gnädiger Herr, eins weiß ich.«

»Und?«

»Der junge Herr lebt.«

Des alten Vitzewitz Händen entfiel der Brief, und seine Lippen flogen. Er konnte nicht sprechen. Als er sich wieder gefaßt hatte, trat er auf Jeetze zu, legte seine Hand auf des alten Dieners Schulter und sagte, während er ihn in freudiger Erregung schüttelte: »Hast du's gehört, Alter? Er lebt! Und nun sorge mir für Rysselmann. Er hat uns Gutes gebracht, bring ihm wieder Gutes. Nein, bring ihm das Beste. Hier hast du den Schlüssel; unten links, wo der spanische liegt. Hol ihm eine Flasche, mein alter Jeetze. Und du sollst mittrinken. Hast du's gehört? Er *lebt*!«

Jeetze küßte seinem Herrn die Hand und zitterte und zimperte hin und her. Dann ging er, während Rysselmann ihm folgte. Berndt, als er allein war, öffnete den Brief und überflog ihn. Es war, wie der alte Gerichtsdiener gesagt hatte. Er verließ nun selber das Cabinet, um sich in das Eckzimmer zu den Frauen hinüberzubegeben. Er traf nur Renate, die bang und fragend auf ihn zueilte. »Noch ist Hoffnung, Kind. Und nun rufe die Schorlemmer.« Erst als diese gekommen war, setzten sie sich um den runden Tisch, und Berndt las:

»Hochgeehrter Herr und Freund!
Ich habe die traurige Pflicht, Ihnen anzuzeigen, daß der Kampf dem Feinde zwei Gefangene in die Hände fallen ließ: Ihren Sohn und den Konrektor Othegraven. Ihr Sohn wird im Laufe des Vormittags unter Eskorte nach Küstrin geschafft werden, Konrektor Othegraven wurde bei Tagesanbruch am Lohhof erschossen. Mir liegt nach dieser kurzen vorgängigen Mitteilung nur noch ob, Ihnen über den Tod dieses Tapferen zu berichten. Ich schlief seit kaum einer Stunde, als ich durch eine französische Ordonnanz geweckt wurde, die mir anzuzeigen kam, daß einer der Gefangenen, der Konrektor Othegraven, mich zu sprechen wünsche. Ich kleidete mich rasch an, und der junge Soldat führte mich nach der alten Nikolaikirche hinüber, an deren Ausgängen französische Doppelposten standen. Innen sah es scharf aus; auf einer Schütte Stroh lagen die Toten; der erste, den ich sah, war Kandidat Grell.

In der Sakristei traf ich Othegraven. Er saß in einem hochlehnigen alten Chorstuhl, und die Tür stand offen, so daß er den Blick auf die Kanzel frei hatte. Er wies darauf hin und sagte: ›Sehen Sie, Turgany, hier hab ich zum ersten Male gepredigt. Mein Text war: „Selig sind die Friedfertigen“. Und dies ist nun das Ende. Das Kriegsgericht hat gesprochen, und binnen hier und einer Stunde ist es mit mir vorbei.‹ Ich nahm seine Hand, und da von Rettung oder Begnadigung keine Rede sein konnte, so fragte ich nach seinem Letzten Willen, und ob ihm das Scheiden schwer würde. Er verneinte es und setzte hinzu, daß er einmal gelesen habe, wie das Leben einem Gastmahl gleiche. Jeder habe den Wunsch auszudauern; aber wer in der Mitte des Mahles abgerufen würde, fühle bald nachher, daß er wenig versäumt habe. Und das sei wahr. Er für seinen Teil wünsche nur erst über die Trommelwirbel und das Augenverbinden weg zu sein; auch mißtraue er den Franzosen und ihrem Schießen. ›Sie tuen alles unordentlich, und den Hofer haben sie massakriert.‹ Er hing diesem Gedanken eine Weile nach und sagte dann, ehe ich noch eine weitere Frage an ihn gerichtet hatte: ›Ich habe niemand; meine kleine Sammlung fällt an Seidentopf, alles andere an das Hospital dieser Kirche. Und nun wollen wir Abschied nehmen, Turgany. Grüßen Sie diese tapfere Stadt, die mir so teuer geworden ist, und sagen Sie jedem, der es hören will, daß ich in der Hoffnung auf Jesum Christum, aber zugleich auch in dem festen Glauben stürbe, mein Leben an eine gute Sache gesetzt zu haben. Ich habe gepredigt: „Selig sind die Friedfertigen", aber es ist auch geboten, uns zu wehren und für unser Leben und Gesetz zu streiten.‹

Und danach schieden wir. Für immer.

Eine Stunde später ward ich zu General Girard befohlen. Ein echter Franzos, menschlich und von edler Gesinnung. ›Ich konnt es nicht ändern‹, empfing er mich. ›Ein Aufstand in unserm Rücken und von ihm geleitet; er mußte sterben. So will es das Gesetz des Krieges und unsere Sicherheit. Nach seinen Mitschuldigen frag ich nicht; Ihr Volk lehnt sich jetzt wider uns auf, und wir müssen sehen, wie wir durchkommen.‹ Und danach entließ er mich sichtlich bewegt, nachdem er hinzugefügt hatte, daß der ›Directeur adjoint‹, wie er ihn nannte, ›comme un vieux soldat‹ gestorben sei.

Wir haben ihn dicht neben der Kirche, wo noch ein eingegittertes Stück von dem alten Kirchhof übrig ist, begraben. Neben ihm Hansen-Grell.

Ich schließe mit dem herzlichen Wunsche, daß der Transport Ihres Sohnes nach Küstrin ein erster Schritt zu seiner Begnadigung oder vielleicht auch zu seiner Befreiung sein möge. *Turgany*«

Das erste Gefühl, als Berndt den Brief aus der Hand legte, war das des tiefsten Dankes.

Renate umarmte und küßte den Vater, und der Schorlemmer, die nie weinte und stolz darauf war, fielen die Tränen auf die gefalteten welken Hände. Sie hatte kein Wort, und selbst ihre Sprüche versagten ihr.

Lewin lebte noch, noch also war Hoffnung. Aber eine rechte Freude wollte trotz alledem nicht aufkommen, und wenn alle bis dahin von dem Schrecken beherrscht gewesen waren, ihn vielleicht schon verloren zu haben, so beherrschte sie jetzt die Furcht, ihn jeden Augenblick verlieren zu können.

So verging eine halbe Stunde; Renate hatte das Zimmer verlassen, um auf dem Schulzenhofe nach Marie, die Schorlemmer, um draußen nach der Wirtschaft zu sehen. Denn was auch geschehen möge, das Herdfeuer brennt und mahnt uns an den Anspruch und das Recht des alltäglichen Lebens. Berndt seinerseits war allein geblieben; er sann und plante und verwarf wieder. Als die Stutzuhr eben zwei schlug, erschien Jeetze und meldete, daß angerichtet sei.

Wie gewöhnlich, seitdem Besuch im Hause war, war in der Halle gedeckt worden. Bamme trat auf Vitzewitz zu, um ihm zu der »guten Zeitung« zu gratulieren; aber es klang frostig. Jeder konnte den Zweifel heraushören, nicht an der Sache selbst, aber an ihrem Wert. Man setzte sich; Berndt fragte nach Marie, nach Kniehase, nach Rysselmann; bald aber hob er die Tafel auf, an der, aller Anstrengungen unerachtet, nur wenig gesprochen worden war. Alles erschien ihm wie Versäumnis, ehe man nicht wenigstens einen Plan verabredet hatte. Er zog sich in sein Arbeitscabinet zurück und ließ eine Viertelstunde später die Herren bitten, ihm dahin folgen zu wollen.

In dem Zimmerchen war es inzwischen freundlicher geworden; ein Feuer brannte, und der alte Mantel, der über der Lehne gehangen hatte, hing jetzt am Riegel. Der General und Hirschfeldt erschienen zuerst, nach ihnen Tubal. Alle drei zu placieren würde bei der Enge des Raumes nicht leicht gewesen sein, wenn nicht Bamme, der es warm liebte, dich an den Ofen gerückt wäre. Hier saß er mit untergeschlagenen Füßen und rauchte, mehr einem Götzenbilde als einem Menschen ähnlich.

Jeetze kam und reichte Kaffee, nach dem jeder mehr oder weniger begierig war. Und wirklich, die Tassen waren kaum geleert, als eine bessere Stimmung Platz zu greifen begann. War denn die Lage wirklich so hoffnungslos? Nein. Berndt nahm das Wort und erklärte, daß er in der Furcht der Franzosen, in ihrer mutmaßlichen Scheu vor einem zweiten zu statuierenden Exempel den besten Teil seiner Hoffnung sehe. »Girard oder Fournier«, so schloß er, »macht keinen Unterschied; sie wissen, daß ihre Tage hier herum gezählt sind, und werden sich hüten, den schon straffen Bogen noch weiter zu überspannen.«

Bamme wollte von diesem Troste nichts wissen; Hirschfeldt widersprach nicht geradezu, sah aber alles wirkliche Heil nur in einem selbständigen Vorgehen. Solange der Hals in der Schlinge stecke, wiederholte er, sei von Sicherheit keine Rede; ein Ungefähr, eine Laune, und die Schlinge ziehe sich zu. »Können wir uns auf Turganys Brief verlassen (und ich glaube, daß wir es können), so treten die Küstriner Herren nicht eher als morgen mittag oder nachmittag zusammen. Selbst wenn die Würfel schwarz fallen, woran leider nicht zu zweifeln, so haben wir vor übermorgen früh nichts zu befürchten. Füsilladen sind Früh- und Morgensache. Das ist so alter Brauch. Was also unsererseits zu geschehen hat, muß diese Nacht geschehen oder in der nächstfolgenden. Diese Nacht – unmöglich, vorausgesetzt, daß wir der Mitwirkung unserer Leute dazu bedürfen. Auch die besten halten solche Schlappe nicht aus. Also morgen; morgen nacht.«

Berndt und Bamme waren einverstanden, auch damit, daß man es mit List versuchen wolle. Hoppenmarieken sollte dabei helfen. Diese, wie Berndt sehr wohl wußte, lebte mit der Küstriner Garnison auf dem allerbesten Fuße; war sie doch jedem einmal mit Kauf oder Kuppelei zu Diensten gewesen. Westfalen oder Franzosen machte dabei keinen Unterschied, ja, die letzteren hatten eine besondere Vorliebe für sie und gestatteten ihr, um ihrer grotesk-komischen Erscheinung oder vielleicht auch um ihrer gemutmaßten Geistesschwäche willen, überallhin Zutritt.

Daß Hoppenmarieken selbst, eitel und abenteuersüchtig, wie sie war, gegen Übernahme der ihr zugeteilten Rolle Bedenken erheben würde, daran war gar nicht zu denken; eine andere Frage blieb freilich, ob ihr auch in allen Stücken zu trauen sei. Man ließ dies indessen fallen, und Berndt schickte nach dem Forstacker, um sie herbeiholen zu lassen. Aber sie war von ihrem gewöhnlichen Tagesmarsche noch nicht zurück. So wurde beschlossen, die Besprechung mit ihr bis auf den andern Morgen zu vertagen. Bamme wollte dabei zugegen sein.

Hiernach trennten sich alle und zogen sich auf ihr Zimmer zurück. Was noch zu tun war, waren Dinge, die sich mit Kniehase besser als mit jedem anderen erledigen ließen; dieser kam denn auch, beschaffte und ordnete alles Nötige und war bei Dunkelwerden wieder auf dem Schulzenhofe.

Sein erster Gang, als er wieder daheim war, war zu Marie, bei der er, seiner eignen Wunde wenig achtend, den größten Teil des Tages zugebracht hatte.

Er setzte sich auch jetzt wieder an ihr Bett und horchte und fragte; ihr aber, als sie diese vom herzlichsten Mitgefühl eingegebenen Fragen hörte, kam der stille Vorwurf zurück, in allen voraufgegangenen Stunden immer nur an Lewin und nicht ein einziges Mal an ihn gedacht zu haben, an ihn, der jetzt so liebreich zu ihr sprach und vom ersten Tage an nur Güte und Nachsicht für sie gehabt hatte. Sie klagte sich ihrer Selbstsucht an und vergoß bittere Tränen. Er aber wollte davon nichts wissen und wiederholte nur ein Mal über das andere: »Laß, Kind; das ist die Jugend.« Und dann beruhigte sie sich und ließ sich wieder erzählen. Ach, wie schlug ihr das Herz höher, als sie von Turganys Brief hörte: Othegraven war tot, aber Lewin *lebte*. Und das bedeutete alles! Dieselbe Selbstsucht, deren sie sich eben noch bezichtigt hatte, war wieder da. Und sie wußte es kaum.

Ihre Stirn wurde gekühlt; der Blutverlust aus der Wunde galt für ein gutes Zeichen, und ihr Befinden war nicht schlecht. Sie lächelte vor sich hin, wenn Bammes und Rutzes und ihrer Haltung während des Straßenkampfes Erwähnung geschah. Erst gegen Abend stellte sich Fieber ein, und sie begann nun leise vor sich hin zu sprechen: »Wenn nur Othegraven da wäre ... der würde helfen ... mir zuliebe.« Und dann nannte sie des alten Füllgraf Namen und dann den des alten Küstrinschen Kastellans, der ein Vetter von den Kümmritzens war und den sie nun in ihren Phantasien inständig bat, den »jungen Herrn« in seinem Schlosse verstecken zu wollen, »mitten im großen Saal, da würd ihn niemand suchen«.

So vergingen die Stunden, und die Bilder drehten sich im Kreise. Aber eine Stunde nach Mitternacht ließ das Fieber nach, und sie schlief ein.

## EINUNDZWANZIGSTES KAPITEL

### *»Dat möten wi«*

Es war noch nicht sieben am andern Morgen, als Hoppenmarieken in ihrem gewöhnlichen Aufzuge die Dorfgasse heraufkam. In Front des Herrenhauses bog sie nach rechts hin ein und musterte die lange dunkele Fensterreihe. Nur in den zwei Eckfenstern des ersten Stockes war Licht. »He is all bi Weg«, sagte sie und schritt auf die Glastür des Hauses zu.

Und sie hatte recht gesehen. Berndt war schon seit einer Stunde auf und saß oben in seiner Amts- und Gerichtsstube. Mit ihm Bamme, der, nach einem ersten Versuche, sich wieder in Nähe des stark überheizten und beinahe glühenden Ofens zu placieren, schließlich seinen Rückzug auf das Fenster hin hatte nehmen müssen. Von diesem aus sah er jetzt Hoppenmarieken über den Hof kommen. Er war in einem Kostüm, das, kaum minder auffällig als das der alten Forstackerhexe, selbst Berndt einen Augenblick in Erstaunen gesetzt hatte: enger schwarzer Schlafrock von Sammetmanchester, roter Wollshawl und gelbe Filzschuhe. Dazu die kurze Morgenpfeife.

Und nun klopfte es.

»Herein!«

Die Alte trat ein, blieb aber – mit ihrer Kiepe sich an die Türpfosten lehnend – in respektvoller Entfernung von ihrem »gnädigen Herrn« stehen, mehr aus Gewohnheit als aus Furcht, da sie wohl gemerkt hatte, daß man ihrer bedürfe.

»Dag, gnäd'ger Herr«, sagte sie mit ihrer tiefen und rauhen Stimme und nickte, als Berndt ihren Gruß erwidert hatte, mit derselben Vertraulichkeit auch nach der Fensterecke hinüber. »Dag, Genral.«

»Kennst du mich denn?« fragte dieser und blies behaglich ein paar Wölkchen aus seinem Meerschaum.

»I, wat wihr ick denn uns'n lütten Genral nich kennen? Ick wihr jo mit bi de Revü buten un hebb allens siehn: Rutzen un sine Piken un den dicken Protzhagenschen mit sine Füertut. Jott, wie seeg de ut! Un denn Drosselstein'n sine rote Voßstut mit de lange Been. Ne, Genralken, dat wöhr nix för Se.«

»Da hast du recht, Hoppenmarieken. Ich seh, du hast einen guten Blick, und das nächste Mal werd ich dich fragen.«

Sie lachte.

»Dat dohn Se man, Genralken. De Dummen, so as wi ick, de sinn ümmer de Klöksten.«

Berndt sah, daß er das Gespräch unterbrechen müsse, denn solche Vertraulichkeiten waren gerade das letzte, was er brauchen konnte. »Stell deine Kiepe hin, Marieken, und tritt hier an diesen Tisch. Hierher, daß ich dich besser sehen kann.«

Sie verlor einen Augenblick ihre sichere Haltung, brummte allerhand unverständliches Zeug und tat dann, wie ihr geheißen.

»Du weißt, Hoppenmarieken –«

»Ick weet.«

»Und du weißt auch, daß sie kurzen Prozeß machen. Der Konrektor ist erschossen auf dem Lohhof, da, wo die große Pappel steht. Ein Wunder, daß sie Lewin noch aufgespart haben. Aber wie lange? Sie haben ihn nach Küstrin gebracht, und wir müssen ihn freikriegen.«

»Dat möten wi, dat möten wi.«

»Und du sollst helfen.«

»Dat will ick.«

»Gut, so steck dies Knäuel ein und spiel es ihm heimlich zu. Er sitzt auf Bastion Brandenburg; Mencke hat mir's gestern abend geschrieben. Übereile nichts, laß dir Zeit, und wenn es auch Mittag wird. Aber sei schlau, so schlau, wie du sein kannst, wenn du willst, und vergiß nicht, es hängt Leben und Sterben dran.«

»Ick weet, ick weet.«

Der alte Vitzewitz schwieg eine Weile, während welcher Zeit Hoppenmarieken das Knäuel in ihre Kiepe packte; dann fuhr er fort: »Und nun tritt noch einmal hierher und paß auf und höre, was ich dir zu sagen habe.«

Hoppenmarieken gehorchte.

»Hier, wo du jetzt stehst, hier hat Lewin für dich gebeten, und weil er für dich bat, und bloß deshalb, hab ich dich laufen lassen. Sonst säßest du jetzt bei Wasser und Brot. Und das schmeckt dir nicht, denn du hast gern was Gutes.«

»Jo, dat hebb ick.«

»Sprich nicht. Du sollst mich hören. Und so sag ich dir denn: sieh dich vor. Ich habe viel Nachsicht und Geduld mit dir gehabt und die Augen öfter zugemacht, als recht war, aber wenn du wieder doppeltes Spiel spielst, so sei dir Gott gnädig. Kobold, ich trete dich unter die Füße und würge dich mit diesen meinen Händen.«

Er hatte diese Drohung in innerster Erregung gesprochen; aber ihre Wirkung auf Hoppenmarieken war nur gering. Sie schüttelte bloß den Kopf, und ohne sich im übrigen im geringsten eingeschüchtert zu fühlen, wiederholte sie nur immer: »Gnäd'ge Herr, de junge Herr!« und salutierte dabei mit ihrem Hakenstocke, zum Zeichen, daß man sich auf sie verlassen könne. Es war dies auch besser und bedeutete mehr, als wenn sie bekräftigungshalber ihre Schwurfinger erhoben hätte. Dann griff sie wieder nach der Kiepe, lehnte den Rat, der ihr noch gegeben wurde, »sich wo möglich an die Westfalen zu machen«, mit der Bemerkung ab: »Ne, ick geih to de lütten Franzosen; de passen nich upp«, und verließ einen Augenblick später das Zimmer.

Erst als sie zwischen den zwei Auffahrtspfeilern war, machte sie noch einmal mit militärischer Promptheit kehrt und grüßte nach dem Eckfenster hinauf. Wußte sie doch ganz bestimmt, daß der alte General ihr nachgesehen habe. Dieser lachte denn auch, nahm seinen kleinen Meerschaum in die Linke und warf ihr mit der Rechten Kußfingerchen zu.

»'s bleibt doch ein Prachtexemplar, Vitzewitz«, sagte er. »Ich wollte, ich hätte so was in Groß-Quirlsdorf.«

Berndt schwieg und stützte den Kopf. Nach einer Weile sagte er:

»Bamme, Sie sind ein Menschenkenner. War es nicht gewagt, unser Spiel auf *diese* Karte zu setzen? Können wir ihr trauen?«

»Unbedingt.«

»Und warum? Weil ihr altes Hexenherz an Lewin hängt?«

»Vielleicht auch deshalb. Etwas muß das Herz haben. Und je weniger es hat, desto fester hängt es dran. Es stirbt dafür. Gut oder böse macht keinen Unterschied.«

Berndt nickte.

»Aber«, fuhr Bamme fort, »das ist es nicht, weshalb ich ihr traue. Ich trau ihr, weil sie klug ist. Wissen Sie, was sie jetzt denkt?«

»Nun?«

»Die Franzosen werden nicht ewig im Lande Lebus bleiben, aber die Vitzewitze noch lange.«

»Und?«

»Und Bündnisse schließt man nur mit Dauermächten. Auch wenn man Hoppenmarieken heißt.«

## ZWEIUNDZWANZIGSTES KAPITEL

### *Im Weißkopf*

In denselben Stunden, in denen der über Lewins Gefangenschaft Auskunft gebende Brief den Weg von Frankfurt nach *Hohen-Vietz* hin machte, machte Lewin in Person den Weg von Frankfurt nach *Küstrin.* Nur die Breite des Flusses lag zwischen ihnen, und der alte Rysselmann, wenn er schärfer zugesehen hätte, hätte die französischen Eskorte-Mannschaften erkennen müssen, die drüben am neumärkischen Ufer ihre Straße zogen. Es waren Voltigeurs, ausgesuchte Leute, die man unter den Befehl eines alten, schon in Spanien gedienten Sergeanten gestellt hatte. Und solche Vorsichtsmaßregeln waren mit gutem Grunde getroffen worden, denn hatten es die Russen auch tags zuvor an gutem Willen und jedenfalls an Worthalten fehlen lassen, so waren sie doch in der Nähe, durchschwärmten die Neumark und machten sich recht eigentlich eine Aufgabe daraus, kleine feindliche Kommandos wegzufangen. Das erheischte nur geringe Opfer und machte von sich reden. Dieser Sachlage waren sich die Begleitmannschaften auch voll bewußt und ließen es, um schlimmsten Falles nicht ohne Fürsprache zu sein, an Aufmerksamkeit gegen ihren Gefangenen nicht fehlen. Mußten sie doch fürchten, jeden Augenblick selber Gefangene zu werden.

Aber ihre Befürchtungen erfüllten sich nicht; die Kosaken, nach denen auch Lewin von Zeit zu Zeit ausgesehen hatte, kreuzten nirgends ihren Weg, und nachdem um Mittag die Kirch-Göritzer ausgebauten Häuser und bald darauf auch die Pulvermühlen von ihnen passiert worden waren, trafen sie Punkt zwei vor der Festung ein und lieferten ihren Gefangenen auf dem alten Küstriner Schloßhof ab. General Fournier d'Albe tat ein paar Fragen, die trotz aller Kühle doch Teilnahme verrieten, musterte die schlanke Gestalt Lewins und gab dann Befehl, ihn auf dem »Weißkopf« unterzubringen.

Lewin erschrak, als er diesen Namen hörte.

Der »Weißkopf« war ein auf Bastion Brandenburg stehender Rundturm, eigentlich nur das mannshohe Fundament eines solchen, von dem die Sage ging, daß es zwei, drei Tage vor der Hinrichtung Kattes als Schafott für diesen aufgemauert worden sei. Dies alles war nun freilich durch einige lebusische Spezialhistoriker, darunter auch unser Seidentopf, als nicht stichhaltig nachgewiesen worden; aber stichhaltig oder nicht, die bloßen Vorstellungen, die sich in Folge dieser Sage an eben diese Örtlichkeit knüpften, reichten gerade hin, den Gedanken eines vor einem Kriegsgericht Stehenden eine sehr trübe Richtung zu geben.

Und nach diesem »Weißkopf« hin wurde Lewin nun wirklich abgeführt. Ein Gefreiter und zwei Mann nahmen ihn in ihre Mitte, und unser Gefangener fürchtete schon, den Rest des Tages und vielleicht auch die Nacht in einem kellerartigen Gewahrsam zubringen zu müssen, als er im Näherkommen zu seinem Troste wahrnahm, daß auf dem mannshohen Unterbau des Turmes noch ein nicht unfreundlich aussehendes, aus Fachwerkwänden aufgeführtes Turmhäuschen stand, an das sich von außen her eine Holztreppe lehnte, acht oder zehn halb ausgebrochene Stufen.

Und vor diesen Stufen hielt jetzt das Kommando. Der Schlüssel zu der kleinen eisenbeschlagenen Obertür fehlte, fand sich indes schließlich, als der Kastellan vom Schloß her herbeigeholt worden war, der nun öffnete und den Gefangenen eintreten ließ. Der Alte, solange der Gefreite da war, zeigte sich einsilbig und mürrisch genug; Lewin aber, aller mangelnden Menschenkenntnis unerachtet, konnte doch leicht erkennen, daß dieses einsilbig mürrische Wesen nur äußerlich angenommen war. Er durfte sich in der Folge und unter vier Augen mehr Entgegenkommen von dem Alten versprechen. Vorläufig schloß dieser wieder ab, schob zum Überfluß noch einen Riegel vor und folgte dann dem abrückenden Wachkommando.

Und nun war unser Gefangener in seinem Turmzimmer allein.

Aber war es denn ein Zimmer? Die Mansardenstuben der alten Hulen hatten ihn nicht verwöhnt, und doch waren es Palasträume, verglichen mit diesem Erstenstock-Zimmer im »Weißkopf«. Es hatte fünf Schritt im Quadrat, und wenn er sich aufrichtete, berührte seine Filzkappe die Decke. »Wie lebendig begraben!« sagte er und schritt auf das Fenster zu, um wenigstens frische Luft einzulassen. Der rechte Flügel, den er zuerst öffnete, hing nur in der oberen Haspe, so daß er ihn um des Windes willen, der wehte, rasch wieder schließen mußte; mit dem linken Flügel aber ging es besser, und er hakte das Ösenstäbchen ein und sah nun den Fluß und das Land hinauf, das als ein Bild winterlicher Schöne vor ihm lag. Und alles in dem Bilde kannte er, und alles war ihm wohlvertraut. Da nach links hin die weite Fläche mit den Weidenbüschen am Ufer, das war die Krampe, wo die Kirch-Göritzer ihre

Schlacht geschlagen hatten, und dahinter, an den Kusseln erkennbar, lief der Hohlweg, den er, als er mit Tubal von Doktor Faulstich kam, bei halbem Dunkelwerden passiert hatte. Und nun gar nach rechts hin ins Bruch hinein! Da dehnten sich, nur durch Pappelwege verbunden, die Gorgaster und Neu-Manschnower Gehöfte, und mitunter war es ihm, als sähe er den Hohen-Vietzer Turm und das Kreuz darauf, blitzend in der Nachmittagssonne. Lange hing er dem Bilde nach, dann zog er den Fensterflügel wieder heran und durchmaß den engen Raum.

Fünf Schritt. In der Quere noch weniger, denn hier stand eine Bettlade. In dieser lagen vier, fünf Bretter, und zu Füßen lehnte ein Binsenstuhl, tief eingesessen, mit einzelnen, nach unten hängenden Halmen. Sonst nichts; nur ein paar eingekratzte Herzen in der Wand und vier, fünf Namen darunter. Französische Namen. Also Neues, nichts Altes, nichts aus den Katte-Tagen her, und Lewin war so trostbedürftig, daß er in diesem geringfügigen Umstand einen Trost für seine bedrückte Seele fand.

Eine Stunde mochte vergangen sein, als er wieder Tritte draußen hörte und gleich darauf den Alten eintreten sah, der inzwischen den Namen seines Gefangenen erfahren hatte und nun kam, um sich nach den Wünschen des »Junkers« zu erkundigen. Der General, so verschwor er sich, habe alles erlaubt, und was er *nicht* erlaubt habe, darüber würden zwei Landsleute doch miteinander reden können. »Nicht wahr, Junkerchen? Und dann, Junkerchen, es wird nichts so heiß gegessen, wie es vom Feuer kommt. Und der letzte Trost ist immer: ›*Einen* Tod kann der Mensch bloß sterben.‹«

»Ja«, sagte Lewin, »aber wann?«

»Ei, noch lange nicht. Ihr Sand, Junkerchen, ist noch nicht durchgelaufen. Bei Ihnen hat die Predigt erst angefangen. Und der Sand muß durch, eher ist es mit keinem nich vorbei.«

Lewin dankte dem Alten für seinen Zuspruch und bat ihn um ein Nachtessen, was es sei, am liebsten eine Suppe. Aber nicht vor sieben Uhr. Wenn er ein Buch habe, so solle er es ihm schicken, er wolle sich ans Fenster setzen, solang es noch Tag sei, und sich die Zeit mit Lesen vertreiben.

Der Alte versprach alles, und nicht lange – die kleine Schloßturmuhr schlug eben vier –, so wurden draußen Stimmen laut, und ein Klappen wie von Holzpantinen ließ sich auf den Treppenstufen vernehmen. Gleich darauf öffnete sich auch wieder die kleine Tür, und ein breitschulteriger, allem Anscheine nach auch riesengroßer Chasseur à pied – der, vornübergebückt, sich abmühte, ein breit zusammengeschnürtes Bündel durch die zu schmale Türöffnung hereinzuziehen – wurde von hinten her sichtbar. Ein altes Weib, mit vielem Kupfer im Gesicht, stand noch auf den Stufen draußen und schob nach. Endlich war das Bündel durch, und der Chasseur machte jetzt Front und begrüßte den Gefangenen mit einem halb gutgelaunten, halb spöttischen: »Bon jour, camarade«, in gleichem Tone hinzusetzend: »Voici votre équipage!«

Lewin erwiderte den Gruß und musterte den jetzt aufrecht vor ihm stehenden Chasseur, der in seiner ganzen Haltung und Ausstaffierung als ein vollkommener Typus südfranzösischer Nonchalance gelten konnte. Sein Collet stand offen, während seine beiden Füße in großen, mit Stroh gefütterten Holzschuhen steckten; offenbar ein gutmütiger, renommistischer Gascogner, der, um anderweitig dienstfrei zu werden, den Kalfakterdienst im Schloß übernommen hatte.

»Madame de Cognac«, wandte er sich jetzt an die noch immer auf der Treppe stehende Alte, »s'il vous plaît! Komme Sie herein, Madame, und knüppre Sie auf.« Lewin lächelte. »Oui, monsieur; knüppre Sie auf; c'est tout-à-fait allemand. Oh, ich gelernt habe gut Deutsch. Moi. N'est-ce pas, Madame?«

Diese nickte.

»Vous voyez, Monsieur, notre marquise de Chaudeau a consenti.«

Während dieses Gespräches war denn auch wirklich das Bündel aufgeknotet worden, und der Chasseur und seine Begleiterin mühten sich jetzt gemeinschaftlich ab, ein Lager für den Gefangenen herzustellen. Und nun waren sie fertig damit: ein Strohsack, ein Seegraspfühl und ein verschossener Mantel mit Otterfellkragen, den der alte Kastellan, da Betten oder Decken im ganzen Schloß nicht mehr aufzutreiben gewesen waren, aus seinem eigenen Kleiderschranke hergegeben hatte. In dem großen Bündel hatten sich übrigens auch noch drei Bücher befunden, die jetzt von seiten des Chasseurs unter affektiert respektvollen Verbeugungen und »avec les compliments de monsieur le Châtelain« an Lewin überreicht wurden. »Et à sept heures le souper.« Darnach klappten wieder die Pantinen auf der Treppe draußen, und das Kauderwelsch mit der Alten setzte sich fort, bis es in dem Winde, der über Bastion Brandenburg hinstrich, verklungen war.

Lewin rückte den Stuhl ans Fenster, um in die drei Bücher hineinzusehen, die der Kastellan ihm geschickt hatte. Zwei, schwarz gebunden mit zitronengelbem Schnitt, waren, was sich erwarten ließ, Bibel und Gesangbuch. Aber das dritte! Es war nur ein Büchelchen, zwei Pappdeckel, mit marmoriertem Papier, an den Ecken abgestoßen. Und nun las er: »Bericht des Majors von Schack über des Lieutenants von Katte Dekapitation, 6. November 1730.« Das hatte der Alte schlecht getroffen. Es überlief unseren Gefangenen eiskalt, und er legte die Bibel darauf, daß er es nicht sähe.

Lange, lange Stunden.

Er ging wieder auf und ab und zählte. »Erst tausend Schritt.« Endlich schlug es sieben. Es war ihm ein unangenehmer Gedanke, den Gascogner noch einmal eintreten zu sehen, aber statt seiner erschien der alte Kastellan selbst und brachte das Nachtessen: eine Suppe, aus Brotrinden und Hagebutten gekocht.

»Nun, Junkerchen, da haben Sie was Warmes. Das Brot, das haben die Franzosen gebacken, aber die Hagebutten, die sind aus Markgraf Hansen seinem Küchengarten, und meine Lene, was meine Jüngste ist, die hat sie selber gepflückt. Es war ein rechtes Hagebuttenjahr. Hören Sie, Junkerchen, auch für die Franzosen; aber die haben die Hacheln gekriegt.« Und dabei setzte der Alte den Suppentopf und eine Stallaterne, in der ein Lichtstümpfchen schwelte, vor Lewin nieder und sagte, während er schon halb in der Türe stand: »Und nun Gott befohlen, Junkerchen. Es kommt, wie's kommt. Und blasen Sie gleich aus; denn Licht darf nicht sein. Es geht mir sonst an Kopp und Kragen. Hören Sie, gleich ausblasen.«

Lewin hatte Hunger, und der würzige Duft tat seinen Sinnen wohl. Aber er konnte nicht essen. Es war nicht der verzinnte Löffel, der so bitter schmeckte, es war die Todesfurcht, die sich ihm auf die Zunge legte. Er stellte den Napf aus der Hand, löschte das Licht und warf sich auf das Bett. Im Liegen empfand er, daß ihn die Uhr drücke, und er nahm sie heraus, um sie neben sich auf den Binsenstuhl zu legen. Dann erst wickelte er sich in den Mantel, zog den Kragen bis unter das Kinn und sah von seinem Kissen aus auf die Sterne, die matt durch die kleinen Fensterchen zu ihm her flimmerten. »Und kann auf Sternen gehn«, klang es in seiner Seele immer leiser, immer ferner, und darüber schlief er ein.

Er schlief fest, viele Stunden lang; der überanstrengte Körper verlangte sein Recht. Aber gegen Morgen begann er zu träumen. Er sah eine Schlittenfahrt und hörte das Läuten der Glocken, und als die Schlitten hielten, war es vor einem alten Rundbogenportal, durch das winterlich in Mäntel und Muffen gekleidete Paare in ein hochgewölbtes Schiff eintraten. An den Pfeilern hingen vertrocknete Kränze mit langen Bändern, die sich im Zugwind bewegten, und zwischen diesen Pfeilern hin schritten alle, unter denen auch die schöne Matuschka war, auf den Altar der Kirche zu. Und als sie nun dicht heran waren, begann die Orgel zu spielen. Aber in demselben Augenblicke wandelte sich das Bild, und die grauen Steinpfeiler wurden zu weißgetünchten Holzsäulen, um die grüne Girlanden gewunden waren. Und auch die Frauen waren nicht mehr dieselben, andere waren es, sommerlich gekleidete mit Blumen im Haar, und alle folgten einem voranschreitenden Paare, das er nicht erkennen konnte, denn er schritt hinterher, und erst als er den Altar erreicht hatte, vor dem ein Grabstein lag, sah er, daß er es selber war, der an dieser Stelle getraut werden sollte. Aber er wußte nicht mit wem, denn die Braut war über und über in einen weißen Schleier gehüllt, und auf dem weißen Schleier leuchteten goldene Sterne.

Als nun die Orgel schwieg und der Geistliche nach dem »Ja« fragte, da schlug die Braut den Schleier zurück, und statt des »Ja«, das ihm auf der Lippe war, sagte er: »Marie«.

Er hatte das Wort laut gesprochen und fuhr auf, als ob er eine schwindende Erscheinung festhalten wolle. Wo war er? Er sah den Sternenhimmel und fühlte den von seinem eigenen Atem feucht und eisig gewordenen Mantelkragen. Und allmählich stieg die ganze furchtbare Wirklichkeit vor ihm herauf, und er lauschte, ob er nicht schon den Tritt eines ihn abholenden Wachkommandos hören könne. Wußte er doch, daß die Morgendämmerung die Zeit für solche Szenen sei.

Aber was war die Stunde? Er griff nach der Uhr und ließ sie repetieren. Fünf. Das war noch zu früh; es konnte nicht vor sechs geschehen. Also noch eine Stunde Leben, aber auch noch eine Stunde Tod, und er wünschte sich die Minuten weg, um Gewißheit zu haben. Das Letzte, das Schreckliche konnte nicht so schrecklich sein wie diese Qual. Er sprang auf, öffnete das Fenster und sog begierig die Nachtluft ein, aber umsonst; er sah alles, wie es kommen mußte, und rief Gott an, nicht mehr um sein Leben, das war hin, sondern um Kraft in seiner letzten Stunde. »Nur nicht gemein aus diesem Leben gehen!« Und dann sah er wieder nach Hohen-Vietz hinüber, nach dem Fleckchen Erde, das ihm vor allem teuer war, und er winkte und grüßte mit der Hand. »Lebt wohl, all ihr Geliebten.«

In diesem Augenblicke schoß ein Lichtstrahl am östlichen Himmel auf und verschwand wieder. Es war der erste Bote, den der Tag sendet, lange bevor er selber mit seinem goldnen Wagen heraufzieht. »Soll es mir ein Zeichen sein?«

Und er wurde ruhiger.

Sechs Uhr. Der Tritt keines Wachkommandos wurde draußen hörbar, und so festigte sich in ihm die Überzeugung, daß er wenigstens diesen Tag noch zu leben haben werde. Und ein Tag war viel; was konnte dieser eine Tag nicht alles bringen? Und er sprach wieder die Strophe vor sich hin, die schon einmal in allertrübster Stimmung ihn aufgerichtet hatte:

»Hoffe, harre; nicht vergebens
Zählest du der Stunden Schlag,
Wechsel ist das Los des Lebens,
Und es kommt ein andrer Tag.«

Ja, ja, hoffe, harre. Ein Tag noch, ein ganzer Tag noch! Und dieser Tag lag jetzt vor ihm wie das Leben selbst, und er sah ihm entgegen, als ob er ihm eine Welt von Ereignissen bringen müsse.

Was er ihm aber zunächst brachte, war nur wieder der Chasseur, dessen ohnehin unsoldatischer Aufzug durch einen an seinem linken Arm hängenden Deckelkorb noch gesteigert wurde. »Bon jour, monsieur de Vietzewitz. Pardon, si ce n'est pas tout-à-fait correct. Mais votre nom, c'est un nom difficile.«

Lewin bestätigte.

»Voici votre café. Un bon café, sans doute. Cela veut dire: de la chicorée. Mais qu'importe! c'est un café allemand.«

Unter diesen und anderen Worten (denn er zählte zu den Schwatzhaften) hatte der Chasseur den Deckelkorb geöffnet und den braunen Bunzlauer Topf auf das Fensterbrett gesetzt, unterließ auch nicht, Schwarzbrot und ein paar frischgebackene Semmeln hinzuzulegen. Dann hing er statt des Korbes die große Laterne, die vom Abend vorher noch da war, an seinen Arm und empfahl sich mit einem halb spöttischen: »Votre serviteur.«

Lewin war froh, wieder allein zu sein, rückte den Stuhl an das Fenster und nahm sein Frühstück. Es schmeckte leidlich, und als er damit geendigt, lehnte er sich zurück und sah, aufatmend und neu belebt, in den glühenden Sonnenball, der eben die vor ihm liegende Göritzer Kirchturmspitze vergoldete.

»Nun will ich lesen.« Und damit nahm er die Bibel und schlug auf:

»Prophet Daniel!« Ein Lächeln überflog seine Züge, und er sagte vor sich hin: »Nein, nicht Daniel. Jeder in meiner Lage bildet sich ein, in der Löwengrube zu sein.« Und er blätterte weiter, bis er an die Makkabäer, und dann wieder zurück, bis er an das Buch der Richter kam. »Ja, das ist ein hübsches Buch; frisch, mutig, das soll mich aufrichten!«

Und er begann zu lesen.

Aber seine Lektüre war noch nicht weit gediehen, als er ein Stapfen und Räuspern hörte und, sich aufrichtend, Hoppenmarieken erkannte, die hart am Rande von Bastion Brandenburg entlangkam. Keine zwölf Schritt von ihm entfernt. Sie sah jetzt hinauf, hob den Stock mit ihrer Linken und warf im selben Augenblick ein Knäuel, das sie rasch aus dem Brusttuch hervorgeholt hatte, in sein Fenster hinein. Zugleich mit dem Knäuel fielen ein paar Scheibensplitter vor ihm nieder, und ehe er noch Zeit hatte, sich von seiner Überraschung zu erholen, war die Alte schon wieder fort. Er sah ihr nach und bemerkte jetzt, daß sie mit einem weiter abwärts stehenden Wachtposten ein Gespräch begonnen hatte, natürlich in Zeichensprache. Sie bot ihm aus ihrer Flasche an, und als andere, von den nächsten Schildhäusern her, herzukamen, gab es Kapriolen und schallendes Gelächter, bis sie schließlich mit ihrem Stock salutierte und um den Schloßhügel herum wieder auf die Stadt zuschritt.

Jetzt erst nahm Lewin das Knäuel auf. Es war nicht groß, wog aber schwer und mußte mithin noch einen Inhalt haben. Er spaltete zunächst von einem der in der Bettlade liegenden Bretter einen Span ab und begann nun die nur stricknadeldicke, aber sehr feste Hanfleine vorsichtig abzuwickeln, ersichtlich zu dem Zweck, daß er, wenn er überrascht würde, beide Knäuel, das alte und das neue, mit Leichtigkeit verbergen könne. Und jetzt war er fertig und hielt sorglich einen umnähten flachen Stein in Händen, an dessen fester Lederöse das eine Hanfleinenende befestigt war. In derselben Lederöse steckte aber auch ein zusammengerollter Papierstreifen. Diesen rollte er jetzt auseinander und las: »Wirf Schlag zwölf (Ablösung ist erst um eins) dieses Knäuel über das Bastion; halte den Faden fest und sorge, daß er abläuft. Wenn er sich strafft, ziehe die Strickleine hinauf. Dann laß dich hinab. Schlimmsten Falles springe! Unten tiefer Schnee – und wir.«

Lewin verbarg das Zettelchen; es zerreißen, das konnte er nicht, denn er fühlte, daß er es wieder und immer wieder lesen werde. Dann aber sank er, wo er stand, in die Knie und dankte Gott für die Rettung seines Lebens. Denn er zweifelte nicht mehr, daß er gerettet werden würde, und war fest entschlossen, wenn alles andere scheiterte, den Sprung von dem Bastion aus zu wagen. Sprang er fehl, so starb er wenigstens in den Händen der Seinen, und der Armesündergang, samt dem Trommelwirbel und den verbundenen Augen, blieb ihm erspart. Und vor diesem Apparat erschrak er am meisten. »Der Tod ist erträglich, aber die Exekution ist unerträglich.« Das bloße Wort widerte ihn an, und alles, was roh und häßlich ist, stieg bei dem bloßen Klange desselben in einer Reihe fratzenhafter Jahrmarktsbilder vor ihm auf.

Und diesem Widerwärtigen, was auch kommen mochte, war er nun entronnen. Aber freilich, als der erste Jubel seines Herzens vorüber war, fühlte er bald, daß er nur die Tyrannen gewechselt habe und daß das Horchen auf die Rettungsstunde fast so qualvoll sei wie das Horchen auf den Tod. Er durchmaß den engen Raum immer wieder, öffnete und schloß das Fenster und überflog den Zettel, dessen Inhalt er längst auswendig wußte, zum zehnten und dann zum hundertsten Mal. Der Chasseur brachte das Mittagessen; aber er bat ihn, alles wieder fortzunehmen; ihn verlangte nur nach Luft und Frische, und wahrnehmend, daß vom Dache her lange Eiszapfen bis dicht an sein Fenster niederhingen, brach er ein paar davon ab und labte sich an ihrer Kühle. Dann las er wieder und prüfte das Knäuel und berechnete die Höhe des Bastions. Und das letzte war immer, daß es nichts sei und daß jeder Sprung aus einer zweiten Etage viel, viel mehr bedeute. Und unten zehn Fuß Schnee! Es mußte glücken, und er vergaß unter diesen Vorstellungen fast, daß ihm der Sprung überhaupt nur als Notbehelf und letztes Mittel dienen sollte.

Und nun war Mittag vorüber und endlich auch der Nachmittag. Die Sonne ging unter, das Abendrot erblaßte, und der Tag schwand hin. Nur noch sechs Stunden, bald nur noch fünf. Er zählte die Minuten.

Um sieben Uhr kam der alte Kastellan. »Junkerchen, sie sitzen jetzt am grünen Tisch; der alte General ist auch da, ein ›bon garçon‹, wie der Tagedieb sagt, den sie mir als Kalfakter zugelegt haben.«

»Also Kriegsgericht über mich?«

»Ja, Junkerchen. Ich habe den großen Saal heizen müssen. Das ist der mit dem Balkon, wo Markgraf Hans über dem Kamin hängt, lebensgroß mit gelbledernen Stiefeln, und Sporen so lang wie meine Hand. Der wird sich wundern.«

»Ich glaub's.«

»Und wenn der junge Herr noch einen Brief schreiben wollen oder eine Bestellung an den Papa ...«

»Steht es so, Kastellan?«

»Ich sage nicht, daß es so steht; aber es kann so stehen. Ein Kriegsgericht ist ein Kriegsgericht, und es hängt allewege an einem seidenen Faden. Ach, Junkerchen, unser Bestes ist schon immer: gesattelt sein.«

»Das ist es«, sagte Lewin mechanisch, während sich seine Seele, der ihre Furcht noch einmal wiederkehrte, mit doppelter Gewalt an das Leben klammerte. Aber der Alte sah es nicht; er nahm den Deckelkorb, den der Chasseur zurückgelassen hatte, bot eine »Gute Nacht!« und ließ seinen Gefangenen allein.

»Sie sitzen also jetzt oben«, sagte dieser, »und Markgraf Hans mag dreinschauen, wie er will, er wird mich vor ihrem Todeswort nicht retten. Es ist mir, als sprächen sie es jetzt. Und ich fühle den Stich hier im Herzen. Aber ich will leben; Gott, erbarme dich meiner und sei mit deiner Gnade über mir. Laß ihr Wort zuschanden werden.« Und er faltete die Hände wieder und preßte seine heiße Stirn an die Scheiben.

Die Sterne zogen herauf, und er suchte die Bilder zusammen, soviel er deren kannte. Aber im Gewölk verschwanden sie wieder. »Die Stunde rinnt auch durch den längsten Tag.« Und nun endlich schlug es elf.

»Noch eine Stunde«, murmelte er vor sich hin, »und diese Qual hat ein Ende! So oder so.«

## DREIUNDZWANZIGSTES KAPITEL

### *Die Befreiung*

Um dieselbe Zeit, wo Lewin diese Worte sprach, hielten zwei Schlitten vor dem Hohen-Vietzer Herrenhause. Der vorderste war eine bloße Schleife und sah dem Planschlitten ähnlich, in dem Lewin am Weihnachtsheiligabend seine Fahrt von Berlin nach Hohen-Vietz gemacht hatte, nur daß die Korbwände niedriger waren und der hohe Planbogen völlig fehlte. Statt dieses Planbogens war ein Stück schwarze, nach beiden Seiten hin tief herabhängende Wachsleinwand über den Wagenkorb gelegt und mittels eingeschnittener Löcher an den vier Speichen befestigt worden. In der Gabeldeichsel ging ein kleines struppiges Bauernpferd, und Pachaly, die Leinen in der Hand, saß auf dem Vorderbrett. Das zweite Gefährt war ein gewöhnlicher, aber sehr großer Fahrschlitten, den man sich, um eben dieser Größe willen, von Schulze Kniehase geborgt hatte. In diesem Schlitten saßen sechs Personen: Berndt und Hirschfeldt im Fond, ihnen gegenüber auf dem Rücksitze Tubal und Kniehase, vorne Krist und der junge Scharwenka. Krist fuhr. Die Ponies waren eingespannt, aber ohne Geläut.

Was am meisten überraschen durfte, war, daß Bamme fehlte, und doch war eben dieses Fehlen für jeden, der ihn genauer kannte, in voller Übereinstimmung mit seinem Charakter. Die Frankfurter Affaire hatte weder innerlich seinen Mut gebrochen noch ihn äußerlich kleinlaut gemacht; aber durch und durch von Spielervorstellungen beherrscht, erging er sich seitdem in Versicherungen, daß er keine »glückliche Hand« habe. »Ohne ihn werd es besser gehen«, versicherte er ein Mal über das andere, und nur einen Augenblick lang, als der Schlitten mit der herabhängenden schwarzen Wachsleinwand vorgefahren war, war er in dieser seiner Überzeugung erschüttert worden. Und dabei hatte folgendes Zwiegespräch zwischen ihm und seinem neben ihm stehenden Aide de camp stattgefunden.

»Was will nur der schwarze Kasten, Hirschfeldt? Schwarz und schräg und eine Zudecke darüber. Der reine Sarg. Soll mich wundern, wen sie hineinlegen werden.«

»Vielleicht mich.«

»Nein, Sie nicht, Hirschfeldt. Sie werden immer mit einem Prellschuß oder einer Kugel ins dicke Fleisch davonkommen ... Aber was ist das nur, was dieser Tölpel von Pachaly da heranschleppt und in das Schlittenstroh hineinpackt? Sehen Sie nur, ›sechs Bretter und zwei Brettchen‹. Und jetzt zwei Grabscheite und eine Strickleine. Was *die* soll, weiß ich allenfalls, aber all das andere! Grabscheite und Bretter, und gerade sechs. Es schmeckt so nach Begräbnis.«

Hirschfeldt, so kaltblütig er war, war doch schließlich durch diese Betrachtungen in eine wenig erbauliche Stimmung versetzt worden, und nur um etwas zu sagen, warf er hin: »Sie sind abergläubisch, General.«

»Ja, das bin ich, Hirschfeldt, und ich habe meine Freude daran. Nehmen Sie mir das bißchen Aberglauben, so hab ich gar nichts und falle zusammen. Übrigens geht es den meisten Menschen so, und wem es nicht so geht, desto schlimmer. Sehen Sie die Schorlemmer. Die hat keinen Aberglauben. Aber was kommt dabei heraus? Eine Nußschale voll Weisheit und ein Scheffel Langeweile. Und eine Dormeuse darübergestülpt.«

Bamme drehte sich seinen Schnurrbart und hatte das Gefühl, etwas apart Gutes gesagt zu haben. Aber seine ganze Oratio pro domo war von Hirschfeldt überhört worden, der mit seinen Vorstellungen immer noch bei »Sarg« und »Begräbnis« aushielt und endlich sagte: »So glauben Sie, General, daß wir von Küstrin her nicht viel anders heimkehren werden als von Frankfurt?«

»Doch, Hirschfeldt. Ich bin nicht mit dabei, das ist eins; und das zweite ist, sie passen nicht auf. Ich meine die Franzosen. Ihr werdet ihn also freikriegen; aber einen Einsatz kostet's, ein Bein oder ein paar Rippen. Billiger habt ihr's nicht. Vielleicht aber teurer. Und deshalb gefällt mir der Kasten nicht.«

So war das Gespräch zwischen Bamme und Hirschfeldt verlaufen; unmittelbar darauf hatten alle an der Expedition Teilnehmenden ihr Plätze eingenommen und fuhren in leichtem Trabe die Küstriner Chaussee hinauf. Als sie bis an die Stelle gekommen waren, wo vor zwei Tagen erst die »Revue« stattgefunden hatte, bogen sie nach rechts hin ab, passierten das Fichtenwäldchen an seinem nördlichen Rande und hielten sich nun scharf auf den Fluß zu. Die Wege waren hier schmal und meist verschneit, so daß sie Schritt fahren mußten. Und doch waren die Minuten berechnet. Berndt und Hirschfeldt wurden ungeduldig. Endlich hatten sie den Fluß vor sich, erkannten trotz der Dunkelheit die inmitten des Eises abgesteckte Fahrstraße und fuhren vorsichtig erst die Böschung hinunter und dann mit einer allmählichen Linksbiegung in die niedrige Kusselallee hinein. Und nun konnten sie wieder traben. Es war aber auch hohe Zeit.

Noch war kein Wort gesprochen worden. Berndt, den das Schweigen bedrückte, wandte sich an den ihm gegenüber sitzenden Kniehase, dessen noch verbundener Kopf in einer Pelzkappe steckte, und sagte:

»Alles in Ordnung, Kniehase?«

»Ja, gnäd'ger Herr.«

»Strick, Scheite, Bretter?«

»Alles da. Hab es Pachalyn in die Hand gezählt. Und auch die kleine Leiter und zwei Bund Stroh.«

»Und Kümmritz?«

»Ist um neun Uhr abgerückt auf die Manschnower Mühle zu.«

»Und Krull und Reetzke?«

»Stehen drüben zwischen Entenfang und Pulvermühlen.«

»Gut. Und nun komme, was soll.«

Einen Augenblick schwieg er, und seine Lippen sprachen nur leise vor sich hin. Dann aber, alle Sorge hinter sich werfend, sagte er: »Und nun schärfer zu, Krist, oder wir verpassen's. Sieh, Tubal, alles grau; der Himmel ist mit uns, indem er sich uns verbirgt.«

Während sie so sprachen, hatten sie sich der Festung bis auf fünfhundert Schritt genähert, und in dem Dunkel, das herrschte, stieg ein noch dunklerer Schatten auf: Bastion Brandenburg. Daß ihr Herankommen von dem einen oder andern Wachtposten bemerkt worden wäre, war wenig glaubhaft, denn ihre niedrigen Fuhrwerke fuhren nicht nur im Schutze einer mannshohen, zu beiden Seiten des Weges aufgeschaufelten Schneemauer, sondern auch im Schatten der von zehn Schritt zu zehn Schritt stehenden Kusselpyramiden. Und im Schatten einer solchen hielten jetzt die Schlitten.

Die kleine Turmuhr, von der Schloßkirche her, schlug halb. Das traf zu; so war es berechnet. Berndt war der erste aus dem Schlitten heraus und schlich sich jetzt über das Eis hin bis an die Festungswerke vor, gerade bis unter den »Weißkopf«. Als er heran war, sah er, daß am Fuße des Bastions alles tief verschneit war; der Westwind hatte hier ganze Schneeberge zusammengetrieben. Aber so hoch der Schnee lag, so war er doch zu locker und hatte nicht Tiefe genug. Es mußte also nachgeholfen werden. Dazu sollten die mitgenommenen Bretter dienen, mit deren Hilfe man eine der zehn Schritt breiten und halb festgewordenen Schneemauern bis hart an das Bastion vorzuschieben gedachte. Sie traten deshalb an den einspännigen Schlitten heran, den Bamme kurzweg, und vielleicht auch vorahnend, als »Sargschlitten« bezeichnet hatte, und wollten eben die zum Schieben bestimmten Bretter hervorziehen, als sich's in dem darübergepackten Stroh zu regen und zu schütteln begann. Und siehe da, gleich darauf stand Hektor – wohl wissend, daß er viel gewagt habe – verlegen wedelnd an der Seite seines Herrn, verlegen, aber doch auch mit einem Ausdruck von Stolz und Freude, und seine klugen Augen schienen zu sagen: »Hier bin ich; ich, Hektor, Freund meines Freundes Lewin. Ich weiß, daß es Ernst wird, und weil ich es weiß, will ich mit dabeisein.«

Der sich zuerst faßte, war Berndt; er bückte sich nur, um dem Schuldigen mit dem Zeigefinger zu drohen. Als er sich dann wieder aufrichtete, richtete sich auch der Hund auf und legte seine Vorderpfoten auf seines Herrn Schulter; so standen sie und sahen einander an.

»Pst, Hektor«, flüsterte Berndt und klopfte und streichelte das treue Tier. Dieser aber, als er sich so zu Gnaden angenommen sah, fuhr in leidenschaftlicher Erregung in seines Herrn Bart und Haar umher und nickte und wedelte nur immer wieder, um zu zeigen, daß er alles wohl verstanden habe. Dann endlich ließ er ab von ihm.

Die Bretter waren inzwischen hervorgezogen worden und wurden nun von der einen Seite her eingestemmt. Aber es wollte mit dem Schieben nicht glücken. Das am Tage durchgesickerte Schneewasser war unten mit der Flußdekke zusammengefroren, und so mußten denn die Spaten herbeigeholt werden, um durch Abstechen das Eis wieder zu lösen. Und nun endlich war es geschehen, und die Masse setzte sich in Bewegung, erst langsam, dann immer rascher, bis sie zuletzt den weichen Schnee beiseite drängte und am Fuße des Bastions feststand. Was der Westwind höher hinauf an die Schrägwand geweht hatte, das fiel jetzt herab, ein weiches Polster über der Schneemauer bildend. Und nun kletterte der junge Schwarwenka, der der Flinkste und Geschickteste war, hinauf und zog die Strickleine rasch nach sich, während sich die vier anderen zu beiden Seiten der Mauer niederkauerten. Krist hielt Hektor am Halsband; Pachaly war bei den Schlitten geblieben.

Alle sahen erwartungsvoll nach der Uhr. Noch fünf Minuten. In jedem Augenblick konnt es oben auf dem Schloß zum Schlagen einsetzen.

Und jetzt schlug es wirklich. Lewin riß das Fenster auf, zählte bis zwölf, und im selben Augenblicke warf er das Knäuel, dessen loses Ende er um die linke Hand geschlungen hatte, mit der Rechten über den Rand des Bastions. Er hörte, wie es aufschlug; und nun wickelte sich's ab. Eine kleine Weile noch, dann sah er, daß sich die dünne Hanfleine zu straffen anfing. Die Strickleine mußte also von den Freunden unten angeknotet worden sein. Und nun begann er mit aller Kraft zu ziehen. Aber eben jetzt kam ein französischer Wachtposten in Sicht, um seinen vorgeschriebenen Weg von Eck zu Eck zu machen. Er war schon dicht heran; hielt er sich in Nähe des Fensters, so ging das Bajonett unter der Leine weg, hielt er sich aber mehr rechts am Rande des Bastions hin, so traf er die Leine. Lewin war schon darauf gefaßt, sie fallen lassen zu müssen, und dann blieb nur noch der Sprung. Aber der Posten schritt, eine Melodie summend, hart an dem Unterbau des Weißkopfs vorbei.

Das Eck, an dem er wieder kehrtmachen mußte, lag hundertundfünfzig Schritt entfernt. Lewin berechnete sich, daß er zwei Minuten habe. Also schnell. Er zog jetzt rascher und heftiger noch als zuvor, und nun hielt er die Strickleine in seinen beiden Händen. Aber wo sie befestigen? Das Fensterkreuz war fiel zu morsch, so schlang er sie, da nichts Besseres da war, um den Fuß der Bettstelle und schob diese, um ihr mehr Halt zu geben, bis an den Fensterpfeiler vor. Und nun hinaus. Draußen warf er sich nieder, kroch bis an den Rand des Bastions und packte den Strick. Und nun noch ein kurzes Stoßgebet, und dann vorwärts und hinab! Als er bis über die Mitte war, brach der Bettfuß, an dem oben die Leine befestigt war, ab oder ging aus den Fugen, aber es waren keine sechs Ellen mehr, und so glitt er an der mit Schnee bedeckten Schrägung ohne Fährlichkeit hinunter. Die ganze Niederfahrt war nur um ein paar Sekunden beschleunigt worden.

Er war gerettet, und ein seliges Gefühl wiedergewonnenen Lebens durchdrang ihn, als er sich aus den lockeren Schneemassen herauswühlte. Was noch an Gefahr da war, war keine Gefahr mehr; ein Schuß in die Nacht hinein hatte nicht viel zu bedeuten.

Und jetzt fiel wirklich der erste Schuß. Ein Hurra unten antwortete; alles schwenkte die Mützen, und Hektor, der sich jetzt rühren durfte, sprang an seinem jungen Herrn in die Höhe und fuhr ihm mit der Zunge liebkosend und freudekeuchend über Hand und Gesicht. »Laß, laß!« Aber ehe er noch gehorchen konnte, krachte von oben her eine ganze Salve in das Dunkel hinein, und der Hund, dessen Liebestreue seinen Herrn gedeckt hatte, brach zusammen. Lewin stand unbeweglich und wußte nicht, was tun; endlich rissen Berndt und Hirschfeldt ihn mit sich fort. Alles stürzte den Schlitten zu, und nur Hektor, zurückgelassen, lag winselnd am Fuße des Bastions.

»Nein«, rief Tubal, »das soll nicht sein.« Und wieder umkehrend, bückte er sich und lud das treue Tier, das sich vergeblich fortzuschleppen trachtete, auf seine beiden Arme. Aber lange bevor er den nächsten Schlitten erreicht hatte, folgte der ersten Salve eine zweite, und Tubal, unterm Schulterblatt getroffen, taumelte und fiel.

»Fort, fort!« und zehn Hände griffen zu, und über den Schnee hin, ihn tragend und ziehend, erreichten sie das

Pachalysche Gefährt und legten den Schwerverwundeten auf die Strohbündel nieder, Hektor ihm zu Füßen. So ging es zwischen den schwarzen Kusseln hin in die Nacht hinein. An Verfolgung war nicht zu denken. Hätte sie stattgefunden, so wäre man mit Hilfe der aufgestellten Seitenkommandos stark genug gewesen, ihr zu begegnen.

Als sie bis in Höhe von Gorgast waren, bogen sie rechts aus ihrer Kiefernallee heraus und fuhren langsam die Böschung des Ufers hinauf. Tubal hatte brennenden Durst, und man gab ihm Schnee; so ging es weiter bis an die Manschnower Mühle. Hier wurde der Weg immer holpriger, und Pachaly mußte des Verwundeten halber im Schritt fahren. Der andere Schlitten trabte vorauf.

Berndt hatte die Leinen genommen. Als er zwischen den Pfeilern der Auffahrt hindurch wollte, scheuten die Ponies, und er sah jetzt, daß Hoppenmarieken auf dem linken Prellstein saß. Sie lehnte sich wie gewöhnlich an ihre Kiepe und hielt den Hakenstock in ihrer Hand. Aber sie salutierte nicht – und rührte sich nicht.

## VIERUNDZWANZIGSTES KAPITEL

### *Salve caput*

Es war zwölf Stunden später; die helle Mittagssonne stand über Hohen-Vietz, und es taute von allen Dächern. Auch Eis, das, stumpf geworden, an den Rädern von Miekleys Mühle hing, blitzte wieder durchsichtig und kristallen, und die Tauben saßen auf Kniehases langem Scheunenfirst. Alles war licht und heiter, und ein erstes Frühlingswehen ging durch die Natur.

Und in hellem Sonnenscheine lag auch das Herrenhaus. Wer aber von der Auffahrt her einen Blick auf den Vorplatz und die lange Reihe der Fenster geworfen hätte, der hätte doch wahrnehmen müssen, daß es ein Trauerhaus sei oder, schlimmer als das, in jedem Augenblicke ein solches zu werden drohe. Über den Damm hin war eine dichte Strohlage gebreitet, und hinter den Scheiben wurde niemand sichtbar. Auch nicht hinter der Glastüre der Halle. Alles wie ausgestorben. Nur die Sperlinge waren guter Dinge; sie saßen in Scharen auf dem ausgestreuten Stroh und pickten die verlorenen Körner. Ihr Zwitschern war der einzige Ton, der in der tiefen Stille laut wurde.

Zwölf Stunden lagen zurück, und nur *eine* Minute vollen Glücks und höchster Freude hatten sie gebracht; *die* Minute, wo, nach der ersten Begrüßung mit der Schwester, das in Jubel und Tränen ausbrechende Wiedersehen zwischen Lewin und Marie auch zugleich ihr Verlöbnis bedeutet hatte. Und ein Verlöbnis, wie Menschenaugen kein schöneres gesehen. Denn es war nur gekommen, was kommen sollte; das Natürliche, das von Uranfang an Bestimmte hatte sich vollzogen, und Berndt selber, tiefbewegt in seinem Herzen, hatte sich des Glückes der Glücklichen gefreut.

Aber welch andere Minuten dann, als eine kleine Weile später der zweite Schlitten vorgefahren war und Krist und Pachaly den auf Betten und Kissen gelegten Tubal langsam und leise treppauf getragen hatten. Und auch Hektor hatte mit hinauf gewollt; aber gleich an der ersten Treppenstufe hatte seine Kraft versagt, und er war den schmalen Küchenkorridor entlang bis an seine Binsenmatte zurückgekrochen. Da lag er nun und schob sich näher an die warme Wandstelle hinter dem Herd; denn ihn fror.

Um elf Uhr war Doktor Leist von Lebus gekommen. Er stieg – so geräuschlos es seine Gewohnheit und seine Schneestiefel zuließen – in den oberen Stock hinauf und trat hier in das Krankenzimmer ein, in dem die Vorhänge, der prall auf die Fenster stehenden Morgensonne halber, dicht geschlossen waren. »Wir müssen Licht haben«, sagte er und schob eine der Gardinen beiseite.

Nun erst sah er Tubal. Dieser hatte heftige Schmerzen, ertrug aber ohne Zucken das Sondieren seiner Wunde, trotzdem eine »leichte Hand« nicht gerade das war, worüber Doktor Leist Verfügung hatte.

»Brav, junger Herr, das nenn ich tapfer ausgehalten.«

»Was ist es?« fragte Tubal.

»Ein häßlicher Fall; Perforation der Milz. Aber was ist die Milz? Das Überflüssigste, was der Mensch hat. Es gibt welche, die sie sich ausschneiden lassen. Und Jugend überwindet alles. In vier Wochen setzen wir uns hier ans Fenster, zählen die Dohlen auf dem Kirchendach und rauchen eine Pfeife Tabak. Sie rauchen doch, junger Herr?«

Tubal verneinte.

»Nun, dann spielen wir Patience oder Mariage.«

»Patience.«

Der alte Leist streichelte dem Schwerverwundeten die Hand.

»Das ist recht; immer Kopf oben und bei Laune geblieben. Gute Laune heilt und ist das beste Pflaster.«

Und darnach stieg er wieder treppab, um unten in Berndts Arbeitscabinet über den Befund seiner Untersuchung zu berichten.

»Nun, Doktor?« fragte Vitzewitz.

Der alte Leist zuckte die Achseln. »Er muß sterben.«

»Keine Rettung?«

»Nein; es war ein Schrägschuß, und das sind immer die schlimmsten. Alles durch: Lunge, Leber. Und zum Überfluß auch noch die Milz.«

»Und wie lange dauert es noch?«

»Wenn's hoch kommt, bis diese Nacht. Es ist heute sein letzter Tag, und morgen hat er es hinter sich. Wenn Sie seinem Vater, dem Geheimrat, noch Nachricht geben wollen, so ist es höchste Zeit. Freilich ... doch zu spät. Er trifft ihn nicht mehr, und wenn er Flügel der Morgenröte nähme. Und das sind die schnellsten, wenn ich meinen Psalm recht verstehe.«

»Dann wollen wir es abwarten. Besser, er erfährt das Ganze als das Halbe.«

Leist nickte.

»Ach, Doktor«, fuhr Berndt fort, »welche Tage das! Um Lewin zu retten, *dieser* Preis! Wie soll ich dem Vater unter die Augen treten! Der einzige Sohn, nein, mehr ... das einzige Kind!«

Berndt stützte den Kopf in die Hand und sagte dann nach einer Weile: »Was haben Sie verordnet?«

»Nichts.«

»Und was geben wir ihm, wenn er etwas will?«

»Alles.«

»Ich verstehe. Und wann kommen Sie wieder? Am Nachmittag oder gegen Abend?«

»Ich bleibe«, sagte der Alte und ging dann, da nichts mehr zu sagen war, zu Bamme hinüber, den er von Guse her kannte. Und das traf sich gut für beide. Sie setzten sich alsbald an den Ofen und rauchten sich durch ein paar Stunden durch, unerschöpflich in ihrem Diskurse, der bei Tubal begann und bei Hoppenmarieken endete. Diese war am Morgen auf demselben Prellstein, auf dem Berndt sie hatte sitzen sehen, tot vorgefunden worden. Ob erfroren oder vom Schlage getroffen, hatte sich durch Pachaly, der auch dokterte, nicht feststellen lassen, und auch Leist bezeigte keine Lust, den Ursachen ihres Ablebens wissenschaftlich nachzuforschen. Sie war tot, und das genügte. Von Zeit zu Zeit ging er treppauf, um dem Verwundeten, wenn dieser über Schmerzen klagte, von seiner »Crocata« zu verabreichen, deren Überlegenheit über die »Simplex« er bei dieser Veranlassung wieder in enthusiastischen Ausdrücken pries, bis er – als es ihm endlich geglückt war, unter Anwendung dieses Opiats einen schmerzensfreien Zustand herzustellen – auch für sich persönlich den Zeitpunkt für gekommen erachtete, wieder freier aufzutreten und sich eines Café au cognac zu versichern. Jeetze brachte das Verlangte. Bamme nahm teil, und immer seltner ein ernstes Gesicht aufsetzend, einigten sich schließlich beide dahin, im ganzen genommen seit längerer Zeit keinen so gemütlichen Nachmittag verplaudert zu haben.

Und nun kam der Abend. In dem Eckzimmer war alles versammelt, nur Renate hatte sich zurückgezogen. Man sprach über gleichgültige Dinge, als Jeetze, der sich mit Lewin und der Schorlemmer in den Krankendienst teilte, eintrat und meldete, daß der junge Herr Tubal nach dem Herrn Rittmeister verlangt habe.

Hirschfeldt ging hinauf. Eine Lampe mit einem kleinen grünen Schirm brannte und gab ein spärliches Licht.

»Ich habe Sie bitten lassen, Hirschfeldt«, sagte Tubal.

»Es ist so dunkel, aber ein Stuhl wird ja wohl zu finden sein. Bitte, hierher.«

Hirschfeldt tat, wie ihm geheißen, und setzte sich an das Bett.

»Ich sterbe, Freund. Cito mors ruit.«

Hirschfeldt wollte antworten.

»Nein, keine Versicherungen vom Gegenteil ... Ich fühle es, und wenn ich es nicht fühlte, so würd ich es aus jedem Worte des alten Leist heraushören können. Er versteht sich schlecht auf Verstellung und hat einen Gemütlichkeitston, in dem die Sterbeglocken immer mitklingen. Und am Ende, was tut es? Früher oder später!«

»Sie regen sich auf, Tubal«, sagte der Rittmeister. »Ich glaube, daß Ihnen der Alte die Wahrheit gesagt hat. Ihnen und uns.«

Der Kranke schüttelte den Kopf.

Hirschfeldt aber fuhr fort: »Sie werden leben, und Sie *wollen* auch leben, Tubal. Es ist niemand, der gern aus dieser Welt scheidet. Nur die Müden ausgenommen.«

»Ich bin müde. Aber lassen wir das. Ich habe nur noch wenig Stunden. Bitte, lassen Sie mich trinken. Wein; dort. Der Alte hat es erlaubt, er hat alles erlaubt.«

Hirschfeldt gab ihm.

»Und nun hören Sie mich. Ich habe zwei Wünsche. Sorgen Sie, daß ich in die Kirche hinaufgeschafft werde, so bald wie möglich. Ich will dort vor dem Altar stehen.«

Das Sprechen griff ihn sichtlich an. Als er aber getrunken und das Glas wieder beiseite gesetzt hatte, fuhr er in ruhigem Tone fort: »Das ist eins. Und nun das andere. Ich möchte hier bestattet sein. Aber nicht in der Gruft, in der ich vielleicht unruhig würde wie das Fräulein von Gollmitz, die wieder heraus wollte. Nein, fest in Erde.«

Er schwieg eine Weile und setzte dann unter schmerzlichem Lächeln hinzu: »Sie sehen mich an, Hirschfeldt, als ob ich im Fieber spräche. Nein, ich fiebere nicht. Aber das von dem Fräulein, das müssen Sie sich erzählen lassen, von Renate oder von Marie. Ja, von Marie, die hat es mir erzählt. Also nicht in die Gruft. Und nun schicken Sie mir den Doktor, ich will mich noch einmal trösten lassen. Die

Schmerzen kommen wieder, und sein Opium ist mein bester Trost.«

Hirschfeldt ging, um den alten Leist hinaufzuschicken. Dieser verordnete dem Kranken eine neue Dosis von seiner »Crocata«, sprach eingehend von »Anno zweiundneunzig« und der Kanonade von Valmy und schloß nicht bloß mit der Versicherung, daß in höchstens sechs Wochen alles wieder in Ordnung sein würde, sondern empfahl ihm auch aufs ernsthafteste, bei der bevorstehenden Reise nach Breslau, lieber in Sagan als in Sorau übernachten zu wollen. Er machte dies so gut und so geschickt, daß Tubal einen Augenblick über seine wirkliche Lage getäuscht wurde.

Aber nicht auf lange. Denn in der Tat, es ging rasch zu Ende, rascher noch, als der alte Doktor erwartet hatte. Um acht kam Seidentopf, und die Schorlemmer ging jetzt nach oben, um den Kranken zu fragen, ob er den »alten Freund des Hauses« vielleicht noch sprechen wolle; sie wollte nicht sagen: »den Geistlichen«.

Tubal lächelte und verneinte, trotzdem er ein Trostbedürfnis und eine rechte Sehnsucht nach Erhebung fühlte; aber er empfand auch, daß Seidentopf ihm nicht geben könne, wonach er verlangte.

Eine halbe Stunde später stellten sich Phantasien ein: er sprach von der Muttergottes, die das Jesuskindlein habe fallen lassen; dann bat er, daß sie mit dem Trommeln und Blasen aufhören möchten, und zuletzt richtete er sich auf und sagte: »Nein, nein, das soll nicht sein; Hektor, das treue Tier.«

Aber plötzlich war es, als würd er wieder klar; er verlangte zu trinken, und gleich darauf bat er die Schorlemmer, ihm Renate zu rufen.

»Und den Doktor?«

»Nein, den nicht. Er lügt mit jedem Wort, und seine Tropfen lügen auch. Ich will von beiden nicht mehr. Renate soll kommen.« Und Renate kam.

Als sie da war, war aus allem zu sehen, daß er mit ihr allein sein wollte, und die Schorlemmer verließ das Zimmer.

»Setzt dich zu mir, Renate«, sagte der Kranke. »Ich will Abschied von dir nehmen.«

Sie brach in krampfhaftes Weinen aus, warf sich auf die Knie und barg ihr Haupt in die Kissen.

»Nicht doch; mach es mir nicht so schwer. Ach, du weißt nicht, *wie* schwer. Und du sollst es auch nicht wissen. Nie, ich hoffe, nie ... Ach, Renate, das Scheiden ist doch bitterer, als ich dachte, und nur eines ist, das mich tröstet: es war nichts Rechtes mit mir, und ich hätte dich nicht glücklich gemacht.«

Sie wollte antworten, aber er fuhr abwehrend fort: »Sage nichts, sage nicht nein. Ich weiß es besser. Denn was gibt Glück uns und andern? Fest sein und stetig sein, stetig sein im Guten. Und wir waren immer unstet, alle, alle. Auch mein Vater war es. Land, Glauben, Freunde gab er hin. Und warum? Einem Einfall zuliebe. Und wir haben nichts Gutes davon gehabt.«

»Verklage dich nicht, mein Geliebter. Ach, Tubal, um was stirbst du jetzt? Um Lieb und Treue willen. Ja, ja. Erst galt es Lewin, und dann, als er gerettet war, da dauerte dich die arme Kreatur, die verlassen dalag und vor Schmerz und Jammer aufwinselte, und du stirbst nun, weil du dich des treuen Tieres erbarmtest.«

»Ja, Mitleid hatt ich! Das hatt ich immer, Mitleid und Erbarmen. Und vielleicht auch, daß meiner ein Erbarmen harrt, um meines Erbarmens willen. Ich kann es brauchen; jeder kann es. Und in der letzten Stunde tut es wohl, etwas von diesem Ankergrund zu haben ... Ich entsinne mich eines langen Liedes, das ich in der Predigerstunde bei dem alten Oberkonsistorialrat lernen mußte; ich hatte keinen Sinn dafür, aber eine Strophe gefiel mir, die war schön.«

»Welche? Sprich sie, oder willst du, daß ich sie spreche?«

»Es war etwas von Tod und Sterben und von Christi Beistand in der Scheidestunde.«

Renate hatte seine Hand genommen und sprach jetzt, ohne weiter zu fragen, mit leiser, aber fester Stimme vor sich hin:

»Wenn ich einmal soll scheiden,
So scheide nicht von mir,
Soll ich den Tod erleiden,
Tritt *du* für mich herfür;

Wenn mir am allerbängsten
Wird um das Herze sein,
Reiß mich aus meinen Ängsten
Kraft deiner Angst und Pein.«

Tubal hatte sich aufgerichtet.

»Ja, das ist es.«

Er schien noch weitersprechen zu wollen, sank aber, immer matter werdend, in die Kissen zurück und begann unruhig und hastig, wie die Sterbenden tun, an seiner Bettdecke herumzuzupfen. Dabei war es, als ob er in seiner Erinnerung nach etwas suche.

Endlich hatte er es und fuhr in abgerissenen Sätzen fort: »Es war noch früher, viel früher, und wir waren noch in der alten Kirche, da sagte mir der Kaplan ein lateinisches Lied vor. Und als Ostern herankam, da mußt ich es hersagen vor meinem Vater und vor meiner Mutter und vor Graf Miekusch. Und meine Mutter lachte, weil sie das Lateinische nicht verstand. Aber mein Vater war ernst geworden und Graf Miekusch auch.«

Er schwieg eine Weile, und Renate sah bang auf ihn.

»Das ist nun zwanzig Jahre«, fuhr er fort, »oder noch länger, und ich hatt es vergessen. Aber nun hab ich es wieder:

Salve caput cruentatum
Totum spinis coronatum
Conquassatum, vulneratum
Facie sputis illita ...«

Er hatte sich bei jeder neuen Zeile mehr und mehr erhoben und starrte mit einem Ausdruck, als ob er etwas sähe, auf den Wandpfeiler zu Füßen seines Bettes. Und ein Lächeln, in dem Schmerz und Erlösung miteinander kämpften, verklärte jetzt sein Gesicht.

»Kathinka hatte recht ... aber nun ist es zu spät ... Salve caput cruentatum ...« Es waren seine letzten Worte.

Er sank in die Kissen zurück, und seine Augen schlossen sich für immer.

## FÜNFUNDZWANZIGSTES KAPITEL

### *Wie bei Plaa*

In derselben Stunde noch war ein reitender Bote nach Berlin hin abgegangen, um dem Vater, in einigen Zeilen Berndts, die Nachricht von dem Tode seines Sohnes zu überbringen. Kein Versäumnis hatte stattgefunden. Nichtsdestoweniger ließ sich das Eintreffen des alten Geheimrats vor nächstem Abend nicht erwarten.

Am Morgen fand sich wie gewöhnlich alle Hausgenossen in dem Eckzimmer zusammen, nur Renate fehlte, und Hirschfeldt nahm jetzt Veranlassung, alles, was ihm Tubal als seinen »Letzten Willen« ausgesprochen hatte, zur Kenntnis Berndts zu bringen. Dieser war einverstanden damit, das Hinaufschaffen des Toten in die Kirche soweit wie möglich zu beschleunigen; was aber das Begräbnis angehe, so werde der alte Ladalinski darüber zu bestimmen haben. Darnach trennte man sich. Hirschfeldt und Bamme ritten auf eine Stunde zu Drosselstein hinüber, und Lewin ging in die Pfarre, um all sein Freud und Leid an dieser Stelle auszuschütten. Wußte er doch, daß er hier alles sagen durfte, weil er für alles ein Verständnis fand. Und mehr als das: ein stilles Gemüt, das den Frieden geben konnte, den es selber hatte. Und nach diesem Frieden sehnte sich sein Herz.

Um zwei Uhr fuhr ein großer Leiterwagen auf das Dorf zu, einer von denen, wie man sie zur Erntezeit, mit Garben hoch beladen und einem »Baum« darüber, in die vorn und hinten geöffneten Scheunentore hineinschwanken sieht. Ein sogenannter Oostwagen. Er kam von Küstrin, und jeder Hohen-Vietzer, der ihm irgendwo begegnet wäre, hätte gewußt, daß es ein Kniehasesches Gespann war und ein Kniehasescher Knecht, der fuhr. Dieser saß auf einem etwas vorstehenden Brett und hatte beide Füße auf die Deichsel gesetzt. Auf demselben Brette, dich hinter ihm, standen zwei Särge, der eine schwarz mit weißem Beschlag, der andere gelb und mit häßlicher blauer Verzierung. Der gelbe viel kleiner. An den schwarzen hatte sich der Knecht angelehnt und rauchte.

»Hü!« und dabei gab er den Pferden einen Schlag. Als sie bis an die Auffahrt gekommen waren, traten Krist und Pachaly, die schon warteten, vor, um den vordersten Sarg abzuladen. Der Kniehasesche Knecht war ihnen dabei behülflich.

»Wecke Stunn bringen se 'n rupp?« fragte der Knecht, als er Kristen in den oberen Griff des Sarges einfassen sah.

»Hüt noch, glieks.«

»Un vörn Altar?«

»Joa, so seggen se.«

»Un woto vörn Altar? Dat's nich Mod bi uns.«

»Ick weet nich. Et is en Pohlscher. Un da möt et woll so sinn.«

Damit beruhigte sich der Kniehasesche Knecht und fuhr mit dem gelben Sarge weiter die Dorfstraße hinauf, an dem Schulzenhofe vorüber. Als er bei Miekleys Mühle war, bog er in den Forstacker ein und hielt endlich vor Hoppenmariekens Haus. Hier standen alte Weiber, die den gelben, häßlichen Sarg in Empfang nahmen.

»Kuck«, sagte die eine, »geel un blu. Dat is so wat för Hoppenmarieken.«

»Un so kleen as en Kinnersark.«

»Na, vun 'ne Kinner wihr se nu groad nich.«

»Nei, awers de Düwel is ook mal kleen west. Un wat deiht et ehr, dat se 'ne Hehlersch wihr? Se kümmt jo nu ook rupp, un se kulen ehr inn mang all de annern. Oll-Sidentopp wihr joa daför.«

«Joa, he. He denkt ook, he kann allens.«

Und damit brach das Gespräch ab.

Im Herrenhause war inzwischen ein lebhaftes Treiben gewesen, auf und ab, aber wie auf Socken, und kein Wort wurde gesprochen. Um vier Uhr lag der Tote gebettet in seinem Sarge, und eine Stunde später trugen ihn sechs Träger über den oberen Korridor hin und langsam die Treppe hinunter. Als sie die letzten Stufen eben passiert hatten und über den Hinterflur fort, wo das Hausgesinde stand, auf die Halle zu wollten, sahen sie sich aufgehalten, denn Hektor lag mitten in ihrem Wege. Er hatte sich von seiner Binsenmatte her bis an diese Stelle vorgeschleppt und mühte sich jetzt, sich aufzurichten. Aber umsonst; er winselte nur, und den Augen Berndts, der sich bis dahin gehalten hatte, entstürzten Tränen. So durchschritten sie das Haus, den Hof und bogen zuletzt in den oft genannten Hügelweg ein, der zur Kirche hinaufführte. Als sie bis dicht heran waren, erglühte der Horizont im Widerschein der eben untergegangenen Sonne. Der alte Kubalke schloß auf, und eine kleine Weile noch, so stand der Tote vor dem Altar.

Es war eben neun Uhr, als eine Chaise vor dem Herrenhause hielt, deren Ankunft, da das Stroh noch lag, von niemandem, am wenigsten von Jeetze, der ohnehin schlecht hörte, bemerkt worden war. Endlich ward es hell an den Fenstern, und gleich darauf erschien Lewin und trat an den Wagenschlag, um dem alten Ladalinski, denn er war es, beim Aussteigen behilflich zu sein. Das Aussehen des Geheimrats zeigte sich wenig verändert; seine Haltung war gerade und aufrecht, Anzug und Haar geordnet. Er fragte nach Renate, die nicht zugegen war, und folgte dann Berndt in das Eckzimmer, in dem ein hohes Kaminfeuer brannte und der Teetisch nach russischer Art, wie der Gast es liebte, hergerichtet war. Bamme und Hirschfeldt wollten sich zurückziehen, wurden aber aufgefordert zu bleiben, ebenso die Schorlemmer. Alle setzten sich, Tee wurde gereicht und von der Fahrt gesprochen. Es sei nicht möglich gewesen, Berlin vor Mittag zu verlassen; allerhand Anordnungen hätten den Moment der Abreise hinausgeschoben.

Unter solchem Geplauder vergingen Minuten, ohne daß des Ereignisses, das den Geheimrat hierher geführt hatte, erwähnt worden wäre. Er bat um ein zweites Glas Tee, und erst als er auch dieses geleert und dabei den Wunsch ausgesprochen hatte, seine Weiterreise so bald wie möglich antreten zu können, sagte Berndt:

»Hab ich recht verstanden? Weiterreise?«

Der Geheimrat nickte.

»So werden Sie nicht unmittelbar nach Berlin zurückkehren?«

»Nein. Ich gedenke gleich von hier aus die Leiche meines Sohnes nach Bjalanowo überzuführen. Alle Ladalinskis stehen dort. Das Leben hat seine Forderungen, aber auch der Tod. Es liegt mir daran, im Sinne meines Sohnes zu handeln, der, wie mir wohl bewußt, diesen Zug nach der Heimat hatte.«

Hirschfeldt wollte berichtigen; Berndt aber, der den Eigensinn Ladalinskis kannte und von mancher früheren Erfahrung her wußte, daß unbequeme Mitteilungen wohl das Gemüt seines Gastes beunruhigen, aber an seinen Entschlüssen nichts ändern konnten, ergriff deshalb statt des Rittmeisters das Wort und beeilte sich, ohne weiteres seine Zustimmung auszusprechen. Hirschfeldt erriet die Absicht, und so wurde denn festgestellt, daß um neun Uhr früh die Weiterreise stattfinden und zur Überführung des Toten ein Schlitten, am besten ein Planschlitten, leicht und einspännig, beschafft werden solle. Alles regelte sich rasch und kurz, und nun erst sagte der Geheimrat, indem er sich erhob:

»Ich wünsche meinen Sohn zu sehen.«

»Er steht in der Kirche oben«, bemerkte Berndt. »Vor dem Altar. Es war sein letzter Wunsch.«

»So will ich hinauf. Aber allein, Vitzewitz. Ich bitte nur um die Begleitung Ihres Küsters. Ein Alter, hoff ich.«

Dies konnte bejaht werden, und das Gespräch, das sonst ins Stocken geraten wäre, wandte sich jetzt mit Vorliebe und Ausführlichkeit dem Umstande zu, daß es im ganzen Oderbruche kein Dorf gäbe, in dem die Leute so alt würden wie in Hohen-Vietz. Immer neue Beispiele wurden gefunden, erst der alte Wendelin Pyterke und dann Seidentopfs Amtsvorgänger, der seine diamantene Hochzeit gefeiert und drei Tage später einen kleinen Ururenkel getauft habe. Schwäche halber freilich habe er die Tauf-formel im Sitzen sprechen müssen. Und bei diesem Amtsvorgänger und seinem Ururenkel – dessen Existenz übrigens, wie wenn es sich um eine Unschicklichkeit gehandelt hätte, von der Schorlemmer bestritten wurde – verweilte das Gespräch noch, als Jeetze meldete, daß der alte Kubalke angekommen sei und draußen warte.

Alle gingen ihm entgegen. Er stand in der Halle und hielt den Kirchenschlüssel und eine große Laterne in seiner linken Hand. Mit der rechten nahm er sein Sammetkäppsel ab und grüßte.

»'s ist schon spät, Papa«, sagte Ladalinski. »Mehr Bettzeit als Kirchenzeit. Aber Ihr wißt –«

Und damit verließen beide den Flur und traten in die mit allerhand Strauchwerk besetzten Parkgänge hinaus. Lewin und Hirschfeldt waren ihnen bis an die Hoftüre gefolgt. »Wie bei Plaa«, sagte jener und setzte nach einer kurzen Pause hinzu: »Aber dieser Gang ist schwerer.«

Hirschfeldt nickte still, und beide kehrten in das Eckzimmer zurück.

Die beiden Alten stiegen inzwischen hügelan, Kubalke zwei, drei Schritt vorauf, um besser leuchten zu können, denn nur wenige Sterne schienen, und hier und dort waren Wurzeln über den Weg gewachsen. Als sie halb hinauf waren, hielt er, bis der Geheimrat heran war, und sagte: »Passen S' Achtung, gnäd'ger Herr, hier ist Glatteis.« Und dann ins Plattdeutsche fallend, was ihm, trotzdem er Schulmeister war, aus Alter und Unachtsamkeit öfters passierte, schloß er seinen Satz: »De verdüwelten Jungens, se hebben hier 'ne Slidderboahn moakt. Un mihr as een. Se weeten nich, dat ook olle Lüd in de Welt rummerlopen. Olle Lüd, as wie *ick*.«

»Wir werden so weit nicht auseinander sein«, sagte Ladalinski, dem die Weise, wie der Alte sprach, angenehm im Ohre klang.

»Doch, doch«, antwortete dieser und fuhr dann, ebenso unwissentlich das Hochdeutsche wieder aufnehmend, fort: »Als ich so war, wie der gnäd'ge Herr jetzt sind, Mitte Sechzig oder so, da war meine Maline noch keine zehn Monate alt, und die Eve, die ja der gnäd'ge Herr auch kennen – drüben in Guse, aber jetzt hab ich sie wieder bei mir, denn es ist unser Nestküken –, ja das Evelchen, das war noch gar nicht geboren.«

»Da sind Sie über achtzig, Papa?«

»Dreiundachtzig. Das heißt nächsten dreizehnten August.«

»... Und müssen also spät geheiratet haben.«

»Ja, gnäd'ger Herr, das hab ich. Das heißt, es war die zweite Frau. Als ich das erste Mal auf die Freite ging, das war drei Jahr eher, als wir die Russen hier hatten, und ich war eben erst ins Dorf gekommen ... Aber da sind wir schon.«

Und dabei trat er auf die Steinstufen des tief eingeschnittenen Portals und schloß die große Kirchentür auf, die sich nach innen hin öffnete. Sie passierten erst den Turm zwischen dem Stubbenholz und den alten katholischen Altarpuppen hin, die zusammengefegt in der Ecke lagen, und schritten dann, an den Chorstühlen vorbei, den breiten Mittelgang hinauf, auf Altar und Kanzel zu.

Als sie bis an die vorderste Stuhlreihe gekommen waren, wollte der Geheimrat nach links hin eintreten und sich einen Augenblick setzen; denn er bedurfte der Sammlung. Aber der alte Kubalke zog ihn hastig wieder zurück und sagte: »Nicht da, gnäd'ger Herr; das ist der Majorsstuhl.«

Der Geheimrat sah ihn verwundert an.

»Nicht da, gnäd'ger Herr«, wiederholte der Alte, »nicht da. Das war Anno 59, und ich seh es noch wie heute. Sie brachten ihn von Kunersdorf her, Grenadiere von Regiment Itzenplitz, und hier legten sie ihn nieder, hier auf diese Bank. Aber er hatte das Leben satt. ›Kinder, ich *will* sterben‹, sagte er und riß sich die Binden ab. Und da hat er sich verblutet. Es war den 12. August, den Tag vor meinem Geburtstag.«

Bei diesen Worten hatte der alte Kubalke den Geheimrat nach der andern Seite hinübergezogen. Die vorderste Chorstuhlreihe war hier freilich geschlossen, aber in ihrer Front lief eine schmale Bank, auf der, wenn Konfirmation war, die Einsegnungskinder ihre Plätze hatten. Darauf setzten sich jetzt die beiden Alten und hatten nun die Bahre dicht vor sich, keine drei Schritt ab.

Als sie eine Weile geruht, sagte Ladalinski: »Nun, denk ich, wollen wir den Deckel abnehmen.«

»Noch nicht, gnäd'ger Herr. Sie müssen den jungen Herrn Sohn doch wenigstens sehen können. Und es ist ja noch so dunkel. Ein lieber junger Herr. Erst letzten Sonntag, da hab ich ihn hier eingeschlossen mit Marie Kniehase; denn ich habe keine Augen mehr. Und als ich nach einer Viertelstunde wiederkam, da stand er hier und hatte rote Backen. Dicht neben dem Majorsstuhl. Aber die Marie war noch röter. Ich will erst die Lichter anstecken, gnäd'ger Herr.«

Damit ging er auf den Altar zu, nahm die Wachslichter von den großen Messingleuchtern und zündete sie an. Anfangs schien es, daß sie wieder verlöschen wollten, aber zuletzt brannten sie, und der Alte, während er jetzt die Bahrdecke fortnahm und auf die Altarstufen niederlegte, sagte ruhig: »Nu, mit Gott, gnäd'ger Herr.«

Ladalinski hatte sich erhoben und stellte sich an die eine Schmalseite des Sarges.

»Steh ich zu Häupten oder zu Füßen?« fragte er.

»Zu Häupten.«

»Ich will doch lieber zu Füßen stehen.«

Darnach wechselten sie die Plätze und hoben nun den Deckel ab, der alte Geheimrat mit krampfhaft geschlossenem Auge.

Und nun erst sah er den Sohn, fest und lange, und fand zu seiner eigenen Überraschung, daß sein Herz immer ruhiger schlug. Was war es am Ende? Er war tot. Und er fühlte tief in seiner Seele, daß es nichts Schreckliches sei, nein, nein, Freiheit und Erlösung. Das Leben erschien ihm so arm, der Tod so reich, und nur *ein* Gefühl beherrschte ihn: »Ach, daß ich an dieses Toten Stelle wäre.«

Er betete für ihn und für sich selbst; dann, während ihn alles traumhaft umwogte, stand er eine Minute noch und sagte dann: »Nun, Papa, wollen wir wieder schließen.«

Der war es bereit, und sie legten auch die Bahrdecke wieder über den Sarg, ein verschossenes Stück Wollenzeug, das nur eben bis an die Tragbalken der Bahre reichte. Und siehe, das alte katholische Gefühl, wie es sich erst in Kathinka und dann zuletzt auch in Tubal geregt hatte, es wurde jetzt ebenso in dem Herzen des alten Ladalinski wieder lebendig, und er sagte, während er auf den Sarg und die ärmliche Decke deutete:

»Es sieht so kahl aus. Was meint Ihr, ich möchte das Kruzifix nehmen und es obenauf legen. Oder glaubt Ihr, daß es Anstoß gibt?«

»Nicht doch, gnäd'ger Herr. Das ist so recht was für ein Kruzifix. Dafür ist es ja da, für die Toten, die brauchen's. Hier unten geht es noch so; aber drüben, da fängt es an.«

Und so nahmen sie das Kruzifix vom Altar, legten's auf die Sargdecke und setzten sich wieder, der alte Kubalke aber fuhr in zutraulichem Tone fort: »Es ist noch keine sieben Jahre her, da hab ich es auch vom Altar weggenommen. Denn da war die Löffelgarde hier und die Marodeurs; und auch den andern war nicht viel zu trauen, wenn es was Silbernes war. Und da sagt ich zu meiner Frau: ›Frau, wo stecken wir's hin?‹ – ›Steck es in den Bettsack‹, sagte sie, aber das wollt ich ja nicht, und so steckt ich es in mein Kopfkissen und legte mich und wollte darauf schlafen. Aber das war auch nicht das Rechte, und ich hatte keine Ruhe, und mir war es immer, als drückt ich auf die Wunden meines Heilands und tät ihm weh. Da stand ich denn auf und nahm es wieder heraus und hing es an den Spiegelpfeiler. ›Mutter‹, sagt ich, ›es ist nicht nötig, daß wir es verstecken. Und wenn das Franzosenzeug auch in unsere Kirche einbricht, in ein armes Küsterhaus werden sie *nicht* einbrechen. Da suchen sie nichts. Und wenn sie doch kommen, da wird er sich selber zu schützen und zu helfen wissen. Denn das haben wir hier herum erfahren, er läßt sich nicht spotten. Auch in seinem Bilde nicht.‹«

Der Geheimrat hatte bewegten Herzens zugehört. Ach, wie wohl ihm diese Sprache tat und dieser kindliche Glaube. Er nahm seines Begleiters Hand und sagte: »Nun wollen wir wieder gehen.«

Und beide standen auf; der Alte löschte die Lichter, und zwischen den Kirchenstühlen hin schritten sie wieder auf den Ausgang zu. Als sie den Turm eben passierten, schlug es zehn. Der Schlag der Glocke dicht über ihnen erfrischte dem alten Ladalinski das Herz, und so traten sie wieder ins Freie.

Es war noch dunkler geworden, die letzten Sterne fort, und Kubalke ging wieder vorauf, bis sie halben Weges an die Schlitterbahnstelle kamen.

»Passen S' Achtung, gnäd'ger Herr, hier ist das Glatteis«, sagte der Alte wie beim Hinaufsteigen und schien auch wieder von den »verdüwelten Jungens« sprechen zu wollen. Aber Ladalinski kam ihm zuvor und sagte, anknüpfend an ihr unterbrochenes Gespräch: »Sie waren zweimal verheiratet, Papa? War es nicht so?«

»Ja, gnäd'ger Herr.«

»Und hatten auch Kinder von der ersten Frau?«

»'ne Tochter.«

»Und sie lebt noch?«

»Nein, gnäd'ger Herr. Lange tot; gestorben und verdorben. 's war so der Nachlaß von der Mutter her.«

Der alte Geheimrat sah ihn fragend an.

»Ja, die Mutter. Das war so eine schmucke Person, und alles Mannsvolk lief ihr nach. Und da war auch ein Kandidat hier, und eines Sonntags, als sich der alte Pastor Ledderhose, der hundert Jahr alt wurde, den Fuß ausgerenkt hatte, da stand unser Herr Kandidat auf der Kanzel und predigte, und Wendelin Pyterke, der damals unser Schulze war, sagte zu mir: ›Höre, Kubalke, der versteht's.‹ Und er verstand es auch. Aber was? Am Abend waren sie beide fort. Ins Pommersche, so nach Kammin oder Kolberg zu. Und da wurd er Salzinspektor; aber es dauerte nicht lange, und es hat ein schlechtes Ende genommen.«

»Und die Tochter?«

»Die war bei mir, bis sie siebzehn war; da flog sie auch weg, und es war alles ebenso. Wie sich einer bettet, so liegt er. Aber nun ist Gras drüber gewachsen.«

Bei diesen Worten waren sie wieder bis an die Rückseite des Herrenhauses gekommen, und der alte Kubalke klinkte die Hoftür auf. Auf dem matt erleuchteten Hinterflur trafen sie Jeetze.

»Gute Nacht, Papa!« sagte Ladalinski. »Haben auch manches erlebt.«

»Ja, gnäd'ger Herr. Aber Gras wächst über alles.«

## SECHSUNDZWANZIGSTES KAPITEL

### *Zwei Begräbnisse*

Um neun Uhr früh hatte Ladalinski seine Reise nach Bjalanowo hin fortsetzen wollen, und nachdem er sich, als diese Stunde da war, im Hause verabschiedet hatte, stieg er jetzt die winterlich kahle Nußbaumallee hinauf, um den vor dem Altar stehenden Sarg abzuholen. Mit ihm waren nur Berndt und Lewin. Neben ihnen her schwankte ein in Federn hängender Chaisewagen, während ein nur mit einem einzigen Pferde bespannter Planschlitten um zehn oder zwanzig Schritt vorauffuhr. Es war derselbe, der schon die Fahrt nach »Bastion Brandenburg« mitgemacht und von Bamme vorahnend den Namen »Sargschlitten« empfangen hatte. Pachaly saß wieder auf dem Deichselbrett, alles wie drei Tage vorher, nur daß sich auf dem hohen Kummet des Pferdes, in einem alten Stahlbügel aufgehängte, ein einziges Schlittenglöckchen hin und her bewegte.

Nun war man oben; die Planschleife fuhr unmittelbar bis an die Stufen des Portals, während der Chaisewagen in einiger Entfernung halten blieb. Die Kirche stand auf; Pachaly trat mit ein, und einen Augenblick später erschien auch der Ladalinskische Diener. So schritten sie den Mittelgang hinauf bis an den Altar; Berndt erkannte das Kruzifix und wußte wohl, wer es dahin gelegt hatte. Sie stellten sich nun zu beiden Seiten des Sarges, ohne daß ein Wort gesprochen worden wäre; endlich sagte der Geheimrat: »Nun tragt ihn hinaus.« Und dabei nahm er das Kruzifix, um es wieder auf den Altar zu stellen, von dem er es genommen hatte. Aber der alte Vitzewitz kam ihm zuvor und sagte: »Nein, Ladalinski, nicht so, das ist nun *Ihre*; mein Großvater hat es dieser Kirche gestiftet, und ich werde ein neues stiften. Nehmen Sie es, ich bitte Sie darum. Sie haben mir, wollentlich oder nicht, Ihren Sohn gegeben, und alles, was ich Ihnen wiedergeben kann, ist dieses Kreuz. Ach, ich hab es auch getragen.«

Ladalinskis Lippen zitterten; er konnte nicht sprechen oder wollte nicht. Dann aber riß er in freudiger Erregung einen Streifen von der Bahrdecke, legte den Streifen, als ob es eine Schärpe wäre, um die Mitte des Sarges und schob das Kruzifix, das sonst keinen Halt gehabt hätte, in den schwarzen Schärpenknoten hinein. Darnach trat er beiseite, und Pachaly und der Diener faßten nun die Bügel und trugen den Toten hinaus.

Eine Viertelstunde später bog der Schlitten, der sich bis dahin auf der Höhe langsam fortbewegt hatte, nach links hin aus und fuhr, als er den Abhang glücklich hinunter war, zwischen den Uferweiden auf Frankfurt zu. Die Chaise folgte, und während ihr überdeckter Polstersitz auf dem holprigen Wege hin und her schwankte, wurden Erinnerungen in dem Herzen des alten Ladalinski wach, und er mußte jener Reise gedenken, die ihn vor langer, langer Zeit auf ebenso verschneiten Wegen nach Bjalanowo hin geführt hatte. Und doch wie anders damals! Eine Hochzeitsreise war es, und die reizendste der Frauen – eben erst die seine – schmiegte sich unter übermütigem Lachen an seine Seite; der Schnee stäubte, die Pferde flogen, und jeder neue Rasteplatz brachte neue Blumen und neue Huldigungen. Erfinderisch war er gewesen, wie die Liebe selbst. Und jetzt sah er nichts vor sich als den Schlitten, den die Uferweiden streiften und der langsam auf eine Gruft zufuhr, die nicht mehr die seine war und an deren Tür er um Gastlichkeit bitten mußte für seinen Toten. Das war mehr, als er tragen konnte. Scharf und leise klang das Glöckchen, und scharf und leise fielen seine Tränen.

Um dieselbe Stunde, wo der alte Geheimrat, begleitet von Berndt und Lewin, zu der Kirche hinaufgestiegen war, war auch Bamme, nach Anlegung seines Husarenrocks, aus dem Herrenhause getreten, hatte sich aber nach fast entgegengesetzter Seite hin begeben. Es lag ihm daran, dem Begräbnis Hoppenmariekens, das im Laufe des Vormittags stattfinden sollte, beizuwohnen, bei welcher Gelegenheit er noch einen Blick auf diesen Gegenstand seines besonderen Interesses zu tun hoffte. Als er in die Nähe des Heckenzaunes kam, der das Häuschen einfaßte, sah er, daß allerhand Gesindel zu beiden Seiten des Weges Spalier gebildet hatte, zum Teil dieselben alten Weiber, die gestern dem Kniehaseschen Knecht beim Abladen des Sarges behilflich gewesen waren. Bamme grüßte und hörte nicht ohne Befriedigung, daß hinter ihm her gezischelt wurde: »Dat is he; wie schnaaksch he utsieht.« Darnach trat er in das offenstehende Haus. Ein starker Zug wehte, trotz dieses Zuges aber war es warm, denn der Ofen pustete, und auf dem Flurherd brannten große Scheite, um die seltsamerweise mehrere Kochtöpfe gestellt waren. Das hatten die Forstackersleute getan, die sich auf Hoppenmariekens Kosten einen guten Tag machen wollten. Erben waren nicht da, und Kniehase sah ihnen durch die Finger.

Bamme hatte sich was versprochen, aber er fand doch mehr noch, als er erwartet hatte. Auf zwei Stühle, nach Art eines Reisekoffers, war der offene Sarg gestellt, und auf dem Rande des Sarges saß ein schwarzer Vogel, einem Raben ähnlich, nur viel kleiner. Als der Vogel den Eintretenden gewahr wurde, hüpfte er von dem einen Rande auf den andern hinüber und von diesem auf den Sargdeckel, der mit seinen blitzblauen Beschlägen auf zwei andern Stühlen lag. Es machte dies Platzwechseln durchaus den Eindruck, als ob es aus Respekt gegen Bamme geschähe, der es denn auch so nahm und, an den Vogel herantretend, ihn belobigte. »Bist ein braver Kerl, hast Lebensart.« Gleich darauf indessen entsann er sich seines eigentlichen Zwecks, schob den am Wandpfeiler stehenden Tisch, darin das Gesangbuch und die Karten lagen, beiseite und probte sich einen Platz aus, um die Tote bequem und in guter Beleuchtung betrachten zu können. Diese lag in Staat, und nichts war vergessen, was zu Hoppenmarieken gehörte. Das weiße Haar war unter das schwarze Kopftuch gebunden, die Zipfel standen hoch nach oben, und ihre zwei dicken Wasserstiefel sahen mit halber Sohle aus dem Sarge heraus. In ihrer Rechten hielt sie den Hakenstock, weil er aber zu lang gewesen war, war er in zwei Hälften zerbrochen worden, und das untere Stück lag nun daneben. Ihr Gesichtsausdruck hatte sich wenig verändert; das Listige hatte der Tod fortgenommen, aber das Trotzige war geblieben. Bamme war entzückt; er drehte den Hakenstock ein wenig zur Seite und sagte dann vor sich hin: »Zwergen-Bischof«, eine Bemerkung, zu der er sich, in Ermangelung eines guten Publikums, vorläufig selber gratulierte. Dann sah er in den Alkoven hinein, in dem sich die großen Gundermannsbüschel im Zugwinde hin und her bewegten, und fand auch hier alles »superbe«.

Als er wieder in die Vorderstube trat, war der schwarze Vogel auf den Rand des Sarges zurückgeflogen, und Bamme, neugierig und verwundert, was das Tier da wolle, trat jetzt heran und sah, daß es von der Toten in aller Wirklichkeit gefüttert wurde. Die Nachbarweiber hatten ihr nämlich Ebereschenbeeren und Weizenkörner in die geöffnete linke Handfläche gelegt. Das war so Forstackerpoesie.

Bamme nickte und wollte wieder auf seinen Beobachtungsposten zurückkehren, mußte sich aber bald überzeugen, daß es mit dem Zauber dieser Stunde zu Ende gehe.

Die Neugierde der Hoppenmariekeschen Vögel, die zwischen ihren Gitterstäben hindurch auf ihn und seinen roten Husarenrock niederblickten, hätte sich vielleicht ertragen lassen, aber das Gaffen der draußenstehenden alten Weiber und Kinder fing doch an unbequem und lästig zu werden, so lästig, daß er schließlich froh war, als ihm das Erscheinen der Träger gemeldet wurde. Diese traten denn auch bald darauf ein, schlossen den Sarg und setzten sich auf den Kirchhof zu in Bewegung. Einer der Träger war Hanne Bogun, der den linken Vorderbügel gefaßt hatte, während rechts neben ihm ein lahmer Scherenschleifer ging, dessen untere Beinstellung ein gleichschenkliges Dreieck bildete. »Das laß ich mir gefallen«, sagte Bamme, froh, seinen Meister gefunden zu haben, und schloß sich als erster Leidtragender an, während der ganze »Forstacker« in corpore folgte. Alles war heiter, die Kinder schneeballten sich, und Kniehases Tauben flogen über dem Zuge hin, als würde Schneewittchen oder irgendeine Märchenprinzeß begraben.

So kamen sie bis an das Kirchhofsportal. Die Träger, müde geworden, wechselten hier ihre Plätze, und nur Hanne Bogun, weil er bloß den rechten Arm hatte, blieb an der linken Seite des Sarges. Und nun zwischen den Gräbern hin setzte sich der Zug wieder in Bewegung, bis er am andern Ende des Kirchhofs hielt. Hier dicht an der Feldsteinmauer war ein Grab gegraben, an einer Stelle, wo zur Sommerzeit Disteln und Schafgarbe wucherten und die Ziegen zu grasen pflegten. Neben dem Grabe standen Seidentopf und Kniehase und beiden gegenüber Berndt und Lewin, die nach dem Abschiede von Ladalinski gleich auf dem Kirchhügel geblieben waren, weil sie das Herankommen des Zuges bemerkt hatten. Von den Dörflern, ein paar Kossäten und Büdner ausgenommen, war nur Miekley da, der das »ehrliche Begräbnis« zwar ebenso mißbilligte wie alle andern, aber doch durch zwei Dinge bestimmt worden war, diese seine Mißbilligung nicht zu zeigen. Und zwar erstens, um, wenn »etwas geschähe« – woran er nicht zweifelte –, seinerseits nichts versäumt zu haben, und zweitens und hauptsächlichst, um Uhlenhorsten, der sich auf dem Mühlenhofe zu Mittag und Abend hatte ansagen lassen, mit einer neuen »Seidentopferei« unterhalten zu können.

Die Träger hatten ihre Last niedergestellt; nun ließen sie den Sarg hinab, und Seidentopf, während alle Forstackerkinder neugierig das Grab umdrängten, sagte mit seiner klaren Stimme: »Empfehlen wir ihre Seele Gott. Es war kein christliches Leben, das sie geführt; aber ihr letzter Tag, so hoffe ich, hat vieles ausgeglichen. Sie hatte keinen Menschen lieb, einen ausgenommen, und diesen einen, der jetzt mit an ihrem Grabe steht, hat sie gerettet oder doch mit zu seiner Rettung geholfen. Ihre List, die sonst ihr Böses war, war hier ihr Gutes. Und wenn dieses Gute nicht schwer genug wiegen sollte, so wird die Barmherzigkeit Gottes hinzutreten und in Gnaden geben, was noch fehlt. Beten wir für sie.« Und dabei nahm er sein Barett ab und sprach das Vaterunser, während zwei seitab stehende Forstackerweiber kicherten.

»Jott, uns' Oll-Seidentopp; ick weet nich, he bee't ook för allens. Allens sall 'inn.«

»Joa. Awers Hoppenmarieken beet't he nich rinn.«

Zwei Stunden später saßen Uhlenhorst und Miekley zu Tisch; auch Kallies-Sahnepott war geladen worden. Es wurde schon die dritte Flasche Graves aus dem Keller geholt, denn alle hielten auf ein »gutes Glas«, und Uhlenhorst zeigte sich von Minute zu Minute besserer Laune. Begreiflich; denn der reiche Sägemüller sägte heute nicht bloß Stämme, sondern auch Seidentopfen mitten durch. Als er zuletzt auch von Bammes Besuch in Hoppenmariekens Wohnung berichtet hatte, sagte Uhlenhorst wichtig, und indem er sich etwas vorbeugte: »Nichts natürlicher als das, es sind Geschwister.«

Miekley, sosehr er aus dem Munde des Kandidaten an Orakelsprüche gewöhnt war, erschrak doch einigermaßen; Uhlenhorst selbst indessen fuhr in demselben Tone fort: »Ich meine nicht von dieser Welt. Aber sie haben beide denselben Vater und wurden beide an derselben Stelle geboren. Wo? Das brauche ich Ihnen nicht erst zu sagen.«

Sahnepott hatte die Ohren gespitzt (das war etwas für den Krug), und ehe fünf Minuten um waren, waren beide Bauern der Überzeugung, daß ihr Kandidat mal wieder den Seherblick gehabt und den Nagel auf den Kopf getroffen habe. »Ich kann mich irren«, sagte Uhlenhorst, in einen Demutston übergehend, «aber ich zweifle.«

Und damit schloß das Gespräch.

Zu Beginn des Nachmittags fuhr der Kaleschewagen vor dem Herrenhause vor; die Ponies waren eingespannt; Bamme wollte mal wieder nach seinem Gut hinüber und nach dem Rechten sehen. »Es ist mir von wegen des Pastors, Vitzewitz«, waren seine letzten Worte gewesen, als Berndt ihn aufgefordert hatte, noch ein paar Tage zu bleiben. »Ich muß ihn in der Furcht des Herrn halten, sonst wird er mir übermütig und erzählt meinen Groß-Quirlsdorfern von der Kanzel her, daß sich Hoppenmarieken aus Liebe zu mir umgebracht habe. Natürlich alles sub rosa. Immer mit Bibelstellen. Im Alten Testament, so nur der gute Wille da ist, findet sich schließlich alles, was einer braucht.« Und darnach hatte der Alte die Zügel genommen und war wie die Wilde Jagd vom Hofe hinuntergefahren, erst an dem Blachfeld und dann an dem Fichtenwäldchen vorbei, immer in der Richtung auf Küstrin zu.

Das war um drei Uhr gewesen. Schon vor Dunkelwerden erschien Kallies-Sahnepott im Krug, wo er sich vorläufig mit Krüger Scharwenka behelfen mußte, denn von den andern Bauern war noch keiner da.

»Nun ist ja der General auch fort«, sagte Sahnepott und sah so wichtig aus, als ob er wieder von »Tiegel-Schulzen«

und dem Schwedter Markgrafen erzählen wollte. »Ich hab ihn heute nachmittag auf der brandroten Fuchsstute nach Frankfurt reiten sehen. Er ritt über den Forstacker. Es war so Klocker vier.«

»Das kann nicht sein, Sahnepott«, erwiderte Scharwenka.

»Und warum nicht?«

»Erstens, weil die Fuchsstute tot ist; ich habe sie selber fallen sehen, keine zehn Schritt von der Pappel, wo sie nachher den Konrektor erschossen haben, und dann zweitens, weil er heute nachmittag ( ich meine den General) in unseres Alten Kaleschwagen an mir vorbeigefahren ist. So Klocker drei. Die Ponies waren vorgespannt, und der Shetländer ging als Handpferd.«

Kallies schüttelte den Kopf. »Du verstehst mich nich, Scharwenka. Das is es ja gerade, was ich meine. Nach Küstrin hin in der Kalesche und nach Frankfurt hin auf der Fuchsstute. Du hast sie fallen sehn. Gut. Aber tot oder nicht, macht keinen Unterschied. So was kommt vor. Du mußt doch wissen, was es mit ihm is. Uhlenhorst ...«

Hier brach das Gespräch ab, weil andere Bauern eintraten, unter ihnen auch Kniehase, vor dem Kallies eine Scheu hatte. Ganz besonders, wenn er sich mit Uhlenhorstschen Federn schmücken und allerhand schabernacksche Konventikler-Visionen in Kurs setzen wollte.

## SIEBENUNDZWANZIGSTES KAPITEL

### *»Und eine Prinzessin kommt ins Haus«*

Eine Woche war vergangen. Die Strohschütten, die vor dem Hause lagen, waren weggeschafft worden, aber alles ging leise, als wäre noch jemand da, der nicht gestört werden dürfe. Renate hatte seit jenem Abend, wo wir sie zuletzt sahen, das obere Stock nicht mehr verlassen, und um ihretwillen war es, daß sich der Ton des Hauses dämpfte. Berndt arbeitete viel; im Erdgeschoß, auf spezielles Geheiß der Schorlemmer, standen zwei, drei Fenster auf, um das »Bammesche« wieder hinauszulassen, und statt Hoppenmariekens – von der es im Dorfe hieß, daß sie drei Nächte lang auf ihrem Grabe gesessen habe – erschienen abwechselnd Krist und Hanne Bogun, um Briefe und Zeitungen auf den Tisch zu legen. Es war eine rechte Jeetze-Zeit, alles still und grau und mit schwarzen Gamaschen; der alte Jeetze selbst aber, der kaum noch Dienst hatte, saß halbe Stunden lang neben der Binsenmatte und plauderte mit Hektor.

So vergingen die Tage. Marie kam oft vormittags schon und stieg zu Renaten hinauf, um ihr vorzulesen oder zu erzählen. Nur von Tubal sprach sie nicht. Darnach begab sie sich zu Lewin in das Eckzimmer hinunter, der ihrer schon wartete, und sie saßen dann am Kamin oder in der tiefen Fensternische und gedachten vergangener stiller Tage, am liebsten des letzten Weihnachtsfestes und jenes schönen Plauderabends, wo sie, den hohen Christbaum zwischen sich, über seine hohe Spitze hinweg, die goldenen Nüsse geworfen und gefangen hatten. Von ihrem Glücke schwiegen sie, denn sie hatten eine Scheu, daß es fortfliegen könnte, wenn es genannt würde. Nur einmal kam es wie von ungefähr dazu. Das war an dem Tage, wo der Bohlsdorfsche Pastor, auf einer Dienstreise begriffen, bei seinem Hohen-Vietzer Amtsbruder vorgesprochen und zugleich auch einen Besuch auf dem Schulzenhofe gemacht hatte. Als Marie davon erzählte, sagte Lewin: »Ach, du weißt nicht, Marie, wieviel ich diesem alten Bohlsdorf und seiner Kirche verdanke. Vor allem *dich*. Dort begann ich zu genesen, noch eh ich wußte, daß ich krank war. Wie blind ich doch war und wie selbstsüchtig! Aber nun hab ich sehen gelernt und habe dich, dich, mein Glück und meine Goldstern-Prinzessin.«

Es war unmittelbar nach diesen Worten, daß Berndt in das Zimmer trat und, das Erröten Maries wahrnehmend, ihr lächelnd und mit väterlicher Zärtlichkeit die Stirn küßte. Sie sah vor sich nieder und zitterte vor Bewegung, denn sie fühlte wohl, was ihr dieser Augenblick bedeute. Gleich darauf verabschiedete sie sich, um Vater und Sohn allein zu lassen.

Als sie gegangen war, sagte Berndt: »Ich freue mich eures Glücks, Lewin, trotzdem ich noch nicht weiß, was ich all den Vitzewitzes, die draußen in der Halle hängen, zu sagen haben werde, wenn ich über kurz oder lang an anderer Stelle unter ihnen erscheine. Aber ich werde noch manch anderes vor ihnen zu verantworten haben. Ungehorsam und Auflehnung standen auch nicht in unserem Hauskatechismus, und ich denke, eines rechnet sich dann ins andere, und das Kleine wird in dem Großen mit aufgehen. Und nun nichts mehr davon. Ist es in den Sternen anders beschlossen, so wird eine französische Kugel mitsprechen. Gott verhüt es! Haben wir dich aber wieder, so haben wir auch Hochzeit. Und eines weiß ich, sie wird uns freilich den Stammbaum, aber nicht die Profile verderben, nicht die Profile und nicht die Gesinnung. Und das beides ist das Beste, was der Adel hat.«

Und abermals lagen Tage zurück, und Renate, die sich in ihren einsamen Stunden wenn nicht die Heiterkeit, so doch die Klarheit ihrer Seele zurückgewonnen hatte, saß wieder teilnehmend im Kreise der Ihrigen. Am andern Morgen sollten Lewin und Hirschfeldt nach Breslau hin aufbrechen. Sie waren in Vorbereitung für ihre Reise und packten eben an ihren Mantelsäcken, als sie vom Eckfenster her, zwischen den Pfeilern der Auffahrt, plötzlich eines Reiters gewahr wurden, der auf seinem Shetländer in den Hof ritt. Also Bamme. Alles lief ans Fenster, und selbst die Schorlemmer vergaß auf einen Augenblick ihre Abneigung. Denn sie war streitlustig, und neue Fehden standen jetzt in Aussicht. Am erfreutesten war Berndt, der es längst aufgegeben hatte, sich über die Schrullen und Eitelkeiten des Alten zu ereifern.

»Nun, Bamme«, hob er an, als dieser sich gesetzt und ein Tablett mit Likören rasch hintereinander absolviert hatte, »wie war der Groß-Quirlsdorfer Befund? Dorf, Pfarre, Kanzel?«

»Gut, Vitzewitz, über Erwarten gut. Er hat eben seinen Frieden mit mir gemacht. Gleich am andern Tage war Kirche. Da mußte sich's also zeigen, und neugierig, wie ich bin, wartete ich nicht einmal das dritte Läuten ab. Das strafte sich nun freilich, denn das Orgelspiel wollte kein Ende nehmen, und mir war ein paarmal, als würde das ganze Gesangbuch durchgesungen. Aber endlich kam er, und was glauben Sie, worüber er predigte? Über Saul und David predigte er. Und immer wieder hieß es: ›Saul hat tausend geschlagen, aber David hat zehntausend geschlagen.‹ Nun, Vitzewitz, wir wissen am besten, daß wir unserer Reputation diese Zehntausend eigentlich noch schuldig sind; aber enfin, der ewige kleine David, wer konnt es am Ende sein? Anfangs sträubt ich mich, bis ich mich schließlich drin ergab. Und so wissen Sie denn jetzt, meine Damen und, worauf ich ein besonderes Gewicht lege, auch Sie, meine liebe Schorlemmer, wer eigentlich unter Ihrem Dache weilt. Ein neuer Beweis für den alten Satz: Wer nur alt genug wird, wird alles.«

Das Geplauder ging noch weiter, und ehe Mittag heran war – das Diner sollte nicht vor vier Uhr genommen werden –, machte Bamme den Vorschlag, zu Drosselstein hinüberzureiten, um »Ostpreußen mal wieder auf Herz und Nieren zu prüfen«.

Berndt war es zufrieden, und nach einigen Minuten wurden die Pferde vorgeführt.

Als sie bei Mieckleys Mühle vorüber waren, sagte Berndt: »Was ich Ihnen sagen wollte, Bamme, wir haben ein Brautpaar im Hause.«

»Das wäre! Die Schorlemmer?«

»Nein.«

»Ich dachte, sie hätte sich den Seidentopf rangebetet. Mit Speck fängt man Mäuse. Witwer und Urnensammler gehen ins Garn wie die Wachteln. Und nun gar dieser Seidentopf. Sehen Sie sich seinen Jubiläumsschrank an; er hat alles aufgehoben, was ihm seine Selige geschenkt hat. Und solch Kultus ist immer gefährlich.«

Berndt lachte.

»Sie verlieben sich in eine Ihrer Vorstellungen, Bamme, wie gewöhnlich. Aber die Tatsachen sind unerbittlich. Es liegt anders. *Nicht* Seidentopf.«

»Nun, wer denn?«

»Lewin.«

»Gratuliere! Aber das ist erst einer, ein halbes Paar. Wer noch?«

»Lewin und Marie Kniehase. Des Schulzen Kniehase Pflegetochter.«

Bamme riß den Shetländer herum, daß er im rechten Winkel zu Vitzewitz stand, und sah diesen aus seinen kleinen Augen mit allen Zeichen aufrichtigsten Erstaunens an.

»Sie verwundern sich?« sagte dieser.

»Ja.«

»Und mißbilligen es?«

»Nein, Vitzewitz. Au contraire. Ich habe seit zehn Jahren, wenn ich das neunundzwanzigste Bulletin und den großen Diebstahl bei Krach ausnehme, nichts gehört, das mich so erfreut hätte als das. Das ist das reizendste Geschöpf, und ich verlange nach dieser Seite hin etwas, wie alle, die selber nicht viel einzusetzen haben. Also nochmals: gratulor! Wetter, Vitzewitz, das gibt eine Rasse.«

Berndt wollte antworten, aber der Alte, der sich unerwartet einem Lieblingsthema gegenübersah, hatte wenig Lust, das Wort so schnell wieder aus der Hand zu geben.

»Frisches Blut«, fuhr er fort, »frisches Blut, Vitzewitz, das ist die Hauptsache. Meine Ansichten sind nicht von heute und gestern, und Sie kennen sie. Ich perhorresziere dies ganze Vettern- und Muhmenprinzip, und am meisten, wenn es ans Heiraten und Fortpflanzen geht. Ihre Schwester, die Gräfin, dachte ebenso, und ich habe sie sich mehr als einmal zu Grundsätzen bekennen hören, die selbst mir imponierten. Ehre ihrem Andenken! Es war eine superbe Frau. Ja, Vitzewitz, wir müssen mit dem alten Schlendrian aufräumen. Weg damit. Wie ging es bisher? Ein Zieten eine Bamme, ein Bamme eine Zieten. Und was kam schließlich dabei heraus? *Das* hier!« Und dabei schlug er mit dem Fischbeinstock an seine hohen Stiefelschäfte. »Ja, *das* hier, und ich bin nicht dumm genug, Vitzewitz, mich für ein Prachtexemplar der Menschheit zu halten.«

Berndt schwieg, weil er mehr hören wollte, und Bamme ließ auch nicht lange auf sich warten.

»Wir sind unter uns, Vitzewitz«, fuhr er fort, »und können uns ohne Gefahr unsere Geständnisse machen. Mitunter ist es mir, als wären wir in einem Narrenhause großgezogen. Es ist nichts mit den zweierlei Menschen. Eines wenigstens glaubten wir gepachtet zu haben: den Mut, und nun kommt dieser Kakerlaken-Grell und stirbt wie ein Held mit dem Säbel in der Hand. Von dem Konrektor sprech ich gar nicht erst; ein solcher Tod kann einen alten Soldaten beschämen. Und woher das alles? Sie wissen es. Von drüben; Westwind. Ich mache mir nichts aus diesen Windbeuteln von Franzosen, aber in all ihrem dummen Zeug steckt immer eine Prise Wahrheit. Mit ihrer Brüderlichkeit wird es nicht viel werden, und mit der Freiheit auch nicht; aber mit dem, was sie dazwischengestellt haben, hat es was auf sich. Denn was heißt es am Ende anders als: Mensch ist Mensch. Ich darf so sprechen, Vitzewitz, denn die Bammes sterben mit mir aus, ein Ereignis, um das der Vorhang des Tempels nicht zerreißen wird, und nicht einmal ein Namensvetter ist da, den ich in seinem Standesbewußtsein kränken oder schädigen könnte. Denn im Vertrauen gesagt, das Kränken fängt bei uns immer erst mit der Schädigung an.«

Damit waren sie bis an die Parkmauer gekommen und hielten eine Minute später vor dem Drosselsteinschen Gartensaal.

Während dieses Gespräch auf dem Wege nach Hohen-Ziesar hin geführt wurde, plauderten auch Renate und Marie, die sich in den Hintergrund des Zimmers zurückgezogen und auf dem großblümigen Sofa Platz genommen hatten. Lewin kam herzu, war aber ersichtlich zerstreut und saß schon minutenlang zwischen ihnen, ohne daß er Maries Hand genommen oder einen Blick für sie gehabt hätte.

Marie selbst, ihrer ganzen Natur nach unbefangen und anspruchslos, schien es nicht zu bemerken; aber Renate sagte: »Sonderbares Brautpaar ihr, ihr seid ja nicht einmal zärtlich.«

»Gib uns nicht auf«, lachte Marie, und Lewin setzte hinzu: »Wir waren zu lange Geschwister. Aber es findet sich wohl noch. Was meinst du, Marie?«

Und das Rot, das über ihre Wangen flog, überhob sie jeder anderen Antwort.

Nach diesem – es war wieder ein Sonnabend – gingen Lewin und Hirschfeldt in die Pfarre, um von Seidentopf Abschied zu nehmen. Sie fanden ihn über Bekmann, und nicht bloß die Schranktüre seines Arcus triumphalis stand weit offen, sondern auch das Mittelbrett war vorgezogen, auf dem die drei Hauptstücke der Sammlung ihren Platz hatten und seit dem zweiten Weihnachtstage auch der Wagen Odins. Wer die Seidentopfsche Wocheneinteilung kannte, konnte durch diesen Anblick nicht überrascht werden. Er gehörte nämlich zu den klugen Predigern, die schon freitags mit ihrer Predigt abschließen, um dann den zwischenliegenden Tag zur Erfrischung ihrer Seele verwenden zu können. Und was hätte sich besser dazu geschickt als die Ultima ratio Semnonum! Eine Störung bei diesem Erfrischungsprozesse galt denn auch im allgemeinen als unstatthaft, aber heute, wo Lewin und Hirschfeldt kamen, um ihm Lebewohl zu sagen, konnte von einer solchen Störung nicht wohl die Rede sein. Um neun Uhr früh, so hieß es im Laufe des Gespräches, gedächten sie nach Frankfurt hin aufzubrechen, um daselbst in der Mittagsstunde schon mit Berliner Freunden zusammenzutreffen. Es wurde dies alles nur leicht hingeworfen, Seidentopf aber verstand sehr wohl, daß mit Hilfe dieser genauen Zeitangaben nur ihr Nichterscheinen in der Kirche entschuldigt werden sollte. Es verdroß ihn ein wenig, hatte er doch die Empfindlichkeit aller Pastoren; aber sich schnell wieder fassend, gab er seinen Wünschen für Lewin einen allerherzlichsten Ausdruck. Dann wandte er sich zu dem Rittmeister, um von den »zurückliegenden, gemeinschaftlich durchlebten Tagen« zu sprechen.

»Es waren stürmische Tage«, so schloß er.

»Und doch Tage *vor dem Sturm*!« antwortete Hirschfeldt.

Und nun war es neun Uhr früh. Hektor hatte sich mühsam bis an die Sandsteinstufen geschleppt, und zum letzten Mal in diesem Buche fuhren die Ponies vor. Ihre Schellen klangen hell, und an Krists altem Hut mit der alten Kokarde flatterte heut ein langes grünes Band. Seine Frau hatte rot nehmen wollen, aber er hatte auf grün bestanden.

Und nun nichts mehr von Abschied.

Über den Forstacker hin flog der Schlitten, in dem Lewin und Hirschfeldt saßen, an Hoppenmariekens Häuschen vorbei, und als sie gleich darauf wieder hügelab und am Flußufer hinfuhren, rollte plötzlich ein Ton wie dumpfer Donner herauf und verhallte in weiter Ferne.

»Das Eis birst«, sagte Hirschfeldt. »Ein gutes Zeichen, unter dem wir ausziehen.«

Und in demselben Augenblicke begannen auch die Hohen-Vietzer Glocken zu klingen, und beide Freunde wandten sich unwillkürlich noch einmal zurück.

»Was bedeutet uns ihr Klang?« fragte Lewin.

»Eine Welt von Dingen: Krieg und Frieden und zuletzt auch Hochzeit; Hochzeit, der glücklichsten eine, und ich, ich bin mit unter den Gästen.«

»Sie sprechen, Hirschfeldt, als ob Sie's wüßten«, antwortete Lewin bewegten Herzens.

»Ja, Vitzewitz, ich weiß es, ich seh in die Zukunft.«

An demselben Sonntagnachmittag saßen auch die Frauen in dem Eckzimmer, darin wir ihnen so oft begegnet. Ihre Tränen waren getrocknet, die Schorlemmer hatte sich mit einem Kraftspruch über Abschied und Rührung hinweggeholfen, und nur an Mariens langen schwarzen Wimpern hingen noch einzelne Tropfen.

Renate küßte sie und sagte: »Laß, Marie, denn du mußt wissen, ich glaube an dreierlei.«

»Das tun alle vernünftigen Menschen«, sagte die Schorlemmer. »Das heißt alle Christen.«

»Und zwar glaub ich«, fuhr Renate fort, »erstens an den Hundertjährigen Kalender, zweitens an Feuerbesprechen und drittens an Sprüchwörter und Volksreime. Und weißt du, an welchen ich am meisten glaube?«

»Nun?«

»*Und eine Prinzessin kommt ins Haus.*«

Marie lächelte.

Die Schorlemmer aber sagte: »Torheit, ich will euch einen bessern Spruch sagen.«

»Und?«

»Denen, die Gott lieben, müssen alle Dinge zum Besten dienen.«

## ACHTUNDZWANZIGSTES KAPITEL

### *Aus Renatens Tagebuch*

Erzählungen schließen mit Verlobung oder Hochzeit. Aber ein Tagebuch, das sich bis auf diesen Tag im Hohen-Vietzer Herrenhause vorfindet und als ein teures Vermächtnis daselbst gehütet wird, gönnt uns noch einen Blick in die weitere Zukunft. Es sind Blätter von Renatens Hand, und aus ihnen ist es, daß ich das Folgende entnehme.

»Lewin ist zurück. Ich habe nur auf diesen Tag gewartet, um, wie ich seit lange wollte, mit einem Tagebuche zu beginnen. Der Säbelhieb über die Stirn kleidet ihn gut; der weiche Zug, den er hatte, ist nun fort; Marie findet es auch. Wir war sie so glücklich! Und doch ebenso ruhig, wie sie glücklich war. Und das freute mich am meisten. Denn mir ist nichts verhaßter als Lärm; und nun gar Lärm in Gefühlen! Es traf sich sonderbar, daß wir, eine Stunde vor Lewins Ankunft, den für Grell bestimmten Grabstein ausgepackt hatten. Ein kleiner Marmor. Es war nicht ohne Bewegung, daß wir Namen und Datum und die Hölderlinschen Zeilen lasen. Jeetze wollte den Stein verstecken, aber Maline sagte: ›Nein, nein, das bedeutet Glück‹, was natürlich meine gute Schorlemmer in Feuer und Flamme über die Unausrottbarkeit wendischen Aberglaubens brachte. (Lewin übernimmt Guse; sie werden dort als ein junges Paar leben. Es ist am besten so.)«

»Gestern war Hochzeit. In *Bohlsdorf.* Lewin hatte darauf bestanden; er wollte *da* getraut werden, wo sich sein Leben entschieden habe. So fuhren wir in drei Wagen hinüber. Mit uns Drosselstein und Hirschfeldt (der den Arm verloren hat, leider den rechten). Bamme war geheimnisvoll und erklärte, ›sein Brautgeschenk vorläufig vergraben zu haben‹. Aber der Tag der Auferstehung werde kommen. Die Schorlemmer über diesen Ausdruck empört, wir anderen neugierig. Seidentopf hielt die Rede; nie hat er besser gesprochen; es ist doch wahr, daß das Herz den Redner macht. Er nahm einen Bibeltext; aber eigentlich sprach er über die Zeile: ›Und kann auf Sternen gehen.‹ Nach der Trauung nahmen wir einen Imbiß auf dem Amtshofe. Die junge Frau noch hübscher geworden; wieder an Kathinka erinnert. Rückfahrt im offenen Wagen. Entzükkend. Die Sommerfäden flogen und setzten sich in Mariens grünen Kranz. Es war wie ein zweiter Brautschleier. Bamme, der nur den volkstümlichen Namen dieser Fäden kannte, ereiferte sich über die ›Ungalanterie des heurigen Septembers‹, beruhigte sich aber, als ich ihm sagte, daß diese Fäden auch ›Mariengarn‹ heißen. Übrigens haben Lämmerhirt und Seidentopf Brüderschaft getrunken und wollen korrespondieren. Lämmerhirt sammelt auch Totenköpfe und ist germanisch. Also gegen Turgany.«

»Heute haben wir unseren lieben Seidentopf zur letzten Ruhe gebracht. Auch Lewin und Marie kamen von Guse herüber und die drei ältesten Kinder. Sie brachten große Kränze von Flieder mit, der in diesem Jahre so schön in Guse blüht. Pastor Zabel von Dolgelin hielt die Grabrede; gutgemeint und alltäglich. Papa will es nicht wahrhaben; aber er legt immer aus seinem Eigenen zu. Auch Turgany war da; sehr bewegt. Er führte mich, als wir zurückgingen, und sagte dann in seiner Art: ›Nun kann ich diesen Landesteil unangefochten für wendisch erklären; aber ich tät es lieber nicht.‹«

»Brief von Kathinka (aus Paris). Teilnehmend, aber sehr vornehm. Wir sind ihr kleine Leute geworden. Sie kennt nur noch zweierlei: Polen und ›die Kirche‹.«

»Wir waren gestern in Guse drüben, Papa, die Schorlemmer und ich. Als wir bei Tische saßen, wurde der Seelower Gerichtsdirektor gemeldet, der ein auf dem dortigen Gerichte niedergelegtes Dokument in Person überbrachte. Aufschrift: ›An Frau *Marie von Vitzewitz*. Nach meinem Ableben zu Händen der Adressatin. *Bamme*, Generalmajor.‹ Wir öffneten und lasen. Er hat Marie sein ganzes Vermögen vermacht, alles in sehr Bammeschen Ausdrükken. Am Schlusse stand: ›Ich hab es früh erfahren, wie wenig der Schein bedeutet.‹ Marie entsann sich, Ähnliches gegen ihn geäußert zu haben. Wir gratulierten alle; nur die Schorlemmer verlangte Zurückweisung, ›es sei kein Segen daran‹. Marie aber meinte, ›*dazu* sei sie doch nicht fromm genug‹, worüber wir alle herzlich lachten; zuletzt auch die Schorlemmer.«

»Und nun bin ich allein, *ganz* allein, und morgen wird Lewin, der nun Guse verläßt, seinen Einzug in dies alte Hohen-Vietz halten, in das mir und ihm so teure Haus, in dem er gesegnet sein möge wie bisher. Und er wird es, denn er bringt seinen guten Engel mit. Meine teure Marie. Sie hat die schwerste Probe bestanden, und das Glück hat sie gelassen, wie sie war: demütig, wahr und schlicht. Und so könnt ich bleiben und weiterleben mit und unter ihnen, aber ich mag doch nicht die Tante Schorlemmer ihres Hauses sein. Auch fehlen mir die Lieder und Sprüche. So will ich denn nach ›Kloster Lindow‹, unserem alten Fräuleinsstift. Da gehör ich hin. Denn ich sehne mich nach Einkehr bei mir selbst und nach den stillen Werken der Barmherzigkeit. Und nur *eines* ist, das ich noch mehr ersehne. Es gibt eine verklärte Welt, mir sagt es das Herz, und es zieht mich zu ihr hinauf.«

Hier schließt das Tagebuch.

Auf einer schmalen Landzunge zwischen zwei märkischen Seen liegt das adlige Stift *Lindow*. Es sind alte Klostergebäude: Kirche, Refektorium, alles in Trümmern, und um die Trümmer her ein stiller Park, der als Begräbnisplatz dient, oder ein Begräbnisplatz, der schon wieder Park geworden ist. Blumenbeete, Grabsteine, Fliederbüsche und dazu Kinder aus der Stadt, die zwischen den Grabsteinen spielen.

Und auf einem dieser Grabsteine stand ich und sah in die niedersteigende Sonne, die dicht vor mir das Kloster und die stillen Seeflächen vergoldete. Wie schön! Es war ein Blick in Licht und Frieden.

Im Scheiden erst las ich den Namen, der auf dem Steine stand:

*Renate von Vitzewitz.*

# ANMERKUNGEN

## VOR DEM STURM

### *Erläuterungen*

7 *Ritterschaft* – Vertretung der »landtagsfähigen« Rittergutsbesitzer.

8 *Herrenmeister des Ordens* – Vgl. Band 1, die Anm. zu S. 228.

*Prinz Louis* – Vgl. Band 1, die Anm. zu S. 228.

*Jenaer Schlacht* – Vgl. Band 1, die vierte Anm. zu S. 228.

9 *Lambrequins* – Behänge für Türen und Fenster.

*Schloß Friedrichsfelde* – Vgl. »Wanderungen durch die Mark Brandenburg«, Band 4, »Spreeland«, Kap. »Friedrichsfelde«, besonders den Abschnitt »Friedrichsfelde von 1762 bis 1785«.

*Graff* – Anton Graff (1736–1813), in der Schweiz geboren, in Dresden wirkend, war einer der bedeutendsten Porträtmaler seiner Zeit.

10 *Austritt von dreihundert Offizieren* – Nachdem Friedrich Wilhelm III. von Preußen sich 1812 mit Napoleon gegen Rußland verbündet hatte (vgl. Band 1, die zweite Anm. zu S. 34), quittierten zahlreiche Offiziere der preußischen Armee den Dienst, unter ihnen Clausewitz, Boyen und Gneisenau.

*den opferreichsten aller Kriege* – Gemeint ist der Siebenjährige Krieg (1756–1763).

11 *Großneffe* – Friedrich Wilhelm III. (1770–1840), seit 1797 König von Preußen, war der älteste Sohn von Friedrich Wilhelm II.

*erster Minister* – Über Hardenberg vgl. Band 1, die zweite Anm. zu S. 177.

*den Orden ... aus der Welt geschafft* – Der alte Johanniterorden war 1810 durch das Säkularisationsedikt aufgehoben worden; die Güter wurden eingezogen. Vgl. Band 1, die Anm. zu S. 228.

*Komtureien* – Die Ordenshäuser des Johanniterordens.

15 *Aide-toi même ...* – (franz.) Hilf dir selbst, so hilft dir Gott.

*Windmühlenberg* – Einst ein Hügel vor dem Prenzlauer Tor im Norden Berlins mit sieben Windmühlen und einer beliebten Gaststätte; die Erhebung wurde im 19. Jahrhundert abgetragen und bebaut.

15 *die beiden Berliner Zeitungen* – Gemeint sind die »Vossische Zeitung« (1704–1934), die eigentlich »Königlich privilegierte Berlinische Zeitung von Staats- und gelehrten Sachen« hieß (»Tante Voß«), und die 1740 gegründete »Haude und Spenersche Zeitung« (»Onkel Spener«), die sich »Berlinische Nachrichten von Staats- und gelehrten Sachen« nannte.

17 *neunundzwanzigstes Bulletin* – Vgl. Band 1, die erste Anm. zu S. 105.

*Übergang über die Beresina* – Vgl. Band 1, die dritte Anm. zu S. 49.

18 *Quesen* – Schwielen, Blasen.

20 *neue französische Kolonie* – Anspielung auf die »französische Kolonie« in Berlin, zu der sich die ihres kalvinistischen Glaubens wegen am Ende des 17. Jahrhunderts aus Frankreich vertriebenen Hugenotten zusammengeschlossen hatten. Die »Koloniefranzosen«, die an der wirtschaftlichen und geistigen Entwicklung Brandenburg-Preußens wesentlichen Anteil hatten, hielten an den kulturellen und religiösen Traditionen ihres Heimatlandes fest. Fontane stammte aus der »Kolonie«.

*Saldern* – Friedrich Christoph von Saldern (1719 bis 1785), preußischer General, Teilnehmer am Siebenjährigen Krieg.

*Möllendorf* – Wichard Joachim Heinrich Graf von Möllendorf (1724–1816), preußischer Feldmarschall, wurde im Siebenjährigen Krieg bekannt.

21 *»Ännchen von Tharau«* – Galt zu Fontanes Zeit noch als Lied von Simon Dach (1605–1659); der Verfasser ist indes wahrscheinlich Heinrich Albert (1604–1651).

*»Frisch auf ...«* – Reiterlied aus »Wallensteins Lager«.

*»Herr Schmidt ...«* – Volkstümliches Berliner Lied (»Herr Schmidt, Herr Schmidt, was kriegt denn Jule mit ...«).

*»Das Gespenst in Tegel«* – Wohl ebenfalls, wie die im folgenden genannten Texte, ein populärer Bänkelsang. Das »Gespenst in Tegel« war zu Beginn des 19. Jahrhunderts in Berlin noch beliebter Gesprächsstoff, der sich an einen Spuk auf dem Landsitz der Familie Humboldt in Tegel knüpfte.

*Groß-Aspern* – In der äußerst verlustreichen Schlacht von Aspern und Eßlingen (21./22. Mai 1809) siegten die Österreicher über die Napoleonische Armee.

*Schill* – Vgl. Band 1, die erste Anm. zu S. 55.

*Blitz deiner Sonne von Austerlitz* – In der Dreikaiserschlacht bei Austerlitz (2. Dezember 1805) erlitten russische und österreichische Truppen eine verheerende Niederlage. Am Morgen hatte dichter Nebel das Schlachtfeld verhüllt; als er sich lichtete, sprach Napoleon von der siegverheißenden »Sonne von Austerlitz«.

22 *im Bündnis mit dem Kaiser* – Vgl. Band 1, die zweite Anm. zu S. 34.

24 *Wie Mack bei Ulm* – Karl Freiherr Mack von Leiberich (1752–1828) kommandierte 1805 im Krieg gegen Napoleon das österreichische Heer in Süddeutschland. Er wurde in Ulm eingeschlossen und kapitulierte am 17. Oktober 1805 ohne Gegenwehr. Ein Kriegsgericht verurteilte ihn deshalb zu mehrjähriger Festungshaft.

25 *Torgau* – Im Siebenjährigen Krieg siegten die preußischen Truppen am 3. November 1760 bei Torgau über die Österreicher. Seinen zeitweilig zurückweichenden Soldaten soll Friedrich II. dabei zugerufen haben: »Rackers, wollt ihr denn ewig leben?«

26 *Satte* – Napf, Topf.

*Löffelgarde* – Spöttische Bezeichnung für eine undisziplinierte Truppe; ursprünglich wurde die revolutionäre französische Infanterie so genannt, da sie die Eßlöffel auf die Kopfbedeckung zu stecken pflegte. Vgl. S. 51 f.

*Complaisant* – der Gefällige, der Schmeichler.

27 *Retraite* – Bezeichnung für den Zapfenstreich und den Rückzug.

*Haus ... in der Königsstraße* – »Das Vorbild zu dem Ladalinskischen Haus war mir der Salon der Gräfin Schwerin [vgl. die Anm. zu »Schach von Wuthenow«, Band 3 dieser Ausgabe, S. 591f.] ... in der Wilhelmstraße, schräg gegenüber dem Auswärtigen Amt.« (An Ernst Gründler, 22. Februar 1896.)

*Friedrich I.* – Friedrich I. (1657–1713), seit 1701 König in Preußen.

28 *Schlüter* – Andreas Schlüter (um 1660–1714), der von 1694 bis 1713 als Bildhauer und Baumeister in Berlin wirkte, gilt als Hauptmeister des norddeutschen Barocks.

*Romano* – Giulio Romano, eigentlich Giulio Pippi (1499 bis 1546), ein Schüler Raffaels, war seit 1524 leitender Baumeister und Maler des Herzogs von Mantua, dessen Schloß (Corte reale) er ausschmückte.

*»Sturz des Phaethon«* – Motiv aus der griechischen Mythologie. Phaethon, der Sohn des Helios, bat seinen Vater, einmal selbst den Sonnenwagen lenken zu dürfen. Die Pferde gingen jedoch durch, und der Feuerwagen setzte große

Teile der Erde in Brand. Um weiteres Unheil abzuwenden, schleuderte Zeus mit einem Blitz den Phaethon in den Eridanos (den Po).

28 *Real* – Mundartlich für: Regal.

29 *»Moniteur«* – Der »Moniteur universel«, 1789 als politische Tageszeitung gegründet, war von 1799 bis 1868 offizielles französisches Regierungsorgan.

*Schlesien, ... das ... preußisch geworden war* – Friedrich II. hatte Schlesien 1740 besetzt.

*politische Kämpfe* – Der Machtkampf zwischen verschiedenen Gruppierungen des polnischen Adels brachte das ohnehin völlig geschwächte Polen gänzlich unter zaristischen Einfluß, so daß der letzte polnische König, Stanisław II. August Poniatowski (1764–1795), auf Befehl Katharinas II. eingesetzt wurde. Preußen, Rußland und Österreich nutzten die inneren Auseinandersetzungen aus und teilten 1772, 1793 und 1795 Polen unter sich auf.

30 *Thronbesteigung König Friedrich Wilhelms II.* – Im Jahre 1786.

*Bischofswerder* – Der preußische General und Minister Johann Rudolf von Bischoffwerder (1741–1803) war ein einflußreicher Günstling am Hofe Friedrich Wilhelms II. Bischoffwerder, Mitglied des Illuminatenordens, förderte mit seinen berüchtigten Geisterbeschwörungen die okkultistischen Neigungen des Königs. Vgl. »Wanderungen durch die Mark Brandenburg«, Band 3, »Havelland«, Kap. »Marquardt«.

*Prinz Heinrich* – Vgl. Band 1, die zweite Anm. zu S. 124.

31 *Zug gegen Zar Iwan* – Als Iwan IV. Wassiljewitsch (1530 bis 1584), seit 1533 Zar, 1558 Livland zu erobern versuchte, wandten sich Polen, Schweden und Dänemark gegen die Annexion.

*Tannenberg* – In der Schlacht bei Tannenberg (15. Juli 1410) brachten Polen und Litauer dem Heer des Deutschen Ordens eine vernichtende Niederlage bei.

*Sobieski vor Wien* – Johann III. Sobieski (1624–1696), seit 1674 König von Polen, entsetzte durch die Schlacht am Kahlenberg (12. September 1683) das von den Türken belagerte Wien.

33 *jene Ereignisse ...* – Gemeint sind die drei Teilungen Polens. Vgl. die dritte Anm. zu S. 29.

*Kosciuszkosche Partei* – Vgl. Band 1, die Anm. zu S. 231.

34 *Szekoszin* – Die Polen wurden am 6. Juni 1794 bei Szczekociny von den Preußen geschlagen.

34 *Maciejowice* – In der Schlacht bei Maciejowice (10. Oktober 1794) siegten die Russen über die polnische Armee; Kosciuszko geriet in Gefangenschaft.
*Arrièregarde* – Nachhut.
*bataillieren* – kämpfen.
*Suwarow* – Alexander Wassiljewitsch Suworow (1729 bis 1800), der sich in zahlreichen Feldzügen ausgezeichnet hatte, warf 1794 den Kościuszko-Aufstand nieder. Am 4. November eroberte er die Warschauer Vorstadt Praga.
*»Finis Poloniae«* – (lat.) »Das ist das Ende Polens.« Ausruf Kościuszkos nach der Schlacht bei Maciejowice.

35 *reformierte Kirche* – Der auf die Lehre Zwinglis und Kalvins orientierte Protestantismus.
*staatliche Selbständigkeit, wie es einen Augenblick schien, wiedergegeben* – Nach der preußischen Niederlage vereinigte Napoleon die in den Teilungen von 1793 und 1795 an Preußen gefallenen polnischen Gebiete zum Herzogtum Warschau, das er dem sächsischen König unterstellte.

36 *Mon cher* – (franz.) Mein lieber.
*et en effet* ... – (franz.) und in der Tat, sie haben mich entzückt.
*liaison double* – (franz.) doppelte Verbindung.
*Derfflingersitz* – Vgl. Band 1, die zweite Anm. zu S. 134.

37 *avec un teint* ... – (franz.) mit einem Teint wie Lilien und Rosen.
*Vous savez* ... – (franz.) Sie wissen das alles seit langem. Aber die Dinge richten sich nicht nach unseren Wünschen.
*qui ne l'aurait pas?* – (franz.) wer hätte es nicht?
*Et l'un est* ... – (franz.) Und das eine ist so schlecht wie das andere.
*mon cher beau-frère* – (franz.) mein lieber Schwager.
*comme je* ... – (franz.) wie ich aufrichtig wünsche.
*Et je suis* ... – (franz.) Und ich bin derselben Ansicht. Ich erwähnte Frankreich.
*Il organise* ... – (franz.) Er bringt alle Welt auf die Beine.

38 *C'est son métier* – (franz.) Das ist sein Beruf.
*Ney* – Der französische Marschall Michel Ney (1769–1815), Sohn eines Böttchers, war einer der führenden Generale Napoleons. Während des russischen Feldzuges zeichnete er sich besonders in der Schlacht bei Borodino aus und erhielt dafür den Titel »Fürst von der Moskwa«. Nach dem Sturz Napoleons wurde er als Hochverräter standrechtlich erschossen. Wie Fontane in seinem Buch »Meine Kinderjah-

re« erzählt, war Ney der »besondere Liebling« seines Vaters (vgl. das 10. und das 16. Kap.).

38 *à Ney ...* – (franz.) Ney, dem Helden von der Moskwa. Was mich betrifft.

*Car le ridicule ...* – (franz.) Denn das Lächerliche findet niemals Mitleid.

*J'en suis convaincu* – (franz.) Davon bin ich überzeugt.

*le centre de ...* – (franz.) der Mittelpunkt der europäischen Zivilisation. Ich wünsche es im allgemeinen Interesse und in unserem. Gott möge Sie in seinen heiligen Schutz nehmen, mein lieber Ladalinski. Ihre Ihnen ganz ergebene Freundin Amélie P.

*»Es erben ...«* – Gedacht ist offenbar an das Zitat aus dem Ersten Teil von Goethes »Faust« (Vers 1972 ff.): »Es erben sich Gesetz' und Rechte / Wie eine ew'ge Krankheit fort; / Sie schleppen von Geschlecht sich zu Geschlechte ...«

40 *Merino* – feiner Kammgarnstoff.

41 *Crèpe de Chine* – Chinakrepp.

42 *Luise* – Luise von Mecklenburg-Strelitz (1776–1810), seit 1793 Frau des späteren preußischen Königs Friedrich Wilhelm III.

43 *als der Alte Fritz starb* – Im Jahre 1786.

46 *einzelne Figuren* – Aus Schillers »Räubern«.

48 *»Schweizerfamilie«* – »Die Schweizerfamilie« (1809), beliebtes Singspiel von Josef Weigl (1766–1846).

*»Bei Männern, welche Liebe fühlen«* – Duett aus Mozarts »Zauberflöte«.

49 *von einem Mohr* – Shakespeares »Othello«.

*von einem alten König* – Shakespeares »König Lear«.

50 *Martini* – 11. November.

*Wehtage* – Schmerzen.

51 *Davoustsches Corps* – Vgl. Band 1, die fünfte Anm. zu S. 168.

52 *recte von Jena her* – Wortspiel, das sich auf ein Zitat aus Schillers »Räubern« bezieht (II, 3): »Ich komme recta vom Galgen her.«

*zwei grüne Särge* – Die Geschichte hat sich tatsächlich zugetragen, und Fontane hatte sie in den »Erinnerungen eines Preußen aus der Napoleonischen Zeit« (Grimma 1840, S. 61 f.) von George kennengelernt. Vgl. dazu Fontanes Brief an Holtze vom 19. Oktober 1876 sowie Hermann Kügler, »Die grünen Särge. Eine Quelle zu Fontanes ›Vor dem Sturm‹«, in: Zeitschrift des Vereins für die Geschichte Berlins, 1934, Heft 3, S. 57 ff.

53 *Rheinsberger Denkmal* – Gemeint ist der Obelisk im Park zu Rheinsberg, der 1791 eingeweiht wurde und den Helden des Siebenjährigen Krieges gewidmet war. Vgl. die Rheinsberg-Kapitel in den »Wanderungen durch die Mark Brandenburg«, Band 1, »Die Grafschaft Ruppin«.

54 *Iustitia fundamentum imperii* – (lat.) Die Gerechtigkeit ist die Grundlage des Reiches.

*Mühle von Sanssouci* – Nach einer preußischen Legende setzte sich der Besitzer einer in der Nähe von Sanssouci gelegenen Windmühle erfolgreich zur Wehr, als Friedrich II., den der Lärm der Mühle störte, deren Stillegung forderte. In seinem für die Dresdner Zeitung bestimmten, von der Redaktion aber zurückgewiesenen Aufsatz (1849) über »Preußen – ein Militär- oder Polizeistaat?« schrieb Fontane: »Die Mühle bei Sanssouci und das vertrauensvolle: ›Da müßte das Kammergericht nicht sein‹, wird ewig als ein leuchtendes Beispiel dastehen, daß der altpreußische Militärstaat nie aufhörte, ein Rechtsstaat zu sein, so wie hundert andere Vorkommnisse jener Zeit den schlagenden Beweis führen, daß die Sonderstellung von Adel und Armee der Person des Königs gegenüber diesen niemals bestimmte, auch ein *besonderes* Recht seinen Bevorzugten gegenüber gelten zu lassen.«

*Müller Arnoldscher Prozeß* – Auch diese Geschichte gehört zu den Kronanekdoten für den »Gerechtigkeitssinn« Friedrichs II. Der Müller Johann Arnold hatte einen Prozeß gegen den Grafen Schmettau verloren und legte beim Berliner Kammergericht Berufung ein. Das Gericht bestätigte jedoch das Urteil. Daraufhin wandte sich der Müller in einer Bittschrift an den König, der die Entscheidung aufhob und die beteiligten Richter mit Schimpf und Schande aus dem Dienst jagte. Nach dem Tode Friedrichs II. wurde das Verfahren wieder aufgenommen; die entlassenen Beamten wurden rehabilitiert. In seiner Korrespondenz vom 3. Dezember 1849 für die Dresdner Zeitung schrieb Fontane: »Als Friedrich der Große in bester Absicht, aber in Recht und Gesetz verletzender Weise, den Müller Arnoldschen Prozeß selbst in die Hand nahm und den Präsidenten sowie die Räte seines *ersten* Gerichtes abzusetzen und auf die Festung zu schicken Miene machte, da war kein Minister zu finden, der solche königliche Befehle unterzeichnen wollte, und die Tat geschah endlich, jeder gesetzlichen Form bar und bloß, als ein schreiender Akt roher Gewalt und königlicher Machtvollkommenheit.«

54 *»es gibt noch Richter in Berlin«* – Der Müller von Sanssouci soll zu Friedrich II. gesagt haben: »Ja, wenn das Berliner Kammergericht nicht wäre!« Diesen Ausspruch verwandte der französische Schriftsteller Jean-Stanislas Andrieux (1759–1833) in seiner Verserzählung »Le meunier de Sanssouci« (1797), und daraus stammt das geflügelte Wort »Il y a des juges à Berlin« (Es gibt noch Richter in Berlin).

55 *Lestwitz* – Vgl. Band 1, die zweite Anm. zu S. 133.

57 *Himmel* – Friedrich Heinrich Himmel (1765–1814), seit 1795 Hofkapellmeister in Berlin, wurde vor allem durch seine populären Singspiele bekannt. »Fanchon« stammt aus dem Jahre 1804.

58 *multrig* – muffig.

61 *Wylich* – Karl Friedrich Heinrich von Wylich und Lottum (1767–1841) war preußischer Infanteriegeneral sowie Staats- und Schatzminister.

63 *Prinzessin Ferdinand* – Anna Elisabeth Luise von Brandenburg-Schwedt, seit 1755 mit August Ferdinand Prinz von Preußen (vgl. Band 1, die Anm. zu S. 228) verheiratet.

64 *Bischofswerder* – Karoline Erdmute Christiane von Bischoffwerder (gest. 1842).

*Dame d'atour* – (franz.) Hofdame.

*Königinwitwe* – Offenbar die zweite Frau Friedrich Wilhelms II., Luise von Hessen-Darmstadt.

*Reck* – Der Reichsfreiherr von der Recke (1745–1810) war Generalintendant an der Italienischen Oper in Berlin. Generaldirektor der Königlichen Schauspiele war seit 1811 der Schauspieler und Bühnendichter August Wilhelm Iffland (1759–1814). Vgl. dazu Fontanes Brief an Otto Franz Gensichen vom 30. Januar 1890.

*Le Coq* – Der Generalmajor Le Coque (1753–1829) war seit 1812 Polizeipräsident in Berlin.

*Eylert* – Der protestantische Theologe Rulemann Friedrich Eylert (1770–1852) war seit 1806 Hofprediger in Potsdam und von 1818 bis 1844 Bischof. Friedrich Wilhelm III. zog ihn in kirchlichen Angelegenheiten als Berater heran.

*Sack* – Der protestantische Theologe Friedrich Samuel Gottfried Sack (1738–1817) war seit 1777 Hof- und Domprediger, seit 1786 Oberkonsistorialrat in Berlin.

*Mursinna* – Christian Ludwig Mursinna (1744–1823) war preußischer Generalchirurgus in Berlin.

*Fleck* – Johann Friedrich Ferdinand Fleck (1757–1801) wirkte als Schauspieler und Regisseur seit 1783 in Berlin. Der Dramatiker Otto Franz Gensichen hatte Fontane darauf hingewiesen, daß die Erwähnung Flecks Anfang 1813 anachronistisch sei; der Dichter hat den »Fleck-Fleck« jedoch auch in späteren Ausgaben von »Vor dem Sturm« nicht getilgt. Vgl. die Briefe an Gensichen vom 30. Januar 1890 und 23. April 1891.

64 *Richard III.* – In Shakespeares gleichnamigem Schauspiel.

66 *Brühl* – Karl Graf von Brühl (1772–1837), der spätere Generalintendant der Königlichen Schauspiele, war zu dieser Zeit noch Kammerherr am Berliner Hof.

*Regiment Alt-Larisch* – 1714 gegründetes preußisches Regiment; benannt nach einem Kommandeur aus dem märkischen Uradelsgeschlecht Larisch.

67 *Kampagnen, die spanische und die russische* – Die Feldzüge Napoleons gegen das spanische Volk, das sich 1808 gegen die französische Besatzungsmacht erhoben hatte, und gegen Rußland (1812).

*Smolensk* – Auf dem Vormarsch gegen Moskau besiegte Napoleon in der Schlacht bei Smolensk (16./17. August 1812) die Russen.

*Borodino* – Über die Schlacht bei Borodino am 7. September 1812 vgl. Kap. 11 des 3. Bandes von »Vor dem Sturm«.

68 *Haacke* – Albrecht Georg Ernst Carl von Haacke (1769 bis 1835) zeichnete sich in den Befreiungskriegen aus und wurde später General.

*Tres faciunt collegium* – (lat.) Drei bilden ein Kollegium; altrömische Rechtsregel.

*conspectus* – (lat.) Zusehen, Betrachten.

*Cliquot* – Berühmter französischer Sekt.

69 *Yorck* – Der spätere preußische Feldmarschall Hans David Ludwig Graf Yorck von Wartenburg (1759–1830), der das an Napoleons Feldzug gegen Rußland beteiligte Hilfskorps kommandierte, schloß am 30. Dezember 1812 auf eigene Verantwortung die Konvention von Tauroggen mit dem russischen General Diebitsch ab. Yorck verpflichtete sich zur Neutralität. Sein Entschluß war eines der Signale für die nationale Befreiungsbewegung in Deutschland.

*Macdonald* – Der französische Marschall Alexandre Macdonald (1765–1840), Herzog von Tarent, kommandierte im Rußlandfeldzug ein Armeekorps.

70 *Eh bien!* – (franz.) Nun gut!

72 *Contre* – Reigentanz.

73 *Reiterstandbild des Großen Kurfürsten* – Von Andreas Schlüter (vgl. die erste Anm. zu S. 28). Über den Großen Kurfürsten vgl. Band 1, die vierte Anm. zu S. 18.

73 *Bernauscher* – Soviel wie: Nordostwind.

74 *Graues Kloster* – Angesehenes Berliner Gymnasium.

75 *Tröste dich, die Stunden eilen* – Fontane nahm die Verse unter der Überschrift »Trost« in seine Gedichtsammlung auf. Vgl. auch den Brief an Gründler vom 11. Februar 1896.

76 *Universität* – Die 1810 gegründete Berliner Universität wurde im ehemaligen Palais des Prinzen Heinrich untergebracht, das Friedrich II. zwischen 1748 und 1766 (wahrscheinlich nach Plänen von Knobelsdorff) von Johann Boumann dem Älteren für seinen Bruder Heinrich (vgl. Band 1, die zweite Anm. zu S. 124) hatte bauen lassen.

*Triennium* – Dreijähriges Studium.

77 *Savigny* – Der preußische Jurist und Staatsmann Friedrich Karl von Savigny (1779–1861) wurde 1810 an die neugegründete Berliner Universität berufen. Er repräsentierte die Historische Rechtsschule.

*Thaer* – Albrecht Thaer (1752–1828), der zunächst Arzt war und später zum Begründer der Landbauwissenschaften wurde, wirkte von 1810 bis 1818 als Professor für Landwirtschaft in Berlin. Bei der Beschreibung von Möglin, wo Thaer 1806 eine landwirtschaftliche Lehranstalt und ein Versuchsgut geschaffen hatte, gedachte Fontane Thaers ausführlich (»Wanderungen durch die Mark Brandenburg«, Band 2, »Das Oderland«).

*Fichte* – Johann Gottlieb Fichte (1762–1814), der sich mit Unterbrechungen schon seit 1800 in Berlin aufgehalten hatte, war 1810 als erster Rektor an die neue Universität berufen worden.

*Percysche Balladensammlung* – Der englische Geistliche und Volkskundler Thomas Percy (1729–1811) veröffentlichte 1765 die »Reliques of Ancient English Poetry« (Reste alter englischer Dichtung), eine Sammlung altenglischer Balladen, die die englische Romantik und den deutschen Sturm und Drang nachhaltig beeinflußte.

*Collegium publicum* – (lat.) öffentliche Vorlesung.

79 *Redernsches Palais* – Es befand sich am Pariser Platz (an der Stelle des späteren Hotel Adlon) und war im Besitz von Wilhelm Friedrich Graf von Redern (1802–1883), der von 1828 bis 1842 Generalintendant der Königlichen Schauspiele war. Das Haus, das Fontane (an Mathilde von Rohr, 15. Januar 1880) »das schönste Palais in ganz Berlin« nannte, war 1832 von Karl Friedrich Schinkel (1781–1841) umgestaltet worden.

79 *Natzmer* – Der spätere preußische General Oldwig Leopold Anton von Natzmer (1782–1861) wurde mehrfach mit diplomatischen Missionen betraut. Im Januar 1813 war er ins französische Hauptquartier gesandt worden, um über Yorcks Schritt Erklärungen abzugeben.

*Kleist* – Der spätere preußische General Friedrich Graf Kleist von Nollendorf (1762–1823) hatte im Rußlandfeldzug Napoleons die Infanterie des preußischen Hilfskorps unter Yorck kommandiert.

80 *Hirschfeldt* – In der Autobiographie »Von Zwanzig bis Dreißig« schreibt Fontane im Zusammenhang mit seinem Militärdienst beim Kaiser-Franz-Regiment: »Regimentskommandeur war Oberst von Hirschfeld, Sohn des noch aus der friderizianischen Zeit stammenden Generals Karl Friedrich von Hirschfeld [1744–1818], der am 27. August 1813 das als ›Landwehrschlacht‹ berühmt gewordene Treffen bei Hagelsberg siegreich führte, und Bruder des Generals Moritz von Hirschfeld [1790–1859], der von 1809 bis 1815 in Spanien gegen Napoleon focht – später kommandierender General des achten Armeekorps – und über seine spanischen Erlebnisse sehr interessante Aufzeichnungen hinterlassen hat.« Diese Tagebuchaufzeichnungen wurden nach dem Tode Moritz von Hirschfelds unter dem Titel »Erinnerungen an Eugen und Moritz von Hirschfeld aus Deutschland und Spanien« (Berlin 1863) publiziert. In bearbeiteter Form hat Fontane eine Passage der »Erinnerungen« (S. 83 ff.) in das Kap. 7 des 3. Bandes von »Vor dem Sturm« übernommen.

*Meerheimb* – Auch er war eine historische Gestalt; nahm am Krieg in Spanien teil.

*Sans doute ...* – (franz.) Ohne Zweifel, heute wie immer.

*Suchet, so werdet ihr finden* – Zitat aus dem Neuen Testament, Matthäus 7, 7.

82 *Substantia* – Speisen.

83 *Dido* – Nach der antiken Sage tötete sich Dido, die Gründerin von Karthago, als Aeneas sie verließ. Sie hatte den schiffbrüchigen, aus Troja geflüchteten Helden bei sich aufgenommen.

84 *Politesse* – Höflichkeit.

85 *Kalckreuth* – Friedrich Graf von Kalckreuth (1790–1873), ein Sohn des preußischen Feldmarschalls Kalckreuth, veröffentlichte 1824 eine Sammlung »Dramatische Dichtungen«. »Die Ahnen von Brandenburg« wurden 1813 gedruckt.

85 *Hitzig* – Julius Eduard Hitzig (1780–1849), der später vor allem als kriminalistischer Publizist bekannt wurde, hatte 1808 eine Verlagsbuchhandlung in Berlin gegründet.

*Motte-Fouqué* – Friedrich Heinrich Karl Freiherr de la Motte Fouqué (1777–1843), vielseitiger Schriftsteller der Romantik; die »Dramatischen Dichtungen für Deutsche« erschienen 1813.

*Wilberforce* – Der englische Philanthrop und Politiker William Wilberforce (1759–1833) hat sich erhebliche Verdienste um die Abschaffung des Sklavenhandels von Afrika nach Amerika erworben. 1807 setzte er nach jahrelangen Bemühungen ein entsprechendes Verbot der britischen Regierung durch. Um die beziehungsreiche Anspielung anbringen zu können, wählte Fontane den Namen Wilberforce für den englischen Autor, hinter dem sich (anachronistisch) der Arbeiterdichter John Critchley Prince (1808–1866) verbirgt. Das Gedicht von Prince heißt »The Poet's Sabbath«; den Originaltext hat Walter Keitel im Band 3 seiner Fontane-Ausgabe (Hanser, München) wieder zugänglich gemacht. Der junge Fontane hat zahlreiche Gedichte von Prince übersetzt und einen umfangreichen Essay über ihn geschrieben. Vgl. die Dokumentation »Der junge Fontane. Dichtung, Briefe, Publizistik«, hrsg. von Helmut Richter, Berlin und Weimar 1969.

86 *»Wohltätig ist ...«* – Zitat aus Schillers »Glocke«.

89 *Spencerstrophen* – Strophenform, die zuerst von Edmund Spencer (um 1552–1599) in dem allegorischen Epos »Die Feenkönigin« verwendet wurde.

*Ottaverime* – Vgl. Band 1, die erste Anm. zu S. 288.

*»Orlando furioso«* – (ital.) »Der rasende Roland« (1516), das Hauptwerk von Lodovico Ariosto (1474–1533).

*»Gerusalemme liberata«* – (ital.) »Das befreite Jerusalem« (1581), das Hauptwerk von Torquato Tasso (1544–1595).

90 *Seydlitz* – Der preußische Reitergeneral Friedrich Wilhelm von Seydlitz (1721–1773), in Calcar bei Kleve geboren, war einer der bedeutenden Heerführer Friedrichs II. im Siebenjährigen Krieg. Hansen-Grell trägt im folgenden die dritte der »Seydlitz«-Balladen vor, die Fontane 1889 auch in seine »Gedichte« aufnahm.

*Captatio benevolentiae* – (lat.) Bemühung um die Gunst (der Zuhörer).

94 *Schill* – Vgl. Band 1, die erste Anm. zu S. 55.

*Herzog von Braunschweig* – Herzog Friedrich Wilhelm von Braunschweig (1771–1815) war 1806 von Napoleon entthront worden, der das Herzogtum dem neugeschaffenen Königreich Westfalen angliederte. Während des französisch-österreichischen Krieges 1809 warb Friedrich Wilhelm ein Freikorps (die »Schwarze Schar«) an, mit dem er in Sachsen in mehreren Gefechten über die Franzosen siegte. Dann schlug er sich an die Nordseeküste durch und schiffte sich mit seiner Truppe nach England ein, wo er in die Dienste der Regierung trat; von dieser wurde er in Spanien und Portugal gegen Napoleon eingesetzt.

94 *Premier* – Oberleutnant.

95 *Rabatten* – Aufschläge.

*O'Donnell* – Der spanische General Joseph Heinrich O'Donnell (1769–1834) hatte seit 1810 den Oberbefehl über die Truppen, die in Katalonien gegen die Napoleonische Besatzungsarmee kämpften.

*Sarsfield* – Pablo Sarsfield, der sich in den Kämpfen gegen Napoleon vielfach auszeichnete.

*Macdonald* – Macdonald (vgl. die zweite Anmerkung zu S. 69) befehligte 1810 das Augereausche Korps in Katalonien.

96 *Suchet* – Der französische General Louis-Gabriel Suchet (1770–1826) kommandierte seit 1809 die französische Armee in Aragonien. Für seine Siege im Jahre 1811 wurde er zum Marschall befördert.

97 *Chasseurregiment* – Jägerregiment.

*Démêlé* – (franz.) Handgemenge.

98 *Croquis* – (franz) Skizzen.

103 *Leichtes Gewölk* – In der Handschrift findet sich zu dieser Kapitelüberschrift folgendes Notat, das der Dichter jedoch nicht berücksichtigt hat: »8. Leichtes Gewölk. Diese Überschrift ist nicht gut. Erstens paßt es nicht, daß ein Kapitel mit dieser Überschrift anfängt: ›Der Tag war hell und sonnig‹, außerdem aber ist es auch besser, den Inhalt schärfer zu charakterisieren. Etwa: ›Halbes Versprechen‹, ›Dunkle Zusagen‹ u. dgl. m. [Nachträglich ist noch mit Bleistift dazugeschrieben:] ›Confessions‹, ›Konflikte‹.«

108 *Zelter* – Karl Friedrich Zelter (1758–1832), zunächst Maurermeister in Berlin, übernahm im Jahre 1800 die Leitung der Singakademie und wurde 1811 Professor an der Universität. Seine Vertonungen von Liedern und Balladen waren damals sehr populär.

*Rungenhagen* – Der Komponist Karl Friedrich Rungenhagen (1778–1851) war nach Zelters Tod Direktor der Berliner Singakademie.

110 *»Völkerstimmen«* – Unter dem Titel »Volkslieder nebst untermischten Stücken« veröffentlichte Herder 1778 eine Liedersammlung aus aller Welt in deutscher Übersetzung. Die zweite Auflage, die 1807 erschien, trug den Titel »Stimmen der Völker in Liedern«.

112 *im Carrière* – im Galopp.

115 *Ich mag den »Komtur« nicht zu Gast bitten* – Anspielung auf den zweiten Akt von Mozarts »Don Giovanni«.
*Reprimande* – Tadel.

116 *Beletage* – Das Hauptgeschoß eines Hauses (über dem Erdgeschoß).
*Konventualin von Kloster Heiligengrabe* – Konventualinnen nannte man die Angehörigen adliger »Fräuleinstifte«, die im 16. Jahrhundert aus säkularisierten Klöstern hervorgegangen waren. Heiligengrabe liegt in der Prignitz. Vgl. dazu Fontanes Brief an Césaire Mathieu vom 5. Oktober 1871.
*Zieten* – Hans Joachim von Zieten (1699–1786) war der populärste Reitergeneral unter Friedrich II. Vgl. Fontanes Gedicht »Der alte Zieten« und das Kapitel »Wustrau« im Band 1 der »Wanderungen durch die Mark Brandenburg«.

117 *Tintoretto* – Über Tintoretto (eigentlich Jacopo Robusti, 1518–1594) äußerte sich Fontane in einem Bericht über Venedig sehr kritisch (an Karl und Emilie Zöllner, 10. Oktober 1874); er fand vor allem den »Mangel an aller Innerlichkeit« erschreckend. »Ich habe für diese Art von Kunst wohl ein Verständnis, aber kein Herz.«
*Reynolds* – Sir Joshua Reynolds (1723–1792), von 1768 bis 1790 Präsident der Londoner Akademie, war einer der beliebtesten Porträtmaler seiner Zeit.
*cause célèbre* – (franz.) aufsehenerregender Fall; nach dem Titel einer Sammlung von Kriminalgeschichten, die der französische Rechtsgelehrte François Gayot de Pitaval (1673–1743) veröffentlicht hatte.
*Wolf Quast* – Fontane erzählt die Geschichte vom »Riesenstiefel« auch im Kapitel »Garz« im Band 1 der »Wanderungen durch die Mark Brandenburg«.
*Pépinière* – Die 1795 gegründete Akademie zur Ausbildung der preußischen Militärärzte.

118 *coûte que coûte* – (franz.) koste es, was es wolle.

120 *Entrée joyeuse* – (franz.) fröhlicher Einzug.
*Struensee* – Der in Halle geborene Johann Friedrich Struensee (1737–1772) wurde 1769 Leibarzt des geistesschwachen Königs Christian VII. von Dänemark und stieg bald zum ein-

flußreichen Staatsminister auf. Er suchte im Geiste der Aufklärung bürgerliche Reformen durchzusetzen, wurde jedoch von der Hofkamarilla gestürzt, wobei ein Liebesverhältnis zur Königin Karoline Mathilde willkommener Vorwand war. Struensee wurde im Januar 1772 zusammen mit seinem Günstling Graf Brandt verhaftet und im April hingerichtet.

121 *Saxo Grammaticus* – Saxo, genannt Grammaticus (zwischen 1140 und 1150 bis Anfang des 13. Jahrhunderts), schrieb eine dänische Geschichte von hohem Quellenwert.

*Thyra Danebod* – Gemahlin von Gorm dem Alten (gest. nach 935), der als erster König Dänemarks gilt.

122 *Château d'Yquem* – Französischer Weißwein.

123 *die Zahl in Mode gekommen* – Vgl. dazu Fontanes Gedicht »Nordische Königsnamen«.

124 *A la bonne heure* – (franz.) Das laß ich mir gefallen.

126 *Confessions* – (franz.) Bekenntnisse.

127 *Rencontre* – (franz.) Begegnung.

*Kutusow* – Der bedeutende russische Feldmarschall Michail Illarionowitsch Fürst Kutusow (1745–1813) löste im Mai 1812 Michail Bogdanowitsch Fürst Barclay de Tolly (1761 bis 1818) im Oberbefehl der russischen Truppen ab, der wegen seiner Rückzugstaktik heftig kritisiert worden war. 1813, nach Kutusows Tod, übernahm Barclay de Tolly erneut das Oberkommando über die russische Armee.

128 *Bagrationfleschen* – Nach dem russischen General Pjotr Iwanowitsch Bagration (1765–1812) benannte Befestigung. Bagration befehligte die zweite Westarmee; er wurde in der Schlacht bei Borodino tödlich verwundet.

129 *Davoust* – Vgl. Band 1, die fünfte Anm. zu S. 168.

*Ney* – Vgl. die zweite Anm. zu S. 38.

*Junot* – Andoche Junot, Herzog von Abrantes (1771–1813), war einer der führenden Generale Napoleons.

*Murat* – Vgl. Band 1, die sechste Anm. zu S. 168.

*Vizekönig* – Eugène de Beauharnais, Herzog von Leuchtenberg und Fürst von Eichstätt (1781–1824), der Stiefsohn Napoleons, war 1805 zum Vizekönig von Italien ernannt worden. Er nahm als General an den Napoleonischen Feldzügen teil.

*Poniatowski* – Joseph Anton Fürst Poniatowski (1763 bis 1813), der Kriegsminister des Herzogtums Warschau (vgl. die zweite Anm. zu S. 35), kommandierte 1812 das polnische Korps in der französischen Armee. 1813 ernannte ihn Napoleon zum Marschall von Frankreich. Nach der Völkerschlacht bei Leipzig ertrank er in der Elster, als er den Rückzug der geschlagenen französischen Armee decken sollte.

129 *Rapp* – General Jean Graf Rapp (1772–1821), Adjutant Napoleons, verteidigte nach der Auflösung der »Großen Armee« Danzig gegen Russen und Preußen (1813/14).

130 *Woronzow* – Michail Graf Woronzow (1782–1856), der später zum Feldmarschall avancierte, wurde in den Kriegen gegen Napoleon 1812 bis 1814 bekannt; von 1815 bis 1818 kommandierte er die russischen Besatzungstruppen in Frankreich.

*Friant* – Louis Graf Friant (1758–1829), der sich vom einfachen Soldaten bis zum General empordiente, trat im Rußlandfeldzug mehrfach hervor.

*Ravins* – Bodensenken.

*Grouchy* – Emanuel Marquis de Grouchy (1766–1847), 1812 und 1814 Kommandeur eines Kavalleriekorps, avancierte 1815 nach der Rückkehr Napoleons zum Marschall.

*Nansouty* – Etienne-Marie-Antoine Champion, Graf von Nansouty (1768–1815), französischer Divisionsgeneral.

131 *Montbrun* – Louis-Pierre Graf Montbrun (1770–1812), französischer Kavalleriegeneral.

*Latour-Maubourg* – Marie-Victor Nicolas Fay, Marquis von Latour-Maubourg (1768–1850), französischer Divisionsgeneral, später Kriegsminister.

*de Lorges* – Baron de Lorges (1767–1826), französischer Kavalleriegeneral. »Ritter Delorges« ist der Held in Schillers Ballade »Der Handschuh«.

132 *Jérôme* – Jérôme Bonaparte (1784–1860), der jüngste Bruder Napoleons, wurde 1807 König des neugeschaffenen Königreichs Westfalen; er heiratete gleichzeitig die Prinzessin Katharina von Württemberg.

*Thielmann* – Der sächsische General Johann Adolf Freiherr Thielmann (1765–1824) kommandierte im Rußlandfeldzug 1812 die sächsische Kürassierbrigade; 1813 ging er zu den Verbündeten über und trat später in preußische Dienste.

*Garde du Corps* – Eigentlich die (von Friedrich II. 1740 geschaffene) berittene Leibwache des Monarchen. Das Regiment Garde du Corps (Garde-Kürassierregiment) galt als preußische Elitetruppe und war wegen des Dünkels und der reaktionären Gesinnung seiner Offiziere berüchtigt.

133 *Crête* – (franz.) Kamm.

134 *Hoyer* – Möglicherweise ist Johann Gottfried von Hoyer (1767–1848) gemeint, der zunächst in sächsischen Diensten

stand und 1814 in das preußische Ingenieurkorps eintrat; wurde als Militärschriftsteller bekannt.

136 *Redoute* – Schanze.

137 *Je payerai* ... – (franz.) Ich werde das zerschlagene Geschirr bezahlen, aber ich opfere mich für das Wohl meines Vaterlandes.

*Trümmerhaufen* – Das französische Heer verlor 30 000, das russische 45 000 Soldaten.

*zu einer Brandstätte gewordene Hauptstadt* – Napoleon war am 14. September 1812 in Moskau eingezogen. Am 15. September ließ Gouverneur Rostoptschin (vgl. Band 1, die dritte Anm. zu S. 49) die Stadt anzünden und zwang Napoleon damit, den Rückzug zu beginnen.

138 *»Vestalin«* – 1807 uraufgeführte Oper des italienischen Komponisten Gasparo Spontini (1774–1851), der von 1820 bis 1842 Generalmusikdirektor der Berliner Hofoper war.

139 *»Chants et Chansons populaires«* ... – (franz.) »Volkstümliche Lieder und Gesänge« ... Ihrem lieben Neffen L. v. V. zugeeignet von Amélie, Gräfin von P.; Schloß Guse, Weihnachten 1812.

143 *Vous venez* ... – (franz.) Sie kommen ... aus Rußland.

*den Schlaf morden* – Nach Shakespeare, »Macbeth«, II, 1.

144 *Suivez-moi* – (franz.) Folgen Sie mir.

*Winterfeldt* – Hans Karl von Winterfeldt (1707–1757), einer der bedeutendsten Generale Friedrichs II.

*Entendez-vous?* – (franz.) Hören Sie?

*Ce sont* ... – (franz.) Das sind französische Trompeten.

145 *Grenier* – Paul Graf Grenier (1768–1827), französischer General.

*Augereau* – Pierre-François-Charles Augereau, Herzog von Castiglione (1757–1816), Marschall von Frankreich seit 1804.

*demontiert* – Hier: der Pferde beraubt.

*Voilà* ... – (franz.) Da seht, der Herzog von Castiglione.

146 *Sappeurs* – Pioniere.

*Eh bien* ... – (franz.) Nun also, beeilen wir uns.

147 *Deroute* – Niederlage, Auflösung.

148 *Kronprinz* – Der spätere König Friedrich Wilhelm IV.

149 *Commandant en chef* – Kommandierender General.

*Employés* – (franz.) Heeresbeamte.

150 *Marwitz* – Es ist an Alexander von der Marwitz zu denken. Vgl. Band 1, S. 319, sowie das Kapitel über Alexander von der Marwitz im Band 2 der »Wanderungen durch die Mark Brandenburg«.

150 *»Türkisches Zelt«* – Beliebtes Lokal im alten Charlottenburg; der Hauptsaal war wie ein türkisches Zelt dekoriert und gab dem Etablissement den Namen.
*Billet doux* – (franz.) Liebesbrief.

152 *Ordre de bataille* – (franz.) Schlachtordnung.

153 *Entwurf zu diesem Aufruf* – Den »Aufruf an mein Volk« ließ Friedrich Wilhelm III. erst am 17. März 1813 verbreiten.

155 *Astrallampe* – Damals gebräuchliche Öllampe, deren Ring nahezu keinen Schatten verursachte.

156 *Beeskow* – Vgl. dazu »Wanderungen durch die Mark Brandenburg«, Band 2, »Das Oderland«, Kap. »Schloß Cossenblatt«.

157 *Sans doute* – (franz.) Ohne Zweifel.

158 *Polykrates* – Vgl. Schillers Ballade »Der Ring des Polykrates«. Polykrates machte sich im Jahre 540 v. u. Z. zum Tyrannen von Samos.
*der Doge dem Meere* – Nach alter Sitte warf der Doge alljährlich einen Ring ins Meer, um so die Verbundenheit der Seehandelsstadt Venedig mit dem Meer zu erneuern.
*Heinrich VIII.* – Der englische König Heinrich VIII. (1509 bis 1547) aus der Dynastie der Tudors war sechsmal verheiratet; zwei seiner Frauen, darunter Anna Boleyn, ließ er hinrichten.
*six-le-va* – (franz.) sechs gilt; Ausdruck beim Hasardspiel.
*Oger* – Menschenfressender Riese im Märchen.

159 *als Pommern eben fertig geworden war* – Etwa die Zeit um 1100.
*Fertigwerdung der Mark* – Gedacht ist wohl an die Zeit um 950, als die Deutschen unter Markgraf Gero weit in slawisches Gebiet vorstießen.

160 *Geisterring Ihres Herrn Vaters* – Vgl. die zweite Anm. zu S. 30.

163 *»Wen Gott liebhat ...«* – Nach dem Neuen Testament, Römer 8, 28.
*hautaine* – hochmütig.

164 *Dame d'atour* – (franz.) Hofdame.
*Lehninsche Weissagung* – In einem lateinischen Hexametergedicht, das angeblich von einem Mönch Hermann um 1300 verfaßt wurde, wird der Untergang der Hohenzollern nach der elften Generation prophezeit. 1850/51 wurde diese Weissagung als eine Fälschung erkannt, die um 1690 entstanden sein dürfte. Vgl. dazu das Kap. »Die Lehninsche Weissagung« im Band 3 der »Wanderungen durch die Mark Brandenburg«.

165 *Relais* – Station für den Pferdewechsel.
*Célibataire* – (franz.) Junggeselle.

166 *Kleist* – Heinrich von Kleist (geb. 1777) hatte sich am 21. November 1811 gemeinsam mit Henriette Vogel am Kleinen Wannsee erschossen.

167 *Nowawes* – 1751 für die aus Böhmen vertriebenen Protestanten (meist Weber) angelegtes Dorf. Vgl. auch Band 1, die Anm. zu S. 47.
*Communs* – Nebengebäude des Neuen Palais.

168 *Claude Lorrain* – Claude Gellée, genannt Claude Lorrain (1600–1682), französischer Zeichner und Landschaftsmaler.
*Klosterkirche von Lehnin* – Vgl. dazu das Kapitel »Kloster Lehnin« im Band 3 der »Wanderungen durch die Mark Brandenburg«.

170 *Der Alte Dessauer* – Leopold I. (1676–1747), seit 1693 Fürst von Anhalt-Dessau, genannt der »Alte Dessauer«, war preußischer Feldmarschall. Bei seinem Einzug in Turin (1706) wurde er mit einer Marschmelodie empfangen, die später als Dessauer Marsch berühmt geworden ist.
*Otto* – Otto (um 1128–1184), seit 1170 Markgraf von Brandenburg.
*Albrecht der Bär* – Albrecht der Bär (um 1100–1170), Graf von Ballenstedt, war 1134 zum Markgrafen der Nordmark (Altmark) bestellt worden. Er war zeitweise auch Herzog von Sachsen und kollidierte dabei mit Heinrich dem Löwen (1129–1195), gegen den er mehrfach kämpfte. Vgl. auch Band 1, die erste Anm. zu S. 15.

171 *Ermordung des ersten ... Abtes* – Die Geschichte des Abtes Siebold (1180–1190) und die Beschreibung des Bildes in der Lehniner Kirche findet sich ausführlich im Band 3 der »Wanderungen durch die Mark Brandenburg«, Abschnitt »Die Äbte von Lehnin«.
*die gereinigte Lehre* – die Lehre Luthers.

173 *Frater Hermannus* – Vgl. die zweite Anm. zu S. 164.

176 *Vivat Borussia ... Pereat Bonaparte* – Es lebe Preußen ... Nieder mit Bonaparte.

177 *Regiment Gensdarmes* – Preußisches Kürassierregiment, das nach dem Vorbild der gleichnamigen Haustruppe der französischen Könige geschaffen worden war; es galt als »vornehme« Elitetruppe. 1807 wurde es bei der Reorganisation des preußischen Heeres aufgelöst. »Wer kennt nicht das Regiment Gensdarmes? Und wer hätte nicht gehört von der Verschwendungslust und Tollkühnheit seiner Offiziere,

von ihrem Mut und Übermut!« (»Wanderungen durch die Mark Brandenburg«, Band 1, »Die Grafschaft Ruppin«, Kap. »Garz«.)

180 *Venus mit ihrem Taubengespann* – Vgl. Band 1, die zweite Anm. zu S. 13.

184 *Preußen, das uns ... verschacherte* – Anspielung auf den Anteil Preußens an den polnischen Teilungen. Vgl. die dritte Anm. zu S. 29.

*mehr Prinzen auf den Schlachtfeldern als in fürstlichen Wochenstuben geboren* – Anspielung auf die Generale und Marschälle Napoleons, die, meist dem einfachen Volke entstammend, für ihre militärischen Verdienste zu regierenden Fürsten erhoben worden waren.

185 *Ritter von La Mancha* – Don Quixote de la Mancha in Cervantes' gleichnamigem Roman.

187 *Johann Cicero* – Johann Cicero (1455–1499), seit 1486 Kurfürst von Brandenburg.

*Joachim Nestor* – Joachim I. Nestor (1484–1535), seit 1499 Kurfürst von Brandenburg.

188 *Bellermann* – Der Theologe Johann Joachim Bellermann (1754–1842), der 1804 zum Direktor des Gymnasiums zum Grauen Kloster in Berlin berufen wurde und nach 1810 auch als Professor für Theologie und als Konsistorialrat wirkte. Fontane beruft sich auch im Band 3 der »Wanderungen durch die Mark Brandenburg« auf Bellermann (Kapitel »Kloster Chorin«).

189 *Enrollierung* – Eintragung (in die Bataillonsliste).

192 *In jüngeren Tagen ...* – Hölderlins Gedicht »Ehmals und jetzt«. Eine Sammlung Hölderlinscher Gedichte erschien zuerst 1826.

*mit der »ums Morgenrot fahrenden Lenore«* – Gottfried August Bürgers Ballade »Lenore« (1773), von Fontane sehr geschätzt, beginnt mit den Versen: »Lenore fuhr ums Morgenrot / Empor aus schweren Träumen ...«

193 *den »Wilden Jäger«* – 1773 entworfene, 1778 vollendete Ballade von Bürger.

*»Chevyjagd«* – Gemeint ist die mittelalterliche englische Ballade »Chevy Chase« (Die Jagd in den Cheviotbergen), die den Kampf der Grafen Percy und Douglas schildert. Vgl. Fontanes Übersetzung »Chevy-Chase oder Die Jagd im Chevy-Forst«.

*Schlangentöter* – Anspielung auf das Drama »Sigurd der Schlangentöter« (1808) von Fouqué. Vgl. auch die dritte Anm. zu S. 85.

193 *Toujours perdrix* – (franz.) Alle Tage Rebhuhn. Gemeint ist: auch des Besten kann man auf die Dauer überdrüssig werden. Das Wort ist mit einer Anekdote um König Heinrich IV. von Frankreich verknüpft, der seinem Beichtvater, der ihm wegen seiner ständig wechselnden Liebschaften Vorhaltungen gemacht hatte, tagelang Rebhühner vorsetzen ließ, bis dieser über »toujours perdrix« klagte.

194 *»Nur einen Sommer ...«* – Hölderlins Gedicht »An die Parzen«.

199 *Maréchal de logis* – (franz.) Quartiermeister.

200 *Der Tauwind kam vom Mittagsmeer ...* – So beginnt die zweite Strophe von Gottfried August Bürgers Ballade »Das Lied vom braven Manne«.

202 *Künn jih nich töwen* – Könnt ihr nicht warten.

*Knaken* – Knochen.

207 *Champagnefeldzug* – Vgl. Band 1, die sechste Anm. zu S. 55.

210 *Allod* – Lehnsfreier Grundbesitz, der nicht an eine festgelegte Erbfolge gebunden war.

217 *Anker* – Alte Maßeinheit für alkoholische Getränke (in Preußen 34,3 Liter).

218 *Johanni* – 24. Juni.

222 *Porstsche Gesangbücher* – Der Theologe Johann Porst (1668–1728), bis 1704 Pfarrer in Malchow, danach Konsistorialrat in Berlin, veröffentlichte 1708 ein Gesangbuch, das sich bald großer Beliebtheit erfreute.

224 *Karwe* – Kümmel.

233 *»Wer das Schwert nimmt ...«* – Nach dem Neuen Testament, Matthäus 26, 52.

237 *»Was Gott tut ...«* – Lied von Samuel Rodigast (1649–1708), der Rektor des Gymnasiums zum Grauen Kloster in Berlin war.

*»O Haupt voll Blut und Wunden«* – Vgl. Band 1, die Anm. zu S. 208.

*L'éloge ou le blâme ...* – (franz.) Lob oder Tadel berühren den nicht mehr, / Der in der Ewigkeit ruht. / Die Hoffnung verschönte mein Leben und begleitet mich im Sterben.

*Douceur* – Vergütung, Geschenk.

238 *marchandieren* – feilschen. Den Satz »Ich marchandiere nicht« zitiert Fontane in seiner Autobiographie »Von Zwanzig bis Dreißig« als Ausspruch seines Tunnel-Freundes George Hesekiel.

239 *Tulaer Arbeit* – Mit einem schwarzen Schmelz (Niello) verzierte Gegenstände aus Silber, die zunächst in der russischen Stadt Tula hergestellt wurden und weltberühmt waren.

240 *»Hoher Kavalier«* – Bastion auf der Festung Küstrin.

241 *A la bonne heure* – (franz.) Das laß ich mir gefallen.

242 *»Geschichte der Kurmark Brandenburg«* – Vgl. Band 1, die erste Anm. zu S. 86.

*die beiden berlinschen Zeitungen* – Vgl. die dritte Anm. zu S. 15.

245 *Werft* – Weidenruten; Schilf.

*Schill* – Vgl. Band 1, die erste Anm. zu S. 55.

*Blücher* – Gebhard Leberecht von Blücher, Fürst von Wahlstatt (1742–1819), preußischer Generalfeldmarschall, der sich vor allem in den Befreiungskriegen auszeichnete (»Marschall Vorwärts«).

247 *Reeperbahn* – Vgl. Band 1, die erste Anm. zu S. 202.

248 *Pirmasens* – Am 14. September 1793 siegten in einem Gefecht bei Pirmasens die Preußen über die französischen Revolutionstruppen.

249 *Chorinchen* – Im Kapitel über »Kloster Chorin« im Band 3 der »Wanderungen durch die Mark Brandenburg« schreibt Fontane: »Chorin erreicht man am bequemsten von der benachbarten Eisenbahnstation Chorinchen aus, die ziemlich halben Weges zwischen Neustadt-Eberswalde und Angermünde gelegen ist.«

250 *Pfeiffer* – Am 16. April 1813 hatte die französische Besatzung der eingeschlossenen Festung Küstrin einen Ausfall nach der Krampe unternommen, war aber vom Landsturm zurückgeworfen worden. Dabei hatte sich der Handschuhmacher Pfeiffer besonders hervorgetan.

251 *Than von Feif'* – Than: altschottischer Adelstitel; Feif (Fife): Grafschaft in Schottland.

252 *»Oft hast du mich gelabet ...«* – Aus Paul Gerhardts geistlichem Lied »O Haupt voll Blut und Wunden« (vgl. Band 1, die Anm. zu S. 208).

*Singuhr* – Vgl. Band 1, die erste Anm. zu S. 7.

253 *»Brand von Moskau«* – Vgl. die dritte Anm. zu S. 137.

259 *Oudinot* – Charles-Nicolas Oudinot, Herzog von Reggio (1767–1847), französischer Marschall seit 1809, war einer der bedeutendsten Heerführer Napoleons. 1813 stieß er zweimal gegen Berlin vor, wurde jedoch bei Luckau und Großbeeren geschlagen.

*Conte* – (ital.) Graf.

262 *Stellmeiserei* – Spöttische Bezeichnung für das Raubrittertum.

*Nürnberger Herren* – Die Hohenzollern waren Burggrafen von Nürnberg, bevor sie 1417 die Würde der Kurfürsten von Brandenburg erhielten und den Kampf gegen die oppositionellen Junker unter der Führung der Quitzows aufnahmen. Vgl. dazu die einleitenden Anmerkungen zu Fontanes »Poggenpuhls«, Band 7 dieser Ausgabe.

264 *Aide de camp* – (franz.) Flügeladjutant.

265 *»unser Graf«* – Zinzendorf. Vgl. Band 1, die zweite Anm. zu S. 45.

*Prinz Heinrich* – Vgl. Band 1, die zweite Anm. zu S. 124.

266 *in Königsberg ist die Weisheit zu Hause* – Anspielung auf Immanuel Kant, der in Königsberg wirkte.

*Otterstädt* – Der Junker Otterstedt (1513 hingerichtet) war maßgeblich an der Verschwörung des märkischen Adels beteiligt, die sich gegen Kurfürst Joachim I. Nestor (vgl. die zweite Anm. zu S. 187) richtete. Joachim, der die Position des Landesherren zu stärken suchte, bekämpfte die Wegelagerei der Junker. Vgl. auch das Kapitel über »Schloß Köpenick« im Band 4 der »Wanderungen durch die Mark Brandenburg«.

*Manus manum lavat* – (lat.) Eine Hand wäscht die andere.

268 *Bacchus, Momus und Pomona* – Die römischen Gottheiten des Weines, des Spottes und der Gartenfrüchte.

*Detachement* – Abteilung.

*Fouragour* – Einer, der Lebensmittel plündert.

269 *recta* – (lat.) geradewegs.

270 *»Suchet, so werdet ihr finden«* – Vgl. die vierte Anm. zu S. 80.

272 *affabel* – freundlich, gesprächig.

276 *Aufruf* – Friedrich Wilhelm III. erließ am 3. Februar 1813 die »Verordnung wegen der zu errichtenden Jäger-Detachements«; Fontane meint hier jedoch den von dem Regierungsbeamten Theodor Gottlieb von Hippel (1775–1843), einem Neffen des Aufklärungsschriftstellers, verfaßten Aufruf des Königs »An mein Volk«, der allerdings erst am 17. März 1813 erlassen wurde.

*Markgraf Hans* – Vgl. Band 1, die Anm. zu S. 201.

*Wispel* – Altes Getreidemaß.

*Dütchen* – Düttchen: kleine Münze.

278 *Tettenborn* – Friedrich Karl Freiherr von Tettenborn (1778–1845), einer der berühmten Reitergenerale der Befreiungskriege, hatte zunächst in badischen und österreichischen Diensten gestanden, bevor er 1812 in die russische Armee eintrat.

279 *Antoninus Pius* – Antoninus, römischer Kaiser von 138 bis 161, führte den Beinamen Pius (der Fromme).

284 *Herkulanum und Pompeji* – Römische Städte, die beim Ausbruch des Vesuvs im Jahre 79 verschüttet wurden. Die Ausgrabungen begannen im 18. Jahrhundert.

*Wangeline von Burgsdorff* – Vgl. Fontanes gleichnamiges Gedicht-Fragment.

*Gräfin von Orlamünde* – Vgl. die Ballade »Die Herzogin von Orlamünde« in »Des Knaben Wunderhorn«.

285 *Geta, Caracalla, Alexander Severus* – Römische Kaiser im dritten Jahrhundert, die sämtlich ermordet wurden.

286 *Giulio Romano* – Vgl. die zweite Anm. zu S. 28.

287 *ad vocem* – (lat.) zum Thema.

*Dohna* – Friedrich Ferdinand Alexander Graf zu Dohna-Schlobitten (1771–1831) war von 1808 bis 1810 preußischer Innenminister; 1813 maßgeblich an der Organisation der preußischen Landwehr beteiligt; Zivilgouverneur in Ostpreußen.

*Schön* – Theodor von Schön (1772–1856), einer der führenden Mitarbeiter an den Reformen Steins und Hardenbergs, war gleichfalls einer der Organisatoren der ostpreußischen Landwehrverbände.

*Auerswald* – Hans Jakob von Auerswald (1757–1833), seit 1808 Oberpräsident von Ostpreußen, Westpreußen und Litauen, hatte bereits im Januar 1813 auf eigene Initiative den Landtag einberufen, um die Erhebung gegen Napoleon vorzubereiten; zog sich 1824 aus dem Staatsdienst zurück.

*Tschernitscheff* – Alexander Iwanowitsch Fürst Tschernyschew (1786–1857) zeichnete sich durch geschickte Operationen in den Befreiungskriegen aus; er drang am 4. März 1813 in das von den Franzosen besetzte Berlin ein. Vgl. das Kapitel über »Alexander von der Marwitz« im Band 2 der »Wanderungen durch die Mark Brandenburg«.

289 *Tripoden* – Dreifüße.

290 *die bekannte »vergiftete Orange«* – Anspielung auf den mysteriösen Tod des Markgrafen Ludwig im Jahre 1687, der, aus der ersten Ehe des Kurfürsten Friedrich Wilhelm von Brandenburg stammend, von seiner Stiefmutter Dorothea von Holstein-Glücksburg (seit 1668 mit dem Kurfürsten in zweiter Ehe verheiratet) vergiftet worden sein soll, weil diese ihren eigenen Kindern die Erbfolge zu sichern suchte.

291 *»Höllischer Morpheus«* – Dieses Buch von Peter Goldschmidt (1662–1713) erschien 1698 in Hamburg; der vollständige Titel lautet: »Petri Goldschmids Pastoris Sterupensis Höllischer Morpheus, Welcher kund wird Durch Die geschehene Erscheinungen Derer Gespenster und Polter-

Geister So bißhero zum Theil von keinen eintzigen Scribenten angeführet und bemercket worden sind. Daraus nicht allein erwiesen wird / daß Gespenster seyn / was sie seyn / und zu welchem Ende dieselbigen erscheinen / Wider die vorige und heutige Atheisten / Naturalisten / und nahmentlich D. Beckern in der Bezauberten Welt etc. Aus allen aber des Teuffels List / Tücke / Gewalt / heimliche Nachstellungen und Betrug / handgreiflich kan ersehen und erkandt werden«.

291 *»Brandenburgischer Zedernhain«* – »Brandenburgischer Zederhain, worinnen des Durchlauchtigsten Hauses Brandenburg Aufwachs und Abstammung ... vorgestellt worden« von Johann Wolfgang Rentsch (etwa 1670).

*Rancune* – (franz.) Groll, Rachsucht.

*Konrad von Burgsdorff* – Vgl. Band 1, die vierte Anm. zu S. 18.

*Paroli biegen* – mit gleicher Münze heimzahlen, eine gebührende Antwort erteilen.

292 *»König Richard III.«* – Drama von Shakespeare.

293 *Libertinage* – Liederlichkeit.

*mais enfin* – (franz.) aber schließlich.

*une dame blanche* – (franz.) eine Weiße Frau.

*tout-à-fait* – (franz.) ganz und gar.

*Parure* – Putz.

294 *Ce maudit château* – (franz.) Dieses verdammte Schloß.

*ad latus* – (lat.) zu seiten.

*O'Donnell* – Vgl. die zweite Anm. zu S. 95.

295 *Douche* – (franz.) Dusche.

297 *Rudera* – (lat.) Reste, Trümmer.

298 *en ligne* – (franz.) in Linie.

*Roture* – Verächtliche Bezeichnung für die Bürger.

*Le jeu ...* – (franz.) Das Spiel ist den Einsatz wert.

299 *Hippel* – Vgl. die erste Anm. zu S. 276.

*pur sang* – (franz.) reines Blut.

*Sanspareil* – der Unvergleichliche.

300 *decouragiert* – entmutigt.

302 *»Andächtige Gemeinde! ...«* – Den folgenden Ausführungen Seidentopfs liegt die Predigt zugrunde, die Schleiermacher am 28. März 1813 in der Berliner Dreifaltigkeitskirche gehalten hat und die von Fontane für seinen Roman gekürzt und bearbeitet wurde. Auch Schleiermacher hatte im Anschluß an seine Predigt den Aufruf »An mein Volk« sowie die Verordnung über die Landwehr von der Kanzel aus verlesen. Vgl. dazu Alexander Faure, »Eine Predigt Schleier-

machers in Fontanes Roman ›Vor dem Sturm‹«, in: Zeitschrift für systematische Theologie, Jg. 17, 1940, S. 221 ff.

312 *Soutiens* – Hilfstruppen.

313 *Nomen et omen* – (lat.) Name und Vorbedeutung. Sprichwörtliches Zitat aus Plautus' »Persa«, IV 4, 74.

314 *Geschichte des Tobias* – Aus dem Alten Testament.

*Carpe diem* – (lat.) Nütze den Tag. Zitat aus den »Oden« des Horaz, I 11, 8.

316 *Voltigeurs* – Leichte Infanterie.

*Prinz Eugen* – Prinz Eugen von Savoyen (1663–1736), seit 1696 Oberbefehlshaber des kaiserlichen Heeres, war einer der fähigsten Feldherren im Kampf gegen die Türken; als einflußreicher Staatsmann förderte er zugleich Reformen am Wiener Hof.

317 *Montecuculi* – Raimund Graf Montecuccoli (1609–1680), seit 1625 in österreichischen Diensten, bedeutender Feldherr des kaiserlichen Heeres im 17. Jahrhundert.

*Alea jacta est* – (lat.) Der Würfel ist gefallen. Mit diesem Ausspruch soll Caesar im Jahre 49 v. u. Z. den Grenzfluß Rubicon überschritten und den Bürgerkrieg eröffnet haben.

*Herzog-Leopold-Denkmal* – Denkmal zur Erinnerung an den Herzog Leopold zu Braunschweig-Lüneburg (geb. 1752), der 1785 in der Oder ertrunken war, als er bei einer Hochwasserkatastrophe versucht hatte, den bedrängten Vorstadtbewohnern Hilfe zu leisten. Das Ereignis, das damals viel beachtet wurde, ist in seinen Einzelheiten nicht verbürgt.

*Kleist-Denkmal* – Denkmal für den Dichter Ewald von Kleist, der 1759 in Frankfurt gestorben war. Vgl. Band 1, die Anm. zu S. 199.

318 *Voilà* – (franz.) Sehen Sie.

*champ de bataille* – (franz.) Schlachtfeld.

319 *Pitt* – William Pitt der Jüngere (1759–1806), von 1783 bis 1801 und von 1804 bis 1806 britischer Premierminister, war der Führer der europäischen Koalition gegen das revolutionäre Frankreich und gegen Napoleon.

*Trafalgar ... Nelson* – Vgl. Band 1, die zweite Anm. zu S. 176.

*Pas permis, monsieur* – (franz.) Nicht erlaubt, mein Herr.

320 *Marqueur* – Kellner.

324 *refüsieren* – zurückweisen, ablehnen.

325 *Wittgenstein* – Der russische Feldmarschall Ludwig Adolf Peter zu (Sayn-)Wittgenstein (1769–1843) befehligte 1812 ein Armeekorps und war 1813 nach dem Tode Kutusows

(vgl. die zweite Anm. zu S. 127) zeitweilig Oberbefehlshaber der russisch-preußischen Streitkräfte.

325 *Tout à vous* – (franz.) Ganz der Ihre.

326 *Diogenes* – Der griechische Philosoph Diogenes von Sinope (um 412–323 v. u. Z.) lebte als Repräsentant der kynischen Schule angeblich in einer Tonne, um sein Ideal der Bedürfnislosigkeit zu demonstrieren und seine Verachtung aller zivilisatorischen Errungenschaften zu bekunden. Als ihn Alexander der Große besuchte und ihm eine Gnade gewähren wollte, soll Diogenes geantwortet haben: »Geh mir aus der Sonne.«

329 *ordre du jour* – (franz.) Tagesbefehl.

333 *es hat was auf sich mit dem alten Reim* – Gemeint ist: »Aus Sachsen, wo die schönen Mädchen auf den Bäumen wachsen.«

335 *Karl* – Markgraf Karl (gest. 1762) war Chef des nach ihm benannten Regiments, das an den drei Schlesischen Kriegen teilnahm. Vgl. das Kapitel »Friedrichsfelde« im Band 4 der »Wanderungen durch die Mark Brandenburg«, wo dem Markgrafen Karl ein eigener Abschnitt gewidmet ist.

*Hussitentage* – Vgl. Band 1, die dritte Anm. zu S. 15.

336 *Königin Christine* – Christine (1626–1689), die Tochter Gustav Adolfs, war von 1644 bis 1654 Königin von Schweden.

*Schlacht bei Budapest* – Kaiserliche und brandenburgische Truppen befreiten dort am 2. September 1686 die von den Türken besetzte Residenzstadt Buda.

*Pikenier* – Mit einem langen Spieß (Pike) ausgerüsteter Soldat.

*Sponton* – Kürzere Pike der Offiziere.

*Boa constrictor* – Amerikanische Riesenschlange (Königsschlange).

*Horn von Uri* – Schweizerisches Alphorn, bekannt aus Schillers »Wilhelm Tell«.

342 *keine Posaune ... kein Josua* – Nach dem Buch Josua im Alten Testament ließ Josua bei der Belagerung der Stadt Jericho die Kriegsposaunen so laut blasen, daß die Mauern einstürzten.

343 *Baal* – Semitischer Sonnengott, dessen Kult mit vielerlei Exzessen verbunden gewesen sein soll.

*Gideon* – Nach dem Buch der Richter im Alten Testament kehrt der Heerführer Gideon nach der erfolgreichen Verfolgung des Feindes zu den Seinen zurück.

*Jephtha* – Nach dem Buch der Richter im Alten Testament besiegt Jephtha die Ammoniter; bei seiner Rückkehr wird er von seiner Tochter »mit Pauken und Reigen« empfangen.

343 *die große Augsburgsche* – Gemeint ist eine in Augsburg gedruckte Luther-Bibel.

347 *esse* – (lat.) Sein, Wesen.

348 *Die Nacht ist keines Menschen Freund* – Nach Gellerts Fabel »Die Frau und der Geist«.

350 *coûte que coûte* – (franz.) koste es, was es wolle.

351 *vierundneunzig* – Vgl. Band 1, die erste Anm. zu S. 57.

*Petit crevé* – (franz.) Kleines Luder.

354 *En avant!* – (franz.) Vorwärts!

356 *Anno 95* – Vgl. Band 1, die zweite Anm. zu S. 28.

*pour combler le malheur* – (franz.) um das Unheil vollzumachen.

366 *Hofer* – Vgl. Band 1, die zweite Anm. zu S. 224.

*Directeur adjoint* – (franz.) Gehilfe des Direktors, Konrektor.

*comme un vieux soldat* – (franz.) wie ein alter Soldat.

374 *Katte* – König Friedrich Wilhelm I. von Preußen ließ 1730 in Küstrin den Leutnant Hans Hermann von Katte (geb. 1704) hinrichten, da dieser die Fluchtpläne des mit ihm befreundeten Kronprinzen Friedrich (des späteren Friedrich II.) unterstützt hatte. Vgl. das Kapitel »Die Katte-Tragödie« im Band 2 der »Wanderungen durch die Mark Brandenburg«.

377 *Chasseur à pied* – (franz.) Jäger zu Fuß.

*Bon jour ...* – (franz.) Guten Tag, Kamerad ... Hier ist Ihre Ausstattung.

*Collet* – Reitjacke.

*s'il vous plaît ...* – (franz.) bitte ... Ja, mein Herr ... das ist ganz deutsch ... Ich. Nicht wahr, Madame? ... Sie sehen, mein Herr, unsere Marquise de Chaudeau hat zugestimmt.

378 *avec les compliments ...* – (franz.) mit Empfehlungen des Herrn Kastellan ... Und um sieben Uhr das Abendessen.

*Dekapitation* – Enthauptung.

381 *Bon jour ...* – (franz.) Guten Tag, Herr von Vitzewitz. Verzeihung, wenn das nicht ganz korrekt ist. Aber Ihr Name ist so schwierig ... Hier ist Ihr Kaffee. Ohne Zweifel ein guter Kaffee. Das heißt: Zichorie. Aber was macht das! es ist deutscher Kaffee.

*Votre serviteur* – (franz.) Ihr Diener.

383 *bon garçon* – (franz.) guter Kerl.

384 *»Die Stunde rinnt ...«* – Nach Shakespeare, »Macbeth«, 1, 3.

386 *Dormeuse* – Nachtmütze.

386 *Oratio pro domo* – (lat.) Rede in eigener Sache.
391 *Salve caput* – Vgl. die Anm. zu S. 398.
393 *Patience oder Mariage* – Kartenspiele.
*Flügel der Morgenröte* – Psalm 139, 9.
394 *Crocata ... Simplex* – Tinctura opii crocata und Tinctura opii simplex: stärkeres und schwächeres schmerzlinderndes Mittel.
395 *Cito mors ruit* – (lat.) Schnell kommt der Tod.
396 *Kanonade von Valmy* – Vgl. Band 1, die sechste Anm. zu S. 55.
397 *»Wenn ich einmal soll scheiden ...«* – Aus dem geistlichen Lied »O Haupt voll Blut und Wunden« von Paul Gerhardt. Vgl. Band 1, die Anm. zu S. 208.
398 *Salve caput ...* – (lat.) »Sei gegrüßt, gequältes Haupt, / Du mit Dornen ganz gekrönt, / Du zusammengeschlagenes, verwundetes, / Du mit angespienem Antlitz ...« Geistliches Lied von Bernhard von Clairvaux (1091–1153), das Paul Gerhardt zu seinem Lied »O Haupt voll Blut und Wunden« anregte.
412 *Graves* – Weißer Bordeauxwein.
418 *Au contraire* – (franz.) Im Gegenteil.
*gratulor!* – (lat.) ich wünsche Glück!
*perhorreszieren* – verabscheuen.
419 *der Vorhang des Tempels nicht zerreißen* – Beim Tode Jesu soll in Jerusalem der Tempelvorhang zerrissen sein.

# INHALTSVERZEICHNIS

Fontane, Romane und Erzählungen 1–8
ISBN 3-351-02252-2
Bd. 1–2
ISBN 3-351-02253-0

4. Auflage 1993

Einbandgestaltung Heinz Hellmis, Hennigsdorf
Satz Buch-Werkstatt GmbH, Bad Aibling
Schrift Bodoni mager
Druck und Binden Wiener Verlag, Himberg bei Wien
Printed in Austria

*Theodor Fontane*
*Romane und Erzählungen*

Herausgegeben von Peter Goldammer, Gotthard Erler, Anita Golz und Jürgen Jahn
8 Bände in Kassette
4512 Seiten • Leinen

*»Die Ausgabe ist inzwischen zweifellos zu der für die Romane und Erzählungen maßgeblichen Edition geworden. Der Kommentarteil, mit den Dokumenten zur Wirkungsgeschichte, ist längst unersetzbar für jeden, der sich wissenschaftlich mit dem Werk Fontanes befaßt.«*

(Walter Müller-Seidel)

Alle Bände auch einzeln lieferbar

**Vor dem Sturm**
Band 1/2
879 Seiten

**Grete Minde**
**L'Adultera**
**Ellernklipp**
**Schach von Wuthenow**
Band 3
648 Seiten

**Graf Petöfy**
**Unterm Birnbaum**
**Cécile**
Band 4
603 Seiten

**Irrungen, Wirrungen**
**Stine**
**Quitt**
Band 5
644 Seiten

**Unwiederbringlich**
**Frau Jenny Treibel**
Band 6
559 Seiten

**Effi Briest**
**Die Poggenpuhls**
**Mathilde Möhring**
Band 7
651 Seiten

**Der Stechlin**
Band 8
528 Seiten

AUFBAU-VERLAG